Journal d'un coup de foudre

L'INTÉGRALE

L'auteur

Sarra Manning a fait des études de journalisme avant d'intégrer la revue féminine *J17*. Auteur, elle a ensuite été rédactrice puis a rejoint l'équipe d'*Ellegirl*. Elle travaille aujourd'hui pour de nombreux magazines féminins et de mode : *What to Wear*, *Elle*, *Seventeen*, *Heat*. Elle publie également des livres de littérature jeunesse, destinés aux adolescents.

Du même auteur, dans la même collection :

Guitar Girl
Au cœur de ma nuit
De si jolies choses...

SARRA MANNING

Journal d'un coup de foudre

L'INTÉGRALE

POCKET JEUNESSE

Titre original :
Diary of a Crush
1. French Kiss
2. Kiss and Make up
3. Sealed with a Kiss

Publié pour la première fois en 2004,
par Hodder Children's Books, Londres.

Loi n° 49 956 du 16 juillet 1949 sur les publications destinées
à la jeunesse : juin 2012
Written by Sarra Manning and based on the J17 column *Diary of a Crush*

ISBN 978-2-266-22823-7

Sommaire

Remerciements

Merci aux lecteurs de *J17* d'avoir adopté Edie et sa bande. Merci d'avoir attendu patiemment que ces trois ouvrages voient le jour.

À mon père, l'inégalable Gordon Shaw, qui m'a transmis son sens de l'humour et ne m'a jamais poussée à trouver un vrai boulot et qui, surtout, m'a supportée quand j'avais dix-sept ans.

Pour accompagner sa lecture, je recommande au lecteur les chansons suivantes : *The Boy With The Arab Strap*, *Tigermilk*, *If You're Feeling Sinister*, et *Catastrophe Waitress* de Belle And Sebastian.

Pour m'écrire : sarramanning@yahoo.co.uk

Journal d'un coup de foudre

1. French Kiss

Journal d'Edie

Manchester, septembre-mars

TOP SECRET !!!

Nom : Edie Wheeler.
Âge : 16 ans.
Domicile : Manchester via Brighton.
Taille : 1,60 mètre.
Poids : dépend de la quantité de glace ingurgitée en vingt-quatre heures.
Cheveux : de plus en plus blonds grâce à l'application de Clairol Miel Doré.
Yeux : bleus.
Livre préféré : *Emma*, de Jane Austen.
Film préféré : *Ghostworld*, *American Girls*, *Diamants sur canapé* (impossible d'en choisir un seul).
Série préférée : *Alias* (une espionne qui casse la baraque au propre comme au figuré).
Fantasme préféré : Jake Gyllenhall, Dean Speed du groupe The Hormones et Jim.
Héroïne : Drew Barrymore.
Site préféré : www.bestofchat.com.
Accessoire préféré : mon sac Dior vintage acheté sur Ebay.
Produit de maquillage indispensable : mon gloss Lancôme.

Objectif : faire en sorte que Jim tombe éperdument, passionnément amoureux de moi et m'emmène faire le tour des États-Unis.

14 septembre

Ça vous est déjà arrivé de penser que vous passiez à côté de votre vie ? J'ai l'impression d'avoir inventé le concept. Aujourd'hui la grande aventure commence. Et ça fait peur. Alors, au lieu de sauter hors de mon lit pour affronter le monde armée de mon plus beau sourire et de ma nouvelle coiffure, je noircis les pages de mon carnet, terrée sous ma couette.

Il faudrait sans doute que j'essaie de me montrer à la hauteur, mais bon. C'est mon premier jour de lycée ; donc, officiellement, je ne suis plus une collégienne. En plus, je passe le A-levels[1] cette année et en cours il y a des étudiants en dessin ou en art dramatique. Tout le monde est trop cool ici. À l'exception d'une bande de Barbies psychopathes inscrites en formation coiffure qui se sont payé ma tête à la cantine, le jour de mon entretien avec le proviseur.

Bref, mon petit doigt me dit que je vais me faire l'effet d'une pauvre gamine complètement larguée, à côté des autres. À tous les coups, quelqu'un va venir me taper sur l'épaule : « Hé ma petite, t'as rien à faire

1. Examen de fin d'études en Grande-Bretagne, qui équivaut à peu près au baccalauréat. *(N.d.T.)*

ici, retourne au collège. » Mais le collège et mes amis, c'est à des années-lumière d'ici. Pourquoi a-t-il fallu que mon père trouve un nouveau boulot et décide de nous exiler, moi, ma mère et Pudding, à l'autre bout du pays ? Réponse : parce qu'il s'acharne à me pourrir l'existence et à piétiner le peu d'amour-propre qu'il me reste.

Mon cœur a-t-il déjà aimé ?

22 septembre

Au petit déjeuner, j'ai eu droit à une leçon de morale magistrale de la part des parents, du genre « fais un effort pour t'adapter » et « on sait que tu as eu du mal avec ce déménagement mais ça remonte à quatre semaines et tu aurais dû t'y habituer depuis tout ce temps ». Ils ont pris des cours pour me transformer en handicapée sociale, ça doit être ça. Eux, ils ne voient pas ce qui cloche. Les élèves de ma classe se connaissent depuis le collège ou le Club Mickey et m'ignorent complètement. Impossible de se glisser dans une conversation style : « Moi aussi je suis fan des Thrills ! Le chanteur est à tomber » (mines écœurées de mes petits camarades). Non, je ne peux pas me résoudre à un truc pareil.

Mais comme je savais que je n'en verrais pas le bout (ma mère, c'est le chaînon manquant entre un ratier et un rottweiler), j'ai pris le taureau par les cornes : je me suis inscrite à un cours de photographie qui débute la semaine prochaine. Je ne m'y ferai peut-être pas des amis mais au moins je vais pouvoir me la jouer artiste, prendre des photos floues en noir et blanc de troncs d'arbres morts et tout le tralala.

Donc, je venais de gribouiller mon nom sur le formulaire affiché au tableau des inscriptions et je traînais dans le couloir en me demandant si j'allais m'acheter un autre paquet de M&M's quand ma vie a basculé en cinq minutes. Jusqu'alors elle était nulle, ma vie, et l'instant d'après, j'ai su que plus rien ne serait comme avant. Pas de signe avant-coureur, pas de musique nunuche, rien. J'étais assise à la cantine, occupée à manger mes M&M's en priant pour que personne ne me remarque, quand mon regard s'est posé sur de grands yeux bleus. Et soudain c'était comme si mon cerveau avait été propulsé en orbite.

Il avait un visage anguleux, des pommettes et une mâchoire saillantes qui contrastaient avec sa bouche charnue. Et les cheveux tellement en bataille qu'on n'arrivait pas à déterminer s'il avait une crête, des mèches longues, des épis çà et là, ou tout à la fois. Ils étaient couleur réglisse ou chocolat, peut-être – ce chocolat noir si riche en cacao que je ne peux en manger qu'à dose homéopathique. Il portait un jean bleu brut usé aux genoux, une chemise rayée et une veste de costume. Bref, le genre sens dessus dessous, à la fois sublimement bizarre et bizarrement sublime, difficile de choisir. Avant lui je ne savais pas ce que c'était qu'un beau gosse.

Il a regardé dans ma direction, les sourcils froncés comme s'il m'en voulait d'oser m'immiscer dans son champ de vision. Mais les gars comme lui, on leur pardonne. C'est probablement un crétin arrogant mais on s'en fiche, quel crétin magnifique !

Je l'ai revu, plus tard dans l'après-midi, qui traversait

la cour du lycée comme s'il avait le feu aux fesses. On aurait dit qu'autour de lui tout bougeait au ralenti. Alors j'ai entendu quelqu'un crier : « Jim ! » et il s'est retourné. Jim, c'est comme ça qu'il s'appelle. D'ailleurs, comment pourrait-il s'appeler autrement ?

25 septembre

Voici la liste de ce que j'ai pu rassembler concernant Jim, alias le voleur de mon cœur :

• Il est en arts plastiques et il a dix-neuf ans, soit trois de plus que moi. C'est très sexy, la différence d'âge.

• Ça veut dire qu'il a déjà obtenu son diplôme.

• Il fait partie de la secte des branchés avec ses deux copains, Paul (cheveux blonds peroxydés, baskets vintage, tee-shirt Carhatt) et Simon (un grand avec un bouc qui ne quitte jamais son col roulé noir).

• Ils passent la majeure partie de leurs journées au café d'en face, mais au premier étage, beaucoup plus fréquentable, paraît-il, que le rez-de-chaussée envahi par les mères au foyer.

• Il travaille dans un magasin de disques, Rhythm Records, le samedi et le mercredi après-midi.

Comment je sais tout ça ? Parce que j'ai fait preuve d'un courage surhumain aujourd'hui en parlant avec une fille de ma classe, Mia.

J'étais assise en cours d'anglais avec l'expression avide de celle qui attend que cinquante amis dévoués se matérialisent comme par miracle sous ses yeux, quand cette fille s'est installée juste à côté de moi.

Je lui ai jeté un regard en coin mais comme elle farfouillait dans son sac sans prêter attention à moi, j'ai continué à griffonner le nom de Jim partout sur mon cahier.

— J'aime bien ton vernis.

Personne ne m'avait encore adressé la parole au lycée en dehors des profs, alors l'information a mis du temps avant de remonter jusqu'au cerveau : c'était à moi qu'on parlait. J'ai regardé mes ongles rouge vif puis mon interlocutrice, qui m'a dévisagée comme si j'étais mentalement déficiente.

— Heu... merci, je croyais que tu parlais à quelqu'un d'autre.

Elle a secoué la tête avec impatience.

— De quel collège tu viens ? Je ne me souviens pas de toi.

Bizarre. Elle n'était pas hostile, mais le ton de sa voix n'était pas très chaleureux non plus.

— En fait, je viens de Brighton.

À ce moment-là, j'avais plus que jamais conscience de mon accent snob, typique de ma ville natale.

— Mon père a été muté le mois dernier. Je m'appelle Edie.

— Edie ?

— C'est le diminutif d'Edith, ai-je marmonné, tout en maudissant intérieurement mes parents pour le sale tour qu'ils m'ont joué le jour où ils ont rempli mon acte de naissance.

— Moi c'est Mia, comme l'actrice Mia Farrow.

— Joli prénom, ai-je hasardé, un peu nerveuse.

Mia a paru se détendre et m'a souri.

— Merci. Tu te plais ici ?

— Ça peut aller. Même si mes amis me manquent.

Mia a hoché la tête puis a baissé les yeux sur mon cahier où le nom de Jim était inscrit un peu partout.

— Oh, Jim.

Elle a souri d'un air entendu.

— Il est pas mal, hein ? Tu l'as rencontré à quelle occasion ?

J'ai piqué un fard de la couleur de mon vernis et j'ai bégayé un truc bidon à propos d'un Jim qui habitait Brighton, mais Mia n'a pas marché une seconde.

— Mmmm, c'est ça, a-t-elle ricané. Tout le monde en pince pour lui. C'est comme un rite de passage. D'abord, t'as les seins qui poussent, puis tu t'aperçois que s'asseoir au rez-de-chaussée du café, ça craint, et pour finir, tu tombes amoureuse de lui.

— Alors toi aussi tu craques pour Jim ?

Rien que le fait de prononcer son nom me donnait l'impression d'avoir vendu mon âme au diable.

Une fois encore, Mia s'est esclaffée.

— Non, moi c'est Paul, son meilleur ami. Qui m'aime aussi, d'ailleurs. On est raides dingues l'un de l'autre.

Et elle s'est lancée dans une histoire compliquée concernant Paul et son ex. J'avais du mal à suivre mais je hochais souvent la tête en essayant d'enquêter discrètement sur celui qui m'intéressait vraiment. J'aurais tout aussi bien pu me faire tatouer « Je craque pour Jim » sur le front. Oui, parce que je suis du genre subtil, comme fille.

30 septembre

Aujourd'hui, à la cantine, Jim s'est assis à une table devant la mienne. En face de moi. J'ai fait semblant d'être captivée par mon livre d'anglais mais je ne pouvais pas m'empêcher de lui jeter des regards à la dérobée. Son sourcil gauche est barré d'une cicatrice, une ligne blanche à peine visible. Je me sentais toute drôle chaque fois que je la regardais. Je me demande bien pourquoi.

Je crois qu'il recopiait le devoir de quelqu'un (depuis quand ont-ils des devoirs, en arts plastiques ?) : il était penché sur un tas de papiers, un stylo à la main, l'air très concentré.

J'avais un peu le cafard car même s'il se trouvait à quelques mètres de moi, il me paraissait à des millions d'années-lumière. Il était canon, tout le monde l'aimait, mais j'avais beau respirer le même oxygène que lui, il ignorait jusqu'à mon existence.

Je me sentais minuscule et insignifiante. Lui, c'est vraiment quelqu'un. Il a plein d'amis. Et moi je ne suis qu'une gamine demeurée.

Je parie qu'il ne trébuche jamais sur le marchepied du bus et qu'il ne perd pas ses moyens quand il est à proximité de quelqu'un qui lui plaît. Oh, pourvu qu'il soit libre !

Puis il a levé les yeux et son visage s'est illuminé quand cette fille s'est approchée de lui et lui a planté un baiser sur la joue. Une jolie fille aux fringues dernier cri : un bob noir, une touche de rouge vif sur les lèvres et une minirobe noire qui aurait eu l'air ridicule sur moi.

Ce doit être Alice, l'ex de Paul. Une vraie peste, d'après ce que m'a raconté Mia hier. Jim et elle, paraît-il, se connaissent depuis le bac à sable : ils ont pratiquement grandi ensemble. En bonne logique, ils devraient être comme frère et sœur, mais je n'ai jamais vu un frère et une sœur se coller l'un à l'autre comme ça. Elle a commencé à jouer avec ses cheveux et il l'a laissée faire !!!

Autre événement de taille dans cette journée pourrie : les élèves du cours d'anglais me détestent. Au café, ils se sont assis à la table à côté de la mienne et je les ai entendus dire que j'étais « bizarre » et « arrogante ». Ça vaut mieux que d'être un tas de nuls sans un gramme d'originalité.

4 octobre

Je reviens juste d'un week-end chez mes grands-parents, à Brighton. J'en ai profité pour revoir mes vieux amis ; nos dernières retrouvailles remontent à un mois à peine mais tout a changé. Toby et Caroline sortent ensemble. C'est dingue, je me souviens encore qu'à l'école primaire, pendant une répétition du spectacle de Noël, il s'est fait pipi sur lui et a caché la flaque avec la crèche du petit Jésus. Et dire que Caroline lui a mis le grappin dessus ! Tish s'est teint les cheveux en rose. Les parents d'Ève se séparent. C'est fou comme les choses changent en si peu de temps ! Ils ont passé des heures à parler de leur lycée ou de gens que je ne connaissais pas et, même s'ils faisaient de gros efforts pour m'inclure dans la conversation, je me sentais larguée. Je connais la suite : les coups de fil, les mails et les visites s'espacent et on finit par perdre le contact. Bref, je n'aurai bientôt plus d'amis là-bas et je peux toujours courir pour m'en faire ici.

7 octobre

Je n'ai pas pu reprendre mon journal hier soir tellement mes mains tremblaient ! Imaginez la scène : j'ai débarqué en cours de photo vêtue d'un treillis et d'une vieille chemise noire toute miteuse (je ne fais plus aucun effort) et là, j'ai manqué tomber à la renverse en apercevant Jim au dernier rang ! Avec Paul ! Et Simon ! Au vrai, la salle était pleine d'étudiants en art (apparemment, le cours est inclus dans leur programme), aussi Martyn (le prof) m'a dit d'aller m'asseoir au fond à côté de Paul, vu que c'était la seule place qui restait.

C'est bien le supplice le plus agréable qu'on m'ait jamais infligé. Paul m'a souri et j'ai essayé tant bien que mal de grimacer un sourire en retour. Puis Jim s'est penché par-dessus Paul pour me parler.

— Hé, tu pourrais me prêter un stylo ? a-t-il demandé d'une voix à la fois rauque et douce.

Je suis la plus grosse godiche de l'univers. J'ai secoué la tête, incapable de répondre. J'avais l'impression que ma langue pesait une tonne. Mais quand j'ai sorti mon appareil photo de mon sac (un cadeau de mon père pour s'excuser d'avoir gâché ma vie), je l'ai entendu déclarer à Simon :

— Il est cool, son appareil.

Je n'ai rien écouté du cours. Je n'arrivais pas à détacher les yeux des mains de Jim. Il a de très jolis doigts, longs et fins, qu'on imagine en train de pincer les cordes d'une belle guitare rouge. À la fin de l'heure, ils sont tous allés boire un café mais il m'a tenu la porte en sortant et il m'a fait un clin d'œil !!! Difficile à croire qu'un geste aussi banal ait pu me rendre dingue et pourtant, si ! J'en étais complètement retournée.

13 octobre

Ça va beaucoup mieux au lycée. Je m'entends très bien avec Mia, même si elle me saoule un peu avec Paul (ça fait au moins cinquante fois qu'elle me demande des détails concernant le cours de photo) et j'ai sympathisé avec deux garçons, Nicolas et Xavier, en classe d'histoire de l'art. Ils sont vraiment cool. Nicolas a l'air malicieux de celui qui est toujours en train de penser à une vilaine blague. Et Xavier est un petit gars adorable qui me donne envie de le mettre dans mon sac et de le ramener chez moi. Ils sont venus me voir après avoir repéré l'autocollant Pucca sur mon classeur ; ils m'ont raconté qu'ils m'avaient aperçue dans les couloirs et avaient parié sur le premier qui oserait m'aborder.

— Pourquoi vous n'êtes pas simplement venus me dire bonjour ?

Nicolas a haussé les épaules avant de m'expliquer que je les intimidais un peu, alors que je dois être la personne la moins intimidante du monde. C'est vrai, même un lapin en peluche est plus intimidant que moi.

Mais la grande nouvelle, c'est que Jim a découvert mon existence ! Il me sourit quand il me croise. Comment se fait-il que la seule vue d'un garçon me fiche une trouille pareille ? Où est passé mon sens de la repartie ? Mais dans l'ensemble, tout allait plutôt bien dans ma vie jusqu'à ce que les choses se corsent sérieusement hier, en cours de photographie. Quand je suis arrivée dans la salle, en retard comme d'habitude (pour marquer le coup, j'avais mis ma robe vintage à pois – celle que je préfère – et ma nouvelle paire de Converse roses), le seul siège libre se trouvait à côté de Jim.

En m'asseyant près de lui, j'ai eu l'impression qu'il aimantait les molécules de mon corps. Il portait un vieux tee-shirt Coca-Cola troué qui devait dater de la dernière guerre. Je me suis rendu compte qu'en me penchant légèrement vers la droite mon bras nu touchait le sien : j'étais au bord de la syncope.

Je n'osais même pas regarder de son côté, c'est dire. Et quand Martyn nous a demandé de travailler sur un projet avec notre voisin de classe, l'incroyable s'est produit : Jim est devenu mon binôme ! Mais au lieu de m'en réjouir, j'ai eu envie de pleurer.

Comme je n'ai pas pu décrocher une syllabe, il a dû croire qu'il avait affaire à une folle furieuse. J'ai caché mes mains sous la table pour qu'il ne les voie pas trembler tandis qu'il essayait d'engager la conversation.

— Je ne crois pas qu'on ait été présentés.

Lorsqu'il s'est tourné vers moi, j'ai gardé les yeux rivés sur mon cahier. Je me sentais rougir des pieds à la tête, oreilles et orteils inclus. Jim ne s'est pas découragé :

— Je m'appelle Jim, je suis en arts plastiques. Et toi, tu passes ton diplôme ?

J'ai réussi à répondre par signes à ses questions, un hochement de tête par-ci, un haussement d'épaules par-là. Encore une semaine ou deux, et je serai peut-être en mesure de passer au grognement.

C'est lui qui a dû décider en quoi consisterait notre

projet. D'après ce que j'ai compris, on va photographier des bâtiments en ruine. Il s'est lancé dans un discours sur l'influence du renouveau gothique dans l'architecture de Manchester au XIXe siècle mais c'est à peine si je l'entendais. À un moment, il a utilisé le mot « arc-boutant » et il s'est mis à rire.

Jim est persuadé que je suis muette, et c'est compréhensible. Pour couronner le tout, il vient chez moi dimanche prochain. Ça n'arrange pas mes affaires, d'autant que j'ai dû en discuter avec lui en essayant de paraître cool et de ne pas oublier mon adresse ; du coup, je me suis remise à rougir et à bégayer. Bref, l'horreur. Il m'a lancé un drôle de regard en souriant à demi et j'en ai eu la chair de poule.

15 octobre

Je suis incapable de penser à autre chose qu'à la venue de Jim dimanche prochain. Par miracle, les parents sont invités à un mariage samedi. Ils ont décidé de passer la nuit sur place et ne seront pas de retour avant le lendemain. Ma mère ne risque donc pas de débouler avec les jus de fruits et les petits gâteaux.

Mia m'a confié que Jim a une réputation calamiteuse. Qu'il traîne une ribambelle de cœurs brisés dans tous les lycées de la région. Qu'Alice et lui se livrent au concours bizarre de celui qui couchera avec le plus grand nombre de partenaires. Que c'est à mettre sur le compte de leur relation ambiguë et d'un sentiment de rivalité.

— Mia, tu l'as bien regardé ? ai-je demandé d'un ton incrédule.

Adossées contre le mur de la crèche, on se partageait un sachet de chips entre deux heures de cours.

— Il est beau comme un dieu. Si Alice lui avait plu, ça fait belle lurette qu'il l'aurait eue. Il n'a pas besoin de jouer la comédie.

Mia m'a lancé un curieux regard et a changé de sujet.

Je me sens comme écartelée. D'un côté, j'aimerais être à dimanche et, de l'autre, je voudrais que ce jour ne vienne jamais. Dans ma tête, je m'invente des conversations incroyables avec Jim. Dans ces moments-là, je suis drôle, intelligente avec juste ce qu'il faut d'excentricité. Mais en réalité, je ne suis qu'une grosse nouille qui n'a même pas le cran d'aller lui parler.

17 octobre

Dans vingt-quatre heures, Jim sera ici. Je n'ose même pas imaginer la catastrophe. Et comme si je n'étais pas suffisamment stressée, Mia s'est invitée pour la nuit. Je l'aime bien mais j'aurais préféré rester seule ce soir, histoire de me mettre en condition pour la crise d'hystérie qui va suivre.

18 octobre

Je vais assassiner Mia. Elle a débarqué chez moi avec une bouteille de vodka qu'elle a mélangée avec mon Pepsi Light, puis elle m'a persuadée de me couper la frange.

— Tu as vraiment des sourcils super, dommage que personne ne les voie.

Elle m'a tellement bourré le crâne que j'ai fini par

me laisser faire. Ensuite, après m'avoir massacré les cheveux, elle a vomi sur le tapis Art déco de ma mère.

Jim arrive dans une demi-heure (ça vous dérange si je fais une crise cardiaque ?). Le salon empeste le détachant pour moquette, j'ai une migraine atroce et, comble de l'horreur, ma pseudo-frange est de traviole. Je voudrais mourir. Non, correction : je voudrais que tout le monde meure.

18 octobre, plus tard

Quand Jim est arrivé, j'étais presque en état d'hyperventilation. Plus je regardais ma frange dans le miroir, plus je la trouvais moche. Elle rebiquait sur les côtés et j'avais un mal de chien à la lisser. Est-ce que j'ai précisé qu'en plus, elle était de traviole ?

J'étais en plein essayage quand on a sonné à la porte : je venais d'enfiler ma nouvelle jupe ultra-tendance mais je portais encore le tee-shirt des Simpson dans lequel j'avais dormi. J'en ai eu des spasmes dans tout le corps (et je n'exagère pas). J'ai fini par aller ouvrir : Jim, vêtu de noir, était appuyé contre le chambranle de la porte dans une attitude nonchalante (l'adjectif de la semaine). Il s'est redressé lentement et m'a adressé un sourire qui ne présageait rien de bon, avant de me tendre un sac plastique.

— J'ai apporté de quoi accompagner le thé.

Il m'a fait un autre sourire qu'on aurait pu qualifier de narquois.

J'ai jeté un coup d'œil au contenu du sac.

Il avait acheté des biscuits. Quand j'ai levé les yeux vers lui, il me fixait avec insistance. C'était cette fichue frange.

— Tu as l'air différente, a-t-il fini par déclarer au bout d'un long échange de regards.

Il m'a pris le menton et j'ai eu l'impression que mon estomac atterrissait dans mes chaussettes. Je me suis reculée, incapable d'en supporter davantage.

— C'est ma frange. Je me suis fait agresser par une paire de ciseaux.

— On dirait, oui.

On s'est assis dans l'escalier, je lui ai raconté pour Mia et il a répondu d'une voix bizarre, un peu tendue :

— Oui, c'est du Mia tout craché.

J'ai contemplé mes genoux qui, à côté des siens, avaient l'air minuscules, comme ceux d'un enfant. Même ses genoux me plaisent. C'est grave, non ?

Bref, pour la faire courte (c'est le cas de le dire), on est allés dans la salle de bains et Jim m'a recoupé la frange. Il avait paraît-il une idée en tête et de toute façon, ça ne pouvait pas être pire.

Il n'avait pas l'air de s'intéresser à moi mais ma frange exerçait sur lui une fascination irrésistible, apparemment.

L'atmosphère était très, très intime. Je me suis assise sur le rebord de la baignoire et Jim s'est agenouillé devant moi, a pris mon menton dans sa main. Il m'a fait tourner la tête de droite et de gauche avant d'attaquer avec les ciseaux. Je m'étais toujours dit que les garçons qui coupaient les cheveux étaient forcément gays, mais Jim me faisait plutôt l'effet du parfait hétéro. Il s'y prenait un peu comme un artiste devant une sculpture ou un dessin.

Une fois la coupe terminée, il ne m'a pas laissée regarder aussitôt. Il m'a demandé de fermer les yeux et m'a soufflé doucement sur le visage pour me débarrasser des petits cheveux. J'étais à deux doigts de la syncope. Il me tenait par les épaules pour m'empêcher de bouger et je mourais d'envie qu'il m'embrasse.

Mais il n'a rien tenté.

Il m'a juste installée devant le miroir, et je dois bien reconnaître que j'avais une allure d'enfer avec ma nouvelle frange très, très courte. Jim a eu ce petit sourire dévastateur qui me faisait fondre chaque fois.

— Je t'ai fait le look de Jean Seberg. Ça te va très bien.

J'allais protester pour la forme mais il a ajouté, soudain sérieux comme un pape :

— Tu as des sourcils magnifiques.

Puis la magie du moment s'est envolée et je suis descendue lui préparer du thé.

La bouilloire avait à peine eu le temps de chauffer que Jim était déjà prêt à partir. Il s'est contenté de lancer un « Faut que j'y aille » et voilà. On n'a pas pris de photos, on n'a pas bavardé. Il était en train de tremper un biscuit dans sa tasse pendant que je rassemblais mon courage avant de me lancer dans une phrase complète, et l'instant d'après il était dehors. Il ne m'a même pas dit au revoir. Je l'ai suivi des yeux dans la rue et plus il s'éloignait, plus je me sentais triste. Puis je me suis souvenue que les parents devaient arriver d'une minute à l'autre et je suis allée inspecter le tapis en quête d'éventuelles taches de vomi indélébiles.

Plus tard dans la journée, j'ai tapé le nom de Jean Seberg sur Google. J'ai appris qu'il s'agissait d'une actrice américaine et qu'elle avait joué dans un film intitulé *À bout de souffle*. Contrairement à moi, elle portait les cheveux ultra-courts mais on avait la même frange. Et puis elle avait une beauté un peu enfantine.

Pourquoi Jim m'avait-il comparée à elle ? À cause de la frange ou du côté enfantin ?

Il faut que j'arrête de penser à lui, ça tourne à l'obsession. Pour un peu, je le dévorerais tout cru. Quand je suis avec lui, je me sens différente. Comme si soudain j'avais une conscience aiguë de moi-même, et je ne suis pas sûre d'aimer ça. Je n'y comprends rien. Pourquoi c'est si compliqué, les relations mecs-filles ?

19 octobre

J'ai le moral dans les chaussettes aujourd'hui, et l'impression qu'une catastrophe va s'abattre sur moi d'un moment à l'autre. J'ai réfléchi à ce qui s'est passé avec Jim pendant une grande partie de la nuit. Je me suis rappelé, entre autres, que l'attitude de Mia ne l'avait pas surpris une seconde. Je ne l'ai pas vu aujourd'hui mais j'ai croisé son ami Paul qui m'a fait un clin d'œil. Attention, rien à voir avec de la drague, ce n'était qu'un clin d'œil amical. Et puis j'ai rencontré Mia qui a ricané en me voyant :

— Ta frange est trop courte, c'est ridicule.

— À qui la faute ?

Elle a marmonné quelque chose concernant les filles qui tombent amoureuses toutes les cinq minutes parce qu'elles n'ont rien de mieux à faire. J'ai rétorqué que j'avais passé un super-moment avec Jim au cas où ça l'intéresserait, et que j'avais eu droit à un clin d'œil de Paul. Pour seule réponse, elle m'a poussée contre le mur avant de s'éloigner, l'air furieux.

Nicolas et Xavier m'ont dit que je ressemblais à Angelina Jolie en plus jeune. Devant mon sourire ravi, ils se sont esclaffés en se poussant du coude et je leur ai répondu :

— Bravo, les gars, c'est exactement ce qu'il fallait dire.

20 octobre

Aujourd'hui, j'étais assise à la cantine quand Mia est venue s'installer près de moi avec une bande de crétins qui n'arrêtaient pas de me regarder en rigolant. Puis, comme si ça ne suffisait pas, Jim est arrivé avec Alice, et malgré les deux sièges vides à côté de moi, ils sont allés s'asseoir à des kilomètres.

Alice est une fille splendide qu'on croirait sortie d'un clip des White Stripes. Elle a le même look que moi (jeans taille basse ou robes vintage) mais infiniment plus d'allure. D'un coup, je me suis sentie nulle avec mon cardigan vert bouteille et mon pantalon de velours élimé. Nous les filles, on est toujours obligées d'avoir un style irréprochable.

Bref, ils s'étaient isolés dans leur monde à eux et se parlaient à voix basse en riant. Jim avait passé son bras autour d'elle et de temps à autre, elle appuyait sa tête contre son épaule. J'ai feint d'être captivée par mon livre, mais je ne pouvais pas m'empêcher de me demander pourquoi on se sent parfois si seul au monde en regardant des gens rire entre eux. Puis Jim s'est levé et il a tiré sur une de mes tresses en passant, mais il était déjà loin quand je me suis retournée. J'ai observé Alice de derrière mon livre : elle était en train de noircir des pages et des pages avec frénésie.

Quand l'heure de retourner en cours a sonné, elle a déchiré les feuilles qu'elle venait d'écrire et les a jetées dans une poubelle. Comme nos regards se croisaient, j'ai essayé de lui sourire mais elle a continué son chemin, le nez en l'air. La situation était trop bizarre. Pourquoi Mia se comportait-elle comme une peste ? Pourquoi Jim m'évitait-il ? Et pourquoi fallait-il qu'Alice soit si jolie dans son genre à la fois cool et mystérieux ?

Martyn est malade, donc pas de cours de photo aujourd'hui. Je ne sais pas si je dois être déçue ou soulagée.

23 octobre

Nicolas et Xavier sont les seuls à me parler, à part les parents (mais eux, ça ne compte pas). Il faut croire que je suis quelqu'un d'épouvantable et que personne n'a envie de me connaître.

J'ai aperçu Jim en ville. Il était avec Alice. Pour changer. Il portait un blouson à capuche et un jean noir. Il avait l'air inaccessible. Que j'ai été bête de croire qu'il s'était passé quelque chose entre nous ! Demain, quand je le verrai, je ferai comme s'il n'existe pas. C'est le seul moyen de préserver ma santé mentale – ou ce qu'il en reste.

27 octobre

Oh ! là là, je me suis complètement ridiculisée ! Je suis assise dans ce café minable où personne ne va jamais. J'ai cours de photo dans une minute, mais je ne suis pas sûre que j'aurai le courage d'y assister.

Mon obsession pour Jim est en train de se muer

en obsession pour Alice. Ces derniers temps, ils n'arrêtent pas de tenir des messes basses et je crois savoir qu'il y a plein de secrets qui traînent. Le problème, c'est que je n'en sais pas plus, et ça me rend folle. Je suis certaine qu'ils sont plus que des « amis depuis le bac à sable ».

Ce matin, en entrant dans les toilettes du premier étage, j'ai entendu Alice crier à Mia : « Ne t'approche plus dc lui ou je te tue ! » avant de sortir en claquant la porte. Mia est sortie à son tour non sans m'avoir jeté un regard assassin au passage. Je fais une sacrée fixation sur Alice, au point que je l'ai suivie à la pause du matin. Elle est entrée dans une friperie et pendant que je me cachais derrière un étalage de vieux bouquins, elle a hésité devant un sac noir sixties hypercool. J'en suis presque à la traquer.

J'ai même fait pire. À la pause de l'après-midi, dans la bibliothèque, elle s'est remise à écrire comme une forcenée et elle a tout jeté en partant. Cinq minutes après (alors que j'aurais dû être en cours de français), je suis allée repêcher les bouts de papier dans la corbeille en espérant que je n'y trouverais pas de trucs gnangnan, quand j'ai senti qu'on me pinçait la taille.

Je me suis retournée en sursautant. Jim était juste derrière moi, le sourire aux lèvres.

— Qu'est-ce que tu fabriques, t'es malade ou quoi ? T'as oublié de prendre tes médicaments, ce matin ?

Panique totale. Un million de pensées se sont bousculées dans ma tête. Est-ce qu'il avait vu ce que j'étais en train de faire ? Pourquoi fallait-il toujours qu'il se paie ma tête ? Tremblante comme une feuille, je sentais son souffle tiède et le contact de ses mains sur ma taille ; elles étaient fraîches alors que ma peau, elle, était brûlante.

Je me suis appuyée contre lui pendant une seconde et il a baissé la tête comme... comme s'il allait m'embrasser. Mais c'était plus que je ne pouvais en supporter : je me suis dégagée de son étreinte et j'ai pris mes jambes à mon cou en le plantant là. J'imagine qu'il a dû bien rigoler.

Jamais plus je n'oserai le regarder en face.

27 octobre (plus tard)

Quand je suis arrivée en cours de photo, toutes les places étaient prises sauf au dernier rang, à côté de Simon, Paul et... Jim. Ça devient presque une habitude. Note perso : arriver en cours de photo à l'heure !!! Comme je n'osais pas le regarder, je l'ai ignoré, mais j'ai senti que lui ne me quittait pas des yeux, son éternel sourire moqueur aux lèvres. Je me suis tournée vers lui et j'ai lâché entre mes dents :

— Arrête de m'espionner !

Jim, qui semblait beaucoup s'amuser, s'est contenté de me répondre d'une voix nonchalante :

— Alors arrête de bouder.

J'allais protester quand Martyn, notre prof, nous a demandé de nous mettre par deux pour discuter du projet et là, il a bien fallu qu'on communique. On est restés quelques instants à s'observer et puis j'ai laissé tomber pour en revenir au sujet des photos :

— Euh, je ne sais pas où on peut trouver des vieux bâtiments décrépits ici... Enfin, tu sais, de l'architecture de style renouveau gothique, parce que je viens d'emménager dans le coin.

J'ai continué comme ça pendant des lustres. Je m'entendais raconter n'importe quoi et ma petite voix intérieure m'ordonnait de me taire, mais rien à faire. Pendant ce temps, Jim m'écoutait en me regardant fixement, ce qui me mettait terriblement mal à l'aise et me faisait plaisir.

Comme je tournais en rond, il a décidé de prendre les choses en main :

— Il y a une vieille abbaye en ruine à l'extérieur de la ville, on pourrait peut-être aller y faire un tour, a-t-il déclaré brusquement en se redressant sur sa chaise. Tu vas adorer, c'est très renouveau gothique.

Il m'a souri d'un air malicieux et a presque applaudi quand j'ai levé les yeux au ciel au lieu de piquer un fard et de suffoquer, comme à mon habitude.

— Si tu veux.

— Je travaille samedi prochain, on pourrait y aller dimanche, a poursuivi Jim.

Quel esprit d'initiative ! Quand je planifie une sortie cinéma, il me faut en général un jour entier pour choisir le film.

— Je viendrai te chercher vers treize heures.

Je ne pensais qu'à ça : Jim et moi, dans SA voiture, en route pour une vieille abbaye en ruine située à quelques kilomètres de la ville. J'allais me retrouver seule avec Jim dans un espace clos pendant au moins une heure à l'aller et une autre au retour.

À la sortie du cours, Alice l'attendait. Situation délicate. J'allais m'éloigner sans demander mon reste, mais Jim m'a pris la main, ce que je n'avais pas du tout prévu, et il nous a présentées :

— Alice, Edie. Edie, Alice.

Alice m'a jeté un regard plein de sous-entendus avant d'assener d'un ton glacial :

— Oui, je sais.

Mais qu'est-ce qui se passe, là ?

28 octobre

Drôle de journée, c'est le moins qu'on puisse dire. Je n'ai pas vu Jim mais je suis tombée sur Alice dans une friperie. On s'est toutes les deux précipitées sur une robe géniale, style années soixante, avec des cerises imprimées dessus. J'allais laisser tomber la robe et supplier Alice de ne pas s'en prendre à moi, quand elle m'a déclaré en souriant :

— Oh, elle t'ira bien mieux qu'à moi.

J'ai essayé la robe et c'est vrai qu'elle m'allait à ravir. J'ai retrouvé Alice à la caisse et j'ai cru m'évanouir quand elle m'a proposé d'aller boire un café. Comme si on était copines et que ça ne la dérangeait pas d'être vue avec une ringarde dans mon genre. J'ai fini par sécher le cours de français pour passer l'après-midi avec elle. Elle m'a demandé ce que je pensais des amis de Jim, Simon et Paul, avant de tenter de me tirer les vers du nez au sujet de Mia et de ses histoires de cœur. Je lui ai raconté qu'elle m'avait fait boire et que Jim avait récupéré ma frange, et elle a juste répondu :

— Mia est la pire peste de l'hémisphère Nord, évite-la.

J'ai essayé de savoir ce qu'il y avait vraiment entre elle et Jim, mais j'avais beau revenir sur le sujet, Alice ne pipait mot, se contentant de sourire d'un air entendu. Avant de nous séparer, elle m'a pris le bras.

— Ne te monte pas trop la tête avec Jim. Les petites filles comme toi, il n'en fait qu'une bouchée.

Conseil amical ou mise en garde ?

31 octobre

Nicolas et Xavier m'ont obligée à les accompagner à la soirée d'Halloween. Ils ont choisi les déguisements : eux en White Stripes (no comment), moi en héroïne de film gore.

Je n'arrive pas à croire que j'ai déambulé dans les rues, couverte de sang, avec un pic à glace en caoutchouc planté dans le dos. J'étais en train de me dire que le sac rempli de chocolats en valait la peine, quand j'ai aperçu Jim qui venait vers nous en compagnie d'une foule de gens (bon, j'exagère : ils étaient cinq). Et nulle part où se cacher !!! J'ai traversé en courant la chaussée encombrée de voitures, manquant de peu me faire écraser par un bus, comme si je n'avais pas assez de sang sur moi !

Peu après, Nicolas et Xavier m'ont raconté que je n'avais pas évité la catastrophe pour autant. Ils ont entendu Jim et sa bande commenter entre eux mon sprint suicidaire. Jim, paraît-il, aurait dit : « Ses parents ne lui ont pas appris à regarder des deux côtés de la route avant de traverser. » Oh ! là là ! Oh ! là là ! Oh ! là là !

J'ai eu droit à quelques réflexions de la part de mes amis, du style : « Fais marcher tes neurones, pour voir », mais devant mon air déconfit, ils ont laissé tomber les blagues (surtout qu'ils venaient de passer une demi-heure à me chambrer sans pitié) et ont proposé de partager leurs bonbons avec moi.

2 novembre

À la pause déjeuner, en allant chercher des livres dans mon casier, j'ai trouvé un mot d'Alice me proposant de l'accompagner à un concert la semaine suivante et de l'appeler pour en discuter.

Ensuite, je suis allée nager et, en quittant le gymnase, je suis tombée sur Jim. Quand je dis « tomber », c'est à prendre au pied de la lettre : il a dû croire qu'un TGV lui fonçait dessus. J'avais mis les Daft Punk sur mon iPod et quand je les écoute, je marche à toute vitesse. Jim m'a retenue par les épaules et j'ai senti le contact brûlant de ses mains à travers mon tee-shirt. J'étais en treillis, j'avais les cheveux trempés. Pourquoi faut-il toujours que je sois habillée comme un sac quand je le croise ?

— Je sors de la piscine, ai-je expliqué, au cas où il n'aurait pas deviné.

Il m'a doucement poussée contre le mur, les mains sur mes épaules, a baissé la tête, si bien que ses lèvres touchaient presque les miennes, et a murmuré :

— On a rencard dimanche. À ce week-end, ma poule.

Et il s'est éloigné d'un pas nonchalant.

D'accord, je suis raide dingue de Jim, mais je n'ai pas la moindre envie qu'il me considère comme son jouet. Il doit sans doute savoir qu'il me plaît ; c'est déjà suffisamment horrible, inutile qu'il me prenne en plus pour une poire.

8 novembre

Je me réchauffe devant le feu, une tasse de chocolat chaud à la main et la tête pleine de pensées bizarres.

Jim est venu me chercher à l'heure du déjeuner dans sa petite voiture toute cabossée. J'ai dû me plier en quatre contre le tableau de bord parce que je n'arrivais pas à reculer le siège passager et lorsque Jim est monté à l'intérieur, on était serrés comme des sardines. Quand nos regards se sont croisés dans le rétroviseur, on a échangé un sourire. On aurait dit que le temps s'était arrêté.

— C'est bon, Edie, je suis au courant, m'a-t-il confié avant de mettre une cassette des Beatles dans l'autoradio et de démarrer.

C'était la première fois que je l'entendais prononcer mon nom. Mes pires craintes étaient confirmées, il savait que j'avais un énooorme faible pour lui.

J'aurais voulu que le trajet ne finisse jamais. De temps à autre, sa main frôlait ma jambe quand il changeait de vitesse, mais son geste n'avait rien d'ambigu. Mon cœur ne s'arrêtait pas de battre pour autant : je me sentais bien, tout simplement. Je me suis installée du mieux que j'ai pu et je me suis laissé bercer par la musique et le ronronnement du moteur sur les routes de campagne. Nous n'avons pas échangé un mot. Le silence ne me pesait pas, je le trouvais même très agréable.

Une fois arrivés (je n'avais aucune idée de l'endroit où on se trouvait), j'ai dû enjamber le siège du conducteur pour sortir car Jim s'était garé le long d'une haie. Il est resté là à me regarder pendant que je me contorsionnais afin de ne pas abîmer mes collants. Je commençais à regretter d'avoir mis une robe.

— Tu aurais pu m'aider, ai-je grommelé.

— Tu te débrouilles très bien sans moi, a répondu Jim en souriant.

J'ai protesté pour la forme.

— Charmant !

On a dû escalader une colline sous un vent de force 10 ; Jim avançait en me traînant par la main. Au sommet, les ruines étaient tarabiscotées, « anguleuses » comme le visage de Jim. Il s'est mis à jouer avec mon appareil photo.

— Prête pour un gros plan ?

Pas question que je le laisse me photographier, je me sentais assez vulnérable comme ça. Je lui ai pris l'appareil des mains.

— Non, c'est moi qui vais te prendre en photo. C'est mon appareil.

Jim a haussé les épaules puis s'est immobilisé en me lançant un regard de défi.

— Vas-y, alors.

Il fichait tout par terre avec ses sautes d'humeur. Il me rendait agressive. Je l'ai poussé sous une voûte à demi effondrée et j'ai braqué l'objectif sur lui. Parfois, je me surprends moi-même. Mais il m'a prise au dépourvu, lui aussi : il a écarté mon bras et m'a embrassée.

Soudain plus rien n'a compté que ses baisers. C'était comme si ma bouche, qui jusqu'à présent m'avait surtout servi à manger, à papoter et à faire des bulles de chewing-gum, n'avait trouvé sa véritable raison d'être qu'à ce moment-là, quand sa langue frôlait mes dents et dansait avec la mienne.

Je m'aperçois maintenant qu'il y a une façon d'embrasser propre à chacun, qu'il n'existe pas de mode d'emploi. Quand Jim m'a donné ce baiser, j'ai eu l'impression d'être la seule au monde pour lui et je me suis sentie encore plus amoureuse.

Ses mains dans mes cheveux, ses lèvres sur les miennes, tout était à la fois tel que je l'avais imaginé et très différent. Le temps s'est arrêté puis, brusquement, il m'a repoussée.

— Il ne s'est rien passé.

Il avait l'air furieux.

— On s'en va.

En regagnant la voiture, j'ai glissé et je me suis étalée. Au lieu de me venir en aide, il m'a regardée me relever, excédé.

Pendant le trajet du retour, un silence horrible s'est installé, et à l'arrivée, j'ai frôlé la cata. J'étais à peine descendue qu'il avait déjà redémarré.

Mais qu'est-ce que j'ai fait de mal ?

9 novembre

Jim m'a ignorée toute la journée. Pour comble de malchance, je n'ai cessé de le croiser mais j'aurais aussi bien pu être invisible. Chaque fois, il est passé devant moi comme un courant d'air.

Alice m'a harcelée sans fin pour le concert de ce soir. Elle s'est montrée vraiment sympa. Je n'ai pas osé lui demander si elle avait parlé à Jim, même si j'en brûlais d'envie.

Je n'étais pas d'humeur à sortir. Alice, cependant, n'est pas du genre à lâcher prise. Elle a débarqué chez moi et s'est installée sur le lit pendant que je choisissais ma tenue : j'ai opté pour ma nouvelle robe sixties, celle avec les cerises, et un petit cardigan rouge. Alice ne me fait plus peur mais elle devient muette dès que j'aborde le sujet Jim.

J'ai rassemblé mon courage et, au bout de dix minutes, je lui ai demandé :

— Est-ce que Jim t'a parlé de moi ?

— Non, m'a-t-elle répondu avec indifférence en feuilletant mon exemplaire de *Virgin Suicides*. Il aurait dû ?

J'ai fait mine de me recoiffer en la surveillant du coin de l'œil, histoire de vérifier si elle disait la vérité.

— Oh, c'est juste qu'on a planché ensemble sur le projet de photo, l'autre jour. Je pensais qu'il t'en aurait parlé, ai-je ajouté en essayant de prendre l'air naturel.

Alice s'est contentée de hausser les épaules.

En arrivant au club, devinez qui était là ? Jim... et Mia, scotchés l'un à l'autre ! Alice s'est dirigée droit sur eux et je l'ai suivie (à contrecœur). Elle a eu une discussion animée avec Jim pendant que Mia me toisait de la tête aux pieds avec un sourire narquois. Elle me tapait franchement sur les nerfs, celle-là, alors je suis allée me chercher un verre, puis je me suis rapprochée de la scène et c'est là que ce skateur m'a abordée. Il n'arrêtait pas de me dire que je ressemblais à Gwen Stefani et comme je savais que Jim m'observait de loin, je lui ai souri et j'ai touché son bras pendant qu'il me baratinait. Puis il m'a prise par le col et m'a embrassée à pleine bouche. C'était tellement incongru et répugnant que j'ai mis du temps à réagir. Je l'ai repoussé, mais trop tard : Jim nous regardait, l'air dégoûté.

Je ne suis pas allée chercher Alice, je n'ai même pas pris la peine d'expliquer à Jim qu'il n'était qu'un traître, un hypocrite et un crétin. J'ai préféré m'enfuir en courant et, une fois chez moi, je me suis écroulée sur mon lit.

10 novembre

Je passe beaucoup de temps avec Nicolas et Xavier (qui sont sûrement gays... ou alors très, très complices). Ce week-end, ils viennent chez moi pour un marathon pizza/DVD d'Orlando Bloom. Alice m'a demandé pourquoi je n'étais pas restée écouter le groupe l'autre soir et je lui ai répondu qu'un mec me collait aux basques, dans l'espoir qu'elle le répéterait à Jim. De son côté, elle n'a pas arrêté de dénigrer Mia.

J'avais cours de photo cet après-midi. J'étais censée développer les clichés avec Jim mais visiblement, il n'avait aucune envie de se retrouver seul avec moi dans la chambre noire, donc Paul et Simon ont joué les chaperons. Jim, installé à l'autre bout du banc, tenait des messes basses avec Simon en me lançant des regards assassins (je l'ai distinctement entendu dire : « Elle est cinglée ») pendant que Paul et moi on s'occupait du développement. Heureusement qu'on était dans une chambre noire. C'est plus facile de cacher ses émotions quand il fait sombre.

En voyant le visage de Jim apparaître sur le papier photo, j'ai senti mon estomac se nouer. Ses yeux semblaient lire en moi. Puis j'ai contemplé le Jim en chair et en os et je me suis sentie triste et furieuse qu'il ne soit même pas capable de me regarder en face. En sortant du cours, j'ai fait un bout de chemin avec Paul.

Ce n'est pas qu'il me plaise (encore heureux, une seule histoire de cœur à la fois suffit à mon bonheur), c'est juste que c'est très facile de discuter avec lui. Mais quand j'ai mentionné Alice, il s'est tu. Puis j'ai marmonné quelque chose au sujet de Mia et il a failli tomber à la renverse. Je ne comprends décidément rien aux mecs.

13 novembre

Hier, j'ai passé une soirée d'enfer avec Nicolas et Xavier. J'avais raison au sujet de leur homosexualité parce que 1) ils ont voulu regarder *Pirates des Caraïbes* deux fois de suite ! Et 2) ils m'ont tout avoué.

Je revenais de la cuisine quand je les ai trouvés en train de chuchoter. Ils se sont interrompus net en me voyant.

— Vous parliez de moi ? C'est au sujet de Jim, c'est ça ? ai-je demandé d'un air suspicieux.

J'ai une idée fixe en ce moment. Ou plutôt, j'en ai plusieurs, mais elles sont liées à Jim.

Je suis restée là à les foudroyer du regard en tapant du pied tandis qu'ils se donnaient de grands coups de coude. Xavier a alors fini par lâcher :

— On est gays, t'es au courant ?

Devant leurs mines (ils craignaient peut-être que je me mette à hurler), j'ai éclaté de rire avant de répondre :

— Et sinon, quoi de neuf ?

Bref, on a passé un super-moment.

Aujourd'hui, en revanche... horrible ! Mia et deux filles de sa bande m'ont coincée dans les toilettes.

— J'ai deux mots à te dire, espèce de boudin.

J'ai failli renverser ma trousse de maquillage dans le lavabo.

— Pardon ?

J'étais trop estomaquée pour avoir peur.

Mia m'a prise par le poignet avant de me pousser contre l'essuie-mains.

— Sale peste ! Tout le monde sait que tu t'es envoyé Jim et Paul.

Tandis qu'elle me crachait son venin à la figure, je tremblais de la tête aux pieds et j'avais même un peu envie de pleurer. C'est vrai, c'était traumatisant de se retrouver nez à nez avec cette folle furieuse qui déversait son agressivité sur moi. Surtout que je ne comprenais rien à son charabia. D'accord, j'avais embrassé Jim. Et pas qu'un peu. Mais maintenant, il me traitait comme une lépreuse. Quant à Paul... Depuis quand faire un bout de chemin avec un garçon équivaut à coucher avec lui ?

Heureusement, j'ai réussi à lui échapper quand un groupe de filles a fait irruption dans les toilettes. J'en tremble encore.

J'étais à peine remise de mes émotions qu'Alice est passée en trombe dans le couloir en m'ignorant ! Persuadée qu'elle ne m'avait pas vue, je lui ai couru après.

— Salut !

Alice m'a jeté un regard venimeux qui m'a fait reculer d'un pas.

— C'est quoi, le problème ?

— C'est quoi, le problème ? a-t-elle répété d'un ton incrédule. Le problème, c'est toi, espèce d'hypocrite !

Et elle a foncé vers le bâtiment d'arts plastiques sans un mot de plus. Je suis allée me réfugier dans d'autres toilettes et, assise sur le siège des W-C, j'ai pleuré jusqu'à ce qu'il soit l'heure d'aller en cours de français. Ce n'est pas possible, tout le monde prend de la drogue, ici. Je n'y comprends rien. J'ai l'impression que l'école entière me montre du doigt en chuchotant. Cerise sur le gâteau : j'ai croisé Jim en allant prendre le bus... Il m'a regardée comme si je sortais d'un marais putride.

En arrivant à la maison, j'ai reproché aux parents de m'avoir traînée dans cette ville pourrie. Je pensais que ça me calmerait de passer mes nerfs sur eux, mais je ne me suis pas sentie mieux après.

15 novembre

Quand on habitait Brighton, j'attendais le week-end avec impatience. Du vendredi soir au dimanche soir, j'étais dehors avec mes copains. Je faisais partie d'une bande, je comptais pour mes amis. Ces deux derniers jours, j'ai à peine mis le nez hors de ma chambre. Je suis restée au lit à câliner Pudding jusqu'à ce qu'elle en ait ras le bol et se mette à miauler pour que je la libère.

Bref, un week-end entier à me morfondre, à contempler cette maudite photo de Jim et à téléphoner chez Alice pour m'entendre dire qu'elle était sortie. C'est bon, j'ai compris. Jim est derrière cette histoire.

16 novembre

Parfois, je manque de sens commun – et c'est un euphémisme.

J'avais consacré tant d'heures à me préparer mentalement à une confrontation avec Jim en énumérant ce que j'allais lui dire que j'ai complètement oublié les raisons (cent quarante-sept, d'après mon dernier calcul) qui auraient pu me dissuader de lui sauter à la gorge dans une salle de classe déserte au moment du déjeuner.

Au lieu de lui répéter le discours sarcastique à souhait que j'avais mis au point, j'ai commencé à hurler et à l'insulter. Une véritable harpie !

« Tu n'es qu'un sale crétin arrogant qui joue avec mes sentiments pour passer le temps » a été l'une des phrases clés de mon petit numéro. J'ai même tapé du pied à une ou deux reprises. Plus je m'énervais, plus je hoquetais et plus j'avais le nez qui coulait. Jim me fixait avec des yeux horrifiés. Pour finir, j'ai éclaté en sanglots et je me suis enfuie en courant. Quelquefois je me demande si je ne suis pas sous-développée du cerveau : j'ai la maturité affective d'une enfant de trois ans.

Je venais d'atteindre la cour où on entrepose les poubelles des cuisines quand Jim m'a rattrapée. Il m'a agrippée par les épaules et m'a forcée à me retourner. Au début, je me suis débattue comme si on m'avait mis du poil à gratter dans la culotte. Quand j'ai compris que Jim ne me lâcherait pas, je suis restée tranquille.

— Arrête, calme-toi !

Sa voix trahissait l'énervement. Il m'a regardée comme si je comptais réellement pour lui, puis il a caressé mon visage en feu et j'ai deviné qu'il allait m'embrasser. C'était encore mieux que la première fois. Un baiser fusionnel, si long et si ardent que le temps a paru s'arrêter.

Après on est allés se promener dans le parc et il m'a tenu la main ! VRAIMENT. Parfois, ses doigts pressaient les miens. Mais j'étais toujours en colère contre lui.

— Edie, il y a un tas d'histoires qui circulent, j'aimerais tirer l'affaire au clair.

— Avant qu'on sorte ensemble ?

Il a fermé les yeux à demi, comme s'il ne m'avait jamais vue, puis il a marmonné :

— Je ne veux pas que tu souffres.

Les gens disent toujours ça quand ils s'apprêtent à vous faire souffrir.

Au prix d'un énorme effort, j'ai répondu à voix basse, mais d'un ton décidé :

— Eh bien, quand tu en auras marre de ces petits jeux, fais-moi signe.

Et je suis partie sans me retourner.

Je crois que je me sentais encore plus mal, si c'était possible, après notre explication. J'aurais voulu ne jamais être venue ici. Nicolas et Xavier sont les seuls à m'adresser la parole. Alice me traite comme une moins que rien. Malgré les chuchotis dans les couloirs, je marche la tête haute, même si en réalité j'ai envie de rentrer sous terre. Mais c'est dur. Très dur. Trop dur.

20 novembre

Nicolas et Xavier se sont disputés aujourd'hui. Nicolas a piqué la dernière frite dans l'assiette de Xavier, qui est sorti en claquant la porte, et Nicolas a passé le reste de la journée à bouder. Je suis allée faire un tour dans le parc avec lui. Notre conclusion :

il faudrait inventer un remède pour soigner les névroses des mecs.

Après m'avoir écoutée me plaindre au sujet de Machintruc pendant au moins une demi-heure, Nicolas a fini par déclarer :

— Edie, tu devrais laisser tomber.

Mais là, il me demande l'impossible. Jim a beau se montrer imprévisible et agressif, je ne peux pas oublier du jour au lendemain ce que je ressens quand il m'embrasse... Ces moments rares où j'ai l'impression qu'on est vraiment... connectés.

Et puis, quand on parle du loup... Jim est passé près du banc où on était assis. Il portait un jean et sa vieille veste en daim. En m'apercevant, il a détourné le regard comme s'il ne me connaissait pas. J'en ai ras le bol. Est-ce que ça va toujours être la même rengaine ? Je t'embrasse à perdre haleine puis je t'ignore ?

J'avais prévu de sécher le cours de photo mais je suis tombée sur Martyn. Il m'a demandé de l'aider à installer un projecteur puis de faire défiler les diapos, j'ai donc pu me tenir à distance de Jim pendant l'heure. Mais alors que je passais près de lui pour sortir, il m'a pris le poignet.

— Il faut que je te parle.

— Quoi ?

Il a rougi.

— Je t'ai vue flirter avec Nicolas dans le parc.

— Hein ? Tu es jaloux ?

Puis j'ai dégagé mon bras et je l'ai planté là.

Il n'a pas le droit de surveiller mes faits et gestes comme s'il s'intéressait à moi.

23 novembre

Ma mère a bien voulu que je sèche un jour de lycée pour l'accompagner au centre commercial. On avait prévu d'acheter ensemble des objets de déco pour ma nouvelle chambre. On a eu une énorme dispute au rayon literie à propos des coussins bohème chic que j'avais choisis et qu'elle trouvait trop chers. Puis elle est devenue toute sentimentale à l'idée que je parte à la fac dans deux ans. Du coup, elle m'a laissée choisir un café super-cool à l'heure du déjeuner. J'étais en train d'explorer le contenu de mon assiette avec ma fourchette quand j'ai senti le poids d'un regard sur ma nuque. Je me suis retournée et j'ai vu Jim qui m'observait d'une table voisine.

Tandis que ma mère parlait de choses et d'autres, il a levé sa tasse de café comme s'il portait un toast. La situation était cauchemardesque. Maman ne s'arrêtait plus de jacasser. Quant à moi, j'étais terrifiée à l'idée qu'il vienne à notre table et en même temps j'en mourais d'envie. J'ai persuadé ma mère de me laisser le champ libre pendant une demi-heure.

En quittant le café, je me suis aperçue que Jim me suivait. Mon cœur battait à se rompre quand il m'a rattrapée et poussée dans une allée. On s'est jetés l'un sur l'autre et on s'est embrassés comme si la fin du monde était imminente. Lorsque je me suis reculée, mes lèvres me brûlaient.

— C'est trop facile de t'embrasser, m'a-t-il déclaré avec un ricanement de mépris.

Et il est parti.

Quel sale type ! Je l'ai vite rattrapé et je lui ai tapé si fort sur l'épaule que j'en ai crié de douleur ; j'ai même dû masser mes phalanges endolories. Jim s'est retourné et m'a dévisagée avec cette horrible expression narquoise qui m'énerve au plus haut point. Mais quand je lui ai hurlé à la figure : « Sors de ma vie ! », il ne souriait plus du tout. Bizarre, pendant cinq minutes, j'ai pensé chacun de mes mots et puis, tandis que je cherchais, tremblant et sanglotant à demi, la Mère Supérieure (le surnom de ma mère !) dans les allées marchandes, je me suis dit : Mais qu'est-ce qui t'a pris, Edie ?

24 novembre

Aujourd'hui j'ai refusé d'aller au lycée. Je me sens incapable d'affronter Jim parce que ça va encore se terminer par un baiser. Je n'ai pas davantage envie de voir Alice, puisqu'elle ne veut plus être mon amie. Et je préférerais mourir que tomber sur Mia, cette espèce de démon sorti de l'enfer.

J'avais mon expression « Crise d'ado, ne pas déranger » sur la figure, alors ma mère n'a même pas protesté quand, vautrée devant la télé, je n'ai plus bougé le petit doigt.

25 novembre

Aujourd'hui encore, j'ai séché le lycée. Ma mère m'a demandé si j'étais malade et je me suis contentée de répondre : « Je n'ai pas envie d'en parler. » Mais un peu plus tard dans la journée, elle est revenue à la charge avec mon père sur le mode : « Tu sais que tu peux tout nous dire. » Très drôle.

26 novembre

J'ai pris mon courage à deux mains : je suis retournée en cours. C'était ça ou subir un autre sermon. Je me suis habillée en noir de la tête aux pieds pour assortir mon look à mon humeur et j'ai déambulé dans les couloirs en prenant l'air détaché style : « O.K., bande de nazes, vous ne m'aimez pas ? Qu'est-ce que vous voulez que ça me fasse ? »

J'ai aperçu Jim à la cantine avec Paul et Simon. Je me suis assise dos à lui pour ne pas être tentée de le regarder. Et là il s'est passé quelque chose de très bizarre. Mia est venue s'installer juste à côté de moi et a commencé à bavarder comme si on était les meilleures amies du monde. Ça m'a tellement étonnée que je suis restée sans voix. Elle était en train de me bassiner avec un groupe qui passait en concert le week-end suivant quand je me suis décidée à l'interrompre.

— Euh... La dernière fois que je t'ai vue, tu as failli m'arracher les yeux.

Elle n'a pas cillé.

— J'ai pété les plombs, voilà tout. Au fait, j'ai entendu dire que Jim et toi, c'est fini.

J'ai souri, alors qu'au fond de moi j'avais envie de l'étrangler.

— Et qui a prétendu qu'on avait commencé ?

— Mais je croyais...

Son sourire hypocrite a disparu.

— Quelques baisers baveux par-ci par-là, ce n'est pas ce que j'appelle une relation. Tu vas te décider à m'expliquer pourquoi tu as monté le lycée entier contre moi ?

À sa décharge, elle a eu l'air embarrassé.

— Jim et moi, on n'a pas encore vidé l'abcès et puis il y a ces histoires avec Paul et Alice.

— De quoi tu parles, Mia ?

— Oh, Edie commence enfin à entrevoir ce qui se passe ! a-t-elle ironisé. Bon, écoute-moi bien parce que je ne le répéterai pas. Je suis sortie quelque temps avec Jim, jusqu'à ce que Paul tombe amoureux de moi. Jim s'est mis en rogne mais il a fini par comprendre qu'il devait me laisser partir. Le problème, c'est qu'Alice s'est bêtement entichée de Paul. Elle n'arrête pas de se jeter à son cou et Paul, lui, voudrait bien qu'elle lui lâche les baskets. Alors j'ai raconté à Alice que ce n'était pas Jim qui t'intéressait, qu'en fait tu l'utilisais pour te rapprocher de Paul, et elle s'en est prise à toi au lieu de me chercher des poux. Paul t'a bel et bien ramenée chez toi, non ?

— QU'EST-CE QUE TU AS FAIT ? me suis-je écriée.

Je me fichais pas mal que toute la cantine nous entende.

— Pas bête, hein ?

J'ai senti une rage meurtrière m'envahir. Je l'ai soulevée de sa chaise par le revers de sa veste. Elle ne faisait plus la belle, d'un seul coup.

— Merci d'avoir gâché ma vie, sale petite peste !

Je l'ai lâchée et elle est retombée sur son siège.

— Il faut être dingue pour croire que Jim s'intéresse à une gamine dans ton genre, a-t-elle ricané. Il voulait juste me rendre jalouse. Mais il pense que tu en vaudras la peine quand tu auras atteint la puberté...

— Tu vas la fermer, Mia ? a crié Jim dans mon dos.

Je me suis retournée et je l'ai foudroyé du regard. Il m'a rendu la pareille. Dans ma tête, je me le représente avec un air doux mais quand il est devant moi, il a le visage dur et anguleux.

— J'étais en train de mettre Edie au courant des ragots, a répliqué Mia en riant. Elle m'a aussi donné quelques détails piquants à ton sujet. Il paraît que tu baves...

J'ai décidé de prendre la fuite. Dare-dare.

27 novembre

Tout s'éclaire. Comment ai-je pu être aussi bête ? J'aime Jim. Jim aime Mia. Mia aime Paul. Et Alice aussi. Mais le plus dur à avaler, c'est que Jim m'ait fait marcher. Il m'a utilisée pour rendre Mia jalouse. J'ai envie de me pelotonner dans un coin et de me laisser mourir. Je ne supporte plus d'être aussi triste. J'ai dit à ma mère que je ne retournerais plus au lycée. Que je passerais mon diplôme avec un prof particulier. On était en pleine crise et je venais de remonter dans ma chambre comme une furie, quand on a sonné à la porte. Ma mère est allée ouvrir pendant que je continuais à m'égosiller.

— C'est pour toi, Edie, a-t-elle aboyé. Cesse d'agir comme une enfant de trois ans et descends immédiatement.

Les mères doivent suivre des cours spéciaux où on leur apprend à humilier leur progéniture : quand j'ai jeté un œil, j'ai vu Jim qui attendait sur le seuil.

Mon sang n'a fait qu'un tour ; j'ai dû m'appuyer à la rampe pour tenir debout.

— Qu'il revienne quand j'aurai atteint la puberté, ai-je crié (bonjour l'infantilisme !) avant d'aller me réfugier dans ma chambre en claquant la porte derrière moi.

J'étais si occupée à pleurer que je n'ai même pas entendu frapper. En revanche, j'ai nettement entendu la voix de Jim à travers la porte :

— Edie ! Ça va ? Je peux entrer ?

J'aurais voulu qu'il s'en aille. Qu'il redescende l'escalier, qu'il sorte de ma vie et ne revienne jamais. J'aurais bien aimé aussi pouvoir m'arrêter de pleurer à cause de mon nez morveux.

— Allez, Edie. Laisse-moi entrer, s'il te plaît, a répété Jim en baissant la voix.

Que faire ? J'étais coincée. Je me suis collé un oreiller sur la tête. Ma mère ne tournait pas rond. D'habitude, elle ne laisse même pas entrer dans ma chambre mon petit cousin de cinq ans, et là elle autorisait Jim à monter. Je me suis levée et j'ai lancé un regard accablé à mon reflet dans le miroir. J'avais le visage tout marbré à force de pleurer. On aurait dit qu'une firme de cosmétiques avait testé les effets d'un shampoing sur mes yeux. De plus, je portais un pantalon de pyjama avec un pull troué.

On a frappé à nouveau et, avec un soupir à fendre l'âme, je suis allée entrouvrir la porte et j'ai risqué un œil dans l'embrasure. Jim se dandinait sur le seuil, l'air mal à l'aise. Je n'ai pas pu m'empêcher de sourire. Jim, mal à l'aise ? Grande première.

— Qu'est-ce que tu veux ? ai-je demandé d'un ton glacial.

— Arrête de jouer les duchesses.

Il a fait sa moue habituelle, sourcil gauche levé, sourire en coin. Il n'a pas vraiment forcé le passage, il est simplement entré. Je n'en revenais toujours pas quand il s'est assis au bord de mon lit. *Jim était dans ma chambre ! Sur mon lit ! Dans ma chambre, sur mon lit !*

Je suis restée debout, incapable de le regarder. C'était tellement surréaliste de le voir assis là. Jim, quant à lui, devait imaginer que je gardais le silence parce que j'étais toujours en colère contre lui (ce qui n'était pas complètement faux).

— Je n'ai jamais dit ça ! s'est-il emporté. Tu sais, cette histoire de puberté. Tu es une des filles les plus cool que je connaisse.

Je me suis sentie rougir jusqu'aux oreilles.

— Tu perds ton temps ! Je ne crois pas un mot de ce que vous racontez, elle et toi !

Il m'a pris la main et m'a attirée sur ses genoux. Si ma mère était entrée à ce moment-là, elle en aurait fait une attaque.

— O.K., ne tournons pas autour du pot, a-t-il déclaré en essayant de me prendre le menton pour que je le regarde bien en face.

Mais je me suis dégagée et il a fini par laisser tomber.

— Mia et moi, on a couché ensemble une fois et, d'une certaine manière, je suis encore attiré par elle, mais d'un autre côté – et c'est ce sentiment-là qui l'emporte – je trouve que c'est une psychopathe.

J'ai cru que j'allais à nouveau éclater en sanglots. Jim a dû le croire aussi parce qu'il a passé son bras autour de ma taille. J'ai appuyé ma tête sur son épaule pendant un dixième de seconde puis je me suis ressaisie.

— Et moi, dans tout ça ? Pourquoi tu reviens m'embrasser ? À quoi ça rime, ces petits jeux ?

Jim m'a serrée plus fort.

— Parce que tu me plais aussi, a-t-il admis avec une grimace désabusée. On peut être attiré par deux personnes à la fois. Mais c'est une fille solide qu'il me faut, Edie.

— Je suis une fille solide !

Jim a secoué la tête.

— Non. Si on sortait ensemble, je te ferais du mal sans arrêt et tu aurais cette petite mimique qui me fait culpabiliser à mort.

J'ai froncé les sourcils et il m'a tapoté la joue.

— Tu vois. Exactement comme ça.

On ne parlait pas la même langue, lui et moi. Il m'énumérait les raisons pour lesquelles on ne devait pas sortir ensemble, et moi, j'avais juste envie qu'il m'embrasse.

— On pourrait devenir bons amis. J'irais m'expliquer avec Alice.

— Peut-être... Peut-être pas... ai-je marmonné en essayant de me dégager de son étreinte.

S'il ne voulait pas de moi comme petite amie, alors pas question qu'il me touche. Mais, après m'avoir donné une bonne grosse accolade, il m'a ébouriffé les cheveux ! J'ai failli lui arracher les yeux !

Puis, Jim restant Jim, il est parti.

28 novembre

J'en étais toujours à essayer d'interpréter le motif de la visite de Jim quand Alice est passée me voir. Je ne savais pas trop à quoi m'en tenir avec elle. À une époque, j'avais cru qu'on deviendrait les meilleures amies du monde mais je lui en voulais encore de m'avoir laissée tomber sans la moindre explication.

J'étais allée chercher une provision d'urgence de barres chocolatées et, de retour chez moi, je l'ai trouvée assise sur les marches devant ma porte. Elle avait apporté un pot de glace Ben & Jerry's, un bouquet de freesias et un CD gravé exprès pour moi.

— J'imagine que tu m'en veux à mort, m'a-t-elle dit d'un air désabusé.

Je me suis contentée de hausser les épaules.

Une fois dans ma chambre, elle s'est lovée dans mon pouf géant et a plongé une cuillère dans le pot de glace.

— Je comprendrais que tu ne veuilles plus être mon amie après la façon dont je t'ai traitée mais avant, je veux que tu saches pourquoi j'ai été si horrible.

Elle m'a raconté pour Paul et elle : ils avaient passé six mois à se faire de l'œil dans les fêtes et en boîte avant que Jim ne les présente. Ils étaient très vite sortis ensemble. Et ils étaient fous l'un de l'autre (« Je ne pouvais pas rester sans lui, je comptais les heures entre deux rendez-vous ») jusqu'à ce que Mia débarque. Je me suis aperçue qu'entre Alice et Paul, c'était un peu la même chose qu'entre Jim et moi, sauf qu'elle, au moins, avait réussi à faire de Paul son petit copain officiel.

Et puis elle a levé vers moi ses yeux immenses d'héroïne de manga :

— Tu me pardonnes ?

J'ai hoché la tête. La situation est devenue franchement gênante quand elle a éclaté en sanglots ; je l'ai imitée. Et on s'est retrouvées là, à piocher les pépites de chocolat dans le pot de glace en reniflant de concert.

31 décembre

Ça fait un bout de temps que je n'ai pas écrit mais j'imagine que la veille du Premier de l'An vaut bien n'importe quel autre jour pour s'y remettre.

Je suis allée passer Noël en famille à Brighton et, à vrai dire, je préférais encore supporter mes petits cousins exaspérants ou les jérémiades de ma grand-mère au sujet de ses rhumatismes que rester ici.

Au bout de quatre semaines d'efforts, je peux déjà affirmer que cette pseudo-« amitié » débile entre Jim et moi ne marchera jamais. Il suffit qu'il m'appelle pour me proposer un ciné avec Alice, et je fonds. C'est trop douloureux d'être avec lui. C'est trop douloureux de ne pas être avec lui. Parfois, la vie est d'une telle cruauté...

J'ai cru que cette histoire d'amitié n'était qu'une excuse pour m'envoyer gentiment promener et ne plus m'avoir dans les pattes. Eh bien, c'est l'inverse. Quand on traîne avec Alice et Simon, sa conception à lui de l'amitié (encore ce mot atroce), c'est un bras autour de mes épaules et un baiser pour se dire bonjour/au revoir. C'est pire quand je l'ai au téléphone. Il me parle de son dernier projet, une sculpture comestible inspirée de *Matrix* (no comment) et très vite, je perds le fil. En rêve, il me dit : « Edie, tout ce que je veux, c'est t'embrasser » alors qu'en réalité, c'est : « Edie, tout ce que je veux, c'est devenir le prochain Picasso. » Bref, on fête le réveillon chez Simon et si je me prépare psychologiquement d'ici à ce soir, je devrais être capable d'affronter Jim sans le supplier de se jeter sur moi.

1er janvier

J'ai passé la matinée au lit pour me remettre de mon réveillon. J'ai passé une soirée à la fois géniale et atroce. J'attendais cette fête avec impatience, vu que je suis pathétique au point de chérir chaque moment où je peux respirer le même air que Jim. J'avais décidé d'étrenner la magnifique robe que j'ai reçue de ma tante d'Amsterdam pour Noël. Elle est en dentelle noire et se porte avec une combinaison rouge en dessous. Maman trouve que je suis trop jeune pour mettre des trucs pareils mais j'ai complété ma tenue avec des collants rouges et des Converse noires : elle a décrété que c'était « moins habillé », donc portable. « Mais ce serait nettement mieux avec une paire de talons. » Comme si j'allais écouter les conseils vestimentaires d'une femme qui ne met que du beige.

Bref, la soirée a plutôt bien commencé. Il y avait des étudiants en art dans chaque coin et je me sentais un peu jeune et décalée, mais Jim est arrivé et on a engagé la conversation. Il était vêtu d'une chemise noire sur laquelle il avait peint le mot « Trash ». On a parlé de Noël. Enfin, il a parlé de Noël ; moi, je suis partie dans un délire sur les chocolats en forme de triangle dans les boîtes de Quality Street, ceux avec le papier vert autour. J'y voyais une espèce de métaphore des sentiments que j'éprouvais pour lui. Bizarre : il n'a pas saisi l'allusion.

Petit à petit la soirée a dégénéré. Paul et Mia ont débarqué main dans la main, comme un vrai couple, et Alice a disparu de la surface de la terre. Je l'ai retrouvée une demi-heure plus tard : elle s'était réfugiée dans une des chambres pour y pleurer tranquillement dans les bras de Jim. Je suis restée sur le seuil à les regarder en essayant de ne pas avoir l'air jalouse. Je sais bien qu'elle était triste mais de là à poser sa main sur la cuisse de Jim en lui agrippant l'épaule de l'autre ?

Ils ont levé les yeux vers moi, alors j'ai jugé bon de demander comment ça allait. Alice a déblatéré contre Mia pendant des heures, la traitant de sale boudin et prétendant que Paul l'utilisait pour la mettre en boule. Je répondais de temps à autre par des « Ah » et des « Mmmm » mais j'avais l'impression qu'ils auraient préféré être seuls.

J'ai fini par rejoindre Nicolas, Xavier et un de leurs copains, Josh : tellement mignon et propre sur lui que c'en était ridicule, on l'aurait cru droit sorti d'un boys band. On a fait quelques pas de danse dans le salon et pendant une minute, j'ai presque oublié Jim, Alice et Mia qui m'épiait derrière le saladier de punch. Presque.

Minuit approchait. Quelqu'un a fait exploser des pétards pour lancer le compte à rebours. Puis tous les gens présents se sont mis à hurler comme si c'était le premier réveillon de leur vie. J'attendais dans mon coin que l'excitation retombe quand Jim a débarqué en rigolant.

— C'est la fête, on dirait, s'est-il écrié d'un ton moqueur avant de me prendre dans ses bras pour me donner un baiser de nouvel an.

Mais à un moment donné, nos regards se sont croisés et quand nos lèvres se sont touchées, j'ai été transportée plusieurs semaines en arrière. Je sentais le cœur de Jim battre à se rompre mais j'ai fini par trouver la volonté de le repousser.

— J'ai besoin d'aller prendre l'air.

Et sans un regard pour lui, je me suis dirigée en titubant vers le jardin.

Je ne l'ai pas revu de la soirée. Peut-être parce que je me suis terrée dans la cuisine avec Josh. J'ai passé mon temps à me lamenter au sujet de Jim et de notre amour impossible. Les homos font vraiment d'excellents confidents.

2 janvier

J'ai couru les soldes avec Alice. Elle ruminait toujours au sujet de Paul et de Mia mais le récit de mon baiser du nouvel an lui a, semble-t-il, remonté le moral (je n'avais pas l'intention de lui en parler, c'est sorti tout seul).

— Il m'a embrassée aussi, mais sans la langue, m'a-t-elle annoncé avec un sourire narquois.

J'étais en train de réfléchir à une repartie cinglante quand on est tombées sur Josh qui travaille au Manège enchanté, un super-magasin de fripes. Il m'a demandé si je voulais aller au ciné ce soir avec lui. J'ai accepté : il est drôle et il ne faut jamais perdre une occasion de se faire de nouveaux amis.

2 janvier, plus tard

Oh ! là là ! Je ne sais pas comment c'est arrivé. Persuadée que Josh était gay, j'ai commencé à m'épancher auprès de lui, ce que je m'interdis d'ordinaire avec les garçons. D'un coup, il m'a pris la main et m'a dit qu'il m'avait souvent vue en ville et que je lui plaisais depuis un sacré bout de temps.

Ça vous est déjà arrivé de faire quelque chose alors

que ce n'est pas une bonne idée, tout ça parce que vous n'arrivez pas à trouver une raison valable de ne pas le faire ? J'ai embrassé Josh et j'ai accepté un autre rendez-vous.

Jim est l'élu de mon cœur, le seul garçon dont je ne me lasserai jamais, mais il faut que je regarde la vérité en face : ça ne marchera pas. Et Josh est vraiment canon. Oh ! là là, ce que je peux être superficielle ! Enfin, maintenant que j'ai un COPAIN, Jim a intérêt à garder ses distances, je suis devenue inaccessible. Enfin, en principe...

28 janvier

Avoir un copain vous remplit un agenda. Surtout quand votre petit ami s'appelle Josh et qu'il veut vous voir tous les soirs.

J'aime bien Josh, je le trouve adorable, on rigole bien, mais il est super-collant et il acquiesce au moindre de mes propos. Même quand je suggère que la pendaison est une mort trop douce pour Britney Spears et qu'on devrait remettre au goût du jour le peloton d'exécution, il est d'accord. Pourtant, Josh adore Britney. Ce qui ne joue pas non plus en sa faveur.

Il veut toujours qu'on ait des conversations intéressantes et il n'arrête pas de me demander : « À quoi tu penses ? » Le hic, c'est que, la plupart du temps, je pense à m'acheter une nouvelle paire de chaussures, à ce que je vais manger au dîner ou encore qu'il faudrait que je commence mon devoir d'histoire de l'art.

Entre nous, ça fonctionne mieux quand on sort avec l'idée d'aller au ciné ou de faire un bowling. Sinon, on est obligés de rester assis à se regarder dans le blanc des yeux, à discuter de nos sentiments et à s'embrasser. C'est sympa d'embrasser Josh, mais il manque l'étincelle.

5 février

Est-ce normal de ne pas avoir annoncé à mes amis que je sors avec Josh ? Je n'ai rien dit aux parents parce que, eux, je ne leur dis jamais rien. Nicolas et Xavier doivent être au courant puisque Josh est leur ami, mais Jim et Alice sont dans l'ignorance totale.

J'avais l'intention de leur apprendre la nouvelle mais je ne l'ai pas fait ; or, plus j'attends, plus c'est difficile. Je vois Josh depuis un bon mois (j'ai eu droit à une carte d'anniversaire !) et l'avouer m'obligerait à me lancer dans des explications vaseuses sur la raison pour laquelle je ne leur ai rien raconté avant. Mon petit doigt me souffle que si je n'en ai informé ni Alice ni Jim, c'est parce que j'entretiens encore l'illusion débile que Jim va finir par s'apercevoir qu'il ne peut pas vivre sans moi. Admettre devant eux que je sors avec Josh, ce serait l'accepter aussi. Holà, attention ! Je ne suis pas dans le déni. Je sais que je sors avec Josh ! Josh et moi, on est très bien ensemble.

Alors pourquoi me taire ?

11 février

Aujourd'hui, Jim m'a appelée :

— Biiien, tu sais que la Saint-Valentin, c'est dimanche...

J'ai éclaté d'un rire sarcastique, je me suis dit que c'était la bonne réaction.

Silence à l'autre bout du fil.

— Avec Alice, on a décidé d'organiser une anti-Saint-Valentin avec cérémonie vaudoue sur Ken et Barbie puis visionnage de films d'horreur. Seuls nos amis célibataires sont admis, alors j'ai aussitôt pensé à toi.

— Ah, ah.

C'était l'occasion idéale de lui parler de Josh mais je me suis tue. Quelle trouillarde !

12 février

J'ai retrouvé Josh à l'heure du déjeuner.

Je m'étouffais à moitié avec un beignet en priant pour qu'il déscotche son bras de mon épaule parce que ça gênait la coordination de mes mouvements quand, en regardant à travers la vitre du café, j'ai vu passer Jim.

J'ai supplié le ciel pour qu'il ne me remarque pas... mais, comme de bien entendu, il a fallu qu'il tourne la tête de mon côté juste au moment où Josh essayait de me planter un baiser sur la joue ! Jim a secoué la tête, l'air désarçonné, puis il a repris son chemin.

— Il faut que j'y aille.

— O.K. Je t'aime, a répondu Josh en me regardant droit dans les yeux.

— Euh... ouais, moi aussi, ai-je marmonné avant de prendre la fuite.

Jim avait disparu.

Je l'ai cherché dans le bâtiment d'arts plastiques, mais je suis tombée sur Martyn et Jim m'est complètement sorti de la tête. Il en faut beaucoup pour que je l'oublie mais là, c'est vraiment la nouvelle de l'année. Martyn a prévu d'emmener la classe de photo en voyage à Paris le mois prochain. Paris sans les parents ! Mon anniversaire tombe pendant le séjour. Et en plus, ce sera instructif. Ça va être mortel.

13 février

Journée pourrie. Les parents me trouvent trop jeune pour aller à Paris dans le cadre du lycée avec une bande d'« étudiants écervelés ». Alors que je vais avoir dix-sept ans le mois prochain ! On a eu une énorme dispute avec sortie fracassante et claquage de porte. Enfin, à cause de ma mère, surtout. Moi, bien sûr, je suis restée d'un calme exemplaire. On en était à l'acte IV quand Jim a appelé pour m'inviter à déjeuner.

En temps normal, si Jim me donnait rendez-vous, j'étais tout excitée, mais dans le bus qui m'amenait en ville, j'étais malade de trouille. On aurait cru que j'allais chez le dentiste pour me faire arracher une dent sans anesthésie.

J'ai retrouvé Jim devant Rhythm Records (le magasin où il travaille le samedi) et il m'a à peine saluée. J'ai eu droit à une espèce de grognement qui n'avait pas grand-chose à voir avec une phrase intelligible.

On s'est dirigés vers le café du musée d'Art moderne. Le silence qui régnait n'était pas de ces silences complices dont on a l'habitude. L'atmosphère était à couper au couteau.

— Alors, quoi de neuf ? ai-je demandé au bout d'un quart d'heure durant lequel Jim était resté à jouer avec le contenu de son assiette.

— Rien.

C'était la première fois qu'il se montrait aussi cassant avec moi.

— Bien, ai-je répondu d'une voix lasse.

Je devinais qu'on était sur le point de se disputer et je n'en avais aucune envie.

Jim a levé les yeux de son plat qu'il venait de réduire en purée, les narines soudain dilatées.

— Comment va Josh ?

Apparemment, ça allait être ma fête.

Là ça a été à mon tour de piquer du nez dans mes *penne pollo e funghi* comme si j'allais y trouver la clé de mes problèmes.

— J'avais prévu de te le dire mais, euh... je ne trouvais jamais le bon moment.

Jim a repoussé son assiette.

— Ça fait combien de temps ?

— Six semaines, à peu près. Mais je ne vois pas en quoi ça te regarde.

J'avais changé d'avis : après tout, c'est lui qui n'avait pas voulu de moi, alors il n'avait pas le droit de se mettre en boule parce que je plaisais à quelqu'un d'autre.

— Il a une tête à s'être fait recaler de la Star Ac'. J'aurais cru que tu avais meilleur goût.

— Tout ça parce qu'il...

J'allais lancer une remarque vache mais je me suis

tue. C'était Jim, et je n'aurais pas supporté qu'il m'en veuille.

J'ai avancé la main par-dessus la table pour toucher la sienne. Il ne l'a pas prise, mais ne m'a pas repoussée non plus.

— Oh, Jim, je suis désolée de ne pas t'avoir parlé de Josh mais, s'il te plaît, pas de dispute. S'il te plaît.

Pendant une seconde, j'ai pensé qu'il allait me balancer des horreurs, puis il m'a caressé la main.

— D'accord, a-t-il répondu doucement. N'empêche que je persiste à penser que c'est un minable.

Je lui ai fait une grimace.

— Pense ce que tu veux. Tu as entendu parler du voyage à Paris ?

— Oui, je n'y vais pas.

— Pourquoi ? On va bien rigoler. Ce sera marrant et instructif, que demande le peuple ?

On se tenait toujours la main. J'ignore si Jim avait conscience qu'il me caressait les doigts.

— Je ne peux pas me le payer, a-t-il répondu d'un ton sec en me lâchant la main pour reprendre sa fourchette.

Jim ne m'avait jamais parlé de sa famille mais je savais par Alice qu'il devait s'assumer seul financièrement.

J'ai changé de sujet.

— Bon, je suis toujours invitée à votre anti-Saint-Valentin ou quoi ?

14 février

C'est nul quand la Saint-Valentin tombe un dimanche : il n'y a pas de courrier. Pourtant, deux cartes m'attendaient au réveil.

La première était de Josh. Comment je le sais ? Parce qu'il l'a signée, et puis l'illustration avec le flou artistique et la fleur aux pétales humides de rosée, c'était du Josh tout craché.

Il m'avait aussi envoyé un de ces ignobles ours en peluche avec « Je t'aime » écrit sur l'estomac.

L'autre carte n'était pas signée. On y avait dessiné une espèce de Wonder Woman avec des éclairs autour et on avait écrit au-dessus : « Elle m'électrise. »

Cette carte-là ne pouvait venir que de Jim, non ?

26 février

J'ai été réveillée à l'aube par la sonnette de la porte d'entrée.

Ma mère était déjà partie travailler, donc j'ai dû m'arracher à mon lit et descendre l'escalier en jurant à chaque marche. J'ai trouvé Alice, le doigt vissé sur le bouton de la sonnette.

— Désolée, je te réveille ? a-t-elle demandé d'une voix qui n'exprimait aucun regret. C'est trop cool, ils ont ouvert les places à tout le lycée pour le voyage à Paris, et j'y vais !

— Génial, ai-je grommelé. Maintenant, dégage, je fais la grasse matinée.

— Pas le temps, a décrété Alice. Il faut qu'on décide des fringues qu'on va emporter !

Avant de la pousser dehors, je lui ai promis de la retrouver à la cantine.

Quand j'ai fini par arriver au lycée deux heures plus tard, Alice était avec Jim. Tandis que je marchais dans leur direction, il m'a toisée de la tête aux pieds. Je me suis sentie rougir ; son regard me troublait bien plus que les baisers de Josh. J'ai eu l'impression de mettre des siècles à atteindre leur table ; j'avais atrocement conscience de chacun de mes défauts, de mes bras et mes jambes trop maigres et de la petite tache de vernis sur mon haut que j'avais tenté de camoufler en cousant dessus une petite fleur en tissu.

Quand je me suis assise, Jim a levé les sourcils comme si je venais de lui poser une question qu'il n'avait pas entendue. J'ai arboré un sourire forcé en évitant de le regarder. Certains jours, c'est comme ça, il est simplement trop.

Alice n'a pas arrêté de parler de Paris. À mon avis, le moindre prétexte est bon pour lui faire oublier que Paul et Mia sont toujours ensemble. Jim a fini par s'écrier :

— Tu vas la fermer avec ce fichu voyage ? Ça commence à me taper sur les nerfs.

Puis il m'a demandé des nouvelles de mes amours. Quand, le visage en feu, j'ai raconté en bafouillant une séance de bowling avec Josh, il a éclaté de rire, le goujat ! Par moments, je le déteste.

5 mars

Aux dernières nouvelles, Mia est du voyage. Alice en frémit encore. Je ne plaisante pas, j'ai cru qu'elle allait faire une crise de spasmophilie quand elle me l'a dit. Et puis Josh m'a appelée ce matin à la première heure pour savoir s'il pouvait venir, lui aussi. *Alors qu'il n'est même pas dans notre lycée.* J'ai essayé de réconforter Alice de mon mieux. À l'heure du déjeuner, elle me prenait déjà tellement la tête que j'ai prétexté une course à faire pour les parents. Je suis allée m'asseoir dans le parc : j'étais en train de partager mon sandwich au poulet avec les canards, quand j'ai aperçu Jim de l'autre côté du bassin. J'ai cru qu'il ne m'avait pas vue mais il m'a fait un signe.

— On se retrouve à mi-chemin, a-t-il crié.

Le double sens de sa phrase ne m'a pas échappé.

L'atmosphère était très romantique. On s'est assis sur un banc à l'ombre d'un saule pleureur, isolés du reste du monde. Jim a été absolument adorable. Un peu plus et j'en oubliais ses regards noirs et ses accès de mauvaise humeur. Il doit s'entraîner devant la glace, je ne vois pas d'autre explication. Ce sourire en coin, ces yeux qui pétillent et cette voix devenue douce et complice : je me sentais soudain complètement insignifiante.

Quand je lui ai demandé s'il n'était pas trop triste de rater le voyage, il m'a répondu en haussant les épaules que Paris, c'était comme Manchester, avec les Français en plus.

— Ouais, et la tour Eiffel, ai-je renchéri.

Ma blague était nulle. Pourtant, il a ri.

9 mars

Bizarre ! Je suis tombée sur Jim dans ma rue alors qu'il vit à l'autre bout de la ville. Pendant un instant, mon cœur s'est emballé : j'ai cru qu'il avait eu envie de me voir et que cela justifiait bien un détour de plusieurs kilomètres. Mais mon bonheur a été de courte durée :

— Qu'est-ce que tu fais là ? m'a-t-il demandé.

— Je te rappelle que j'habite ici, ai-je répondu d'un ton indigné.

Jim se comportait bizarrement (encore plus que d'habitude). Il n'arrêtait pas de gigoter, de danser d'un pied sur l'autre, de tirer sur sa chemise en évitant mon regard. J'étais sur le point de m'en aller en levant les yeux au ciel quand il m'a avoué qu'il avait accepté de peindre le portrait d'un chat pour une femme du voisinage, histoire de se faire un peu d'argent de poche. Puisque j'étais là, pourquoi ne pas l'accompagner ?

Il se trouve que la femme en question est Mme Williams, ma voisine d'en face. Son chat, Henry, est énorme, méchant comme une teigne et beaucoup moins mignon que Pudding. J'ai dû tenir cette sale bête dans mes bras pendant que Jim attaquait ses croquis. J'ai frôlé la mort par griffures mais ça valait vraiment le coup de voir Jim jouer les jeunes hommes bien élevés. Quand Mme Williams a demandé si j'étais sa « fiancée », il lui a répondu en riant qu'elle était la seule femme de sa vie. Quel beau parleur ! J'ai adoré le regarder dessiner. Il était absorbé dans son travail : il nous étudiait, moi et Henry (lequel se débattait furieusement), pendant quelques secondes, puis il baissait à nouveau les yeux sur son bloc de papier à dessin. Quand il se concentre, son front se plisse et il tire un peu la langue. C'est trop sexy.

J'aurais pu être tentée de croire que j'étais le centre de son attention. Malheureusement, ce n'était pas moi qu'il regardait mais un chat obèse et caractériel. Youpi.

La nuit tombait quand on est sortis. Mme Williams nous avait tellement gavés de gâteaux maison (délicieux, d'ailleurs) que je frôlais l'indigestion. Il était tard et je ne savais pas trop ce que j'étais censée faire : inviter Jim à venir boire un thé chez moi ? Sauf qu'on aurait dû affronter le regard suspicieux et protecteur de mon père que j'avais entendu déclarer à une ou deux reprises (et pas sur le ton de la plaisanterie) qu'il ne me laisserait pas seule avec un garçon avant l'âge de trente ans minimum.

J'étais en train de réfléchir au moyen de prolonger ce tête-à-tête imprévu sans être obligée de présenter officiellement Jim à l'un ou l'autre de mes géniteurs, quand il a tressailli.

— J'ai un cil dans l'œil, a-t-il grommelé.

Il m'a attirée sous un réverbère et s'est mis à loucher.

— Tu le vois ?

On a suivi la procédure habituelle : « Regarde en haut, en bas, en l'air, vers l'arbre... » Puis : « C'est bon, ne bouge plus », et comme on avait affaire à une urgence, j'ai mouillé le coin d'un Kleenex avec ma salive avant d'en frotter doucement sa paupière. Ça a marché du premier coup. Là, je me suis aperçue qu'on était tout près l'un de l'autre. Jim a dû s'en apercevoir, lui aussi : il a baissé la tête comme pour m'embrasser. Nos lèvres se touchaient presque : il me suffisait d'approcher ma bouche de quelques millimètres et c'était parti.

— On se voit demain, a-t-il lancé d'une voix nonchalante.

Puis il m'a planté un baiser sur le front, comme si j'avais cinq ans, et il est parti.

Aaaaaaaaargh !

10 mars

Sur le trajet du lycée, j'ai calculé que l'argent de poche gagné avec le portrait de Henry suffirait à payer le voyage de Jim à Paris. Mais quand je l'ai interrogé à ce sujet, il a failli m'arracher les yeux. Ou plus exactement, il m'a menacée de m'arracher les yeux et de les jeter dans les toilettes les plus proches si j'avais le malheur de répéter les mots « France » et « voyage » devant lui.

Je me suis plainte auprès d'Alice :

— Il est vraiment bizarre en ce moment.

— En ce moment ? a-t-elle ironisé.

J'ai décidé d'éviter Jim pour le reste de la journée mais quand je suis sortie de mon cours d'anglais, il rôdait dans le couloir.

— Dis, tu crois que je devrais emporter un vêtement chaud ? m'a-t-il demandé en me suivant jusqu'à mon casier.

J'ai pris un air méprisant :

— Qu'est-ce que tu racontes ?

— Je te demande ton avis sur ce que je vais porter à Paris, a-t-il poursuivi d'un ton plein de sarcasme. Oh, oui, excuse-moi, j'ai oublié de te dire que je venais, non ?

Je lui ai jeté un regard noir.

— Vraiment, je te déteste !

— Je n'en doute pas, Edie, a-t-il susurré. Faut que j'y aille, j'ai prévu une séance de shopping.

C'est décidé, je vais le trucider avant même d'arriver là-bas.

Hourrraaaa ! Jim vient à Paris avec moi (et quarante-huit autres personnes). Yeesss !

15 mars

À cette heure, samedi prochain, je serai en route pour Paris. Enfin, si ma mère me laisse quitter la maison. Elle stresse à mort. Ce n'est pas la première fois que je pars sans les parents : on le dirait pourtant, à l'entendre me rappeler de bien boutonner mon manteau ou de vérifier si j'ai pris de l'argent pour téléphoner. Ils n'ont pas fait tant d'histoires quand je suis partie en colo.

— Je n'arrive pas à croire que je vais manquer ton anniversaire, s'est lamentée ma mère.

— Tu n'auras qu'à mettre mon cadeau dans mes bagages.

Ce n'était pas la chose adéquate et je m'en suis aperçue dès que les mots ont franchi mes lèvres, quand je l'ai vue se décomposer.

Je sais ce qu'elle aurait voulu entendre : qu'elle allait me manquer, que ce ne serait pas pareil sans la dispute annuelle avec mon père pour déterminer si, oui ou non, j'étais trop grande pour avoir un gâteau avec des bougies. Mais elle aurait été trop contente. Puis elle s'est mise à me tripoter les cheveux. Je crois qu'elle est en pleine crise de la quarantaine.

Peu importe, j'ai d'autres chats à fouetter. D'abord, comment vais-je réussir à passer cinq jours avec Jim dans les parages ? Va-t-il encore essayer de m'embrasser ? Aurai-je la force de m'en tenir à ce que j'ai décidé, c'est-à-dire faire en sorte que ça marche avec Josh ? Josh est sympa, super-sympa, mais ce n'est pas forcément ce que je recherche. Je ne sais qu'une chose : quand Jim me lance son fameux regard (celui qui me donne l'impression qu'il voit à travers mes vêtements), j'en arrive à oublier l'existence de Josh. Et il n'y a pas de quoi être fière.

À force de me torturer les méninges, j'ai envie de me ruer sur le chocolat.

16 mars

Alice s'est invitée chez moi vendredi soir. Raison officielle : mon père pourra nous déposer devant le car samedi matin. Mais en fait, elle vient me rafraîchir la frange, graver un ou deux CD et m'aider à choisir la garde-robe que j'emporte à Paris.

Les vêtements sont devenus l'objet du voyage. On était assises à la cantine avant mon cours de photo et on ne parlait que des fringues indispensables et de celles qu'on devait laisser dans le placard.

— Comment font ces stars qui prétendent se contenter d'une robe noire, d'un jean, d'un cardigan et de deux tee-shirts qu'elles accessoirisent au besoin ? Je ne comprends pas. Je ne peux pas savoir ce que j'aurai envie de porter lundi. Ou quelles barrettes iront avec mon humeur mercredi matin.

— C'est du flan, Edie, a répondu Alice. Les gens célèbres se baladent avec des malles pleines à craquer de vêtements de créateurs. Et en plus, on leur offre des fringues pour aller frimer dans les soirées.

— C'est pas juste ! me suis-je écriée, avec une telle véhémence qu'Alice m'a dévisagée, surprise. Et puis ils ont des stylistes pour les aider à assortir leurs tenues.

— Même Britney, a ajouté Alice en brandissant son magazine qui exhibait une photo de la Spears en jean si déchiré qu'on aurait dit qu'elle venait d'échapper à un attentat. Mais tu possèdes quelque chose qu'elle n'a pas : le goût.

Elle n'avait pas tort.

— Oui, et chaque matin, je remercie le ciel de m'avoir donné ce talent unique : la faculté d'accessoiriser mes tenues.

Sur quoi je me suis mise à glousser bêtement et même Alice s'est fendue d'un demi-sourire (unique manifestation de gaieté qu'elle s'autorise).

J'étais encore en train de rire en essayant de me rappeler où j'avais entendu cette expression, quand je me suis retrouvée plongée dans l'obscurité : quelqu'un a mis ses mains devant mes yeux avant de s'exclamer :

— Devine qui c'est !

Ça ne pouvait être que Jim. Je sentais l'odeur de vieux cuir de sa veste mêlée aux effluves de cigarette et de peinture à l'huile. Je ne savais pas trop comment réagir. Si je disais l'avoir reconnu, il me trouverait pathétique et obsessionnelle. Si je l'ignorais, j'aurais l'air d'une nouille sans aucun sens de l'humour. Alors je suis restée immobile, me contentant d'apprécier le contact de ses mains sur mon visage.

— À mon avis, c'est un étudiant en art, ai-je fini par déclarer. Oui, ça sent l'étudiant en art.

Il a retiré ses mains en frôlant mes joues au passage.

— Edie a du mal à planifier sa garde-robe pour Paris, a expliqué Alice avec un petit sourire narquois (ça faisait deux fois en cinq minutes, elle allait devoir se surveiller de près).

— Quoi ? Tu ne sais pas quelle robe Marc Jacobs tu vas emporter ? a demandé Jim pour me taquiner.

Je lui ai tiré la langue avant de me dire que ce n'était peut-être pas la bonne attitude à adopter vis-à-vis de quelqu'un que j'étais censée considérer comme un ami et rien de plus.

— Pour toi, c'est facile. Il te suffit de choisir parmi tes jeans élimés et tes vieux tee-shirts.

Il n'a pas saisi la perche que je lui tendais.

— Un profane pourrait croire qu'il a affaire à un jean élimé et un vieux tee-shirt, a-t-il expliqué. Mais en fait, je ne porte que des vêtements de créateurs inabordables, qui ont l'air de sortir tout droit d'une benne à ordures.

— Ton job à Rhythm Records doit rudement bien payer, a commenté Alice avec condescendance.

Jim a ébouriffé ses cheveux et j'ai dû me retenir pour ne pas le recoiffer.

— J'ai passé une semaine à peindre le portrait d'un chat afin de me faire de l'argent de poche. Un vrai cauchemar. Regarde.

Il a remonté la manche de sa veste pour exhiber deux longues éraflures à l'intérieur de son avant-bras. J'ai suivi du doigt la boursouflure sur sa peau douce.

— Pas très joli, ai-je murmuré.

Je pensais qu'Alice était au courant pour les portraits d'animaux. Jim lui disait tout, non ? Il devait sans doute s'imaginer que son image je-m'en-foutiste en prendrait un coup si on apprenait qu'il peignait les chats des vieilles dames pour gagner un peu de sous en prévision du voyage à Paris.

— Tu viens en cours, Edie ? a-t-il lancé par-dessus son épaule en s'éloignant.

J'ai salué Alice avant d'attraper mon sac et de rejoindre Jim qui m'attendait à l'entrée de la cantine.

Finalement, j'aurais dû sécher le cours de photo parce que Jim n'a pas arrêté de m'embêter.

— Tu vois ce brave Josh avant de partir ? m'a-t-il demandé pendant que Martyn nous distribuait le programme du voyage à Paris.

— On a rendez-vous ce soir, si tu tiens vraiment à le savoir, ai-je répondu avec mauvaise humeur. De toute façon, ce ne sont pas tes affaires.

— Je parie qu'il va te presser la main en y allant de sa petite larme parce que tu t'en vas loin de lui pendant cinq jours. Comment va-t-il s'en sortir sans toi ?

— Très bien, j'imagine.

— Tu parles ! Il n'est même pas capable de traverser la rue tout seul.

Je lui ai jeté un regard assassin (numéro trois au hit-parade de mes regards qui tuent).

— Ouh, on est en colère, a ironisé Jim en prenant mon poignet.

J'ai essayé de me libérer.

— Qu'est-ce que tu fabriques ?

— Je vérifie ton pouls. Le stress n'est pas indiqué pour toi.

— Alors arrête de me chercher des poux.

Jim avait raison. Josh m'a emmenée au Café Pasta et il a passé une heure à me répéter que j'allais lui manquer, que j'étais une fille sensationnelle et qu'il allait être perdu sans moi.

C'est très flatteur de sortir avec quelqu'un qui vous prend pour le must absolu mais parfois, je me demande qui est la fille dont Josh croit être fou amoureux. Je ne me reconnais pas.

— Tu ne t'apercevras même pas que je suis partie. Cinq jours, ce n'est rien.

Josh a rejeté sa mèche blonde en arrière et j'ai eu envie de lui crier d'aller se faire couper les cheveux.

— Mais j'aurais voulu qu'on fête ton anniversaire ensemble, a-t-il gémi.

J'ai pris un morceau de pain à l'ail.

— Écoute, Josh, n'essaie pas de me culpabiliser parce que je pars sans toi. Si tu m'aimais vraiment, tu serais content pour moi.

Il n'a pas protesté ; Jim, lui, l'aurait fait. Il s'est contenté de soupirer bruyamment – rien de plus exaspérant – et m'a demandé si je comptais finir le pain à l'ail.

Josh m'a raccompagnée à pied chez moi. Arrivé au coin de la rue, il s'est arrêté.

— Qu'est-ce qu'il y a ? ai-je demandé en priant pour qu'il ne recommence pas avec le voyage à Paris.

— Comme je ne te verrai pas le jour de ton anniversaire, je me suis dit que j'allais te donner ton cadeau maintenant.

Sa voix tremblait un peu.

J'ai cru qu'il allait se jeter sur moi et m'embrasser à perdre haleine (c'est ce que Jim aurait fait).

Absolument pas. Il a fouillé dans sa poche et en a extirpé, parmi deux ou trois tickets de bus et diverses cochonneries, un petit paquet enrubanné.

— Ouvre-le maintenant si tu veux, a-t-il suggéré alors que je déchirais déjà le papier qui recouvrait une boîte à bijoux.

Pendant une seconde, j'ai cru que c'était une bague de fiançailles et qu'il allait faire quelque chose d'idiot – genre me demander en mariage. En ouvrant l'écrin, j'ai répété un petit discours dans ma tête, histoire de lui expliquer que j'étais trop jeune pour m'engager. Ce n'était pas une bague mais une chaîne avec un pendentif « I love you ». Je ne voudrais pas passer pour une sale ingrate mais c'était vraiment tarte, comme cadeau. Josh semblait guetter ma réaction. Je ne pouvais pas lui faire de la peine. Je me suis approchée de lui et je l'ai embrassé sur la joue.

— Merci Josh, c'est adorable.

Et sans lui donner le temps de me prendre dans ses bras, j'ai serré sa main en marmonnant quelque chose au sujet du couvre-feu et j'ai couru jusqu'à la maison.

13 mars

Alice n'a pas fait preuve d'un enthousiasme débordant devant le gage d'affection de Josh, c'est le moins qu'on puisse dire.

— Ce n'est pas toi, Edie, a-t-elle observé en fronçant le nez quand je lui ai montré le pendentif.

— Il a dû le payer très cher. Le problème, c'est que je n'aime pas l'or, ai-je grommelé. J'aurais préféré autre chose, par exemple une grosse plaque en argent avec mon nom dessus.

— Mmmm, ça ressemble davantage à ce que Jim offrirait à une fille, a déclaré Alice en me lançant un regard malicieux.

— Oh, ça va !

— Arrête, Edie, je sais très bien que tu es toujours folle de lui. Le plan « on préfère rester amis », ça ne marche pas avec moi. Et une fois arrivés à Paris la romantique, Paris la ville des amoureux, qui sait ce qui se passera ?

Je lui ai lancé à la figure une paire de chaussettes roulées en boule.

— C'est ça, Alice, qui sait ce qui se passera ? Tu pourrais bien liquider Mia et récupérer Paul.

Alice a froncé les sourcils.

— Ce n'est pas impossible.

Je me suis assise à côté d'elle sur le lit.

— Allez, accouche.

Elle s'est arrêtée de plier ses pulls et m'a regardée pendant un long moment avant de s'exclamer d'un air féroce :

— Je vais récupérer Paul ! La seule question, c'est : quand ? Mia n'est qu'une erreur de parcours, rien de plus. Je te parie ce que tu veux qu'une fois là-bas, Paul ne va plus me lâcher.

J'ai haussé les épaules.

— À t'entendre, tu as déjà tout planifié.

— Un peu, ma petite.

Alice a fouillé dans son sac et en a sorti une boîte de préservatifs.

— Jusqu'au moindre détail.

— ALICE !

Malgré moi, j'étais choquée. En y réfléchissant, Alice et Paul avaient probablement déjà couché ensemble (ou du moins, l'idée leur avait sans doute traversé l'esprit) mais je n'en revenais pas qu'elle m'agite ça sous le nez. Je n'étais pas prête à me rouler dans un lit avec un garçon, que ce soit Jim ou Josh.

— Arrête avec tes « Alice ! », m'a-t-elle répondu en riant. On a dix-neuf ans, lui et moi. J'avais oublié à quel point tu pouvais être bébé.

— Je vais avoir dix-sept ans la semaine prochaine, ai-je protesté.

— Ouh, on a seize ans et on n'a jamais vu le loup ! Ce n'est pas Jim qui peut en dire autant.

Je l'ai foudroyée du regard mais, affalée sur le lit, elle riait toute seule.

— Bon, on les fait, ces bagages, oui ou non ?

On s'est aperçues qu'en combinant nos garde-robes on disposerait du double de vêtements pendant le séjour, mais on avait toujours du mal à limiter nos choix.

— Tu crois vraiment qu'on va se changer tous les soirs pour aller dîner ? ai-je demandé d'un ton incrédule.

— Bien sûr. Il nous faut des vêtements pour aller visiter les galeries d'art dans la journée et des tenues de soirée pour sortir au resto et en boîte.

— Mais, Alice, dans la journée, on porte des jeans et des treillis, pas des robes de cocktail !

Elle était en train de ranger dans SA valise ma collection entière de robes vintage et de cardigans brodés de perles.

— Peuh ! Je me moque bien des codes vestimentaires, a-t-elle décrété d'un ton solennel.

J'ai commencé à enlever une partie de mes affaires de sa valise.

— Je sais qu'on s'était mises d'accord pour partager nos fringues mais pour l'instant, j'ai l'impression que c'est à sens unique.

De son côté, Alice passait négligemment mes CD en revue. Elle s'est tournée vers moi et m'a lancé un regard perçant.

— Quoi ? ai-je questionné, un peu sur la défensive, me demandant si elle avait mis la main sur l'album de Cristina Aguilera que j'avais caché.

— Je songeais juste que tu avais beaucoup changé depuis que je te connais. Avant, tu ne disais rien, pas un mot plus haut que l'autre. Maintenant, tu la ramènes beaucoup plus. Mais c'est bien, s'est-elle empressée d'ajouter.

— C'est difficile de débarquer dans une nouvelle ville, ai-je marmonné en me rasseyant sur le lit.

Je commençais à en avoir ras le bol des bagages.

— Les premiers temps, au lycée, Mia était la seule à m'adresser la parole, puis elle a pété les plombs et j'ai eu l'impression que je n'avais personne à qui parler, que tout le monde me détestait. Et puis vous m'impressionniez beaucoup, toi, Jim, Paul et Simon.

Alice s'est assise à côté de moi en gloussant tout bas.

— On pensait que toi, tu nous détestais. Tu donnais toujours l'impression d'être dans ton monde. Parfois, je te surprenais en train de me dévisager comme si je sortais de la première poubelle venue.

— Mais non ! Ce doit être mon expression. Et puis

Mia m'avait raconté que Jim et toi, vous aviez une relation ambiguë et que vous sortiez avec des tas de gens pour rendre l'autre jaloux.

— Mia ! s'est exclamée Alice avec mépris. Il n'y a qu'elle pour inventer des trucs pareils. Écoute, Jim et moi, on se connaît depuis la maternelle. Ce serait comme embrasser mon frère.

— Berk !

— T'as tout compris !

On a mis des heures à boucler nos valises. J'étais tellement occupée à planifier ma garde-robe et à rentrer des chansons dans mon iPod, histoire de pouvoir me distraire dans le car, que je me suis couchée à deux heures du matin. Alice, qui était déjà au lit, occupait presque toute la place à elle seule. Elle s'est redressée sur un coude pour examiner ma valise pleine à craquer.

— Je n'arrive pas à la fermer, me suis-je écriée d'une voix rageuse.

— Edie, c'est peut-être une question idiote, mais tu as pensé à prendre ton appareil photo ?

— Oups ! Je savais bien que j'avais oublié quelque chose.

Alice a levé les yeux au ciel.

— Et le fait qu'il s'agisse avant tout d'un voyage pour le cours de photo t'est sorti de la tête, c'est ça ?

— Il te reste de la place dans ta valise ?

Il m'a fallu une autre demi-heure pour vider ma valise et recommencer. Quand j'ai réussi à me coucher, Alice dormait déjà. Je l'ai poussée contre le mur et j'ai récupéré la moitié de la couette qu'elle s'était accaparée, puis j'ai essayé de me mettre en condition pour dormir mais j'avais trop de choses en tête.

— Alice, tu dors ?
— Oui. Qu'est-ce qu'il y a ?
— Tu crois que Jim a un faible pour moi ?
— Mmmm...
— Il t'a dit quelque chose à mon sujet ?
— Tais-toi et dors.

Journal d'Edie
Paris, mars-avril

Je vais finir par radoter complètement mais tant pis, il faut que je couche sur le papier ce qui s'est passé à Paris, maintenant que je suis rentrée. Absolument tout. Attention, je ne vais pas consigner mes impressions sur ce que j'ai vu, goûté ou senti comme dans un de ces récits de voyage barbants. Non, juste ce qui compte vraiment. Ce qui a été dit et fait dans les moindres détails. Pour me prouver que j'étais bien là, que ce n'était pas un rêve. Bien que par moments, on ait frôlé le cauchemar. Depuis, la situation a changé. Je ne suis plus la même personne, j'ai énormément mûri. Même si ça ne se voit pas au premier coup d'œil.

Et on a fait plein de shopping, aussi. Je vais tout raconter dans ce journal. De bout en bout. Sans omettre un seul détail.

Vendredi

Voilà comment ça a commencé.

La dernière fois que j'ai jeté un coup d'œil au réveil, il était quatre heures du matin et la seconde d'après, j'ai entendu ma mère crier.

— Ooooooh, laisse-moi tranquille, ai-je grogné en me réfugiant sous les oreillers.

— Edith ! Je ne vais pas te le répéter. Il est sept heures et tu es censée partir dans une demi-heure. Alice est déjà prête.

J'ai ouvert un œil. Ma mère et Alice étaient penchées sur moi.

Pour montrer un peu de bonne volonté, j'ai sorti une jambe de la couette.

Ma mère a soupiré :

— Je n'ai pas le temps de supporter tes simagrées. Alice, vois si tu peux la décider à se lever, ma puce. Je vais finir de préparer le petit déjeuner.

Contrairement à ma génitrice, Alice ne croyait pas à la méthode douce : un grand verre d'eau froide m'a arrachée à mes rêves aussi sec.

— Espèce de saleté !

Alice m'a littéralement tirée du lit.

— Je ne savais pas que tu t'appelais Edith, s'est-elle moquée.

— Et personne d'autre n'a intérêt a le savoir, ai-je grommelé en titubant vers la salle de bains.

— Dis donc, tu n'es pas du matin, toi.

Je lui ai fait un vilain geste avant de claquer la porte derrière moi.

On est arrivées les dernières avec quinze minutes de retard. En montant dans le car, on a été accueillies par un tonnerre d'applaudissements et de commentaires sarcastiques.

Martyn et sa copine Tania, une espèce de hippie qui doit lui donner un coup de main pendant le séjour, nous ont gratifiées d'un sermon pas hippie du tout.

— C'est la faute d'Edie, a protesté Alice.

Je lui ai jeté un regard noir (difficile, quand on a les yeux bouffis de sommeil).

— Elle ne voulait pas se lever.

— Vraiment, Edie... a dit Tania.

Ses seins ballottaient sous son tee-shirt pendant qu'elle parlait. Visiblement, elle avait oublié de mettre un soutien-gorge.

— C'est Edie ! avons-nous répété en chœur, Alice et moi.

Jim, qui s'était installé au milieu du car, nous a adressé de grands signes. Il y avait un siège libre devant lui et Simon ; un siège où je pourrais me lover et bavarder avec lui entre les deux appuie-tête. J'ai suivi Alice dans l'allée ; derrière moi, Tania continuait à pester contre mon manque de ponctualité. J'ai vite compris qu'elle allait nous enquiquiner pendant tout le séjour.

J'étais tellement abrutie de fatigue que je n'ai pas réussi à mettre mon sac dans un des casiers situés au-dessus des sièges.

Jim s'est levé.

— Laisse-moi faire.

Il portait un nouveau jean bleu brut (j'en suis au point où je connais par cœur sa garde-robe, c'est pathétique), un tee-shirt noir et son vieux blouson en cuir. Tandis qu'il hissait mon sac dans le casier, son tee-shirt s'est soulevé, et j'ai aperçu son ventre avant de détourner le regard. Il n'avait pas d'abdos style plaquettes de chocolat, mais c'était ferme. Puis je me suis dit que lui aussi avait dû voir mon ventre quand j'avais essayé de ranger mon sac. C'était peut-être ma nuit blanche ou encore l'œuf dur que ma mère m'avait forcée à avaler avant de partir (l'une des raisons de notre retard), mais l'idée que j'avais vu l'estomac de Jim et qu'il avait sans doute, lui aussi, vu le mien, me donnait vaguement la nausée.

J'ai grogné quelque chose qui ressemblait à un merci avant de m'affaler à côté d'Alice.

Elle était en train d'expliquer à Simon et à Jim pourquoi on était si en retard.

— Puis Edie s'est aperçue qu'elle avait rangé dans sa valise le jean et le pull qu'elle comptait mettre aujourd'hui, ensuite elle s'est disputée avec sa mère qui insistait pour qu'elle avale un petit déjeuner et, au moment de partir, elle s'est rendu compte qu'elle avait oublié d'acheter une pellicule pour son appareil photo, alors on a dû s'arrêter en chemin. On a écumé trois magasins avant d'en trouver une en noir et blanc.

— Rappelle-moi de ne pas te faire citer à la barre si jamais je passe devant un tribunal, ai-je rétorqué.

Alice a esquissé une grimace à l'intention de Jim et de Simon.

— Elle est comme ça depuis le réveil.

— Tu n'es pas du matin, Edie, a observé Jim. Je tâcherai de m'en souvenir.

Je me sentais sur le point de vomir.

— C'est exactement ce que je lui ai dit et, pour toute réponse, elle a fait un geste très impoli avec son doigt, a repris Alice d'un ton malicieux.

Le silence constitue la meilleure défense. J'ai jeté un coup d'œil autour de moi. À l'arrière du bus, Paul et Mia étaient collés l'un à l'autre, tout près de Nicolas et Xavier qui m'ont fait un petit signe. En rassemblant mes forces, j'ai réussi à leur rendre leur salut.

Le trajet jusqu'à Douvres devait prendre plusieurs heures. Je me suis pelotonnée dans mon sweat vert bouteille et j'ai fermé les yeux. Bizarre, la nuit précédente, je n'avais pas dormi parce que je pensais à Jim mais ce matin, alors qu'il se trouvait à quelques centimètres de moi, je n'arrêtais pas de piquer du nez.

Ça faisait cinq heures qu'on était partis. Dès que je parvenais à m'endormir, le car se garait sur une aire d'autoroute. Et je ne pouvais pas rester seule à l'intérieur d'après Tania, oh non, pas question, j'aurais pu me faire attaquer par un maniaque avec une hache, alors Alice devait me réveiller et me traîner sur le parking. Elle a donc fini par déléguer Jim. J'ai senti quelqu'un me secouer doucement ; j'ai honte de l'avouer, mais mon premier réflexe a été de lui coller mon poing dans la figure (je ne suis pas du matin, O.K. ?).

Quand j'ai entendu une voix qui ressemblait à celle de Jim s'écrier « Aïe ! », j'ai ouvert les yeux et je l'ai trouvé agenouillé devant moi en train de se masser la joue.

— Désolée.

— J'espère que tu ne réserves pas le même accueil à Josh au réveil.

— On ne dort pas ensemble. Je veux dire, je n'ai pas... On n'a pas... Oh, mêle-toi de tes oignons !

Je suis me suis précipitée hors du car en faisant mine de l'ignorer.

Comble de malchance, la station-service ne vendait rien de mangeable. Impossible de dénicher un sandwich au poulet sans mayonnaise ou salade. J'ai fini par me rabattre sur deux barres Mars que j'étais en train d'engloutir quand Jim a surgi de nulle part. Pas moyen d'articuler un mot, j'avais la bouche pleine de chocolat. J'ai continué à mâcher à vitesse grand V en roulant des yeux pendant qu'il restait planté là à me regarder. Certaines personnes sont d'un sans-gêne ! Je suis quand même venue à bout de ma gigantesque bouchée.

Sans prononcer une parole, il m'a tendu une bouteille d'eau. J'ai pris une longue gorgée. Il en a profité pour disparaître. Parfois, ce garçon a le chic pour m'exaspérer.

J'ai réussi à dormir deux heures avant qu'on n'atteigne Douvres. J'étais plongée dans un rêve très agréable au sujet de... bref, aucune importance, quand j'ai été réveillée en sursaut, et pour la seconde fois de la journée, par un liquide glacé qui me dégoulinait sur les vêtements. Je me suis levée d'un bond.

— Quoiiiiiiii ?

— Oups, désolée, Edie.

Mia se tenait juste à côté de moi, une canette de Coca Light à la main.

— On a dû heurter un poteau.

— Ouais, c'est ça, a répliqué Alice qui avait été mouillée, elle aussi. Il y a des tas de poteaux sur l'autoroute.

Mia a haussé les épaules.

— Enfin, j'espère que je ne t'ai pas tachée.

— Je suis trempée !

Le Coca avait même coulé sur le siège. Mon jean était à essorer.

— Oh, on dirait que tu as eu un petit accident, a ironisé Mia.

— Fais-moi plaisir, Mia. Va jouer au milieu des voitures.

— Ce que les gens sont susceptibles, a-t-elle répondu avant de retourner se vautrer sur Paul.

Alice est venue à la rescousse.

— Je crois que j'ai un treillis de rechange dans mon sac.

J'ai secoué la tête.

— Je ne vais pas me déshabiller en public.

— Non, en effet.

Le voyage tournait au cauchemar. Je commençais à regretter de ne pas être restée au lit. Je m'étais déjà ridiculisée au moins quatre fois devant Jim depuis le matin. Mia avait manifestement l'intention de jouer les pestes de service pendant les cinq jours à venir. Et moi, j'étais trempée de la tête aux pieds.

— Tu veux du chocolat ? a demandé Alice en me tendant une barre Snickers. Pour te remonter le moral.

Jim s'est penché vers moi.

— Je crois qu'Edie a déjà mangé le maximum de chocolat qu'elle pouvait avaler.

Que quelqu'un vienne mettre fin à mes souffrances ! Une mort sans douleur, vite fait bien fait.

Au moins, la traversée en ferry m'a remise en selle. La mer était agitée et presque tous les passagers du bateau vomissaient leurs tripes. Les toilettes pour dames m'ont fait penser à ce tableau intitulé *Descente aux enfers*, que j'ai vu dans un musée. Les gens allaient jusqu'à se soulager dans les lavabos. Heureusement, j'ai une constitution de fer. Il m'en faut un peu plus que deux ou trois clapotis pour me rendre malade. Je suis allée m'asseoir sur le pont pour sentir les embruns sur mon visage. C'était un de ces moments magiques où l'on se sent vraiment vivant. Où tous les sens sont en éveil. J'entendais la mer se précipiter contre la coque du bateau et je respirais à pleins poumons l'air chargé d'iode. L'eau couleur d'encre charriait des crêtes d'écume blanche qui ressemblaient à des collerettes de dentelle. Je suis demeurée là un moment à contempler les éléments déchaînés en ayant l'impression d'y prendre part, jusqu'à ce que je commence à m'ennuyer un peu ; alors j'ai mis ma capuche et j'ai joué avec ma Game Boy comme le premier ringard venu. J'en étais au niveau 8 de Tetris quand Jim s'est installé à côté de moi.

— Je pensais que tu étais en train de vomir, ai-je

dit en continuant à emboîter les petits cubes de mon jeu.

— Non, j'ai un estomac en acier blindé, a répondu Jim en appuyant ses coudes sur ses genoux.

— Mmmm, moi aussi. Oh non !

Je venais de perdre ma partie.

— Écoute, je suis désolée pour tout à l'heure... quand je t'ai frappé. Je suis toujours un peu dans les vapes au réveil.

— Ne t'inquiète pas. Tu n'es pas la première fille à me taper dessus, et tu ne seras sûrement pas la dernière.

— Qui t'a frappé ?

— Mia, à l'époque où on sortait plus ou moins ensemble, a-t-il marmonné avec une grimace.

J'ai senti comme un poids dans ma poitrine.

Sans même réfléchir, j'ai aboyé :

— Tu ne m'as jamais dit que tu étais sorti avec elle, tu m'as seulement raconté que vous aviez couché ensemble.

Jim s'est tourné vers moi.

— On allait juste chez l'un ou chez l'autre pour s'amuser un peu.

Primo, je n'ai jamais été invitée chez Jim. Deuzio, est-ce que, toutes les fois où il m'a embrassée, c'était aussi pour « s'amuser un peu » ? Troisièmement, pourquoi faut-il toujours que je le pousse à me raconter des choses que je n'ai pas envie d'entendre ? Quatrièmement...

— Ça y est, tu recommences ! s'est exclamé Jim.

— Quoi ?

— Tu fais ça sans arrêt, Edie. Je te parle et tu décroches, tu te réfugies dans ton monde, a-t-il murmuré en s'adossant à son siège, son visage près du mien. Au fait, qu'est-ce que tu faisais, assise ici ?

J'ai commencé à lui raconter ce qui m'était passé par la tête, ce moment où je m'étais sentie plus vivante que jamais avec la mer en dessous qui rugissait. Pendant que je parlais, Jim ne me quittait pas des yeux. Soudain il a eu un geste bizarre : il m'a enlevé ma capuche.

Le vent a ébouriffé mes cheveux. Jim a doucement écarté une mèche de mon visage.

— Tu as des cheveux incroyables. Ils sont couleur miel clair.

Nos visages se touchaient presque. Je m'apercevais que ses yeux n'étaient pas tout à fait verts : il avait des paillettes marron autour des pupilles. Et des cils d'une longueur étonnante pour un garçon.

À mon tour, je lui ai caressé les cheveux ; j'avais l'impression d'avoir atterri dans le rêve d'une autre.

— Tes cheveux à toi sont couleur... chocolat très foncé. À première vue, ils sont noirs mais en y regardant de plus près, on s'aperçoit qu'ils tirent sur le châtain, un beau châtain sombre.

— J'ai souri et il a promené son doigt le long de ma bouche.

On n'a pas bougé pendant au moins cinq minutes. Si près l'un de l'autre que nos genoux se touchaient. Jim laissait vagabonder ses doigts sur mon visage. Sur mes paupières et mes sourcils. Le long de mes joues et de mon menton. Puis sur mes lèvres, encore et encore, si bien qu'à la fin elles me brûlaient presque.

Mais il ne m'a pas embrassée. Et ça n'avait aucune importance, même si ses baisers me faisaient fondre, parce que d'une certaine manière, c'était encore plus agréable de sentir la douceur de ses mains sur mon visage. Je serai peut-être amenée à embrasser des tas d'autres garçons et j'oublierai sans doute la plupart de ces baisers, mais ces quelques minutes passées en compagnie de Jim sur le ferry qui nous emmenait en France resteront gravées dans ma mémoire comme l'un des moments les plus précieux que j'aie vécus.

Mais même les meilleures choses ont une fin. Simon est venu vomir par-dessus le bastingage, à quatre mètres de nous.

— Je savais bien que je n'aurais pas dû boire cette bière, a-t-il grommelé une fois qu'il a réussi à reprendre son souffle.

Jim m'a fait un clin d'œil et je me suis mise à rigoler bêtement sans trop savoir pourquoi. Le pauvre Simon était vert de chez vert. Une fois que j'ai commencé, impossible de m'arrêter. Les gloussements ont cédé la place à un énorme fou rire qui n'a pas tardé à gagner Jim. Simon nous regardait comme s'il avait affaire à deux attardés mentaux pendant qu'on riait aux larmes.

— Je vais chercher Alice, a-t-il lancé, vexé.

Quand on est retournés dans le car, Simon et Alice, appuyés l'un contre l'autre, dormaient à poings fermés, je n'avais donc pas d'autre choix que de m'asseoir à côté de Jim. C'était vraiment la seule possibilité.

J'ai appuyé mon dos contre la vitre en repliant les jambes sur mon buste mais quand Jim s'est assis, il les a prises pour les allonger sur lui ; puis il a posé la main sur mon genou, un geste qui n'avait rien d'ambigu.

— Tu as sommeil ? a-t-il demandé.

— Tu plaisantes ? J'ai passé la matinée à dormir. Et toi ?

— Non, je ne dors pas beaucoup en général.

Il m'a lancé un regard par en dessous, un regard pas très catholique.

— Bon, tu as une idée pour tuer le temps ?

J'ai balayé le car des yeux. Tout le monde dormait ou presque. On était au beau milieu de l'après-midi mais les vomissements à répétition avaient dû mettre les autres à plat. Il y avait soudain quelque chose de très intime dans le fait d'être assise là, les jambes allongées sur Jim.

— On pourrait jouer au jeu de l'alphabet, ai-je suggéré pour détendre l'atmosphère.

— En quoi ça consiste ?

— Tu dresses une liste des objets que tu emporterais à... euh, un festival, par exemple, mais tu dois les classer par ordre alphabétique et ne pas oublier ceux qui ont été énumérés avant, sinon tu perds.

— Et alors quoi ? a demandé Jim avec un sourire narquois. Tu paies un gage ?

Je lui ai lancé un regard assassin (assez réussi, je peux même affirmer que la plupart des gens n'auraient pas voulu en être la cible).

— Rien de la sorte, jeune homme.

Jim a levé un sourcil.

— Je ne sais pas si tu penses à la même chose que moi. O.K., si je perds, je t'achète ta ration de chocolat pour la semaine.

— Et si tu gagnes ?

— Oh, je trouverai bien quelque chose... Je suis allé au festival et j'ai emporté un anorak, des bulots, un cadran solaire, du dissolvant, un entonnoir, une frangipane et un guide de bricolage, a récité Jim.

— Je suis allée au festival et j'ai emporté un anorak, des bulots, un cadran solaire, du dissolvant, un entonnoir, une crème frangipane, un guide de bricolage et... euh, des harengs-pommes à l'huile.

— Temps mort, a décrété Jim. Tu n'emportes que de la bouffe à ce festival ou quoi ?

Ah ! J'étais sûre de gagner ! Tu parles d'une stratégie discrète !

— Un, les règles ne précisent pas quel genre de truc je peux emporter au festival et deux, si tu ne prends pas le relais dans les dix secondes qui suivent, tu as perdu.

— O.K., je propose qu'on joue à autre chose, a déclaré Jim avec une drôle d'étincelle dans le regard.

Je l'ai dévisagé d'un air suspicieux.

— Quel genre de jeu ?

— Tu dois choisir entre Untel et Untel.

— Pas question !

— Allez, c'est moi qui commence. Tu choisirais qui entre le plus moche des Blazin' Squad et le type qui joue Harry Potter ?

J'ai levé les yeux au ciel.

— Franchement, Jim, quel âge tu me donnes ? Ils doivent avoir douze ans, tous les deux.

— Tu es obligée de choisir, a-t-il répliqué avec une mimique qui m'a troublée.

— O.K., le mec de Blazin' Squad. Au moins lui a dépassé l'âge légal. Et toi, entre Christina Aguilera et Britney Spears ?

— Britney, sans hésiter, a répondu Jim du tac au

tac. Elle traverse des moments difficiles, je pourrais l'aider à passer le cap.

— Cause toujours, Monsieur le pervers. Qu'est-ce que c'est que ce petit sourire en coin ?

— Oh, je viens juste de penser à quelque chose. Tu choisirais qui entre Josh... et moi ?

Je me suis sentie devenir écarlate.

— C'est pas juste !

C'était même le comble de l'injustice, pour être tout à fait précise.

— Contente-toi de répondre à ma question.

— Si je réponds, tu devras me dire qui tu choisirais entre moi et Mia.

À son tour d'être mal à l'aise.

— O.K., tu marques un point. Faisons comme si je ne t'avais rien demandé.

— Alors tu choisirais Mia ?

Je n'en revenais pas qu'on se soit aventurés sur un terrain aussi glissant. Je m'étais pourtant juré de me taire mais rien à faire, c'était sorti malgré moi.

— Je n'ai jamais dit ça ! a protesté Jim.

J'ai essayé de dégager mes jambes mais il a agrippé mon genou.

— Laisse ma jambe tranquille.

— Non ! Maintenant, calme-toi, a-t-il chuchoté d'un ton brusque.

— Je suis calme !

Je me retenais pour ne pas hurler.

— Juste un détail : qui embrasse le mieux, elle ou moi ?

— Je ne suis pas avec Mia, a rétorqué Jim d'un air énigmatique.

— Tu n'es pas avec moi non plus, lui ai-je rappelé d'une voix tremblante.

— Je pourrais être avec toi si j'en avais envie. Le hic, c'est ton amoureux transi... O.K., puisqu'on parle franchement, qui embrasse le mieux, Josh ou moi ? Est-ce que tu te cramponnes à lui chaque fois qu'il t'embrasse ? Est-ce que tu trembles quand il te touche ? Parce que c'est comme ça avec moi.

On aurait cru que Jim avait lu mon journal. J'avais l'impression qu'il pouvait aussi lire dans mon cœur. J'ai regardé la campagne française défiler par la vitre. Pourquoi le laissais-je me torturer sous prétexte de tuer le temps ? D'un doigt, il s'est mis à tracer des cercles sur ma cuisse. J'ai chassé sa main d'une tape.

— Tu connais la réponse, ai-je fini par marmonner. Il est gentil et il tient vraiment à moi, mais il n'est pas toi.

Incapable de lever les yeux, je sentais son regard me transpercer.

— Alors pourquoi tu sors avec lui ?

— Ça ressemblait à une bonne idée, ai-je murmuré. Je croyais qu'en sortant avec lui je ne penserais plus à toi. Mais ça n'a pas marché. Il me répète sans cesse qu'il est fou de moi et j'ai l'impression d'être une horrible peste parce qu'il me tape sur les nerfs. Et tout ça, c'est à cause de toi.

J'ai trouvé la force de lever les yeux et en rencontrant son regard, j'ai senti mon estomac se nouer.

— Alors... ?

— Alors j'imagine que je devrais arrêter de lui mentir et le laisser tomber. Je me disais que... si tu voulais d'une relation sans contraintes, je pourrais peut-être m'y faire.

Jim s'est figé telle une statue, le corps tendu comme s'il se préparait à prendre la fuite.

— Qu'est-ce que tu entends par « relation sans contraintes », exactement ?

— Je ne sais pas, on serait ensemble mais tu... enfin, on pourrait voir d'autres gens chacun de notre côté. Et j'essaierais de ne pas être collante ni possessive. Ça pourrait peut-être fonctionner.

Mais qu'est-ce qui me prenait ? Ça ne pourrait jamais fonctionner ! O.K., j'avais envie d'être avec Jim. Cela ne signifiait pas pour autant que je devais me transformer en carpette et laisser Monsieur aller faire le beau devant les autres filles, uniquement parce que ses baisers me faisaient perdre la tête et qu'avec lui j'avais l'impression d'être celle que j'aurais aimé être et pas celle que j'étais en réalité. Non, décidément, ce n'était pas juste.

Jim ne répondait rien. Je lui ai donné un léger coup de pied.

— Jim, je t'offre mon cœur pour que tu t'en serves comme d'un ballon de foot, tu pourrais au moins dire quelque chose.

Il m'a pris la main en étreignant très fort mes doigts.

— Tu ne serais pas heureuse dans une relation comme celle-là, a-t-il murmuré. Tu le sais bien. Je ne sais pas quoi répondre. J'ai beaucoup pensé à nous deux. Et je ne sais toujours pas...

J'ai attendu, le cœur au bord des lèvres, qu'il termine sa phrase, mais il a serré ma main dans la sienne puis il l'a lâchée et s'est redressé sur son siège.

— C'est trop compliqué. Allez, si on reprenait le jeu

de l'alphabet ? Je suis allé au festival et j'ai emporté une armoire normande du début du XVIIIe siècle...

Quel long et étrange voyage en perspective !

Samedi (enfin !)

J'ai dû m'assoupir à un moment ou à un autre. Quand je me suis réveillée, j'étais vautrée de tout mon long sur Jim. Comble d'horreur, j'avais sans doute dormi la bouche ouverte : une grosse auréole de salive s'étalait sur l'épaule de sa veste. Et il m'avait peut-être vue lui baver dessus ! J'ai consulté ma montre. Sept heures et demie. On roulait donc depuis douze heures !

J'ai regardé Jim du coin de l'œil : il semblait dormir. Ses cils (oh, pourquoi est-ce qu'ils me fascinent à ce point ?) battaient doucement sur ses joues et il paraissait détendu, serein. Le car avait ralenti en s'engageant dans les rues étroites de Paris mais ça ne l'avait pas réveillé. Avec mille précautions, je me suis baissée pour ramasser mon sac et j'en ai sorti un appareil photo jetable. Sans trop savoir pourquoi, je voulais une photo de Jim où il ait l'air vulnérable. Pour me remonter le moral quand je déprimais à propos de nous deux. Histoire de me rappeler que c'était un garçon comme les autres. Priant pour qu'il ne se réveille pas, j'ai enclenché le flash et j'ai braqué l'appareil sur lui.

CLIC ! J'ai pressé le bouton, le flash s'est déclenché et Jim s'est réveillé en sursaut. J'ai caché l'appareil à côté de mon siège en m'efforçant de prendre une expression naturelle, sans y parvenir une seconde.

— Qu'est-ce que c'était ? a-t-il demandé d'une voix ensommeillée.

J'ai ouvert de grands yeux innocents.

— Quoi ?

Jim s'est frotté le visage.

— Cet éclair. Il y a de l'orage ?

Il s'est penché sur moi pour scruter le ciel par la vitre, de quoi me donner des émotions pour les vingt prochaines années.

— Bah, il ne pleut même pas.

— Tu as dû rêver, ai-je affirmé en haussant les épaules, histoire de lui signifier que la conversation ne m'intéressait pas le moins du monde.

— Non, je suis sûr d'avoir vu un éclair.

Je n'ai pas eu besoin de chercher une réponse : le car s'est arrêté.

— Oh, on est arrivés à l'hôtel ! me suis-je écriée, comme si c'était un événement prodigieux. Cool !

Jim s'est renfoncé dans son siège.

— Je suis crevé, a-t-il grommelé. On a passé des heures dans ce car. Et je meurs de faim. J'espère qu'on va bientôt manger.

C'est bien les garçons ! Entre les caresses sur le ferry et cet horrible jeu de la vérité, on avait partagé des moments inoubliables, et il ne songeait qu'à s'empiffrer ! J'ai levé les yeux au ciel en soupirant.

— Qu'est-ce qui t'arrive ? m'a-t-il demandé en se mettant debout à grand-peine.

Il y avait trop de monde dans l'allée, alors il a déclaré forfait et s'est rassis à côté de moi.

— Rien.

À quoi bon me fatiguer à lui expliquer ? Il passait son temps à nier l'évidence. Il persistait à faire comme s'il n'y avait pas de problème entre nous alors que tout allait de travers.

Du coin de l'œil, je l'ai vu faire la grimace pour se moquer de ma mauvaise humeur mais au lieu de protester, il s'est redressé de nouveau et, cette fois, a réussi à se frayer un chemin dans l'allée pour récupérer nos sacs dans les casiers. Je me suis levée à mon tour et j'ai glissé l'appareil jetable dans mon sac vintage Christian Dior que j'ai payé trois sous sur Ebay et que j'aime à la folie. Peut-être même plus que Jim.

Il nous a fallu des heures pour sortir les valises du coffre et nous faire enregistrer à la réception. L'Hôtel du Lac (depuis quand y a-t-il des lacs à Paris ?) était une vieille bâtisse plutôt décatie mais cool dans son genre. À en juger au papier peint rose fané et aux fauteuils rembourrés en velours rouge, les derniers travaux de décoration devaient remonter aux années vingt. Je me suis laissée tomber dans l'un des fauteuils pendant qu'Alice partait récupérer la clé de notre chambre auprès de la réceptionniste qui semblait, elle aussi, sortir tout droit des années vingt.

— Tu viens, Edie ?

Alice s'est plantée devant moi en brandissant la clé. J'ai ramassé mes bagages et je l'ai suivie dans l'escalier.

Puis je me suis arrêtée net.

— On est à quel étage, déjà ?

— Tu préfères la mauvaise ou la très mauvaise nouvelle ?

— De quoi tu parles ?

— On est au cinquième et... il n'y a pas d'ascenseur, a-t-elle râlé.

— Génial. Voilà une journée atroce qui se termine en fanfare.

— Tu l'as dit. Et il reste encore le dîner.

On a commencé à monter péniblement l'étroit escalier en spirale.

— Je meurs de faim. Je n'ai que deux Mars dans l'estomac depuis ce matin, me suis-je lamentée avant de perdre le souffle quelque part entre le premier et le deuxième étage.

Une fois arrivée au cinquième, je n'ai pas pu m'empêcher de maudire ma bêtise. Quelle idée d'emporter une valise plus un énorme fourre-tout et un méga-sac à main ! Mais voyager léger, ce n'est pas dans mes cordes.

On a traversé un couloir mal éclairé en titubant sous le poids de nos bagages et on a fini par trouver la chambre. Pendant qu'Alice se débattait avec la serrure, j'ai grommelé qu'après une journée pareille le pire était derrière nous. Alors la porte s'est ouverte à la volée, découvrant Paul et Mia vautrés sur le lit.

Alice a sifflé entre ses dents :

— On dirait que tu as parlé trop vite.

Elle a donné un grand coup de pied dans la porte qui est allée s'écraser bruyamment contre le mur. Mia avait un horrible sourire moqueur aux lèvres, comme si elle s'attendait à nous trouver sur le seuil. Paul, au moins, a eu la décence de paraître gêné.

— Salut, Alice, a-t-il murmuré en se relevant.

Alice l'a dévisagé avec l'expression qu'elle aurait eue en apercevant une limace dans sa salade.

Paul est resté un moment à la contempler, l'air d'avoir plein de révélations à lui faire sans savoir par où commencer. Alice, quant à elle, se taisait, le regard rivé au plafond. Je savais qu'il lui suffirait d'ouvrir la bouche pour éclater en sanglots. J'étais passée par là.

Je n'étais vraiment pas d'humeur à assister à une scène. J'ai laissé tomber mes bagages sur le sol et j'ai regardé tour à tour Paul et la porte.

— Tu ne partages pas la chambre avec nous, Paul, si ? me suis-je enquise en souriant, histoire de lui montrer que je n'avais rien contre lui.

C'est vrai, Paul a toujours été très gentil avec moi, du moins avant qu'il décide de sortir avec Mia.

Il a passé la main dans ses cheveux.

— Non, je suis avec Jim et Simon de l'autre côté du couloir. Je donnais juste un coup de main à Mia... pour ses bagages.

Mia s'est étirée voluptueusement sur le lit.

— Merci, mon chéri. Tu devrais peut-être y aller. On se retrouve plus tard dans le hall, O.K. ?

Une fois congédié officiellement, Paul n'a pas demandé son reste.

J'ai jeté un coup d'œil circulaire à la pièce. Elle était immense. J'aurais pu y faire tenir quatre fois ma chambre. Il y avait un gigantesque lit à deux places plus un lit simple et un bric-à-brac de meubles mal assortis ainsi qu'une télé qui aurait pu figurer dans un musée. Mia et Alice s'ignoraient complètement, alors je me suis réfugiée dans la salle de bains attenante.

— Oh ! là là, il y a un bidet ! me suis-je exclamée en ressortant.

Mais Alice et Mia ne m'écoutaient pas, elles étaient bien trop occupées à se disputer.

— ... Pas question. On est deux, je ne vais pas partager le lit simple avec Edie ! a crié Alice.

Mia a fait son sourire de chat :

— Eh bien, si vous vouliez squatter le lit double, vous n'aviez qu'à être plus rapides. Mais ça a toujours été ton problème, Alice. Tu ne sais pas ce que tu veux et il faut que les autres se servent pour que tu réagisses.

Alice s'efforçait de garder son calme.

— Tu ne serais pas en train de parler de Paul, par hasard ?

— Pourquoi je parlerais de MON copain avec toi ?

J'en avais plein les bottes. La journée avait été épuisante et maintenant il fallait que je m'occupe de Mia.

— Franchement, Mia, pourquoi faut-il toujours que tu te comportes comme la pire des pestes ? ai-je observé d'un ton las.

Grossière erreur. Mia s'est tournée vers moi : ses yeux bleus lançaient des éclairs.

— Ferme-la, Edie, a-t-elle aboyé. Tu ne sais rien sur rien. Jim t'embrasse une ou deux fois et tu t'imagines que tu vis la romance du siècle.

— C'est faux ! ai-je répondu, mais je ne devais pas être très convaincante.

— C'est la vérité, a rétorqué Mia d'un ton méprisant. Tu crois vraiment qu'il voudra sortir avec une pauvre nunuche qui n'a même pas de poitrine ?

Alice a tenté d'intervenir :

— Tu vas la fermer !

Mais Mia était lancée.

— Jim n'a rien à voir avec ce minable de Josh. Il ne se contentera pas d'une fille qui lui tient la main, tu saisis l'allusion ?

J'ai vu rouge. Je me suis ruée sur Mia qui a poussé un petit cri avant d'aller se réfugier dans la salle de bains. Avant que j'aie pu l'attraper pour l'étrangler – n'importe quoi, mais qu'elle se taise ! –, elle s'était enfermée à double tour.

— Calme-toi, Edie, a supplié Alice en me prenant le bras.

Je me suis dégagée avec violence.

— Non, je ne vais pas me calmer, ai-je crié avant d'éclater en sanglots. Mia, si tu ne sors pas, tes affaires vont passer par la fenêtre, ai-je ajouté en donnant un coup de pied dans la porte.

— Tu n'oseras jamais, pauvre nouille, a-t-elle raillé.

À cet instant précis, j'étais tellement hors de moi que j'aurais été prête à faire n'importe quoi. J'ai ramassé son sac, ouvert la fenêtre et je l'ai balancé dans la rue.

— Petite peste ! a hurlé Mia qui venait de quitter la salle de bains, juste à temps pour voir voltiger ses bagages.

Elle s'est jetée sur moi. Le chaos total. Elle me frappait, me griffait, je lui rendais ses coups et Alice au milieu faisait de son mieux pour nous séparer mais ne parvenait qu'à se prendre les gifles à ma place.

— Qu'est-ce qui se passe ici ? a crié une voix sur le seuil.

C'était Tania.

Mia et moi nous sommes arrêtées net avant de répondre en chœur :

— C'est elle !

— Alice, que s'est-il passé ? a demandé Tania.

— C'est cette sorcière de Mia.

À ce moment, Mia a piqué une crise de larmes. Ça crevait les yeux qu'elle jouait la comédie mais ce qui se voyait encore plus, c'était la grosse marque sur sa joue à l'endroit où je l'avais frappée.

— Elles se sont liguées contre moi, Tania, a-t-elle gémi. Elles ne veulent pas partager la chambre sous prétexte que je sors avec l'ex d'Alice.

— Beuh, c'est même pas vrai, ai-je répliqué. Elle, enfin, Mia a dit...

Je me suis interrompue. Quand on essaie d'expliquer à un adulte pourquoi on s'est battu, on a toujours l'air d'avoir cinq ans. Et puis j'avais déjà eu un accrochage avec Tania plus tôt dans la journée.

Alors Mia a joué son joker.

— Edie a jeté mes affaires par la fenêtre, a-t-elle annoncé d'une voix ténue entrecoupée de sanglots.

Qu'y a-t-il de pire que broyer du noir ? Réponse : broyer du noir seule dans un hôtel à l'étranger. À cause de cette moucharde de Mia, j'ai eu droit à un sermon en règle : voilà ce qui arrivait quand on emmenait des élèves de seize ans avec un groupe d'étudiants en art (le fait que Mia passe son diplôme comme moi n'a pas effleuré Tania une seconde). Ensuite elle m'a consignée dans la chambre ! Oh, et elle m'a obligée à descendre récupérer le sac de Mia avant qu'une voiture ne roule dessus.

J'ai eu beau dire et répéter que je mourais de faim, rien à faire. Cause toujours... J'ai refusé de commander un sandwich au fromage à la réception, ainsi que me le suggérait Tania. Je déteste le fromage. Je suis restée là, seule et affamée, à prier pour qu'elle s'étouffe de remords avec son hamburger au soja.

Je me suis affalée sur le lit en suivant d'un œil distrait un jeu télévisé où les participants devaient enlever leurs vêtements. Ils n'ont pas froid aux yeux, dans ce pays. Mais j'étais trop en colère pour me concentrer sur quoi que ce soit. O.K., je n'aurais pas dû m'emporter contre Mia, mais c'est vraiment la reine des coups bas ! Jim, Josh et même ma poitrine (ou plutôt mon absence de poitrine) ! Elle doit prendre des cours pour être aussi odieuse, personne ne naît comme ça.

Après le départ de Tania et de Mia qui s'est empressée d'aller retrouver son Paul, Alice s'est assise à côté de moi sur le lit pour me consoler.

— Ça va s'arranger, va !

Elle n'a pas joué les dures comme à son habitude, elle n'y est même pas allée de son commentaire détaché, et du coup je me suis remise à pleurer de plus belle.

— C'est pas juste, ai-je balbutié.

— Qu'est-ce qui s'est passé ici ?

Oh non ! Jim !

Jim se tenait sur le seuil de la porte demeurée grande ouverte.

— Au bruit que vous faisiez, j'ai cru que la troisième guerre mondiale venait d'éclater.

— Laisse tomber, Jim, a répondu Alice. Je descends dans une minute.

Mais il n'a pas bougé d'un millimètre.

— Tu viens dîner aussi, Edie ?

— Dégage ! ai-je crié, à leur vive surprise à tous les deux.

Jim m'a jeté un regard mauvais avant de s'en aller.

— Ce n'était pas très sympa, a commenté Alice.

Je me suis mordu la lèvre.

— Je ne sais pas ce qui m'a pris. Génial ! Maintenant, Jim me déteste.

Alice a soupiré.

— Mais non. Écoute, tout le monde est à cran. On a eu une dure journée. Tu veux que je te tienne compagnie ?

J'ai insisté pour qu'elle aille retrouver les autres afin que je puisse m'apitoyer en paix sur mon sort.

Bref, je me suis retrouvée seule et après m'être repassé une bonne centaine de fois la séquence cauchemardesque où j'avais envoyé paître Jim, j'ai essayé de réfléchir à un moyen de prendre ma revanche sur Mia. Impossible de trouver un châtiment assez terrible pour nous venger, Alice et moi. J'ai même craché dans le lait hydratant de cette crétine et je me suis sentie un petit peu mieux.

Deux heures ont passé. Pas moyen de fermer l'œil. Je n'avais aucune envie de me retrouver nez à nez avec Mia, mais j'espérais malgré tout que quelqu'un viendrait. Je m'ennuyais à mourir. J'étais en train de zapper d'une chaîne à l'autre quand le téléphone a sonné sur la table de nuit. Au bout de deux sonneries, j'ai décroché.

J'ai hésité un peu, j'avais trop peur de tomber sur un Français.

— ... Allô ?

— Edie, c'est Alice ! On rentre à l'hôtel. Tu veux qu'on te ramène un MacDo ?

J'ai cru que j'allais me remettre à pleurer. Alice pouvait être la crème des filles quand elle voulait.

— Oui, prends-moi des Chicken McNuggets, des frites et un milk-shake au chocolat. Je meurs de faim.

— Ne regrette rien, tu aurais détesté le dîner.

J'ai cru voir Alice sourire à l'autre bout du fil.

— Tania nous a traînés dans un restaurant végétarien. Ne quitte pas. Oh, Jim demande si tu veux aussi un beignet.

J'ai éloigné le combiné de mon oreille pendant quelques instants.

— Jim est avec toi ?

— Oui, dans son infinie miséricorde, il s'apprête à aller faire un saut au MacDonald's rien que pour toi.

Puis elle a ajouté en baissant la voix :

— Il s'en est pris à Tania devant tout le monde parce qu'elle t'avait envoyée au lit sans dîner.

— Alors il m'a pardonné de l'avoir envoyé promener ? ai-je reniflé, pleine d'espoir.

— Oh, tu peux me remercier, a répondu Alice en riant. Je lui ai parlé des filles et de leurs hormones.

— Merci, Alice, toi, t'es une vraie copine, ai-je rétorqué d'un ton sarcastique.

— Trêve d'insolences. Faut que j'y aille, on se voit dans dix minutes.

C'est toujours le même refrain : juste quand vous trouvez que la vie est nulle avec un grand N, l'homme de vos rêves remue ciel et terre pour vous acheter des beignets. Je ne pouvais pas m'empêcher de penser qu'il existait peut-être une chance, même infime, que Jim et moi...

Dimanche

J'ai dormi comme une souche. Bien qu'Alice ait annexé les trois quarts du lit et essayé de me piquer les couvertures par-dessus le marché, je me suis endormie à la seconde où ma tête a touché l'oreiller. J'étais soulagée que Mia n'ait pas eu gain de cause, parce que si on avait écopé du lit simple, j'aurais atterri par terre. Alice prend beaucoup de place pour dormir. La sonnerie de mon réveil de voyage m'a tirée d'un rêve bizarre où Orlando Bloom m'embrassait tandis que lui et moi étions coincés au fond d'un puits.

— Éteins-moi ça, a marmonné Alice en replongeant sous les couvertures.

— Il est huit heures, je ne veux pas manquer le petit déjeuner, ai-je répondu en lui donnant plusieurs petits coups de pied.

Rien que pour l'énerver.

Alice a émis un grognement pas très encourageant avant de m'arracher le restant des couvertures : je n'avais d'autre choix que de me lever. Mia dormait toujours. Elle n'était pas rentrée avec Alice ; elle avait dû se glisser dans la chambre une fois ses petites camarades endormies.

Quand je suis sortie de la salle de bains, Alice était en train de fouiller dans ma valise.

— Tu as emporté ta robe avec les cerises ? a-t-elle demandé.

C'était un vrai plaisir de se réveiller avec Alice. Ses cheveux noirs et lisses, habituellement impeccables, étaient dressés sur sa tête et elle portait un pyjama rose orné de lapins. Si quelqu'un l'avait vue à ce moment-là, son image de princesse cool et détachée en aurait pris un coup.

— Je ne crois pas. J'ai pris des couleurs sobres.

J'ai commencé à me sécher les cheveux en espérant que le vacarme réveillerait Mia mais elle dormait toujours sur ses deux oreilles. Alice s'est enfermée dans la salle de bains pendant que j'hésitais sur ma tenue.

Je ne suis pas de ces filles pathétiques qui s'habillent pour les garçons mais, sachant que j'allais passer la journée entière auprès de Jim, j'avais beaucoup de mal à me décider. J'ai opté pour ma nouvelle minijupe en velours rose que j'aimais à la folie, mon col en V noir hyper-moulant, des collants de laine et mes grosses bottes en daim. L'ensemble avait beaucoup de classe, même si cette opinion n'engageait que moi.

— Très joli, a commenté Alice. Tu pourrais me prêter un pantalon ?

Il faut des heures à Alice pour s'habiller. Je n'avais pas l'intention de tourner en rond pendant qu'elle mettait sa valise (et la mienne) sens dessus dessous.

— Je te laisse essayer tous mes vêtements. À plus !

— Garde-moi un croissant, a-t-elle lancé en recommençant à farfouiller dans mes affaires.

En descendant l'escalier, j'ai ressenti une bouffée de joie. J'étais à Paris ! Mes parents étaient loin et Jim se montrait vraiment adorable. Il ne m'avait même pas laissée payer le MacDo et quand j'avais voulu m'excuser, il s'était comporté en parfait gentleman.

— Oh, laisse tomber, Edie, avait-il répondu. Ce n'est pas la première fois qu'on m'envoie sur les roses.

— Ouais, et ce ne sera sûrement pas la dernière, avait renchéri Alice d'un ton moqueur avant de lui claquer la porte au nez, tandis que je me ruais sur mes nuggets.

J'étais dans le hall, essayant de retrouver la salle à manger, quand j'ai vu Tania se diriger droit sur moi.

La veille, j'avais démarré du mauvais pied avec elle. J'avais donc décidé de me tenir à carreau en sa présence. Cela étant, j'aurais bien aimé qu'elle mette un soutien-gorge. Pas étonnant que sa poitrine pendouille sans le secours d'« une bonne paire d'armatures », comme dirait ma grand-mère.

Je l'ai saluée poliment.

— Bonjour, Tania. Je voulais m'excuser pour hier soir.

Elle a paru un peu décontenancée.

— Euh, pas de problème. Je...

— Écoute, je sais qu'on n'a pas démarré sur de bonnes bases, toi et moi. Mais j'espère qu'on saura oublier ce départ raté.

Elle m'a serré le bras en souriant de toutes ses dents. Quelle tache !

— Edie, moi aussi, je suis désolée pour la nuit dernière. Je suis en plein syndrome prémenstruel, je n'aurais jamais dû te priver de dîner, a-t-elle soupiré.

En d'autres termes : « S'il te plaît, ne répète pas à tes parents que je t'ai laissée mourir de faim ! »

— Ce n'est rien, ai-je répondu d'une petite voix. Mais il faut impérativement que je m'alimente. Je n'ai pas fermé l'œil de la nuit tellement mon estomac gargouillait.

Son sourire baba cool a aussitôt disparu.

— Allez, tu vas prendre un copieux petit déjeuner, a-t-elle décrété en m'entraînant vers la salle à manger.

J'avais l'intention d'aller voir Nicolas et Xavier mais Tania, qui avait d'autres idées en tête, m'a poussée vers le buffet en insistant pour que je choisisse un verre de lait. Soi-disant que j'avais « une mine affreuse » et que « les jeunes filles ont besoin de beaucoup de calcium pour renforcer leurs os ».

— Je ne bois du lait qu'avec du cacao dedans, ai-je protesté. Je voudrais un café avec des tartines beurrées et une pomme.

— Ça ne suffira pas à te remettre sur pied, a déclaré Tania avec autorité. Entre nous, tu n'aurais pas un problème avec la nourriture ? Tu as vraiment le teint terreux.

Un cauchemar, cette bonne femme ! J'ai réussi à la persuader que je ne souffrais ni d'anorexie ni d'anémie et elle m'a enfin lâché les baskets. Jim avait déjà poussé une chaise vers moi et, même si j'aurais préféré aller papoter avec Nicolas et Xavier, je me suis dirigée vers la table qu'il partageait avec Paul et Simon.

— C'était quoi, ce cinéma ? a demandé Simon.

J'ai levé les yeux au ciel.

— Tania est terrifiée à l'idée que je raconte à mes parents qu'elle m'a privée de dîner, alors j'ai eu droit à un discours sur les troubles de la nutrition et les quatre principaux groupes d'aliments, sans oublier le sermon au sujet du petit déjeuner qui est le repas le plus important de la journée. Et de votre côté, quoi de neuf ?

Ma question a été accueillie par un concert de ricanements. Exaspérant.

Paul m'a montré quatre bouts de papier chiffonnés.

— La réceptionniste nous a demandé de te donner ça.

Je les ai regardés à tour de rôle et mon cœur s'est serré. Les messages étaient de Josh : je lui manquais et il devait me parler de toute urgence. Je n'étais partie que depuis vingt-quatre heures. J'ai fourré les feuilles dans la poche de ma veste et j'ai commencé à me beurrer un toast.

— Visiblement, il ne s'en sort pas sans toi, a grommelé Jim.

— Est-ce que, par hasard, tu aurais lu mes messages personnels ? ai-je demandé d'un ton hautain.

Jim a pris l'air penaud.

— Ah. Tu marques un point, Edie. Je ne sais pas quoi dire.

— Alors pourquoi ne pas la fermer ? ai-je glapi.

Dur d'afficher le mépris et l'indignation quand on a la bouche pleine de pain.

Jim m'a dévisagée comme s'il butait sur une énigme insoluble dans une grille de mots croisés.

J'ai levé les sourcils.

— Quoi ?

Il a haussé les épaules.

— Je ne comprends pas. Qu'est-ce que ça t'apporte de traîner ce type comme un boulet ?

— De quoi tu parles ? me suis-je écriée d'un ton furieux.

J'ai vaguement entendu Simon et Paul s'excuser avant de se lever en quatrième vitesse.

— Il est fou de toi, cela crève les yeux. Il t'a appelée quatre fois hier soir et cela crève aussi les yeux que tu t'en fiches royalement.

Je n'en revenais pas que Jim me mène en bateau comme ça. O.K., Josh était beaucoup plus impliqué que moi dans cette relation mais Jim savait pertinemment pourquoi je sortais avec Josh. Et il savait aussi à quel point cette histoire me travaillait. Alors pourquoi fallait-il qu'il en remette une couche ?

Je ne lui ai pas exprimé le fond de ma pensée. Il regardait par la fenêtre ; la douce lumière matinale dessinait des ombres sur son visage. Il en paraissait encore plus froid et inaccessible. Il me faisait peur, en fait.

J'ai éloigné mon assiette – je n'avais plus faim, soudain – et je me suis levée en repoussant bruyamment ma chaise.

— Je n'ai pas à écouter ces bêtises, Jim. Et je ne vois vraiment pas pourquoi tu t'en fais pour Josh, tu ne t'étais jamais préoccupé de lui jusqu'à présent.

Jim m'a pris le poignet par-dessus la table. Il ne l'a pas serré au point de me faire mal, mais je ne pouvais pas m'échapper.

— Tu sais très bien pourquoi je m'intéresse à Josh ! s'est-il écrié avant de baisser la voix à cause des gens qui se retournaient pour nous regarder. Mets les choses au clair.

J'ai réussi à me libérer et je suis sortie de la salle à manger en essayant d'avoir l'air digne. J'ai eu envie d'aller faire un tour : j'avais besoin de prendre l'air et de réfléchir à l'attitude incompréhensible de Jim.

À peine avais-je parcouru cinq mètres que je me suis aperçue que l'Hôtel du Lac était situé au beau milieu de Pigalle. Et Pigalle est le quartier chaud de Paris. J'étais si éberluée devant les néons et les affiches exhibant des femmes très déshabillées que j'en ai complètement oublié Jim. Mes parents vont flipper quand je vais leur raconter mon séjour !

Le groupe était censé se retrouver dans le hall à dix heures pour aller au Louvre mais quand je suis arrivée, il n'y avait personne. J'ai fini par repérer Nicolas et Xavier qui m'ont fait une place entre eux deux sur l'un des canapés.

— Qu'est-ce qui se passe ?

— On allait te poser exactement la même question, a répondu Xavier en me poussant du coude.

— Oui, qu'est-ce que c'était que cette scène avec Jim au petit déjeuner ? a ajouté Nicolas.

— Pff ! Il est en plein délire. Je crois que cette fois-ci, c'est sans espoir. Au fait, où sont les autres ?

Nicolas s'est étiré en fermant les yeux à demi, comme chaque fois qu'il a un bon gros ragot à raconter.

— Eeeh bien, Alice et Paul ont disparu de la surface de la terre, Mia est remontée dans sa chambre avec une mine d'enterrement, Jim et Simon ont décidé d'aller au Louvre de leur côté même si les seuls mots qu'ils connaissent en français sont très, très impolis, et la plupart des garçons se sont enfin rendu compte que l'hôtel se trouvait au cœur d'un quartier chaud et ont opté pour un spectacle de strip-tease.

— Je suis au courant, ai-je répondu avec mépris. Je viens de les voir entrer dans un club baptisé La Panthère Rose.

— Les mecs sont vraiment pathétiques, a déclaré Xavier.

— Je ne te le fais pas dire, ai-je renchéri avec amertume.

La journée n'a pas été perdue pour autant. Avec Martyn (Dieu merci, Tania avait rendez-vous avec un de ses copains hippies) et les cinq autres qui étaient restés dans les parages, on est allés boire un cappuccino dans un vrai café français puis on a affronté le métro. À ma grande surprise, les cours de français que j'avais suivis au lycée ont fait de moi la star du jour. Mon entourage a été très impressionné quand j'ai récité ma leçon au guichet : « Excusez-moi, monsieur, je voudrais sept billets pour le Louvre, s'il vous plaît. »

Dans la cour du Louvre, il y avait cette drôle de pyramide en verre que je voulais prendre en photo. Nicolas et Xavier ont donc attendu patiemment que je règle mon objectif tout en jetant des regards assassins aux imbéciles qui avaient l'impudence de s'immiscer dans mon champ de vision.

Une fois à l'intérieur, on a décidé d'improviser. Écouter les commentaires assommants du guide au sujet de « la texture chez Van Gogh », très peu pour moi. Alors avec Nicolas et Xavier, on a passé une demi-heure à faire comme si j'étais une milliardaire à la recherche de tableaux pour son duplex de New York ; Nicolas était mon assistant personnel et Xavier un propriétaire de galerie très mielleux censé me lécher les bottes sous prétexte que je possédais une fortune indécente. Parfois, j'ai du mal à croire que j'ai presque dix-sept ans : je peux être tellement immature.

Le tableau le plus célèbre du Louvre est *La Joconde*. On a fini par le dénicher et... bof, bof. C'est une minuscule peinture très sombre, recouverte d'une vitre protectrice qui reflète l'éclairage si bien qu'on n'y voit pas grand-chose.

On s'est plantés devant en essayant de vérifier si le modèle nous suivait des yeux, comme le raconte la légende.

— Et voici l'une de nos pièces les plus prestigieuses, a bonimenté Xavier. Est-ce que Madame la trouve à son goût ?

En guise de réponse, j'ai froncé le nez.

— Je ne crois pas qu'elle plaît à Madame, a répondu Nicolas.

J'ai fait la grimace.

— Ce ne sont pas mes couleurs. Avez-vous quelque chose d'un peu moins vert à me montrer ?

— Oh oui, madame, j'ai moi-même horreur du vert, a renchéri Nicolas.

On s'est lassés de notre petit jeu. Nicolas et Xavier sont partis en quête de la statue d'un type à poil et j'ai continué la visite de mon côté. Les tableaux ne me plaisaient pas beaucoup. Ils étaient sinistres, ou pleins de femmes nues et de chérubins joufflus.

J'étais en train d'observer un étudiant en art (pas l'un des nôtres), qui reproduisait avec beaucoup de talent la toile d'un vieux maître, quand j'ai senti deux mains autour de ma taille tandis qu'on m'embrassait dans la nuque. J'ai aussitôt deviné que c'était Jim. Mon cœur s'est mis à battre plus vite.

Je me suis retournée et il a pris mon visage dans ses mains avant de m'effleurer la bouche d'un baiser. C'était presque un murmure. Le prélude d'un vrai baiser. L'étudiant m'a fait un clin d'œil et Jim m'a saisi la main pour m'entraîner d'une salle à l'autre. Autour de moi, tout paraissait flou. L'unique chose qui semblait réelle, c'était sa main dans la mienne. Le silence était de mise. Il nous aurait suffi de parler pour rompre le charme.

Nos pas nous ont menés jusqu'à une petite antichambre située à l'écart de la foule. Il n'y avait personne à l'exception d'un gardien somnolant sur sa chaise. Nos regards se sont croisés et pendant quelques instants il n'y a plus eu de mensonges, de secrets, de

Josh ou de Mia entre nous. Il n'y avait que Jim et Edie, deux amoureux seuls au monde.

On était comme aimantés l'un par l'autre ; Jim m'a poussée contre le mur et m'a embrassée plus passionnément que jamais. Je lui rendais ses baisers avec une égale ferveur. Il a glissé les mains sous ma veste en jean et je n'ai même pas eu peur de ses gestes ; mes mains à moi étaient nouées autour de sa taille. Un tas de pensées se bousculaient dans ma tête. Je songeais au gardien endormi. Au grésillement de l'éclairage et au faible bourdonnement de l'air conditionné. Au cœur de Jim qui battait la chamade. Au contact de son corps qui pressait le mien contre le mur. À ma façon de me hausser sur la pointe des pieds pour atteindre ses lèvres. Et surtout, à nos bouches collées l'une à l'autre, à nos langues entremêlées et à ses dents qui me mordillaient doucement la lèvre inférieure.

En reprenant mon souffle, j'ai dû m'appuyer à nouveau contre le mur pour ne pas tomber. Jim, une main toujours sous ma veste, me caressait le dos en m'embrassant l'oreille ou le cou. On n'avait toujours pas prononcé une parole. Puis on s'est encore embrassés, ses mains dans mes cheveux, les miennes cramponnées à sa veste en cuir. Un bruit de voix qui se rapprochait nous a séparés. J'ai pris deux longues inspirations ; Jim, le visage cramoisi, respirait fort comme s'il venait de courir un marathon. J'ai cru qu'il allait dire quelque chose mais, tandis qu'un groupe de touristes entrait dans la pièce, il a baissé la tête, m'a donné un dernier baiser rapide, puis il a disparu.

Dimanche, plus tard

Je me sentais complètement à l'ouest. Tellement à l'ouest que Nicolas et Xavier m'ont trouvée assise sur un banc, le regard perdu dans le vide.

— Qu'est-ce qui t'arrive ? a demandé Nicolas.

— Ouais, tu as une mine bizarre, a renchéri Xavier en m'examinant de plus près.

J'ai essayé de me comporter de façon normale mais j'étais ailleurs. J'avais du mal à parler, mes lèvres me brûlaient encore après le baiser de Jim.

Sur le chemin du retour, dans le métro, je n'ai pas ouvert la bouche. J'ai passé le trajet à me rejouer la scène dans ma tête, de l'arrivée de Jim jusqu'au dernier baiser qu'il m'avait donné avant de s'en aller.

Alice m'attendait dans le hall. J'avais prévu de prendre un long bain pour me repasser le baiser en mémoire encore une bonne centaine de fois, mais Alice en avait décidé autrement.

— C'est quoi, ton problème ? ai-je protesté alors qu'elle m'entraînait de force dans la rue.

— Les murs ont des oreilles, a-t-elle répliqué d'un air mystérieux.

— Hein ?

— Ce n'est pas encore officiel, mais Paul et moi, on a remis le couvert, a-t-elle répondu d'un air crâne.

— Quoi ?

J'ai adressé un vague sourire à Martyn qui passait près de nous sur le trottoir.

— On est à nouveau ensemble ! Plus de vilaine petite amie potentielle à l'affût.

Le geste dont elle a accompagné ses paroles m'en a appris davantage que le ton détaché de sa voix. J'étais un peu perdue parce qu'il m'avait semblé, la nuit précédente, que Paul était plutôt content d'embrasser à pleine bouche sa vilaine petite amie potentielle.

— Comment tu as réussi ton coup ?

— Je l'ai fait asseoir et je lui ai dit que je ne me prenais plus la tête à cause de lui. Que j'étais passée à autre chose...

— C'est ce que j'appelle un gros mensonge.

Elle a fait la grimace.

— Je déteste quand tu deviens perspicace, arrête ça immédiatement.

— Et qu'est-ce qui s'est passé après ?

— Eh ben, il est resté silencieux pendant quelques instants, le visage triste, et puis il m'a répondu qu'il ne voulait pas que je passe à autre chose parce qu'il n'était pas prêt à tourner la page, de son côté.

Elle a levé les yeux au ciel comme si ce n'était pas la peine d'en faire tout un fromage, mais je savais que ce n'était qu'une façade. J'étais présente quand elle avait surpris Paul et Mia dans la chambre : à ce moment-là, son monde s'était écroulé.

Je me suis appuyée contre le mur et d'un regard, je lui ai fait comprendre que je voyais clair en elle.

— Et ensuite ?

— Je lui ai simplement déclaré qu'en ce qui me concernait il restait mon petit ami et que je n'allais pas supporter cette situation bien longtemps. Ça n'a pas été très difficile.

J'avais encore du mal à saisir.

Mais je croyais que vous aviez rompu...

— Nooon, on a juste fait une pause, m'a expliqué Alice avec impatience. Tout allait trop vite. Rien à voir avec Jim et toi. Deux jours après avoir été présentés, on sortait ensemble. Et j'avais besoin de prendre un peu de distance.

— Avant de te décider à coucher avec lui, tu veux dire ?

Alice a haussé les épaules.

— C'est un sacré pas à franchir, non ? Je voulais être sûre avant de m'engager sur cette voie-là. Et il va devoir fournir un paquet d'efforts avant qu'on en revienne à ce stade.

— Cela me paraît bien plus raisonnable que de te jeter à son cou avec une boîte de préservatifs... Et Mia ?

— Quoi, Mia ? a aboyé Alice. Mia, c'est de l'histoire ancienne. Le hic, c'est qu'elle ne le sait pas encore.

— Mais je croyais qu'elle et Paul...

— Eh ben, tu t'es trompée, ma cocotte, a susurré Alice. Paul et moi, on était censés souffler un peu, chacun de son côté, et soudain, qu'est-ce que j'apprends ? Mia raconte à qui veut l'entendre qu'on a rompu parce que Paul est amoureux d'elle ! Elle ne peut pas s'empêcher de piquer les mecs des autres. Par exemple, elle ne s'était jamais intéressée à Jim avant qu'il commence à sortir avec Lilah.

— Lilah ? La fille qui tient le journal du lycée ?

J'ai cru défaillir. Lilah est une blonde sublime et très, très intelligente.

— Hé, respire, elle est avec le type de ce groupe minable qu'on est allées voir il y a quelques semaines. Comment s'appellent-ils, déjà ? Une histoire de maillot de bain...

— Les Bikini Dust, ai-je marmonné. Est-ce que Jim tenait à elle ?

Alice a levé les yeux au ciel.

— Je n'aurais jamais dû t'en parler. C'est terminé depuis des lustres et il ne devait pas en pincer beaucoup pour elle, sinon il ne serait pas allé batifoler avec Mia.

Je commençais à me sentir mieux.

— Je ne sais pas ce qu'ils lui trouvent.

— Elle a de gros seins et elle couche, a répondu Alice avec un sourire mauvais.

— Alice !

Par moments, c'est une vraie langue de vipère.

— Ben quoi, c'est la vérité. Bon, t'es contente pour Paul et moi ?

J'ai hoché la tête.

— Et tu ne vas pas monter bouder dans ta chambre à cause de Lilah ?

J'ai secoué la tête.

— Et tu vas m'avouer qui t'a fait cet énorme suçon ?

— T'aimerais bien le savoir ! me suis-je écriée avant de me précipiter à l'intérieur de l'hôtel.

Dans la chambre, j'ai vu Mia en train de fouiller parmi ses vêtements. Parfois, je me dis qu'en additionnant les heures que passent les filles devant leur placard, on pourrait largement résoudre le problème du réchauffement de la planète.

J'étais toujours décidée à prendre un bain. Je voulais éviter tout contact avec Mia, et ce devait être réciproque, mais je ne pouvais pas m'empêcher d'avoir de la peine pour elle. C'est vrai, cette fille doit vraiment manquer de confiance en elle pour se jeter ainsi à la tête des garçons. Elle ignorait que Paul avait décidé de la laisser tomber et, en y réfléchissant, elle n'avait pas d'amis. Mais en m'apercevant, elle a grimacé un sourire plein de mépris et j'ai arrêté de la plaindre. Mia était de ces gens qui ne valent pas grand-chose, point.

En sortant de mon bain, enroulée dans ma serviette, j'ai découvert Alice, Nicolas et Xavier vautrés sur le lit.

— Tu as pris ton temps, s'est récriée Alice d'un ton faussement indigné en me bousculant presque pour se précipiter dans la salle de bains à son tour.

— On va en boîte après dîner, m'a expliqué Nicolas. Martyn se fiche de ce qu'on fabrique tant qu'on ne finit pas au commissariat.

— Je ne vais jamais pouvoir entrer, ai-je grommelé. On ne me donne même pas dix-sept ans.

Nicolas et Xavier n'étaient pas du même avis. Promis juré, quand je serai riche et célèbre, je les engagerai comme stylistes personnels. Une demi-heure plus tard, j'avais revêtu la longue robe chinoise d'Alice en tissu argenté fendue jusqu'à mi-cuisse, bouclé mes cheveux et rehaussé mes pommettes et mon regard avec quelques paillettes.

— Edie, ne mets pas tes Converse, a dit Xavier. C'est un ordre.

— Non, garde-les, a objecté Nicolas. Avec d'autres chaussures, ce serait too much.

— Merci, ai-je répondu en enfilant mes précieuses baskets roses. Ne commencez pas à vous disputer, vous deux.

— Jim va perdre tous ses moyens en te voyant, s'est exclamée Alice en émergeant de la salle de bains. Il ne saura plus où se mettre.

J'allais appliquer une autre couche de gloss cerise ; j'ai suspendu mon geste.

— Je ne me pomponne pas pour Jim mais pour entrer en boîte.

— Ouais, c'est ça !

— À d'autres !

— Ben tiens !

Par moments, mes amis me tapent sérieusement sur les nerfs.

Martyn avait réservé la plus grande table du monde dans le plus petit restaurant de Paris. J'ai adoré. Les murs étaient tendus de tissu léopard ; des lampions électriques et des chérubins dorés étaient suspendus un peu partout. On aurait dit une grotte féerique sens dessus dessous.

Alice essayait de placer les gens discrètement (en gros, elle a dit à Simon : « Lève-toi ou je te tue »). Jim et moi, on s'est donc retrouvés assis l'un à côté de l'autre tandis que Paul et Alice nous faisaient face. Pendant une seconde, j'ai cru que Mia allait tout flanquer par terre. Dieu merci, au moment où elle allait poser ses fesses sur ma chaise, Martyn a voulu savoir pourquoi elle avait passé la matinée au lit au lieu de s'imprégner de la culture parisienne.

La table était immense mais on était nombreux, alors au début c'était un peu la bousculade. Jim ne me quittait pas des yeux. Sans parvenir à m'en expliquer la raison, je me sentais timide et empotée, sans doute parce que lors de notre dernière rencontre, il m'avait embrassée contre un mur. C'était peut-être aussi parce qu'il me faisait du pied sous la table. J'ai rajusté ma robe qui s'ouvrait sans arrêt avant de remettre en place les couverts devant moi. Il faut toujours que je tripote quelque chose quand je suis nerveuse. Heureusement, Nicolas était assis juste à côté.

— Il va falloir que tu me traduises le menu, Edie, a-t-il gémi. Il est écrit en français.

— Je sais que ça peut paraître dingue, mais c'est peut-être lié au fait qu'on est en France, a ironisé Xavier de l'autre côté de la table.

— Tu parles français ? m'a demandé Jim.

J'étais sur le point de faire un commentaire idiot au sujet de mon option de français quand j'ai entendu Nicolas glisser à l'oreille de Xavier : « Non, mais elle s'y connaît en french kiss ! » et je suis partie d'un fou rire hystérique.

— Tu prends du crack ou quoi ?

Jim m'a dévisagée comme si j'étais la personne la plus ridicule qu'il ait jamais rencontrée.

— C'est seulement Nicolas qui vient de faire une blague.

Jim s'est encore rapproché de moi, dans les limites du possible. Son parfum citronné mêlé à l'odeur de la lessive me tournait un peu la tête.

— J'ai pensé à toi tout l'après-midi, a-t-il murmuré à mon oreille. J'ai l'impression que mon cœur va exploser.

Je me suis sentie rougir. J'ai dit rougir ? Pour être exacte, j'aurais pu rivaliser avec un gyrophare.

— Ne fais pas la timide, a poursuivi Jim d'un ton nonchalant. Tu en jettes vraiment, ce soir. D'habitude aussi, d'ailleurs.

Puis, sans crier gare, il a enchaîné sur un autre sujet :

— Tu comprends quelque chose à ce menu ?

Une fois redevenue maîtresse de mes émotions, j'ai passé le quart d'heure suivant à traduire le menu et à commander les plats. Je suis loin d'être bilingue mais tout de même, je n'aurais jamais cru être la seule parmi vingt personnes à pouvoir articuler quelques mots de français. Simon essayait de convaincre les autres de choisir des plats répugnants, comme des escargots. Puis Nicolas et Xavier ont décrété que celui qui ne finirait pas son assiette écoperait d'un gage. Moi, j'ai opté pour une simple omelette avec des frites.

On a eu aussi des problèmes avec les boissons. La plupart des étudiants ont dix-neuf ans, donc ils ont commandé de la bière ou du vin. Mais Tania n'aimait pas beaucoup l'idée que Mia et moi, on ait de l'alcool à portée de main. Je lui ai expliqué que mon père et ma mère me laissaient boire du vin coupé d'eau depuis l'âge de douze ans, et après quelques bouderies et les cris d'encouragement du reste de la tablée, j'ai fini par obtenir gain de cause.

Pendant qu'on attendait les plats, Jim m'a parlé du Titien, un peintre dont il avait vu les œuvres au Louvre. Soudain, il a posé sa main sur ma cuisse, juste au-dessus du genou. Son geste n'avait rien de déplacé mais j'avais de plus en plus de mal à me concentrer sur ce qu'il disait. Sa voix se perdait dans un brouhaha agréable. Il s'était tourné vers moi. J'avais l'impression que toute sa personne était concentrée dans la chaleur de cette main sur ma jambe. Puis il a remonté son doigt le long de la fente de ma robe. Jusqu'en haut. J'ai gigoté sur ma chaise et la main de Jim a repris sa place initiale sur mon genou. Je l'écoutais toujours d'une oreille. J'ai pris une autre gorgée de mon vin sans eau et j'ai senti l'alcool me monter directement à la tête.

— Je meurs d'envie de t'embrasser.

J'ai jeté un coup d'œil rapide autour de moi pour vérifier que personne n'avait entendu.

— Quoi ?

— Je ne pense qu'au moment où je serai à nouveau seul avec toi.

J'ai eu un petit rire nerveux. Par moments, je réagis franchement comme une gamine.

— Ce que je dis te met mal à l'aise ? a-t-il demandé d'une voix douce.

— Un peu.

Jim a reculé sa chaise et m'a passé un bras autour des épaules. Devant tout le monde ! J'aurais voulu appuyer ma tête contre lui et ne plus jamais bouger.

— Je me demandais...

Il a marqué une pause.

— Je me demandais si par hasard tu n'aurais pas envie d'aller te remettre du gloss. Je pourrais t'attendre à l'entrée des toilettes. Tu me rends fou.

— Jim ! Arrête. Je croyais qu'on était amis, et rien d'autre.

Il m'a lancé un de ces regards dont il a le secret. Il devrait les faire breveter, il gagnerait une fortune.

— Ça n'exclut pas un baiser par-ci, par-là.

L'arrivée des plats m'a évité d'avoir à le gifler. Mais j'avais perdu l'appétit. J'ai joué avec mon omelette du bout de ma fourchette pendant que le reste de la tablée chipotait devant les escargots qu'on leur avait servis nappés d'une sauce verdâtre. Il s'est écoulé exactement trente-sept secondes (je sais parce que j'ai compté) avant que Nicolas commence à distribuer des gages.

Pour la plupart des garçons, la punition consistait à vider d'un trait des pintes de bière. Très original.

J'ai grignoté une frite en priant pour que personne ne me remarque.

— Edie, on ne peut pas commander une omelette-frites dans un restaurant français ! s'est écrié Simon.

— Si ! ai-je rétorqué d'un ton indigné. C'est une omelette française servie avec des frites françaises !

— Un gage ! Un gage ! Un gage ! ont crié Nicolas et Xavier.

À ce train-là, ils allaient rentrer à l'hôtel avec deux ou trois dents en moins.

— O.K., je vais le faire, votre gage débile, ai-je fini par déclarer comme la table entière s'était jointe à eux. Mais je ne boirai pas d'alcool cul sec. Et il est hors de question que je mange un truc dégoûtant.

— Mmmm, ça écarte pas mal de possibilités, a réfléchi Simon.

— Tu dois embrasser la personne assise à ta droite.

La suggestion de Paul a été saluée par un tonnerre d'acclamations. Et bien sûr, devinez qui se trouvait à ma droite...

J'ai regardé Alice avec un air de chien battu mais elle a levé son verre. Une fois que j'aurai trucidé Nicolas et Xavier, elle sera la prochaine sur ma liste.

Jim s'est redressé sur sa chaise, l'œil narquois.

— Tu te dégonfles ?

Je n'allais pas le laisser s'en sortir comme ça. Je me suis penchée et je lui ai donné un long baiser. Pendant un instant, son corps s'est figé. Au moment où il a ouvert la bouche, j'ai reculé sous les applaudissements de la tablée.

D'un geste gauche, Jim s'est passé la main dans les cheveux. Nos regards se sont croisés. À l'évidence, il m'aurait bien choisie comme dessert. Mais, bizarrement, ça m'a fait un peu peur.

Après, on ne l'a plus entendu. La fin du repas s'est déroulée sans accroc, même si, de temps en temps, Mia lançait des regards haineux du côté d'Alice. J'avais un pressentiment désagréable, comme si une catastrophe était imminente.

Bref, ainsi que Nicolas l'avait prévu, Martyn était d'accord pour qu'on aille en boîte. Mais pas Tania. Elle a insisté pour que Mia et moi, on rentre à l'hôtel avec Martyn et elle. Pour une fois, avec Mia, on s'est serré les coudes.

— C'est pas juste ! s'est-elle écriée. En Angleterre, je passe ma vie en boîte.

— Moi aussi, ai-je renchéri. Je ne boirai rien, promis. Je veux juste danser un peu.

— Je suis responsable de vous vis-à-vis de vos parents, a déclaré Tania d'un ton pompeux. Je ne peux pas laisser deux mineures traîner seules la nuit dans des endroits pas très catholiques.

— Mais on ne sera pas seules, ai-je objecté.

— Je garderai un œil sur Edie, a suggéré Alice. Je connais ses parents et ils me font confiance. En revanche, en ce qui concerne Mia, je ne peux rien promettre.

— Si Edie a le droit d'aller en boîte, alors moi aussi, a protesté Mia.

— O.K., a déclaré Tania, à bout d'arguments. Mais je veux que vous soyez rentrées à minuit. Que Martyn n'ait pas à venir vous chercher.

J'étais aux anges.

— Merci, merci, merci ! Je promets qu'il n'y aura pas d'embrouilles.

Mais Tania n'avait pas l'air très convaincue.

On a échoué dans une boîte appelée Les Fusibles, un endroit exigu, enfumé, avec des petits boxes miteux autour d'une piste de danse minuscule. Jim discutait avec des types inscrits en arts plastiques, jetant un œil de mon côté de temps à autre, quand un authentique Français est venu m'inviter à danser ! Je suis restée sur la piste un bout de temps, à danser sur les Beatles ou de la musique française des années soixante. Stéphane m'a présentée à ses amis : ils m'ont parlé en mauvais anglais et je leur ai répondu dans un français désastreux, mais apparemment, on est tout de même arrivés à se comprendre. Vive la différence !

Stéphane m'a offert un Coca Light et je l'ai entraîné vers le box où Paul et Alice étaient assis.

— Je vous présente Stéphane. Il est français.

— Bonjour, au revoir, a crié Alice par-dessus la musique. Je vais au bar.

Paul et Stéphane s'étaient lancés dans une conversation laborieuse sur la musique pop (et moi, je faisais office de traductrice) quand Mia est venue s'installer juste à côté de Paul.

— J'ai deux mots à te dire, a-t-elle sifflé sur un ton qui ne présageait rien de bon.

— Hum, je savais que ça finirait par arriver, a répondu Paul.

Il avait l'air terriblement mal à l'aise.

J'ai voulu expliquer à Stéphane ce qui se passait entre Alice, Paul et Mia, tout en essayant de suivre la discussion à côté de moi.

Je m'embrouillais dans les conjugaisons, si bien que le pauvre Stéphane avait l'air complètement perdu.

J'ai entendu Paul qui disait : « Écoute, Mia, tu sais très bien que ça a toujours été Alice. J'ai toujours voulu être avec elle.

— D'accord, j'ai compris. Mais j'aimerais qu'on reste amis, Paul. Je tiens vraiment à toi et je n'ai pas envie de souffrir. »

— Mia est une grosse vache. (Je traduisais pour Stéphane.)

Mia s'est levée.

— Tu sais où me trouver si tu as besoin de moi, a-t-elle susurré avant de s'éloigner.

Paul a poussé un soupir de soulagement et m'a lancé un regard rempli d'espoir.

— Ça s'est super-bien passé.

— Trop bien. Elle doit manigancer quelque chose.

Paul a secoué la tête.

— Je sais que vous ne vous entendez pas bien, toutes les deux, mais elle peut être très sympa quand elle veut.

J'ai laissé échapper un ricanement incrédule, ce qui n'est pas la chose la plus élégante à faire quand on se trouve en présence de deux garçons plutôt séduisants.

Stéphane m'a touché le bras.

— Edie, il faut que j'aille voir mes amis, a-t-il déclaré avec son petit accent sexy. On se voit plus tard sur la piste de danse, O.K. ?

— O.K., je viendrai te chercher.

— Tu as fait une touche, on dirait.

Alice était de retour avec les verres.

— Comment ça s'est passé avec Mia ?

— Bien, a répondu Paul. Je t'avais assuré qu'il n'y aurait pas de problème.

— Ouais, c'est ça. Ce que tu peux être naïf, par moments, Paul.

Je me suis levée pour m'éclipser discrètement : je n'avais aucune envie d'assister à leur première dispute depuis leur réconciliation.

— Où tu vas comme ça, ma mignonne ? a demandé Alice. On drague les gentils Français alors qu'on est censée n'avoir d'yeux que pour le beau Jim ?

— Alice ! Je suis avec Josh. J'essayais seulement de pratiquer mon français et Jim ne m'intéresse pas. On est amis, point. On a une relation amicale et...

— Edie, espèce de sale menteuse ! Qu'est-ce qui s'est passé au restaurant, déjà ? s'est écrié Paul en s'esclaffant.

À ce moment-là, je me suis demandé si c'était vraiment une bonne nouvelle qu'ils se soient remis ensemble. Maintenant, ils étaient à deux contre moi.

— Je ne m'abaisserai pas à répondre, ai-je rétorqué d'un ton digne avant de foncer vers les toilettes.

Dans les toilettes des filles, il y avait plein de Françaises sexy très sophistiquées, en un mot, des Françaises. Après m'être frayé un chemin jusqu'au miroir, je me suis remis du rouge à lèvres. D'habitude, j'ai une mine de cadavre mais là, j'avais les joues pivoine à force d'avoir dansé et mes yeux qui brillaient me paraissaient immenses. Je ressemblais à une vraie femme et pour moi qui, en temps normal, ai l'air d'avoir douze ans, ça signifie quelque chose.

En sortant des toilettes, je suis tombée sur Jim qui m'attendait, adossé contre un mur, le visage plus anguleux que jamais et les cheveux en désordre. Une fois encore, je me suis sentie fondre. Je me suis approchée de lui comme s'il me l'avait ordonné par télépathie.

— Je t'ai cherchée partout, m'a-t-il expliqué avec un sourire imperceptible. D'où il sort, ce Français ?

— Oh, tu veux dire Stéphane ? Il est mignon, hein ?

Jim m'a foudroyée du regard.

Je n'ai pas pu m'empêcher de répliquer :

— Tu n'es pas jaloux, rassure-moi ? Puisqu'on est amis, le fait que j'attire de beaux Frenchies ne devrait pas te contrarier.

— Je ne suis pas jaloux, a grommelé Jim. Je m'inquiétais pour toi. Ça pourrait très bien être un dangereux serial killer, pour ce que tu en sais.

Je n'avais pas du tout envie de rire mais je me suis forcée un peu :

— Ça m'étonnerait. Allez, avoue que tu es jaloux.

Jim a haussé les épaules.

— Bon, peut-être un petit peu.

Maintenant il souriait franchement.

— Bien...

Je me suis tournée vers la piste.

— Ça te tenterait... Hééééééé !

Jim venait de glisser ses mains autour de ma taille et de m'installer sur une pile de cageots abandonnés dans le couloir. Je me suis tortillée pour m'asseoir plus confortablement.

— Pourquoi tu as fait ça ? lui ai-je demandé d'une voix ténue.

— Pour ne pas me tordre le cou pendant que je t'embrasse, a-t-il répondu en me dévorant des yeux.

J'ai avalé ma salive avec difficulté.

— Alors tu vas m'embrasser ?

— Ouaip.

Pour une fois, nos visages étaient au même niveau. Jim s'est approché encore mais il ne m'a pas embrassée tout de suite. Nos lèvres se touchaient presque et je sentais son souffle sur ma bouche. On est restés comme ça pendant quelques secondes et puis je me suis jetée sur lui.

Ses baisers me faisaient toujours autant d'effet. Je me suis collée à lui, les jambes autour de sa taille, tandis qu'il explorait ma bouche de sa langue. Il a posé la main sur ma cuisse et j'ai agrippé ses cheveux. À un moment, il s'est arrêté pour me chuchoter à l'oreille : « Je voudrais que ça ne cesse jamais », avant de m'embrasser de plus belle.

La température montait. J'étais coincée contre le mur, je sentais le cœur de Jim battre la chamade contre ma poitrine et sa main s'aventurer de plus en plus haut sur ma cuisse. Au prix d'un immense effort, je l'ai repoussé avec douceur, mais il s'est mis à me mordiller les lèvres.

— Qu'est-ce qu'il y a ? a-t-il murmuré.

— Tu vas trop vite. On devrait en rester là.

— Juste un dernier baiser.

— On ne devrait pas, ai-je répondu dans un souffle.

Mais pourquoi avait-il fallu que je dise ça ? C'est vrai, on ne devait pas, pour des millions de raisons différentes, mais à cet instant précis, j'étais dans les bras de Jim et cela seul comptait.

— Ça m'est égal.

Il a recommencé à m'embrasser, mais cette fois, il a laissé ses mains sur mes épaules et il ne s'est pas collé à moi. J'ai perdu la notion du temps, il n'y avait plus que Jim et ses baisers qui m'envoyaient des décharges électriques dans tout le corps, quand soudain j'ai senti que quelqu'un me tirait par la main. J'ai tenté de me dégager mais sans succès, et il a fallu que je me cramponne à Jim pour ne pas tomber.

— Hé ?

— Edie ! On s'en va ! a crié Alice en me reprenant la main. Il est temps de dire au revoir à ton bel étudiant en art.

— Elle est très bien là où elle est, a protesté Jim en lui jetant un regard menaçant.

— C'est ce qui m'inquiète, a rétorqué Alice. J'ai ton sac et ton manteau, on y va.

— Mais je veux rester ici, ai-je répondu d'un ton suppliant tandis qu'Alice m'entraînait à sa suite dans le couloir.

— On y va, point final.

— Je rentre avec vous, a décrété Jim.

— Ce ne sera pas nécessaire, merci, lui a rétorqué Alice en me propulsant vers la porte avec cette force hallucinante qui lui vient de ses trois séances de natation hebdomadaires.

J'ai bien essayé de résister encore un peu mais rien à faire. Elle m'aurait démis l'épaule si je ne l'avais pas suivie.

— Tu as besoin d'aller te rafraîchir, Jim. Un verre d'eau ne te ferait pas de mal.

— Mais je n'ai pas soif, a protesté Jim, perplexe.

Alice a ouvert la porte et m'a poussée dans la rue.

— Je ne parlais pas de la boire, crétin, a-t-elle lancé en se retournant.

Dimanche, encore plus tard

— Mais pourquoi tu as fait ça ? ai-je crié.

Alice me tenait toujours par la main, les lèvres pincées, ce qui n'était jamais bon signe chez elle.

— Franchement, Edie, tu devrais me remercier.

Elle semblait très en colère.

— Qui sait ce qui serait arrivé si je n'avais pas été là ?

— Rien. Tout allait bien. Je contrôlais la situation.

— Vous n'aviez pas l'air de contrôler quoi que ce soit, lui et toi.

— Moi si. Je lui ai demandé d'y aller doucement.

Alice s'est arrêtée.

— Écoute, je ne veux pas que tu souffres, a-t-elle dit gentiment. Ne t'embarque pas dans cette histoire bizarre avec Jim.

Elle avait vraiment l'art de pourrir l'ambiance. Autant la situation me semblait idyllique quand j'étais avec Jim et qu'on s'embrassait, autant maintenant qu'il n'était plus là, je n'avais aucune peine à me faire une idée du pétrin dans lequel je m'étais mise. Surtout avec Alice pour me faire un dessin.

— C'est trop tard, ai-je marmonné.

— Allez, viens, on va boire un café.

Elle a passé le bras autour de mon épaule.

— Je crois qu'il y a un bar ouvert dans la rue d'à côté.

Je suis allée commander deux cafés au comptoir en jetant des coups d'œil à Alice par-dessus mon épaule. De son doigt, elle traçait des arabesques sur la table ;

elle donnait l'impression d'être en plein syndrome prémenstruel.

— Qu'est-ce qui se passe ? ai-je demandé en posant les tasses. Ce n'est pas seulement à cause de moi, si ?

Alice a poussé un profond soupir.

— Ça t'est déjà arrivé de vouloir une chose à tout prix et, une fois que tu l'obtiens, de ne plus être sûre d'en avoir envie ? Tu sais, tu passes tellement de temps à réfléchir au moyen de l'obtenir que tu oublies de penser à ce que ça implique...

— Tu fais allusion à Paul, c'est ça ?

— Oui. Tu crois que c'était idiot de ressortir avec lui ?

J'ai réfléchi quelques instants. Alice avait été très malheureuse quand Paul avait commencé à fréquenter Mia, mais elle n'avait pas l'air extatique non plus à présent qu'ils étaient à nouveau ensemble. Et pouvait-elle vraiment se fier à un type qui se jetait sur une autre fille à la minute où ils décidaient de faire un break ?

— Tu as raison, a admis Alice qui n'avait aucun mal à lire dans mes pensées. Je ne lui fais pas confiance pour un sou.

— Alors, qu'est-ce que tu comptes faire ?

Alice a eu un sourire rusé.

— Je lui ai déjà mis les points sur les i. Pas de seconde chance, pas d'explications. À la moindre entourloupe, c'est terminé. Il ne m'aura pas une fois de plus.

— Waouh, la classe ! me suis-je exclamée, admirative. J'aimerais être aussi forte que toi. Dès qu'il s'agit de garçons, je me transforme en carpette.

— Tu fais allusion à Jim ? a demandé Alice qui

avait vite repris son sang-froid habituel. C'est bizarre. Tu perds toutes tes facultés de raisonnement quand il est dans le coin.

— Oh, ne commence pas...

J'avais compris à la lueur glaciale dans ses yeux qu'Alice avait l'intention d'attaquer le problème Jim avec moi. Et sans anesthésie.

— Non, Edie, je suis sérieuse, j'aimerais savoir pourquoi il a une telle... une telle emprise sur toi. Franchement, ça me dépasse ! Ce n'est que Jim.

— Normal que tu sois larguée. Tu le fréquentes depuis toujours, vous jouiez ensemble dans le bac à sable à l'école maternelle, bla-bla-bla...

— Oui, et c'est pour cette raison que je le connais si bien, a répliqué Alice en riant. Ne te méprends pas, je l'apprécie énormément mais je ne suis pas aveugle pour autant. Je sais quels sont ses défauts, et il en a des tonnes : il est lunatique, renfermé, anxieux...

— ... manipulateur, cruel, ai-je renchéri. Il se débrouille pour qu'on se dispute, du coup je deviens vulnérable et là, il m'embrasse. Quand je suis avec lui, je ressens cette excitation malsaine au creux du ventre comme si j'allais sauter du grand plongeoir. Je n'arrive pas à me détendre quand Jim est dans les parages. Mais, en même temps, être avec lui, c'est génial. Tu n'imagines pas à quel point je suis perdue.

— Je commence juste à m'en apercevoir, a répondu Alice avec gravité. Tu es bel et bien accro, ma poulette.

— Je sais... Je ne crois pas qu'il veuille rester avec moi et je n'arrive pas à comprendre pourquoi.

Alice m'a touché la main.

— Il ne jure que par toi, Edie. Mais, ne le prends pas mal, parfois je pense que tu n'es pas son genre.

C'était comme si le monde s'écroulait.

— Je ne veux pas entendre ça, je ne veux rien savoir.

— Écoute, je suis ton amie, a poursuivi Alice. Je dois te le dire parce que tu m'inquiètes. Je ne veux pas que tu souffres. À mon avis, Jim a besoin d'une fille capable de se prendre en main toute seule et qui l'obligera à se tenir à carreau.

— Comme Lilah ?

— Au moins, elle ne s'est pas laissé envahir. Elle n'était pas du genre à sombrer dans la dépression quand Jim avait ses humeurs ou qu'il oubliait de l'appeler. Elle ne se laissait pas embarquer dans ses petits jeux malsains.

— Moi... euh... moi non plus, ai-je répliqué, penaude : je savais bien que ce n'était pas la vérité.

Alice a levé les yeux au ciel.

— Edie, ce n'est pas possible d'être d'aussi mauvaise foi ! Regarde ce qui s'est passé en boîte. Jim sait très bien que tu sors avec Josh et il sait aussi que vous feriez mieux de rester amis, tous les deux, alors pourquoi crois-tu qu'il revient sans cesse à la charge ? Parce que tu le laisses faire ! Il faut que tu arrêtes les frais. Et que tu prennes une décision au sujet de Josh. Soit tu tentes le coup, soit tu mets fin aux souffrances de ce pauvre garçon, mais tu ne peux pas continuer à le mener en bateau comme ça. Ce n'est pas juste, ma belle.

C'était comme si je venais de recevoir un seau d'eau froide en pleine figure (une fois de plus). Tout ce qu'elle venait de dire était vrai. Sauf que j'avais beaucoup de mal à l'admettre.

— O.K., je vais rompre avec Josh en rentrant, ai-je annoncé d'un ton décidé.

Alice a pris ma main et l'a serrée dans la sienne.

— Et qu'est-ce que tu vas faire avec Jim ?

— Arrêter de l'embrasser ?

— C'est une question ou une affirmation ?

Moi-même je n'en étais pas certaine, alors j'ai fait ma tête de chien battu pour la deuxième fois de la soirée ; aucune arme ne vaut celle-là. Même Alice a compris le message : elle m'a raconté qu'une espèce de folle était venue l'aborder dans le night-club pour la complimenter sur sa poitrine. Elle n'a pas son pareil pour changer de sujet. Ouf !

On est arrivées à l'hôtel une minute avant le couvre-feu instauré par Tania. J'étais exténuée. Je ne pensais qu'à me coucher et dormir pour éviter de ressasser.

Je suis allée récupérer la clé auprès du concierge de nuit mais apparemment, Mia était rentrée plus tôt et se trouvait déjà dans la chambre.

— J'espère qu'elle ne dort pas, ai-je murmuré à Alice en montant l'escalier. Si elle crie, je vais me mettre à pleurer.

On a frappé à la porte ; les coups auraient pu sortir n'importe qui du coma mais on n'a pas réussi à réveiller Mia. Pas besoin d'être bien malin pour comprendre qu'elle avait décidé de nous faire dormir dans le couloir parce que Alice avait sauvé Paul de ses vilaines griffes. Je me suis laissée glisser contre le mur pour m'asseoir par terre.

— C'est pas juste ! Elle pourrait au moins me faire entrer. Je ne sors pas avec Paul, moi.

— Oh, merci, Edie ! Contente de savoir que je peux compter sur un peu de solidarité féminine de ta part. Tu peux aller récupérer le double auprès du concierge ?

— Non, parce qu'il ne l'a pas. Mia l'aurait aussi emporté vu que la clé est accidentellement restée à l'intérieur.

— Comme c'est pratique !

— Ne t'en prends pas à moi, ai-je grommelé.

L'état quasi comateux dans lequel je me trouvais n'arrangeait pas mon humeur.

— Moi aussi, j'en ai marre.

— Il faut qu'on aille chercher Martyn, a décrété Alice. C'est quoi, le numéro de sa chambre ?

J'ai haussé les épaules.

— Comment je le saurais ?

Sur quoi Alice a poussé un cri de frustration. Elle a tendance à dramatiser, parfois.

— Tu pourrais au moins essayer de trouver une solution.

Soudain Paul a passé la tête dans l'embrasure de la porte d'en face.

— Il me semblait bien vous avoir entendues.

— Paul ! s'est écriée Alice.

Son visage s'est éclairé.

— J'ignorais que tu étais rentré.

— On est partis juste après vous.

Il a baissé la voix et m'a regardée en secouant la tête.

— Jim n'est pas dans un bon jour.

Alice s'est appuyée contre le mur en lui faisant les yeux doux.

— Vous allez nous inviter à entrer ou on va devoir passer la nuit dans l'escalier de secours ?

Paul a ouvert grand la porte.

— Après vous, mesdemoiselles.

Je n'avais aucune envie d'aller dans leur chambre. Je ne voulais pas me retrouver nez à nez avec Jim. Et pas seulement à cause des récents événements ; je ne tenais pas trop non plus à le voir en pyjama. C'était comme si, subitement, le charme s'était rompu.

J'ai jeté un regard éperdu à Paul qui se tenait toujours devant la porte.

— Qu'est-ce qui ne va pas ? a-t-il demandé, l'air amusé.

Je ne pouvais pas lui expliquer qu'au cours de ma dernière entrevue avec Jim, il avait sa bouche sur ma bouche et la main sous ma jupe, alors j'ai grogné et je suis entrée dans la chambre, la tête basse.

Jim – Dieu merci ! – n'était pas en pyjama. Il portait toujours son jean avec un tee-shirt vert mais il n'avait pas l'air content de nous voir. Il s'est contenté d'un petit signe de tête ; difficile de croire qu'à peine une heure plus tôt il se lovait contre moi. Je me suis assise au bord d'un des lits en espérant qu'on parviendrait vite à un arrangement pour la nuit. Pas de problème, *a priori*. Leur chambre était aussi grande que la nôtre mais elle contenait deux lits doubles et un lit simple.

— O.K., a déclaré Alice d'un ton autoritaire. Edie va appeler la réception pour qu'on nous monte des draps. On dormira dans un des lits doubles.

— Qui, toi et moi ? a demandé Paul en riant.

— C'est ça, pauvre type, a rétorqué Alice. Je parlais d'Edie et moi !

— Une minute ! a protesté Simon. Ça signifie que deux d'entre nous vont devoir partager le deuxième lit double ?

— Et alors ? ai-je répondu, en chœur avec Alice.

— Impossible, j'en ai peur, a dit Paul. Ce ne serait pas normal.

— Vous avez des doutes concernant votre sexualité ? a susurré Alice. Si ça peut vous rassurer, ni Edie ni moi ne pensons que vous êtes homos.

Jim regardait par la fenêtre d'un air morose mais en entendant mon prénom, il s'est retourné avec un petit sourire narquois. Rien à voir avec son habituel sourire de tombeur. Là, son expression était presque malveillante.

— Alice et Paul pourraient dormir dans l'un des lits doubles, Simon dans le lit simple et nous deux dans le lit restant. Qu'est-ce que tu en penses, Edie ? a-t-il suggéré, manifestement content de lui.

Un silence gêné a suivi sa proposition. Je sentais les larmes me picoter les yeux. Comment pouvait-il se montrer aussi désinvolte ? Et en même temps, inutile de le nier, j'aurais été contente de passer la nuit avec lui.

— Je vais dormir dans la chambre de Nicolas et Xavier. Ils ont deux lits, ai-je marmonné.

J'avais la main sur la poignée de la porte quand j'ai entendu Jim s'exclamer :

— Au moins, tu peux être certaine qu'aucun d'eux ne posera la main sur toi.

— Exactement !

Jim m'a dévisagée avec un rictus de mépris.

— C'est ça, ma cocotte. Reste avec tes petits copains homos, tu n'es pas encore prête à jouer dans la cour des grands.

— Ce n'était vraiment pas la chose à dire, Jim, a répliqué Alice, juste avant que je retourne une énorme gifle à Jim.

Sous le choc, il a reculé. Mais il s'est vite repris et m'a regardée en se frottant doucement la joue à l'endroit où se dessinait déjà l'empreinte de mes doigts.

— Tiens ! J'ai touché un point sensible, a-t-il ironisé.

— On s'en fiche que Nicolas et Xavier soient gays. Ce sont mes amis et ils me traitent avec cent fois plus de respect que toi. Tu es complètement malade ! C'est toi qui viens sans arrêt vers moi, pas l'inverse. C'est toi qui as commencé à chaque fois.

— Et quelle est la conclusion de ton petit discours ? a demandé Jim en examinant ses ongles comme si toute cette conversation ne méritait même pas qu'il intervienne.

— Dégage ! La voilà, ma conclusion ! me suis-je écriée.

À ce stade, j'avais beaucoup de mal à articuler.

— Laisse-moi tranquille.

— Avec plaisir, a répondu Jim d'un ton détaché. Je croyais que tu étais différente des autres, il faut croire que je me trompais.

Je ne lui ai même pas demandé ce qu'il entendait par là. J'ai vaguement entendu Alice m'appeler mais j'étais déjà dans le couloir.

Après avoir frappé à la mauvaise porte et réveillé un Français fou furieux et sa femme, j'ai fini par trouver la chambre de Nicolas et de Xavier. Je me suis mise à tambouriner comme une folle contre le panneau de bois.

— Laissez-moi entrer !

J'ai failli m'étaler dans la pièce quand Nicolas a ouvert la porte.

— Je peux dormir avec vous cette nuit ?

C'est là que j'ai éclaté en sanglots.

Nicolas et Xavier ont eu la bonne réaction. Ils m'ont prêté un pyjama et pendant que Nicolas allait puiser dans sa réserve de chocolat, Xavier a essuyé mon maquillage qui coulait et m'a prise dans ses bras en me murmurant des paroles réconfortantes jusqu'à ce que je me calme.

Je leur ai répété les paroles de Jim mais ça n'a pas eu l'air de les bouleverser.

— J'ai entendu bien pire que « petit copain homo », crois-moi, a ironisé Xavier. Jim est un type bien, Edie. Il a ses humeurs, c'est tout.

Nicolas et Xavier sont sans doute les personnes les plus adorables que je connaisse. Et ça n'a rien à voir avec le fait qu'ils soient gays donc sensibles, ils sont comme ça.

— Laisse-moi deviner : tu le connais depuis la maternelle.

— Non, depuis l'école primaire, a répondu Xavier en riant. Écoute, Edie, Nicolas et moi, on a eu pas mal de soucis avec certains gars du lycée parce qu'on était homos, mais Jim a toujours été cool avec nous. Ça ne lui a jamais posé de problème.

— Il a dit ça pour te blesser, a déclaré Nicolas.

— Mais pourquoi ? Il est tout sucre tout miel quand on s'embrasse et d'un coup, il devient agressif limite psychopathe tendance Dark Vador. Vous voyez lc topo ?

Je ne sais pas s'ils voyaient mais ils ont hoché la tête avec sympathie.

— Visiblement, il a du mal à montrer ses sentiments, a remarqué Xavier avec tristesse.

— Comme quatre-vingt-quinze pour cent de la population masculine, a renchéri Nicolas. Il se comporte peut-être comme un porc mais il reste un mec. Et un mec, ça réagit comme un mec.

— Je me sens beaucoup mieux, ai-je marmonné entre mes dents. Merci pour l'explication. Cela m'aide beaucoup.

— Je constate que tu as retrouvé ton esprit acerbe, c'est bon signe, a déclaré Nicolas. Tu veux prendre l'autre lit ?

J'étais certaine que je ne parviendrais pas à fermer l'œil et pourtant je me suis écroulée comme une masse avant même que ma tête ne touche l'oreiller.

Lundi

Vous savez, ces matins où, en vous réveillant, vous croyez pendant un quart de seconde que tout va bien et soudain les catastrophes de la nuit précédente vous reviennent en mémoire ? Eh bien, c'est comme ça qu'a commencé ma matinée. J'étais d'une humeur de chien. Je n'avais pas spécialement décidé d'être horrible avec le monde entier, non. Disons qu'en me réveillant j'ai senti que l'envie d'être désagréable s'était comme instillée en moi. Je suis retournée dans notre chambre pour me laver et m'habiller au moment où Mia s'en allait, et en voyant qu'elle avait oublié de refermer mon tube de dentifrice, j'ai cru que j'allais sauter au plafond. Tout en marmonnant des bêtises, j'ai enfilé un pantalon et un pull noirs. C'était quoi, déjà, cette réplique d'une pièce russe qu'on a étudiée en cours de littérature ? « Je m'habille en noir car je porte le deuil de la vie. » Tu l'as dit, Monsieur l'auteur mort.

Je finissais de me sécher les cheveux quand on a frappé à la porte. Mon cœur s'est affolé. Allez savoir pourquoi ! J'avais du mal à m'imaginer Jim venant implorer mon pardon. Bref, ce n'était qu'Alice. Elle semblait fatiguée et à bout de nerfs.

— Salut, a-t-elle lancé d'une voix hésitante. Tu vas bien ?

— Oui, ai-je grommelé. Je ne suis pas de très bon poil, mais ça peut aller. Qu'est-ce qui s'est passé après mon départ ?

Alice a fait la grimace.

— Jim est sorti moins d'une minute après toi en claquant la porte, et il est rentré au petit matin, complètement saoul. Avec Paul et Simon, on a passé la plus grande partie de la nuit à parler de vous et on en est arrivés à la même conclusion : il faudrait en prendre un pour taper sur l'autre. Bref, je n'ai pas beaucoup dormi et je réagis au quart de tour, a-t-elle ajouté, histoire de me mettre en garde.

— Je n'y suis pour rien, ai-je glapi. De toute façon, j'ai décidé de ne plus avoir aucun contact avec Jim à partir de maintenant. Ça ne m'attire que des problèmes et je n'en ai vraiment pas besoin.

Je m'attendais que ma résolution fasse plaisir à

Alice. C'était elle qui m'avait conseillé de tirer un trait sur lui. Mais elle s'est contentée d'un « Mmmm Mmmm » comme si elle ne me croyait pas, puis elle s'est écroulée sur le lit.

En descendant prendre le petit déjeuner, j'ai trouvé trois autres messages de Josh, ce qui n'a pas amélioré mon humeur. J'étais toujours décidée à rompre, comme je l'avais annoncé à Alice, mais je n'étais pas soulagée pour autant. Au contraire, je me sentais aussi mal que si j'allais devoir subir une opération chirurgicale très lourde en rentrant chez moi. D'accord, c'était moi qui rompais mais ça n'excluait pas la prise de tête.

Si je ne voulais pas de Josh comme petit ami, je l'appréciais beaucoup et je refusais de lui faire de la peine. Je n'en revenais pas d'avoir été une telle peste. J'ai repensé aux moments où j'avais été horrible avec lui (et, croyez-moi, il y en avait plus d'un), à l'ingratitude dont j'avais fait preuve quand il m'avait offert le pendentif pour mon anniversaire, sans parler de toutes les fois où j'avais embrassé Jim derrière son dos. J'étais la pire petite amie qu'on puisse imaginer.

Quand je suis entrée dans la salle à manger, la scène a tourné au cauchemar : les conversations se sont arrêtées net. Je suis peut-être parano, mais j'ai eu l'impression que les autres faisaient des messes basses à mon sujet. Si mes soupçons étaient fondés, ils parlaient soit du baiser en boîte, soit de la gifle (ou, pire, des deux).

J'ai feint de m'absorber dans un livre en grignotant mon toast mais j'avais conscience qu'on me lançait des regards à la dérobée. J'ai cherché des yeux Nicolas, Xavier, ou Alice parmi les gens attablés mais ils n'étaient pas encore descendus.

Juste à ce moment-là, Jim a pénétré dans la salle en titubant (il n'y a pas d'autre mot). Comme moi, il était habillé en noir des pieds à la tête et il n'avait pas l'air d'en mener large, lui non plus. On ne peut pas dire qu'il rayonne de santé en temps ordinaire mais là, son visage était couleur cendre et il avait d'énormes cernes. Il devait sans doute avoir une gueule de bois monstrueuse, mais Jim restant Jim, il donnait encore le change. Il la peaufinait à merveille, son image d'artiste torturé.

Je me suis replongée dans mon livre, je ne souhaitais pas qu'il me surprenne en train de le dévorer des yeux. Dans ma tête, je me répétais sans cesse les mêmes mots : « Je m'en fiche, je m'en fiche. » À force de les répéter, je finirais bien par me persuader que c'était la vérité.

J'ai levé à nouveau le nez et à travers un brouillard de panique, j'ai vu Jim se diriger droit sur moi, une cafetière à la main. Il ne comptait quand même pas s'asseoir à ma table, pas après ce qui s'était passé hier soir ? Il ne pouvait pas...

... Eh bien si. Après avoir marmonné un salut, il s'est écroulé sur la chaise en face de moi et s'est versé une tasse de café.

— T'en veux ? a-t-il demandé.

Je lui ai jeté un regard froid comme la banquise.

— Pardon ?

— Veux-tu une tasse de café ? a répété Jim en détachant sur chaque mot.

— Non, merci.

Plutôt mourir

On est restés silencieux pendant quelques minutes. Jim se tenait la tête entre les mains comme s'il souffrait le martyre (rien ne pouvait me faire plus plaisir) et j'essayais de me concentrer sur mon livre, mais je relisais le même paragraphe pour la cinquième fois sans en comprendre une ligne. Sans le regarder, je savais que Jim m'observait. J'avais toutes les peines du monde à me retenir de faire quelque chose de stupide – me jeter dans ses bras, par exemple. « Je m'en fiche, je m'en fiche. »

Soudain, Jim a posé ses longs doigts en travers de ma page.

— C'est bien ?

— Tu permets ? J'essaie de lire.

— De quoi ça parle ? Tu n'as pas l'air d'avancer très vite, tu en es toujours à la même page depuis que je suis arrivé.

— Tu n'as rien de mieux à faire que de me regarder lire ?

— Pour l'instant, non, a-t-il admis.

— S'il te plaît, Jim, laisse-moi tranquille. Je n'ai pas envie d'écouter tes histoires.

Jim a retiré sa main et pendant un bref moment, j'ai cru qu'il allait toucher mes doigts mais il n'en a rien fait.

— Je voulais seulement te dire que j'étais désolé pour hier soir, a-t-il ajouté.

— Tu fais allusion à un moment en particulier ?

Je n'en revenais pas d'être aussi dure avec lui. Aussi maîtresse de la situation. C'était pourtant à Jim que je m'adressais. Le garçon qui, d'habitude, me donnait l'impression d'être une moins que rien.

Jim s'est adossé à sa chaise et m'a scrutée un instant.

— Je ne te demande pas pardon de t'avoir embrassée. Tu en avais envie autant que moi. C'est pour le reste que je te présente mes excuses.

Je l'ai foudroyé du regard.

— Pour quoi, précisément ? Pour avoir insulté Nicolas et Xavier ou pour la petite remarque d'après ? Je ne suis pas prête à jouer dans la cour des grands, c'est bien ce que tu as déclaré ?

Il a eu l'air embarrassé.

— J'ai pété les plombs. Je suis désolé, Edie, je te le répète, qu'est-ce que tu veux de plus ?

J'ai levé les sourcils. Ce type était incroyable.

— Une explication, peut-être ? Tu m'embrasses, tu me fais croire que tu tiens à moi et une heure après, tu te conduis comme un parfait crétin. Tu m'as fait du mal.

Bonne réponse. Ç'aurait été encore mieux sans le petit sanglot à la fin.

J'ai cru que Jim allait ignorer mes dernières paroles. Pendant un bref moment, il est resté silencieux.

— Je ne sais pas, a-t-il repris. J'imagine que, d'un côté, je voulais te blesser ou du moins, te faire réagir. Tu as disparu avec Alice sans prendre la peine de dire au revoir.

Il allait me rendre cinglée.

— Tu t'attendais à quoi, Jim ? Alice m'a littéralement traînée dehors. Et de toute façon, tu n'es gentil avec moi que quand tu cherches à m'embrasser.

— Ce n'est pas vrai, a-t-il protesté. Je suis gentil avec toi la plupart du temps.

— Oui, mais ça se termine toujours de la même

façon. Chaque fois qu'on s'est embrassés, tu as passé les jours suivants à m'ignorer. Et je ne te pardonnerai jamais ta réflexion au sujet de Nicolas et Xavier.

Je m'apercevais que je l'avais touché et j'avais presque de la peine pour lui. Mais il l'avait bien mérité. Je lui disais enfin ce que j'avais sur le cœur, ce que j'avais toujours voulu lui dire sans jamais oser. Il était temps.

Il a levé les yeux au ciel.

— Je t'ai dit que j'étais désolé, je ne peux rien faire de plus, Edie, a-t-il répliqué en laissant échapper un soupir d'exaspération. Je reconnais que je suis jaloux de ta complicité avec Nicolas et Xavier. Tu vas toujours vers eux quand tu as un coup de cafard. On est censés être amis mais tu ne me confies pas la moitié de ce qui te passe par la tête.

— Mais si !

— Tu m'as avoué que tu sortais avec Josh, peut-être ? Tu as attendu des siècles avant de m'en parler.

— Un ami ne se comporterait pas comme tu le fais.

Je commençais vraiment à m'échauffer.

— Tu passes le plus clair de ton temps à faire la tête.

— Tu peux parler ! a rétorqué Jim. Tu es encore plus lunatique que moi !

— Eh bien, c'est à cause de toi, ai-je protesté.

On tournait en rond. Et ce n'était pas facile de haïr Jim. J'avais décidé de l'exclure de ma vie et voilà qu'il s'ouvrait à moi.

Il se tenait la tête à deux mains. C'était peut-être la gueule de bois qui le rendait si... vulnérable.

— Alors, c'est réglé ? a-t-il demandé. On est toujours amis, d'accord ?

Mais je lui avais fermé mon cœur en mettant un gros panneau « entrée interdite » dessus.

— Non, ce n'est pas réglé ! ai-je glapi en repoussant ma chaise pour me lever. Je ne veux pas qu'on soit amis, je ne veux pas d'un ami qui me donne l'impression d'être une moins que rien.

Il a poussé un grognement comme si toute cette discussion lui faisait très mal.

— De quoi tu parles, là ?

Je me suis penchée vers lui, le visage à quelques centimètres du sien.

— J'en ai assez de toi, ai-je répondu d'une voix tremblante. Tu n'as pas le droit de me sauter dessus pour me traiter ensuite comme un vieux débris. Je ne supporte plus tes petits jeux. Tu as déjà gâché le début de mon séjour, laisse-moi au moins profiter des quelques jours qui restent.

Jim semblait abasourdi. Son visage était devenu livide.

— O.K., je ne t'approcherai plus si tu crois que ça te rendra plus heureuse, a-t-il marmonné.

— Je ne crois pas, j'en suis sûre.

Et sur ces mots, je suis sortie de la salle comme une furie.

J'avais menti. Ça ne me rendait pas plus heureuse. Une demi-heure plus tard, en flânant dans la rue avec le reste du groupe, j'en tremblais encore. Je ne pensais pas la moitié de ce que j'avais balancé à Jim. Quelle imbécile ! C'était même au-delà de l'imbécillité. Il aurait fallu inventer un mot nouveau pour qualifier l'imbécile puissance un million que j'étais.

J'aurais pu tourner la situation à mon avantage.

Jim, sous l'effet de la gueule de bois, s'était montré compréhensif, disposé à me faire des excuses. De quoi repartir sur de nouvelles bases et devenir de vrais amis. Des amis qui se serreraient les coudes et qui riraient ensemble au lieu de tomber dans les bras l'un de l'autre à la moindre occasion. Mais non, il avait fallu que je rue dans les brancards, que je l'attaque sur tous les fronts pour finir par lui demander de ne plus m'adresser la parole. Et je pourrais m'estimer heureuse s'il acceptait encore de respirer le même air que moi.

On était censés visiter le centre Pompidou, un musée d'art moderne qui, de l'extérieur, ressemblait à un gigantesque moteur de voiture, gris, énorme et recouvert de tuyaux multicolores.

Paul et Alice n'étaient pas collés l'un à l'autre, mais le message était clair, ils préféraient être seuls. Quant à Jim, il avait disparu. Je suis restée avec Nicolas et Xavier mais eux non plus n'étaient pas très rigolos : ils se lançaient de drôles de regards en échangeant des propos à voix basse pour que je n'entende pas.

Quand je leur ai résumé ce qui s'était passé avec Jim au petit déjeuner, ils ne m'ont pas témoigné une grande solidarité.

— Dis donc, Edie, tu n'y es pas allée de main morte, a remarqué Nicolas. Le mot « sympa » ne fait pas partie de ton vocabulaire ?

Oh ! là là, tout le monde semblait penser que j'avais un cœur de pierre alors que j'essayais seulement de passer à autre chose. Bref, je suis partie acheter des cartes postales de mon côté avant de rejoindre le groupe. Derrière le musée, il y avait une immense place où tous les étudiants en art de l'hémisphère Nord semblaient s'être donné rendez-vous. Difficile de distinguer mon groupe au milieu de cette cohue. De ma vie je n'avais jamais vu autant de jeans Carhatt rassemblés dans un seul endroit. J'en étais à me demander si le gouvernement n'avait pas comploté pour réunir l'ensemble des étudiants en art du pays et les hypnotiser, histoire d'en faire des citoyens modèles, quand j'ai senti un regard sur moi. Mes cheveux se sont dressés sur ma nuque. Je me suis retournée lentement, m'attendant à découvrir Jim derrière moi, mais je me suis retrouvée nez à nez avec un type que je ne connaissais pas.

Il se tenait à quelque distance et même si j'étais dégoûtée du monde entier et de la gent masculine en particulier, j'ai aussitôt remarqué qu'il était plutôt mignon. Les cheveux blonds en bataille, un costume de fripe hyper-cool. Quand nos regards se sont croisés, il m'a lancé un clin d'œil. J'ai commencé à envisager de m'installer définitivement à Paris. C'est vrai, jusqu'alors je n'avais pas eu de chance avec les Anglais et à en juger d'après Stéphane et Monsieur l'artiste cool, les maigres pâlichonnes sans poitrine étaient un must en France. Monsieur l'artiste était en train de me raconter Dieu sait quoi quand le reste du groupe est arrivé.

— Dis donc, Edie, on ne peut pas te laisser seule une minute sans que tu dragues un beau garçon, a ironisé Xavier en regardant mon artiste qui avait recours au langage international des signes pour m'inviter à boire un verre.

Mia s'est immiscée dans la conversation en jouant des coudes.

— Lui ? C'est moi qui l'intéresse, ça crève les yeux.

J'ai décidé de ne pas répondre à sa provocation, mais Nicolas est intervenu.

— Arrête, il n'a d'yeux que pour Edie.

— Ah oui ? C'est ce qu'on va voir, a décrété Mia avant de se ruer sur Monsieur l'artiste cool en roulant des hanches comme si elle avait des cafards dans la culotte.

— L'infatigable sex-machine est de retour, a déclaré Xavier en rigolant. On dirait que Mia t'a piqué ton prétendant, Edie.

Mia flirtait outrageusement avec Monsieur l'artiste cool : elle n'arrêtait pas de rire, de lui toucher le bras et de rejeter ses cheveux en arrière comme si elle était en train d'auditionner pour une pub de shampoing. Au bout de trente secondes, ils se sont dirigés bras dessus, bras dessous vers un petit café.

J'ai haussé les épaules.

— Je ne pourrais jamais sortir avec un type qui porte des bracelets comme n'importe quel dragueur de supermarché, c'est tellement premier degré, ai-je décrété avec une moue de mépris. Qu'elle se le garde.

Une partie du groupe a décidé de rester pour se rincer l'œil, pardon, pour « dessiner la fascinante architecture moderne du centre Pompidou », mais j'ai préféré rentrer à l'hôtel. Simon et le binôme Alice-Paul sont venus avec moi.

Je me suis dirigée en silence vers le métro avec l'impression qu'un nuage noir campait au-dessus de ma tête.

Alice m'a rattrapée.

— Attends, Edie, je voudrais te parler.

— Quoi, encore ? ai-je grommelé.

— Qu'est-ce qui te prend ? a riposté Alice, visiblement vexée par ma réaction.

Quand on est de mauvais poil, rien de tel que de contaminer les autres.

— Je voulais te faire mes excuses, j'aurais dû me montrer plus sympa ce matin quand tu as essayé de me parler de Jim. C'est vrai, tu as toujours été là pour moi quand je te saoulais avec Paul et, tu sais...

On s'est engouffrées dans les couloirs du métro.

— Quoi, « tu sais » ?

— Eh bien, peut-être que tu n'aurais pas été si... agressive avec Jim si je t'avais laissée te défouler sur moi, a-t-elle conclu avec embarras.

— Ne le prends pas mal mais je ne veux plus parler de Jim. J'ai tiré un trait sur lui.

— Oh, arrête ! s'est écriée Alice, incrédule. Je sais que tu es dingue de lui. Ça finira par s'arranger, ça s'arrange toujours.

— Pas cette fois. Jim, c'est de l'histoire ancienne. Je vais rompre avec Josh, émigrer à Paris et devenir la coqueluche des Français.

Alice a laissé échapper un petit gloussement mais elle a vite repris son sérieux.

— Écoute, je ne sais pas ce que tu as dit à Jim ce matin, il n'a pas voulu me le répéter. Mais je sais que tu ne l'as pas raté, je ne l'ai jamais vu dans un tel état. Il croit que tu le détestes.

Ce n'était pas très charitable de ma part mais je n'ai pas pu m'empêcher d'éprouver un petit sentiment de triomphe.

— Il a raison.

Sur le visage d'Alice, la surprise a cédé la place au dégoût.

— Je n'aurais jamais cru que tu étais une telle peste, a-t-elle déclaré calmement avant de rejoindre Paul.

Le trajet en métro a été atroce. Alice m'a ignorée, je l'ai ignorée en retour et Simon et Paul, les pauvres, ont dû se charger de combler les blancs dans la conversation.

Une fois à l'hôtel, Alice est montée dans la chambre sans me regarder. J'allais la rattraper pour m'excuser vu que, mauvaise humeur ou pas, je détestais me disputer avec elle, quand je me suis rendu compte que la réceptionniste me faisait de grands signes. Quand j'ai vu le combiné dans sa main, j'ai d'abord pensé que les parents avaient eu un accident. Je me suis ruée sur le téléphone.

— Allô ? Allô ?

— Edie, c'est moi, Josh. Pourquoi tu ne m'as pas appelé ?

— Oh, salut, Josh.

— Tu n'as pas eu mes messages ?

— Si, mais j'ai été très occupée.

— Oh.

— Écoute, désolée mais on est toujours en vadrouille.

— Tu aurais pu me passer un coup de fil. Je me suis fait un sang d'encre. Je pensais qu'au moins tu me téléphonerais pour m'annoncer que tu étais bien arrivée.

— Josh, je n'ai même pas appelé ma mère ! S'il y avait eu un gros accident sur l'autoroute, tu en aurais entendu parler au journal télévisé.

— Très drôle. Je voulais juste te souhaiter un bon anniversaire pour demain.

— Merci. On se voit à mon retour... J'aurai quelque chose à te dire.

— Attends, ne raccroche pas ! Edie, si tu savais comme tu me manques ! Je pense à toi sans arrêt, je compte les minutes. Et moi, je te manque ?

— Écoute, Josh, tu devrais sortir un peu, aller te balader. Ce n'est pas bon de rester chez toi à déprimer parce que je ne suis pas là.

— Je t'aime, tu le sais, non ? Tu es la fille de mes rêves, la meilleure.

— Non, je ne crois pas.

— Mais si.

— MAIS NON !

— C'est ce que je pense. J'ai de la chance de sortir avec toi. Tu es toujours là ?

— Josh ?

— Oui ?

— Je voulais attendre qu'on se voie mais de toute façon, il n'y a pas de bon moment. Ça n'a rien à voir avec toi, c'est entièrement ma faute...

— Holà ! Tu vas me larguer, hein ?

— Je ne te largue pas. Euh... en fait, si. Voilà, j'ai... enfin, j'avais des sentiments pour quelqu'un d'autre et je l'ai embrassé, ou plutôt il m'a embrassée. Ce n'est pas que je veuille sortir avec lui. Non, c'est tout le contraire, je le déteste. Mais je ne l'aurais pas laissé m'embrasser si j'avais été heureuse avec toi, tu comprends ?

— C'est pas vrai !

— Je suis sincèrement désolée. Tu es quelqu'un de super, Josh... Je t'aime beaucoup mais comme un ami.

— C'est ça.

— Tu sais, tu pourrais...

— Ne t'avise pas de m'expliquer que tu ne me mérites pas et que tu aimerais qu'on reste amis. Épargne-moi les clichés.

— Josh, je ne veux pas te faire de mal.

— Trop tard, c'est déjà fait.

— Oh, s'il te plaît, ne le prends pas comme ça.

— Bon sang, Edie, comment tu veux que je le prenne ? La seule fille qui ait jamais compté pour moi m'apprend qu'elle est désolée mais qu'elle me largue et, au fait, qu'elle sort avec quelqu'un d'autre derrière mon dos.

— Non, on s'est mal compris.

— Tu l'as dit, ma belle.

Et il a raccroché.

— Ça s'est bien passé, en fin de compte, a lancé Jim derrière moi.

J'ai fait volte-face, le combiné toujours à la main.

— Tu écoutes mes conversations privées, maintenant ?

Jim ne semblait pas disposé à s'excuser.

— J'ai essayé de ne pas écouter mais tu parlais trop fort. Puis c'est devenu plus intéressant et j'ai pensé que si tu me prenais pour un sale type, je devais rester un peu pour connaître les détails croustillants.

J'ai reposé le combiné avant de le soulever à nouveau pour le balancer à la figure de Jim.

— Je te déteste !

Complètement puéril, je sais.

— Tu te répètes.

Jim m'a fait un sourire sans joie.

— Je crois que c'était après lui avoir expliqué qu'on s'était embrassés. Rectification : que tu m'avais laissé t'embrasser.

— Et alors ?

— Alors tu es restée là à te laisser embrasser ?

— De quoi tu parles ?

Cette conversation commençait à me taper sur les nerfs.

Jim a esquissé un pas dans ma direction et j'ai reculé contre le comptoir. Bien entendu, la réceptionniste n'était pas là. Dommage, vu qu'il semblait à deux doigts de m'étrangler. Il avait les pupilles dilatées et la respiration entrecoupée.

— J'essaie de comprendre, Edie, a-t-il poursuivi d'un ton poli.

Trop poli.

— Je t'ai embrassée et tu n'y étais pour rien ? Tu es restée là à subir mes assauts ?

— Euh, pas tout à fait...

— Tu ne m'as pas embrassé, toi non plus ? Tu ne m'as pas caressé les cheveux ? Tu ne t'es pas collée contre moi en poussant des soupirs ?

Jim susurrait presque à présent. Le hall fourmillait de gens mais ils se fondaient dans le décor, c'était comme si on était seuls au monde.

— Tu vas la fermer !

Je me sentais prête à hurler.

— Arrête de déformer mes paroles. D'accord, on s'est embrassés. Tu es content ?

— Non, a-t-il répondu.

Il avait l'air sincèrement triste.

— Tu me traites comme si j'étais le diable ou le dernier des manipulateurs.

— Désolée, ai-je murmuré en m'agrippant au bord du comptoir comme s'il s'agissait d'un radeau. Ce n'est pas ainsi que je te vois.

— Tu sais, on pourrait aller au ciné voir un film américain sous-titré en français ou mieux, mal doublé, comme ça on pourrait refaire les dialogues ensemble...

Je me suis mise à pleurer. Impossible de me retenir.

— Arrête, Jim. S'il te plaît, arrête. On ne peut pas être amis. Ça ne marche pas. On finit chaque fois par tomber dans les bras l'un de l'autre et le cauchemar recommence.

Jim a voulu essuyer mes larmes mais j'ai repoussé sa main.

— On pourrait être des amis qui s'embrassent de temps à autre, où est le mal ? Ça signifie quand même quelque chose.

— Non, ai-je hoqueté entre deux sanglots. Tu finis toujours par me briser le cœur.

À ce moment précis, j'étais persuadée qu'il allait me proposer de sortir ensemble dans les règles. D'être sa copine, quoi. Mais il n'en a rien fait. Il s'est contenté de marmonner quelque chose que j'ai à moitié compris comme « incapable de faire quoi que ce soit de bien » et il est parti.

J'ai passé le reste de la journée à déprimer. Dans la chambre. Dans le café au coin de la rue. En me préparant pour aller dîner et au restaurant, une fois que je me suis retrouvée assise entre Martyn et Tania.

Lorsqu'elle n'était pas en train de se gaver de haricots mung et de tofu, Tania surveillait chacune de mes bouchées. Elle avait fini par se convaincre que j'avais un sérieux problème avec la nourriture. À croire que personne ne lui avait parlé de ma dépendance vis-à-vis du chocolat. Il y avait toujours cette drôle d'électricité dans l'air. Comme si tout le monde connaissait la blague sauf moi. Je commençais à regretter d'être venue en France. Cela étant, la soirée n'a pas été complètement perdue...

J'ai attendu que Paul aille aux toilettes et je me suis assise à sa place à côté d'Alice, sans regarder Jim qui se trouvait juste en face. Elle m'a jeté un regard mi-accusateur, mi-dédaigneux. Pas grave, je m'y attendais. Sans un mot, je lui ai tendu une serviette en papier sur laquelle j'avais dessiné mon visage avec une bulle qui disait : « Je ne suis pas une peste, c'est juste la façon dont je suis dessinée. » C'était loin d'être une œuvre d'art mais mon astuce a fonctionné. Nos regards se sont croisés. J'avais la lèvre qui tremblait un peu, alors elle m'a prise dans ses bras et j'ai posé ma tête sur son épaule.

— Je suis désolée, ai-je bafouillé. J'ai été horrible.

— Moi aussi, je te présente mes excuses, Edie. Il faut que j'arrête de me mêler des affaires des autres.

— Et moi d'avoir des sautes d'humeur.

Alice s'est mise à rire.

— Il ne faut pas changer les habitudes, a-t-elle conclu.

Du coin de l'œil, je voyais Jim pousser la nourriture vers le bord de son assiette. Il regardait sa pizza de travers.

— Qu'est-ce qui se passe, Edie ? a demandé Alice. Tu as l'air lessivée.

— J'ai mal à la tête, ai-je répondu en me passant la main sur le front.

C'était la vérité. Les événements de la journée m'avaient laissée sur le carreau. Une douleur lancinante me martelait le crâne.

— Je crois que je vais rentrer, je suis crevée.

Alice a essayé de prendre une mine de circonstance mais je sentais qu'elle en avait marre de jouer en permanence les tampons entre Jim et moi. Surtout qu'elle devait entendre deux sons de cloche à chaque fois. Et puis elle avait sans doute envie de profiter de ses moments d'intimité avec Paul. Comme s'ils ne s'embrassaient pas déjà suffisamment.

— Tu te sens capable de rentrer seule ?

— Oui, Martyn m'a autorisée à prendre un taxi. On se voit plus tard, O.K. ?

— J'essaierai de ne pas te réveiller en rentrant.

Quand je me suis levée pour enfiler ma veste, tout le monde m'a dit au revoir sauf Jim. Il est resté assis, la tête baissée, à jouer avec son verre.

Mardi

Quand j'ai ouvert les yeux le lendemain matin, le réveil indiquait onze heures ! Je devais être sacrément fatiguée. Et soudain, ça m'est revenu : « C'est mon anniversaire ! » avant de m'apercevoir que la chambre était vide. Sur l'oreiller à côté de moi, deux cartes : l'une, de mes parents (ils avaient dû la confier à Alice), contenait un message et quelques billets en euros pour m'offrir « un petit quelque chose ». L'autre était d'Alice : elle espérait que tous mes vœux se réaliseraient cette année. Elle avait ajouté un petit mot sur l'enveloppe me demandant de les rejoindre au Sacré-Cœur.

Je n'en revenais pas. C'était mon anniversaire et j'étais seule comme un rat. Après m'être habillée (en noir de la tête aux pieds, mon humeur n'avait pas varié), je me suis plongée dans le guide de Paris que ma mère m'avait poussée à emporter et, pour marquer le coup, j'ai décidé de m'offrir une promenade en bateau-mouche (un peu comme une balade sur le canal de Manchester) puis une visite du Sacré-Cœur (une grosse église blanche). Bref, tout un programme.

L'intérêt du Sacré-Cœur, c'est qu'il est situé dans Montmartre, un endroit hyper-cool considéré comme le quartier des artistes. Si mes calculs sont bons, les terrasses des cafés seront pleines à craquer de types débraillés aux pommettes saillantes, engagés dans de grandes discussions philosophiques. Hier soir, Martyn m'a raconté des anecdotes à n'en plus finir concernant les deux mois qu'il avait passés à Montmartre à l'époque où il était étudiant. Il s'habillait en noir et fréquentait les boîtes branchées. J'ai trouvé l'embarcadère sans trop de mal et une fois à bord du bateau, je me suis installée sur le pont en dépit du froid. D'accord, je fêtais seule mon anniversaire, mais il n'y a pas beaucoup de filles à Manchester qui peuvent se vanter d'avoir vogué sur la Seine le jour de leurs dix-sept ans. Cependant, je ne pouvais pas m'empêcher de songer à la dernière fois où j'avais pris un bateau. Les cheveux ébouriffés par le vent, je pensais à Jim, assis à côté de moi sur le pont du ferry, les yeux plongés dans les miens, les mains sur mon visage.

J'étais responsable de ce gâchis. Mais il ne pouvait pas m'embrasser et s'attendre à ce que rien ne change entre nous. Il savait à quel genre de fille il avait affaire. Le jour où il était venu chez moi pour s'expliquer, il m'avait déclaré que j'étais trop vulnérable, qu'il ne voulait pas me faire de peine, qu'on devait rester amis, et patati et patata. Mais il avait tout fichu par terre avec ses baisers. Jim voulait le beurre et l'argent du beurre. La vie n'est pas si simple... Du moins, celle que je désire.

J'avais l'impression qu'il n'existait que de mauvaises réponses à mes questions existentielles.

Après le bateau, je suis allée jeter un coup d'œil au Sacré-Cœur. En vérité, je n'avais aucune envie de perdre mon temps dans une église pour mon anniversaire. Mince, j'avais envie de me faire plaisir ! Montmartre était un labyrinthe de minuscules rues pavées et de petits cafés vieillots. À chaque pas, un artiste m'abordait pour me proposer de faire mon portrait. Pour donner une idée de leur talent, les peintres exposaient des esquisses au fusain de top models. Plus ringard, tu meurs ! Quand je n'étais pas occupée à les envoyer balader, je manquais me faire assommer par l'un des innombrables jongleurs qui faisaient leur numéro sur les trottoirs. Ils se prennent pour des rebelles sous prétexte qu'ils arrivent à lancer trois balles de couleur en même temps. Pas de quoi faire le malin, pourtant.

Je commençais vraiment à m'énerver, alors je suis entrée dans une pâtisserie et je me suis offert le meilleur fondant au chocolat de ma vie. Je l'ai dégusté en écrivant des cartes postales aux parents, aux grands-parents et à certains vieux amis de Brighton. Mais j'ai eu du mal à trouver quelque chose à raconter.

Chers papa et maman,

Je passe un séjour d'enfer. Jim m'a déjà embrassée deux fois à pleine bouche et on ne se parle plus. Tout le monde cancane derrière mon dos et une grosse hippie qui ne porte même pas de soutien-gorge est persuadée que je suis anorexique. Prière de m'expédier une cargaison de chocolat.

Je vous embrasse,

Edie

Mauvaise idée. J'ai décidé de m'en tenir à la météo et de bien préciser que l'Hôtel du Lac était situé au cœur du quartier chaud : ma mère allait en faire une jaunisse !

Si j'essayais de garder la pêche, au fond de moi, je sentais le coup de cafard me guetter. J'ai commandé un autre chocolat chaud et j'envisageais de rejoindre les autres quand une meilleure idée m'est venue à l'esprit : shopping ! J'avais un milliard d'euros à dépenser : rien de tel qu'une séance d'emplettes thérapeutique pour chasser les idées noires !

J'ai fini ma tasse, payé l'addition et repris ma route. Le guide spécifiait que Montmartre regorgeait de friperies : j'allais me dénicher la robe vintage du siècle.

Le shopping, c'est le bonheur assuré. J'ai dégoté un adorable petit cardigan vert brodé de minuscules perles pour quelques euros, des barrettes Betty Boop, un carnet recouvert de soie chinoise et une belle boîte de chocolats pour les parents. J'ai crapahuté pendant des heures et j'étais sur le point de revenir sur mes pas quand j'ai aperçu la robe de mes rêves.

C'était la seule pièce en vitrine dans un minuscule magasin entièrement peint en rose, des murs au plafond (où étaient suspendues çà et là des roses en plastique) en passant par la caisse enregistreuse. Mais la robe de la vitrine était en soie noire bordée de broderie anglaise rose avec de fines bretelles. La fille derrière la caisse, tout de rose vêtue, a souri quand j'ai demandé dans un français abominable à regarder LA robe de plus près.

La vendeuse l'a sortie de la vitrine avant de m'indiquer une cabine exiguë protégée par un rideau. Je me suis déshabillée avant de me glisser dans LA robe avec mille précautions. Et soudain je me suis sentie transformée : je n'étais plus cette godiche de dix-sept ans à peine, j'étais une femme élégante, sophistiquée et... sexy ! Même mes chaussettes et mes baskets n'y changeaient rien.

— J'adore cette robe ! me suis-je exclamée à l'intention de la vendeuse qui venait de glisser la tête par le rideau en poussant des « Oooh là là ».

Le prix de LA robe n'était pas excessif, ce qui prouvait bien qu'elle était faite pour moi. En remettant mes vieux vêtements, je n'ai pu m'empêcher de les trouver terriblement tristes et ordinaires. Quand j'ai dit à la vendeuse que c'était mon anniversaire, elle m'a offert une bague ornée d'une fleur en plastique (rose, ça va de soi). J'étais ravie. Mais l'heure tournait et je me suis dépêchée de reprendre le métro. J'étais tellement excitée par LA robe que j'ai mis un temps fou à m'apercevoir que j'avais pris la mauvaise ligne. J'étais déterminée à ne pas laisser ce contretemps me gâcher la journée, mais en arrivant à l'hôtel, il était déjà plus de six heures.

— Edie ! Où étais-tu passée ? s'est écriée Alice en entrant dans la chambre. Je me suis fait un sang d'encre, j'ai cru qu'on t'avait kidnappée.

— J'ai fait du shopping ! Je n'étais pas d'humeur à visiter une église alors je me suis acheté une robe géniale.

— Oh, fais voir !

J'ai sorti LA robe de son sac rose et je l'ai montrée à Alice qui a laissé échapper un long sifflement admiratif.

— Trop classe ! Je peux l'essayer ?

On devait dîner dans un équivalent français de Pizza Hut mais j'avais quand même envie de me bichonner. C'est vrai, quoi, c'était mon anniversaire. En vérité, j'aurais saisi n'importe quel prétexte pour étrenner LA robe. J'étais en train de zipper mes bottes noires quand, en levant les yeux, j'ai surpris une drôle d'expression sur le visage d'Alice : soudain, elle avait l'air sérieux comme un pape.

Au secours, elle allait me parler de Jim. J'ai eu un coup de cafard. Moi qui étais presque parvenue à l'oublier pendant quelques heures.

— Écoute, Edie, a-t-elle commencé d'une voix hésitante. Je sais que c'est ton anniversaire, mais je n'en ai parlé à personne.

— Euh... ah bon ? Pourquoi ?

Elle s'est assise au bord du lit.

— Tu sais, les autres n'ont pas un sou et je me suis dit qu'ils auraient honte de n'avoir rien à t'offrir. J'espère que tu ne m'en veux pas.

Pour être franche, je lui en voulais un peu mais je comprenais aussi ses raisons.

— Ne sois pas bête, ai-je répondu en souriant. Mais tu m'as tout de même acheté un cadeau, non ?

Alice a levé les yeux au ciel.

— Je me demandais quand tu te déciderais à poser la question !

Elle m'a tendu un paquet qu'elle était allée chercher au-dessus de l'armoire (je n'avais pas pensé à y jeter un coup d'œil).

— Pour toi, ma cocotte.

J'ai déchiré d'une main fébrile le papier brillant qui recouvrait une petite boîte. À l'intérieur, un magnifique collier en argent orné de minuscules pierres roses.

— Waouh, c'est magnifique, ai-je bafouillé. Il ira à ravir avec ma robe. Merci, Alice.

Je me suis précipitée pour l'embrasser.

— Bon anniversaire, Edie.

J'étais décidée à passer une bonne soirée. Ce qui n'était pas une mince affaire. Tout le monde chuchotait dans mon dos et Jim avait l'air de porter le poids du monde (sans compter le système solaire) sur ses épaules.

Il était assis à la table voisine de la mienne. Simon essayait d'engager la conversation mais sans grand succès. Et dire qu'il se trouvait moins lunatique que moi ! Il aurait mérité la médaille d'or, pourtant. Ça ne m'enchantait pas que Jim broie du noir au sujet de nous deux, on avait déjà reconnu ensemble qu'il était le roi des sautes d'humeur. Mais j'aurais voulu lui parler de Montmartre, de ses artistes et de ses jongleurs (Jim pense aussi qu'un bon jongleur est un jongleur mort) et ce n'était plus possible.

J'ai passé un sale quart d'heure quand Tania m'a demandé pourquoi je ne les avais pas rejoints au Sacré-Cœur. J'ai eu la présence d'esprit de répondre que j'avais voulu photographier de vrais Parisiens, et Martyn était si content d'apprendre qu'un de ses élèves avait fait preuve d'initiative qu'elle a préféré laisser couler. Quand je me suis levée pour aller aux toilettes, Nicolas et Xavier m'ont glissé leur cadeau, une pochette d'aimants siglés Barbie, à mettre sur le frigo. C'est du Nicolas et Xavier craché !

— Merci pour les aimants, ai-je chuchoté en me rasseyant. Bon, on va en boîte après le dîner ?

Ils ont échangé un regard complice, comme ils n'avaient pas cessé de le faire ces derniers jours.

— Je sens le pâté ou quoi ?

— Qu'est-ce qui ne va pas, ma belle ?

— Les autres se comportent d'une manière super-bizarre, ai-je répondu d'un ton lugubre.

— Tu es la seule personne bizarre ici, a ironisé Xavier. Franchement, je suis crevé, je ne me sens pas en état de sortir. Je sais que c'est ton anniversaire mais...

Il a regardé Nicolas du coin de l'œil et ils se sont mis à glousser.

— Qu'est-ce que vous êtes immatures, vous deux !

Alice et Paul préféraient rentrer à l'hôtel, eux aussi. Et je me voyais mal demander à Jim quels étaient ses projets pour la soirée. D'accord, on n'était plus amis mais ça l'aurait tué de me souhaiter un bon anniversaire ? Je n'ai pas pu m'empêcher d'en faire la réflexion à Alice tandis qu'on rentrait à l'hôtel bras dessus, bras dessous.

— Jim n'est pas très doué pour les dates, a-t-elle répondu, l'air distrait. J'attends mon cadeau d'anniversaire depuis plusieurs mois.

— Il me déteste.

— Mais non, Edie. Tu n'es pas dans ses petits papiers en ce moment, voilà tout.

— C'est ce que j'ai dit. L'hôtel est par là, ai-je ajouté en la voyant tourner à gauche.

— Je prends un raccourci.

— Tu es sûre, Alice ? Ce n'est pas la bonne direction, à mon avis.

— Fais-moi confiance, a-t-elle susurré.

On marchait déjà depuis quelques minutes quand je me suis aperçue qu'on était seules.

— Alice, je suis certaine qu'on s'est perdues. Les autres ont disparu.

— Tu crois ?

Elle semblait étonnamment calme.

— Qu'est-ce qu'on va faire ?

— Et si on allait en boîte, en fin de compte ? Rien que toi et moi. Qu'est-ce que tu en dis ?

Je n'étais pas convaincue.

— Pas toutes seules. Pas en plein quartier chaud.

— Allez, ce sera marrant ! Tiens, on va essayer cet endroit.

Elle s'est dirigée vers une enseigne au néon sans tenir compte de mes protestations.

— Je ne sais pas, Alice. On pourrait tomber sur des dingues.

Mais Alice m'entraînait déjà vers l'entrée de la boîte.

— Écoute, on jette juste un œil. Si ça ne te plaît pas, on ira ailleurs.

— On dirait qu'il n'y a pas beaucoup de monde, ai-je grommelé en pénétrant dans un couloir. C'est super-calme.

J'ai poussé une porte en pensant qu'elle communiquerait avec la piste de danse et soudain, j'ai entendu une espèce d'explosion : les lumières se sont allumées et j'ai reçu des serpentins sur la tête tandis que Nicolas, Xavier, Paul et Simon se précipitaient vers moi en hurlant.

Je me suis tournée vers Alice, l'air confus, et elle a éclaté de rire.

— Franchement, Edie, tu es une vraie tête de mule quand tu veux ! C'est ta soirée surprise, espèce de nouille !

Mardi, plus tard

Quel soulagement ! Non seulement j'ai eu droit à une fête d'anniversaire digne de ce nom mais en plus, personne ne me déteste. C'était donc ça, toutes ces messes basses !

— Comment as-tu fait pour garder le secret ? ai-je dit à Alice tandis qu'elle me conduisait à une table.

— Un jeu d'enfant ! a-t-elle répondu en gloussant. C'est fou ce que tu peux être dans la lune ! Tu étais tellement occupée à ruminer au sujet de tu-sais-qui que le reste te passait au-dessus de la tête.

— Il est venu ?

Je n'ai pas pu m'empêcher de poser la question, même si je n'étais pas sûre de vouloir connaître la réponse.

— Je ne crois pas. Tu veux que je demande à Paul ?

— Non, ça ira. Je peux comprendre qu'il s'est défilé.

J'ai réussi à sourire.

— J'ai l'intention de m'amuser, avec ou sans lui.

Et j'ai passé une soirée d'enfer. Alice a demandé au DJ de mettre Daft Punk, puis Nicolas et Xavier ont apporté un énorme gâteau d'anniversaire décoré de dix-sept bougies, et Martyn m'a laissée boire deux coupes de vin pétillant, soi-disant du champagne. Tu parles !

Je ne sais pas si c'était ma jolie robe ou le fait que tout le monde se soit démené pour m'organiser une fête surprise, mais j'avais l'impression d'être une star. Enfin, un peu.

J'ai dansé avec plein de gens. Au moins deux fois avec chaque étudiant en arts plastiques. J'étais en train de faire l'andouille sur la piste avec Nicolas et Xavier, quand j'ai cru apercevoir Jim à côté du DJ. Quand j'ai relevé la tête quelques instants plus tard, il avait disparu. Et puis, de nouveau, il était là. Appuyé contre le mur, il me regardait, l'air sombre. C'était mon anniversaire. Je ne voulais pas qu'on reste fâchés.

J'ai rassemblé mon courage et je me suis approchée de lui.

— Salut, ai-je lancé.

— Salut.

J'ai pris une grande inspiration.

— Tu veux danser ?

Jim a haussé les épaules.

— C'est pas mon genre.

Il n'avait pas l'intention de me faciliter la tâche, mais j'avais conscience de vivre un de ces moments où la décision que j'allais prendre changerait le cours de ma vie. Je pouvais m'éloigner et tirer un trait sur Jim ou choisir, comme je l'ai fait, de le prendre par la main pour l'entraîner sur la piste de danse.

— Oh, laisse-moi tranquille, Edie, a-t-il grommelé tout en se laissant faire.

— C'est mon anniversaire, ai-je supplié. Tu me détestes au point de refuser une danse ?

Il a secoué la tête.

— Je ne te déteste pas. Parfois, tu m'énerves, mais non, je ne te déteste pas.

C'était mal parti. Puis le DJ a passé « Here Comes The Sun » des Beatles et Jim m'a pris les mains pour danser.

Quand je parle de danser, j'essayais plutôt de bouger les pieds en rythme. Et puis je me suis dit : quelle importance ! Je portais une robe féerique, Jim me tenait la main et les Beatles chantaient : « It's all right... » À ce moment-là, j'ai su que plus rien n'irait de travers.

La chanson s'est terminée aussi soudainement qu'elle avait commencé mais Jim est resté.

— Je crois que la boîte ne va pas tarder à fermer. On va faire un tour ?

J'ai dû réfléchir une fraction de seconde avant d'accepter.

— Attends-moi à l'entrée, je vais chercher ton manteau, a-t-il ordonné en me poussant doucement vers la sortie.

Je suis demeurée là à le regarder se frayer un chemin dans la cohue puis échanger quelques mots avec Alice. Apparemment, elle était en train de lui passer un savon mais il n'avait pas l'air d'y prêter grande attention. Puis il est revenu vers moi et j'ai contemplé le sol comme si j'y voyais quelque chose de très intéressant. En le regardant traverser la piste de son pas nonchalant, j'étais toute retournée.

Il m'a aidée à enfiler mon manteau comme les types dans les films en noir et blanc qui passent sur les chaînes nationales, le dimanche après-midi.

— Prête ?

Sa question ressemblait davantage à une affirmation.

— Et mes affaires ?

— Alice s'en occupe, a-t-il répondu en me prenant la main pour me guider jusqu'au-dehors.

J'avais beaucoup de mal à lui adresser la parole, comme le jour où je l'avais rencontré. Dès que j'ouvrais la bouche, les mots restaient suspendus dans l'air. Ils sonnaient faux.

— C'est la première fois que tu me ramènes, non ? ai-je demandé.

J'essayais tant bien que mal d'entretenir la conversation pendant qu'on marchait.

— Oh, on pourrait aller boire un café, a répondu Jim. Ou autre chose, si tu préfères. Il faut qu'on parle, non ?

Je déteste quand les gens disent ça. C'est la phrase de ma mère quand elle s'apprête à me sermonner au sujet de mon comportement ou de mon manque de motivation : « Il faut qu'on parle. »

Jim, qui avait pris mon silence pour un oui, m'entraînait déjà vers le café où j'étais allée avec Alice quelques nuits auparavant.

— Tu veux une bière ? m'a-t-il demandé, une fois à l'intérieur.

J'ai fait la moue. Je déteste la bière.

— Je vais plutôt prendre un thé. Va commander pendant que je cherche une table.

J'ai choisi un coin sombre – ça m'éviterait de me donner en spectacle en cas de crise de larmes – et je me suis assise dos au mur. Devant le comptoir, Jim essayait de passer la commande avec de grands gestes.

C'était plutôt réconfortant de le voir perdre de sa superbe de temps en temps.

Il s'est dirigé vers la table en levant les yeux au ciel, genre : « J'ai été nul sur ce coup-là, hein ? »

Quand il a posé les consommations pour s'asseoir, j'ai remarqué une enveloppe en équilibre sur ma soucoupe.

— Qu'est-ce que c'est que ça ?

Il a eu un petit sourire las.

— Tu ne pensais pas que j'allais oublier ton anniversaire ? Vas-y, ouvre.

J'ai déchiré l'enveloppe qui contenait une carte représentant un chaton en peluche en train de jouer avec une pelote de laine.

— C'est de l'ironie, O.K. ? a-t-il murmuré.

J'ai ouvert la carte et un polaroid est tombé sur la table.

Jim l'a ramassé avant de me le tendre.

— C'est ton cadeau d'anniversaire. Je voulais te le donner en rentrant.

C'était une photo de moi ! Jim l'avait reproduite en douze exemplaires, en peignant chaque fois mes cheveux, mes yeux et ma bouche d'une couleur différente. On aurait cru les célèbres sérigraphies de Marilyn Monroe par Andy Warhol.

— Waouh ! Les mots me manquent... C'est génial.

— Je savais que ça te plairait.

À l'intérieur de la carte, Jim avait écrit : « Bon anniversaire, Edie. Je te souhaite tout ce que tu souhaites pour toi-même. Jim. » Plutôt énigmatique, le message ! Et pas de bises à la fin.

J'ai pris une gorgée de thé. Jim m'a lancé un regard à la dérobée, un regard un peu froid, calculateur, comme s'il essayait de lire dans mes pensées, de deviner mon humeur. Ça m'a mise très mal à l'aise. J'ai commencé à raconter ma journée par le menu, les jongleurs et la boutique rose. Je ne m'arrêtais plus et Jim, de son côté, demeurait silencieux. J'ai fini par me taire, histoire de reprendre mon souffle.

— Qu'est-ce qu'on va faire ? a-t-il demandé de but en blanc.

— À propos de quoi ?

— À propos de nous. On ne peut pas continuer comme ça, si ?

J'ai secoué la tête.

— Non. Tu crois qu'on peut rester amis, alors ? Tu crois qu'on peut... hum, s'empêcher de s'embrasser ?

Jim m'a considérée, la mine un peu hébétée, et, pendant un instant, j'ai cru qu'il ne répondrait pas.

— Non, je ne crois pas, a-t-il fini par lâcher dans un soupir.

— Tu ne crois pas qu'on pourra rester amis ?

Ma voix n'était plus qu'un souffle. Ma main droite posée sur la table s'est mise à trembler. Comme si je ne contrôlais plus mes gestes. Jim l'a prise dans la sienne pour la réchauffer.

— Non, je ne crois pas qu'on pourra s'empêcher de s'embrasser. C'est trop bien. J'ai l'impression de passer ma vie à attendre le prochain baiser.

À ce stade de la conversation, mon cœur a raté un battement. Et c'est là que je l'ai dit, très vite, pendant que j'en avais encore le cran :

— Je t'aime. C'est plus fort que moi. Tu peux me donner des millions de raisons de ne pas sortir ensemble, je n'ai qu'un seul bon argument contraire, et c'est celui-là.

J'ai regardé Jim droit dans les yeux et il m'a rendu mon regard. Pas moyen de deviner ce qui lui passait par la tête. Il a caressé l'intérieur de mon poignet d'un air absent avant de saisir mes deux mains et de les secouer.

— Écoute, Edie. Je pense que tu es une fille exceptionnelle. Les autres semblent vivre au ralenti à côté de toi. Lorsque je suis avec toi, je prends conscience d'un tas de trucs. Comme sur le ferry, quand tu me parlais du vent et de la mer autour de nous.

— Mais je ressens la même chose quand je suis avec toi !

— Non, laisse-moi terminer. Je n'arrive pas à te sortir de mes pensées. J'essaie d'imaginer à quoi tu ressembleras dans dix ans, aux projets que tu vas réaliser, comment seront tes enfants, si tu décides d'en avoir. Et je me dis que si on sortait ensemble, tu perdrais ce qui fait de toi une personne à part. Toi, tu vois le bien partout mais moi, je vois la vie en noir. Tu comprends ce que je suis en train de t'expliquer ?

J'ai secoué la tête. Je comprenais, mais je n'étais pas d'accord.

— Tu as tout faux, Jim. Avant de vous connaître, Alice et toi, je n'avais rien à dire. J'étais timide, pas drôle. Et ce que tu viens de raconter à mon sujet, c'est adorable, mais c'est toi qui es à l'origine de ce changement. Grâce à toi, j'ai réalisé que je ne devais pas avoir peur de m'ouvrir aux autres.

Jim a paru encore plus malheureux après mon petit discours.

— Mais il y a autre chose. Sortir avec toi, c'est trop de responsabilités. Il faudrait que je passe mon temps à renier ma personnalité, parce que si je suis vraiment moi-même, je finirai par te faire du mal. Et puis tu es trop jeune, j'ai l'habitude de filles plus âgées...

— Parce que tu peux coucher avec elles ! ai-je crié. Car c'est seulement de ça qu'il s'agit, hein ? C'est ça que tu veux et tu sais que je ne suis pas encore prête.

Jim a commencé à s'agiter sur sa chaise, embarrassé.

— C'est en partie exact, a-t-il admis à contrecœur.

— Alors tu aimerais qu'on reste amis tout en s'embrassant de temps à autre, mais qu'est-ce qui se passera quand tu rencontreras une de ces filles ? On sera toujours amis mais on ne s'embrassera plus et tu iras coucher avec elle ? Et tu ne veux pas me faire de mal ?

La colère me coupait le souffle.

— Je n'avais pas vu les choses sous cet angle, a répondu Jim. Il n'y a pas de solution, on dirait. Quoi que je fasse, c'est le fiasco assuré.

— Pas forcément, ai-je objecté sans trop savoir où je mettais les pieds. Écoute, je n'ai pas l'intention de jouer les lots de consolation. Je te donne un ultimatum – ou on sort ensemble, ou adieu l'amitié. C'est tout ou rien.

J'ai dû choquer Jim autant que moi-même. Il a bu une grande gorgée de bière puis il a contemplé le plafond comme s'il y cherchait une réponse. En attendant, j'avais l'impression que les murs se refermaient peu à peu sur moi. Quelques secondes se sont écoulées, qui m'ont paru des heures.

Jim s'est levé en repoussant sa chaise. Voilà, je me suis dit, il va sortir du bar et ce sera le glas de notre amitié. J'étais sur le point d'éclater en sanglots, mais Jim ne se décidait pas à partir, il restait près de moi.

Et soudain, sans crier gare, il a pris mon visage dans ses mains avant de frôler mes lèvres d'un baiser, tout doucement, comme si j'étais en porcelaine.

Puis il a approché sa bouche de mon oreille et m'a chuchoté :

— O.K., on sort ensemble, alors.

Dans ma tête, je m'étais toujours imaginé qu'on entendrait un énorme roulement de tonnerre et qu'une nuée d'angelots descendraient du ciel en jouant de la harpe si, un beau jour, Jim me faisait une déclaration. S'il finissait par entendre raison. S'il cédait devant mes larmes et mes crises de colère, si mes arguments l'emportaient sur les siens. Ben non, en fait.

Je l'ai serré dans mes bras et il m'a encore embrassée.

— Bon anniversaire, Edie, s'est-il écrié d'un ton désinvolte avant de m'embrasser encore et encore, mais cette fois, ses baisers se faisaient pressants, comme si je lui avais beaucoup manqué.

Puis le patron, scandalisé par nos démonstrations d'affection, nous a virés du café. Jim m'a prise par la main et on a dévalé la rue en rigolant comme des fous.

Sur le trajet de l'hôtel, il s'est remis à m'embrasser, les mains dans mes cheveux. Dire que j'avais sérieusement envisagé de me priver de lui et de ses baisers... Je me suis dégagée de son étreinte.

— Qu'est-ce qui t'a fait changer d'avis ?

— Je ne peux pas me passer de toi, a-t-il répondu en me caressant le visage. Et puis je me suis rendu compte qu'on sortait déjà plus ou moins ensemble, alors pourquoi pas officiellement ? De toute manière, a-t-il ajouté avec une lueur malicieuse dans le regard, je n'ai plus à m'inquiéter de la concurrence.

— Quelle concurrence ?

— Josh ! Je me suis rappelé à quel point ça m'avait mis en rogne que tu sortes avec lui. Je ne le trouvais pas à la hauteur.

— J'avais oublié Josh, ai-je avoué avec une petite moue de dépit.

Jim a eu un sourire satisfait.

— Bien.

En arrivant à l'hôtel, on a trouvé Simon avachi, à moitié inconscient, dans un des fauteuils du hall.

— Est-ce qu'il va bien ? ai-je demandé à un étudiant de notre groupe, assis à côté de lui.

Jim a éclaté de rire.

— C'est demain que ça n'ira pas. Impossible de le réveiller une fois qu'il est dans les vapes, il va avoir une sacrée gueule de bois.

— Vous êtes partants pour quelques verres de plus ? a demandé l'étudiant. Andy donne une petite fête dans sa chambre pour notre dernière nuit ici.

J'avais oublié qu'on rentrait le lendemain. Jim a secoué la tête.

— Non, Edie est fatiguée.

J'allais répliquer que je n'étais pas si fatiguée que ça (difficile d'être plus éveillée que je l'étais à ce moment-là) mais Jim m'a lancé un regard insistant.

— Faire la fête avec des étudiants en art, c'est du sport, m'a-t-il expliqué plus tard, dans l'escalier. Quelqu'un aurait fini par vomir sur ta robe.

Une fois devant ma porte, on s'est trouvés un peu

bêtes. Comment savoir si Jim avait envie d'entrer ou s'il préférait aller rejoindre les autres ?

— Tu as ta clé ?

— Oh, c'est une longue histoire, ai-je répondu en soupirant. Mia a les deux jeux mais je pense qu'elle va m'ouvrir.

J'ai tambouriné contre le battant de la porte. Pas de réponse. J'ai tapé un peu plus fort. Jim s'est appuyé au mur, les bras croisés, comme si l'attente risquait de durer longtemps.

— Elle est peut-être à la fête.

— Mmmm, peut-être.

— Euh... tu veux venir dans ma chambre ? a-t-il demandé d'une voix rauque.

Oh ! là là, pendant une demi-heure, j'avais oublié les jeux de sourcils et les provocations de Jim. J'ai levé les yeux vers lui et j'ai craqué.

— D'accord.

Il s'est redressé puis s'est avancé dans le couloir.

— Alors, tu viens ?

Puis il a ouvert grand la porte à mon intention. Les quelques pas qui m'en séparaient m'ont paru des kilomètres.

— C'est très bien rangé ici.

Super-commentaire ! J'ai essayé de me convaincre que c'était une pièce comme les autres, avec quatre murs, un sol et un plafond.

— Je croyais que les garçons adoraient le bazar.

Je ne trouvais aucune remarque plus spirituelle.

— Je suis un artiste, a ironisé Jim. Je déteste le désordre.

— Tu oublies que je suis montée dans ta voiture.

On s'attendrait presque à y découvrir un clochard mort.

— Tu vas te décider à t'asseoir ?

Debout au milieu de la pièce, j'étais tellement nerveuse que je tremblais. Je me suis assise au bord du lit le plus proche, un sourire gêné aux lèvres.

— Relax, Edie ! Enlève ton manteau, je ne vais pas te manger.

Une fois débarrassée de mon vêtement, je me suis installée sur le lit en calant un oreiller derrière mon dos.

Jim s'est assis à côté de moi.

— On est bien, non ?

Je ne savais toujours pas quoi répondre. Un million de pensées se bousculaient dans ma tête. Jim était mon petit copain, maintenant. J'étais seule dans une chambre d'hôtel avec lui et il était... très, très près de moi.

— Oh, ne fais pas la timide avec moi, a-t-il grommelé.

— Alors arrête de me regarder comme ça.

— Comme quoi ? a-t-il murmuré en me décochant une de ses œillades.

— Comme ça !

Nos regards se sont croisés et j'ai su qu'on allait s'embrasser dans trois secondes exactement... Une, deux, trois !

Jim s'est presque jeté sur moi. Il a pris mon menton d'une main pendant que, de l'autre, il m'enlaçait la taille. Puis il a mordillé ma lèvre inférieure avant de glisser sa langue dans ma bouche. À cette minute, tout semblait couler de source, j'aurais voulu que le temps s'arrête. Le hic, c'est que mes bottes me faisaient un mal de chien. J'ai chatouillé Jim sous le bras.

— Quoi ? a-t-il demandé en riant doucement.

— Mes bottes me martyrisent les pieds. Il faut que je les enlève.

Quand vous vous arrêtez au beau milieu d'un baiser passionné pour dire quelque chose, vos paroles prennent aussitôt un caractère très, très intime, même si vous parlez de vos chaussures.

J'ai ôté mes bottes avant de me serrer à nouveau contre Jim mais cette fois j'ai fini allongée sur le lit et il était à moitié vautré sur moi. Je sentais le poids de son corps mais c'était plutôt agréable, surtout qu'il me mordillait doucement le cou.

— On s'embrasse, rien d'autre, lui ai-je rappelé à voix basse.

Je ne voulais pas tout gâcher mais, tant que j'étais encore capable de raisonner, j'avais peur que la situation dérape avant que j'aie pu fixer des limites.

— Ne t'inquiète pas. Il y a des milliers de choses que j'ai envie de faire avec toi et qui ne tournent qu'autour du baiser.

— J'adore t'embrasser, ai-je murmuré, rêveuse.

— Moi aussi, a répondu Jim en souriant. Et j'adore ces petites taches de rousseur sur ton épaule. Je vais les embrasser une par une.

En effet, avec Jim, embrasser devenait le passe-temps le plus agréable du monde. Il a embrassé mes épaules, a écarté les mèches qui me cachaient le visage puis a déposé de petits baisers papillons sur mon front, mes sourcils et mes paupières avant de revenir à ma bouche. Et là, ce n'était pas du french kiss, de ceux dont on rigole avec les copains : c'était comme s'il touchait mon âme.

On s'est tout de même interrompus pour reprendre notre souffle. Il commençait à faire froid et pendant que Jim était parti me chercher un verre d'eau, je me suis frotté les bras en frissonnant. Les robes féeriques, c'est bien joli mais ça ne tient pas très chaud. De retour dans la pièce, Jim s'est glissé dans le lit et a rabattu les couvertures sur nous. Il s'est lové contre moi en m'étreignant et en m'embrassant la nuque.

— Tu crois qu'Alice et Mia sont rentrées ?

— Oh, ne t'en va pas encore ! Je ne peux jamais t'avoir pour moi seul.

Il s'est mis à rire.

Je l'ai poussé un peu.

— Qu'est-ce qui te prend ?

— Je ne sais pas pourquoi j'ai résisté aussi longtemps, a-t-il chuchoté à mon oreille. Je crois que tu seras la petite amie parfaite.

L'entendre prononcer les mots « petite amie » m'a mise devant le fait accompli. J'avais réussi l'impossible. Après tous ces mois, tous ces baisers qui ne menaient à rien et toutes ces disputes, j'étais dans les bras de Jim pour de bon. Enfin, j'espérais.

— Répète-moi encore que je suis ta petite amie.

— Edie est ma petite amie. Ma petite amie s'appelle Edie, a récité Jim en riant à nouveau. Tu vois la fille là-bas avec des sourcils à tomber par terre, c'est ma petite amie, Edie.

Jim promenait ses doigts le long de mon bras et je frissonnais mais ça n'avait rien à voir avec le froid et quand il s'est mis à me mordiller le lobe de l'oreille, je me suis sentie trembler.

— Du calme, a-t-il murmuré. Je ne vais pas te détourner du droit chemin ou quoi.

— C'est le « ou quoi » qui m'inquiète, ai-je marmonné. Jim ? Ça t'embête que je ne veuille pas... tu sais... le faire ?

— Eh bien, je mentirais si je prétendais que je n'en ai pas envie, a-t-il avoué. Mais je veux que tu te sentes bien et si le sexe te met mal à l'aise, alors ça ne m'intéresse pas. D'ailleurs, si tu n'arrives même pas à prononcer le mot, tu n'es sans doute pas encore prête.

— Pas vraiment, non. Tu sais, ce n'est pas à prendre à la légère. C'est même très important et puis, il y a toutes ces choses que j'ignore à ton sujet. Et je ne suis jamais allée chez toi, et puis on n'a jamais eu de véritable rendez-vous, mais ça ne signifie pas que je coucherai avec toi au premier rencard, et puis...

— Chut, a soufflé Jim. Ne t'inquiète pas. Si tu en as envie un jour ou l'autre, c'est très bien, et dans le cas contraire, c'est très bien aussi.

Évidemment, je n'ai pas pu m'empêcher de demander :

— T'es sûr ?

— Edie, j'ai eu assez de mal comme ça à te trouver. Je ne vais pas te larguer sous prétexte que tu ne veux pas coucher avec moi. Je ne crois pas que je pourrais supporter un nouvel échec.

Je lui ai pincé le bras.

— Comment oses-tu affirmer que tu as eu du mal à me trouver alors que j'ai dû te forcer à sortir avec moi ?

Mais j'ai posé mes mains sur les siennes qui étreignaient toujours ma taille pour bien lui montrer que je ne lui en voulais pas.

Je l'ai entendu rire, une fois encore.

— Je ne suis pas un mec facile, c'est tout !

— Tiens, tiens ! Bon, est-ce que tu as eu beaucoup de filles ?

— Edie ?

— Oui ?

— Tais-toi et embrasse-moi.

Un long moment s'est écoulé avant que je me décide à me lever.

— Pourquoi ne pas passer la nuit ici ? a suggéré Jim. Tu n'as qu'à prendre un des lits.

— Et Simon ? Et Paul ?

— Simon restera sans doute là où il est jusqu'à demain matin et il y a de fortes chances que Paul soit dans ta chambre avec Alice.

— Quoi, avec Mia dans les parages ? ai-je répliqué, incrédule.

Jim a haussé les épaules.

— À l'heure qu'il est, elle doit être à la fête avec un énorme coup dans le nez.

— Sous un gars du groupe qui se sera sacrifié, ai-je ironisé avant de me mordre les lèvres.

Jim a eu un sourire narquois.

— Tu la connais bien, on dirait.

J'ai remis mon manteau à cause du froid puis j'ai ramassé mes bottes avant de me diriger vers la porte.

— Fais de beaux rêves, petite amie.

Une minute plus tard, j'étais à nouveau devant la porte de sa chambre.

— J'étais sûr que tu reviendrais.

— Personne n'est venu m'ouvrir. Ton invitation tient toujours ?

Jim s'est étiré, découvrant quelques centimètres de ventre plat sous sa chemise noire. J'ai détourné le regard, mais il n'a pas paru remarquer quoi que ce soit.

— Bien sûr.

Je me suis débarrassée de mon manteau que j'ai laissé en boule sur le sol puis je me suis précipitée dans le lit d'où je venais à peine de sortir.

— Franchement, Edie, a gémi Jim, mi-sérieux, mi-amusé, en ramassant mon vêtement pour le suspendre à la poignée de la porte. Comment est mort ton dernier esclave en date ?

— D'épuisement ! Tu es fatigué ?

— Non. Et toi ?

— Un peu, ai-je admis en me blottissant sous les couvertures.

Jim s'est allongé à côté de moi mais n'a pas fait mine de se glisser sous les draps. Il s'est mis à défaire les nœuds dans mes cheveux en les peignant avec ses doigts.

J'adore qu'on me caresse les cheveux. J'ai l'impression de retomber en enfance. Jim me parlait mais je n'y prêtais pas vraiment attention, je sentais mes paupières s'alourdir tandis que je frottais ma tête contre sa main.

— Tu as eu un bon anniversaire ? a soudain demandé Jim.

— Le meilleur dont on puisse rêver, ai-je répondu d'une voix endormie. Bizarre mais chouette.

— Un peu comme toi, alors, a-t-il murmuré. Bizarre mais chouette.

Il m'a enlacée malgré mes protestations.

— Continue à me caresser les cheveux ! J'avais presque réussi à m'endormir.

— Oh ! là là, je sens que tu vas être un vrai tyran.

Ce sont les derniers mots que j'ai entendus avant de sombrer.

Mercredi matin

Je ne sais pas trop ce qui m'a réveillée. Peut-être le poids du bras de Jim autour de ma taille ou sa présence à mes côtés. Quand j'ai ouvert un œil, il était toujours étendu par-dessus les couvertures, la bouche entrouverte ; sa poitrine se soulevait au rythme de sa respiration paisible.

Un pâle rayon de soleil perçait à travers le rideau. Je me suis dévissé le cou pour jeter un coup d'œil au réveil sur la table de nuit : il était six heures. J'ai replongé sous les couvertures et j'allais me rendormir, quand une pensée horrible m'a traversé l'esprit. Plusieurs pensées horribles, en fait. Je me suis redressée d'un bond.

— Nom de Dieu !

Jim s'est réveillé en sursaut.

— J'ai dû m'endormir, a-t-il déclaré d'une voix ensommeillée.

Sans blague !

— J'avais prévu d'aller m'installer dans le lit de Simon.

— Ce n'est pas le problème ! On est censés partir dans une heure. Tout le monde va s'apercevoir que je n'ai pas dormi dans ma chambre...

J'ai regardé autour de moi. Les autres lits étaient vides. Jim s'est écroulé sur l'oreiller en râlant.

Une fois levée, j'ai commencé à chercher mes bottes. On était au bord de la catastrophe mais je me suis tout de même inquiétée de mon apparence. Ma robe était froissée et mes cheveux complètement décoiffés.

Jim s'est dirigé à pas de loup vers la porte, l'a entrouverte et a jeté un coup d'œil prudent au-dehors.

— Il n'y a personne en vue, a-t-il chuchoté par-dessus son épaule. La voie est libre.

J'avais pris mon manteau et je m'apprêtais à partir quand il m'a rattrapée.

— Quoi ? ai-je marmonné, encore ensommeillée.

Je n'avais pas les idées claires. Jim a posé les mains sur mes épaules.

— Décidément, tu n'es pas du matin, hein ? Viens là.

J'allais protester que je ne m'étais pas lavé les dents mais il m'a embrassée et j'ai arrêté de me poser des questions.

— Tu n'as pas de regrets pour hier soir ? ai-je fini par demander.

J'avais un peu peur que Jim recommence son cinéma habituel le matin venu, mais il me traitait bel et bien comme sa petite amie. Il a secoué la tête.

— C'était super. Et toi, tu n'as pas changé d'avis ?

J'allais répondre quand j'ai senti qu'on nous épiait. J'ai regardé par-dessus l'épaule de Jim : Alice, Paul et Mia se tenaient sur le seuil de la chambre, les yeux écarquillés. Jim leur tournait le dos.

— Tu m'écoutes, Edie ?

— On nous observe, ai-je chuchoté.

— Qu'est-ce que tu dis ?

Puis il a compris et s'est retourné.

— Oh, salut, a-t-il lancé d'un ton désinvolte. Ça va ?

Paul a fini par rompre le silence :

— Euh... oui, il faut que je récupère mes affaires dans votre, enfin, notre chambre.

Jim m'a adressé un clin d'œil.

— Le premier dans le car garde une place pour l'autre.

J'ai commencé à jeter mes vêtements pêle-mêle dans ma valise, sous l'œil médusé d'Alice et de Mia. J'essayais de jouer les filles super-décontractées mais leur attitude me mettait très mal à l'aise.

— Je devrais avoir le temps de prendre une douche, ai-je bafouillé, histoire de meubler le silence. Ça va peut-être me réveiller. Je navigue au radar.

Mia n'a pas pu se contenir davantage :

— Tu as passé la nuit avec lui ! Je n'en reviens pas !

Je lui ai jeté un regard noir.

— Je n'ai pas couché avec lui. De toute façon, ce ne sont pas tes oignons.

Mia a ignoré ma remarque.

— J'ai entendu Jim te dire : « C'était super. » C'est vraiment nul d'avoir couché avec lui en sachant qu'il ne veut pas sortir avec toi.

— Je n'ai pas couché avec Jim, ai-je répété. Comme je n'ai pas pu entrer hier soir, soit que tu n'aies pas voulu m'ouvrir, soit que tu aies abusé de la bière à la fête, j'ai occupé un des lits vides dans sa chambre. Et, pour ton information, je sors avec Jim, alors va mourir !

Mon petit discours lui a coupé le sifflet pendant cinq secondes chrono.

— Je ne te crois pas, a-t-elle aboyé. Tu es une pauvre fille.

Elle a ramassé ses bagages avant de se ruer vers la porte.

— Je parie que Jim t'a demandé de sortir avec lui pour te mettre dans son lit ! s'est-elle exclamée avant de claquer la porte.

Alice a croisé les bras.

— Avant de t'enfermer dans la salle de bains pendant cinq heures, tu vas me raconter ce qui s'est réellement passé.

J'ai relaté à Alice la discussion au café puis le retour à l'hôtel.

— Je n'ai pas dormi seule, en effet. J'ai dormi dans le lit de Jim mais il est resté hors des couvertures.

— Sans blague ! s'est écriée Alice. Emballez, c'est pesé !

— Pas vraiment, ai-je répondu. Mais j'ai l'impression d'avoir escaladé l'Everest. Je n'arrive pas à croire que je sors avec Jim.

— Eh bien, je dois reconnaître que je m'en doutais un peu. Surtout quand il s'est attelé à ton cadeau d'anniversaire plusieurs semaines avant la date. Puis vous vous êtes disputés et je me suis dit : « Ben non, ça n'est pas près d'arriver », mais quand il s'est montré en boîte hier soir, j'ai su.

— Attends une seconde ! Il y a deux jours, tu m'as affirmé que je n'étais pas son genre.

— J'étais encore dans la phase « ça n'est pas près d'arriver », a répliqué Alice avec impatience. Tu n'imagines pas à quel point j'en ai bavé avec vous deux : il y en avait toujours un pour venir se plaindre au sujet de l'autre. Tu n'arrêtais pas de te lamenter parce que Jim ne souhaitait rien de plus que ton amitié et lui, de son côté, râlait parce que tu sortais avec Josh... Si tu savais le nombre de fois où j'ai eu envie de vous trucider !

— Il a une drôle de façon de montrer ses sentiments, j'imagine. Pendant le séjour, il voulait juste qu'on soit amis. J'ai été obligée de lui lancer un ultimatum.

— Je ne m'inquiéterais pas, à ta place. Tu n'ignores pas à quel point les mecs sont idiots, par moments. Il fallait juste que Jim accepte l'évidence.

— Ce n'est pas gagné, ai-je marmonné. Ne va pas te faire des idées : je suis folle de joie mais j'ai l'impression que tout pourrait basculer à nouveau. J'ai peur que Jim pète encore les plombs et revienne sur sa décision.

— Oh, je ne crois pas, a déclaré Alice. O.K., il n'y a pas plus lunatique que lui – à part toi, bien sûr – mais il avait l'air assez mordu, ce matin.

— Et toi, où étais-tu passée hier soir, quand je cognais à la porte comme une folle ?

— Oh, on est allés à la fête d'Andy. Mia s'est saoulée, alors Paul et moi, on a dû la mettre au lit, m'a expliqué Alice avec une expression de dégoût. Et comme tu ne revenais pas, je commençais à croire que tu étais allée te jeter dans la Seine dans un accès de désespoir. Mais Paul a réussi à me détourner de mes pensées morbides.

Elle m'a fait un clin d'œil en souriant d'un air malicieux.

— Bref, tu as cinq minutes pour nous rejoindre

dans le hall avec tes bagages. À mon avis, tu devrais remettre la douche à une autre fois.

— Pas question ! ai-je répondu avant de me ruer vers la salle de bains.

Bien que j'aie battu tous les records de rapidité, j'étais quand même en retard d'un quart d'heure. Le chauffeur du car allait fermer le coffre quand je suis arrivée. J'ai dévalé les marches de l'hôtel en traînant mes bagages derrière moi.

À bout de souffle, je suis allée m'excuser auprès de Tania qui semblait furieuse contre moi. La routine, quoi.

— Dommage que personne n'ait pensé à t'offrir une montre pour ton anniversaire, a-t-elle grommelé. Franchement, Edie, j'ai l'impression d'avoir passé ces cinq derniers jours à te surveiller.

Et alors ? C'est ton boulot, ai-je pensé.

— Je ne sais pas pourquoi je me donne autant de mal, a-t-elle ajouté en montant dans le car.

— Personne ne te le demande, ai-je marmonné entre mes dents.

En allant jusqu'à la place que Jim m'avait réservée, j'ai eu droit à quelques sifflements. J'ai même entendu une fille chuchoter sur mon passage :

— Bravo, Edie ! Il est comment ?

Quand j'ai rejoint mon siège, j'étais écarlate. J'ai jeté un coup d'œil à Mia qui était assise derrière nous. À la voir, on lui aurait donné le Bon Dieu sans confession.

— Sale peste ! Tu l'as dit à tout le monde ?

— Eh oui ! a-t-elle répondu en ricanant.

Jim s'est levé pour ranger mon sac dans le casier.

— Assieds-toi près de la fenêtre, si tu veux. Qu'est-ce qu'il y a ?

— Rien, ai-je aboyé en lançant un regard noir à Mia.

Alice, qui était assise avec Paul devant nous, s'est retournée.

— Une fois de plus, Mia se montre à la hauteur de sa réputation, a-t-elle expliqué à Jim.

J'ai appuyé ma joue en feu contre la vitre glaciale.

— Ne t'en fais pas, a-t-il répondu, de l'air de celui qui ne se sentait pas concerné une seconde.

Tu m'étonnes ! Quand un garçon emballe une fille, on le voit comme un tombeur alors que la fille, elle, passe pour une Marie-couche-toi-là. Quelle injustice !

— Ce n'est pas ça. Elle m'énerve, point. J'aurais voulu que tout soit parfait et elle fiche notre histoire par terre avant même qu'elle ait démarré.

Jim a fait la moue.

— Rien n'est parfait dans la vie, Edie, m'a-t-il déclaré en me prenant la main. Mais il faut savoir se battre pour les bonnes raisons et Mia n'en vaut vraiment pas la peine.

— J'ai entendu ! s'est écriée Mia derrière nous.

— Et alors ? a répliqué Jim avec indifférence.

— Tu ne disais pas ça quand on sortait ensemble.

— Tu sais quoi, Mia ?

— Quoi ?

— Tu commences sérieusement à m'agacer.

Le voyage jusqu'à Calais s'est déroulé sans encombre, si ce n'est que Mia n'a pas arrêté de donner des coups de pied dans mon siège pendant la première heure. Quelle peste ! Tout le monde était crevé après la fête et le réveil à l'aube. La plupart s'étaient endormis.

Impossible de savoir si Jim dormait, lui, mais il avait fermé les yeux. Ses mèches brunes, que d'ordinaire il repoussait sans arrêt, lui retombaient sur le front. Il s'était recroquevillé sur lui-même, ses genoux osseux touchaient presque le siège devant lui et il avait croisé les bras sur sa poitrine. Il semblait à des kilomètres de moi.

J'ai commencé à ruminer. À propos de tout et de rien. Je pensais à ma réputation qui en avait pris un coup à cause de Mia. À Jim, que je connaissais mal, en fin de compte. Je savais qu'il faisait des petits bruits bizarres en dormant mais j'ignorais s'il avait des frères et sœurs. Surtout, je me demandais si je ne l'avais pas poussé à sortir avec moi alors qu'il n'en avait pas réellement envie. Et puis, est-ce que sortir ensemble, ça signifiait se comporter comme un vrai couple et tirer un trait sur notre amitié ? Je ne voulais pas être la petite amie de Jim si je devais cesser d'être son amie. En arrivant à Calais, j'avais presque réussi à me convaincre qu'on allait rompre avant la fin du voyage. J'étais complètement démoralisée. Le car s'est engagé à l'intérieur du ferry avant de s'immobiliser et Jim a ouvert un œil.

— J'avais besoin de repos, a-t-il annoncé en bâillant. J'étais super-fatigué.

Il s'est levé pour s'étirer en ignorant les autres derrière qui lui reprochaient de bloquer l'allée.

— Je meurs de faim. Vous venez ?

Alice et Paul ont suivi Jim dehors. J'ai appuyé ma tête contre la vitre, mais j'ai croisé le regard ulcéré de Tania qui s'était plantée à côté du siège du chauffeur et j'ai dû me résoudre à descendre en traînant les pieds.

— À ta place, je ne m'inquiéterais pas pour Jim, Edie, m'a-t-elle déclaré en souriant tandis qu'on se dirigeait vers le bar. On dirait que tu as décroché le gros lot.

— Comment es-tu au courant ? ai-je demandé, abasourdie.

— Oh, j'ai été jeune, moi aussi, a répondu Tania d'un ton théâtral, avec cette manière condescendante qu'ont parfois les vieux. Sérieusement, Edie, je crois que Jim a bon cœur en dépit de ses grands airs. Il prendra soin de toi... et Dieu sait que tu en as besoin !

— Absolument pas, ai-je répliqué, la mine faussement boudeuse.

Soudain, une pensée atroce m'a traversé l'esprit.

— Tania, est-ce que tu étais avec quelqu'un du même genre que Jim quand tu avais mon âge ? Pitié, ne me dis pas que c'était Martyn ?

— Ah, tu voudrais bien le savoir, a-t-elle répondu en riant, et je me suis sentie un peu coupable d'avoir pensé du mal d'elle, bien que je persiste à croire qu'elle devrait porter un soutien-gorge. Maintenant, ouste ! Et essaie de ne pas tomber par-dessus bord.

C'est drôle comme les gens qu'on ne connaît pas bien ou qu'on n'aime pas particulièrement ont parfois le don de mettre le doigt sur ce qui nous tracasse. Après ma petite conversation avec Tania, je me sentais un peu mieux. Peut-être que je m'inquiétais pour rien. J'allais me mettre à la recherche de Jim et des autres mais en passant près du bar, quelque chose a attiré mon attention : on y vendait du chocolat, du vrai Cadbury, et ça faisait cinq jours que je n'en avais pas mangé...

J'ai déchiré l'emballage de ma seconde barre et j'en ai englouti la moitié. J'avais vaguement cherché les autres mais sans succès, et puis la vue de tous ces gens malades (encore une traversée agitée) risquait de me faire passer l'envie de chocolat, alors je suis allée m'asseoir sur le pont. La dernière fois que je m'étais retrouvée là, je n'aurais jamais pensé devenir la petite amie de Jim. Même maintenant, j'avais encore du mal à m'y faire. Je restais Edie Wheeler, cette fille qui parlait trop ou pas assez, avait embrassé quatre mecs dans sa vie et possédait 517 livres sur son compte à la poste.

— Salut !

J'ai levé les yeux : c'était Jim.

— Salut.

— Tu as l'air perdue dans tes pensées, a-t-il dit en s'asseyant à côté de moi sur le banc. Qu'est-ce qui te tracasse ?

— Je calculais combien il me restait sur mon livret d'épargne. Tu veux du chocolat ?

Je lui ai tendu le reste de ma barre et je l'ai regardé en prendre un morceau.

— Jim ?

— Mmmm ?

— Tu penses qu'on peut rester amis en sortant ensemble ?

— Pourquoi ? Tu penses le contraire ? a-t-il demandé en me lançant un regard qui signifiait : à quoi elle joue ?

— Je ne sais pas. J'espère. On continuera à faire

des choses ensemble, comme aller écouter des groupes, hein ? Ou se faire un ciné, traîner avec Alice ? Ça ne changera rien, n'est-ce pas ?

Jim a porté ma main à ses lèvres et a embrassé mes doigts.

— Il faudra bien que ça change. Mais le changement, ce n'est pas forcément négatif. Comme je te l'ai dit hier soir, je crois qu'on sortait déjà ensemble pendant tout ce temps sans en avoir conscience. On a juste officialisé.

— Mais on est plus que des amis qui s'embrassent ? ai-je insisté d'une voix hésitante. Quoique je n'aie pas envie non plus de n'être que ta petite amie.

— Mais tu n'es pas que ma petite amie ! a protesté Jim. Hé, tu es mon Edie ! Tu ne seras jamais quelqu'un d'autre. Et c'est pour ça que je tiens tellement à toi.

— Vraiment ?

— Vraiment.

Il m'a souri en appuyant sa joue contre ma main.

— Sur le ferry, à l'aller, je mourais d'envie de t'embrasser. Tu sais, quand je t'ai caressé le visage, a-t-il avoué. Tu ne t'en es pas aperçue ?

— Non ! ai-je répondu, le cœur si léger, soudain, qu'un coup de vent aurait pu l'emporter. Je croyais que tu en admirais la structure délicate.

Je lui ai souri et il m'a rendu mon sourire. Nos regards se sont croisés et je me suis penchée pour l'embrasser. Ses lèvres avaient un goût de café et de chocolat. Les lointaines falaises de Douvres se dessinaient à l'horizon et je me suis demandé si je revivrais jamais un moment pareil à celui-là.

Journal d'un coup de foudre

2. Larmes et paillettes

Note à un futur biographe

Si jamais je deviens une grande romancière anglaise avant l'âge de vingt-cinq ans et que je meure jeune dans des circonstances tragiques, on épluchera peut-être mes journaux intimes.

Le hic, c'est que j'ai caché mon précédent journal pour le soustraire aux regards indiscrets de ma mère et je n'arrive plus à remettre la main dessus. Alors je récapitule, dans les grandes lignes :

– Déménagement à Manchester.

– Rentrée dans un nouveau lycée. Pas un ami à l'horizon.

– Le deuxième jour, je tombe amoureuse d'un garçon lunatique inscrit en arts plastiques, Jim.

– Alice, la meilleure copine de Jim depuis la maternelle, devient MA *meilleure copine.*

– J'ai une ennemie jurée : Mia, l'ex de Jim, qui a mis le grappin sur Paul, l'ex d'Alice, mais c'est raté car maintenant Alice et Paul sont à nouveau ensemble.

– Après des mois de « french kiss » passionnés (et Jim qui se comportait comme un parfait crétin juste après), on est partis en voyage scolaire à Paris. Depuis, on sort ensemble. Comme un vrai couple, quoi.

– Mes cheveux sont beaucoup plus blonds qu'à l'époque où j'écrivais le journal mentionné plus haut. Parce que je le vaux bien.

Journal d'Edie
Manchester

8 avril

Dans mon journal, j'ai glissé une photo de Jim et moi sur le pont du ferry qui nous ramène de France. Jim, le bras autour de mon épaule, me regarde du coin de l'œil en souriant d'un air attendri, comme si j'étais la huitième merveille du monde. Devant la glace à la vanille avec des pépites de chocolat (j'ai appris récemment qu'en émiettant des cookies dedans on multiplie le taux de sucre par deux). On pose par un vent de force dix. Ses cheveux brun foncé sont encore plus en pétard que d'habitude et un sourire doux éclaire ses traits anguleux.

Pas de doute, il a l'air content d'être mon petit ami.

Mais, cette dernière semaine, j'ai fait une découverte fracassante : sortir avec un garçon, ce n'est pas du tout comme je l'imaginais. Non, rectification : sortir avec Jim, c'est exactement comme je l'imaginais. Dans mes pires cauchemars.

Il m'a raconté sur le bateau que sortir ensemble, ce serait pareil qu'avant, en mieux. Et qu'on continuerait à traîner, comme au bon vieux temps, sauf qu'on s'embrasserait, qu'on se ferait des câlins, bref tous les trucs d'amoureux. Eh bien, c'est archi-faux !

Car, maintenant que Jim est mon petit ami, je dois me coltiner ses bizarreries. Et il y a des règles à respecter. Attention, il ne m'a pas fourni de liste, mais s'il en avait écrit une, voilà ce que ça donnerait :

1. Ne jamais venir chez moi. JAMAIS.
2. Ne pas me donner la main en public.
3. Baisers, câlins (et trucs d'amoureux en général) limités aux coins sombres.
4. Petits noms affectueux strictement interdits.
5. Ne pas s'attendre que j'appelle quand j'ai promis de le faire. Ne pas espérer non plus que j'arrive à l'heure, en particulier le dimanche midi, quand je suis invité à déjeuner chez tes parents.

Je suis d'accord avec certains points. Avec la majorité d'entre eux, même. Et ma technique pour embrasser s'est nettement améliorée avec les travaux pratiques, mais Jim était bien plus affectueux quand on était de simples amis qui se chamaillaient.

9 avril

Au lycée, j'étais assise avec Alice près de la fontaine, quand j'ai vu Jim venir vers nous de sa démarche nonchalante.

— Oh non, Edie, a marmonné Alice en l'apercevant à son tour. Vous n'allez pas encore vous bécoter ! À ce stade, on dirait que tu t'es fait injecter du collagène dans les lèvres.

— Arrête, ai-je répondu d'un ton plaintif. À t'entendre, je ne fais que ça, embrasser mon copain.

Elle a froncé les sourcils :

— Oh, alors, je dois confondre avec quelqu'un d'autre.

— Quelle main ?

Jim s'est planté devant moi, les mains derrière le dos. Mon cœur a bondi dans ma poitrine. Un cadeau ?

— La gauche ?

Il m'a adressé un grand sourire.

— Bonne réponse, a-t-il répondu en agitant une clé sous mon nez.

— Qu'est-ce que c'est que ça ?

Bien sûr que je savais de quoi il s'agissait mais quelques précisions s'imposaient.

— La clé de la chambre noire. Tu viens ?

— Le romantisme n'est pas mort, a marmonné Alice tandis que je suivais Jim à l'intérieur du bâtiment d'arts plastiques.

J'avais prévu de lui mettre les points sur les i mais, une fois dans la chambre noire, il s'est jeté sur moi et j'ai un peu oublié. Il m'a coincée contre l'agrandisseur pour m'empêcher de m'échapper, mais de toute façon, je n'en avais aucune envie. Je me sentais molle et léthargique comme Pudding quand elle fait la sieste au soleil. Je commençais à perdre la tête sous ses baisers quand la porte s'est ouverte à la volée.

— Dégage ! a rugi Jim sans prendre la peine de se retourner.

Ce qui n'était pas très intelligent de sa part. C'est du moins ce qu'a déclaré Martyn, notre prof de photo. Il nous a passé un énooorme savon. Ça, il ne plaisantait pas.

On s'est mis dans un sacré pétrin. J'ai été convoquée dans le bureau de mon prof principal et renvoyée chez moi pour le reste de l'après-midi. En même temps, il y a pire, comme punition.

Postée devant l'entrée du lycée, j'étais en train

d'appliquer du baume sur mes lèvres, quand Jim s'est dirigé vers moi.

— Booon, on va chez toi ? a-t-il susurré.

— J'ai été à deux doigts de me faire renvoyer avec un mot ! Tu sais bien que mes parents n'apprécient pas qu'on reste en tête à tête.

C'est la vérité. Ils ne sont pas transportés de joie à l'idée que je sorte avec Jim. Il est interdit de séjour dans ma chambre à moins de laisser la porte ouverte. Il ne leur est pas venu à l'esprit qu'on pouvait avoir plein de gestes déplacés dans des tas d'autres endroits, mais ce n'est pas moi qui vais dissiper leurs belles illusions.

— Allez, Edie ! s'est exclamé Jim en me poussant du coude. Je n'ai pas envie de rentrer chez moi et Martyn m'a prié d'éviter de le croiser aujourd'hui.

— Bon, d'accord. De toute façon, il faut que je te parle.

— Ça promet, a-t-il marmonné entre ses dents.

Sur quoi je l'ai foudroyé du regard.

Pendant le trajet, on a marché en silence, ce qui n'a pas arrangé mon humeur. J'avais l'impression qu'il ne savait plus comment communiquer avec moi.

— C'est quoi, ton problème ? me suis-je écriée, à peine arrivée. Pourquoi tu ne dis rien ?

— N'importe quoi ! a-t-il protesté en montant l'escalier à ma suite. C'est toi qui ne dis rien.

— À croire que je ne sers qu'à t'embrasser !

— Tu peux parler ! a rétorqué Jim en ricanant.

Puis il s'est assis à côté de moi sur le lit et m'a enlacée.

— Écoute, Edie, tu n'es pas la seule à te poser des questions. Bon, de quoi tu voulais discuter ?

J'ai haussé les épaules.

— De toi et moi. Tu ne me racontes jamais rien sur ta vie.

— C'est que je n'ai rien à raconter. En ce moment, il y a toi et c'est tout, a répondu Jim avec mauvaise humeur.

Alors j'ai commencé à m'énerver, moi aussi. On a boudé un peu, chacun dans son coin, et la dispute s'est soldée, comme d'habitude, par un baiser langoureux.

Deux minutes plus tard, on était en train de se rouler sur le lit. C'est peut-être au moment où on a atterri sur le sol avec un grand boum que ma mère s'est aperçue de notre présence. Elle a monté les marches quatre à quatre et a banni Jim de la maison pour avoir posé ses vilaines mains sur sa pauvre petite fille innocente. C'était ça ou j'étais privée de sortie.

10 avril

Je n'ai pas parlé à Jim aujourd'hui. Il a sans doute épuisé son forfait de portable. Ça me fait penser que je n'ai pas le numéro de ses parents. C'est toujours lui qui m'appelle. Bizarre, non ? Très bizarre. Plus bizarre, tu meurs. Je connais Jim depuis près d'un an. Nos bouches, quant à elles, se connaissent depuis à peine moins longtemps que ça, on pourrait donc en déduire que j'ai son numéro de téléphone fixe. Eh bien, non ! J'aurais pu passer l'annuaire en revue, mais j'ai préféré le demander à Alice.

— Tu vas me reprocher de ne pas t'avoir parlé de sa famille à problèmes, c'est ça ? a-t-elle répondu, un peu agressive.

Ouh là !

— Écoute, personne ne te force à trahir la confiance de Jim. Tu es sa plus vieille amie.

Façon déguisée d'obtenir des explications au sujet de sa remarque énigmatique sur la famille de mon amoureux. Il possède un nom peu ordinaire, Kowalski (je crois que c'est polonais ou tchèque), et je m'étais mis en tête que ses parents étaient des dissidents de l'ancien bloc soviétique venus démarrer unc nouvelle vie en Angleterre avec leur petit garçon, loin du totalitarisme et de l'oppression communistes, mais j'ai sans doute été très influencée par mon cours d'histoire.

J'étais en train de me représenter la mère de Jim, jeune et belle, protégeant son bébé des griffes d'un milicien au cœur de pierre, quand Alice m'a tirée de ma rêverie.

— Ça va, c'était bien, le petit voyage dans la lune ?

— Jim ne m'a jamais dit qu'il avait une famille à problèmes, ai-je rétorqué. Il n'a même jamais mentionné qu'il avait une famille. Je commençais à croire qu'il avait été fabriqué dans une usine spécialisée en garçons tendance artistes.

Alice s'est mise à tripoter nerveusement une des innombrables babioles qui encombraient sa table de nuit.

— Désolée, mais parfois c'est difficile de servir de tampon entre vous deux.

Puis elle m'a déballé sa vie intime avec Paul (ce que j'en pense ? Beeeeuuurk !) avant de me raconter qu'elle soupçonnait Mia d'être derrière les coups de fil bizarres qu'elle recevait ces derniers temps. Si bien que j'ai oublié d'appeler Jim.

Pour finir, je suis rentrée très tard à la maison et la Mère Supérieure a piqué sa crise. Comme d'hab. Elle et mon père allaient passer un long week-end à Brighton chez les grands-parents (merci, petit Jésus !) et Jim avait téléphoné vingt fois.

Mes parents étaient persuadés que mon petit ami, planqué à proximité de la maison, attendait qu'ils aient franchi la porte pour me violer sur leur nouveau tapis Ikea. Ma mère ne l'a pas formulé en ces termes mais pas loin. Moment critique dans la vie d'une adolescente : le jour où sa génitrice, qui d'ordinaire se refuse à aborder le sujet du sexe, décide de mettre les pieds dans le plat et envisage le cas où l'idée viendrait à sa fille d'avoir des relations sexuelles sur un élément quelconque du mobilier. Je crois que je ne suis pas près d'oublier la scène...

Bref, à force de taper du pied et de pousser des cris indignés (ce qui s'est révélé beaucoup plus efficace qu'un discours argumenté), j'ai réussi à les convaincre que je n'avais pas vu Jim de la journée et ils sont partis. Faux départ car... ils sont revenus pour m'assaillir de recommandations de dernière minute au sujet de la chaudière et du vermifuge pour le chat. Et ils sont repartis. J'ai prévu une soirée poisson pané / DVD d'Orlando Bloom.

10 avril (plus tard)

Aïe, Jim sera là d'une minute à l'autre. Je n'avais pas l'intention de l'inviter mais quand il a appris que mes parents s'absentaient quarante-huit heures, impossible de lui faire entendre raison. Il ne m'a pas expressément demandé s'il pouvait rester cette nuit, mais comme il est déjà dix heures et demie...

Oh ! là là, il vient de sonner à la porte...

11 avril

Jim, le doigt vissé sur la sonnette, s'est redressé quand j'ai ôté la chaîne de sécurité de la porte pour risquer un œil au-dehors.

Je l'ai accueilli en fanfare :

— Qu'est-ce qui me prouve que tu n'es pas un serial killer ? Ce serait bien ma veine...

— Salut, a-t-il chuchoté, un sourire un peu crispé sur les lèvres. Je t'ai apporté un petit cadeau.

D'habitude, les cadeaux de Jim ont toujours un rapport avec les baisers (du baume pour les lèvres, du chocolat « pour recharger les batteries », etc.), aussi je craignais qu'il ne m'offre de l'alcool ou des préservatifs pour arriver à ses fins.

Mais il a agité un sac en plastique sous mon nez. À l'intérieur, un tee-shirt seventies avec un super-logo.

— Waouh, j'adore ! me suis-je écriée en me jetant dans ses bras.

J'étais ravie, et surtout soulagée : pas de grande discussion sur le sexe en prévision.

— Essaie-le !

— Tu vas te décider à entrer ou tu comptes passer la nuit dehors ?

Soudain, ça me faisait drôle de le voir là : en général, quand il vient, on reste dans ma chambre. Pourtant, sans la présence des parents, j'avais des scrupules (comme quoi, les sermons maternels sur les risques de grossesse prématurée ou les rapports sexuels avant l'heure ont fini par porter leurs fruits).

Sauf que je ne tenais pas non plus à ce que Jim aperçoive le salon (et mes photos de classe pourries par la même occasion). Je n'avais jamais remarqué à quel point c'était petit et moche, chez nous, avec tous ces tableaux tartignolles, avant que Jim n'y aille de son commentaire narquois devant les reproductions de Canaletto.

— Très joli. Comme je le dis toujours, rien de tel que des peintures vénitiennes de la fin du XVIIe siècle pour égayer un intérieur.

— Mes parents sont allés à Venise en voyage de noces, ai-je expliqué à contrecœur. Et les tiens ?

J'avais parlé sans réfléchir. Pas très malin, comme question. Il faut que je fasse gaffe à ce que je raconte.

Jim a ignoré ma tentative grossière pour lui arracher des confidences.

— Enfin seuls ! a-t-il susurré. Et pas d'autorité parentale dans un rayon de trois cents kilomètres.

— Euh... Du thé ?

Il m'a suivie dans la cuisine et ne m'a pas quittée des yeux tandis que je remplissais la bouilloire et que j'essayais de dénicher des tasses sans slogans débiles comme « Meilleur papa du monde » ou encore « Attention, chat méchant ». Plus ringard que chez moi, ça n'existe pas.

Jim a brusquement rompu le silence :

— On croirait que tu as peur de rester seule avec moi.

J'ai rougi jusqu'aux oreilles.

— Non, pas du tout.

— Je ne vais pas me jeter sur toi sous prétexte

que tes parents sont partis. À moins que tu me le demandes gentiment, bien sûr.

— Quel charmeur ! ai-je marmonné. La situation est un peu bizarre, voilà tout.

Le temps que Jim ait fini son thé, il était minuit passé. Pas de doute, quelque chose le chiffonnait : il n'avait pas encore tenté de m'embrasser. Quand je me suis levée pour aller ranger sa tasse dans le lave-vaisselle, il m'a attirée sur ses genoux puis a enfoui son visage dans mon cou.

— Qu'est-ce qui ne va pas, Jim ? ai-je demandé en l'enlaçant. Allez, dis-moi tout.

Jim m'a serrée plus fort contre lui.

— Oh... rien.

— Jim !

— Ma mère m'a fichu dehors, a-t-il fini par avouer. Pas de quoi s'affoler, elle me fait le coup à peu près tous les quinze jours.

— Mais qu'est-ce qui s'est passé ?

— Rien de bien méchant, a-t-il répondu avec une mimique désabusée. J'ai oublié de remettre le lait dans le frigo, et la fois d'avant, j'étais rentré en retard à la maison. Elle pète les plombs de temps à autre.

J'avais du mal à suivre. Quand ma mère pète les plombs, c'est parce que je lui ai piqué ses boucles d'oreilles préférées ou que j'ai bidouillé l'ordinateur. Mais jamais elle ne me jetterait à la rue. Jamais de la vie !

— C'est peut-être la ménopause, ai-je hasardé.

Pour toute réponse, Jim a ricané.

— Je suis désolée, Jim.

Je me suis dégagée avec douceur pour le prendre à mon tour dans mes bras.

— Ça va s'arranger.

C'était la seule chose à dire, non ?

Et, je sais que ça a l'air idiot, mais Jim semblait content que, pour changer, ce soit moi qui l'étreigne, et pas l'inverse.

— Je ne sais pas ce que je ferais sans toi, a-t-il murmuré, la bouche dans mes cheveux.

Il a passé la nuit dans la chambre d'amis. Croix de bois croix de fer, si je mens, je vais en enfer !

12 avril

Quand il s'est levé le lendemain, je lui ai donné une serviette propre et je lui ai préparé un petit déjeuner avant qu'il parte travailler (comme tous les samedis).

Un vrai couple, quoi !

On n'avait pas décidé s'il revenait dormir le soir à la maison. J'étais censée plancher sur un devoir d'histoire. En fait, j'ai rêvassé la majeure partie de la journée, me demandant si je devais l'appeler et lui proposer de rester une nuit de plus.

En général, on se voit le samedi soir, mais je ne voulais pas lui mettre la pression. Je m'étais angoissée pour rien parce qu'il a fini par me téléphoner. Il voulait savoir si j'avais envie de vin au dîner. J'ai passé le reste de l'après-midi à m'imaginer qu'on habitait ensemble pour de bon. Sauf qu'on partageait un super-appartement new-yorkais à la *Sex and the City* et pas un pavillon de banlieue. On a passé une soirée géniale. J'avais débarrassé le salon des objets potentiellement humiliants et, vautrés sur le canapé, on a bavardé en sirotant du vin.

Au beau milieu d'un débat un peu mou – du genre : faut-il interdire la Star Ac' ? –, Jim a changé de sujet :

— Tu as de la chance, tu sais. Tu vis dans une jolie maison avec des parents qui se sentent concernés...

— Tu te fiches de moi ! Mes parents me rendent dingue.

— Eux, au moins, ne SONT pas dingues, a objecté Jim, plein d'amertume, et la température de la pièce est brusquement retombée en dessous de zéro.

— Désolée. J'essaie de réfléchir avant de parler, mais je ne suis pas encore au point.

J'ai posé mon verre et pris ses mains dans les miennes. Il avait l'air si malheureux !

— Tu as de la chance, a-t-il poursuivi. Pour ton père et ta mère, tu comptes plus que tout. Même quand tu te disputes avec eux, c'est pour des broutilles, et ils continuent à t'aimer après. Ils ne cesseront jamais de t'aimer.

Là, je me suis sentie carrément nulle et immature. C'est vrai, je casse sans arrêt du sucre sur le dos de mes parents parce qu'ils me traitent comme un bébé. Mais, comparée à Jim qui n'a même plus de toit, je ne suis qu'une petite princesse trop gâtée.

— Normal que je me dispute avec eux, ai-je expliqué d'une voix mal assurée. J'ai dix-sept ans, c'est mon boulot.

Jim m'a fait un petit sourire triste. On a gardé le silence quelques instants, puis il s'est allongé sur le sofa en posant la tête sur mes genoux. J'ai commencé à lui caresser les cheveux, et je suis sûre et certaine de l'avoir entendu ronronner de plaisir. Puis je lui ai grattouillé le cou (Pudding adore ! Quand je lui gratte le cou, ses pattes deviennent molles comme des spaghettis !) et ça n'a pas paru lui déplaire non plus.

En le voyant si alangui et détendu, je me suis dit que c'était le bon moment :

— Jim, je ne sais rien de toi...

Aïe ! Il s'est brusquement raidi. D'abord, j'ai cru qu'il n'allait pas répondre et soudain, il m'a ouvert son cœur : il m'a parlé de son père parti dix ans plus tôt, de son projet de quitter la maison, mais sa mère était trop instable. Elle se mettait souvent en colère contre lui, elle avait des mots très durs... et devenait hystérique dès qu'il faisait ses bagages. Visiblement, cette histoire le déprimait beaucoup – une fois lancé on ne l'arrêtait plus. Il se passait sans cesse la main sur le visage, comme pour retenir ses larmes, et moi, je ne savais pas quoi faire à part lui caresser les cheveux.

— J'imagine qu'au fond je l'aime, parce qu'elle est ma mère, a-t-il conclu. Mais le plus souvent, je la hais.

Il s'est levé du canapé.

— J'ai besoin d'un verre d'eau.

Quand il est revenu, il semblait apaisé mais vous savez ce qui m'a mise en rogne ? Il a commencé son cinéma : il valait mieux qu'il parte, il ne voulait pas s'imposer, bla-bla-bla. Tout ça parce qu'il avait honte de s'être confié. Je le connais bien, à force. Je ne le considère plus systématiquement comme le garçon le plus cool de la terre. Parfois, c'est juste un garçon ordinaire avec son lot de galères.

— Maintenant que tu es là, tu n'as qu'à dormir ici, ça ne pose pas de problème. En plus, il est très tard.

Jim, les mains dans les poches, a fait la moue.

— D'habitude, je squatte chez Simon, Paul ou Alice.

De mon côté, j'en avais gros sur la patate :

— Comment se fait-il que tu ne m'aies jamais parlé de tes problèmes auparavant ?

O.K., ce n'était pas la chose à dire, mais je ne supportais pas l'idée qu'il se confie aux autres et pas à moi.

Jim s'est rassis sur le canapé et m'a donné un coup de coude dans les côtes.

— Oh, ne commence pas, Edie, a-t-il grommelé. Tu ne vas pas t'y mettre, toi aussi.

Pas question qu'il me touche s'il le prenait comme ça. Mais lorsque j'ai voulu me lever, il m'a retenue.

— Viens là, toi, a-t-il dit avant de m'embrasser.

Je me suis reculée.

— Ce n'est pas ainsi qu'on règle une dispute.

— Je pensais qu'il ne s'agissait que d'un petit malentendu. Et je ne suis pas d'accord, ça reste un excellent moyen de se réconcilier.

J'ai fait la grimace. Jim avait raison et je déteste quand on se fâche.

On est montés dans ma chambre pour écouter mon nouveau CD de Belle And Sebastian, et ça s'est terminé comme à Paris. Au départ, Jim devait dormir dans un autre lit, mais on a commencé à s'embrasser et puis, même si j'en avais eu envie, je n'aurais pas pu bouger.

13 avril

Hier matin, Jim s'est réveillé avant moi et m'a chatouillée jusqu'à ce que je me mette à hurler.

— Tu es vraiment obligé de t'agiter comme ça ?

me suis-je écriée en essayant de m'extirper de ma couette.

Quand on s'endort tout habillé, on se réveille toujours avec l'impression de ne pas avoir récupéré.

— Et toi, tu es vraiment obligée de ronchonner ? Dis-moi, tes parents rentrent aujourd'hui ?

— Non, pas avant lundi. Du balai ! J'ai besoin de dormir encore un peu.

Mais je n'ai pas pu fermer l'œil : Jim s'est levé pour allumer la télé et s'est mis à déblatérer contre les groupes minables qui passaient en boucle sur MTV. J'ai renoncé à me rendormir et j'ai pleurniché jusqu'à ce qu'il se décide à me faire du café.

C'était bizarre de regarder *Alias* avec Jim. Il ricanait dès que Sark apparaissait à l'écran tandis que moi, je m'efforçais de cacher mon faible pour le méchant espion aux beaux yeux bleus.

Nos téléphones ont sonné au même moment et on a échangé un regard horrifié – pas pour les mêmes raisons.

— Mais qui peut bien m'appeler en plein milieu d'*Alias* ? me suis-je écriée.

Quant à Jim, il a grommelé :

— Si c'est ma mère, je ne suis pas là.

On a laissé sonner encore un peu avant de décrocher : c'était Alice de mon côté et Paul du sien.

— Il faut que je te parle ! J'arrive, O.K. ?

— Mais c'est l'heure d'*Alias*...

La sonnette de l'entrée a retenti.

— Trop tard, Edie. Je suis déjà là, a-t-elle annoncé avant de raccrocher.

Puis je l'ai entendue tambouriner contre la porte. Parfois, elle n'a aucun savoir-vivre.

Jim, qui avait fini sa conversation avec Paul, est descendu lui ouvrir. Je pensais qu'ils monteraient dans ma chambre mais je les ai entendus discuter en bas.

J'ai attendu la coupure publicitaire pour aller jeter un coup d'œil par-dessus la rambarde.

— Qu'est-ce qu'il y a ? ai-je demandé à Alice, qui était assise sur une marche de l'escalier.

Eh oui, je ne suis pas la maîtresse de maison idéale.

— C'est Mia ! Elle a dû m'appeler au moins cinquante fois la nuit dernière. Et elle m'inonde de ces lettres pathétiques. Regarde.

Elle m'a tendu une liasse de feuilles avec le genre de phrases toutes faites qu'on trouve dans les films de serial killers : « Je te surveille », « Vérifie que tu as bien fermé ta porte » ou encore « On se reverra ».

J'ai levé les yeux au ciel.

— Mia est vraiment une pauvre fille.

— Et elle n'a pas beaucoup d'imagination, a renchéri Jim. Tu veux que j'aille lui dire deux mots ?

— Oh, merci, t'es un chou ! s'est exclamée Alice.

En ce qui me concerne, je n'ai aucune envie que Jim aille faire la leçon à Mia au sujet de sa campagne de diffamation contre Alice. Alors qu'ils sont sortis ensemble il n'y a pas si longtemps.

Je commence à me sentir un peu hors du coup.

14 avril

Jim n'est pas encore allé voir Mia et j'espère qu'il a oublié cette histoire. On peut toujours rêver.

Je lui ai demandé de ne pas s'en mêler et de laisser

Paul et Alice régler seuls leurs problèmes mais il n'a rien voulu entendre.

— Alice refuse que Paul s'approche de Mia, tu le sais très bien, a-t-il expliqué d'une voix plaintive. À croire que je le harcèle. N'importe quoi.

— Alors, elle n'a qu'à se charger elle-même d'aller lui mettre les points sur les i, ai-je répliqué tandis qu'on attendait le bus qui devait nous amener en ville. Ce n'est pas sorcier !

Jim a poussé un soupir à décrocher les feuilles des arbres.

— Elle a peur de perdre son sang-froid et de pousser Mia sous un tramway.

Le ton de sa voix signifiait : « Ne commence pas », mais j'étais lancée.

— Je ne comprends toujours pas pourquoi ce serait à toi de t'en occuper. On n'est pas en train de négocier la paix en Irlande du Nord, là, si ? Et je te trouve très mal placé pour jouer les intermédiaires.

Pour le coup, c'est moi qui commençais à perdre mon sang-froid.

— Elle te plaît encore, c'est ça ?

— Non, mais quand tu te mets à faire ta mégère, j'en viens à me demander si toi, tu me plais, a répondu Jim.

J'étais si furieuse contre lui que, quand le bus est arrivé, j'ai refusé de monter dedans. Je suis restée assise sous l'abribus et Jim a fini par se confondre en excuses.

Trop tard. Le mal était fait et les excuses n'y changeaient rien.

27 avril

Presque deux semaines se sont écoulées et Jim n'a toujours pas réglé le « problème Mia ». Plus il laisse traîner, plus je m'énerve. Et chaque fois que je ramène le sujet sur le tapis, il se braque complètement. C'est peut-être parce que j'en parle un peu trop souvent. Mais c'est plus fort que moi.

Hier, par exemple, on était chez le marchand de journaux et j'ai repéré un magazine qui annonçait en couverture un article sur les ex. Impossible de me retenir, c'est sorti tout seul :

— Cette discussion avec Mia, c'est une très mauvaise idée, Jim. Tu devrais laisser tomber, à mon avis.

Jim a levé les yeux au ciel.

— Oh non, c'est reparti, a-t-il marmonné. C'est TOI qui devrais laisser tomber.

Pan, dans les dents.

2 mai

Je me sens si impuissante, comme si Jim me filait entre les doigts. Cette histoire est en train de nous séparer. Je suis peut-être parano (c'est ce qu'il m'a répété au moins cinquante fois hier soir), n'empêche, j'ai toujours eu l'impression que Mia et lui n'avaient pas mis un point final à leur histoire.

Le pire, c'est que je ne peux même pas en parler à Alice : elle ne pige pas.

— Mais pourquoi vous ne vous en occupez pas vous-mêmes, Paul et toi ? lui ai-je demandé lors d'une séance de shopping.

Alice m'a jeté un regard méprisant.

— Parce que je ne veux pas leur donner une seule

occasion d'être ensemble. Et si moi, je m'approche d'elle, je vais finir par l'étrangler. Cette fille est le mal incarné.

— Mais que Jim s'y colle, pas de problème ! ai-je grommelé. Tant pis si c'est son ex.

— Fais-lui confiance, a poursuivi Alice, oubliant – pratique ! – que Jim devait intervenir parce qu'elle-même ne faisait pas confiance à Paul. Il la voit demain et on n'en parle plus. Tu sais que j'ai dû changer de numéro de portable ? Elle n'arrêtait pas de m'envoyer des textos atroces.

Quoi, demain ! Pourquoi Jim ne m'avait-il pas avertie ? Quand je l'ai retrouvé au Costa Coffe à l'heure du déjeuner, l'atmosphère était tendue.

J'avais décidé de ne pas piquer ma crise. J'ai préféré bouder pendant que Jim, assis en face de moi, me jetait des regards exaspérés.

On est restés là pendant cinq minutes, jusqu'à ce qu'il se lève d'un bond en s'écriant : « Et tu te demandes pourquoi je ne t'ai rien dit ! » avant de sortir en trombe du café.

3 mai

Je n'aurais jamais cru me retrouver dans un état pareil : anéantie ! Je suis anéantie ! Aujourd'hui, j'ai passé la journée la plus épouvantable de ma vie.

Je suis sortie déjeuner avec les parents (plus ringard, tu meurs). Ensuite, ils ont décidé de faire la tournée des magasins d'ameublement. Ennuyeux à mourir. On était en train de synchroniser nos montres, histoire que je puisse aller flâner de mon côté quand, du coin de l'œil, j'ai vu Jim se diriger à grandes enjambées vers St Anne's Square. Je sais, je n'aurais pas dû, mais je l'ai espionné. Je l'ai vu s'asseoir sur un banc. J'ai vu Mia venir à sa rencontre et l'embrasser sur la joue. Et je les ai vus s'éloigner ensemble. Il lui a pris le coude pour traverser la rue et ils sont entrés dans un café. J'hésitais sur la conduite à tenir (m'arracher le cœur à deux mains ou continuer à les épier ?) quand je suis – littéralement – tombée sur Nicolas et Xavier.

— Qu'est-ce que tu fabriques ? a demandé Nicolas.

— Rien ! ai-je répondu avec un empressement suspect.

— Toi, tu nous caches un truc, a raillé Xavier.

Quelque chose, dans mon attitude, a dû leur faire passer l'envie de rire : ils ont abandonné les taquineries et m'ont demandé, d'un ton hyper-inquiet, si je voulais me joindre à eux.

— J'ai une course à faire. On se voit demain.

Je sentais bien que Nicolas mourait d'envie de savoir pourquoi je me comportais comme s'il ne me restait que deux semaines à vivre mais il s'est contenté de soupirer d'une façon théâtrale avant de s'éloigner avec Xavier.

J'ai mis le cap sur le café, comme poussée par une force invisible. En m'approchant, j'ai aperçu Mia et Jim attablés, face à face, près de la vitre. Ils étaient en pleine conversation : Jim avait posé sa main sur le bras de Mia qui déchirait un Kleenex en mille morceaux. Franchement, elle avait l'air paumé. Surtout quand elle s'est mise à pleurer. Je savais que Jim ne tomberait pas dans le panneau : dès que je menace d'ouvrir les vannes, il se fiche de moi et me reproche mon manque d'originalité.

Mais quand ses pleurs ont cédé la place à de vrais

sanglots, j'ai compris qu'elle avait touché le fond et que ses larmes feraient peut-être fléchir Jim. J'étais sur le point de tourner les talons quand j'ai vu Jim prendre Mia dans ses bras, puis elle a levé la tête pour l'embrasser.

Tout s'est brouillé pendant une seconde et j'ai cru que j'allais tomber dans les pommes. J'avais du mal à respirer. J'ai fermé les yeux et je les ai rouverts en priant pour que ce soit un mirage, mais ils s'embrassaient toujours. Jim avait pris le visage de Mia dans ses mains. Je connais par cœur cette sensation, le contact des doigts de Jim sur ma joue. Ça peut tourner la tête de n'importe quelle fille. J'ai lâché mon sac – mes doigts ne m'obéissaient plus – et son contenu s'est répandu sur le sol. J'ai contemplé le maquillage, les stylos et les pièces de monnaie éparpillés, incapable de rassembler assez d'énergie pour les ramasser. Je n'avais qu'une idée en tête, décamper. Alors que je m'éloignais en titubant, Jim a levé les yeux et m'a vue.

Il était trop tard. Trop tard.

3 mai (plus tard)

Oh ! là là, comment j'ai pu être aussi bête ? Je suis la reine des nulles. C'était fichu dès le départ. D'abord, j'ai toujours été plus accro à Jim que l'inverse. Je l'ai quasiment forcé à devenir mon petit copain officiel. Lui n'en avait pas envie. Je savais qu'ils méritaient ma colère tous les deux, mais j'aurais dû savoir aussi que je ne serais pas capable de garder un garçon comme Jim.

J'ai marché pendant des heures. Quand je suis arrivée chez moi, ma mère m'a incendiée parce que je n'étais pas au rendez-vous fixé ; ils n'avaient pas pu me joindre, j'avais laissé mon portable par terre, sur le trottoir. Je suis montée dans ma chambre. Peu après, je l'ai entendue s'égosiller une fois de plus : c'était Jim au téléphone. Je n'avais aucune envie de lui parler mais j'ai pris le combiné.

— Il faut qu'on s'explique, a-t-il déclaré d'une voix rauque, et j'ai ressenti un grand vide en moi. On se voit demain sur le pont, a-t-il ajouté tandis que les larmes me montaient aux yeux.

4 mai

Je me suis habillée en noir pour assortir ma tenue à mon humeur. Tout en enfilant une chemise et un pantalon avachi, je n'arrêtais pas de me répéter : « Je n'ai rien à lui dire. » Non, il n'y avait rien à ajouter. Rien ne pourrait nous réconcilier. Impossible de défaire ce qui avait été fait.

Pour être franche, une part de moi-même espérait encore que Jim m'annoncerait : « Ça va s'arranger, tu n'as rien compris. » Sauf que je les avais vus s'embrasser, j'étais même aux premières loges. Dur de passer l'éponge, non ?

C'était une journée magnifique. Le ciel était de ce bleu qu'on voudrait pour les murs de sa chambre mais qu'on n'arrive jamais à trouver sur un nuancier.

Jim portait un jean et la chouette chemise hawaiienne qu'on a dénichée dans une kermesse de Noël. Je l'ai observé de loin pendant un instant ; le simple fait de le voir me donnait mal au ventre, j'avais encore l'impression d'être nulle en comparaison. Le problème venait en partie de là. Le soleil faisait briller ses cheveux bruns. Quand il m'a aperçue, il s'est redressé, la main en visière. Pour les protéger de la lumière aveuglante ? Ou alors il n'était même pas capable de soutenir mon regard ? Le visage fermé, je l'ai regardé s'avancer dans ma direction.

Je me suis assise sur un banc à l'ombre d'un saule.

— Salut, a lancé Jim en s'installant près de moi.

— Salut, ai-je marmonné en gardant les yeux rivés sur mes orteils.

Jim paraissait très agité.

— Alors, c'est ma punition ? a-t-il demandé. Tu ne veux plus me parler ?

Dans ma tête, je revoyais en boucle la séquence du baiser avec Mia.

— Non, tu n'y es pas. Je ne PEUX pas te parler, nuance !

— Effectivement, ça change tout, a-t-il répliqué d'un ton presque hargneux.

Jim était censé se confondre en excuses et me promettre de ne plus jamais recommencer. Il n'était pas censé me mettre des bâtons dans les roues.

— J'aurais dû me douter que ça arriverait un jour, ai-je observé.

Jim s'est tourné vers moi, l'air méfiant.

— C'est vrai, tu ne me dis jamais rien. Tu ne m'aurais même pas parlé de ta mère si elle ne t'avait pas fichu dehors. Et tu ne m'as pas prévenue que tu voyais Mia hier, il a fallu que je l'apprenne de la bouche d'Alice.

Jim a levé les yeux au ciel.

— Ça fait des semaines que tu me saoules avec cette histoire ! À croire que tu n'as pas d'autre sujet de conversation. Qu'est-ce que tu veux donc savoir de si passionnant sur ma vie ? Allez, je t'écoute.

Mais je n'avais plus besoin d'en connaître davantage à son sujet. Je l'avais vu embrasser Mia. Qu'y avait-il à ajouter ? J'ai laissé s'écouler une seconde puis :

— Ça ne marche pas, hein ?

— Quoi ? Cette discussion ou nous deux ? a demandé Jim avec mépris comme si ma réponse ne l'intéressait pas.

— Nous deux. À mon avis, on devrait arrêter de se voir.

Je suis certaine d'avoir lancé la remarque pour entendre Jim protester que je n'avais rien compris et qu'il allait tout arranger, mais il s'est tu. Il m'a jeté un regard si terrible que je me suis recroquevillée sur le banc.

— Très bien, Edie. Je te croyais différente des autres, mais tu ne vaux pas un clou. Tu es incapable d'affronter la réalité, tu vis dans tes rêves.

Il s'est levé puis s'est éloigné sans même se retourner. En rentrant chez moi, je ne pensais qu'à une chose : il ne m'avait jamais dit qu'il m'aimait.

5 mai

Je suis dans un état pitoyable. Je ne savais pas qu'un chagrin d'amour pouvait entraîner des nausées et des maux de gorge. J'ai envie de mourir.

17 mai

Vous savez comment éviter la sale bobine de son ex ? En chopant une bonne gastro-entérite.

J'ai manqué ces deux dernières semaines au lycée vu que je vomissais mes tripes et que la fièvre me faisait délirer. Ma mère a même pris un ou deux jours de congé tellement j'étais malade. Mais c'était plutôt chouette. Elle m'a installée sur le canapé avec une couette et on a regardé de vieux films en noir et blanc à la télé. Quand je n'étais pas en train de sangloter ou de vomir, elle me caressait les cheveux.

Du côté de Jim, silence radio. Alice est venue une fois pendant que je dormais, elle a donc dû lui raconter que j'étais malade mais il ne m'a pas envoyé de carte pour me souhaiter une guérison rapide. C'est dire à quel point il s'en fiche.

Aujourd'hui, je me suis sentie mieux. J'ai mangé des œufs brouillés et, miracle ! je ne les ai pas rendus, ce qui témoigne d'un net progrès. J'ai perdu près de six kilos et mes seins, qui remplissaient à peine un bonnet B, ressemblent à deux minuscules boutons. Je me suis souvenue que Jim quittait le lycée dans un mois à peine pour commencer sa licence en septembre. J'essaie de toutes mes forces de le détester mais à la seule pensée qu'il ne sera plus là, je me suis remise à pleurer comme un veau. Je croyais pourtant que mes glandes lacrymales étaient à sec, depuis le temps.

21 mai

Ça y est, je suis guérie. Je m'efforce de rattraper le retard accumulé au lycée. Je ne pleure plus que par-ci, par-là et j'ai même obtenu la permission de retrouver Alice autour d'un café.

L'atmosphère était un peu tendue. On a échangé quelques paroles polies au sujet d'un groupe en prenant garde de ne pas prononcer le mot commençant par J, puis, brusquement, j'ai éclaté en sanglots. Une fois de plus.

— Oh, Edie, a murmuré Alice d'un ton compatissant. Regarde-toi, tu as tout fichu par terre.

— MOI, j'ai tout fichu par terre ? Ce n'est pas MOI qui suis allée embrasser quelqu'un d'autre !

— Jim n'a pas... Écoute, vous devriez vous expliquer, lui et toi.

J'ai secoué la tête en m'essuyant les yeux du revers de la main.

— C'est bien le problème, on est incapables de s'expliquer. Notre couple ? Un vrai fiasco. Le pire couple qui ait jamais existé. On passait notre vie à nous disputer ou à nous embrasser, ce n'est franchement pas la base d'une relation saine, si ?

Alice m'a pris la main.

— Je pourrais peut-être aller lui en toucher deux mots.

J'ai fait la grimace.

— Pour quoi faire ? Il s'en moque. Il ne m'a pas apporté de fleurs lorsque je vomissais mes tripes. Il ne veut pas faire d'efforts pour que notre histoire marche.

— Toi non plus.

— C'est ça, Alice, retourne le couteau dans la plaie ! me suis-je écriée, mais je n'ai pas pu m'empêcher d'ajouter : Est-ce qu'il t'a parlé de moi ?

— Je ne l'ai pas beaucoup vu. Il s'enferme, ces derniers temps. Dis, et si on allait voir Bikini Dust en concert, la semaine prochaine ? Rien que toi et moi. Une soirée entre filles.

— Pourquoi pas ? ai-je soupiré. Au moins je n'aurai pas ma mère sur le dos.

— Vendu ! s'est exclamée Alice d'un air triomphant.

27 mai

Je n'avais aucune envie d'aller voir Bikini Dust en concert. J'aurais préféré rester dans ma chambre à écouter les CD de rock hyper-déprimant que je m'étais gravés mais Alice m'a presque traînée dehors. C'était ma première grande sortie depuis ma gastro et j'avais une mine atroce, joues creuses et teint d'endive. Peut-être que ce n'était pas une idée de génie de m'habiller en noir. J'avais l'air d'une gothique. Pire : d'une gothique sous héroïne.

Alice se comportait de façon étrange et semblait très nerveuse, elle aussi. J'ai dû lui demander au moins cinq fois à quelle heure passait le groupe avant d'obtenir une réponse. Pas étonnant : on n'était pas arrivées depuis dix minutes quand Jim est entré. Je ne l'avais pas vu depuis près d'un mois et je pensais que je serais parvenue à me détacher de lui. Il portait un horrible pantalon à carreaux (avec Alice, on l'avait cent fois supplié de ne pas s'exhiber avec en public) et une drôle de chemise bleu pâle à jabot. Mais inutile de se voiler la face : il ne m'avait jamais paru aussi beau et inaccessible. Même s'il avait besoin d'une bonne coupe. Je n'avais pas la force de contempler son visage, ses pommettes saillantes, ses yeux brillants, alors j'ai gardé les yeux rivés sur ses Converse.

— Tu ne m'avais pas dit qu'il serait là !

En voyant Jim se diriger droit sur nous, je me suis précipitée derrière une pile d'enceintes ; il s'est adressé à Alice et, à en juger par leur expression, j'ai compris qu'il était en train de lui passer un sacré savon.

Le groupe était déjà sur scène quand Jim s'est approché de moi.

Il est demeuré un bon moment à m'observer tandis que je faisais mine de l'ignorer puis il s'est penché pour me glisser à l'oreille :

— Alors, tu te sens mieux ?

— Oui, ça va.

— Tu n'as pas l'air en forme. Tu me rappelles la fille sur l'affiche de la campagne de prévention contre la grippe intestinale.

Charmant !

— Merci beaucoup, ai-je marmonné, mais je ne suis pas sûre qu'il m'ait entendue.

— Je me suis inscrit en licence à la fac, je reste à Manchester, a-t-il poursuivi.

J'aurais préféré mourir plutôt que l'admettre, mais j'ai ressenti un immense soulagement. Je me suis contentée de répondre :

— Et alors ?

— Je vois que tu es d'humeur bavarde, un vrai bonheur.

— Tu t'attendais à quoi ?

Je l'ai regardé droit dans les yeux.

— Que je t'accueille avec le sourire ? Après ce qui s'est passé ?

Jim m'a prise par les épaules.

— Vas-y, Edie, donne-moi ta version des faits.

— J'ai vu Mia mettre sa langue dans ta bouche !

Je me suis alors aperçue que j'avais hurlé entre deux chansons et que la moitié du public nous dévisageait.

Le groupe a recommencé à jouer et Jim a sifflé entre ses dents :

— Oui, tu as vu Mia m'embrasser.

Il m'a secouée doucement.

— Mais tu n'as pas attendu mes explications.

Je l'ai repoussé.

— Tu as eu trois semaines pour réfléchir à un prétexte. Et il ne vaut pas un clou.

— Je n'ai pas de prétexte à te donner, tu devrais me faire confiance !

— Donc, tu admets qu'il s'agit bien d'un prétexte ?

Jim m'a jeté un regard plein de dégoût.

— Tu ne vois même pas ce qui est sous ton nez. Grandis un peu !

Il m'a repoussée à son tour mais je l'ai rattrapé par le bras et j'ai commencé à le traiter de tous les noms. Alors il m'a traitée d'enquiquineuse et d'immature. On faisait tellement de raffut que le chanteur de Bikini Dust s'est interrompu au beau milieu de sa chanson pour nous demander de la fermer.

Je n'avais jamais subi une telle humiliation . deux videurs nous ont « escortés » vers la sortie. Là, bien entendu, je me suis mise à pleurer (ça devient vraiment une mauvaise habitude), Jim a essayé de me consoler à grand renfort de câlins et on a fini par s'embrasser à pleine bouche. Il m'avait coincée contre le mur du club quand Alice, Nicolas et Xavier sont arrivés sans crier gare.

— Expliquez-vous une bonne fois ! a-t-elle rugi avant de s'éloigner.

Jim lui a couru après. Et moi ? Moi, je suis rentrée à la maison.

3 juin

Aujourd'hui, j'ai fait preuve d'une immense bêtise ou d'un courage incroyable, ça dépend de quel point de vue on se place : je suis allée parler à Mia.

Je l'ai cherchée pendant des heures avant de la trouver au sous-sol de la bibliothèque, le seul endroit où on peut fumer sans déclencher l'alarme.

En temps normal, Mia, c'est la reine du sang-froid, mais elle a eu l'air un peu déconcertée en me voyant avancer vers elle d'un pas décidé.

Elle m'a saluée d'un « Tu as une mine horrible » mais dans le ton de sa voix, il manquait le mordant habituel.

J'ai préféré m'en tenir au discours que j'avais préparé :

— Il faut que je te parle au sujet de Jim. Je vous ai vus vous embrasser il y a quelques semaines et je veux savoir ce qui se passe.

J'ai attendu sa réponse, les bras croisés, tandis qu'elle se mordillait un ongle.

— Tu en as discuté avec lui ? a-t-elle fini par demander.

J'ai haussé les épaules.

— Il prétend que c'est toi qui l'as embrassé. Ce n'est pas l'impression que j'ai eue.

Elle m'a adressé un de ses sourires de chat, de ceux qui me donnent envie de lui casser la figure. Elle portait un tee-shirt ridicule qu'elle avait tailladé elle-même, soi-disant pour faire punk, alors qu'en réalité, elle voulait juste qu'on voie ses seins.

— Avec Jim, on se rejoue le passé, a-t-elle expliqué.

D'ordinaire, Mia est du genre à cracher son venin sans réfléchir, mais pas cette fois : là, elle prenait le temps de faire fonctionner ses neurones avant d'ouvrir la bouche.

— Je sais, mais ce n'est pas ce passé-là qui m'intéresse, moi je te parle de l'épisode d'il y a trois semaines.

J'étais d'un calme ! Je n'arrivais pas à comprendre pourquoi.

— Tu es au courant qu'on a rompu ?

Mia a levé les yeux de son mégot de cigarette.

— C'est à cause de moi ?

— Eh bien, oui...

Je me suis assise sur le bord d'une table.

— Dur dur de continuer à discuter avec quelqu'un qui a embrassé son ex.

— Oh, mais on ne peut pas dire que je sois son ex, a objecté Mia. C'était juste pour rendre Paul jaloux...

Et là – je n'aurais jamais cru ça d'elle –, elle a éclaté en sanglots. Devant moi. Ce n'était pas pour que j'aie pitié d'elle, non, ses larmes étaient sincères. Elle pleurait pour de vrai : nez qui coule, gémissements, mains devant les yeux, tout y était. J'ai déniché un mouchoir au fond de mon sac et je l'ai prise dans mes bras !

« Paul... amoureuse de lui... supporte plus... » – voilà les seuls mots que j'ai pu saisir au début.

Puis elle s'est calmée et s'est essuyé les yeux avec mon vieux mouchoir en hoquetant un peu.

— Je sais, tu t'imagines que je suis la pire peste de l'univers, a-t-elle bredouillé. Mais j'aime Paul, je l'aime vraiment et je ne supporte pas de le voir heureux avec elle, sans moi.

— Oh, Mia, ai-je répondu avec tristesse, je suis désolée mais vous êtes partis du mauvais pied, Paul et toi. Ça n'aurait pas pu marcher.

Ma remarque l'a fait pleurer de plus belle sur mon épaule, et bientôt, mon tee-shirt était à essorer.

— En ce qui concerne les lettres, je reconnais que j'ai pété les plombs. Puis Jim m'a appelée et on s'est vus : je pensais qu'il allait se mettre en colère mais il a été adorable. Tu sais, quand il se montre doux et compréhensif ?

J'ai acquiescé en essayant de ravaler l'énooorme boule qui me serrait la gorge.

— Rien à voir avec un baiser « on se plaît, on y va » : je me sentais seule, il était là, devant moi... C'était un baiser... amical, et l'idée venait de moi, pas de lui. Je te le jure, Edie ! Nous deux, on n'est pas les meilleures amies du monde, mais je n'aurais jamais imaginé que tu romprais avec Jim à cause de cette histoire. Je croyais que vous vous étiez expliqués.

On ne s'était pas expliqués. Et on en était bien incapables. Je me suis mise à pleurer, moi aussi, en reniflant contre l'épaule de Mia. Du coup, elle a recommencé à sangloter. Bref, les chutes du Niagara, à tour de rôle.

Parfois, ce sont les gens que vous connaissez à peine, et que vous n'aimez pas forcément, qui vous prennent au dépourvu. Pendant ces dix minutes, Mia et moi, on a été comme des âmes sœurs. Paul l'obsédait, Jim m'avait brisé le cœur. Deux amoureuses délaissées : on était exactement sur la même longueur d'onde.

— Alors, qu'est-ce que vous comptez faire, Jim et toi ? a-t-elle demandé une demi-heure plus tard, tandis qu'on se promenait le long du canal en mangeant une glace.

— Je ne sais pas. Entre nous, c'était le rêve jusqu'à ce baiser et ensuite, notre relation a tourné au cauchemar.

— Mais tu l'aimes, n'est-ce pas ?

Oh non ! J'ai senti les larmes me monter aux yeux, une fois de plus.

— Je l'aime, mais ce n'est pas réciproque. Un de ces quatre, s'il est dans un bon jour, il aura peut-être envie de me mettre dans son lit, pour peu que je sois d'accord. Il n'y a rien d'autre à attendre de lui. Et si tu répètes ce que je viens de te dire, je te tue.

En se quittant, aucune de nous n'a proposé d'aller ensemble au ciné un jour ou l'autre. Mia n'est pas mon amie. Mais je ne crois pas qu'elle soit toujours mon ennemie. Et je trouve cette idée plutôt chouette.

8 juin

Jim me manque.

10 juin

Et si j'annonçais à Jim que j'ai appris la vérité au sujet de Mia ? Alors on pourrait peut-être ressortir ensemble. Et puis je repense aux prétextes et aux secrets qui empoisonnaient notre relation et je finis par me persuader que je n'ai pas envie de retomber dans ce schéma débile.

Il aurait dû me parler, faire l'effort de m'expliquer au lieu de rester sur la défensive. Il m'a demandé de lui faire confiance mais lui, est-ce qu'il m'a fait confiance en refusant de me dire la vérité ? Et puis, ça ne l'aurait pas tué de m'envoyer une petite carte, si ?

17 juin

Récapitulons : Jim et moi, on habite la même ville, on fréquente le même lycée et aujourd'hui, c'est la première fois que je le vois en vingt et un jours étant donné qu'il passe son temps à m'éviter. Je ne suis pas allée en cours de photo car j'ai trop de boulot à rattraper. Martyn a laissé un mot dans mon casier disant qu'il n'y avait aucune urgence mais qu'il serait content de me croiser avant la fin de l'année scolaire.

Je savais que Jim serait là, alors j'ai passé vingt minutes à me maquiller avant d'aller en classe. Ce qui est débile et pathétique, vu que l'idée de départ, c'était d'avoir l'air naturel.

Bref, je suis arrivée en retard (j'arrive toujours en retard) et je me suis assise au fond, à ma place habituelle, à côté de Jim, de Simon et de Paul. Quand je suis entrée dans la salle, Jim a levé les yeux et il m'a adressé un petit signe de tête, puis il a reporté son attention sur Martyn.

Ça m'a fait de la peine. Il se comportait comme si je n'étais qu'une vulgaire connaissance, et non quelqu'un qui comptait vraiment pour lui. La nuit où il a dormi chez moi, le week-end où mes parents sont partis à Brighton, j'ai trouvé sa main posée sur ma poitrine en me réveillant. Comme si les battements de mon cœur le rassuraient. À ce moment-là, on s'était sentis très proches, et maintenant, tout ce que je peux espérer de sa part, c'est un signe de tête.

La situation ne s'est pas améliorée par la suite. En me levant pour sortir, je l'ai frôlé et il s'est retourné :

— Comment ça va ?

— Bien, ai-je répondu, et j'ai quitté la salle sans ajouter un mot.

30 juin

Je n'ai même plus envie de tenir un journal. À quoi bon ? J'ai le cafard quand je me relis.

Ces jours-ci, je n'aime pas beaucoup la fille que je suis devenue. Je ne fréquente plus Alice parce qu'elle est l'amie de Jim ; je ne sais pas si je suis capable de passer du temps avec elle sans lui poser de questions à son sujet. Je rentre directement à la maison, je ne vais plus au café et je ne sors plus en boîte pour éviter de tomber sur lui. Même le voir m'est insupportable. Il me salue toujours et c'est pire que s'il ne m'adressait pas la parole.

7 juillet

À : artboy@hotmail.com
De : pipelette@hotmail.com

Salut, Jim.

Je voulais juste te prévenir que je pars pour les deux mois d'été à Brighton, chez mes grands-parents. Mon père et ma mère sont encore sous le choc à l'idée que je veuille passer des vacances aussi calmes.

Je crois que j'ai besoin de me poser un peu, voilà tout.

J'ai eu une petite conversation avec Mia, elle m'a raconté ce qui était arrivé ce jour-là. J'aurais préféré que ce soit toi qui m'en parles mais tu ne l'as pas fait. Peut-être valait-il mieux qu'on se sépare, on se disputait trop, non ? Et j'ai toujours eu le sentiment que tu me trouvais trop jeune, trop immature.

J'ai beaucoup réfléchi et je crois que tu as raison : je ne te faisais pas assez confiance. Tu admettras cependant que c'est dur de se fier à quelqu'un qui ne vous laisse pas entrer dans sa vie. Je regrette que ça n'ait pas marché entre nous, je voulais que tu le saches.

Je pense souvent à toi. Tu me manques. J'ai l'impression d'avoir énormément changé depuis notre fiasco et j'ai compris à présent que je n'aurais jamais dû t'obliger à sortir avec moi. J'espère qu'on pourra rester amis. À mon retour de Brighton en septembre, on pourrait peut-être aller au ciné ensemble, qu'en dis-tu ?

Bref, je voulais juste mettre les choses au clair.

Profite bien de tes vacances et prends soin de toi.

Edie

10 septembre

Retour à Manchester ! J'ai décidé de reprendre mon journal, c'était ça ou faire les cent pas en parlant toute seule. J'ai passé un bon été, bien meilleur que ce que j'avais prévu.

– J'ai regagné les kilos que j'avais perdus grâce aux petits plats de ma grand-mère. Elle m'a gavée comme une oie.

– J'ai repris contact avec mes anciens amis et c'était très chouette. Pas aussi chouette qu'avant mais on a bien rigolé quand même.

– J'ai relu l'intégrale des romans de Jane Austen.

– J'ai passé une semaine en Cornouailles chez mes autres grands-parents et je suis allée à une rave sur la plage. J'ai eu une idylle de vacances avec un surfeur prénommé Marcus. Il a essayé de m'apprendre à surfer : peine perdue. J'ai essayé de lui apprendre à aimer Jane Austen : peine perdue aussi. Mais côté french kiss, ça allait. Ses baisers n'arrivaient certes pas à la cheville de ceux d'une certaine personne dont je ne citerai pas le nom mais j'imagine que c'est comme quand on tombe de cheval : il faut aussitôt se remettre en selle.

– Je me suis fait des mèches : à présent, mes cheveux sont vraiment blonds.

– Dernière chose : j'ai repris du poil de la bête. Je n'arrive pas à comprendre comment j'ai pu tomber aussi bas avant de partir à Brighton. Mais c'est bien fini. J'en ai terminé avec Jim.

13 septembre

Je suis allée en boîte avec Nicolas et Xavier. En sortant des toilettes, j'ai aperçu Jim. J'avais oublié à quel point son regard et son sourire pouvaient me chambouler. Sauf que j'ai définitivement tiré un trait sur lui : sa jolie frimousse et son charme diabolique n'ont plus aucun effet sur moi. Je l'ai rejoint d'un pas tranquille. Aucune envie qu'il me prenne dans ses bras. Pas l'ombre d'une petite envie.

Je l'ai salué avec un grand sourire, vu qu'il ne m'intéressait pas le moins du monde.

Il n'a pas eu l'air mécontent de me voir mais ce n'était pas non plus le plus beau jour de sa vie, visiblement.

— Oh, salut, a-t-il lancé en tirant sur le col de sa chemise. Alors, tu es rentrée ?

— On dirait que oui.

J'ai rejeté en arrière mes nouvelles mèches blondes.

— Comment ça va ?

Je me donnais tant de mal pour paraître cool et inaccessible que j'ai préféré éviter son regard. Au cours de l'été, je m'étais forgé une image de lui assez différente de l'original : plus petit, plus maigre, plus négligé. Et maintenant, le fait de me trouver face au vrai Jim, grand, élancé et un brin négligé, me perturbait un peu. Avait-il toujours eu un regard aussi perçant ? Et cette lèvre inférieure si charnue que je rêvais sans cesse de mordre ?

Je faisais tellement d'efforts pour ne pas croiser son

regard que j'ai sursauté quand il a pris mes mains dans les siennes.

— Tu m'as manqué. J'avais envie de t'appeler mais il y a eu du changement.

Mon cœur de midinette sans cervelle, qui ne ratait jamais une occasion de m'attirer des ennuis, s'est arrêté de battre.

— Quelle sorte de changement ?

— Qui c'est, celle-là ? a dit une voix derrière mon dos.

Je me suis retournée : une jolie fille aux longs cheveux roux me lorgnait d'un sale œil. Elle s'est collée à Jim et, un bras autour de sa taille, a répété :

— Mais enfin, qui c'est, Jim ?

14 septembre

Clotilde : qu'est-ce que c'est que ce prénom débile, d'abord ? Personne ne s'appelle Clotilde ! Personne excepté la nouvelle copine de Jim ! Ah, je lui manque, à celui-là ! Il était si occupé à se languir loin de moi qu'il s'est débrouillé pour emballer cette nunuche snobinarde venue du fin fond du Cheshire. Mais je m'en contrefiche.

D'ailleurs, c'est une fausse rousse, ça crève les yeux.

J'ai essayé d'en discuter avec ma mère aujourd'hui. C'est dire si je suis désespérée. Et voilà ce qu'elle a répondu :

— Je sais que Jim compte beaucoup pour toi. C'est toujours difficile d'oublier son premier vrai petit ami.

Merci, maman, faut que j'y aille.

17 septembre

Alice ne m'a pas beaucoup aidée non plus. Apparemment, Jim aurait rencontré « Clotilde » le premier jour à la fac, elle est inscrite en arts du spectacle. C'est tout ce qu'elle a daigné me dévoiler.

— Je ne veux pas être mêlée à vos histoires, Edie, m'a-t-elle expliqué pendant la projection de *Kill Bill II*, en dépit des « chut ! » et des protestations du pauvre type assis derrière nous. Hors de question que je prenne parti.

Paul est venu attendre Alice à la sortie du ciné. Ils étaient censés se rendre à une fête. Je n'avais même pas manifesté l'envie de me joindre à eux mais Paul s'est senti obligé d'intervenir :

— Écoute, Edie, je crois que Jim et Clotilde (plus je l'entends, plus je trouve ce prénom prétentieux !) y vont aussi. Mieux vaut ménager les susceptibilités.

Alice, elle, me soutiendrait peut-être. Elle m'a prise par l'épaule.

— Tu ne vas pas nous faire une scène, hein, ma puce ?

Je me suis dégagée d'un geste furieux.

— Oh, je vois. C'est normal si Jim me trompe, me brise le cœur puis sort avec une autre sans même avoir la décence d'attendre un peu, mais si jamais je m'énerve, j'ai droit à : « Ça y est, Edie nous fait sa crise d'hystérie », ai-je braillé d'une voix hystérique. De toute façon, je n'avais pas l'intention d'y aller, à cette soirée minable.

Sur ces belles paroles, je les ai plantés là, mais j'ai pris la direction opposée à l'arrêt de bus et j'ai dû rentrer chez moi à pied.

27 septembre

Nicolas est le seul qui me comprenne. Pendant mon absence, Xavier et lui se sont séparés. Xavier est parti poursuivre ses études ailleurs et Nicolas reste en rade. Ils se sont disputés comme des chiffonniers : apparemment, ils n'ont pas la même opinion sur les relations longue distance.

On a passé nos journées à regarder des téléfilms à l'eau de rose en se gavant de glaces. Je peux me lamenter au sujet de Jim aussi longtemps que j'en ai envie tant que Nicolas peut en faire autant à propos de Xavier. Mais il ne connaît pas les réponses à mes questions. Ce sont toujours les mêmes qui reviennent : « Pourquoi les garçons sont-ils aussi insensibles ? » Ou encore : « Comment se fait-il que deux personnes aussi fabuleuses que nous soient célibataires ? »

Nicolas, c'est le Carrie Bradshaw de Manchester. Sauf que c'est un garçon et qu'il est homo.

1er octobre

Juste au moment où je croyais toucher le fond, ma mère a décidé qu'un boulot à temps partiel me ferait le plus grand bien. Je déteste quand elle se mêle de prendre ma vie en main. Elle ne me donne plus d'argent de poche ! Pire : elle m'a obtenu un entretien d'embauche au Sunshine Café, juste à côté de Rhythm Records, le magasin de disques où travaille Jim !

Je suis persuadée que la nuit, dans son lit, elle échafaude des plans pour me pourrir la vie.

Il n'y a pas d'autre explication.

3 octobre

J'ai décroché le job ! Anna, la propriétaire du café, a été emballée par mes talents de cuisinière (je fais le thé comme personne : tout est dans le sachet). C'est une petite bonne femme un peu hippie qui s'est recyclée dans les frites le jour où elle s'est aperçue qu'elle ne ferait pas fortune avec son gâteau aux carottes. Elle est plutôt marrante et sympa, même si, à mon avis, elle devrait laisser tomber le pantalon *tie and dye*[1]. Pas terrible, comme look.

Je travaille le samedi, le mercredi et le jeudi après-midi quand je n'ai pas cours. Anna m'a suggéré de sourire davantage mais, tant que je suis capable de faire la vaisselle et de porter deux assiettes en même temps, le job est à moi. Et au moins, je suis payée pour ces corvées, alors qu'à la maison je travaille pour des nèfles.

11 octobre

Quelle andouille je fais ! Jim est passé au café aujourd'hui. Je le déteste mais je l'aime encore. Allez comprendre.

Il a eu l'air hyper-triste quand il m'a vue. Sans doute parce qu'il n'en revenait pas de voir son ex jouer les bonniches.

— Salut, Edie, a-t-il dit avec douceur. Je croyais que tu avais disparu de la surface de la terre.

J'en étais malade mais j'ai réussi à grimacer un sourire.

1. *Tie and dye* : méthode consistant à teindre un tissu en le nouant. *(N.d.T.)*

— Eh non, je suis toujours là. Je peux prendre ta commande ?

Je sentais son regard posé sur moi tandis que je préparais le café et récitais le menu du jour. Quand je suis allée nettoyer sa table, j'ai trouvé un mot griffonné de sa main : « Appelle-moi. » C'est ça. Plutôt mourir. Plus tard dans l'après-midi, Simon est entré dans le café et soudain j'ai su que j'avais trouvé quelqu'un susceptible de répondre à mes questions.

On a bavardé un peu quand je suis venue prendre sa commande. De fil en aiguille, je lui ai proposé d'aller boire un verre après mon service. Je n'avais jamais invité un garçon auparavant mais en même temps, il ne s'agissait pas d'un rendez-vous et Simon, semble-t-il, n'a pas jugé ma proposition déplacée.

Je n'ai jamais été très proche de lui. Il paraît si... adulte, avec ses copines glamour et ses petites remarques sarcastiques. C'est le genre exalté. J'ai toujours pensé qu'il n'approuvait pas le couple qu'on formait, avec Jim. Il doit me trouver immature sous prétexte que je me plains beaucoup de mes parents et que, quand je sortais avec Jim, je l'obligeais à m'emmener voir des films avec des acteurs mignons.

Bref, on est allés au pub, il m'a commandé une bière et pour ne pas avoir l'air cruche, je l'ai bue en essayant de ne pas faire la grimace. On a parlé de Brighton et du nouveau job de Simon dans une agence de design. On a commandé d'autres bières et j'ai commencé l'interrogatoire. Mais Simon n'avait pas envie de s'aventurer sur ce terrain-là.

— Écoute, Edie, a-t-il répondu en écrasant sa cigarette d'un geste nerveux. Tu prends le large à la première dispute. Qu'est-ce que ça peut te faire, que Jim voie quelqu'un d'autre ? Tu lui as mené la vie dure, alors ne t'étonne pas s'il a fichu le camp.

— Mais il a embrassé Mia, ai-je protesté.

D'accord, je l'admets, l'argument était faible. Il valait peut-être mieux laisser tomber.

— Ou c'est elle qui l'a embrassé. Quelle importance ! Ça s'est passé il y a des mois ! Tu fais une véritable fixation !

— Alors il sort avec cette Clotilde ?

Simon a haussé les épaules en s'efforçant tant bien que mal de dissimuler un sourire amusé.

— Tu n'as qu'à lui poser toi-même la question.

— Tu trouves ça drôle, hein ? Tu me prends pour une gamine idiote, c'est ça ? Eh bien, tu as tort ! Tu ne peux pas savoir à quel point je souffre.

Il a eu le culot de s'esclaffer, comme si ma souffrance n'avait pas grande importance à l'échelle de l'univers.

— Toi, tu as trop bu. Allez viens, je te ramène.

Il allait se lever quand je l'ai retenu par le bras.

— S'il te plaît, Simon. Je sais que tu me considères comme une bécasse et que je ne suis pas assez cool ou jolie...

Simon s'est rassis et m'a pris la main.

— Tu n'y es pas du tout, Edie. D'accord, tu n'es pas une fille pour Jim, mais je t'ai toujours trouvée très mignonne.

En effet, je devais avoir bu un coup de trop. J'ai susurré :

— Tu le penses vraiment ? en me penchant pour qu'il m'embrasse.

Et il m'a embrassée. À pleine bouche. En me tenant par le cou pour que je ne m'échappe pas ; d'ailleurs, je n'en avais aucune envie. Très agréable... mais ce n'était pas la solution. On s'est reculés au même moment et on a bredouillé ensemble :

— On n'aurait pas dû...

13 octobre

Je suis allée traîner avec Nicolas du côté du bâtiment d'arts plastiques, histoire de jeter un œil aux nouveaux arrivants (la collection automne/hiver, d'après la formule de Nicolas). Je me contente de regarder. Cela étant, je n'ai repéré aucun type susceptible de me rendre le sourire.

Jim et Simon sont revenus au café. Jim se comportait comme si de rien n'était. Ne changerait-il pas d'attitude s'il apprenait que j'ai embrassé Simon ?

Puis cette cruche de Clotilde est arrivée avec Alice qui ne m'a pas appelée depuis que j'ai piqué ma crise devant le cinéma. Apparemment, elles sont devenues les meilleures amies du monde. Et dire que j'ai dû les servir ! Elles auraient au moins pu avoir la décence d'aller ailleurs.

Je me suis sentie minable. Avant, à la place de Clotilde, il y avait moi : Jim m'enlaçait, Alice riait à mes blagues, Simon faisait l'effort de sourire devant mon imitation de Lisa Simpson (qui, en toute objectivité, est bien meilleure que le Cartman de Clotilde).

16 octobre

Aujourd'hui, après le travail, Jim m'attendait dehors. Quand je l'ai vu adossé contre le mur, dans son blouson de cuir élimé et son pantalon en velours noir, j'ai cru tomber à la renverse.

Pour ma part, j'avais une allure atroce. Mes cheveux étaient noués en queue de cheval (très blonde, la queue de cheval, quand même) et je portais un jean pourri ainsi qu'un cardigan troué.

— Salut, toi, a-t-il murmuré.

— Écoute, il est tard, je suis fatiguée, abrège, ai-je marmonné sans le regarder.

— Oh, Edie ! a soupiré Jim. Si on allait faire un tour en voiture pour discuter ?

Il m'a fallu cinq secondes, pas plus, pour me décider.

— Pourquoi pas ?

On a pris la route de Blackpool. C'est difficile à expliquer mais assise là, dans cet espace confiné, à côté de Jim qui m'emmenait Dieu sait où, j'avais l'impression d'être dans une bulle, à l'abri du monde. On aurait pu continuer à rouler indéfiniment. Moi, en tout cas, ça m'aurait plu. On a gardé le silence de peur de rompre le charme, la trêve tacite qu'on avait conclue au moment où j'étais montée dans sa voiture.

En fait, on n'a quasiment pas parlé jusqu'à ce qu'on arrive au front de mer. Là, installés sous un abribus, on a partagé un sachet de chips en luttant contre les assauts du vent salé qui soufflait du large.

— Vas-y, je t'écoute, ai-je déclaré une fois les chips terminées.

Mes lèvres me brûlaient à cause des rafales et du sel.

Jim s'est adossé contre son siège et m'a considérée d'un air pensif.

— Bien... Donc, Mia m'a embrassé. Et pas le

contraire. Mais chaque fois que j'ai voulu t'en parler, mes explications sonnaient faux. Comme un mauvais prétexte. Et puis... j'ai commencé à sortir avec Clotilde puisque, d'après ta lettre, on avait rompu et... Je donnerais n'importe quoi pour rester ton ami, Edie. Tu me manques tellement.

Je suis restée silencieuse quelques instants, histoire de digérer ce que je venais d'entendre. Je savais qu'il disait la vérité, de bout en bout. Ce qui ne me simplifiait pas la tâche.

— J'ai embrassé Simon la semaine dernière, un soir où j'avais trop bu, ai-je fini par avouer.

Comme j'avais parlé tout bas, je me suis demandé s'il m'avait entendue.

Soudain, il m'a serrée fort contre lui et je me suis accrochée à son cou en espérant qu'il ne me lâcherait plus jamais.

— C'est pour ça que tu m'évites ? Edie, je m'en fiche. Je veux juste...

— Mais moi, je ne veux pas que tu t'en fiches ! me suis-je écriée en le repoussant alors qu'une minute auparavant, j'aurais donné la lune pour qu'il me garde toujours contre lui. Je voudrais que tu te mettes en colère, au moins je saurais que tu m'as aimée un peu.

— Mais je t'ai aimée.

— Tu ne me l'as jamais dit.

— Je t'aimerai toujours, Edie, a-t-il chuchoté à mon oreille. Seulement, ça ne marchait pas. Je t'ai fait du mal, tu m'en as fait aussi et maintenant, il est temps de tourner la page. Alors, s'il te plaît, restons bons amis.

Je me suis penchée et j'ai effleuré ses lèvres d'un

baiser. J'ai peut-être versé une larme ou deux mais je pouvais toujours prétendre que c'étaient les embruns.

— O.K., soyons amis, alors. Maintenant, j'aimerais bien savoir : c'est quoi, le problème d'Alice, au juste ?

Jim a éclaté de rire et m'a enlacée. Je me suis blottie contre lui pour me réchauffer. Je n'arrêtais pas de repenser à ses paroles. « Je t'aimerai toujours » : ça signifiait qu'il m'avait aimée. Et qu'il m'aimait encore. Voilà pourquoi je ne crois pas une seconde à cette histoire d'amitié. Il ne sortirait pas avec Clotilde si je ne lui avais pas envoyé ce mail stupide et ambigu avant de partir pour Brighton. Et s'il m'aime encore, alors tout peut arriver. C'est pourquoi, sur le chemin du retour, j'ai accepté de le retrouver autour d'un verre avec ses nouveaux amis de la fac. Et puis j'ai très envie de voir cette Clotilde de plus près.

28 octobre

J'ai passé la journée à peaufiner mon look « saut du lit ». J'ai pris rendez-vous chez le coiffeur pour mes mèches et je lui ai demandé de me faire un chignon négligé. J'ai investi ma paye de la semaine dans un jean Miss Sixty et un petit haut en satin noir années quarante que j'ai déniché dans la boutique vintage la plus chère de la ville. Mais j'avais beau m'être mise sur mon trente et un, je tremblais comme une feuille en poussant la porte du bar.

J'ai cherché Jim des yeux, un peu paniquée, avec l'impression d'être une pauvre gourde plantée là, jusqu'à ce que je les aperçoive, lui et sa bande d'amis, affalés sur des sofas.

Marcher sous les regards d'une dizaine de personnes, ce n'est pas l'expérience la plus relaxante du monde. J'ai gardé la tête haute en essayant de ne pas me mordre les lèvres.

Alice s'est levée pour m'embrasser puis Jim m'a présentée comme « la fille la plus cool que je connaisse ».

Clotilde n'a pas eu l'air impressionnée pour deux sous et une espèce de type dégingandé avec une mèche dénommé Hugues (Hugues !) a eu l'audace de demander :

— Edie ? Qu'est-ce que c'est que ce prénom ?

J'ai cherché un soutien du côté de Jim mais il était trop occupé à bécoter Clotilde pour remarquer quoi que ce soit. Dans l'ensemble, la soirée n'a pas été trop nulle. Il y a des expériences bien plus désagréables, comme de se faire arracher les yeux, par exemple.

Le fameux Hugues se trouve être le frère de Clotilde, ce qui explique pourquoi a) il a un prénom aussi débile et b) il est aussi imbuvable. Il m'a demandé si on m'avait baptisée ainsi en l'honneur d'Edie Sedgwick et quand j'ai répondu par une grimace suggérant que je n'avais pas la moindre idée de ce dont il parlait, il a eu le culot de répliquer :

— Désolé, j'imagine que la scène underground new-yorkaise des années soixante ne fait pas partie de tes goûts. Trop sophistiqué, sans doute.

Je lui aurais bien balancé une repartie cinglante mais comme je ne savais toujours pas où il voulait en venir... Enfin, il a réussi à me faire passer pour une idiote devant cinq personnes que je ne connaissais pas. Alice a haussé les épaules d'un air contrit et Paul s'est lancé dans des explications brumeuses au sujet d'Andy Warhol tandis que Clotilde et Jim exploraient leurs amygdales respectives.

J'ai bu un verre puis j'ai prétexté un autre engagement pour la soirée (mon lit). Une fois rentrée, je me suis blottie contre Pudding et même elle a compris que j'avais le moral à zéro – elle n'a même pas essayé de me griffer quand j'ai enfoui mon visage dans sa fourrure pour pleurer.

31 octobre

J'ai appris ma leçon. Plus jamais je ne m'approcherai de Jim. S'il vient au café – et il y vient avec une régularité inquiétante –, je demeurerai polie, mais le reste du temps, je l'éviterai. En ce qui me concerne, c'est comme s'il avait la mention « Attention ! Produit toxique ! » tatouée sur le front. Avec lui, l'amitié est proscrite, sachant qu'il est (peut-être) toujours amoureux de moi et qu'il en embrasse une autre. Il est définitivement sorti de ma vie. Et ce coup-ci, je ne plaisante pas. Les fois précédentes, je n'étais peut-être pas fixée mais là, je suis sérieuse. Jim, c'est terminé.

1er novembre

Ça fait maintenant quarante-huit heures que je tiens le cap. En net progrès.

5 novembre

Je tiens toujours. Il est venu au café aujourd'hui mais j'ai demandé à Pénélope, l'autre serveuse, de s'occuper de lui. Et j'ai réussi à ne pas croiser son regard une seule fois. J'assure à mort !

8 novembre

Je tiens toujours. Heureusement, je peux filtrer ses appels sur mon portable. J'espère qu'il va comprendre le message et me fiche la paix pour de bon.

14 novembre

On dirait que Jim ne se contente pas de jouer avec mes sentiments quand je suis avec lui. Oh non, maintenant il peut aussi me torturer via Internet.

À : pipelette@hotmail.com
De : artboy@hotmail.com

Oh, Edie, Edie, Edie.

Il semble que tu te sois évaporée de la surface de la terre. Lors de notre escapade à Blackpool, je croyais qu'on avait décidé de rester bons amis mais après la soirée avec mes copains, tu as disparu sans plus donner signe de vie.

Alice m'énerve, elle refuse de répondre à la moindre de mes questions. À mon avis, elle se sent coupable parce que sa loyauté envers moi l'oblige à se ranger de mon côté alors qu'un sentiment inexplicable de solidarité féminine la pousse à prendre parti pour toi. Elle prétend que nous voir ensemble, Clotilde et moi, c'est comme « se faire arracher le cœur sans anesthésie ». Je n'y comprends rien.

C'est vrai, Edie, parfois, il me semble que tu as un cœur grand comme ça, que n'importe quoi te touche, des chiens écrasés aux types un peu artistes et trop insouciants qui refusent de rentrer dans le rang. Mais il y a des moments où tu te comportes comme si tu n'avais pas de cœur du tout. Je ne devrais peut-être pas revenir là-dessus. Mais combien de fois es-tu passée à côté de moi sans même écouter ce que j'avais à te dire ? Comme si j'avais encore envie de Mia après t'avoir tenue dans mes bras !

Au fond, je n'ai pas l'impression que ma relation avec Clotilde soit la cause de ton absence. Je t'ai entendue échanger quelques politesses avec Hugues (et votre dispute m'a rappelé cette horrible explication que l'on a eue dans la salle à manger de l'Hôtel du Lac) mais je ne peux pas croire qu'un étudiant en sculpture amateur d'humour acide et de provocation suffise à t'envoyer en hibernation (au fait, il t'a trouvée canon).

Comment se fait-il que la fille qui se faisait autrefois appeler Edie ne soit jamais là quand je lui téléphone ? Comment se fait-il qu'elle vienne juste de partir déjeuner quand je me pointe au café où elle travaille (tu prends vraiment ta pause de midi à dix-sept heures ?), comment se fait-il qu'elle ait déjà prévu une sortie avec Alice ? Je ne vois qu'une seule explication : cette fille-là me déteste. Et cette fois, c'est sans appel.

Quant à moi, je ne te déteste pas, Edie. Si tu me fais tourner en bourrique, tu me manques terriblement aussi. Ne te méprends pas, je tiens beaucoup à Clotilde, mais il restera toujours une part de moi qui n'appartient qu'à toi. Tu as dû me jeter un sort ! Tes petites manies me manquent. La façon dont tu manges les Twix : tu enlèves d'abord le caramel, puis tu grignotes le chocolat sur les côtés avant d'engloutir la barre en trois énormes bouchées. Ces livres que tu lisais concernant des filles un peu allumées (qui me font tant penser à toi) pendant qu'allongé sur ton lit je contemplais le ciel nuageux que tu as peint sur le plafond de ta chambre. Ce tic de te mordre les lèvres en rougissant quand tu voulais que je t'embrasse. Mais surtout, tes baisers me manquent, et le bonheur de te tenir dans mes bras.

Comme je te l'ai dit à Blackpool, je t'aimerai toujours mais je suis incapable de rester avec toi, Edie. Quand on sortait ensemble, je passais mon temps à marcher sur des œufs de peur que tu me soupçonnes de courir après d'autres filles. Mais c'est l'autre Edie, celle qui n'a pas de cœur, qui a commencé à prendre le dessus. À mon avis, c'est ton départ à Brighton après l'envoi de ce mail (un chef-d'œuvre d'ambiguïté) qui a mis le point final à notre histoire. Il m'aurait fallu un expert en morse rien que pour comprendre ton langage mais, avant même que j'aie pu te demander des explications, tu es partie. Et je tiens à le préciser : je considère que c'est toi qui m'as plaqué et non le contraire.

Ces semaines que tu as passées à Brighton sont sans doute une des pires périodes de ma vie. J'ai eu l'impression que tu avais emporté une partie de mon âme avec toi. Puis j'ai rencontré Clotilde. Elle n'est pas juste là pour m'aider à tourner la page, elle me plaît vraiment. Elle est avec moi, je suis avec elle, les choses sont claires. Et je suis sûr que vous vous entendriez à merveille, si vous vouliez bien vous en donner la peine. Sauf que j'imagine que tu ne voudras même pas entendre parler d'elle. Je t'écris avant tout pour t'informer que je quitte enfin la maison de ma mère (je ne supporte plus la pression) afin d'emménager avec Simon, Hugues et Paul dans un appartement. Les coordonnées figurent à la fin de ce mail, tu sais donc où me joindre.

Tu dois encore considérer que j'ai été horrible avec toi et que je ne pensais qu'à te mettre dans mon lit (ce qui est presque entièrement faux) mais laisse-moi te faire un dernier aveu : dans dix ans, quand tu auras accompli des merveilles et que le monde se traînera à tes pieds en pleurant d'admiration, je viendrai te chercher pour t'emmener faire ce voyage dont on a toujours parlé et on élèvera ensemble une famille de beaux petits artistes précoces et un peu allumés.

Reviens, où que tu sois.

Je t'embrasse.

Jim

Pourquoi fait-il toujours ça ? Juste au moment où j'aimerais qu'il me lâche, il trouve un moyen de débouler à nouveau dans ma vie !

20 novembre

J'ai relu le mail de Jim des milliers de fois et je ne sais toujours pas si je dois le détester à mort ou continuer à l'adorer. À mon avis, c'est l'adoration qui finira par prendre le dessus. Je suis tombée sur lui le lendemain, tandis que j'attendais devant le café qu'Anna vienne ouvrir. Il est sorti du magasin de disques avec une tasse de café qu'il m'a tendue.

— Pourquoi ? ai-je demandé, mais sans animosité – j'étais simplement curieuse.

— Il fait trop froid pour rester dehors, a-t-il murmuré en resserrant sa veste autour de lui. J'ai pensé que tu aurais peut-être envie de boire quelque chose de chaud.

Il n'y avait aucun sous-entendu dans sa voix, et c'est bien ce qui m'énervait.

— Merci, ai-je répondu.

J'ai avalé une gorgée de café en essayant de ne pas grimacer. Le café de Jim, c'est du jus de chaussettes. Il ne sait pas doser.

— Tu as reçu mon mail ? a-t-il demandé après un silence gêné qui m'a paru durer des siècles.

J'ai acquiescé.

— Et... ?

J'ai pris une autre gorgée, histoire de gagner du temps.

— J'en suis restée sans voix, ai-je fini par admettre. Je ne sais toujours pas quoi en penser.

Jim a commencé à s'agiter. Il s'est rapproché de moi, comme s'il avait l'intention de me toucher. J'ai reculé d'un pas.

— Mais est-ce que tu... ?

Bon sang, c'était quoi, son problème ?

— Je te tiens au courant, Jim, ai-je aboyé.

Aboyé, c'est le mot juste. Même moi, je ne m'en serais pas crue capable.

— Laisse tomber, d'accord ?

Il m'a tourné le dos puis il est rentré à l'intérieur du magasin sans ajouter un mot. Et il claqué la porte pour faire bonne mesure.

J'ai demandé à Pénélope de lui rapporter la tasse.

7 décembre

Ces derniers temps, je suis débordée. Je me suis portée volontaire auprès du service pédiatrique de l'hôpital du quartier pour aider à préparer la soirée de Noël. Ce n'est même pas une idée de ma mère. Et ce n'est pas non plus pour faire joli sur mon dossier d'inscription à l'université. J'ai repéré une annonce au lycée et, avec Nicolas, on a décidé que l'heure avait sonné pour nous de « partager un peu ». Et, éventuellement, de rencontrer quelques beaux étudiants en médecine. D'accord, là, je fais la maligne : passer du temps avec des enfants malades qui ne verront peut-être pas Noël, ça remet les choses en perspective. Et ça m'occupe l'esprit.

12 décembre

J'ai consacré la journée à préparer des décorations de Noël avec les enfants. En fait, c'était hyper-cool. Ils me prennent pour une vraie adulte. L'un d'eux croyait que j'avais trente ans. Note perso : acheter une crème antirides.

Mais c'est un peu déprimant, aussi. Il y a parmi eux une fillette, Asha, si malade qu'elle peut à peine bouger. Elle est alitée en permanence. Je me suis assise à son chevet et je lui ai confectionné un petit ange que j'ai accroché au lit.

Avec Nicolas, on a prévu d'organiser une collecte de fonds au lycée afin de récolter assez d'argent pour leur offrir un cadeau de Noël à chacun. À croire que j'ai enfin acquis une conscience.

14 décembre

Je suis tombée sur Jim et Alice en ville. Dans la catégorie cauchemar, sur une échelle de un à dix, celui-là frôlait onze.

— Salut, belle étrangère, a ironisé Alice après que j'ai manqué leur rentrer dedans à l'entrée d'une papeterie dont ils sortaient.

— Oh, salut, ai-je marmonné. Hum, salut, Jim.

— Edie, s'est-il contenté de répondre en fourrant les mains dans les poches de sa veste.

Il portait un bonnet qui lui donnait une allure folle et le froid lui colorait les joues.

— Où est-ce que tu te cachais ? m'a demandé Alice en s'écartant pour ne pas bloquer le passage.

Je leur ai parlé du bénévolat à l'hôpital. Oh ! là là, j'ai dû passer pour une donneuse de leçons. Et quand j'ai évoqué le cas d'Asha, j'ai éclaté en sanglots. Je n'ai pas pu m'en empêcher. Parce que c'est Noël, parce que ce n'est qu'une petite fille et qu'elle a un cancer, parce que je trouve qu'il n'y a pas pire injustice.

— Je suis désolée, ai-je bredouillé. Ne faites pas attention.

— Tu veux aller boire un café ? a proposé Alice en me prenant la main. On a fini, Jim, non ?

Jim a acquiescé.

— Ne pleure pas, Edie, a-t-il murmuré en essuyant mes joues humides du revers de sa main.

Du coup, je me suis remise à sangloter de plus belle.

— Peut-être que tu devrais laisser tomber l'hôpital aujourd'hui.

Ils me dévisageaient d'un air inquiet. En fouillant

dans les poches de mon manteau, j'ai trouvé un vieux mouchoir sale et je me suis tamponné les yeux.

— Non, faut que j'y aille. C'est rien, c'est juste l'hôpital, tous ces enfants malades... Ça perturbe.

— Euh, je ne crois pas... a commencé Alice.

Pour tourner court, je lui ai donné une tape sur l'épaule, puis j'ai ramassé en hâte les sacs que j'avais laissés sur le trottoir.

— Faut que j'y aille, ai-je répété. On se voit bientôt, O.K. ?

Et je suis partie sans demander mon reste. Dans mon dos, j'ai entendu Jim me crier quelque chose concernant une soirée de Noël.

17 décembre

Aujourd'hui j'ai effacé le mail de Jim : il faut que j'arrête de le relire toutes les heures et de cogiter sur la signification de chaque mot. Jim m'a vraiment blessée en prétendant que je n'avais pas de cœur. J'en ai trop, au contraire. Et ça ne m'attire que des problèmes.

18 décembre

On a fêté Noël au service pédiatrique. On a passé un très bon moment. L'un des médecins s'est déguisé en Père Noël, on a chanté des cantiques et échangé les cadeaux.

Avec Nicolas, on a réussi à réunir près de trente livres et mon père a arrondi la somme à cinquante. On a distribué à chaque enfant un livre plus une chaussette remplie de chocolat. Et on a eu droit à une carte que les enfants avaient signée ainsi qu'à un dessin nous représentant, Nicolas et moi (ils m'ont dessiné des cheveux jaunes, j'étais ravie !) à côté d'un sapin. Enfin, je crois qu'il s'agit d'un sapin. Ou alors c'est un renne à l'allure très bizarre.

Je me suis assise près d'Asha et je lui ai tenu la main pendant qu'elle essayait de se redresser sur son lit. Ses parents étaient présents, ils m'ont remerciée pour l'ange et le temps passé avec elle. Sa mère semblait avoir du mal à se maîtriser et quand je suis allée leur dire au revoir et déposer un baiser sur le front d'Asha, elle m'a serrée fort dans ses bras, j'ai cru qu'elle allait me briser une côte.

19 décembre

Asha est morte dans la nuit.

20 décembre

Nicolas restera dans l'histoire comme le seul garçon qui ait jamais été autorisé à dormir dans ma chambre. Je l'ai appelé en pleurs hier pour lui annoncer la nouvelle au sujet d'Asha. Il est venu chez moi et on a beaucoup pleuré ensemble en se gavant de pâtisseries.

Et quand j'ai demandé s'il pouvait rester, maman est allée lui chercher un pyjama de mon père et j'ai tellement ri que j'ai été à deux doigts de me faire pipi dessus.

La seule autre personne que j'aurais eu envie d'appeler... ne figurait plus dans le répertoire de mon portable.

23 décembre

Nicolas et moi, on a consacré la journée à distribuer nos cartes de vœux pour Noël. Nicolas s'efforce de nous changer les idées : n'importe quel prétexte est bon pour éviter de penser à Asha et à nos ex. En vérité, jouer les facteurs ne nous a pas pris beaucoup de temps. Mais il fallu une heure à Nicolas et à Alice (qui était la seule autre personne sur notre itinéraire) pour me persuader d'aller rendre visite à Jim dans son nouvel appartement.

— On n'aura qu'à dire qu'on passait par là, a déclaré Alice.

— Et puis on doit bien les distribuer, ces cartes ! a ajouté Nicolas.

— Mais on passait par là, point. Et, oui, on doit les distribuer, ai-je insisté tandis qu'ils me traînaient dans l'allée.

Je n'avais jamais eu le privilège d'être invitée chez Jim quand on était ensemble, et voilà que j'attendais devant sa porte, coincée entre Nicolas et Alice qui me tenaient chacun par un bras – ils avaient peur que je m'échappe en courant, sans doute.

Paul a ouvert et nous a précédés dans le salon. J'ai cru que j'allais vomir. Jim était là avec Clotilde ; elle était assise sur ses genoux. Pourquoi faut-il qu'ils soient en permanence collés l'un à l'autre, ces deux-là ? Et puis, il y avait Simon, que je n'avais pas revu depuis la nuit où je m'étais saoulée avant de l'embrasser à pleine bouche, et ce grand nigaud de Hugues qui s'est exclamé en me voyant :

— Oh, mais c'est Edie ! Alors, on n'est plus portée disparue ?

— Oh, mais c'est Cartman. Le roi des mufles !

— Moi, c'est Hugues, chérie.

— Et moi, c'est Edie, crétin, ai-je répliqué tandis qu'Alice me lançait des regards paniqués.

J'ai dû rester assise là pendant une heure interminable tandis que Clotilde n'en finissait plus de raconter ses histoires de théâtre. Je ne sais pas ce que Jim lui trouve. Il n'a pas arrêté de m'observer du coin de l'œil comme s'il n'arrivait pas à croire, après ma longue disparition, que c'était moi, là, sur son canapé. Je m'efforçais d'avoir l'air cool mais ça me rendait malade de les voir ensemble. Ajoutez le sourire narquois de Simon et les réflexions perfides de Hugues, et la situation était carrément intenable.

Jim s'est décollé de Clotilde pour me demander comment s'était passée la fête à l'hôpital. J'ai répondu par un haussement d'épaules pendant qu'Alice lui faisait de grands signes pour qu'il se taise.

Il n'a pas compris et Nicolas a fini par intervenir :

— Ça s'est bien passé, O.K. ? Est-ce qu'on peut changer de sujet, maintenant ?

Ça m'étonnerait qu'on nous invite là-bas de sitôt.

25 décembre

Noël, c'est nul. Point. Les grands-parents ne m'ont pas lâchée d'une semelle. J'ai réussi à atteindre le dernier niveau d'*Alias* sur ma nouvelle X-Box (ce dont je ne suis pas peu fière). Puis j'ai pris conscience que la relation de Jim avec Clotilde avait dépassé la nôtre en durée. Et toutes les boîtes de Quality Street et autres paniers de fruits secs du monde n'y changeraient rien. La veille, j'avais reçu une carte de vœux signée de Jim. Encore un message charmant :

Chère Edie,
Même toi, tu n'arriveras pas à garder le silence pendant toute l'année prochaine, si ? Je ne vais pas attendre indéfiniment.

J.

C'est vrai, « Joyeux Noël et Bonne Année », ç'aurait été trop simple.

1er janvier

La nouvelle année a commencé en fanfare ! Nicolas avait promis qu'on resterait sagement chez moi mais il a appris que Xavier était en ville et qu'il comptait se rendre à la soirée organisée par les garçons. J'ai refusé net d'y aller mais, à force de cris et de larmes (et aussi parce que Nicolas a menacé de révéler à la planète entière que le prénom Edith figurait sur mon acte de naissance), je me suis retrouvée en robe de cocktail vintage, planquée derrière... l'arbre de Noël ? l'installation artistique ? bref, le grand n'importe quoi de Jim et, croyez-moi, j'aurais préféré être ailleurs...

J'étais en train de me resservir un verre de punch quand Jim s'est approché de moi.

— Salut, a-t-il marmonné.

— Salut.

— La carte...

— Encore un de tes petits jeux.

— Écoute, Edie, j'aimerais demeurer en bons termes avec toi...

Son ton était calme, pondéré comme s'il était devenu le type le plus raisonnable du monde.

À le voir là avec son jean débile et son tee-shirt trash, j'ai senti une fureur indescriptible monter en moi. J'avais envie de le blesser autant qu'il m'avait blessée par le passé. J'en avais ras le bol d'être malheureuse et de broyer du noir à cause de lui. Et puis ras le bol de son attitude à mon égard : à croire que je n'avais aucune raison d'être en colère. J'avais pris la décision rationnelle et salutaire de me tenir à distance et il aurait dû la respecter. Enfin et surtout, la vue de leur petit couple me donnait envie de vomir.

— Mets-toi cette idée dans la tête, Jim ! Je ne veux pas de ton amitié. Tu sais, pour être amis, il faut bien s'entendre et avoir envie de passer du temps ensemble. Les amis sont censés nous donner confiance en nous. Et toi et moi, on ne remplit aucun de ces critères.

J'avais enfin vidé mon sac. Ses traits décomposés devaient signifier qu'il commençait à imprimer. C'est du moins ce que j'ai cru jusqu'à ce qu'il réponde :

— Tu ne penses pas ce que tu dis.

Il a fait mine de me toucher le bras mais j'ai reculé. Puis il a planté son regard dans le mien – un de ses vieux trucs – mais j'ai fait des progrès depuis l'année dernière.

— Tu m'as entendue ? me suis-je exclamée avec colère. Ne m'approche plus.

Voilà qu'il boudait, maintenant ! Je ne parvenais pas à comprendre pourquoi il avait tant de mal à accepter l'idée d'une existence sans moi et soudain j'ai eu comme un déclic.

— Tu sors peut-être avec elle, tu couches peut-être avec elle, mais tu n'arrives pas à tirer un trait sur moi, ai-je déclaré d'une voix triomphante. C'est ça, hein ? Tu m'aimes encore !

J'avais presque crié et Jim s'est détourné, mal à l'aise.

— Après ce que tu viens de dire, je suis bien content qu'on ne soit plus ensemble.

Sa réaction m'a fait l'effet d'un coup de poing dans l'estomac.

— Tu mens.

J'avais complètement oublié le petit discours que je venais de lui tenir – en gros, « dégage, sors de ma vie ».

— Je parie que tu veux ressortir avec moi, ai-je insisté.

— Plutôt mourir.

Un changement s'était produit. D'un coup, c'était Jim qui fuyait et moi qui le pourchassais. Je me suis jetée sur lui pour l'embrasser. Il a essayé de me repousser puis, pendant un bref et délicieux moment, il s'est abandonné et m'a rendu mes baisers avec tant de fougue qu'à cet instant-là j'ai su que ses sentiments pour Clotilde n'étaient pas aussi forts que ceux qu'il éprouvait pour moi. Puis il a reculé.

— Je ne peux pas lui faire ça, a-t-il murmuré avant de s'éloigner.

J'ai entendu quelqu'un applaudir derrière moi. En me retournant, j'ai aperçu Hugues.

— C'est quoi, la suite du spectacle ? a-t-il demandé.

— Ça fait longtemps que tu nous espionnes ?

— Oui, assez.

Il m'a examinée de la tête aux pieds.

— Je ne te connais pas très bien, alors, dis-moi, est-ce que tu te comportes toujours comme ça ?

— De quoi tu te mêles ?

J'avais l'impression qu'une force maléfique s'était emparée de moi. Je me sentais grisée par mon pouvoir de séduction.

— Clotilde est ma sœur. Si tu la cherches, tu me trouves.

— J'aurais dû me douter que deux attardés mentaux comme vous ne pouvaient qu'être de la même famille.

Sur ce, j'ai quitté la pièce, non sans le bousculer au passage.

Il m'a rattrapée dans le salon alors que le compte à rebours venait de commencer.

— Petite peste ! s'est-il exclamé. Qu'est-ce que Jim a bien pu te trouver ?

Je ne sais plus trop ce qui s'est passé ensuite. Je crois que je l'ai traité de pauvre type ou de demeuré et soudain, il m'a embrassée. On a lutté quelques secondes, puis je me suis dégagée en m'essuyant la bouche du revers de la main.

— C'était le seul moyen de te faire taire, a déclaré Hugues, embarrassé.

Dans la pièce, il régnait un silence de mort. Je me suis aperçue que tout le monde, y compris Jim, nous observait avec des yeux ronds.

4 janvier

Changement de programme ! Je veux reconquérir Jim. Je peux le récupérer à condition de m'y prendre avec finesse. Et ensuite, je le ferai tourner en bourrique. Chacun son tour.

Mais je ne suis pas ce genre de fille. J'aimerais bien. J'aimerais être calculatrice et cruelle, uniquement préoccupée par mon désir de vengeance mais... mais...

Oh, j'avais enfin (presque) réussi à le rayer de ma vie. Et le harceler jusqu'à ce qu'il largue Clotilde ne servira qu'à m'attirer un mauvais karma dans mes relations futures.

Donc, bien que je sois tentée de jouer avec ses nerfs, je laisse tomber. Je vais m'en tenir à ce que j'avais décidé : garder mes distances.

Mais qui est-ce que j'essaie de tromper ?

17 janvier

Je suis une vilaine, très vilaine fille. Sans espoir de rédemption. Mais je sais, JE SAIS qu'il m'aime encore et qu'il veut ressortir avec moi. J'en mettrais ma main au feu. Même si, après la dispute et le baiser du nouvel an, Jim a tenté de me faire comprendre de façon claire et définitive (en évitant le café et en changeant de trottoir chaque fois qu'il m'aperçoit) qu'il ne veut plus me voir. Mais je n'y crois pas une seconde, c'est pourquoi je prends un malin plaisir à le piéger et à flirter avec lui sans vergogne. Le plus drôle, c'est que ce comportement odieux ne me ressemble pas. Pendant que je surveille Jim, Hugues me surveille, lui aussi, et essaie de me tenir à l'écart du copain de sa sœur.

Ce soir, je me suis retrouvée collée à Jim sur le canapé d'Alice pendant qu'on regardait *Virgin Suicides* [1] pour la cinquantième fois au moins. Clotilde était partie répéter une de ses pièces pourries, Alice avait tamisé les lumières et j'ai effleuré le bras de Jim. Je n'avais pas vraiment prévu mon geste. L'envie de me

1. Film de Sofia Coppola. *(N.d.T.)*

blottir contre lui, de sentir son corps contre le mien et d'entendre son cœur battre plus vite était si forte que j'en avais des fourmillements partout. Je sais, ce n'est pas bien de faire du plat aux petits copains des autres. Mais je l'ai connu avant elle. Et je devinais qu'il avait la même envie que moi. J'ai pris sa main.

— Arrête, a-t-il chuchoté en la retirant.

Recroquevillée au bord du canapé-lit, je commençais à avoir la bougeotte.

— Et arrête de remuer comme ça !

Il m'a poussée et j'ai atterri sur le sol ! Je lui ai lancé un regard noir.

Il a répondu par un haussement d'épaules, sans manifester le moindre remords.

— J'essaie de regarder le film, Edie, pendant que tu t'agites.

J'ai posé ma tête sur mes genoux en me demandant comment, dans cette pièce remplie de monde, je pouvais me trouver aussi solitaire. Pour couronner le tout, je me suis retrouvée assise à côté de Hugues qui m'a dévisagée d'un air moqueur avant de marmonner :

— Ah ! Encore raté !

Je crois que je n'ai jamais autant haï quelqu'un.

20 janvier

Jim ne vient plus seul au café. Mais aujourd'hui, j'ai réussi à le coincer. En rentrant du lycée, je suis passée récupérer ma paye et je l'ai découvert assis à la table du coin. Je me suis approchée de lui et je l'ai embrassé sur la joue. Il n'a pas eu l'air très content de me voir.

— Oh, c'est toi.

— Est-ce qu'il s'agit du même Jim qui m'a écrit ces mots... Attends que je me souvienne : « Tes baisers me manquent, et le bonheur de te tenir dans mes bras... »

Ma voix s'est mise à trembler.

Jim ne m'a même pas accordé un regard.

— La soirée du nouvel an a tout changé.

— Je sais.

Ma main est restée suspendue en l'air : c'est vrai, je n'avais plus le droit de le toucher.

— J'ai fini par comprendre que tu m'aimais encore et que je t'aimais aussi.

Il a soupiré comme si mes paroles réveillaient une vieille souffrance.

— Il faut tourner la page, Edie.

— Et si je ne peux pas ?

Je l'ai regardé tracer des dessins dans le sucrier avec son doigt. J'ai contemplé la petite mèche qui lui tombait sur les yeux, l'expression figée de son visage ; il me semblait loin, comme s'il n'avait jamais été proche de moi.

Il a levé la tête et m'a observée quelques instants en silence.

— Arrête ou je vais finir par te détester, a-t-il répondu avec tristesse.

On aurait dit qu'il savait qu'il mentait : il était toujours amoureux de moi.

Aveuglée par les larmes, je suis sortie du café en titubant et là, je suis tombée sur Hugues.

— Tiens, la briseuse de ménages, a-t-il raillé.

Je n'ai pas jugé utile de répliquer. Et puis j'étais à deux doigts de perdre le contrôle de moi-même. J'ai pris mes jambes à mon cou, sans oublier de le bousculer au passage.

23 janvier

Je planchais sur une dissertation de français ayant pour sujet la toxicomanie quand j'ai entendu la Mère Supérieure m'appeler.

J'ai passé la tête dans l'embrasure de la porte de ma chambre et là, vision de cauchemar : Clotilde en train de monter l'escalier !

— Qu'est-ce que tu veux ? ai-je demandé, horrifiée.

L'ennemie débarquait sur mon territoire !

— Il faut que je te parle, a-t-elle répondu de sa voix de bécasse.

Elle a une voix suraiguë, à croire qu'elle se shoote à l'hélium.

Je suis restée sur le seuil, les bras croisés, afin de lui barrer l'entrée de ma chambre.

— À quel propos ?

— À propos de Jim et de Jake, a-t-elle dit après une hésitation, mais elle pouvait toujours jouer les petites filles perdues, je ne marchais pas un instant.

J'ai froncé les sourcils.

— Jake ?

Elle a levé les yeux au ciel.

— Mon frère.

— Oh, Hugues ! Eh bien, qu'est-ce qu'il y a ?

Clotilde m'a longuement examinée des pieds à la tête. J'ai regretté d'avoir mis cette vieille salopette et ce tee-shirt devenu gris à la suite d'un accident de machine à laver. Elle se fichait ouvertement de moi puis elle s'est débrouillée pour que je remarque son jupon roumain (que j'avais failli acheter chez H&M la semaine précédente).

— Ça ne te suffit pas de flirter avec Jim, maintenant Jake n'a plus que ton nom à la bouche. « J'ai vu Edie hier » par-ci, « Edie aime les Thrills » par-là. Ça n'arrête pas.

Sa voix était de plus en plus stridente.

— O.K., j'admets, pour Jim, ai-je bredouillé. Mais je ne vais pas m'excuser. Tu ne peux pas comprendre ce qu'il y a entre nous. En revanche, je déteste Hugues, et c'est réciproque. Fin de l'histoire. Maintenant, j'ai une dissertation de français à rédiger, donc je te prie de bien vouloir dégager.

En tournant les talons, je l'ai entendue dire :

— C'est triste, tu sais. On aurait pu devenir de bonnes amies, toi et moi, mais si c'est ce que tu veux, tant pis, tu l'auras voulu...

J'ai fait volte-face.

— Est-ce que c'est une déclaration de guerre ?

Clotilde m'a jeté un regard haineux.

— Bien vu ! Tu n'imagines pas une seconde à qui tu as affaire.

30 janvier

Je m'attendais à recevoir des missiles Scud ou un truc du même genre mais l'appel aux armes de Clotilde est passé inaperçu. Si ce n'est que Jim commande maintenant son repas au McDo.

Quant à Alice, elle ne m'appelle plus, mais c'est parce qu'on s'est un peu perdues de vue. Dommage... elle me manque.

5 février

Quelle garce, cette Clotilde ! C'était l'anniversaire de Jim hier (je lui ai envoyé une carte et un CD de mon cru mais il ne m'a pas répondu quand je lui ai laissé un message pour m'assurer qu'il les avait bien reçus). Elle a organisé une fête en son honneur et a pris soin de ne pas m'inviter. Bon, d'accord, je l'ai mérité. Mais elle a convié Nicolas, MON ami. Et même Pénélope, la fille du café. Nicolas a décidé de boycotter sa soirée bien qu'il m'ait d'abord proposé de passer y jeter un coup d'œil histoire de me rapporter les ragots. Puis il a eu une crise de conscience au dernier moment : il est resté à m'écouter me lamenter pendant des heures. Il prétend que je suis en train de me transformer en « psychopathe obsessionnelle ». Pénélope, elle, est allée à la fête mais pour ce qui est de raconter les détails importants (Comment était habillée Clotilde ? Combien de fois Jim et elle se sont-ils embrassés ?), elle ne vaut pas un clou.

« Ils étaient ensemble sans être ensemble, si tu vois ce que je veux dire » : voilà son résumé – fort décevant – de la soirée. Et comme je râlais, elle a ajouté avec une pointe de sarcasme dans la voix que la prochaine fois, je n'aurais qu'à l'envoyer là-bas avec un questionnaire, comme ça elle n'aurait plus qu'à cocher les cases.

14 février

Trois cartes de la Saint-Valentin ! Record absolu. L'une d'elles vient forcément de Nicolas, il y a une Barbie dessus. Les deux autres sont l'œuvre d'un artiste. J'espère que celle avec la fleur de Georgia

O'Keefe m'a été envoyée par Jim mais elle ne s'accompagne d'aucun message à l'exception de mon prénom écrit en grosses lettres et entouré d'un cœur.

La troisième est très étrange. Elle est illustrée d'un cœur ensanglanté et je n'ai pas reconnu l'écriture de mon mystérieux admirateur : « Même parmi les plus ardentes flammes pousse parfois un lotus doré. »

Je déteste les énigmes. Ça me donne la migraine.

16 février

Alice a appelé ! Ils vont passer le week-end à Southport et elle voulait savoir si j'étais partante.

Je me suis contrôlée à mort. Je n'ai pas demandé si Jim venait, bien que je ne l'aie pas vu depuis un mois et que je manifeste tous les symptômes du manque.

Quoi qu'il arrive, j'irai à Southport, même s'il n'y a qu'une chance infime pour qu'il fasse partie du voyage, lui aussi.

Et, je le note pour plus tard, non, je n'aime pas beaucoup la fille pathétique que je suis devenue.

21 février

Je ne suis pas allée à Southport. Clotilde, après avoir déterminé qui allait dans telle ou telle voiture, a décrété qu'il n'y avait plus de place pour moi. Il faut croire que je suis obèse. Paul et Alice étaient déjà partis, donc j'ai dû rester plantée là et prétendre que je n'avais aucune envie d'être du voyage, de toute manière.

— Il n'y a pas assez de place pour trois personnes à l'arrière... a expliqué Jim en évitant mon regard.

Clotilde m'a fait un sourire narquois.

— Désolée, Edie, la prochaine fois, peut-être, a-t-elle minaudé en adressant un clin d'œil à ses deux nunuches de copines.

Je suis partie sans un mot. Ce n'était pas juste, elle avait réussi son coup. J'étais en train d'étudier la possibilité de me jeter sous le premier bus qui passerait lorsque j'ai senti qu'on me tirait par la manche. C'était Hugues. Voilà, mon bonheur était complet.

— Qu'est-ce que tu veux ? ai-je demandé, la gorge serrée ; j'essayais tant bien que mal de ne pas pleurer.

— Ne t'inquiète pas, je ne suis pas venu me réjouir de tes malheurs, a-t-il répondu avec un drôle de sourire. Bon, peut-être un peu.

Je me suis éloignée en le foudroyant du regard. Il m'a suivie.

— Pourquoi tu ne vas pas à Southport avec ton idiote de sœur ? me suis-je écriée au bout de cinq minutes.

Il a ignoré ma question.

— Où tu vas comme ça ?

— Je rentre chez moi. Je vais passer une annonce pour me trouver de nouveaux amis.

— Et moi, alors ?

— Tu as fumé du crack ? Je préfère devenir l'amie de... de...

Mais je n'ai pas pu trouver de métaphore assez percutante. Et puis j'étais à deux doigts de pleurer, alors me taire était encore la meilleure solution. On a marché jusqu'à l'arrêt de bus et j'ai fait semblant d'examiner les horaires comme s'ils recelaient les secrets de l'univers. Hugues m'a de nouveau tiré la manche et je me suis tournée vers lui. Il jouait avec sa chevalière en me reluquant. Et j'utilise ce terme à dessein :

son regard s'est d'abord posé sur ma bouche puis sur ma poitrine, bien que, pour être honnête, il n'y ait pas grand-chose à voir de ce côté-là.

Le hic, c'est que j'ai rougi. Impossible de m'en empêcher.

Il me jaugeait carrément. Il est resté un moment comme ça, à me lorgner, et moi je rougissais de plus belle.

— Euh... ça te dirait d'aller au ciné ce soir ?

— Tu m'invites à sortir ?? ai-je bredouillé.

Il a planté ses yeux dans les miens.

— Ouais.

Je rêve !

21 février (plus tard)

J'ai passé une soirée... Je ne suis pas sûre qu'il existe dans le dictionnaire un adjectif susceptible de la décrire.

Je n'ai jamais rencontré quelqu'un comme Hugues. Bizarre, on s'est plutôt bien entendus alors qu'on a passé notre temps à se disputer. On s'est chamaillés au sujet du film, du paiement des places et du rang où on allait s'asseoir. Bref, on s'est pris la tête non-stop mais c'était assez rigolo, en fin de compte. Allez comprendre...

Il a vingt-trois ans (il fait une thèse d'art machin chouette) alors que je n'ai pas encore fêté ma majorité. Il porte des costumes de seconde main maculés de peinture. Il a les cheveux blond foncé avec une mèche claire et il semble tout droit sorti d'un vieux film en noir et blanc. Il est grand, maigre, élégant, et il a toujours l'air de a) rire d'une blague qu'il est le seul à comprendre ou de b) bouillir intérieurement. Au milieu du film, comme nos mains se rencontraient pour la énième fois dans le seau de pop-corn, Hugues m'a attirée contre lui et m'a embrassée. De petits baisers tendres qui me donnaient presque envie qu'il se jette sur moi. Et juste au moment où j'ai cru qu'il était sur le point de se laisser aller, il s'est redressé sur son siège et a reporté son attention sur le film.

— Essaie de suivre, a-t-il chuchoté à mon oreille. Je te poserai des questions après.

Avec Hugues, impossible de se détendre plus d'une minute.

Ensuite on est allés boire un verre dans le pub au coin de la rue.

— Tu m'amuses beaucoup, a-t-il lancé, hilare, alors que je m'enfermais à nouveau dans un silence embarrassé.

Pile à la seconde où je commençais à décompresser et à me demander s'il allait encore m'embrasser, Jim s'est assis sur le siège libre en face de nous !

— Qu'est-ce que tu fais ici ? ai-je demandé en chœur avec Hugues sauf que lui semblait furax tandis que j'avais du mal à dissimuler ma joie.

Jim, dans la même pièce que moi !

Il a fait la grimace.

— Ta sœur a décidé de rester à Southport avec les autres mais je dois travailler demain. Qu'est-ce que vous fabriquez, tous les deux ?

— Rien, ai-je répondu avec un peu trop d'empressement.

Hugues, lui, a marmonné quelque chose au sujet du cinéma.

Jim s'est levé.

— Peu importe... a-t-il déclaré en nous jetant un regard soupçonneux. Je ferais bien de te ramener chez toi, Edie.

Hugues a froncé les sourcils.

— Merci, Jim, mais je m'en occupe.

— Ce n'est pas sur ton chemin, a répliqué Jim en se tournant vers moi. Allez, en route.

Bouche bée, je les ai regardés se disputer à propos de leur devoir respectif de chaperon, puis Jim a pris mon manteau et m'a poussée vers la porte.

On est restés silencieux pendant la plus grande partie du trajet. La tension était palpable. J'avais beau me rejouer la scène, je n'avais pas d'explication qui tenait la route.

— Tu peux me dire ce qui se passe ?

Jim m'a dévisagée d'un air furieux.

— Ce que tu peux être bête, Edie ! s'est-il exclamé avec colère. Hugues ne s'intéresse pas à toi, il cherche juste à t'éloigner de moi. Tu ne vois pas qu'il t'utilise ?

— Qu'est-ce que ça peut te faire ? Tu te fiches de ce qui peut m'arriver.

— C'est faux, a-t-il répondu.

On était arrivés devant mon portail.

— Tu as une drôle de façon de le manifester, ai-je dit en cherchant ma clé. Avec toi, j'ai toujours l'impression d'être une moins que rien.

Nos regards se sont croisés et alors il a ouvert les bras. Je me suis blottie contre lui. Ça faisait si longtemps que j'avais oublié à quel point c'était bien. Ses baisers, à eux seuls, étaient une raison de vivre.

Mais très vite, il s'est reculé. Il a effleuré mon visage.

— Ne t'approche pas de Hugues, Edie. Les petites filles comme toi, il n'en fait qu'une bouchée.

Puis il s'est détourné et il est parti.

Si je continue à ressasser ces histoires, ma tête va finir par exploser.

23 février

Ils n'ont pas appelé, ni l'un ni l'autre. Je ne devrais même pas m'étonncr.

28 février

Je suis allée à un concert avec Pénélope. On s'était lancées dans un débat visant à déterminer si notre cuisinier, Tony l'Italien, était vraiment italien ou s'il avait un défaut d'élocution quand j'ai aperçu Hugues au bar.

— Qui c'est ? a demandé Pénélope.

— Un type qui essaie de me faire perdre les pédales.

Pénélope a levé les yeux au ciel.

— Ce que tu peux être mélo par moments, Edie !

Je n'arrivais pas à m'intéresser au groupe sur scène ni même au chanteur sexy, on aurait dit que Hugues avait installé un radar exprès pour moi.

J'ai commencé à me trémousser discrètement de son côté mais il ne m'a pas saluée. Je ne sais même pas s'il m'a vue. De toute façon, je n'ai pas besoin de me prendre la tête avec un autre garçon.

3 mars

Aujourd'hui, quand j'ai retrouvé Nicolas pour déjeuner, il avait un scoop à m'annoncer. Il paraît que samedi soir, Jim et Clotilde ont eu une énorme dispute au sujet d'un décor qu'il avait peint pour une de ses stupides performances théâtrales. Résultat, ils ne se parlent plus. Ah, ah !

5 mars

Jim est passé au café me demander quels étaient mes projets pour la soirée !

— Oh ! Tu te souviens que j'existe ? ai-je répondu.

Il m'a lancé un de ses fameux regards : ça faisait tellement longtemps que je n'avais pas eu droit à son sourcil levé et à son sourire charmeur que j'ai accepté d'aller, je le cite, « faire un tour avec lui après le travail ».

Je suis si heureuse qu'il ait envie de me parler et de passer du temps avec moi que j'ai un mal fou à garder la tête froide. Pathétique ! Je crois que je prends le chemin de ma tante Gloria, celle qui lit des livres du style *Ces femmes qui aiment trop*. Je ne devrais peut-être pas me laisser amadouer comme ça. Quelle carpette ! C'est vrai, Jim souffle le chaud et le froid, il me fait souffrir et dès qu'il me siffle, je rapplique.

À part ça, je commence à me demander si je ne m'embrouille pas dans mes métaphores.

5 mars (plus tard)

Cette soirée ressemblait à un vrai rendez-vous, donc je n'ai pas pu m'empêcher de la considérer comme telle. J'ai battu le record du monde de vitesse sous la douche et entièrement vidé le contenu de mon placard sur la moquette avant d'opter pour une robe vintage à fleurs, mes bottes de moto et un turban noué sur mes tresses. Que voulez-vous, c'est un style.

Jim portait lui aussi ses bottes de moto avec un jean et une de ses chemises bizarroïdes achetées dans une friperie, couleur crème avec de fines rayures roses. J'imagine que toutes les vieilles dames qui travaillent dans les magasins de charité de la ville doivent les lui mettre de côté. « Quel horrible tissu, Gladys ! Le jeune homme mal peigné va sûrement l'acheter. Cinq livres, qu'est-ce que vous en dites ? »

Jim était tout ouïe. Il voit clair en moi, même quand je raconte n'importe quoi. J'ai fini par lui avouer que j'étais triste de ne plus voir Alice et que j'avais l'impression de ne plus avoir d'amis en dehors de Nicolas et aussi Pénélope, peut-être.

On a essayé d'éviter le « sujet Clotilde ». Jim, cependant, n'a pas pu s'empêcher de constater avec aigreur que c'était bien agréable de sortir avec une fille qui ne s'attendait pas qu'il paye chaque fois. Il n'y avait pourtant pas de quoi mais bêtement, je me suis sentie flattée.

On a bu un ou deux verres au pub, ensuite, Jim a proposé de finir la soirée dans une boîte qui passait du rock sixties. L'un comme l'autre, on n'osait pas prendre l'initiative alors qu'aucun de nous ne souhaitait rentrer. On a tourné autour du pot avec des « Tu peux venir, si tu veux » et des « Si tu es sûr que ça ne te dérange pas ».

Une fois en boîte, j'ai obligé Jim à danser malgré ses protestations, puis il a réussi à s'échapper pour commander des verres. En le regardant revenir, les yeux rivés à moi, j'ai senti mon cœur se serrer.

— Ces retrouvailles me donnent envie de pleurer, lui ai-je avoué quand il s'est rassis à côté de moi.

Il m'a prise par l'épaule et j'ai appuyé ma tête contre lui.

— Tes petites phrases me manquent, a-t-il répondu. Et toi aussi, tu me manques. J'ai failli t'appeler des centaines de fois.

— Tu aurais dû ! Rien n'a changé.

— Au contraire, tout a changé, a-t-il objecté en me prenant la main.

— Oh, s'il te plaît, embrasse-moi, ai-je supplié.

Je savais qu'alors la situation s'arrangerait.

Je me suis assise sur ses genoux, les doigts dans ses cheveux, mes lèvres collées aux siennes. L'instant aurait été parfait si je n'avais pas reçu une bière dans la figure. En levant les yeux, j'ai vu Clotilde, un verre vide à la main.

— Comment as-tu pu ? a-t-elle braillé. Avec cette créature !

Je n'ai pas demandé mon reste. J'ai laissé Jim en plan et, dans ma hâte, j'ai bousculé Clotilde.

Je me suis retrouvée à déambuler dans les rues de Manchester, trempée, frigorifiée et empestant la bière. Pas le moindre taxi à l'horizon. En voyant une voiture ralentir à mon niveau, je me suis dit qu'il ne manquait plus que ça : me faire kidnapper pour terminer la soirée en beauté. C'était Hugues.

— Monte, a-t-il rugi.

— Je n'ai pas besoin de tes services, merci.

— Ne m'oblige pas à descendre de la voiture, Edie.

Alors je suis montée.

On a gardé le silence quelques minutes. Hugues s'énervait sur le levier de vitesses. On aurait dit que c'était mon cou qu'il tenait entre ses mains.

— Tu es incroyable ! s'est-il écrié. C'est quoi, ton problème ?

Et j'ai compris qu'il avait dû assister à la scène dans la boîte.

— Arrête de hurler.

— Tu ne peux pas le laisser tranquille, hein ?

Il s'est rangé sur le bas-côté et a coupé le contact.

— Et alors ? En quoi ça te regarde, la vie privée de Clotilde ? ai-je répliqué d'un ton haineux. Il faut croire qu'elle est plus intéressante que la tienne.

— Qu'est-ce que tu en sais ?

— Tout ce que je sais, c'est que tu m'as invitée à sortir un soir et puis tu m'as ignorée.

Il m'a prise par les épaules.

— Oui, je t'ai invitée à sortir. Et tu as fini la soirée avec lui.

Moins d'une demi-heure auparavant, je m'étais jetée au cou de Jim mais soudain, j'avais envie que Hugues m'embrasse. Je me suis rapprochée de lui et j'ai collé mes lèvres aux siennes. Il a d'abord tenté de me repousser mais je l'ai enlacé et il s'est décidé à me rendre mes baisers. C'était autre chose qu'embrasser Jim. Hugues me serrait comme s'il avait peur que je me sauve et c'était toujours lui qui reculait le premier. J'ai essayé de l'embrasser encore mais il m'a tenue à distance.

— Le ministère de la Santé devrait financer des campagnes de prévention contre les filles comme toi, m'a-t-il dit avant de redémarrer.

9 mars

J'ai dû envoyer au moins cinquante textos à Jim ces trois derniers jours : il ne m'a pas répondu une seule fois. J'imagine que c'est sa façon de me faire comprendre qu'il s'est rabiboché avec Clotilde.

J'aurais peut-être appelé Hugues si j'avais eu son numéro de téléphone. Ou peut-être pas. Je ne sais pas trop ce qui m'arrive. Si j'étais certaine d'en avoir vraiment terminé avec Jim et que j'envisage de me trouver un nouveau copain, je ne crois pas que Hugues serait mon premier choix. Ni le second. Ni même le troisième. Mais ce n'est pas fini avec Jim. Et, de toute façon, je ne suis pas sûre que Hugues me plaise, et réciproquement. Ma seule certitude, au fond, c'est qu'il embrasse très bien.

15 mars

La nuit dernière, je suis certaine d'avoir entendu la sonnerie d'un téléphone. Au début, j'ai cru que c'était dans mon rêve : j'aidais Sidney Bristow, l'héroïne d'*Alias*, à sauver le monde de la menace terroriste. Et en prime, je bécotais Mr Sark, alors qui pourrait me reprocher de ne pas m'être réveillée ? Mais en me levant ce matin, j'ai trouvé un long message embrouillé (et, pour parler franchement, très troublant) de Jim sur ma boîte vocale. Heure de l'appel : 3 h 57 du matin. « Edie ? Oh, je ne devrais pas t'appeler... Il est tard... J'ai trop bu. Je... tu sais...

je ne suis pas un sale type mais je te traite comme une moins que rien et je veux juste que tu saches que si je pouvais me dépêtrer de cette histoire avec Clotilde, je le ferais. C'est compliqué. Enfin, elle est compliquée. J'ai envie d'être avec toi, de t'embrasser, de te déshabiller... Oh ! là là, j'ai vraiment trop bu. Si tu savais comme je regrette d'avoir été horrible avec toi, tu ne le mérites pas. J'ai peur que tu finisses par en avoir ras le bol de moi et que tu décides de sortir avec quelqu'un d'autre. Mais pas Hugues, il ne vaut rien, celui-là. Lui et Clotilde, tous les deux... franchement, tu n'en croirais pas la moitié. Je... Tu me manques tant... Je voudrais que tu sois là avec moi... Oh, merde... Qu'est-ce qui m'a pris de t'appeler ?... »

Je ne comprends rien à ce charabia. Cela étant, il justifie en partie mes mauvaises résolutions concernant Jim : j'avais raison de croire qu'il voulait ressortir avec moi. Qu'est-ce que c'est que cette histoire au sujet de Clotilde et Hugues ? La seule idée qui me vient à l'esprit, c'est qu'ils ont une relation plus ou moins incestueuse. Beuuurk !

15 mars (plus tard)

Je viens de recevoir un texto de Jim : « Tp bu hier soir. Oublie. »

À force de tirer sur la ficelle, elle va finir par craquer.

21 mars

Nicolas a un rendez-vous. Je suis super-contente pour lui. Surtout que le rendez-vous en question est un garçon adorable dont il rêve depuis des semaines. Mais on est samedi après-midi et j'aurais dû me pomponner avant d'aller faire la fête. Au lieu de quoi, je vais louer une vidéo pour la regarder avec ma mère. Et vous ne savez pas la meilleure ? C'est mon anniversaire ! J'ai dix-huit ans aujourd'hui. C'est censé être un grand événement. Nicolas avait pensé annuler sa sortie pour m'emmener dîner mais comme il me rebat les oreilles au sujet de Joe depuis deux mois, je me suis comportée en adulte responsable. Alice m'a appelée ce matin mais elle va à une rave à Blackpool avec les « autres » et je n'ai pas été invitée. On n'est plus vraiment amies, alors pourquoi devrait-elle se sentir obligée de rester avec moi pour mon anniversaire ? Ce qui me blesse le plus (et là, je parle d'une souffrance comparable à une amputation), c'est que Jim ne m'a pas envoyé de carte. Pas même un coup de fil ou un texto, rien. J'ai dix-huit ans et je vais les fêter seule.

Est-ce que je suis infréquentable à ce point ?

21 mars (plus tard)

Oh ! là là ! Je suis tombée sur Hugues au magasin de vidéos. Heureusement, j'avais opté pour *Le Fabuleux Destin d'Amélie Poulain*. Dire que j'ai d'abord failli prendre *La Revanche d'une blonde II* ! J'ai entendu quelqu'un tousser derrière moi.

— Alors, c'est comme ça qu'on a prévu de passer son samedi soir ?

Bien entendu, il rapportait un film d'auteur étranger avant de sortir avec ses amis super-intéressants avec lesquels il avait prévu une soirée super-intéressante.

— Oh, c'est toi.

Je suis allée me choisir une glace sans lui prêter attention.

— J'ai entendu dire que tu avais réussi à garder tes distances avec Jim, a-t-il poursuivi en m'emboîtant le pas. Ou vice versa.

— Dégage, ai-je marmonné.

Il s'est appuyé contre la porte du congélateur. La plupart des garçons savent pourtant qu'il est dangereux de s'interposer entre une fille et son Magnum au chocolat.

— Tu étais un peu plus causante la dernière fois que je t'ai vue. Quand tu n'essayais pas de fourrer ta langue dans ma bouche, évidemment.

— Écoute, j'étais perturbée, je ne savais pas ce que je faisais.

— Tu parles !

Assez plaisanté, il était temps de mettre les voiles.

Hugues m'a suivie dans la file d'attente. Je regardais devant moi, en priant pour que les autres clients s'activent un peu.

— Tu t'esquives toujours quand ça devient intéressant, a-t-il raillé.

— Ou quand tu te mets à m'insulter.

— Bon, à un de ces quatre, chérie.

Il s'est penché pour m'embrasser sur la joue avant de disparaître.

Comment ai-je pu envisager une seconde d'avoir une relation avec ce type infect ?

Mais j'avais d'autres chats à fouetter dans l'immédiat. En arrivant chez moi, j'ai trouvé un énorme bouquet de fleurs sur le seuil. Sans rire, il y avait une centaine de freesias blancs enveloppés dans du papier rose. Avant même de lire la carte qui les accompagnait, j'ai su que c'était Jim qui me les avait envoyés. Un jour, je lui avais confessé que c'étaient mes fleurs préférées – j'adore leur odeur – mais que, malheureusement, elles étaient au-dessus de mes moyens. Elles avaient dû lui coûter une fortune.

C'était encore une de ces cartes dont il a le secret. Un collage, cette fois, de mots en français et de photos de filles des années soixante. Il avait écrit : « Je me souviens très bien de ce que je faisais l'année dernière au même moment. Je ne peux pas remonter le temps mais je te souhaite un joyeux anniversaire. Je t'aime. J. xxx »

Quand je suis entrée en reniflant, ma mère m'a annoncé que Pénélope venait d'appeler (j'avais laissé mon portable à la maison) et qu'elle m'attendait au Dry Bar avec deux copines du lycée.

Maman m'a gentiment proposé de remettre notre soirée entre filles à une autre fois. Elle s'est assise au bord de mon lit tandis que j'enfilais un jean en pleurnichant.

— Dis-moi ce qui ne va pas, ma chérie. C'est au sujet des fleurs ?

— Une histoire de garçons, ai-je hoqueté. Trop compliqué.

Et là j'ai éclaté en sanglots alors que 1) pleurer le jour de son anniversaire vous attire le mauvais œil pour le reste de l'année 2) je suis censée être une adulte désormais.

Maman m'a fait asseoir à côté d'elle, m'a serrée fort dans ses bras et ne m'a pas harcelée avec ses questions. Et en prime, elle m'a prêté ses boucles d'oreilles Art déco.

Je me suis bien amusée. J'ai un peu trop bu, je me suis fait baratiner à mort par un joueur de réserve de Manchester City : pendant un bref moment, j'ai envisagé de sortir avec un footballeur. J'ai même pensé changer mon nom en Chardonnay. Finalement, je me suis envoyé un paquet entier de chips et Pénélope a dormi à la maison. C'est ce qui s'appelle terminer une soirée d'anniversaire en beauté.

26 mars

Hier soir, je suis allée faire un tour avec Jim parce que je suis la plus grosse andouille de la terre. Je suis devenue la carpette de mon ex. Il m'a appelée pour me proposer de sortir. Comme si on n'avait jamais rompu. Comme si Clotilde n'avait jamais existé. Et j'ai dit oui.

Il est venu me chercher en voiture et j'avais à peine fermé la portière qu'il s'est jeté sur moi pour m'embrasser à pleine bouche. Nous sommes ensuite allés dans un pub tenu par un vieux monsieur du côté de Withington.

— Bon, j'imagine que tu sors toujours avec Clotilde, hein ? ai-je demandé tandis qu'il jouait avec ma main, la serrait dans la sienne, la caressait, voire me mordillait les doigts.

Bref, c'était carrément intense quand Jim me tenait la main.

Il a fait la grimace.

— C'est parce que je t'ai emmenée dans ce coin paumé, c'est ça ? Tu ne veux pas penser à autre chose, rien qu'un moment ?

— Je parie que tu n'as même pas envisagé de la larguer.

Ma voix s'est mise à trembler.

— C'est compliqué. Chaque fois, elle devient hystérique et Hugues...

— Quoi, Hugues ?

— Tu as vraiment le béguin pour lui ? Parce que de son côté, il te déteste. Il te voit juste comme un défi.

— Arrête, Jim. Tu sais très bien que moi aussi, je le déteste. Je ne serais pas ici avec toi si je m'intéressais à lui.

Jim a ouvert la bouche pour émettre une objection mais je me suis blottie dans ses bras et on s'est embrassés à en perdre la tête.

1er avril

À mon avis, le 1er avril, jour de la Saint-Hugues, devrait plutôt célébrer sainte Edie, patronne des bécasses. Hier, j'ai fini la soirée avec Jim, dans sa voiture qu'il avait garée dans un coin sombre d'un parking de supermarché. Je me vautre dans la médiocrité.

5 avril

J'ai envie de trucs de fille. Comme me vernir les ongles de pied en reluquant des acteurs sexy à la télé, ce que je n'ai pas fait depuis une éternité.

Bref, j'ai décidé d'organiser une soirée pyjama. Je sais, j'ai dix-huit ans, fini les enfantillages, mais bon.

11 avril

C'était une drôle de soirée pyjama. Visiblement, Alice aurait préféré être ailleurs et, après avoir balancé quelques réflexions bien senties concernant les ménages à trois, elle s'est éclipsée. Pénélope, Atsuko et Deborah – deux copines du lycée – ont regardé *Diamants sur canapé*, affalées sur mon lit, tandis que Grace, la petite sœur de Pénélope, n'a pas dit un mot de la soirée mais a essayé toutes mes fringues. Difficile aussi d'échanger des potins au sujet des garçons. « Je sors avec mon ex en douce et, de temps à autre, j'ai un besoin inexplicable d'embrasser le frère de sa copine » : non, décidément, ça ne passait pas.

On a sonné à la porte.

— C'est peut-être Alice qui revient, ai-je déclaré sans faire cas du « Oh, chouette ! » sarcastique de Pénélope.

Dans l'escalier, j'ai entendu Hugues demander à la Mère Supérieure si j'étais dans le coin. Je me suis ruée vers la porte.

— C'est bon, je suis là !

— Edith ! Je croyais que c'était une soirée entre filles...

Je lui ai jeté un regard noir.

— Laisse-nous, maman !

Devant mon air renfrogné, elle a fini par comprendre le message.

Hugues attendait, appuyé contre le chambranle, un sourire moqueur sur les lèvres.

— Edith ? a-t-il répété d'une voix mielleuse. Désolé d'interrompre ta petite fête.

J'avais plus que jamais conscience de porter un bas de pyjama écossais et un tee-shirt orné d'un lapin.

— Qu'est-ce que tu veux ? ai-je demandé avec mauvaise humeur.

— J'ai entendu dire que tu revoyais Jim...

— Non, c'est faux ! Qui t'a raconté ça ? C'est n'importe quoi.

Hugues s'est redressé.

— Tant mieux. Parce que j'ai envie de te donner une seconde chance. On pourrait sortir ensemble un soir, si tu veux.

Il m'a fait un sourire malicieux qui a transformé sa physionomie d'ordinaire renfrognée. Soudain, je l'ai trouvé pas mal et j'ai senti mon cœur battre un peu plus vite. Je me fais encore avoir.

— O.K., ai-je répondu en haussant les épaules.

Sans prévenir, Hugues m'a poussée contre le mur et m'a embrassée à pleine bouche.

— Ça te permettra de patienter jusqu'à la prochaine fois, m'a-t-il dit après s'être reculé. Ah, et tu n'as pas besoin de me mentir, tu sais. Arrête de voir Jim et passe-moi un coup de fil.

— Attends, je n'ai pas...

Mais Hugues était déjà parti.

15 avril

J'ai décidé d'arrêter de me prendre la tête avec les garçons. Je vais plutôt m'occuper de mon diplôme. Et sérieusement. On n'est qu'à quelques semaines de l'échéance fatidique. Et j'ai perdu tellement de temps à batifoler en douce avec Jim tout en fantasmant sur Hugues que je n'ai pas entamé mes révisions.

Je leur ai envoyé un texto à chacun. Pour être honnête, je leur ai envoyé le même parce que je peux être assez roublarde quand je veux, pour peu que je sois sûre de ne pas me faire pincer. « J'entre en hibernation jusqu'au 11 juin pour cause de bachotage. N'essaie même pas de me contacter d'ici là. Je t'embrasse. Edie xxx » Je n'aime pas les textos. C'est un truc de feignants et puis on voit bien que j'ai passé la matinée à peaufiner ma petite phrase.

J'adore surtout les trois petites croix après mon prénom, comme autant de baisers. Très joli, je trouve.

29 avril

J'essaie de me concentrer sur mes études, ce qui se révèle plus difficile que prévu. Je suis censée réviser Shakespeare et mes cours de psycho mais je ne pense qu'à embrasser Jim et Hugues. À tour de rôle. Le reste du temps, je m'inquiète : suis-je en train de devenir une psychopathe obsédée par les garçons ?

23 mai

Les exams, c'est l'enfer. Point. Je sais que ce n'est pas le moment de ruminer mais aujourd'hui j'ai reçu une des fameuses cartes de Jim où il a dessiné ma tête émergeant d'un fouillis de livres et de cahiers. Il me souhaite bonne chance et, bien que je n'aie pas eu droit au mot qui commence par « A », il dit qu'il m'embrasse. Ça doit bien signifier quelque chose.

27 mai

Aujourd'hui, j'étais contente d'aller travailler. C'est la seule vie sociale qu'il me reste en ce moment. Pénélope voudrait qu'on monte un groupe ensemble après mes exams. Depuis qu'à ma soirée pyjama elle a mis la main sur ma vieille guitare acoustique qui croupissait sous mon lit, elle n'arrête pas de me rebattre les oreilles avec son projet. J'ai eu beau lui expliquer que j'avais laissé tomber au bout de cinq leçons, elle répète déjà son discours de remerciement pour les MTV Awards.

Grace, sa petite sœur un peu allumée, ne me lâche pas d'une semelle. Chaque fois que je tourne la tête, elle est là. Elle va peut-être se décider à dire bonjour ?

11 juin

J'ai passé mon dernier exam ce matin. J'ai planché sur l'histoire et je pense que ça ira. Heureusement, ma décision (risquée) de consacrer une grande partie de mes révisions à la révolution russe a payé. Quand je suis sortie du lycée, devinez qui m'attendait ? Hugues, assis sur le capot de sa voiture, lunettes de soleil vissées sur le nez et son éternel sourire moqueur aux lèvres. J'étais contente d'avoir fait un effort vestimentaire : je portais ma robe vintage à fleurettes et mes nouvelles Birkenstock roses (un cadeau de ma mère pour me consoler).

Hugues m'a pris mon sac des mains, l'a jeté sur le siège arrière et m'a fait signe de monter dans la voiture. J'ai obéi sans poser de questions.

On n'a pas échangé un seul mot jusqu'à ce que je m'aperçoive qu'il ne me ramenait pas chez moi.

— Où on va ?

Il m'a lancé un regard amusé.

— On a rendez-vous, tu te souviens ? J'ai attendu patiemment que tu termines tes études secondaires.

— Tu n'avais qu'à appeler, ai-je grommelé. Cela dit, je n'aurais sans doute pas décroché.

— C'est vrai, j'aurais pu... a-t-il admis avant de me demander comment mes exams s'étaient passés.

On roulait maintenant dans la campagne, au milieu des vaches et des moutons. Hugues s'est montré encore plus infect que d'ordinaire (même lui en est convenu !), n'empêche qu'il avait prévu un pique-nique, enfin, pour être tout à fait exacte, il avait acheté des chips, des biscuits et une bouteille de vin. On s'est installés près d'un ruisseau et, après quelques verres, j'ai trouvé naturel de me blottir dans ses bras. J'ai commencé à somnoler mais ses baisers m'ont réveillée. Des baisers doux, languides. Même si je sentais qu'il avait envie d'aller plus loin, il n'a pas protesté quand je me suis rassise pour reboutonner mon cardigan.

Il s'est allongé dans l'herbe, le soleil faisait briller ses cheveux blonds. J'ai tout fichu par terre en demandant :

— Alors, on sort ensemble ?

Hugues a agité la main d'un geste désinvolte.

— Ne t'emballe, ma petite. Il suffit de mettre un nom sur les choses pour les gâcher. Viens plutôt m'embrasser.

Et comme je ne bougeais pas, il a poursuivi d'un ton glacial :

— C'est fini avec Jim. Il ressort avec ma sœur, et

cette fois, c'est du sérieux. Enfin, tu vérifieras par toi-même.

Là, j'ai pris la mouche et j'ai exigé qu'il me ramène chez moi. Je ne lui ai pas adressé la parole du trajet. C'est fou ce que je peux le détester par moments ! Il a le don de me pourrir le moral en une fraction de seconde.

13 juin

Aujourd'hui, j'ai passé une journée de dingue. Jim et Clotilde sont venus me voir au café et, plantée sur le trottoir, j'ai été obligée d'avoir une petite « conversation » avec eux (les guillemets, c'est pour bien montrer le sarcasme).

Elle, je ne l'ai pas remarquée d'emblée. Quand j'ai levé les yeux de la machine à café, Jim venait d'entrer. Il m'a jeté un regard que je qualifierais de possessif et je me suis carrément liquéfiée. Hugues venait, une fois de plus, de me jouer un tour de cochon mais je m'en fichais pas mal parce que je plaisais encore à Jim. Ça faisait deux mois que je ne l'avais pas vu. Et alors ? Rien n'avait changé. Puis j'ai aperçu Clotilde juste derrière lui et j'ai eu comme une énorme boule dans la gorge. J'ai cru que j'allais vomir.

C'est Clotilde qui a parlé. Apparemment, Hugues avait raison, Jim et elle s'étaient réconciliés et là, c'était du sérieux.

— Et en quoi ça me concerne ? ai-je demandé.

— C'est à cause de toi qu'on a rompu la première fois, a-t-elle répondu d'un ton doucereux. T'es idiote ou quoi ? Je sais très bien que tu le harcèles depuis plusieurs semaines. Je suis au courant de tout, nous n'avons pas de secrets l'un pour l'autre, pas vrai, Jim ?

Je m'attendais qu'il prenne ma défense : il y était aussi pour quelque chose. Eh bien non... il s'est contenté de hausser les épaules comme s'il n'avait aucune raison de s'immiscer dans la conversation.

— Je ne crois pas à ces bobards sur ta pseudo-amitié avec Jim, a poursuivi Clotilde. C'est simple : si jamais tu essaies encore de nous séparer, je te promets que tu passeras un été éprouvant, sans Alice, sans Paul, sans Hugues.

Mon sang s'est figé.

— Qu'est-ce que tu vas faire, me bannir de la ville ?

Les yeux de Clotilde lançaient des éclairs.

— Je ne plaisante pas, Edie. Je suis très sérieuse.

Je me suis tournée vers Jim.

— Il n'y a jamais rien eu entre nous, a-t-il dit calmement, comme s'il essayait de se convaincre.

Je lui ai adressé un regard suppliant. Pourquoi ne l'envoyait-il pas balader ? Pourquoi n'avouait-il pas qu'il m'aimait ? Mais on n'était pas sur la même longueur d'onde, visiblement.

— On est bien d'accord ? a demandé Clotilde.

Je n'avais pas d'autre choix : j'ai acquiescé.

16 juin

J'ai reçu un mail de Jim hier soir :

À : pipelette@hotmail.com
De : artboy@hotmail.com
Désolé.

— J.

Bon, on dirait que ça y est : la ficelle a craqué.

17 juin

Je vais passer l'été à travailler au café à temps plein. Je dois aussi décider de mon avenir, et puis j'attends les résultats du A-levels[1] qui seront sûrement désastreux. Je n'ai toujours pas envoyé mon dossier d'inscription universitaire : la fac qui m'intéresse (français et histoire de l'art à Londres) exige des notes ridiculement élevées, donc je vais peut-être devoir repasser des matières à la rentrée. Dans ce cas, je ne sais pas trop ce que je vais faire de mon année... peut-être décrocher un job minable au McDo et économiser des sous pour voyager. Nicolas a émis l'idée d'aller vivre quelques mois en Amérique du Sud mais comme on a tous les deux des goûts de luxe et qu'on ne pourra jamais dormir ailleurs que dans un hôtel trois étoiles, on va sans doute devoir économiser une petite fortune.

Ce serait un bon plan de soigner mon cœur brisé d'ici septembre. J'essaie de rester zen, de ne pas parler de Jim à tort et à travers, mais la nuit, je n'arrive pas à fermer l'œil. Ce type est un handicapé émotionnel. C'est du moins ce que dirait ma tante Gloria.

1. A-levels : l'équivalent, en France, du baccalauréat. *(N.d.T.)*

21 juin

Hier, j'ai commencé à bosser à plein temps. J'ai passé l'après-midi avec Pénélope qui prend son service à l'heure du déjeuner. Elle pourrait bien devenir ma nouvelle meilleure amie. Elle est cool et marrante, et puis elle a ce petit côté... détaché. Elle se tient toujours un peu en retrait, et je trouve sa stratégie pas bête du tout. Ces derniers temps, elle ne rêve que de monter un groupe de filles.

Auparavant, elle a joué dans un groupe de garçons (je vous laisse deviner la suite !) mais ce n'étaient que des « crétins sexistes sans le moindre talent qui pensent que les seins, ça gêne pour jouer de la guitare ». Sauf que quand c'est Pénélope qui le dit, on croirait Courtney Love avec l'accent de Manchester. Et si je prenais une année sabbatique pour apprendre le métier de rock star ? Euh... non, peut-être pas. Je doute que les parents soient d'accord.

Enfin, la nouvelle de l'année, c'est qu'ils libèrent les lieux pendant deux mois. Mon père prend un congé sabbatique (de la flemme, oui !) et il emmène ma mère en croisière à l'occasion de leur seconde lune de miel. Bizarrement, ils ont l'air plutôt ravis d'abandonner le navire et leur propre fille par la même occasion, sans le moindre adulte responsable pour veiller sur elle.

« C'est toi l'adulte responsable, en théorie », a répondu mon père d'un ton sec après que je lui ai fait cette remarque. Pour sa part, ma mère a déjà rempli le congélateur de plats surgelés – de quoi tenir huit semaines – pour s'assurer que je ne vais pas vivre de poisson pané jusqu'à leur retour. Le fait que mon job au café consiste en grande partie à cuisiner un tas de trucs ne l'a pas effleurée une seconde.

25 juin

En rentrant du café, où j'avais consacré la journée à nettoyer la plaque de cuisson, j'ai trouvé Hugues chez moi. Hugues l'insaisissable, en train de boire le thé en tête à tête avec la Mère Supérieure.

Quand deux univers aussi différents se rencontrent et vous jettent le même regard désapprobateur parce que vous êtes noire de crasse, croyez-moi, vous feriez n'importe quoi pour être ailleurs.

— On a eu une rude journée ? m'a demandé Hugues en souriant de toutes ses dents tandis que ma mère semblait sur le point de me débarbouiller illico presto, comme si j'étais un marmot dissipé.

C'est qu'elle en serait bien capable.

Quand je suis revenue après m'être lavée et changée, Hugues s'est levé d'un bond : il devait en avoir sa dose, de ma mère.

— Jake a l'intention de t'emmener au cinéma, n'est-ce pas adorable ? s'est-elle exclamée d'un ton ravi.

J'ai froncé les sourcils à l'intention de Hugues qui m'a dévisagée avec un air de défi.

— S'il avait voulu être adorable, *Jake* aurait pris la peine de téléphoner pour prévenir.

— J'irais bien revoir *Lost in Translation* [1], a suggéré Hugues en ouvrant la portière de sa voiture. Qu'est-ce que tu en dis ?

1. Film de Sofia Coppola. *(N.d.T)*

Bien entendu, les pubs n'avaient pas encore commencé qu'il collait déjà sa bouche à la mienne. En sortant du ciné, il m'a annoncé que samedi prochain on était invités à dîner chez Clotilde avant de me pousser dans un taxi. Qu'est-ce que c'est que cette idée tordue ? Je ne veux même pas y penser.

30 juin

Me voilà promue guitariste du groupe cent pour cent féminin de Pénélope, Mellow Star. Atsuko et Deborah sont à la batterie et à la basse. Elles ne savent pas jouer mais Pénélope (dont la capacité à balayer d'un geste tout – personne ou objet – ce qui n'entre pas dans ses grands projets musicaux me fait froid dans le dos) prétend que c'est un atout : au moins, elles n'ont pas eu l'occasion de développer de mauvais tics. Et elle me trouve « instinctive ». Pourquoi ? Parce que je sais jouer le début de *Me Against The Music* à la guitare. C'est de l'ironie, je crois.

1er juillet

Hugues vient juste de m'appeler pour régler les détails du dîner de demain soir. Supposant que cette invitation n'était qu'une de ses vilaines blagues, je n'y avais plus pensé. Or la vilaine blague en question est une idée de Clotilde. Hugues a beaucoup insisté, comme si on sortait vraiment ensemble, insinuant que je serais une garce de refuser d'aller dîner chez sa sœur. N'empêche, elle est tout à fait capable de mettre de la mort-aux-rats dans mes pâtes.

Bref, j'y vais. Jim aussi, mais ma décision n'a rien à voir avec lui. Je n'ai pas mentionné son nom depuis douze jours dans ce journal, ce qui ne peut avoir qu'une signification : la ficelle a bel et bien craqué.

2 juillet

Ce soir, Clotilde m'a eue à dîner (à prendre au sens littéral). À mon arrivée, Jim et Hugues ont remarqué avec mépris qu'on était devenus des petits couples étriqués version sitcoms américaines. Moi, je trouvais l'idée d'un dîner plutôt cool et adulte. Jim m'a adressé un bref signe de tête puis il s'est empressé de m'ignorer. Et je l'ai ignoré en retour. Plutôt deux fois qu'une.

J'ai tendu à Clotilde la bouteille de vin blanc que je venais d'acheter.

— Je ne bois que du rouge, a-t-elle minaudé. Mais je pourrai toujours m'en servir pour cuisiner.

Cette fille est la reine des coups bas.

Et bien que j'aie pris la peine d'appeler Hugues pour préciser que je n'étais pas branchée légumes, elle avait préparé un gratin immonde aux haricots mung avec une salade. J'ai réussi à les faire passer en avalant des litres d'eau entre chaque bouchée.

Puis Hugues et Jim ont commencé à se disputer au sujet de l'art contemporain britannique. Clotilde intervenait de temps à autre avec des phrases du type : « Pour moi, Tracey Emin est une figure féminine essentielle dans l'art actuel. » Ils agissaient comme si je n'étais pas là. Et ils étaient si prétentieux, si imbus d'eux-mêmes que j'ai perdu le fil. Jusqu'à ce que je m'aperçoive que le trio me dévisageait avec des yeux ronds.

— Quoi ?

— On se demandait ce que tu pensais du travail

de Damien Hirst, a dit Clotilde. J'ai hâte d'entendre ton avis.

Damien Hirst, le type qui collectionne des moutons morts ?

— Euh... je trouve son œuvre légèrement agressive...

Hugues m'a encouragée d'un sourire.

— Mais encore ?...

Clotilde a posé une main réconfortante sur mon bras : j'ai senti ses ongles s'enfoncer dans ma chair.

— Désolée, Edie, mais tu nages un peu. Voyons plutôt un sujet à ta portée... Pour ma part, je ne crois pas avoir regardé un seul épisode de *Dawson*.

— Oh ! là là, on croirait entendre ma mère ! me suis-je exclamée en toute innocence.

Remarque qui m'a valu un coup d'œil assassin de la part de Clotilde.

J'ai croisé le regard de Jim : ses yeux vert sombre, qui semblaient refléter le même désir et le même désespoir que les miens, m'ont clouée à ma chaise. Hugues m'a poussée du coude.

— Aide-moi à débarrasser la table, s'il te plaît.

Après avoir ramassé quelques assiettes, je me suis précipitée vers la cuisine, suivie de Hugues qui a claqué la porte derrière lui.

— Tu es avec moi, m'a-t-il rappelé en me plaquant contre le frigo. Ne l'oublie pas, ma poulette.

Et quand Jim est venu chercher le dessert cinq minutes plus tard, il nous a trouvés scotchés l'un à l'autre. Je pense que le vin y était pour quelque chose. Et puis ce baiser, c'était le seul agrément de cette soirée cauchemardesque.

Sur le chemin du retour, Hugues a dû faire une

halte pour que je vomisse. Il ne m'a même pas soutenue pendant que je rendais mes tripes.

— J'aurais dû me douter que tu n'es pas en âge de tenir l'alcool ! a-t-il raillé avant de me jeter sur le siège avant.

Il m'a obligée à garder la tête au-dehors pendant le reste du trajet.

A priori, notre histoire sent la fin.

7 juillet

Je me trompe peut-être : j'ai vu Hugues chaque soir de cette semaine. Mais il ne veut toujours pas entendre parler d'une relation. Je crois qu'il veut juste coucher avec moi. Et me faire visiter toutes les galeries d'art des environs.

Rien qu'une fois, j'aurais envie de rencontrer un garçon sympa que j'aimerais et qui m'aimerait en retour. Quelqu'un de drôle et qui embrasse bien, et sans personne pour nous mettre des bâtons dans les roues. Est-ce trop demander ? Les autres ont l'air d'y arriver, alors pourquoi pas moi ? Je commence à croire que je n'attire que les types perturbés.

15 juillet

Je me suis levée à l'aube pour dire au revoir aux parents. Cette histoire de seconde lune de miel, c'est bien joli, mais ça me déprime un peu : au rythme où vont les choses, je n'aurai même pas l'occasion d'en vivre une première. Ils me laissent sans surveillance car ils savent que je suis trop trouillarde pour faire la fiesta derrière leur dos. C'est vrai que je ne suis pas rassurée à l'idée de rester seule à la maison, surtout quand les marches se mettent à craquer, c'est très flippant.

15 juillet (plus tard)

Je n'en reviens pas de ce qui s'est passé au boulot aujourd'hui ! Anna est venue nous annoncer sans crier gare qu'elle avait embauché un nouveau cuisinier pour préparer les plats rapides durant l'été. Avec Pénélope, on se faisait une joie de travailler avec un super-chef mignon à croquer quand Anna a ajouté :

— Oh, je crois que tu le connais, Edie. C'est Jim, le garçon qui travaille dans le magasin de disques d'à côté.

J'ai réussi à me maîtriser :

— Ah ouais, Jim, c'est chouette, ai-je marmonné.

Mais après, Pénélope m'a dit que j'avais changé de couleur.

15 juillet (encore plus tard)

Je n'ai même plus le temps d'aller aux toilettes, ces derniers jours. Je suis sortie du boulot à cinq heures et j'ai filé répéter avec Pénélope, Atsuko et Deborah avant de me précipiter chez moi pour masser mes doigts endoloris et me pomponner un peu : Hugues avait prévu de m'emmener à un vernissage. Très sophistiqué, le vernissage (traduire : prétentieux). Je suis restée seule avec mon verre de vin blanc, tandis que les amis de Hugues s'extasiaient sur « la débauche de couleurs » et que Jim et Clotilde s'embrassaient derrière une sculpture post-moderne. Moi-même, j'expérimentais la débauche de couleurs : j'étais verte et je voyais rouge.

— Pourquoi tu boudes ? a demandé Hugues qui venait de me rejoindre.

— Ces gens sont vraiment... insupportables, ai-je balbutié.

Impossible de lui expliquer pourquoi j'étais à deux doigts de commettre un double homicide.

— Chaque fois qu'on sort, il faut toujours que tu m'emmènes dans des endroits pleins d'installations artistiques super-moches.

Hugues a fermé un moment les yeux. Il fait ça tout le temps.

— Tu n'as qu'à proposer une sortie, la prochaine fois.

Je lui ai lancé un regard incrédule.

— Parce qu'il y aura une prochaine fois ? Prévoir une sortie ensemble sous-entendrait que nous formons un couple.

— Il me semble qu'il faut avoir couché ensemble pour entrer dans cette catégorie, a-t-il murmuré d'une voix suave.

Je me suis sentie rougir.

Hugues ne tient peut-être pas à devenir mon petit ami officiel mais pour le reste, pas d'ambiguïté : il n'est manifestement pas contre l'idée de se retrouver avec moi dans un lit.

Je me suis dépêchée de changer de sujet.

— J'aimerais que tu viennes avec moi à la soirée de fin d'année du lycée.

— Pouah ! s'est-il exclamé. Je parie que ce sera plein de futurs électriciens et de pauvres filles inscrites en secrétariat.

Il a frissonné.

— Je suppose que c'est non, alors ?

Hugues s'est contenté de sourire puis il m'a prise par l'épaule avant de m'entraîner du côté de Jim et de Clotilde qui venaient de reprendre leur respiration. J'aurais préféré qu'ils continuent à s'embrasser : Jim est resté planté là comme un crétin et Clotilde a réussi à m'envoyer une dizaine de remarques perfides à la figure en moins de cinq minutes. Ces deux-là se méritent.

15 juillet (beaucoup plus tard)

Je viens de me comporter comme la pire des nunuches. Mais ce n'est pas ma faute si, à deux heures du matin, la plomberie s'est mise à couiner : j'ai cru qu'un serial killer s'était caché dans ma penderie. Dans ces cas-là, on a tellement peur qu'on fait des bêtises. Comme appeler son pseudo-petit copain pour qu'il vienne inspecter la penderie en question.

Hugues l'a plutôt bien pris, même si sa voix trahissait un léger agacement quand il a découvert que le soi-disant serial killer était en réalité un tuyau d'arrivée d'eau chaude.

— Tu es sûre que ce n'était pas juste un prétexte ? a-t-il demandé après avoir reposé le club de golf que je lui avais donné pour me défendre.

— Quoi ?

— Oui, un prétexte pour me faire venir chez toi et me mettre le grappin dessus !

J'ai commencé à me sentir mal à l'aise, dans mon pyjama. J'étais nue en dessous !

— Dans tes rêves !

— Je pourrais m'installer ici pendant l'absence de

tes parents. Tu sais, pour éloigner les intrus et m'assurer que leur fille est en sécurité.

J'ai hoché la tête en souriant.

— Mmmm, et qui va me protéger contre toi ?

J'ai ouvert la porte d'entrée et Hugues s'est jeté sur moi pour m'embrasser. Son baiser m'a tellement chamboulée que j'ai dû m'agripper à ses épaules pour ne pas tomber à la renverse.

— Maintenant, tu sais ce que tu rates, a-t-il lancé tandis que je le poussais vers la porte.

— Va-t'en !

— On se voit lundi soir, alors.

— Lundi soir ?

— La soirée du lycée.

Par moments, je ne sais plus si j'ai envie de l'embrasser ou de le trucider.

20 juillet

J'ai toujours préféré les heures qui précèdent une soirée, quand je me pomponne, que la soirée elle-même. Je sais, ce n'est que la fête de fin d'année du lycée et Hugues n'a accepté de venir que parce que je le harcelais, mais je suis surexcitée. Au point que j'ai passé la journée entière chez le coiffeur : l'argent que m'avait laissé ma mère en cas d'urgence a servi à payer une manucure et des mèches peroxydées. Je ne sais pas ce que je ferai si le ballon d'eau chaude explose mais au moins j'ai une coiffure mortelle.

Mon coup de folie chez le coiffeur m'avait en quelque sorte inspirée. Tout en appliquant du vernis rose nacré sur mes ongles de pied et en me demandant si ce n'était pas too much d'assortir mes barrettes à ma robe rose pâle style sixties, j'ai décidé que j'allais retomber en enfance. Adieu, maturité et responsabilités ! Ce soir, j'allais être IMmature et IRresponsable. Ras le bol d'être la reine du self-control.

21 juillet

Hugues est arrivé à l'heure hier soir. Pile à l'heure : je crois bien que c'est la première fois.

La sonnette d'entrée a retenti pendant que j'enfilais mes sandales à talons compensés. J'ai descendu l'escalier avec mille précautions, histoire de ne pas me rompre le cou. L'idée de passer quatre heures d'affilée avec Hugues me donnait des crampes d'estomac.

En ouvrant la porte, je l'ai trouvé la main levée, prêt à sonner de nouveau. Il portait un pantalon étroit et une chemise à manches courtes imprimée de petits motifs géométriques. Hugues avait toujours l'air d'être né quarante ans trop tard. Mais sans paraître ringard pour autant.

— Tu as pris ton temps, a-t-il râlé en se passant la main dans les cheveux.

— Il a fallu que je négocie les marches. J'ai eu du mal à choisir entre la mode et l'aspect pratique.

Hugues me rendait toujours aussi nerveuse. Et quand je suis nerveuse, je me transforme en moulin à paroles.

Il m'a regardée de la tête aux pieds et je me suis sentie rougir de la racine des cheveux jusqu'aux orteils (peints en rose nacré).

— J'ai l'impression que c'est la mode qui l'a emporté, a-t-il répondu avec malice. Tu arrives à marcher avec ces trucs ?

— Plus ou moins.

— J'entre ? À moins que tu ne sois prête, pour la première fois dans notre brève mais tumultueuse histoire commune ? Au fait, je te trouve très bien. Tu ressembles à un milk-shake à la fraise.

— Merci, Hugues, ai-je répliqué d'un ton maussade.

— J'adore le milk-shake à la fraise ! a-t-il protesté en m'adressant un sourire moqueur. Ce que tu peux être susceptible ! Tu as tout ? Clés, portefeuille, gloss, portable... ?

— Je suis prête. Tu as pris ta voiture ?

— J'ai pensé qu'on irait à pied. J'aurais peut-être dû me renseigner sur tes chaussures. On essaiera de trouver un taxi une fois qu'on aura rejoint l'avenue.

Comme je titubais sur mes talons hauts, Hugues m'a prise par le coude. Il n'est pas du genre à donner la main, d'ordinaire. Au vrai, il méprise les marques d'affection en public, à l'inverse de Jim qui adorait m'embrasser à pleine bouche sous les abribus et les portes cochères, et qui me tenait toujours la main. Mais Jim appartenait au passé. Hugues, lui, était là, maintenant. Je n'ose même pas m'imaginer à quoi ressembleront les futurs élus de mon cœur, s'il y en a.

La fête avait lieu au Kudos, une boîte de nuit ringarde située dans le centre-ville.

Hugues n'a pas pu s'empêcher de frémir en apercevant les deux videurs et la bande de types en chemise pastel inondés d'after-shave bon marché, qui attendaient à l'entrée.

— Je n'en reviens pas que tu aies réussi à me traîner ici, a-t-il marmonné.

— Attends d'être à l'intérieur, tu n'as encore rien

vu. Ils ont des palmiers en plastique et une piste de danse qui s'allume.

— C'est un de tes endroits fétiches ?

— Un des cuisiniers du café a fêté son anniversaire ici. Une énorme bagarre s'est déclenchée, j'ai même vu un type se prendre une bouteille dans la figure. C'était horrible. Sa copine pleurait parce qu'elle avait du sang partout sur sa robe et...

— Edie, a coupé Hugues d'un ton menaçant. Je t'accorde une heure, et si c'est nul, on s'en va.

— Écoute, ce soir je fête la fin de deux années de ma vie, lui ai-je répondu tandis que les videurs détachaient le cordon de sécurité pour nous laisser passer. Tu pourrais au moins faire semblant d'être content pour moi. Tout le monde ne peut pas être aussi cool que toi.

— C'est certain, a-t-il observé. Qu'est-ce que tu veux boire ? Un de ces immondes cocktails de filles que tu apprécies tant ?

J'ai acquiescé et il s'est frayé un chemin vers le bar.

Me retrouver seule au milieu d'une boîte de nuit n'est pas mon occupation favorite. J'ai essayé de prendre une pose nonchalante style « j'attends que mes cinquante meilleurs potes reviennent des toilettes », mais j'étais certaine que toutes les personnes présentes me considéraient comme une pauvre nouille sans le moindre ami.

Soudain, quelqu'un m'a pincé la taille. J'ai sursauté.

— Salut, Edie ! s'est exclamé Nicolas. Tu es jolie comme un cœur. Tu ressembles à un milk-shake à la fraise. On en mangerait !

Je me suis blottie contre lui.

— Je suis si contente que tu sois là. Je ne suis pas dans mon assiette.

J'aime bien quand Nicolas me fait des câlins. Non seulement il sent bon, mais en plus, je n'ai pas peur qu'il commence à s'imaginer des trucs.

— Tu peux feindre d'être avec moi si tu veux, mais si j'ai un ticket ce soir, c'est chacun pour soi.

C'est bien Nicolas, ça, le cœur sur la main.

— Je suis venue avec Hugues. Ce n'était pas une bonne idée de l'emmener ici. Il n'est pas d'humeur à faire la fête, alors on doit partir dans une heure.

— Ah, les vieux ! a ironisé Nicolas en levant les yeux au ciel.

— Il n'a que vingt-trois ans. Cinq ans de différence, ce n'est pas grand-chose.

— Sauf que, la plupart du temps, il se prend pour ton père. Il est bizarre, ce type.

— Il faut juste apprendre à le connaître. Il est très drôle, en fin de compte.

— Ouais, drôle de type, si tu veux mon avis, a conclu Nicolas, résolu à avoir le dernier mot.

J'allais riposter avec une remarque assassine quand il m'a prise par la main pour m'entraîner sur la piste de danse illuminée.

— Nicolas ! ai-je protesté. Hugues va me chercher.

J'ai essayé de lui échapper mais il n'a rien voulu entendre.

— C'est « Horny Horny Horny » ! Notre chanson, en quelque sorte !

Nicolas m'a fait virevolter comme dans un film. Et je n'ai pas eu d'autre choix que de me laisser faire.

Voilà aussi ce que j'aime, chez lui : c'est le seul

garçon que je connaisse qui danse avec moi sans avoir peur d'avoir l'air tarte ou efféminé.

J'ai enfin réussi à m'échapper. Mes pieds me faisaient souffrir : j'allais m'en tirer avec de belles ampoules mais pour le moment, c'était surtout Hugues qui me préoccupait. Je l'ai trouvé adossé à un pilier : il avait l'air de passer la pire soirée de sa vie. Mon cœur s'est serré, je n'aurais jamais dû le forcer à m'accompagner. Je me suis dirigée vers lui d'un pas chancelant en priant pour qu'il ne soit pas trop furax !

— Désolée, je suis tombée sur Nicolas...

Il a souri et m'a tendu mon verre où les glaçons avaient fondu.

— C'est bon, Edie, tu n'as pas besoin de te justifier, a-t-il crié pour se faire entendre par-dessus la musique. J'aime te regarder danser, tu devrais te lancer dans le cabaret.

Je me suis détournée – j'avais les joues en feu. Il m'a pris le menton.

— Qu'est-ce qu'il y a ? a-t-il demandé d'une voix rauque.

— Je ne sais pas, ai-je bredouillé. J'ai envie de m'asseoir, je... Il fait très chaud.

Je l'ai supplié en silence : s'il te plaît, embrasse-moi, et, comme la dernière des idiotes, j'allais lui demander de me prendre dans ses bras lorsque Deborah et Atsuko sont venues me saluer.

— On dérange ?

— On aurait voulu passer un moment en tête à tête... a répondu Hugues en m'attirant à lui, un bras autour de mon épaule.

— J'ai des bouffées de chaleur, ai-je expliqué.

— Mmmm, c'est vrai que tu as l'air drôle, a observé Deborah. Comme si tu venais de courir le marathon.

— Je viens de danser avec Nicolas. Qu'est-ce que vous faites là ? Ce n'est pas votre truc, ce genre de soirée, si ?

— Nous non plus, on n'aurait pas pensé te trouver ici. On est juste venues rattraper le temps perdu avec les garçons qui nous plaisent depuis deux ans, a expliqué Atsuko.

— Et on ne partira pas tant qu'on n'en aura pas fini avec eux, a renchéri Deborah.

J'ai senti Hugues se raidir.

— Je ferais mieux d'emmener Edie avant que vous lui donniez des idées, a-t-il décrété. J'espère que vous avez pensé au baume à lèvres, on dirait que vous allez en avoir besoin.

Atsuko avait l'air de se demander si c'était du lard ou du cochon, et moi-même je n'aurais pas su dire si Hugues plaisantait ou s'il se fichait carrément d'elles.

— Hé, minute.

Je lui ai jeté un regard de défi.

— On vient juste d'arriver. J'aimerais passer un peu de temps avec mes amies.

Hugues a répondu par un haussement d'épaules signifiant plus ou moins que ça ne le dérangeait pas. Mais son expression trahissait l'agacement.

— Je vais saluer Matt pendant que vous parlez chiffons et autres trucs de filles.

Et il est allé voir le DJ qui se trouvait être un de ses amis.

Atsuko et Deborah ont paru se détendre.

— Je m'étonne qu'il ne t'ait pas encore passé une

laisse autour du cou, a ironisé Deborah en s'asseyant sur un canapé.

— Je sors avec un type que mes amis détestent. Je sais qu'il adore faire de la provoc mais quand il veut il est charmant. Juré.

— Qui essaies-tu de convaincre ? Nous ou toi ?

— Je ne sais pas trop ce que je ressens. Il m'en fait baver mais je finis toujours par l'embrasser.

— Le schéma classique, a expliqué Atsuko (son père est psy). Quand il t'embrasse, tu te convaincs qu'il n'est pas si odieux. Alors qu'il se montre odieux parce qu'il sait que ça te déstabilise, et du coup, il fait de toi ce qu'il veut. Tu suis ?

— Non, pas vraiment, ai-je répondu en levant les yeux au ciel.

— Elle veut dire que c'est le genre de type qui veut tout contrôler, Edie, a renchéri Deborah, exaspérée. Tu lui as presque demandé la permission de rester trois minutes avec nous.

— C'est compliqué. Je suis ressortie avec mon ex...

— Jim ?

— Oui, et Hugues est convaincu que je ne suis pas digne de confiance, sous prétexte que je sortais avec les deux en même temps... Vous devez vous figurer que je n'ai aucune morale ou que je suis obsédée par les garçons, non ?

— C'est courant comme problème, a déclaré Deborah. Il m'est arrivé de sortir simultanément avec trois garçons parce que je n'arrivais pas à savoir lequel je préférais.

— Mais tu es avec Hugues maintenant, non ? a demandé Atsuko. Il finira par oublier.

J'ai soupiré.

— Il ne veut pas reconnaître notre relation. Il affirme que chacun doit laisser respirer l'autre mais...

— Mais ?

— Il prétend que si on sort ensemble, alors on devrait avoir... hum, des rapports sexuels, sauf que je ne suis pas sûre... ai-je balbutié. Pas terrible, comme argument, hein ?

— Non, pas terrible, a reconnu Deborah. Une chose est de coucher avec un garçon qui compte vraiment pour toi, mais si c'est uniquement dans l'espoir qu'il se décide à admettre que vous êtes ensemble, c'est du n'importe quoi.

— Mais qu'est-ce que tu fabriques avec lui ?

— Je ne sais pas, ai-je marmonné. D'accord, il n'est pas toujours facile mais ça pimente aussi notre relation.

— Les garçons sont des crétins ! s'est exclamée Deborah avec véhémence.

On a passé un moment à déblatérer sur la crétinerie de la gent masculine. J'étais contente de me rapprocher de Deborah et d'Atsuko, même si c'était en cassant du sucre sur le dos de Hugues. C'est alors que je l'ai justement vu qui venait vers moi.

— Edie, s'il te plaît, est-ce qu'on peut s'en aller ?

J'ai jeté un œil du côté de Deborah et d'Atsuko. Elles n'avaient pas l'air disposées à m'aider.

— On se voit demain à la répétition ! ont-elles lancé avant de se lever. Serait temps d'aller trouver notre première victime, a ajouté Deborah en s'éloignant.

— Bonne chance ! ai-je crié.

Je me suis retrouvée seule avec Hugues. Il m'a caressé la joue.

— Fichons le camp d'ici.

On a pris un taxi pour rentrer. À la minute où j'ai ouvert la porte, je me suis débarrassée de mes chaussures.

— J'ai les pieds en compote.

Hugues m'a suivie dans le salon en riant. J'ai fait du thé, il a réquisitionné tous les coussins du canapé et on s'est installés par terre pour écouter mon CD de Belle And Sebastian. C'est bizarre, quand les parents ne sont pas là. Comme si la maison m'appartenait (quoique je n'aurais jamais choisi des rideaux aussi moches). On a siroté notre thé en silence mais cette fois, je n'étais pas mal à l'aise. Quand il n'y a personne autour de lui, Hugues est un type adorable : il me fait rire, on parle de livres et de films, on joue à des jeux idiots. Il caresse Pudding jusqu'à ce qu'elle se mette à ronronner comme un moteur et je me dis que je pourrais vraiment tomber amoureuse de lui.

Mais je n'irai jamais jusque-là avec Hugues : quelque part, je sais que plus je m'ouvre à lui, plus il sera en mesure de me faire souffrir un jour ou l'autre. Comment je peux avoir l'esprit aussi tordu ?

Quand le CD s'est arrêté, j'étais étendue sur le tapis et Hugues, allongé sur moi, me maintenait les bras le long du corps en me mordillant la lèvre inférieure. C'était frustrant de ne pas pouvoir le toucher pendant qu'il m'embrassait. Il a lâché mes poignets et, après avoir retroussé ma robe, il m'a chatouillé l'intérieur du genou. Divin ! Puis il s'est enhardi et il a remonté sa main de plus en plus haut sur ma cuisse jusqu'à ce que je la chasse d'une tape. Il s'est maîtrisé et s'est remis à m'embrasser mais au bout de quelques minutes, il s'est attaqué à la fermeture Éclair de ma robe. D'un mouvement brusque, je me suis rassise.

— Non !

— Non ? a-t-il demandé en se rapprochant à nouveau.

Je l'ai repoussé. Il s'est levé et m'a jeté un regard ulcéré.

— Je ne vais pas attendre éternellement, Edie. Il va bien falloir que tu perdes ta virginité un jour, alors autant que ce soit avec moi.

J'ai tenté de m'expliquer.

— Ce n'est pas le bon moment. Je ne suis pas prête, c'est trop tôt.

Hugues a levé les yeux au ciel.

— C'est à cause de moi ? Tu as peur ?

— Je ne sais pas. Je crois que oui. Parfois, j'ai l'impression que je t'intéresse seulement pour... enfin, tu sais...

— Tu n'arrives même pas à le dire ! s'est-il exclamé, au comble de l'exaspération. C'est normal d'avoir des relations sexuelles, pas la peine d'en faire un fromage.

— C'est quelque chose d'important pour moi. C'est un moment unique. Je veux perdre ma virginité avec un garçon qui m'ai... qui s'intéresse sincèrement à moi. Je n'ai pas envie de faire ça sur le tapis du salon.

Hugues a secoué la tête d'un air incrédule.

— Il faut que j'y aille. Je t'appelle.

— Ne m'en veux pas.

J'ai voulu l'enlacer mais il m'a repoussée. Avec douceur mais fermeté.

— Je t'appelle, a-t-il répété.

Et il est parti sans que j'aie pu ajouter un mot.

22 juillet

Je n'ai pas fermé l'œil de la nuit. J'ai passé mon temps à me tourner et à me retourner dans mon lit ou à tapoter mes oreillers pour trouver la position idéale. Les paroles de Hugues me trottaient dans la tête. Peut-être avait-il raison, peut-être faisais-je beaucoup d'histoires pour rien. D'ailleurs, en y réfléchissant, je m'apercevais que j'étais la seule fille dans mon groupe d'amies à être encore vierge. À part Grace, la petite sœur de Pénélope. À peine quinze ans au compteur.

Ce n'était pas la douleur qui m'effrayait (enfin, pas seulement) mais plus je m'accrochais à ma virginité (je déteste ce mot !), plus j'avais du mal à envisager de franchir le pas. Certes, Hugues m'attirait beaucoup et, par moments, je tenais réellement à lui, mais était-ce avec lui que je voulais faire l'amour pour la première fois ? S'il est vrai qu'on n'oublie jamais sa « première fois », est-ce que, dans cinquante ans, j'aurai toujours plaisir à évoquer le souvenir de Hugues dans mes bras ? Mais surtout, je me demandais si je n'aurais pas dû coucher avec Jim quand on était ensemble. En dépit de ce qu'il m'avait fait subir, il aurait été... comment dire... la personne idéale pour cette première fois. Au fond, il avait été le premier pour tout le reste. Mon premier petit ami. Mon premier amour. Le premier à me briser le cœur aussi, et en mille morceaux, avant de le piétiner à grands coups de talon. Mais peut-être que ça ne devait pas être lui, en fin de compte.

23 juillet

Je n'ai pas dormi la nuit dernière non plus ! Je crois que je fais de l'insomnie. Il suffit que je me couche pour que mes angoisses au sujet du diplôme et des garçons resurgissent. Ces états d'âme nocturnes m'épuisent et me sapent le moral. Ce matin, j'ai réussi à sortir de mon lit pour aller prendre une douche froide qui a) ne m'a pas aidée à me réveiller b), m'a mise de plus mauvais poil encore. Je regrettais que la Mère Supérieure ne soit pas là, au moins j'aurais pu décharger mon agressivité sur elle avant d'aller travailler.

J'ai enfilé un pantalon de treillis et un tee-shirt usé (en vertu d'une logique absurde, j'avais décidé d'assortir mes fringues à mon état d'esprit), une paire de tennis (mes pieds étaient encore endoloris) et j'ai attaché mes cheveux avant de sortir en trombe de chez moi.

J'ai eu beau manifester bruyamment mon mécontentement auprès des vieilles dames qui se mettaient en travers de ma route ou encore faire les gros yeux aux enfants insouciants qui osaient s'immiscer dans mon champ de vision, j'étais toujours très énervée en arrivant au travail. Et là, j'ai vu Jim, super-sexy, même avec sa blouse de cuisinier et son jean délavé qui tombait sur ses hanches. Il m'a adressé un signe nonchalant de la main et m'a souri à travers le passe-plats (oh, cette petite fossette !) mais je l'ai ignoré et, armée de mon carnet et de mon crayon, je me suis dirigée vers deux hommes d'affaires qui attendaient à une table.

Ce n'est pas ma faute. Quand vous êtes à cran et qu'un imbécile en costume-cravate s'adresse à vous de la manière suivante : « Un peu de nerf, ma poulette, on ne va pas y passer le réveillon », il peut s'estimer heureux que vous ne lui serviez pas sa formule spéciale petit déjeuner sur les genoux. Anna s'est précipitée juste au moment où l'assiette que je tenais à la main commençait à pencher dangereusement vers le client et m'a consignée dans la cuisine pour le reste de la journée.

J'ai ouvert la porte d'un coup de pied en jetant un regard noir à Jim et à Tony l'Italien.

Jim a bondi mais Tony s'est contenté de s'esclaffer.

— Je te prépare un café serré, Edie, a-t-il dit avec un clin d'œil. Et pas la peine de parler, sauf si c'est pour un compliment, d'accord ?

Je lui ai lancé un autre coup d'œil assassin et il a ri de plus belle. J'ai pris des tranches de pain et j'ai attaqué la première avec mon couteau à beurre. On a travaillé en silence pendant près d'une heure, jusqu'à ce que Tony annonce qu'il allait faire le tour des grossistes.

— Je te laisse les commandes, Edie, a-t-il déclaré avant de sortir. Mais attention, on ne drague pas le petit nouveau.

Dès l'instant où il a franchi la porte, je me suis tournée vers Jim, l'air furieux.

— Tu n'aurais pas pu trouver du boulot ailleurs ? Il a fallu que tu te fasses embaucher ici, histoire de me pourrir la vie pendant les huit semaines à venir !

Jim a paru blessé mais j'étais immunisée contre ses yeux de chien battu.

— Je connais Anna depuis des lustres. Je travaille à côté depuis trois ans.

— Pourquoi tu n'es pas resté chez Rhythm Records pour l'été ?

— Tu peux éviter de pointer ce couteau dans ma direction ? a répondu Jim d'un ton nerveux. Ils n'ont plus besoin de personnel à plein temps et j'ai des retards de loyer à payer, alors Anna m'a suggéré de venir vous donner un coup de main. Remarque, si j'avais su que tu te montrerais aussi charmante, je me serais peut-être fait embaucher avant.

— Ah, ah, ah, très drôle. Dis donc, je ne savais pas que tu cuisinais.

Jim, soudain très embarrassé, a reporté son regard sur la plaque de cuisson où deux saucisses informes commençaient à carboniser.

Malgré moi, j'ai souri.

— Sans blague !

— Arrête ! s'est exclamé Jim.

J'ai ignoré sa supplique.

— Tu ne sais pas cuisiner, ai-je caqueté. Tu ne sais même pas préparer un café digne de ce nom ! Tu crois vraiment que tu vas réussir à t'improviser expert en plats rapides ?

— Tu vas continuer comme ça toute la journée ou tu te décides à m'aider ? a demandé Jim, piqué au vif, tandis que les saucisses se mettaient à fumer.

— Il vaut mieux que tu t'occupes des sandwichs, ai-je répondu en l'écartant gentiment.

J'ai commencé à gratter les morceaux de viande brûlée qui étaient restés collés à la plaque.

Jim craignait sans doute que je vende la mèche auprès d'Anna alors que je n'en avais aucune intention, toujours est-il qu'il s'est montré super-gentil avec moi. Entre deux sandwichs, il me proposait du thé ou un muffin, tandis que, de mon côté, je pestais parce que je manquais de sommeil et que j'allais sentir le bacon tout l'été durant. Parfois, c'est fou ce que j'aime jouer les enquiquineuses.

Jim a fini par renoncer à me mettre de bonne humeur. Je crois que j'ai décroché le pompon quand il m'a demandé si je comptais me rendre à des festivals cet été.

— Tu n'es plus mon petit ami, Jim. Notre relation a tourné au fiasco et c'est entièrement ta faute, alors cesse de jouer les types concernés.

Je peux être sacrément désagréable quand je n'ai pas eu mes huit heures de sommeil.

24 juillet

Catastrophe ! Je fais maintenant partie de ces gens sinistres qui parlent de leur boulot à longueur de journée.

J'ai réussi à ne pas adresser la parole à Jim de la matinée parce que je travaillais en salle. Entre nous, l'atmosphère est plus glaciale que le pôle Nord. Je n'arrive toujours pas à dormir (peut-être parce que je suis seule à la maison ?) alors je deviens très susceptible. Et sa présence continuelle n'arrange pas les choses. Il s'entend bien avec Pénélope et je dois reconnaître que ça m'énerve un peu. Ils ont le droit de se dire bonjour mais Pénélope est MON amie.

Je me donne un mal de chien pour rencontrer des gens qui n'ont rien à voir avec mon ancien groupe de copains et l'idée de Jim et Pénélope ensemble, dans la même pièce, me donne des boutons : à mon avis, elle sait que j'ai du mal à tourner la page bien que j'essaie de persuader la terre entière du contraire.

Et puis, allez comprendre. Aujourd'hui elle a pris son service à midi et au bout de dix minutes, elle et Jim s'entendaient comme s'ils se connaissaient depuis la maternelle. Il n'en faut pas plus pour me rendre malade.

Chaque fois qu'elle entrait dans la cuisine avec une nouvelle commande, elle imitait Djamel Debouzze (c'est dépassé depuis trois ans !) et Jim lui répondait sur le même mode. Si je les entends encore s'écrier : « Dites-moi pas que c'est pas vrai ! », je les empale avec ma fourchette à viande.

Après le déjeuner, j'ai pris ma pause et j'ai réussi à faire une sieste d'une heure sur des sacs de farine dans la réserve. Quand j'ai refait surface, j'avais l'impression d'avoir à peu près retrouvé forme humaine.

J'ai fait un saut à la cuisine pour jeter un coup d'œil dans le frigo. Jim était en train de répartir de la mayonnaise dans des bols.

— Je meurs de faim ! Il reste du poulet ?

— Oh, salut, Edie, ta diabolique sœur jumelle est venue ce matin, elle te cherchait, a-t-il lancé d'un ton sec.

— Désolée, ai-je répondu d'une petite voix.

C'est vrai que j'avais été imbuvable.

— J'ai passé une mauvaise nuit.

Jim m'a examinée un bref moment.

— On dirait que tu n'as pas dormi depuis des lustres. Tu as d'énormes cernes sous les yeux.

— Merci, toi au moins, tu as du tact.

— Ça te donne l'air mystérieux, s'est-il empressé

d'ajouter pour se rattraper. Comme si tu étais restée éveillée toute la nuit pour écrire des poèmes.

Impossible de lui en vouloir plus longtemps. C'était au-dessus de mes forces.

— La vérité est beaucoup moins romanesque, ai-je expliqué en souriant. J'ai quelques soucis en ce moment, voilà tout.

Toi et le frère de ta copine, par exemple, me suis-je dit.

Jim a hoché la tête avec sympathie : il était certain que j'avais réussi mes examens les doigts dans le nez.

J'ai commencé à préparer la pâte des muffins pour le lendemain en fredonnant les chansons que diffusait la radio pendant que Jim faisait la vaisselle. En levant les yeux de mon plan de travail, je l'ai surpris en train de m'observer, un petit sourire triste aux lèvres.

— Quoi ?

— Rien, c'est juste bizarre de te voir travailler. J'avais oublié que tu étais débrouillarde.

— Hugues et toi, vous adorez me traiter comme une petite fille, la plupart du temps.

— Il est toujours aussi arrogant ? a demandé Jim d'une voix qui trahissait l'agacement.

— Je n'ai pas envie de parler de lui.

Silence.

— Bref... Oui, je suis une sacrée débrouillarde – c'est ce que ma mère dit toujours – et j'aurai conquis le monde dans deux ans, trois mois et dix-sept jours à peu près.

Jim s'est esclaffé avant d'ajouter d'un ton moqueur que j'aurai sans doute tenté mon premier coup d'État d'ici la fin de l'été.

On a passé un super-après-midi. Pas la moindre

allusion à Hugues ou à Clotilde. On a fait les andouilles et on a chanté par-dessus les CD de Jim. En rentrant à la maison, j'avais envie qu'on ressorte ensemble. Rien que lui et moi, comme avant. Mais en mieux, parce que j'avais beaucoup mûri depuis. Je ne savais pas comment j'allais gérer sa présence à mes côtés pendant l'été. Et puis il commence à faire vraiment chaud et je vais sans doute crever à force d'inhaler toutes ces odeurs.

27 juillet

Heureusement, les répétitions m'évitent de déprimer à l'idée de passer l'été à Manchester. J'ai fait une sieste en rentrant du boulot suivie d'un long bain parfumé aux essences de thé vert de l'Occitane. Après, je me sentais beaucoup mieux. Quand je suis arrivée au local qu'on a déniché pour répéter, Atsuko et Deborah étaient déjà là. Grace, la petite sœur bizarroïde de Pénélope, était venue, elle aussi.

— Salut, ai-je lancé en m'agenouillant pour sortir ma guitare de son étui. Combien de garçons avez-vous emballés l'autre soir ? ai-je ajouté tandis qu'Atsuko se branchait sur l'ampli installé près de moi.

— Huit ou neuf, a-t-elle répondu avec désinvolture. Je n'ai pas le compte exact, pour être franche.

— Ouh, c'est du joli ! Et toi, Deborah ?

— Elle a fini dans les bras de cet étudiant en art dont elle rêve depuis six mois, a grommelé Atsuko. Et elle a passé la semaine l'oreille scotchée à son téléphone, à attendre qu'il la rappelle.

— J'ai déjà donné et je ne m'en suis pas encore remise, ai-je remarqué.

— Et comment ça s'est terminé avec Hugues ?

— On s'est disputés parce que j'ai refusé de coucher avec lui.

— La routine, quoi, a ironisé Atsuko.

— Ouais...

— Dites, vous deux, vous allez continuer à bavasser jusqu'à demain matin ou est-ce qu'on peut répéter les chansons de notre premier disque de platine ? s'est écriée Pénélope qui bidouillait son micro sur la scène.

L'air de rien, je crois que je deviens une vraie rockeuse. Même si la guitare me donne mal au dos et me blesse les doigts, j'arrive à prendre des poses de rock star, maintenant que je fais mes accords correctement. Je commence même à chanter pendant les refrains (euh... hurler serait peut-être un terme plus approprié) et j'adore ça. Je m'occupe des harmonies tandis que Pénélope s'époumone. Dans les chansons (où elle parle des garçons qui sont tous des pourris), Pénélope se décrit comme une tueuse super-entraînée. La plupart du temps, je me tortille en brandissant ma guitare ou j'essaie de sauter de l'estrade où se trouve la batterie en peaufinant mon *la* bémol. Je n'aurais jamais cru penser ça un jour, mais je regrette de ne pas avoir été plus attentive en cours de musique au collège. Pas étonnant que je n'aie jamais dépassé la moyenne. J'adore traîner avec les filles. C'est une autre planète que les garçons, Dieu merci ! Depuis que Pénélope m'a forcée à intégrer le groupe, je me sens membre à part entière d'une bande. Ces filles sont devenues mes meilleures amies. J'avais oublié à quel point c'est génial d'avoir des copines. Il y avait plein de choses que je ne pouvais pas faire avec Jim ou Hugues, comme roter ou essayer d'enfourner un maximum de Pringles dans ma bouche, mais avec ces nanas-là, je peux me le permettre, elles ne m'en apprécieront que davantage.

On a clos la répétition avec notre chanson fétiche : « Les Vampires n'ont pas d'avenir », en hommage à *Buffy*. J'ai réussi à aller au bout de mon solo sans me tromper une seule fois. J'étais en train de chanter à tue-tête : « Tu f'ras moins le malin avec un pieu dans le cœur » quand j'ai aperçu Hugues près de la porte, adossé contre une pile d'amplis hors d'usage. Du coup, j'ai raté mon accord, ce qui m'a valu un regard assassin de Pénélope. Et puis je me suis dit : qu'il aille se faire voir ! Je faisais partie d'un groupe. J'avais trouvé du travail. Je n'avais pas besoin de lui. Il allait devoir s'habituer à la véritable Edie, à des lieues de la petite fille mal dans sa peau qu'il connaissait. Cette pensée ne m'a pas quittée tandis que je grimpais sur l'estrade pour achever mon solo avant de m'élancer sur la note finale.

Le silence s'est installé pendant qu'on reprenait notre souffle, bientôt rompu par les applaudissements de Hugues. Pour une fois, sa réaction semblait sincère.

— C'était génial ! s'est-il exclamé en venant me rejoindre.

J'ai posé ma guitare et je me suis tournée vers les autres, interdite.

— On n'est pas assez au point pour se produire en public, a objecté Pénélope, mais on ne l'arrêtait plus. Sérieux, tu nous as trouvées à la hauteur ? On ne veut surtout pas passer pour un girls band minable. Enfin, je pense qu'on assure question mélodies.

— Vous êtes excellentes, toutes les quatre, a-t-il déclaré.

Je ne l'avais jamais vu aussi enthousiaste.

— Votre musique est à la fois révoltée et commerciale, un peu comme celle des Raincoats, le groupe préféré de mon frère aîné.

— J'adore les Raincoats ! s'est écriée Pénélope.

Et j'ai pensé : Hugues, un frère aîné ? Puis : Qu'est-ce qui lui prend ? Ça ne lui ressemble pas, d'être gentil avec mes amies. Ce doit être la pleine lune.

Il s'est tourné vers moi :

— Je ne savais pas que tu jouais aussi bien. Tu es super-cool sur scène. On dirait Courtney Love en moins flippante.

J'ai haussé les épaules en protestant pour la forme.

Hugues avait été kidnappé par des extraterrestres, c'était la seule explication. Il nous a aidées à ranger notre matériel dans la remise qui jouxtait la salle de répète et a insisté pour nous offrir une tournée au pub afin de nous féliciter. Pénélope a renvoyé Grace chez elles sous prétexte qu'on ne serait jamais servis nulle part avec une mineure dans les pattes, et on a échoué au Dry Bar. Hugues m'a même tenu la main DANS LA RUE. Il n'a pas arrêté de me décocher des sourires et des œillades admiratives. J'aurais dû le laisser venir plus souvent aux répétitions.

Un ange. Pénélope l'a tout de suite adoré vu qu'il connaissait tous les obscurs groupes indépendants qu'elle portait aux nues. Et Atsuko et Deborah ont fait bonne figure parce qu'il était leur « entrée » dans le paradis des beaux étudiants en art. Moi-même j'ai réussi à oublier qu'il s'était comporté comme le dernier des mufles pendant la fête de fin d'année parce qu'il me tenait la main et me traitait comme une princesse en présence de mes amies. Une révélation totale !

À dix heures, j'ai cassé l'ambiance en annonçant que je devais partir.

— Oh, reste, Edie, a gémi Pénélope. Il est encore tôt.

— Je commence à huit heures et demie toute la semaine, lui ai-je rappelé. Pour toi, ce n'est pas un problème, tu arrives à midi.

— Oh, c'est pas juste, a-t-elle poursuivi sur le même ton.

Pile à ce moment, le portable de Deborah a sonné et elle s'est précipitée dehors pour répondre.

— Ça sent l'étudiant en art, a commenté Atsuko d'un ton acerbe, tandis que je me levais pour enfiler ma veste.

— À demain, Pénélope, et à bientôt, les autres, ai-je lancé à l'intention de Hugues et d'Atsuko.

Hugues ne semblait pas décidé à me laisser partir.

— Tu prends le bus pour rentrer ?

— Oui, il me dépose en haut de ma rue.

Il s'est levé.

— Je te ramène jusqu'à l'abribus.

J'ai fait mine d'ignorer les sourires narquois de Pénélope et d'Atsuko. Je leur ai adressé un signe alors que Hugues m'entraînait vers la sortie, un bras autour de mon épaule.

Il avait fait des efforts phénoménaux pour se rattraper. Cependant, on n'en était pas encore au stade où on s'embrassait sous les abribus. Mais il me tenait la main, c'était déjà pas mal.

— Je suppose qu'il n'est pas question que je vienne

avec toi ? a-t-il fini par demander avec un petit sourire.

— Tu supposes bien.

— Mais tu réfléchiras à ce que j'ai dit l'autre soir, n'est-ce pas ?

— Oh, ne commence pas, ai-je grommelé en levant les yeux au ciel. On vient de passer une bonne soirée, ne va pas tout gâcher.

— Je n'en ai pas l'intention. Mais je suis sûr que ce serait super, nous deux. Je ferais en sorte que ça se passe bien.

— Voilà mon bus, ai-je annoncé sans parvenir à dissimuler mon soulagement. Donne-moi un peu de temps, tu veux bien ?

Il s'est penché pour m'embrasser au coin des lèvres.

— Ne me fais pas trop attendre, Edie.

1er août

Une certaine routine s'est installée cette dernière semaine. Je travaille en essayant de me convaincre que je peux passer de longs moments en compagnie de Jim sans en être affectée. Je répète avec le groupe. J'attends le coup de fil de Hugues. J'attends encore. J'imagine que je pourrais l'appeler mais il n'est pas question que je fléchisse. Je tiens à remporter ce round. Entre le boulot, les répètes et l'attente, le temps semble me filer entre les doigts.

2 août

J'en viens à attendre le dimanche avec impatience pour pouvoir traînasser. J'étais en train de me motiver pour sortir du lit, histoire de ne pas louper mon feuilleton, quand le téléphone a sonné.

J'ai pris mon portable sur la table de nuit. J'étais encore abrutie de sommeil mais suffisamment réveillée pour espérer. Avec un peu de chance, j'entendrais la voix de Hugues à l'autre bout du fil. Raté : c'était Alice, dont je n'avais plus de nouvelles depuis des siècles.

— Edie ? C'est toi ? Je te réveille ?

— À vrai dire, oui, ai-je marmonné. Mais j'avais l'intention de me lever bientôt.

— Il est une heure de l'après-midi.

Je percevais une pointe d'agacement dans sa voix, même au téléphone.

Silence à l'autre bout du fil.

— Comment ça va ? ai-je fini par demander, mais Alice ne semblait pas d'humeur à discuter de la pluie et du beau temps.

— Il faut que je te parle, a-t-elle annoncé de but en blanc. On peut se voir ?

— Si c'est au sujet de moi et de Jim, la réponse est non ! On travaille ensemble, point. Et on ne reste pas seuls une minute, donc si quelqu'un t'a raconté...

— Qu'est-ce que Jim vient faire là-dedans ? Ou bien essaierais-tu de me persuader qu'il ne s'est rien passé alors que...

— On n'est PAS ensemble !

— Bon, d'accord, a-t-elle soupiré. On se donne

rendez-vous au lac à... Tu peux être prête dans une heure ?

— Oui, ai-je répondu d'un ton résigné avant de raccrocher.

Je ne savais pas pourquoi Alice tenait tellement à me voir mais une drôle d'intuition me soufflait que les ennuis n'étaient pas loin.

2 août (plus tard)

En me dirigeant vers le parc, je ne pouvais pas m'empêcher de ruminer. Alice avait un sacré culot. À la réflexion (et j'avais beaucoup réfléchi), je n'aurais jamais rompu avec Jim sans cette histoire avec Mia, qui ne serait jamais arrivée si Alice et Paul avaient résolu seuls leurs problèmes au lieu d'aller demander l'aide de Jim. Je n'arrivais même pas à me souvenir de la dernière fois où on s'était retrouvées toutes les deux. Ce n'était pas surprenant, Paul et elle restaient collés l'un à l'autre comme des siamois. Et puis elle préférait la compagnie de Clotilde à la mienne. Il fallait vraiment qu'elle ait grillé un fusible. C'est ma dernière théorie en date : Jim, Alice et le reste de la bande sont devenus dingues. Sinon, comment pourraient-ils fréquenter cette espèce de sorcière ?

Mais je m'éloigne du sujet. Il faisait très chaud, le soleil brillait haut dans le ciel et je me félicitais d'avoir mis de l'écran total. La chaleur était telle que j'avais opté pour une robe légère en coton ; impossible de porter du synthétique.

Je me suis arrêtée pour acheter une glace chez le vendeur installé près des grilles du parc, histoire de retarder le plus possible la confrontation, mais pas d'échappatoire : Alice était déjà là, elle m'attendait près du pont. Je me suis dirigée vers elle d'un pas désinvolte, comme si son appel ne m'avait pas effrayée le moins du monde.

— Salut, a-t-elle lancé, l'air ailleurs.

— Salut, ai-je répondu, la bouche pleine de chocolat.

On a marché un peu au bord du lac en échangeant des politesses au sujet du groupe et de la boîte d'infographie qui employait Alice. Avant, je parlais à bâtons rompus avec elle ; maintenant, on faisait des efforts surhumains pour alimenter une conversation pendant cinq minutes.

Je n'ai pas pu me contenir davantage.

— Qu'est-ce qui se passe, Alice ? On ne s'est pas adressé la parole depuis des mois, alors il y a sûrement quelque chose qui cloche pour que tu aies besoin de me voir du jour au lendemain.

— Trouvons un banc à l'ombre, a-t-elle répondu en faisant la moue.

Alice prétend qu'elle a du sang esquimau dans les veines. Elle est la personne la plus pâle que j'aie jamais vue, à l'exception peut-être des gothiques. Je lui ai indiqué un banc à l'abri d'un saule.

— Viens t'asseoir.

Je lui ai jeté un regard intrigué tandis qu'elle s'asseyait. Bien qu'il fît dans les quarante degrés, Alice portait un gros pull ample. Comme quoi j'avais tapé juste, avec ma théorie des fusibles.

— Tu n'as pas chaud, habillée comme ça ? ai-je demandé.

Une pause puis :

— Non...

Le silence m'a paru durer des siècles. J'ai secoué la tête, à bout de patience, et elle a fini par lâcher :

— Je suis enceinte.

— Quoi ?

Alors là, je ne m'attendais pas à ça.

— J'ai deux semaines de retard. D'habitude, je suis réglée comme une horloge.

— Oh.

Je ne trouvais rien à répondre.

— Et... vous êtes contents, Paul et toi ?

Elle m'a dévisagée d'un air furieux.

— J'ai l'air contente, là ? Je n'ai que vingt ans, je viens d'entrer dans la vie active, j'habite encore chez mes parents. Je peux donc affirmer avec certitude que je ne suis pas exactement folle de joie.

— Désolée, ai-je marmonné. Comment est-ce arrivé ?

— À ton avis ?

J'ai piqué un fard.

— Je sais comment c'est arrivé mais je croyais que vous vous protégiez.

— On a eu un accident de préservatif et je n'ai pas eu le temps d'acheter la pilule du lendemain, avec le boulot. Je croyais que tout rentrerait dans l'ordre.

Elle semblait si désespérée que, malgré le fossé qui s'était creusé entre nous, je l'ai prise par l'épaule.

— Ça va aller, Alice. Paul est fou de toi...

Elle s'est dégagée.

— Non, c'est la cata. Il refuse d'en discuter. Il fait l'autruche. J'ai beau lui répéter qu'on doit prendre une décision au sujet de ce bébé, il change systématiquement de sujet.

— Peut-être que tu devrais demander à Jim de lui parler, ai-je suggéré, soudain mal à l'aise.

Rien que le fait de prononcer son nom me rendait nerveuse.

— Je n'ai pas envie d'aborder des problèmes de... fille avec Jim, a coupé Alice. En fait, j'ai pensé que toi, tu pourrais t'en charger.

— Moi ? Pourquoi moi ?

— Parce que tu es en terrain neutre. Et parce que Paul t'a toujours beaucoup appréciée.

Grande nouvelle ! Paul avait d'abord été l'ami de Jim puis le petit ami d'Alice, je n'avais jamais pensé à lui en d'autres termes.

— Eh bien, moi aussi, mais je ne l'ai pas croisé depuis des mois. Je ne saurais pas quoi lui dire.

— Tu n'as qu'à passer à l'appart sous un prétexte quelconque : prétends que tu dois voir Hugues, par exemple. Puis raconte-lui que tu es tombée sur moi par hasard, que tu t'inquiètes à mon sujet et que...

— Tu as déjà tout planifié, apparemment. Tu veux que j'aille expliquer à ton chéri que tu... Enfin, tu penses vraiment que si je lui parle, ça fera une différence ?

— Je ne sais pas. Tu crois que je t'aurais appelée si j'avais la solution ?

J'ai senti un frisson me parcourir le dos.

— Qu'est-ce que tu essaies de me faire comprendre ?

— Disons que tu n'as pas été d'un grand soutien jusqu'ici, Edie. Tu as traité Jim comme un moins que rien quand tu sortais avec lui, tu as fait l'impossible pour qu'il rompe avec Clotilde, tu te rendais pourtant compte qu'il était heureux avec elle, et maintenant tu me bats froid parce que j'ai l'audace de m'entendre avec la copine de ton ex.

J'ai eu l'impression qu'on venait de me jeter un seau d'eau froide à la figure. D'accord, elle me balançait des faits, le hic, c'est que c'était SA version. Je n'avais même pas la force de me disputer avec elle. Comment aurais-je pu lui expliquer les raisons de mon comportement stupide et irrationnel ? Comment lui raconter que Jim ne s'était pas fait prier pour sortir avec moi derrière le dos de tout le monde ?

— Pense ce que tu veux, ai-je répondu calmement. C'est de l'histoire ancienne et ça ne regarde que Jim et moi.

— Et maintenant, Edie, tu vas te mettre à pleurer ? a raillé Alice. C'est ce que tu fais, non, quand les choses se gâtent ?

— J'ai peut-être changé. Et toi aussi. Qu'est-ce qui t'a rendue aussi détestable ? Écoute, je regrette que tu aies été mêlée à ces histoires entre moi, Jim et Clotilde. Je regrette qu'on ne se parle plus. Je regrette ce qui t'arrive. Mais je ne suis pas malintentionnée. J'avais mes raisons pour agir ainsi.

Alice m'a regardée comme si elle me voyait pour la première fois.

— Tu as changé, c'est vrai. Tu avais du cœur, avant.

Je me suis levée.

— J'en ai assez entendu. Tu es dans le pétrin. J'en suis désolée, mais il va falloir que tu te débrouilles, ne compte pas sur moi pour résoudre tes problèmes à ta place.

Alice m'a retenue par le poignet.

— Pardon. Ton attitude m'attriste, voilà tout.

Avant, tu étais innocente. Tu respirais la joie de vivre. Si je ne traîne plus avec toi, c'est parce que je ne te vois plus beaucoup sourire. On dirait que tu as dressé un mur entre toi et les autres.

Apparemment, Alice était encore capable de me percer à jour.

— Non, c'est faux, me récriai-je, avec l'énergie du désespoir. Je suis restée la même. J'ai tout raté avec Jim et il m'a fallu du temps pour m'en remettre. Mais je souris. Je souris, seulement tu n'es plus là pour t'en apercevoir.

J'aurais pu demander à Alice si elle avait fait un test de grossesse ou consulté un médecin. Mais une question me taraudait :

— Pourquoi tu n'as pas demandé l'aide de Clotilde ? C'est vrai, vous passez votre vie ensemble.

Alice a fait la grimace.

— Je n'ai pas envie d'aborder ce sujet avec toi, mais Clotilde a tendance à manquer de tact et elle ne s'entend pas très bien avec Paul.

— O.K., j'irai lui parler mais je ne te promets rien.

Je ne savais pas pourquoi j'acceptais de suivre ce plan débile mais n'importe qui, en voyant Alice aussi triste et désarmée, en aurait fait autant.

3 août

Si hier, en allant retrouver Alice, j'avais pu éprouver une certaine appréhension, aujourd'hui, pendant le trajet jusqu'à l'appartement des garçons, c'était carrément la panique. Quelle idée ridicule ! Personne n'y gagnerait quoi que ce soit, ai-je pensé en sonnant à la porte. Alice supposait que Paul serait seul et Dieu merci, elle avait vu juste.

— Salut, Edie, Hugues est sorti, a-t-il dit en me trouvant sur le seuil. À moins que tu cherches Jim ? Tu n'es pas venue pour lui, rassure-moi ? a-t-il ajouté avec embarras.

J'ai réussi à esquisser un sourire.

— Non, c'est toi que je voulais voir. Je peux entrer une minute ? J'ai même apporté ma réserve de Coca light.

Paul a mis un bon moment à dénicher un verre puis il a débarrassé le canapé d'une des œuvres de Jim et, après avoir échangé quelques commentaires sur le temps, on a fini par s'asseoir et j'ai pu me lancer dans mon discours soigneusement préparé. Mais quand j'en suis arrivée au passage où j'étais tombée sur une Alice très déprimée, Paul a commencé à s'agiter, l'air perdu, et j'ai décidé de prendre le taureau par les cornes.

Je lui ai expliqué qu'Alice était folle d'inquiétude pendant que lui fuyait ses responsabilités. S'il l'aimait vraiment, il devait l'aider. Pour peu qu'elle décide de garder le bébé, il venait de lui démontrer qu'il ferait un bien mauvais père. Bref, j'y ai passé dix bonnes minutes mais, après que j'ai énoncé mes arguments, Paul ne savait plus où se mettre.

— Mais elle n'a même pas fait de test !

C'est tout ce qu'il a trouvé à dire, l'abruti.

— Eh bien, va lui en acheter un ! me suis-je écriée. Et tant que tu y es, apporte-lui des fleurs.

Il s'apprêtait à partir quand Jim est entré.

On devait avoir une mine coupable, avec Paul, parce qu'il a demandé d'un ton suspicieux :

— Qu'est-ce qui se passe ?

Paul m'a jeté un regard affolé avant de répondre :

— Edie est passée pour... euh... pour...

— Pour voir Clotilde ! ai-je glapi.

Mais où j'étais allée pêcher une excuse pareille ?

— Et qu'est-ce que tu lui veux ? a demandé Jim, de plus en plus méfiant.

J'ai cherché de l'aide auprès de Paul qui s'est contenté de hausser les épaules avec impuissance.

— Je voulais la voir parce que je... j'organise un barbecue !

Jamais il n'avalerait ça.

— Oui, un barbecue, et je me demandais si elle accepterait de venir !

Jim a froncé les sourcils et mon cœur s'est mis à battre plus vite.

— Tu aurais pu m'en parler demain au café.

Paul a décidé de me donner un coup de pouce avant de prendre la fuite.

— Tu connais Edie, quand elle a une idée en tête, elle fonce !

Jim était toujours debout au milieu de la pièce, les bras ballants.

— Mmmm, tu as toujours été impulsive. Ça me maintenait sur le qui-vive.

L'atmosphère était différente, tout à coup. Maintenant que Paul était parti, la pièce s'était réchauffée, et ça n'avait rien à voir avec la température. Jim m'a lancé un regard insistant et soudain, j'ai eu plus que jamais conscience de ma robe légère, de mes jambes nues et même de mes orteils qui dépassaient de mes tongs.

J'ai commencé à raconter n'importe quoi pour

meubler le silence. Mais Jim ne semblait pas convaincu par mon histoire d'invitation.

— ... Oui, je suis tombée sur Alice que je n'avais pas vue depuis des siècles et on a pensé que ce serait sympa d'organiser un barbecue chez moi. Tu sais, mes parents ne sont pas là. Et puis on s'est dit que ce serait plus cool de se retrouver entre filles, histoire de faire plus ample connaissance avec Clotilde...

Jim a posé un doigt sur mes lèvres et j'ai fait un bond en arrière comme s'il m'avait brûlée.

— Pourquoi tu as fait ça ? ai-je demandé d'une voix tremblante.

— Tu allais finir par t'étouffer si tu ne reprenais pas ton souffle. Tu parles trop quand tu es nerveuse. Je te rends nerveuse ?

— Qu'est-ce que tu vas t'imaginer ?

Mon cœur battait à se rompre, même le voisin d'à côté aurait pu l'entendre.

— Il faut que j'y aille.

On ne s'était pas retrouvés seuls dans une pièce depuis l'ultimatum de Clotilde et je comprenais pourquoi, à présent. Je n'étais pas capable de tenir ma promesse, et lui non plus. Qu'est-ce qu'il lui prenait de flirter avec moi ? Ce genre d'attitude se soldait toujours par un baiser et ensuite, c'était moi qui devais en assumer les conséquences.

— Tu ne veux pas rester boire un verre ? a-t-il demandé d'un ton suppliant. Il fait trop chaud pour traîner dans les rues de Manchester.

— Euh... je ne...

— Allez, Edie. Il reste du Coca light et des glaçons dans le frigo. Et il y a même un ventilateur.

Bien entendu, je suis restée. Je me suis fait avoir, comme d'habitude.

On s'est assis sur le canapé et Jim a déplacé le ventilateur. L'air soulevait ses cheveux et j'ai dû me retenir pour ne pas les remettre en place. Je ne pouvais pas m'empêcher de lui lancer des regards à la dérobée : son tee-shirt moulait son torse frêle et il souriait à demi, de ce sourire particulier qu'il n'avait qu'avec moi.

On a discuté un bon moment. Comme si on ne s'était pas vus la veille. Même quand on parle de tout et de rien – la robe que j'ai l'intention d'acheter ou les autres vendeurs de Rhythm Records –, la conversation signifie bien plus que ce que les mots laissent entendre.

— Tu n'as pas l'air en forme, Edie, je me trompe ? a soudain demandé Jim. Je sais qu'il y a un problème.

Des problèmes, j'en avais plein : j'angoissais au sujet de mes résultats d'examens, je ne savais pas quoi faire de mon avenir, je me demandais si je devais coucher avec Hugues mais ce qui me tracassait le plus à ce moment-là, c'était la discussion que j'avais eue avec Alice la veille.

— C'est à propos de ce que m'a dit Alice hier. Tu trouves que j'ai changé ? Tu trouves que je joue un rôle ?

J'étais recroquevillée dans un coin du canapé tandis que Jim occupait les deux tiers restants. Il s'est rapproché de moi et a planté ses yeux dans les miens.

— Tout le monde change.

— Elle a dit que je ne souriais plus et que j'avais perdu ma joie de vivre. Elle doit me prendre pour une garce insensible.

Jim a écarté une mèche de mes cheveux et, en bonne fille, je me suis reculée. Il a continué à me caresser la joue comme si de rien n'était.

— Si tu as changé, c'est parce qu'on t'a fait du mal. JE t'ai fait du mal et ensuite c'est toi qui as payé pour mes bêtises. On n'a jamais abordé le sujet, pas vrai ?

J'ai essayé de repousser sa main mais avant que j'aie pu lui échapper, il a emprisonné mes doigts dans les siens.

— Qu'est-ce que ça changerait, Jim ? ai-je soupiré. Tu étais avec Clotilde, tu es toujours avec elle. J'avais conscience que ce qu'on faisait n'était pas bien, mais je n'ai pas essayé d'y mettre un terme.

— Moi non plus, m'a-t-il rappelé d'une voix douce. Je savais que Hugues et Clotilde t'avaient tout mis sur le dos mais j'ai laissé couler. Tu te rappelles la fois où je suis venu te voir au café avec Clotilde ? Elle s'est acharnée contre toi et je suis resté là, les bras ballants. Ce que j'ai pu me détester après !

J'ai tenté de protester faiblement mais, pour être franche, le cœur n'y était pas :

— Je ne te lâchais pas d'une semelle.

— Mais j'aurais pu te repousser et je ne l'ai pas fait, a poursuivi Jim en me serrant un peu plus fort la main. Puis, quand Hugues a commencé à te tourner autour, la seule pensée qu'il puisse te toucher m'a mis hors de moi.

— Mais on parle du passé, non ? Tu sors avec Clotilde et moi avec Hugues. Enfin, plus ou moins. C'est drôle comme les choses évoluent, tu ne trouves pas ?

— Écoute, je veux que tu saches que je suis désolé de m'être si mal conduit avec toi, a déclaré Jim, mais soudain, on a entendu une clé tourner dans la serrure puis la voix de Hugues en pleine communication sur son téléphone portable. On a échangé un regard horrifié.

— Il va me tuer s'il me trouve ici avec toi !

Avant que j'aie pu ajouter un mot, Jim m'a fait lever puis m'a poussée dans l'angle entre le canapé et le mur.

— Reste là et surtout, pas un bruit, a-t-il ordonné avec calme.

Je me suis recroquevillée tant bien que mal en ramenant mes genoux contre ma poitrine. J'ai entendu Hugues entrer dans le salon.

— Oh, c'est toi, a-t-il lancé à Jim. J'avais cru entendre des voix.

— Je ne m'attendais pas à ce que tu reviennes aussi vite, a répondu Jim d'un ton désinvolte.

— J'ai oublié ma carte de crédit. Je vais voir la jolie Edie. Ça ne te dérange pas, au moins ?

— Ce ne sont pas mes affaires, mon pote.

— Je crois que je lui manque, a poursuivi Hugues d'une voix suave. Et quand je lui manque, elle s'accroche. C'est mignon, non ?

Drôle de situation. Apparemment, Hugues essayait de provoquer Jim. Je n'arriverais jamais à comprendre ses façons de faire, même si je devais vivre cent ans.

— Si elle appelle, dis-lui que je serai là dans une heure et que j'ai hâte de l'embrasser.

Jim a eu un mot très impoli et j'ai entendu Hugues ricaner en quittant la pièce. J'ai attendu qu'il claque la porte et que Jim vienne me chercher.

— C'est bon, il est parti.

J'ai réussi à m'extirper de ma cachette (plus facile

d'y entrer que d'en sortir) et j'ai fait quelques mouvements d'étirement : mes mollets me faisaient souffrir.

— J'ai des crampes, ai-je grommelé en m'affalant sur un des fauteuils.

Jim s'est agenouillé devant moi tandis que je massais mes jambes endolories. Il a pris mon pied et s'est mis à caresser doucement mes muscles noués.

— Qu'est-ce que tu fabriques ?

— Chut, j'essaie juste de te soulager.

Le contact de ses doigts sur ma peau, c'était divin. Et après avoir dénoué mes muscles un à un, il a continué à me caresser la jambe. J'avais du mal à respirer. J'ai dévisagé Jim, un peu troublée, et, sans me quitter des yeux, comme s'il me mettait au défi de l'en empêcher, il s'est penché pour embrasser mon genou. Je savais que je n'avais qu'à me pencher à mon tour et on se retrouverait tous les deux par terre, nos bouches collées l'une à l'autre. Et la lueur dans son regard devait signifier qu'il le savait aussi. Pendant quelques secondes, je n'ai pas bougé, puis je me suis penchée mais pour le repousser afin de pouvoir me lever.

— Je m'en vais. On ne devrait pas rester seuls toi et moi.

Jim s'est laissé tomber sur le sol avec un grognement.

— Je ne peux pas te regarder sans que ça me donne des idées.

— Quel genre d'idées ? ai-je demandé malgré moi.

— Je te ferais rougir jusqu'aux oreilles si je te racontais.

11 août

Paul ne sait pas tenir sa langue : il a mis Clotilde au courant, pour le barbecue, et maintenant, je suis obligée d'en organiser un. Cela dit, je suis soulagée qu'on passe la journée entre filles, j'ai accumulé suffisamment de stress comme ça avec les garçons.

Seule retombée positive de dimanche dernier, Alice et moi sommes de nouveau amies. Elle m'a appelée aujourd'hui pour me raconter que Paul est prêt à faire n'importe quoi pour se rattraper. Et elle s'est même excusée pour les horreurs qu'elle m'a balancées à la figure.

— Mes hormones, je suppose, a-t-elle ironisé.

— Ne parle pas de malheur ! Il est encore beaucoup trop tôt pour utiliser ce genre de prétexte. Tu as pris une décision pour la suite ?

— Eh bien, j'ai fait le test mais je n'ai pas réussi à déterminer s'il était positif ou non. Je ne suis pas prête à avoir un bébé, j'ai déjà du mal à me prendre en charge.

— Le sexe, ça complique tout, ai-je répondu d'un ton sentencieux.

Alice a laissé échapper un ricanement surpris, ce qui n'est jamais très agréable à entendre.

— Tu l'as fait ? Avec Hugues ? Oh non, ce n'était pas avec Jim, si ?

— Je ne l'ai fait avec personne, ai-je répliqué avec indignation. Mais j'y pense.

Hugues était venu me voir la veille au soir : il avait passé deux heures à m'embrasser ou à pester quand je le rappelais à l'ordre dès que sa main s'égarait.

Alice a préféré changer de sujet.

— Alors, qui as-tu invité à ce barbecue entre filles ?

— Atsuko, Deborah et Pénélope, les nanas de mon groupe...

— Je les ai déjà rencontrées. On peut s'attendre à un petit concert ?

— Mmmm, Pénélope envisage de jouer quelques morceaux en acoustique. On verra... Si elle vient, elle amène sa petite sœur Grace, celle qui ne dit jamais rien. J'ai invité Nicolas parce que c'est une fille à titre honorifique. Et puis tu as invité Clotilde de ma part, non ?

— Oui, mais je ne suis pas sûre qu'elle viendra, a répondu Alice après une hésitation. Elle ne t'aime pas beaucoup.

— C'est réciproque. Cependant, si je peux gagner des points auprès de son frère... ai-je expliqué avant de raccrocher.

Mais non, ma vie n'est pas compliquée...

15 août

J'ai prévu dix fois trop de nourriture. Anna m'a permis de dévaliser le frigo hier au boulot et personne n'est venu les mains vides. La table de la cuisine croule sous les quiches, les salades, les chips et les saucisses cocktail (mon péché mignon). Mais il faisait si chaud que je n'avais aucun appétit et Alice prétendait que l'odeur de la viande lui donnait la nausée.

J'essayais d'allumer le barbecue quand Pénélope est arrivée avec Atsuko, Deborah et Grace. Je leur ai fait signe avant de me replonger dans le mode d'emploi de l'allume-feu que le voisin m'avait prêté. Autant dire que pour moi, c'était du chinois. On a sonné à la porte et, comme les autres projetaient de faire une razzia dans ma réserve personnelle de glaces, je me suis dépêchée d'aller ouvrir. Clotilde se tenait sur le seuil, elle n'avait pas l'air ravie de me voir, et c'était réciproque.

— Salut, a-t-elle lancé avec indifférence en rejetant en arrière une mèche d'un roux incandescent.

Cette fille se fait des teintures, ça crève les yeux. Mais qui accepterait de son plein gré de se teindre les cheveux de cette couleur ?

— C'est bien que tu sois venue, ai-je récité, dans ma meilleure imitation de la parfaite maîtresse de maison.

La Mère Supérieure aurait été très fière de moi.

— Tu dois crever de chaud, je t'offre un rafraîchissement ?

Clotilde m'a emboîté le pas en m'observant, l'air de dire : « À quoi tu joues ? »

— Où est Alice ? a-t-elle demandé sans cérémonie.

J'ai indiqué le jardin.

— Elle doit être là-bas.

— Tu as un truc collé sur ta robe, a-t-elle remarqué avec un sourire narquois, avant de s'éloigner.

En baissant les yeux, je me suis aperçue que j'avais fait tomber de la salade de chou sur ma nouvelle robe et j'ai couru me changer avec un gros soupir. J'étais en train d'enfiler ma minijupe en jean en essayant de dénicher un haut lorsque la sonnette d'entrée a de nouveau retenti.

Comme je tentais de boutonner mes fringues en même temps, j'ai failli faire un vol plané dans l'escalier.

J'ai ouvert la porte tout en me débattant avec la

fermeture de mon haut. De toute façon, ça ne pouvait être que Nicolas qui m'avait vue en petite tenue quand il était venu passer la nuit chez moi.

Eh non, ce n'était pas Nicolas mais Paul, Jim, Simon et Hugues, ainsi que deux types de Rhythm Records, les yeux braqués sur ma poitrine, qui trimbalaient des sacs chargés de bouteilles d'alcool. Tant bien que mal, j'ai retenu mon haut des deux mains.

— Tu as besoin d'aide ? s'est enquis Simon avec un sourire carnassier.

Je les ai considérés bouche bée tandis qu'ils m'écartaient pour passer puis j'ai réussi à articuler :

— Vous n'êtes pas invités.

— Ne t'inquiète pas, a répondu Hugues en se penchant pour m'embrasser sur la joue. On est les pique-assiette officiels de ta fête.

— Mais je n'ai pas prévu assez de nourriture, me suis-je lamentée en les suivant dans la cuisine.

— Arrête, Edie, il y en a assez pour nourrir une armée entière, s'est esclaffé Paul en apercevant le buffet.

— J'ai aussi de quoi faire un barbecue, ai-je avoué. Mais je n'arrive pas à l'allumer. Si vous voulez rester, vous allez devoir recourir aux bonnes vieilles méthodes des cavernes.

On avait à peine mis un pied dans le jardin que Clotilde s'est levée de sa chaise longue pour se jeter dans les bras de Jim qui ne m'avait pas accordé un regard depuis son arrivée. Alice avait l'air de connaître les nouveaux venus ; Pénélope connaissait Will et Robin, vu qu'ils déjeunaient au café chaque midi. Quant à Deborah et Atsuko, elles semblaient soudain de bien meilleure humeur. Tant pis pour la réunion entre filles, me suis-je dit. Tout ce petit monde a fait les présentations, hormis Grace qui, comme à son habitude, rasait les murs.

— Tu veux bien m'aider à allumer le barbecue ? lui ai-je demandé en lui prenant le bras.

Elle a accepté.

L'allume-feu ne voulait pas fonctionner. Bouche bée, Grace m'a regardée gratter allumette après allumette en jurant.

— Ajoute une giclée d'essence à briquet, a suggéré Hugues qui venait de surgir derrière moi.

Il m'a planté un baiser dans le cou. Pas de doute, il s'améliorait en public.

— Pas question, ai-je répliqué tandis qu'il me prenait les allumettes des mains.

Il a allumé le charbon du premier coup.

Je n'ai pas pu m'empêcher d'applaudir.

— Très impressionnant. Il faut croire que tu as des talents cachés.

Hugues m'a lancé un regard de défi.

— Et tu n'as encore rien vu.

— On n'est pas en train de parler de barbecues, là, non ?

Grace s'est éclipsée sur-le-champ.

— Non, a répondu Hugues avant de m'attirer à lui pour m'embrasser.

C'est toujours le même refrain avec lui. Dès qu'il sent que j'en ai marre, il se montre si tendre et si affectueux que je recommence à fondre comme la dernière des nouilles.

— Dis-moi, tu veux aussi que je m'occupe de faire cuire la viande façon homme des cavernes ? a-t-il demandé. Ça m'évitera de focaliser sur ta poitrine : tu n'as toujours pas fini de boutonner ton haut.

Bien que mon projet d'éloigner les garçons soit tombé à l'eau, ce barbecue a été une réussite. Après l'arrivée de Nicolas, à la fin du repas – repas vite expédié : on s'est tous brûlé les doigts en essayant de manger un bout de viande –, on a improvisé une partie de foot filles contre garçons. On les a battus à plate couture, cinq à deux, puis on s'est allongés dans l'herbe. Pénélope a ordonné à Grace (qui n'avait pas voulu jouer) de nous préparer des cocktails. Je me suis retrouvée assise à côté de Clotilde. J'étais sûre qu'elle n'accepterait jamais de participer à un jeu aussi nul qu'une partie de foot à six contre six, mais, à ma vive surprise, elle a été la femme du match en marquant trois buts pour notre camp.

— Tu as été super, lui ai-je déclaré. Je n'en reviens pas que tu aies réussi à tacler Will !

— Je suis assez balèze pour ce qui est d'éliminer mes adversaires, mais tu es bien placée pour le savoir, pas vrai ? a-t-elle répondu avec un grand sourire.

Je n'en croyais pas mes oreilles : cette fille était en train de boire MON vin dans MON jardin. Elle en avait, du culot, pour me sortir un truc pareil ! Elle ne faisait pas référence au football, oh que non ! Elle me parlait de moi et de Jim, et elle s'arrangeait pour aborder le sujet quand il n'y avait personne pour l'entendre, histoire de préserver sa réputation de gentille fifille. J'ai commencé à compter jusqu'à dix pour ne pas lui hurler des horreurs à la figure mais je n'ai pas eu le temps d'aller jusqu'au bout : Pénélope est venue me chercher, ma guitare acoustique sous le bras.

— Il fait trop chaud, me suis-je lamentée avant même qu'elle ait pu ouvrir la bouche. Je ne peux pas jouer, je transpire des doigts.

— Il n'y a pas d'excuse qui tienne, a-t-elle rétorqué en ignorant ma mine de chien battu. Ils meurent d'envie de nous entendre.

— Ça m'étonnerait, ai-je objecté.

Mais Alice, qui était assise à côté, m'a adressé un sourire mauvais avant de susurrer :

— J'ai patienté l'après-midi entier, tu vas bien nous jouer un morceau ?

Pénélope m'a fait lever malgré mes protestations et m'a mis la guitare dans les mains.

— Tu joues, je chante. Deborah et Atsuko improviseront.

Accompagnées de Deborah au tambourin et d'Atsuko aux harmonies, on a joué deux de nos chansons qui sonnaient bizarre, il faut bien l'admettre, sans les hurlements habituels, avant de se lancer dans une interprétation perso de *Cornflake Girl* de Tori Amos.

À la fin de la chanson, j'ai croisé le regard de Jim ; il y avait une telle tristesse dans ses yeux que j'en ai eu le souffle coupé. Il a fallu les réclamations de Simon et un coup de coude de Pénélope dans les côtes pour que je me réveille.

— Je ne connais que quelques airs, ai-je protesté comme Will et Robin insistaient pour qu'on interprète une chanson des Strokes. Je peux jouer du bon vieux rock à la papa si ça vous dit, guère plus.

Un vieux soixante-huitard qui serait arrivé dans le jardin à ce moment-là aurait applaudi au spectacle de ces jeunes gens qui savaient encore s'amuser : on a bien passé une demi-heure à chanter en chœur les tubes des Beatles en massacrant la moitié des paroles.

Quand mes doigts ont commencé à me faire mal, la nuit tombait. Il faisait encore une chaleur étouffante, alors j'ai allumé des petites lanternes chinoises pour éloigner les moucherons ainsi qu'une guirlande électrique que j'avais suspendue au treillage avant l'arrivée de mes invités. Le jardin ressemblait à une grotte féerique. Je me suis allongée dans l'herbe, heureuse, et j'ai écouté d'une oreille les conversations autour de moi. Quel plaisir de se détendre en laissant les rancœurs de côté ! Même Jim et Hugues échangeaient des commentaires polis à propos du mouvement surréaliste. Ah, les artistes !

Je n'étais pas la seule à être transportée par cet esprit de communauté. Soudain, Simon s'est exclamé :

— Et si on allait à un festival avant la fin de l'été ?

J'ai levé les yeux au ciel. Plutôt mourir que dormir sous une tente sans ma couette fétiche ! Mais personne ne semblait partager mon opinion. Des cris d'enthousiasme ont fusé de partout. J'aurais pu manifester mon désaccord mais, connaissant le manque d'initiative de mes invités, je me suis dit que ce genre de sorties en groupe n'était pas près de voir le jour. Je n'ai pas pu m'empêcher de ricaner quand Will a déclaré qu'un commercial d'une maison de disques lui avait proposé des billets pas chers pour un festival dans le Devon. J'ai commencé à m'inquiéter lorsque Pénélope a ajouté qu'Anna nous laisserait sans doute emprunter le van du café. Cette affaire commençait à prendre tournure. J'allais évoquer les dangers de la cohabitation avec des hippies écolos quand Atsuko est venue s'asseoir à côté de moi.

— Je peux te confier un secret ? a-t-elle gloussé.

— Vas-y !

— Je trouve Simon très mignon. Il vient de me proposer d'aller à un concert avec lui demain soir.

— C'est super, Simon est un garcon adorable.

— Elle en sait quelque chose, elle est sortie avec lui, a ajouté Clotilde derrière moi.

Je lui ai jeté un regard assassin.

— Qui t'a dit ça ?

— Hugues, a-t-elle répondu sans ciller. Je n'ai pas vendu la mèche, si ?

Hugues allait passer un mauvais quart d'heure. Dans un moment de faiblesse, j'avais avoué avoir embrassé Simon. Je ne lui avais fait cette confidence que parce qu'on partageait une certaine intimité ce jour-là et qu'il me paraissait naturel d'être sincère l'un envers l'autre. Grossière erreur.

Je me suis levée. Alice s'est approchée en entendant le ton monter.

— Ça n'a duré qu'un soir, ai-je expliqué à Atsuko qui me dévisageait d'un air triste. On avait trop bu...

Mais Clotilde n'en avait pas fini avec moi. Elle s'est tournée vers Alice :

— En fait, le seul qu'elle n'ait pas allumé, c'est Paul. Je garderais un œil sur lui, à ta place.

— Ce n'est pas drôle, Clotilde, a répliqué Alice.

Je me suis remise à compter jusqu'à dix. Peine perdue. J'allais arracher les yeux de cette peste si je restais une minute de plus dans le jardin. Elle était là, devant moi, un sourire satisfait aux lèvres. Excédée, j'ai esquissé un pas vers elle. Atsuko m'a retenue par le bras et entraînée vers la cuisine. L'éclairage au néon m'a fait cligner des yeux. Atsuko m'a poussée vers l'évier et m'a conseillé de m'asperger le visage d'eau froide.

— On ne s'est embrassés qu'une fois, ai-je répété. Je n'étais pas dans mon assiette, je voulais rendre Jim jaloux. C'était stupide. On n'en a jamais reparlé...

Atsuko a levé la main.

— C'est bon, calme-toi, a-t-elle déclaré avec douceur. J'ai été prise de court, mais maintenant, ça va.

— Sûre ?

— Tu sais, je ne suis pas si naïve, a-t-elle répondu en souriant. J'imagine que Simon a de l'expérience en la matière, il a dû sortir avec beaucoup de filles. J'ignorais que tu étais l'une d'elles, voilà tout.

— Je ne suis pas sortie avec lui, ai-je protesté. C'était juste un baiser.

— J'ai compris. S'il te plaît, ne te mets pas dans tous tes états. Va remettre du mascara, il a coulé. De mon côté, je vais aller demander à Simon si tu embrasses bien. Je plaisante !

— Oh, ah, ah, ai-je répliqué avec aigreur, mais j'ai suivi son conseil et je suis montée dans ma chambre en traînant les pieds.

Au lieu de me remaquiller, je me suis assise sur mon lit, la tête dans les mains.

— Quelquefois je voudrais disparaître et ne plus jamais revenir.

J'avais dû prononcer cette phrase à voix haute car j'ai entendu quelqu'un répondre :

— Je ne sais pas ce que je ferais si tu disparaissais.

C'était Jim.

— Tu t'en sortirais très bien.

J'ai levé les yeux et à l'instant où nos regards se sont croisés, c'était comme si j'étais à nouveau dans son salon. La tension était la même, rien ne nous empêchait de nous embrasser excepté notre capacité de résistance. Qui n'était pas d'une grande utilité en l'occurrence.

J'ai tendu les bras et Jim s'est presque jeté sur moi. On s'est allongés sur mon lit, son corps plaqué contre le mien, ses lèvres sur les miennes. Mes nerfs avaient été tellement éprouvés jusqu'ici que quand il m'a embrassé dans le cou, j'ai poussé un gémissement : d'accord, on ne devait pas mais c'était si bon ! J'ai essayé de le retenir contre moi tandis qu'il se relevait, mais c'était seulement pour enlever son tee-shirt. Une fois torse nu, il s'est à nouveau blotti dans mes bras. Sans cesser de m'embrasser, il a défait un par un les boutons de mon haut. J'avais les jambes enroulées autour de lui et la jupe retroussée.

Je n'étais plus capable de réfléchir mais je n'ai pas pu m'empêcher d'entrevoir l'ironie de la situation. Hugues me harcelait depuis des semaines et, chaque fois, je revenais avec les mêmes excuses, pas le bon moment, pas le bon endroit. Maintenant avec Jim, la porte était grande ouverte, n'importe qui aurait pu nous surprendre, mais je m'en fichais complètement. Je ne songeais qu'à ses baisers, qu'aux battements frénétiques de son cœur contre ma poitrine, qu'au contact brûlant de ses doigts sur ma peau.

— Demande-moi d'arrêter, a-t-il grogné sans faire mine de se lever.

— Je n'en ai pas envie, ai-je murmuré.

Et, de nouveau, il m'a embrassée à pleine bouche en m'enlaçant la taille. Plus rien ne nous retenait...

— Edie ? Heu, Edie...

Encore elle, encore cette petite voix exaspérante, ce devait être ma conscience qui me tourmentait.

— Edie !

Jim s'est redressé.

— Qu'est-ce que c'est ?

J'avais donc si mauvaise conscience pour qu'il l'entende aussi ? J'ai essayé de l'embrasser encore... Hélas, le charme était rompu. Surtout quand j'ai aperçu Grace sur le seuil. Elle semblait au bord des larmes et continuait à m'appeler d'une petite voix.

D'un seul mouvement, j'ai repoussé Jim et je me suis levée du lit.

— Tu es là depuis combien de temps ? ai-je hurlé en croisant les bras sur ma poitrine pour empêcher mon haut de tomber.

— Je t'ai appelée mais tu... ne m'as pas entendue, a-t-elle répondu dans un souffle.

— Pardon d'avoir crié.

En essayant de reprendre mes esprits, je ne cessais de me dire : « Mon Dieu, elle parle ! » Jim a remis son tee-shirt avant de s'avancer vers Grace qui nous observait tour à tour avec des yeux ronds.

— Tu n'as rien vu, a-t-il déclaré d'une voix tranchante. Edie et moi, on s'est... laissé emporter, voilà tout.

Ben voyons.

— Ils s'en vont, a répondu Grace. Ils se demandaient où vous étiez passés.

Elle nous a lancé un autre regard incrédule avant de partir en courant.

— Tu ferais mieux de retourner là-bas.

Je me suis reculée en essayant de mettre le plus d'espace possible entre nous deux.

— Tu n'as qu'à leur expliquer que j'ai été malade. À cause de la chaleur...

— C'est tout ce qui t'intéresse ? Sauver les apparences ? Tu ne crois pas qu'on devrait en discuter ?

— En discuter ? Mais c'était idiot, ce qu'on vient de faire ! me suis-je emportée.

Non, « idiot » n'était pas le mot qui convenait. Merveilleux, magique, enivrant, plutôt. Mais il ne fallait pas qu'on recommence. Je suis sortie de la pièce sans me retourner.

Manifestement, tout le monde se demandait où on avait disparu. J'ai inventé un prétexte débile à propos de la chaleur et d'une indigestion de saucisses cocktail, et quand Jim est descendu à son tour, il est parti sur-le-champ avec Clotilde. Les autres n'ont pas tardé non plus. Alice et Paul sont restés un peu pour m'aider à ranger. En prenant congé, Alice était de nouveau bizarre avec moi. Pas étonnant.

Je suis allée m'échouer sur une chaise longue dans le jardin. Je me sentais minable. Je ne valais rien, je n'étais pas digne de confiance, surtout avec les amoureux des autres. Mais Jim était bien plus que le chéri d'une autre. Malgré nos efforts pour respecter les distances, une force inexplicable nous poussait l'un vers l'autre. Comme des aimants.

— C'était sympa, non ?

J'ai sursauté. Hugues.

— Je te croyais parti.

— Non, je suis encore là. Je t'ai préparé une tasse de thé. Il paraît que tu as été malade.

Je me suis poussée pour lui faire une place à côté de moi et j'ai pris la tasse qu'il me tendait. Il faisait sombre mais je sentais le poids de son regard. Et je savais qu'il était au courant pour Jim et moi. Hugues n'était pas un ange, mais il ne méritait pas d'être traité de la sorte.

— À quoi tu penses ?

— Je me demande comment tu fais pour me supporter.

Il a écarté une mèche de mon visage.

— Je dois penser que tu en vaux la peine.

C'était bien joli de me torturer l'esprit à propos de Jim mais cette histoire-là ne pouvait se solder que par un échec. Tandis que Hugues, lui, était ici, à mes côtés, maintenant. Il restait avec moi, malgré le mal que je lui faisais.

— Hugues ?

— Qu'est-ce qu'il y a, ma belle ? a-t-il susurré en me prenant dans ses bras.

— J'ai réfléchi.

J'ai inspiré à fond.

— Je me sens prête. Pas ce soir, mais très bientôt. Promis.

21 août

Un jour, j'ai lu une interview de Madonna dans laquelle elle expliquait que si vous désiriez quelque chose de toutes vos forces, tout se mettait en marche pour que vous l'obteniez. T'as raison ! Je préfère encore être enfermée dans une cellule avec Clotilde qu'aller à ce fichu festival mais je suis coincée. Je n'ai aucune envie de dormir sous une tente, d'utiliser des douches communes ou de manger des burgers végétariens bourrés de salmonelle. Sans parler des toilettes. Mais chaque fois que j'y fais allusion, les filles me traitent de princesse. Et dans leur bouche, ce n'est pas un compliment.

Même Hugues, célèbre pour ses costumes impeccables et sa mèche soigneusement entretenue, paraît enchanté de passer des vacances à la dure.

Je me suis consolée à l'idée qu'Anna n'accepterait jamais d'accorder le même week-end à Jim, à Pénélope et à moi. Raté ! Elle a décidé de fermer le café à l'occasion du jour férié et, pire encore, elle nous prête son van. Le fameux van dont les portes arrière s'ouvrent à l'improviste si vous avez le malheur de prendre un virage un peu trop serré.

Les parents sont mon dernier espoir. Ils m'appellent une fois par semaine pour demander des nouvelles du chat, des plantes et de ma petite personne. Oui, dans cet ordre-là. Et je suis certaine qu'ils m'interdiront formellement de laisser la maison vide pendant quatre jours.

Mais je ne les aurai pas au téléphone avant demain. Soit LE JOUR DE MES RÉSULTATS ! Oh ! là là, je vais être malade, je le sens ! J'avais presque réussi à chasser les exams de mon esprit mais je me berçais de douces illusions.

J'ai beaucoup révisé... enfin, quand je n'étais pas en train de déprimer sévère à cause des garçons. Et puis j'ai raté la grammaire française. Je suis fichue de chez fichue.

22 août

Même si ma mère se trouve sur un autre continent, elle continue à me taper sur les nerfs ! J'avais décidé d'attendre que mes résultats me parviennent par la poste mais non, il a fallu qu'elle laisse des instructions à Anna avant de partir. Quand je suis arrivée au boulot ce matin, j'ai trouvé Anna plantée sur le seuil, les clés du van à la main.

— Salut, Anna, ai-je lancé joyeusement. Je mets la bouilloire en marche ?

— Bien tenté, a-t-elle répondu. Dans le van, et que ça saute ! Je t'emmène voir tes résultats.

J'ai protesté en pleurnichant : j'avais prévu de me rendre au lycée pendant ma pause. Implacable, Anna m'a prise par le bras avec une poigne étonnante pour une femme aussi minuscule puis elle m'a presque portée jusqu'au siège avant.

On n'a pas beaucoup bavardé au cours du trajet. Anna m'a demandé si j'étais nerveuse et j'ai secoué la tête mais quand le van est passé sur un ralentisseur, j'ai cru que j'allais vomir. Anna prenait son rôle de mère de substitution bien trop au sérieux, à mon goût. Elle m'a traînée à l'intérieur du lycée jusqu'au panneau sur lequel étaient affichés les résultats.

Je suis restée plantée là, à fixer un point au-dessus de sa tête.

— Tu veux que je... ?

— Non, je préfère que ce soit moi.

J'ai tenté de chercher mon nom mais ma vue se brouillait. J'ai suivi du doigt la liste jusqu'au W et là, j'ai lu : « Wheeler, Edith. » J'ai fermé les yeux. Voilà, on y était : ma dernière minute d'ignorance et d'irresponsabilité. Après, soit j'allais postuler au McDo, soit je consacrais trois années supplémentaires de ma vie aux études. Quand j'ai entendu Anna glousser d'impatience derrière mon dos, j'ai ouvert les yeux et je me suis forcée à regarder.

— Alors, tu as eu combien ? a-t-elle demandé d'une voix qui trahissait l'exaspération.

— A en histoire, A en français, B en psycho et A en anglais, ai-je réussi à répondre avant d'éclater en sanglots.

J'étais vraiment parvenue à me convaincre que ces résultats ne m'inquiétaient pas le moins du monde. J'avais joué les désinvoltes pendant des semaines alors qu'au fond j'étais morte de trouille. Je me suis sentie à la fois triste et soulagée. J'étais adulte maintenant, j'allais devoir prendre de grandes décisions qui changeraient irrémédiablement le cours de ma vie. Pas étonnant que je me mette à pleurer comme un bébé. Anna m'a serrée dans ses bras puis Atsuko et Deborah sont arrivées : Atsuko avait eu A dans toutes les matières et Deborah ne s'en était pas trop mal sortie, contrairement à ses prévisions.

On s'apprêtait à partir quand le proviseur s'est dirigé vers moi. Ces deux dernières années, il avait dû me prendre pour la reine des abruties parce qu'il n'arrêtait pas de répéter que tout le monde, dans l'établissement, était très étonné et impressionné par mes résultats. Puis il m'a demandé à quelle fac je projetais de m'inscrire. J'ai répondu que j'avais l'intention de m'accorder une année sabbatique et que je ne voulais pas prendre de décisions importantes pour mon avenir tant que mes parents étaient absents. Et lorsqu'il m'a assuré que j'avais même mes chances avec les universités de Cambridge et d'Oxford, je me suis tournée vers Anna :

— On peut y aller, maintenant ?

Eh bien, on dirait que je n'en ai pas fini avec les bouquins !

De retour au café, j'ai eu les parents au téléphone – ils avaient passé la nuit à attendre mon appel – et franchement, si j'avais voulu un éléphant, ils auraient accepté de construire une niche géante dans le jardin. Une fois que ma mère a eu fini de s'extasier, mon père a pris le combiné pour déclarer : « C'est bien, Edie, vraiment » (sa façon à lui de manifester sa fierté). Après, il ne restait pas beaucoup de temps pour aborder d'autres sujets. J'aurais voulu leur dire que j'étais inquiète et un peu perdue, que j'avais hâte qu'ils rentrent à la maison et, au fait, est-ce que c'était une bonne idée de coucher avec Hugues ? Ma mère a insisté pour que j'aille au festival, tant que les voisins étaient d'accord pour nourrir le chat, et elle m'a harcelée pendant cinq minutes au sujet de mon année sabbatique, et qu'est-ce que tu vas faire, blablabla. Apparemment, elle n'était pas d'accord pour que je déprime à longueur de journée devant la télé, c'était pourtant mon principal projet dans l'immédiat.

Après que j'ai eu raccroché, Anna m'a fait fermer les yeux. Quand je les ai rouverts, Tony l'Italien avait apporté un gâteau en forme de guitare sur lequel était écrit « Félicitations ».

— On aurait eu l'air fin si tu avais échoué, a-t-il plaisanté avant de porter un toast, bientôt imité par Anna et les clients du café.

La honte ! Mais comme je ne voulais pas passer pour une sale ingrate, j'ai souri jusqu'à en avoir des crampes à la mâchoire et j'ai fait semblant d'être super-contente. Attention, pas de méprise : j'étais très touchée que Tony et Anna se soient donné autant de mal mais j'aurais quand même préféré que personne ne me parle de mon avenir et de ces fichus résultats.

Jim s'est fait porter malade au moins trois fois cette semaine et je lui en suis reconnaissante pour l'éternité. Selon un pacte tacite, on s'ignore scrupuleusement depuis le barbecue. Quant à Pénélope, elle est arrivée à l'heure du déjeuner en m'ignorant tout aussi scrupuleusement. Chaque fois que je lui ai souri ou que j'ai croisé son regard pendant le service, elle a détourné les yeux. Qu'est-ce qui lui prend ? À la minute où Anna a fermé le café, elle s'est ruée vers la porte. J'ai embrassé Anna pour la remercier d'avoir joué les mères de substitution puis j'ai couru après Pénélope.

— Pénélope ! Attends !

Elle ne s'est pas arrêtée.

J'ai fini par la rattraper au coin de la rue.

— Tu ne m'as pas entendue appeler ?

— Non, a-t-elle répondu, l'air nerveux.

— Qu'est-ce qu'il y a ? ai-je demandé en l'obligeant à me regarder dans les yeux. Tu étais bizarre aujourd'hui. Est-ce que j'ai fait quelque chose de mal ?

Pénélope a passé la main dans ses cheveux blonds ébouriffés.

— J'ai passé la journée à réfléchir à ce que j'allais te dire mais tout ce que j'ai trouvé sonnait faux.

— De quoi tu parles ?

Pénélope m'a prise par la main et m'a fait asseoir

sur le muret d'un jardin puis elle s'est assise à son tour.

— Hugues m'a fait du gringue hier soir.

— Quoi ?

Je ne m'attendais pas à ça. Le choc !

— Je suis tombée sur lui au Elephant's Head et on a parlé des groupes qu'on aimait et puis une espèce d'insecte m'a piquée à l'épaule. Et lui... enfin, Hugues, il s'est approché pour examiner la piqûre de plus près, il a déposé un baiser sur mon épaule, et avant que j'aie eu le temps de réagir, il s'est jeté sur moi pour m'embrasser sur la bouche, cette fois.

— Tu en es sûre ?

Mais je n'avais pas très envie d'entendre sa réponse.

— Oui, Edie, j'en suis sûre. Quand je l'ai rembarré, il a ri et m'a répondu que je n'arrêtais pas de flirter avec lui. Mais c'est faux. Je l'aime bien, point. Je peux parler musique avec lui.

J'ai essayé de sourire comme s'il ne s'agissait que d'un énorme malentendu.

— Il avait sans doute trop bu...

— Non, Edie. Il a ajouté... Oh, laisse tomber.

— Raconte !

— Il a ajouté qu'il en avait marre de toi et de tes petits jeux. Que je lui plaisais depuis longtemps. Que tu sortais avec lui pour rendre Jim jaloux.

J'écoutais les confidences de Pénélope, je sentais la chaleur du soleil dans mon dos. À en juger par les larmes qui coulaient sur ses joues, elle disait la vérité. J'étais peut-être capable de sortir avec le chéri d'une autre mais Pénélope était super-réglo, elle n'aurait jamais enfreint le code d'honneur des filles. Pourtant, je n'avais pas envie de la croire.

— Tu es sûre ? ai-je répété.

— Sûre et certaine. Je comptais garder l'incident pour moi mais Atsuko et Deborah ont décrété que tu avais le droit de savoir.

— Dis donc, Pénélope ! me suis-je exclamée avec colère. Tu l'as raconté à combien de personnes ?

Je me détestais de réagir de la sorte, c'est à Hugues que j'aurais dû en vouloir, pas à Pénélope.

— Juste elles et, euh... Alice. J'avais besoin de vider mon sac. Comme j'étais furieuse contre lui, Hugues est parti sans demander son reste. Je suis tombée sur Alice en allant aux toilettes et elle s'est aperçue aussitôt que quelque chose ne tournait pas rond.

— Ton attitude de cet après-midi m'étonne beaucoup moins, maintenant.

J'aurais pu lui raconter ce qui s'était passé dans ma chambre avec Jim le jour du barbecue, histoire qu'elle se sente mieux, mais pour une raison ou pour une autre, j'ai gardé le silence. Je crois qu'on appelle ça l'instinct de conservation.

— Alors, toi et moi, c'est comme avant ? a demandé Pénélope.

— Allez, viens là, ai-je répondu.

Je l'ai prise dans mes bras en lui faisant promettre de ne plus y penser.

En rentrant chez moi, je ne savais pas trop ce que je ressentais après ces révélations. Je me désolais que Pénélope ait été mêlée à une histoire pareille mais je n'éprouvais pas cette jalousie incontrôlable qui me torturait dès que je voyais Jim et Clotilde ensemble. C'était peut-être parce que Pénélope était ma copine. Et puis j'étais convaincue que Hugues avait bu un coup de trop ce soir-là. Il s'était montré si patient avec moi tandis que je tergiversais, incapable de prendre une décision. Il n'aurait pas pu me casser du sucre sur le dos, et encore moins devant l'une de mes amies. Hugues n'était pas bête à ce point-là. Il se serait douté que Pénélope viendrait tout me raconter. Donc, il devait être ivre. Sinon, pourquoi aurait-il fait une chose pareille ?

Quelle journée riche en rebondissements ! Je suis passée par mille émotions possibles et imaginables. Comble de malchance, les voisins ont accepté de s'occuper de Pudding pendant que je serai coincée dans un champ avec le genre de personnes que j'évite en temps normal. Je ne comprends pas pourquoi le destin s'acharne contre moi. D'habitude, les voisins n'arrêtent pas de se plaindre parce que la nuit, quand ils essaient de dormir, Pudding s'envoie en l'air avec les matous du quartier. Oh ! là là, même elle LE fait !

En refermant la porte d'entrée derrière moi, je me sentais au bord de l'épuisement. Il faisait une chaleur insupportable et je ne savais plus par quel bout prendre ma petite vie minable. Je me suis débarrassée de mes vêtements, j'ai enfilé mon nouveau maillot de bain et j'ai rempli ma vieille piscine gonflable, comme quand j'étais petite. Depuis que les parents étaient partis, je n'utilisais presque pas d'eau alors je pouvais bien passer outre aux restrictions dues à la sécheresse. Assise dans dix centimètres de flotte avec un pot de glace Ben & Jerry's parfum cookies, j'ai enfin pu goûter la tranquillité. Ma conception de l'été idéal.

Ou cauchemardesque, me suis-je dit en voyant Hugues escalader le portail derrière la maison. J'allais me ruer hors de la piscine et puis zut ! De toute façon, pas moyen de s'en tirer avec élégance. J'étais un peu embêtée, cela dit : je n'avais pas prévu de LE faire dehors dans une minuscule piscine.

— J'ai sonné à la porte mais ça ne répondait pas, a expliqué Hugues en me rejoignant. Je te trouve...

Il a marqué une pause pour faire son petit effet.

— ... Ravissante.

J'ai rajusté mon haut et j'ai attendu, les bras croisés sur la poitrine, qu'il s'installe près de la piscine.

— Alors tu as eu tes résultats ? a-t-il demandé après un silence.

— Ouais.

— Et... ? Bons, mauvais, bof ?

— Bons, ai-je marmonné.

Hugues m'a jeté un regard agacé par-dessus ses lunettes de soleil. Avec ses yeux bleu sombre et sa jolie bouche aux lèvres boudeuses, il me faisait penser à une statue de marbre.

— Qu'est-ce qui t'arrive ?

— Qu'est-ce qui m'arrive ?

Quel culot !

— J'ai vu Pénélope aujourd'hui. Elle m'a raconté que tu... que tu avais essayé de l'emballer hier soir !

Hugues s'est figé pendant un instant avant de piquer une colère terrible. Je n'étais qu'une petite garce égoïste qui avait passé ces six derniers mois à l'envoyer sur les roses. Pénélope s'était saoulée avant de lui faire du plat. Je l'avais bercé de faux espoirs et, comme un idiot, il m'avait crue. Pour finir, il m'a accusée de me servir de l'histoire de Pénélope comme d'un prétexte pour ne pas coucher avec lui. J'ai dû rester assise là, dans la piscine gonflable, pendant qu'il s'époumonait. Dans sa fureur, il a même fait voler deux chaises longues à travers le jardin.

— Très bien, cette fois-ci, je m'en vais. Et je ne reviendrai pas. Ne t'inquiète pas, je sors de ta vie à jamais. Tu n'auras plus besoin d'inventer des excuses minables, dorénavant. Je t'aime mais visiblement, ça ne te suffit pas.

Il a tourné les talons et j'ai compris qu'il disait la vérité. Sinon, pourquoi aurait-il pété les plombs ? Pourquoi aurait-il décidé de s'en aller après avoir attendu pendant des mois que j'oublie Jim ? Je ne pensais pas que Pénélope avait menti, mais peut-être Hugues avait-il raison, peut-être que c'était elle qui avait trop bu, peut-être ne se souvenait-elle pas de ce qui s'était passé. Et puis, il m'aimait ! Il était la deuxième personne au monde (en dehors de ma famille) qui me l'ait jamais dit.

— Hugues, ne pars pas, l'ai-je supplié. Je te demande pardon.

Il n'a pas fait mine de revenir sur ses pas.

— S'il te plaît, reviens.

Je me suis mise à pleurer.

— Je t'ai dit que j'étais désolée.

Il s'est retourné lentement, l'air un peu honteux.

— Oh, ne pleure pas ! s'est-il exclamé d'une voix rauque avant de faire demi-tour et de me prendre dans ses bras.

C'était si bon d'être dans les bras de quelqu'un. Agrippée à sa taille, j'ai sangloté dans sa chemise de bowling années cinquante, dont il était si fier.

Hugues m'a caressé les cheveux en murmurant des paroles réconfortantes.

— C'est fini, c'est fini. Je ne vais nulle part.

— Pardon, ai-je répété. Je n'avais pas d'autre choix que de croire Pénélope.

— Je sais, ma belle. Mais tu penses vraiment que je serais resté avec toi si j'avais fait une fixation sur une autre fille ?

— Non, ai-je bredouillé.

Soudain, Hugues m'a soulevée dans ses bras et s'est installé dans la piscine en me faisant asseoir sur ses genoux.

Malgré mes larmes, j'ai éclaté de rire.

— Tu es complètement dingue. Tes vêtements sont trempés.

Il a haussé les épaules.

— Ça sèchera.

Nos visages étaient si près l'un de l'autre que je distinguais la minuscule cicatrice près de sa lèvre supérieure. Je l'ai caressée du bout du doigt.

J'étais assise dans une piscine gonflable, en bikini à fleurs, sur les genoux d'un type tout habillé et je trouvais ça normal. Voire même très agréable.

J'ai pris Hugues par la nuque et j'ai frôlé la commissure de ses lèvres d'un baiser. Il a souri.

— Tu pourrais y mettre un peu plus de passion ! Tu n'as jamais eu de problème jusqu'à maintenant.

Je l'ai à nouveau embrassé, à pleine bouche. C'était chouette de prendre l'initiative, pour une fois. Enhardie, j'ai commencé à défaire les boutons de sa chemise. Ses mains, qui me caressaient paresseusement le dos, se sont figées.

— Tu n'en as pas envie ? ai-je murmuré. J'avais l'intention de me faire pardonner.

— Intéressant... Et tu comptais t'y prendre comment ?

— Je me disais qu'on pourrait, tu sais...

J'ai promené mon doigt sur son torse en espérant que mon geste serait assez suggestif.

— Est-ce que tu penses à ce que je pense ? a demandé Hugues avec un sourire en coin.

— Je crois que je suis prête, ai-je répondu d'un ton déterminé. Faisons-le.

Hugues a pris mon visage dans ses mains et m'a donné un long baiser langoureux. Puis il s'est levé et m'a aidée à me mettre debout.

Ensuite il m'a prise par les épaules et m'a regardée droit dans les yeux.

— Je vais passer mon tour, Edie.

J'ai essayé de me dégager mais il était plus fort que moi.

— Merci, grâce à toi, je viens de me ridiculiser. Je croyais que c'était ce que tu voulais.

Hugues m'a caressé les cheveux en me contemplant d'un air attendri.

— Oui, et je suis terriblement tenté d'accepter mais je tiens à ce que tu le fasses quand tu seras prête. Et pas parce qu'on s'est disputés et que tu veux te faire pardonner. Fais-moi confiance, je sais de quoi je parle.

— Je me sens vraiment bête.

— Il n'y a pas de quoi, pourtant. Ta proposition était généreuse et adorable et tu ne sais pas à quel point j'ai envie de t'emmener dans ta chambre.

— Bon, ça va.

Je n'ai pas pu m'empêcher de sourire. Il m'avait fallu du temps mais je sentais que j'étais en train de tomber amoureuse.

On est rentrés à l'intérieur, main dans la main.

— Tu veux rester ? lui ai-je demandé.

— Un peu, oui, a-t-il répondu en me lançant un autre regard énamouré et là, j'ai compris qu'il faisait allusion aux mois à venir et pas seulement aux prochaines heures. Va t'habiller avant que je change d'avis et ensuite... Quel est ton programme ?

— Manger un morceau, regarder des DVD, se faire plein de papouilles. Ça te branche ?

J'ai monté l'escalier quatre à quatre et, une fois dans ma chambre, j'ai sauté sur mon lit : j'étais si heureuse que mon cœur allait éclater et se disperser en millions de fragments scintillants.

25 août

Ces derniers jours, j'ai vécu un rêve avec Hugues. Comme si on avait décidé, en vertu d'un accord tacite, de se débarrasser des mauvaises ondes et de repartir du bon pied. Fini les mensonges, fini les petits jeux, fini d'écouter ceux qui nous répétaient : « Vous n'avez rien à faire ensemble. » Ah ça, ils ne se gênaient pas pour donner leur avis. Et plutôt deux fois qu'une.

J'ai dû avouer à Pénélope que j'étais toujours avec Hugues. Elle m'a regardée comme si je venais de lui vomir dessus.

— Mais comment tu peux ressortir avec lui ? Après ce qui s'est passé ?

— On s'est expliqués. Et même si c'est la vérité, ça m'est égal car depuis, on s'est beaucoup rapprochés.

Deborah a mis son grain de sel.

— Qu'est-ce que tu entends par « si c'est la vérité » ? Tu penses que Pénélope mentirait à propos d'un truc pareil ?

Au lieu de répéter, Pénélope, Deborah et Atsuko ont consacré le reste de l'après-midi à se plaindre des types à embrouilles et des filles qui ne voyaient pas plus loin que le bout de leur nez. Elles essayaient de me faire passer le message mais franchement, je n'avais aucune envie de l'entendre.

Bien entendu, Jim s'est aperçu que je me portais comme un charme et il a décidé de tout mettre en œuvre pour me pourrir la vie. Il a passé la semaine à essayer de me coincer dans la cuisine du café, soi-disant pour qu'on s'explique, mais je n'ai aucune envie de me lancer dans une analyse douloureuse de notre incapacité à demeurer amis. Ces discussions se soldent toujours par un baiser passionné. Maintenant que je suis heureuse avec Hugues, je n'ai pas besoin d'aller chercher du réconfort dans les bras de Jim. Ce ne serait honnête ni pour l'un ni pour l'autre. Depuis que j'ai pris la décision de rester avec Hugues, je me sens détendue pour la première fois depuis des lustres. Je ne lui ai pas raconté ce qui s'était passé avec Jim le jour du barbecue, je n'en vois pas l'intérêt, maintenant qu'on s'entend bien. Ce qu'il ignore ne peut pas le blesser.

Seule ombre au tableau, ce fichu festival où je n'ai aucune envie d'aller. Et puis il y a Alice, qui est toujours enceinte, qui ne sait toujours pas ce qu'elle va devenir et qui passe ses nerfs sur moi.

— Ce n'est pas possible de se voiler la face à ce point ! a-t-elle lancé avec mépris.

D'après ses sources, on nous avait surpris, Hugues et moi, en train de s'embrasser à perdre haleine dans un petit cinéma de la ville.

— Ce type ne t'apportera que des ennuis, Edie. Tu ne vois donc rien ?

— Il a changé. Je crois qu'il se cache derrière des attitudes désagréables parce qu'il est timide, en fait.

Alice s'est contentée de ricaner avant d'ajouter que si une fille s'était permis ce genre de réflexion en ma présence, je lui aurais fait avaler sa langue.

Toutes ces opinions négatives me confortent dans l'idée que je n'irai pas à ce festival. Je ne pense qu'à me débarrasser de ma virginité. Avec Hugues, on devrait rester à Manchester et, euh... consommer notre relation loin des regards désapprobateurs de nos soi-disant amis. Mais il trouve que ce serait plus romantique, pour ma première fois, de le faire à la belle étoile, dans l'herbe (parmi les limaces et autres bébêtes répugnantes). Et me voilà donc assise sur mon lit en train de remplir un sac à dos avec des préservatifs, prête à prendre la route de ce fichu festival à bord d'un van pourri.

Youpi.

25 août (plus tard)

J'écris ces lignes emmitouflée dans mon sac de couchage (dire que je vais dormir dans un SAC DE COUCHAGE !) à la lumière d'une torche électrique. C'est la raison pour laquelle mon écriture part dans toutes les directions.

Le voyage a été un véritable désastre. Et je pèse mes mots. En premier lieu, Jim et Clotilde ont eu une dispute mémorable, avec intrigue principale, intrigue secondaire et divers figurants. Je commence à comprendre le sens des mystérieuses allusions de Jim il y a quelques mois, à l'époque où il a failli rompre avec cette furie.

Ils sont arrivés les derniers : on était déjà en train d'entasser nos bagages dans le van garé devant le café. La Mini cabossée de Jim s'est arrêtée dans un crissement de pneus. Il en est descendu et a attendu en tapant du pied que Clotilde s'extirpe de la voiture par le côté conducteur (en deux ans, il n'a toujours pas fait réparer la portière du côté passager).

— Merci de ton aide, a-t-elle lancé d'un ton hargneux. Sors mes affaires de ta voiture pourrie.

J'ai jeté un œil à Hugues mais il n'avait pas l'air de trouver la situation anormale et continuait à charger les bagages dans le van.

— Va les chercher toi-même, a répondu Jim entre ses dents.

Mais il a fini par obtempérer. En rassemblant les sacs dans une main pour pouvoir refermer le coffre de l'autre, il a fait tomber un petit vanity-case qui s'est ouvert, répandant sur le sol les crèmes, les lotions et le maquillage de Clotilde.

Si Hugues avait pété les plombs l'autre jour dans le jardin, ce n'était rien en comparaison de Clotilde quand elle a vu son fond de teint Clinique sur le trottoir. On aurait dit qu'elle était possédée. Elle s'est jetée sur Jim et l'a giflé en hurlant des obscénités de sa petite voix haut perchée. C'était vraiment flippant à voir mais pas autant que la réaction des autres. Pénélope, Grace, Atsuko, les types de Rhythm Records et moi, on était horrifiés. Paul et Alice, quant à eux, se sont contentés de lever les yeux au ciel et Simon a juste marmonné :

— C'est reparti.

Jim essayait de calmer Clotilde et de la maintenir à distance sans la blesser mais elle devenait de plus en plus hystérique.

— Tu me donnes envie de vomir. Je te déteste, a-t-elle crié.

Il est enfin parvenu à la maîtriser.

— Ça suffit. Arrête, maintenant.

Clotilde s'est tenue tranquille un moment et Jim, croyant le problème réglé, s'est dirigé vers nous.

Mais elle est revenue à la charge.

— Reste ici quand je te parle ! a-t-elle braillé, la main levée, prête à frapper Jim au visage, quand Hugues s'est interposé et l'a prise par le bras.

— Allez, a-t-il dit en prenant la même voix qu'avec moi quand je n'étais pas raisonnable. Viens, on va faire un tour.

Ils se sont éloignés dans la rue et Jim a poussé un gros soupir.

— Elle est insupportable depuis qu'elle s'est levée ce matin, a-t-il maugréé à l'intention d'Alice qui s'était précipitée pour vérifier qu'il allait bien.

Le reste du groupe – y compris moi-même – était toujours sous le choc. À la vue de Jim, profondément seul malgré ses amis qui essayaient de le réconforter, j'ai senti mon cœur se serrer. En y réfléchissant, c'était lui qui ne souriait plus. Du moins pas comme avant. Où étaient passés le petit sourire en coin et le sourcil levé qui me faisaient perdre mes moyens ? Mais je me suis dit qu'il était inutile de considérer Jim autrement que comme une simple connaissance, maintenant que j'étais avec Hugues. Un jour ou l'autre, je n'éprouverais plus rien en le voyant, avec son jean qui tombait toujours sur ses hanches et ses cheveux couleur chocolat qu'on avait envie d'ébouriffer. Il fallait juste que j'apprenne à me détacher de lui.

Bref, le voyage n'avait pas débuté sous les meilleurs auspices et l'ambiance a continué à se dégrader.

Pénélope a refusé de s'asseoir à l'arrière du van et, après nous avoir lancé, à Hugues et à moi, un regard lourd de sous-entendus, elle s'est installée à l'avant avec Alice et Paul qui avait pris le volant. Grace, encore plus collée à sa sœur que d'habitude, s'est glissée entre Pénélope et la portière. Atsuko a décliné l'offre de Simon qui voulait absolument la prendre sur ses genoux pour lui éviter de heurter les sacs chaque fois que Paul changeait de file. Deborah ne s'est pas fait prier pour se caler entre Will et Robbie. Quant à Jim et Clotilde, ils se sont assis à l'écart des autres (un exploit lorsqu'on est entassé à l'arrière d'un Transit délabré). À les regarder, on aurait cru qu'ils venaient d'avoir une énorme dispute. Ce qui était effectivement le cas.

Au fil des minutes, l'atmosphère est devenue de plus en plus tendue. On s'est chamaillés au sujet du choix de la musique, du choix de la station-service, du choix de celui qui aurait le privilège de s'asseoir près de la vitre. Et ça ne faisait même pas une heure qu'on était partis.

— On pourrait jouer à « je suis allé au festival... », ai-je suggéré gaiement.

Ma proposition a été rejetée à l'unanimité avec différents degrés d'agressivité. Jim m'a lancé un regard plein de rancune, il se souvenait sans doute du séjour à Paris. On avait passé la plus grande partie du voyage à jouer à ce jeu débile : « Je suis allé au festival et j'ai emporté des crevettes sauce cocktail, un déguisement de David Copperfield... » C'était le bon temps.

Hugues m'a enlacé la taille.

— On a eu raison de venir, a-t-il chuchoté à mon oreille. J'ai hâte d'être seul avec toi sous la tente.

J'ai souri et je l'ai embrassé sur la joue, pourtant je n'ai pas pu m'empêcher de me demander pourquoi cette idée m'enthousiasmait autant qu'une opération à cœur ouvert.

Jim nous a toisés avant de se tourner brusquement vers Clotilde qui ruminait encore dans son coin. Il lui a caressé la joue.

— Pardon, c'est ma faute. J'aurais dû penser à mettre le réveil.

Clotilde lui a lancé un regard à geler la banquise puis s'est détournée.

— Allez, a repris Jim d'une voix douce. Je ferai n'importe quoi pour que tu me pardonnes.

D'un coup, elle a paru beaucoup plus intéressée.

— N'importe quoi ? a-t-elle demandé avec ce sourire de chat qui a le don de me mettre hors de moi.

— N'importe quoi.

— Mmmm, voyons, les chaussures avec les lanières roses qu'on a vues l'autre jour ?

— Je te les achèterai en rentrant, a répondu Jim.

Clotilde a poussé un petit cri de joie et s'est jetée à son cou. J'ai observé Jim avec mépris. Cette fille l'avait transformé en carpette. Chaque fois que j'avais piqué une crise devant lui, j'avais eu droit à un ricanement ou à une remarque bien sentie. J'aurais pu doubler ma garde-robe si seulement j'avais su jouer les princesses. Tandis que Clotilde couvrait Jim de baisers, il s'est assuré que je les regardais et l'a embrassée à pleine bouche.

— Il y a des hôtels pour ça ! s'est écrié Will.

Ils ont fini par se calmer puis Jim m'a souri d'un air mauvais. En me détournant, j'ai eu le temps de voir une lueur de triomphe dans le regard que Clotilde a lancé à Hugues qui me serrait toujours de près. Pas de doute, j'étais bien en enfer.

Au bout de trois heures au cours desquelles j'ai songé que si je devais écouter encore une fois la cassette de Will, *Trance Hits*, je me ferais amputer des oreilles, Paul a garé le van.

En ouvrant la porte coulissante qui allait nous libérer, je me suis aperçue qu'on ne se trouvait pas sur le parking d'une station-service et qu'on n'était pas près d'aller s'empiffrer dans un fast-food. Paul avait fait halte dans un petit village avec un terrain de cricket, un étang et des cars entiers d'Américains qui nous dévisageaient comme si on arrivait tout droit de la planète Mars.

— Où se trouve le Kentucky Fried Chicken le plus proche ? a demandé Deborah au nom du groupe.

Paul et Alice ont échangé un sourire.

— Il y a un salon de thé près de l'étang, a répondu Alice. Mais avant, on s'est dit qu'on pourrait aller jeter un coup d'œil au concours de lancer de moutons.

— Hein ? Quoi ? Où ? ai-je demandé comme une idiote.

— Oui, on a vu une pancarte sur la route, a expliqué Paul. Du lancer de moutons ! On ne peut pas rater ça !

Ensuite, il s'est passé un truc dément. Grace a écrasé le pied de Paul en l'accusant de promouvoir la cruauté envers les animaux puis elle s'est précipitée vers un enclos proche décoré de banderoles autour duquel se pressait une foule compacte. C'était sans doute là qu'on lançait les moutons. Pénélope a couru après Grace, Atsuko et Deborah ont couru après Pénélope, Paul s'est mis à sautiller d'un pied sur l'autre en grimaçant de douleur, et moi, j'étais littéralement écroulée de rire. Hugues, le sourire aux lèvres, a essayé de me relever, mais sans succès. Assise par terre, j'en pleurais presque.

— La tête de Paul... ai-je hoqueté.

Paul, le visage en feu, ne trouvait pas ça drôle.

— Moi si, mon chéri, a répliqué Alice. Je ne savais pas que cette petite était capable de s'exprimer, sans parler des coups et blessures.

— Jim ! a aboyé Clotilde, qui, elle, n'avait pas l'air de s'amuser beaucoup. J'ai la migraine et j'ai faim. On va bien dégoter quelque chose à manger dans ce bled pourri.

Et elle s'est dirigée au pas de charge vers le salon de thé.

— Comme tu voudras, mon sucre d'orge, a répondu Jim entre ses dents avant de lui emboîter le pas, sous l'œil courroucé de Hugues.

— Allez, Edison Lighthouse, debout ! a dit Alice en me relevant.

Ça faisait tellement longtemps qu'elle n'avait pas employé ce surnom (emprunté à un vieux groupe hippie) que, malgré Hugues qui me faisait signe de le rejoindre, on s'est dirigées vers l'enclos, bras dessus bras dessous.

Quand on est arrivées sur les lieux, Grace, qui avait organisé une manifestation de protestation avec une seule participante (elle), était en train de passer à la postérité : les touristes, avec un bel ensemble, avaient braqué leur Caméscope sur elle.

— Vous êtes cruel ! a-t-elle crié à l'intention d'un pauvre fermier qui tenait un mouton terrorisé au bout d'une longe.

— Grace, tu fais peur aux animaux, a protesté Pénélope qui essayait en vain de la calmer. Ils ne lancent pas vraiment les moutons. Si ? a-t-elle ajouté en se tournant, l'air anxieux, vers un type vêtu de tweed, sans doute le responsable de l'événement.

— On fait sauter les moutons, mademoiselle, on ne les lance pas. Le tournoi est supervisé par notre vétérinaire local. Il existe depuis plus de trois cents ans et je n'ai jamais...

— Tu vois, Grace, pas de quoi s'emballer, ai-je renchéri. Les moutons aiment bien sauter. Tu n'as jamais vu *Trente Millions d'amis* ?

Grace m'a dévisagée d'un air dubitatif.

— Tu crois ?

— J'en suis sûre, ai-je répondu en m'efforçant de garder mon sérieux. Maintenant, est-ce qu'on peut aller manger un morceau, pas du mouton, de préférence ?

— O.K., a acquiescé Grace en prenant la main que je lui tendais. Mais si j'apprends que vous lancez des moutons, je vous dénonce à la SPA, a-t-elle ajouté à l'intention de M. Tweed.

Après avoir avalé quelques sandwichs au concombre puis vérifié qu'aucun mouton n'avait été lancé, on a décrété qu'il était temps de retourner au van qui, dans l'intervalle, s'était transformé en fournaise.

Très vite, la tension est remontée. Jim et Clotilde, qui s'étaient disputés pendant qu'on était partis chercher Grace, n'arrêtaient pas de s'envoyer des piques. Alice critiquait Will parce que l'odeur du sandwich œuf-mayo qu'il avait sorti de son sac lui donnait la nausée. Atsuko et Deborah se crêpaient le chignon au sujet de Tom Cruise : l'une prétendait qu'il était gay, l'autre jurait le contraire.

Ils me tapaient sur le système. Hugues se montrait imbuvable depuis que j'étais partie avec Alice. J'envisageais sérieusement de les planter au prochain arrêt pipi et de rentrer chez moi en stop. J'ai fini par sortir mon iPod de mon sac, histoire de couvrir leurs jérémiades avec les White Stripes à plein tube.

En arrivant sur l'autoroute, le van s'est mis à crachoter, puis à perdre de la vitesse avant de caler pour de bon. Heureusement, Paul s'est débrouillé pour gagner la bande d'arrêt d'urgence avant que le véhicule ne rende l'âme mais on a dû attendre la dépanneuse pendant quatre heures. Seule consolation : pendant que tout le monde hurlait après tout le monde, Simon a réussi à arrêter un marchand de glaces ambulant et l'a persuadé de nous vendre des boissons fraîches.

On a pu repartir à six heures du soir et quand on a débarqué sur le site du festival deux heures plus tard, plus personne ne se parlait. Et pour cause, tout le monde dormait. On s'est retrouvés coincés dans un énorme bouchon qui s'étirait jusqu'à l'entrée principale.

Ce silence inhabituel n'était pas pour me déplaire, c'était moins stressant que les hurlements et les disputes, mais je ne pouvais pas rester une minute de plus dans ce van. À vrai dire, j'hésitais encore à fausser compagnie à notre petit groupe pour me rendre en stop à la gare la plus proche mais même moi, je trouvais que c'était une très mauvaise idée. J'ai pris mon sac à dos et j'ai rampé jusqu'à la porte coulissante.

— Je sors, ai-je annoncé. On se retrouve au camping. J'ai besoin de marcher un peu.

Les autres ont commencé à remuer.

— Mais tu détestes marcher, a observé Deborah.

— Et tu vas te perdre, a ajouté Hugues comme si c'était inévitable.

— Mais non, ai-je répondu avec humeur. On a déjà notre emplacement, j'ai une carte et si je passe une seconde de plus dans ce van, je vais égorger quelqu'un. Ce sera sans doute Will.

— Qu'est-ce que j'ai fait ? a protesté Will.

— Ce n'est pas toi, c'est ta musique trance.

— Je n'aurais jamais pensé dire ça un jour mais je suis d'accord avec elle sur ce point, a renchéri Clotilde.

Ma tentative d'évasion n'a pas été un succès total. Au bout de dix minutes de parlote inutile, Paul et Alice sont restés dans le van pendant que le reste du groupe, soit moi et TOUS les autres, continuait à pied. On a marché un long moment, mes pieds glissaient dans mes tennis à cause de la transpiration. Et allez savoir quand j'allais pouvoir prendre un bain. Pas de sitôt, à coup sûr.

À cette heure-là, il faisait noir comme dans un four.

L'unique lumière provenait des feux de camp. On n'a pas arrêté de trébucher sur des gens avant de dénicher notre emplacement. Enfin, on n'était pas certains que ce soit le bon, difficile d'en avoir le cœur net avec l'obscurité. Bien entendu, les tentes étaient dans le van, si bien qu'on a attendu pendant des plombes le retour de Paul et d'Alice qui s'étaient garés à des kilomètres. Il était une heure et demie du matin quand on a commencé à monter les tentes, ce qui a donné lieu à d'autres disputes, vu qu'on s'est pris les pieds dans les piquets de la tente voisine et que les hippies qui l'occupaient nous ont aboyé dessus. Mais on a fini par y arriver. Il restait encore un problème à régler, l'ultime obstacle entre moi et une nuit calamiteuse dans un sac de couchage : qui allait dormir avec qui ?

Jusqu'à présent, Hugues n'avait pas fait d'histoires. Par chance, il avait dormi pendant la dernière partie du voyage et s'était réveillé d'excellente humeur. Ses bonnes dispositions avaient duré assez longtemps pour qu'il accepte de porter mes sacs pendant qu'on escaladait une pente raide. Je suis peut-être féministe, mais pas à ce point. À présent, il lorgnait tour à tour une petite tente pour deux personnes et moi-même. Franchement, pas besoin d'être un génie pour faire le rapprochement. Mais me retrouver nue comme un ver à côté de lui était le cadet de mes soucis. Je n'avais qu'une envie : dormir.

C'est à ce moment-là qu'Alice a bousculé Hugues pour rejoindre la petite tente.

— Paul et moi, on dort dans celle-là, a-t-elle décrété d'un ton qui n'admettait pas de réplique. Jim et Clotilde dorment dans la tente verte et les deux grandes tentes restantes seront partagées entre les filles d'un côté et les garçons de l'autre. Bonne nuit.

À cette annonce, Hugues a paru très énervé et du coup, j'ai essayé de prendre l'air très énervé, moi aussi.

— Tant pis ! me suis-je exclamée en l'embrassant sur la joue. À plus tard.

Il m'a prise par la taille avant que je puisse m'échapper et m'a attirée contre lui.

— Demain, alors. On trouvera un endroit tranquille, c'est promis.

Mais sa promesse ressemblait plutôt à une menace.

Je ne sais pas quand je trouverai à nouveau l'occasion d'écrire. Deborah et Pénélope n'arrêtent pas de râler parce que je fais du bruit avec mes feuilles pendant qu'elles s'efforcent de dormir.

Je tenterai de rattraper le retard accumulé en rentrant à Manchester. J'aimerais posséder une machine à accélérer le temps pour me retrouver chez moi en un clin d'œil, avec ce séjour de cauchemar derrière moi.

31 août

Enfin rentrée, merci, petit Jésus ! J'ai décidé de taper la suite de mes aventures pour l'intégrer dans mon journal, j'ai tellement de choses à raconter ! Aussi longtemps que je vivrai, je jure de ne plus jamais mettre les pieds dans un festival. Promis, juré, craché. Bref, la suite :

26 août

Comme je le craignais, ce festival a été un cauchemar. Il y avait des tas de types imbibés de bière et coiffés de ces ridicules chapeaux de bouffon en velours avec des clochettes ; au moins, on les entendait venir quand ils se glissaient derrière les filles pour essayer de les peloter. Mais je les préférais encore aux hordes de hippies qui se baladaient les fesses à l'air dans le « pré de relaxation » ; ils m'ont dégoûtée à jamais des saucisses cocktail. Après un petit déjeuner (ou plutôt un déjeuner, pour être tout à fait exacte) composé de beignets achetés à un stand, chacun est parti de son côté et je me suis retrouvée seule avec Hugues. Les filles m'ont proposé d'aller voir les attractions avec elles, mais Hugues, qui avait manifestement décidé de passer quelques heures en tête à tête avec moi, ne me lâchait pas la main.

On s'est dirigés vers la scène principale et j'ai commencé à me détendre, à oublier la raison de ma présence ici avec lui. C'était juste Hugues, il n'avait rien d'effrayant. On a passé la demi-heure suivante à pester de concert contre les installations sanitaires dignes du Moyen Âge (comprendre : il n'y en avait pas) et les marmots insupportables des hippies, qui venaient se fourrer dans nos pattes à la moindre occasion. Il faut croire que les enfants n'ont pas la même conception que nous de l'espace.

On a décidé de se poser un peu pour voir un ou deux groupes et tandis qu'assis dans l'herbe, main dans la main, on sirotait de la bière tiède, je me suis dit : tout va bien, c'est ce que font les couples normaux dans un festival.

Après le premier concert, Hugues s'est tourné vers moi et a retiré ses lunettes de soleil.

— Je ne sais pas comment tu te débrouilles, a-t-il déclaré d'un air songeur.

— Quoi ?

— Tu as à peine dormi, je sais que tu tuerais père et mère pour une douche parce que tu me l'as répété dix fois et pourtant, tu es splendide, comme si tu sortais d'un film de Fellini.

Je ne savais pas qui était Fellini (probablement un réalisateur étranger très en vogue) mais j'ai fait la moue. Je ne voyais pas comment j'aurais pu être splendide. Je portais un tee-shirt chiffonné et un corsaire rose déjà couvert de taches d'herbe. Et malgré l'écran total que j'avais généreusement appliqué sur mon visage, les taches de rousseur se multipliaient sur mon nez à la vitesse de l'éclair. J'ai passé mes doigts dans mes cheveux emmêlés.

— C'est gentil, Hugues. Mais je me sens horrible. Je ne sais pas comment toi-même tu t'y prends pour rester aussi élégant.

J'étais sincère. Il n'y avait pas un pli sur son jean bleu brut et sa chemise à carreaux. Il avait dû dormir debout.

— Je n'aurais rien contre l'idée d'aller froisser tout ça, a-t-il ironisé.

Nous y voilà ! Devant ma mine stupéfaite, il s'est esclaffé.

— Viens, on retourne à la tente. Il faut que tu saches ce que tu as raté.

Je suis demeurée silencieuse quelques instants. La tension était palpable, je devinais que Hugues retenait son souffle. Je ne pouvais plus me défiler.

— O.K., ai-je soupiré.

Il a souri et m'a aidée à me relever.

— Si tu savais comme j'ai attendu ce moment, a-t-il susurré en se penchant pour m'embrasser.

Il nous avait fallu une demi-heure pour atteindre la scène principale. On a mis dix minutes pour retourner à l'emplacement, avec Hugues qui me tirait par la main.

Tandis qu'il dézippait la fermeture à glissière de la tente, je me sentais détachée de tout, comme si j'étais sortie de mon corps et que je m'observais.

Je me suis glissée à l'intérieur, suivie de Hugues qui était déjà en train de déboutonner sa chemise. Ça y est, me suis-je dit, je vais faire l'amour pour la première fois sous une tente, au milieu d'un champ, en plein jour. Ce n'était pas comme ça que je me l'étais imaginé. Hugues m'a attirée contre lui et s'est mis à m'embrasser. Les mains sous mon tee-shirt, il a murmuré :

— Je te trouve un peu trop habillée.

Je me suis débarrassée de mon tee-shirt. Tandis que Hugues se débattait avec l'agrafe de mon soutien-gorge, j'aurais voulu être ailleurs. Il me regardait sous toutes les coutures et ses gestes étaient brutaux. Il n'y mettait pas beaucoup de tendresse. Mais comment lui avouer que je m'étais trompée, alors que je lui avais donné ma parole ? Impossible de revenir en arrière...

Il était parvenu à défaire mon soutien-gorge quand on a entendu un bruit étouffé au-dehors. Je me suis figée.

— Qu'est-ce que c'était ?

Hugues m'a plaquée contre le sol.

— Quoi ? a-t-il demandé avec impatience.

— J'ai cru entendre un bruit.

Il y a eu un autre grattement contre la toile.

— Tiens, encore !

Et là, horreur ! La tête de Pénélope est apparue dans l'ouverture de la tente.

On a toutes deux poussé un cri de surprise. Elle a reculé tandis que je me couvrais la poitrine avec mon tee-shirt.

Hugues – cet imbécile – s'est mis à rire.

— Encore raté ! s'est-il exclamé en se rallongeant, les mains calées sous la nuque.

Je lui ai tourné le dos pour remettre mon soutien-gorge et mon tee-shirt, et je suis sortie de la tente. J'étais écarlate.

— Je suis vraiment désolée, a bredouillé Pénélope. Je ne me doutais pas...

— T'inquiète, ai-je répondu.

Si j'avais pu, je lui aurais baisé les pieds en signe de gratitude.

Elle m'a emmenée à l'écart du camp.

— Plutôt mourir que de rester à côté de lui, a-t-elle grommelé.

Je me suis rappelé ce qui s'était passé la dernière fois qu'ils s'étaient croisés et j'ai tressailli.

— Oublie-le une minute.

J'aurais voulu pouvoir en faire autant.

— Et dis-moi plutôt ce qui ne va pas.

Pénélope a laissé échapper un petit cri de frustration.

— Grace a disparu. J'ai tourné le dos une seconde et elle n'était plus là.

— Bon, où étiez-vous la dernière fois que tu l'as

vue ? ai-je demandé avec autorité, genre « je prends les choses en main ».

— Dans une espèce de grande tente où les gens dansent. J'ai fouillé chaque recoin. Les autres s'y sont mis aussi et on n'a pas trouvé la moindre trace d'elle.

— Bon, Hugues va rester ici au cas où elle passerait et moi, je viens avec toi, ai-je décrété. Il a son portable. Quant à nous, on a assez de téléphones à nous tous. On va la retrouver.

— Dis donc, Edie, je ne savais pas que tu avais autant d'esprit d'initiative, s'est exclamée Pénélope.

J'ai jeté un œil à l'intérieur de la tente : Hugues, la tête appuyée contre un sac de couchage roulé en boule, m'a fait un sourire carnassier.

— Ah, te voilà. Je commençais à croire que tu m'avais laissé en plan.

— Changement de programme, ai-je annoncé. Grace a disparu. Pénélope est sens dessus dessous. J'ai besoin que tu restes ici au cas où Grace reviendrait. D'accord ?

— Mais, Edie... a-t-il protesté.

Je lui ai adressé un vague signe de la main et je suis retournée auprès de Pénélope.

— Toi, tu vas voir du côté des secours et moi je m'occupe du stand de la protection des animaux, ai-je décrété en dévalant la pente au pas de course.

— Merci, Edie. Je ne sais pas ce que je deviendrais sans toi. Je me sens incapable de faire fonctionner mes neurones.

— C'est normal, tu te fais du souci pour Grace, ai-je répondu, haletante, en accélérant l'allure.

— Oui, comme toute grande sœur tyrannique qui

se respecte. Au fait, excuse-moi, j'ai été trop dure avec toi.

— Oublie ça. Mais, je t'en prie, ne dis rien à personne pour Hugues et moi... tu sais, quand tu nous as vus...

— À qui veux-tu que j'en parle ? s'est écriée Pénélope. J'ai eu le choc de ma vie !

J'ai inspecté le stand de la protection des animaux et je suis retournée au « pré de relaxation » mais aucune trace de Grace. Ensuite je suis tombée sur Will et Robbie qui n'étaient pas plus avancés. J'avais renoncé et m'apprêtais à rejoindre les autres quand j'ai cru apercevoir Grace dans la foule. Je me suis frayé un chemin jusque-là... pas de Grace. J'ai jeté un coup d'œil désespéré autour de moi et c'est là que je l'ai vue, au milieu d'un groupe d'hommes qui titubaient en rigolant. Grace les imitait, le teint blême et les yeux hagards. Un des types, plus baraqué que les autres, l'a prise par l'épaule et j'ai cru qu'ils allaient tomber en arrière.

Je me suis précipitée vers elle.

— Edie ! Edie chérie ! s'est-elle écriée en se jetant dans mes bras. Tu en fais, une tête !

Ses pupilles étaient dilatées et elle paraissait toute molle. On aurait dit que ses bras étaient en pâte à modeler.

Je me suis tournée vers les garçons du groupe, qui continuaient à rire bêtement.

— Qu'est-ce que vous lui avez fait ?

Pas de réponse. Les gloussements ont recommencé.

Je me suis ruée sur l'un d'eux.

— Qu'est-ce qu'elle a pris ? ai-je demandé en le saisissant par le col.

— Oh, un truc, a-t-il marmonné. T'en veux ? Je te le fais à cinq livres.

— Espèce de gros minable ! ai-je rugi. C'était quoi, de l'acide ou de l'ecstasy ?

— Sans doute de l'acide, a répondu un très beau garçon qui venait de se détacher de la foule des curieux rassemblés autour de nous. Jamais il ne lui aurait refilé de l'ecstasy, c'est trop cher.

— Peu importe, ai-je répliqué, un peu déstabilisée par son joli minois.

Je me suis tournée vers Grace et j'ai essayé de la soutenir sans lâcher pour autant le sale type.

— Tu as de la chance que ce soit moi qui t'aie trouvé. Si ç'avait été sa sœur ou un de nos copains, tu serais déjà mort.

Je l'ai repoussé d'un geste brutal et il s'est retrouvé par terre, toujours hilare. J'ai jeté un regard noir à ses copains qui me fixaient d'un air hébété, sans comprendre. Il leur manquait les sous-titres, apparemment.

— Hé ! Hé ! Grace, écoute-moi ! Qu'est-ce que tu as pris ?

Grace, la tête appuyée contre mon épaule, était en train de baver sur mon tee-shirt.

Je l'ai secouée un peu et elle s'est redressée.

— Ils m'ont offert une bouteille d'eau, a-t-elle répondu, le regard dans le vague. Et depuis je me sens bizarre.

— Tu as besoin d'aide ? a demandé le beau hippie.

Il m'a dit s'appeler Azur puis il a pris l'autre bras de Grace et m'a aidée à la porter jusqu'à la tente des premiers secours. Il était tellement canon que, dans des circonstances normales, je me serais noyée dans ses yeux turquoise, mais je me suis très vite reprise. Ce n'était ni l'endroit ni le moment. Et puis Grace commençait sérieusement à me filer les jetons : elle bredouillait des phrases sans suite, qu'elle m'aimait beaucoup, que les gens autour d'elle étaient habités par des esprits d'animaux, ce genre de trucs.

Azur s'est éclipsé après nous avoir laissées entre les mains du personnel soignant, non sans préciser que si j'avais encore besoin de ses services, je le trouverais au stand d'astrologie. Après avoir ausculté Grace, le médecin a déclaré qu'elle avait sans doute pris de l'acide : la seule chose à faire était de m'asseoir avec elle au calme et de lui faire boire des litres d'eau. Bien entendu, j'avais laissé mon portable dans la tente, j'ai donc dû remplir une fiche pour que le DJ de la scène principale puisse lire une annonce au micro. Ainsi, les autres sauraient où nous trouver. J'ai déjà précisé que je ne mettrai plus jamais les pieds dans un festival ?

Une fois certains que Grace ne faisait pas d'overdose et qu'elle n'allait pas perdre la boule de manière définitive, les toubibs nous ont installées dans une annexe préfabriquée avec un lit et j'ai réussi à convaincre Grace de s'allonger. J'ai pris sa tête sur mes genoux et je lui ai caressé les cheveux en écoutant d'une oreille son charabia ininterrompu.

Elle avait attrapé des coups de soleil. Ses cheveux blonds et bouclés, de la même couleur que la crinière rock'n'roll de Pénélope, étaient fins comme un duvet d'oiseau. J'ai remarqué pour la première fois qu'elle était très jolie. Bien plus jolie que Pénélope (ne le répétez pas). Grace avait une beauté douce et laiteuse, comme les anges de mon livre sur la Renaissance. Très Botticelli, quoi. Mais il fallait qu'elle s'occupe de ses cheveux (peut-être un bon shampoing pour commencer) et qu'elle arrête de se cacher le visage derrière ses mains. Ça ne devait pas être facile d'avoir une sœur comme Pénélope. Pénélope avait une personnalité cool et fonceuse, il fallait s'accrocher pour être à la hauteur.

Grace m'a saisi les mains et les a embrassées. Je me suis dégagée avec douceur.

— Je suis si heureuse que tu sois là, Edie, a-t-elle marmonné en essayant de garder les yeux fixés sur moi. Tu es mon amie, hein, pas seulement celle de Pénélope ?

— Mais bien sûr, ai-je répondu en lui tapotant la main. Essaie de dormir, maintenant.

— Chaque fois que je ferme les yeux, je vois les neveux de Donald Duck, version satanique, m'a-t-elle expliqué d'un ton solennel. Je n'arrive pas à me souvenir de leurs noms.

— Riri, Fifi et Loulou.

Grace s'est esclaffée.

— Toi, alors, tu sais tout !

— Rappelle-moi de venir te voir dès que j'ai besoin de rebooster mon ego.

Soudain Grace m'a agrippé les poignets et s'est lancée dans un discours incohérent : soi-disant qu'elle m'idolâtrait et qu'elle voulait me ressembler afin que les garçons se battent pour elle.

— Tu es mon héroïne ! s'est-elle écriée d'un ton désespéré.

— S'il te plaît, calme-toi. Je n'ai rien d'une héroïne, crois-moi. Ma vie est un fiasco. Je suis censée prendre des tas de décisions importantes au sujet de mon avenir alors que je ne suis même pas capable de planifier le lendemain. Et les garçons ne se battent pas pour moi. Il n'y a guère que Hugues et... enfin, tu vois, c'est Hugues.

Grace a gardé le silence quelques instants et j'ai cru qu'elle s'était endormie, mais soudain elle a ouvert les yeux et m'a posé la question qui tue :

— Alors pourquoi as-tu embrassé Jim ?

— Jim et moi ? Oh, c'est une longue histoire.

Mais Grace a tenu à entendre la suite et j'ai fini par céder. Je lui ai tout raconté de A à Z. Y compris les détails pas très racontables. Ces fois innombrables où, comme deux idiots, on avait réussi à se faire du mal. Et pourquoi on avait rompu. Quand, au bout d'une heure, je suis arrivée au terme de mon récit, Grace m'a regardée droit dans les yeux sans ciller avant de demander :

— Pourquoi tu restes avec Hugues alors que tu aimes toujours Jim ?

J'ai commencé à protester mais elle m'a coupée net :

— Je déteste Hugues. Il a essayé de m'embrasser le jour de ton barbecue. Après vous avoir surpris, Jim et toi, je suis tombée sur lui en descendant l'escalier. Il m'a collée contre le mur et m'a dit qu'il s'occuperait de mon cas dans quelques années. Puis il m'a embrassée et je me suis laissé faire parce que s'il montait, vous étiez cuits.

— Oh, Grace, je suis vraiment désolée !

J'ai ressenti le besoin inexplicable de l'envelopper dans une grande couverture, comme pour la soustraire à la pourriture du monde. J'avais une autre envie, très facile à expliquer, celle-là : aller trouver Hugues pour lui balancer mon pied dans la partie du corps dont il se servait pour réfléchir. Grace n'était peut-être pas encore redescendue mais elle disait la vérité. Tout comme Pénélope. Ça ressemblait trop à Hugues, je pouvais presque l'entendre menacer Grace de sa voix nonchalante. En repensant au sacrifice que j'avais failli accomplir pour le garder, j'ai eu la nausée. Il s'était bien fichu de moi. Quel sale type ! Menteur, hypocrite et méchant.

— J'aurais tant aimé que mon premier baiser se passe autrement, a observé Grace, songeuse.

— Avec le temps, ça s'améliore. Quand Jim m'embrasse, c'est comme... comme s'il était le seul à pouvoir me gratter là où ça me démange... euh, en mieux, bien sûr.

Grace m'a souri et n'a pas tardé à s'endormir. J'ai pensé à ma vie depuis que Hugues était venu y mettre la pagaille. Est-ce que je m'étais voilé la face, étais-je toujours amoureuse de Jim, ainsi que Grace le prétendait ? Mais qu'en savait-elle ? Elle avait réussi à se faire refiler de l'acide, ce n'était pas à proprement parler une preuve de bon sens, hein ? Quand Pénélope, Will et Robbie sont arrivés, je nageais en pleine déprime.

Lorsque je leur ai expliqué ce qui était arrivé à Grace, Pénélope a éclaté en sanglots. Puis Grace s'est réveillée et elle s'est mise à pleurer, elle aussi. J'avais une furieuse envie de les imiter. Une fois calmée, Pénélope s'est montrée adorable avec sa sœur. Il fallait voir ça. Je m'attendais qu'elle lui fasse un sermon du genre : « N'accepte jamais un verre d'un garçon que tu ne connais pas », mais elle s'est surtout inquiétée de sa santé. J'aurais bien aimé avoir une grande sœur, moi aussi. Si j'en avais eu une, je n'en serais peut-être pas là. Je me suis assise avec Grace et Pénélope, pendant que Will était parti chercher un médecin pour ausculter Grace une dernière fois. Celui-ci a estimé qu'elle avait juste besoin de repos et qu'elle se sentirait peut-être un peu fébrile pendant les prochaines vingt-quatre heures. Will – qui en la circonstance a révélé son côté super-héros – a porté Grace pendant que Robbie prenait Pénélope par l'épaule et on a regagné ensemble le campement.

Je n'avais qu'une envie, rentrer à la maison, me coucher (dans des draps fraîchement lavés de préférence) et dormir jusqu'au retour des parents. Pendant que les autres s'affairaient autour de Grace, je suis allée chercher une carte du site dans ma tente, histoire de dénicher un moyen de transport susceptible de me ramener chez moi. En entendant le bruit de la fermeture à glissière, je me suis préparée à affronter Hugues. Mais c'était Alice.

— Oh, c'est toi ! ai-je marmonné avant de prendre conscience que ma phrase pouvait être mal interprétée. Enfin, ce n'est pas ce que je voulais dire.

— Heureuse de l'entendre, a répliqué Alice sur un ton de reproche. Eh bien, te voilà l'héroïne du jour. J'imagine que Pénélope t'a pardonné pour le Hugues-gate.

— Ne me parle pas de lui, ai-je grommelé. Qu'il aille se faire voir.

Alice a eu l'air étonné. Elle a ouvert la bouche pour répondre avant de se raviser.

— Désolée, j'aurais mieux fait de me taire, ai-je

poursuivi. Tu dois en avoir ras le bol de mes petits drames personnels.

— Les amis sont là pour ça. Bon, grande nouvelle : je viens d'acheter une boîte de Tampax à un prix astronomique. C'est l'arnaque, ici.

— Alors tu n'es pas... ? ai-je demandé en écarquillant les yeux.

Elle s'est jetée dans mes bras.

— Non ! J'ai mes règles ! Je ne suis pas enceinte.

— Oh, je suis si contente pour toi ! me suis-je exclamée avant de m'interroger : c'était la bonne réaction, au moins ? Tu es soulagée ?

— Libérée, tu veux dire ! Mais j'aurais préféré que les Anglais débarquent à un autre moment. Avec ces toilettes de l'âge de la pierre... Bon, raconte-moi. Qu'est-ce que Hugues a encore fait ?

— Oh, je n'ai pas envie d'en parler. C'est fini, terminé, basta. Je n'ai même pas la force d'entrer dans les détails. Ce mec est pathétique, infidèle, manipulateur...

J'étais à court d'adjectifs. Alors je me suis tue le temps de retrouver mon calme.

Alice n'a pas posé de questions. Elle s'est contentée de m'informer que Paul et elle avaient prévu de manger un morceau puis d'aller voir un film en plein air. Elle a ajouté que j'avais intérêt à trouver une excuse en béton pour ne pas les accompagner.

Hugues m'attendait à l'extérieur de la tente.

— Enfin, te voilà ! a-t-il lancé d'une voix où perçait l'agacement. J'ai bien envie de t'étriper.

Je n'étais pas d'humeur à m'expliquer avec lui, d'autant que les autres (excepté Clotilde et Jim qui manquaient à l'appel depuis ce matin) nous observaient. Quand je me suis tournée vers eux, ils ont fait mine de s'intéresser à quelque chose par terre.

J'ai jeté un regard noir à Hugues, en y mettant toute la rancœur dont j'étais capable. Il a reculé.

— Qu'est-ce que j'ai encore fait ?

— Ne t'approche pas de moi, point. Ne me parle pas, ne me touche pas. Ne t'avise même pas de respirer à côté de moi !

— Arrête ton cinéma, Edie...

Je ne l'ai pas laissé finir, je l'ai planté au milieu de sa phrase et j'ai rejoint les autres au pas de course.

— On va manger ou quoi ? leur ai-je demandé.

Même s'il était évident, à leur mine, qu'Alice les avait mis au parfum, ils ont obéi sans poser la moindre question. Hugues nous a regardés partir, l'air furieux.

Tandis qu'on flânait parmi les stands en évitant ceux qui vendaient de la nourriture végétarienne ou potentiellement avariée, le reste du groupe gardait un silence plein de tact à propos de ce qui venait de se passer entre Hugues et moi. Je voyais bien que Deborah mourait d'envie d'en apprendre davantage : Atsuko n'arrêtait pas de lui pincer le bras car à plusieurs reprises, j'ai entendu Deborah marmonner : « Arrête ! Je n'ai rien dit. »

On attendait devant le cinéma en plein air lorsque Jim nous a rejoints. Sans Clotilde. C'est drôle, Hugues avait caressé mes seins et je n'avais rien ressenti, mais il me suffisait d'apercevoir Jim, son Levi's déchiré et son vieux tee-shirt pour perdre tous mes moyens.

— Où est Clotilde ? a demandé Alice.

— Je ne sais pas et je m'en fiche comme de l'an quarante, a-t-il répondu d'un ton brusque.

Ils ont échangé quelques paroles à voix basse. Jim jetait des coups d'œil dans ma direction. À un moment, il a déclaré :

— Ça n'a rien à voir avec moi. Elle fait ce qu'elle veut, elle a toujours fait ce qu'elle voulait. Ce n'est que la moitié du problème.

Et je n'ai pas pu m'empêcher de gamberger : il parlait de moi ou de Clotilde ?

Sur le chemin du retour, un mouvement de foule a manqué nous faire tomber. Jim m'a retenue par le bras mais s'est dépêché de me lâcher, comme si je l'avais brûlé, avant de se rapprocher ostensiblement de Simon. Et même si je n'avais pas prévu de larguer Hugues et de retenter ma chance avec lui, j'ai ressenti un petit pincement au cœur.

27 août

Cette nuit, je n'ai pas beaucoup dormi. En fait, ça fait des semaines que je n'ai pas cumulé huit heures de sommeil sans être réveillée par des rêves étranges. Pour couronner le tout, le sol sous mon sac de couchage était plein de bosses, il y avait plus de pierres là-dessous que dans n'importe quelle carrière. Les autres dormaient à poings fermés, du coup je me sentais encore plus solitaire et frustrée. Quand j'ai fini par m'assoupir, j'ai été réveillée peu après par un boucan d'enfer. J'ai enfilé mon jean avant de ramper hors de la tente en prenant garde de ne réveiller personne.

Je n'en croyais pas mes yeux : des hippies nus. Des bongos. Et les hippies nus frappaient comme des sourds sur les bongos. J'étais épuisée, sale et j'en avais ras la casquette.

— LA FERME ! LA FERME ! ai-je hurlé. Il est cinq heures et demie du matin !

— Mais on remercie juste la terre de nous accueillir, a répondu un type entre deux âges avec des dreadlocks et un énorme pétard à la main. Reste cool, sister.

— Vous m'avez réveillée ! Vous m'avez réveillée avec vos bongos pourris.

— Tiens, prends une taffe, a suggéré le hippie en me tendant le joint.

— Je n'en veux pas. Je veux seulement que vous fassiez moins de bruit.

— C'est toi qui fais du bruit ici, a dit une voix derrière moi.

Je me suis retournée : à quelques mètres de là, Jim m'observait d'un œil goguenard.

— J'étais là à écouter les bongos quand tu as surgi de ta tente en criant comme une malade.

— Tu ne dors pas ? ai-je demandé tandis que les tambours reprenaient.

C'était la seule réplique qui me venait à l'esprit.

— Je me suis levé tôt pour profiter des douches communes pendant qu'il n'y avait personne.

— Je tuerais père et mère pour une douche.

Jim a souri avec malice.

— C'était très agréable, cette eau chaude et ce savon. Je me sens hyper-propre. Et tu veux que je te raconte le meilleur ? Quand je me suis lavé les cheveux : la sensation du shampoing, l'eau qui évacuait la crasse, et ces bulles...

— Arrête.

— Tu as une mine affreuse, a poursuivi Jim en prenant mon visage dans ses mains. Tu n'arrives toujours pas à dormir ?

— Non, ai-je soupiré.

— Pourquoi tu n'en profiterais pas pour aller te laver pendant qu'il n'y a personne ? Ensuite j'irai acheter le petit déj' et on regardera le soleil se lever.

On ne pouvait rêver proposition plus alléchante. J'ai acquiescé.

— Allez ouste, a-t-il lancé en faisant mine de m'ébouriffer les cheveux.

J'ai réussi à éviter sa main : on aurait pu faire des frites sur mon crâne. Et puis, je contrôlais la situation tant que Jim ne me touchait pas. Dès qu'il me touchait, les ennuis commençaient.

Je n'aurais jamais cru utiliser des douches communes un jour. Du moins, pas depuis que j'avais quitté l'école et que je n'étais plus obligée de prendre part à leurs activités sportives débiles. J'ai trouvé un bloc réservé aux femmes avec des cabines et les deux autres filles que j'ai croisées semblaient aussi embarrassées que moi. Une fois sous la douche, je me suis mise à pleurer. Je ne savais même pas pourquoi. Cela étant, je pleure à longueur de temps. Il y a encore un an, on pouvait être sûr que j'y allais de ma petite larme devant n'importe quel soap à la noix. Ces dernières semaines, j'avais fait d'énormes progrès. Mais là, sous la douche, j'ai pleuré comme si j'avais le cœur brisé. J'imagine que Hugues et le stress des exams y étaient pour quelque chose, mais c'était aussi à cause de Jim qui m'attendait dehors. D'accord, il m'offrait le petit déjeuner, mais ce que je voulais vraiment de lui, il n'était pas en mesure de me le donner.

Quand j'ai émergé du bloc, la propreté me sortait par tous les pores. C'était si agréable de pouvoir porter une robe, j'avais même réussi à me raser les jambes. Jim était allongé dans l'herbe ; je l'ai poussé du pied.

— Je meurs de faim.

Il a lentement levé les yeux vers moi et j'ai essayé de ne pas trembler tandis qu'il m'examinait des pieds à la tête.

— Dis, tu ne vas pas piquer une colère parce que ton petit déjeuner n'est pas prêt ? a-t-il demandé d'une voix où perçait l'agacement.

— Pas mon style. Tu t'es trompé de fille.

— Mmmm, tu n'imagines pas à quel point.

Il s'est mis debout et m'a prise par la taille. J'aurais pu me dégager mais son geste me semblait si naturel que je n'ai pas bougé.

— Allons-y.

On a acheté du café et des sandwichs au jambon puis on s'est installés sous un arbre pour prendre notre petit déjeuner en regardant le soleil se profiler à l'horizon. On n'a pas échangé une parole, ce n'était pas nécessaire. Un garçon avec qui on peut se taire, c'est plus difficile à trouver qu'un type capable de soutenir une conversation. Hugues utilisait le silence comme une arme mais avec Jim, c'était différent : les silences étaient agréables.

Une fois que le soleil s'est montré, il a commencé à faire super-chaud. J'ai sorti mon écran total de mon sac pour en étaler sur mes épaules. Jim m'a pris le tube des mains et s'est mis à me masser. Ses doigts s'égaraient sous les bretelles de ma robe à fleurettes, se faisaient plus caressants. J'ai retenu mon souffle quand sa main est descendue le long de ma colonne vertébrale jusqu'à la fermeture Éclair de ma robe. Il a hésité un instant avant de me rendre la crème.

— Tu ferais mieux de t'occuper du reste.

J'ai enduit mon cou et mes bras puis je me suis tournée vers lui. Son bronzage faisait ressortir le vert de ses yeux mais il avait des cernes et les traits tirés. J'aurais voulu pouvoir effacer la fatigue sur son visage.

— Je sais qu'on a eu des moments difficiles mais j'aimerais sincèrement qu'on se réconcilie pour de bon. Sache que chaque fois que j'ai refusé ton amitié, c'était pour me protéger et ne plus souffrir.

Jim s'est levé et m'a fait lever à mon tour pour me prendre dans ses bras.

— Ça n'a pas d'importance, Edie. J'ai dit et fait des choses dont je ne suis pas fier, mais je resterai toujours ton ami. Même si je me conduis souvent mal.

— C'est vrai ?

En guise de réponse, il m'a serrée un peu plus fort contre lui. Je l'ai enlacé et il a enfoui son visage dans mon cou. Je sentais son cœur battre à travers le tissu léger de sa chemise et j'ai posé la main à cet endroit. Jim s'est dégagé avec douceur.

— Si on décide de passer la journée ensemble, il va falloir établir des règles : on ne se touche pas.

J'ai fait la moue.

— C'est toi qui as commencé. Je me suis contentée de suivre le mouvement.

— Je suis sérieux. On ne se touche pas, a-t-il répété. Comportons-nous comme des amis.

— Qui a dit que je voulais passer la journée avec toi ? ai-je répondu, mi-figue, mi-raisin.

Jim m'a souri d'un air entendu.

— Arrête de râler, Edie, ou je t'envoie au stand de trance pour le reste de la matinée.

Pour finir, je me suis laissé gagner par les vibrations du festival, man. Bon, je n'ai pas acheté un de ces chapeaux idiots et je ne me suis pas fait tatouer au henné, mais j'ai réussi à voir quelques groupes avec Jim. Puis on est allés jeter un coup d'œil aux animations, on s'est gavés de frites et de hamburgers et on a laissé parler notre haine commune des jongleurs. Personne ne nous connaissait, personne ne se souciait de savoir si on était un couple ou des amis un peu particuliers. L'anonymat, c'est le pied, parfois.

Jim a respecté la règle qu'il avait établie, même quand nos mains se frôlaient et que je brûlais d'agripper ses doigts pour ne plus les lâcher. Dur de se promener sans se toucher dans la chaleur estivale, avec Jim qui me dévorait des yeux comme un affamé qui vient de repérer un Big Mac. Mon corps me pesait. Nos regards se croisaient sans cesse. Cette histoire finissait par friser le ridicule.

On est retournés à l'endroit où on avait assisté au lever de soleil et je me suis écroulée par terre, épuisée.

— La prochaine fois, s'il y en a une – et je dis bien « si » –, je prends l'avion et je reste à l'hôtel, ai-je déclaré avant de fouiller dans mon sac à la recherche de mon vernis d'urgence, histoire de rattraper mes ongles de pied.

Jim s'est affalé dans l'herbe à côté de moi, les mains sous la nuque. J'ai fait en sorte de ne pas regarder le petit bout de ventre plat et bronzé qui dépassait de son tee-shirt.

— Tu es une fille à part, a-t-il observé, songeur, en me prenant le flacon des mains.

Il a calé mes pieds sur ses genoux pour me vernir les ongles. Je l'ai laissé faire. À quoi bon fréquenter un artiste si on ne met pas ses talents à contribution ?

— Comment ça ?

— Je n'en connais pas d'autre qui emporterait son kit de pédicure à un festival. Et qui accepterait de passer du temps avec moi, après la façon dont je me suis comporté.

— Je n'ai pas été très gentille non plus. Je t'ai balancé de sacrées horreurs.

— J'aimerais qu'on ressorte ensemble, a poursuivi Jim d'un ton désinvolte, sans lever les yeux de mes orteils. On a changé, tous les deux.

Je n'ai pas répondu, j'avais la gorge serrée. Il était sérieux ou il me la jouait « si seulement » ?

— J'y ai beaucoup réfléchi cet été. Dis quelque chose, Edie. Même si tu dois hurler.

— J'ai rompu avec Hugues.

— Je sais. Et j'ai essayé de larguer Clotilde des milliers de fois mais elle ne veut rien entendre. Elle pique une crise et se met à tout casser.

— Cette dispute le jour du départ, ce n'était pas la première fois ?

L'idée m'avait traversé l'esprit dernièrement.

Jim a ricané.

— C'était Clotilde dans un de ses bons jours. J'en suis au stade où je n'ai plus aucun sentiment pour elle, alors rester avec elle... Mais parfois je me dis qu'on se vaut, elle et moi. Je tente de rompre, elle brise de la vaisselle et menace de tuer quelqu'un, elle, moi ou le chat. J'ai l'impression d'être retourné chez ma mère. C'est tellement névrotique comme relation, je n'ose même pas y penser.

Jim avait fini de me vernir les ongles. Je me suis rallongée en m'appuyant sur un coude pour le regarder.

— J'ai ma petite idée là-dessus. Je crois que Hugues a voulu me séduire pour te tenir à distance. Pendant que tu t'occupais de Clotilde, lui n'avait pas à se charger d'elle.

— Je crois que tu as tapé dans le mille. C'est aussi mon avis.

— Quel sac de nœuds !

— Mais la situation n'est pas irréversible ! s'est exclamé Jim avec colère. Si on ressort ensemble et qu'on assume, ils nous ficheront la paix.

— Renouer avec son ex, ce n'est jamais un bon plan.

— Je suis sorti avec Clotilde pour essayer de t'oublier. Et quand je suis avec toi, je n'ai pas l'impression de renouer avec mon ex, j'ai le sentiment d'être enfin rentré chez moi. Mon univers à moi est en noir et blanc, mais quand tu es dans les parages, je vois tout en Technicolor. Tu restes la fille la plus cool que je connaisse.

— Tu crois que ça pourrait marcher, cette fois ? ai-je demandé après une hésitation.

— Ça DOIT marcher.

Il semblait si convaincu.

— Mon cœur ne supporterait pas une autre rupture.

— Alors je t'ai brisé le cœur ? C'est drôle, tu as brisé le mien aussi.

Mais je n'avais aucune envie de rire. Je ne lui avais jamais avoué combien il m'avait fait souffrir. Et je savais que ce n'était ni le moment ni l'endroit. Mais il fallait pourtant que ça sorte tant que je pouvais encore tourner les talons.

— Alors on est à égalité, a conclu Jim.

Je l'ai dévisagé avec attention et il m'a rendu mon regard.

— Je ne veux pas retomber là-dedans. Je n'aime pas celle que j'étais devenue à cause de toi. J'en étais arrivée à me haïr et à perdre tout amour-propre, toute dignité, tout respect de moi-même. Il faut que tu le saches, je comprends pourquoi tu as agi de la sorte mais tu m'as quand même traitée comme une moins que rien.

— Je ne recommencerai pas, je te le promets.

— Je pense sans cesse à nous deux mais je me demande si on est faits l'un pour l'autre...

Et voilà. J'avais vidé mon sac. Pour une fois, j'arrivais à voir plus loin que le bout de mon nez et à garder la tête froide alors que d'habitude, Jim me faisait perdre mes moyens.

— Arrête, Edie ! s'est-il exclamé avant de me serrer si fort qu'il a failli me casser une côte. Tu dois m'accorder une seconde chance. Comment peux-tu savoir que ça ne marchera pas alors qu'on n'a même pas encore essayé ?

J'allais lui répondre que je n'avais jamais aimé d'autre que lui quand j'ai senti une ombre planer au-dessus de nos têtes (au sens littéral). En levant le nez, je me suis aperçue que Hugues et Clotilde nous observaient.

— Qu'est-ce que vous fabriquez ?

Jim s'est redressé et, obéissant à un réflexe complètement immature, je me suis caché la figure dans les mains : si moi je ne les voyais pas, peut-être ne me verraient-ils pas non plus.

— Ça crève les yeux, non ? Je discute avec ma meilleure amie, a expliqué Jim d'un ton calme.

— Cette petite peste t'a remis le grappin dessus ! a rugi Clotilde.

— Ne parle pas d'Edie sur ce ton, a répliqué Jim en se relevant.

— Mais tu l'as regardée ? Cette fille est pathétique.

Pour une fois, Clotilde marquait un point : j'étais toujours allongée par terre, le visage dans les mains.

Avec un bel effort de volonté, j'ai réussi à me lever. Je ne savais pas comment réagir. Clotilde était rouge de colère (comme ses cheveux), Jim faisait une tête d'enterrement et Hugues affichait un sourire moqueur, comme si le spectacle l'amusait beaucoup.

— Avec Jim, on a décidé de ressortir ensemble, ai-je fini par déclarer, histoire de meubler le silence.

J'ai cherché un appui du côté de Jim et il m'a pris la main. Ce geste a paru déchaîner quelque chose en Clotilde. Quelque chose de violent, de sombre et d'incontrôlable. Elle s'est tournée vers Jim.

— Je ne savais pas que les nunuches de seconde catégorie t'intéressaient. Tu n'es pas au courant ? Ça fait des mois qu'elle couche avec Hugues. Et ce n'est pas le premier.

Soudain, le décor a paru se figer autour de Clotilde.

Il n'y avait plus que ses lèvres qui remuaient, et le venin qu'elle déversait. J'ai lâché la main de Jim.

— Ce n'est pas vrai.

Jim avait l'air disposé à me croire mais Hugues a pris la parole.

— C'est une pro.

Il s'adressait à Jim sur un ton complice, comme s'il s'agissait d'une conversation de comptoir.

— Je comprends que tu sois tenté, mon pote.

— Tu te venges parce que j'ai refusé de coucher avec toi ? C'est ça ?

Hugues m'a dévisagée avec un sourire narquois.

— Edie, tu sembles oublier que j'ai presque dû en venir aux mains pour te repousser.

Clotilde a lancé un regard triomphant à Jim.

— Tu vois, j'avais raison : sous ses airs de sainte-nitouche, c'est une fille facile.

— Je préfère être une fille facile qu'une espèce de garce hystérique comme toi, ai-je rétorqué, oubliant de préciser que les accusations de Hugues et de Clotilde étaient totalement infondées.

— Qu'est-ce que tu viens de dire ? a-t-elle braillé.

Jim a tenté de s'interposer mais elle l'a adroitement esquivé et, comme si je n'étais que spectatrice de la scène, j'ai vu son poing s'enfoncer dans mon estomac et... Aïe, aïe, AÏE ! Pliée en deux, j'ai hurlé de douleur.

À peine consciente, Jim criait en tentant de m'agripper la main, j'ai senti une nausée soudaine m'envahir.

— Ça suffit, Clotilde, a ordonné Hugues.

Jim, lui, a serré les poings.

— Ce n'est pas moi qui ai commencé, a-t-elle répliqué avant de foncer sur moi.

J'ai fait de mon mieux pour lui échapper. Jim lui a attrapé le bras mais elle a réussi à se dégager et, après avoir empoigné mes cheveux à pleines mains, elle m'a entraînée à sa suite. J'ai dû lui coller au train, c'était ça ou me faire scalper. La scène était surréaliste. Jim et Hugues nous couraient après en suppliant Clotilde de me lâcher mais elle continuait à me traiter de voleuse d'hommes et moi, je la serrais de près pour épargner ma tignasse.

Je sais, ce n'était pas très « Buffy », comme attitude, mais les crêpages de chignons, très peu pour moi. En approchant de la file d'attente devant les toilettes, là où la foule se pressait, Clotilde a dû ralentir le pas et j'en ai profité pour planter mes ongles dans son poignet. Elle m'a lâchée avec un juron et je l'ai poussée de toutes mes forces. J'y ai mis tant de cœur qu'elle a perdu l'équilibre et qu'elle est tombée dans la fosse qui recueillait deux jours d'excréments de festivaliers, attendant d'être réutilisés comme compost.

Je n'ai pas fait de vieux os dans le coin. Imaginez, je venais de pousser quelqu'un dans un trou plein de caca. Difficile de se donner une contenance après ça. Me tenant toujours le ventre, j'ai déguerpi comme si j'avais le diable aux trousses.

De retour aux tentes, j'avais du mal à reprendre mon souffle. Les autres étaient assis autour d'un feu de camp, en pleine session de percus avec les joueurs de bongo. Ça leur a fait un choc de me voir débarquer à toute allure en titubant sous la douleur. Je suis demeurée un bon moment à haleter pendant qu'ils me regardaient, médusés.

— Ça va ? a fini par demander Simon.

— Oui, oui, ai-je balbutié.

Inutile d'entrer dans les détails. Trop compliqué.

— Mais... euh, je crois que je vais rentrer chez moi.

— Ce n'est pas possible, Edie, a protesté Atsuko. Il nous reste encore deux jours.

— Non, je pars.

Je suis tombée à genoux en essayant de surmonter ma nausée.

— Vous ne comprenez pas, je ne peux pas rester ici. Paul, pourrais-tu me conduire à la gare la plus proche ? S'il te plaît. S'il te plaîîît.

— Pourquoi dois-tu absolument rentrer ? a demandé Alice en se levant pour me rejoindre.

Elle paraissait inquiète. Elle a fait le geste de me prendre par l'épaule mais j'ai reculé.

— Je ne veux pas gâcher votre séjour, ai-je bredouillé. Je me fatigue moi-même, alors vous devez en avoir ras la casquette de mes petites histoires. Clotilde et Hugues ont raconté à Jim... ils lui ont dit... je ne peux pas rester ici.

Je suis allée me réfugier dans ma tente et j'ai commencé à jeter pêle-mêle mes affaires dans mon sac. Je percevais des bribes de conversation au-dehors mais je n'y ai pas prêté attention. Deborah m'attendait devant la tente, je distinguais sa silhouette. Alors, avec mille précautions, j'ai soulevé les piquets qui retenaient la toile de l'autre côté et je me suis glissée en dessous avec mon sac à dos. Puis j'ai pris la fuite avant que quelqu'un puisse me rattraper.

Oubliez ce que j'ai raconté un peu plus haut concernant la nouvelle Edie, celle qui a réussi à vaincre son émotivité : en regagnant la petite route qui menait à l'entrée du festival, j'ai pleuré comme jamais je n'avais pleuré auparavant. C'est drôle, quand vous versez des larmes en public, les gens vous regardent d'un air horrifié mais ne vous demandent jamais ce qui cloche. Ces hippies soi-disant « peace and love » n'appliquaient même pas leurs principes ! Je vacillais sous le poids de mon sac à dos en pleurant comme un veau et en me tenant le ventre à deux mains, mais personne n'est venu me proposer de l'aide. De toute façon, je les aurais envoyés tous promener s'ils l'avaient fait. Mais ce n'est pas une raison.

Une fois dans la campagne, j'ai suivi la route en espérant que je me dirigeais vers la ville la plus proche. J'ai dû m'asseoir un moment sur le bas-côté pour me calmer : j'étais au bord de la crise d'hystérie. J'avais le souffle entrecoupé de sanglots, mes forces m'abandonnaient, et puis je craignais que le coup de poing de Clotilde n'ait entraîné une hémorragie interne : je souffrais assez pour me faire un incroyable cinéma. J'ai commencé à m'imaginer qu'un fermier me découvrirait morte dans un fossé, qu'on diffuserait mon nom à la radio, jusqu'en Floride, et que mes parents devraient rentrer en catastrophe pour me faire enterrer. Clotilde serait condamnée pour meurtre, emprisonnée à vie et deviendrait l'esclave des autres détenues. Sur quoi mes pleurs ont redoublé.

« Reprends-toi, Edie, me suis-je admonesté avec sévérité. Respire et réfléchis. » J'ai réussi à retrouver mon calme puis j'ai enfilé une paire de tennis avant de me remettre en marche.

Je ne sais pas ce que j'essayais de prouver en prenant la fuite. Je n'avais qu'une certitude, il fallait que je rentre chez moi. C'était fichu avec Jim, jamais il ne voudrait de moi, après ce qui s'était passé. Il devait penser que j'étais la reine des nulles. Et puis Clotilde allait me trucider si elle mettait à nouveau la main sur moi. Quant à Hugues, j'espérais bien ne plus jamais croiser ce minable de première classe.

La nuit tombait. Je marchais depuis près d'une heure mais les champs semblaient s'étendre à l'infini. Pas la moindre trace de civilisation.

Pendant un bref moment, j'ai songé à faire du stop, mais avec ma chance, j'allais tomber sur un serial killer et j'avais déjà suffisamment d'ennuis comme ça. J'étais à deux doigts de céder à la panique quand j'ai entendu le bruit d'un moteur derrière moi. Je me suis rapprochée du fossé mais le véhicule a ralenti. Je me suis retournée en me protégeant les yeux de la lumière des phares et j'ai reconnu le van du café. Mon cœur s'est emballé. Jim était venu me chercher ! Mais c'est la tête de Hugues qui est apparue à la vitre. L'air excédé, il m'a ordonné de monter.

— Dégage, ai-je crié en accélérant le pas.

Hugues roulait à faible allure pour rester à ma hauteur.

— Monte, Edie, a-t-il rugi. Il fait nuit, c'est dangereux pour une fille seule.

— Qu'est-ce que ça peut te faire ? C'est un peu tard pour jouer les petits amis inquiets.

— Si tu ne montes pas dans ce fichu van, c'est moi qui descends te chercher, a-t-il menacé, la voix tremblante de rage.

Le choix était rude : soit continuer à marcher, alors que j'étais complètement paumée en pleine campagne, soit monter dans ce van avec un ex très énervé. C'était choisir entre la fièvre et le choléra... Avec un soupir exaspéré, j'ai balancé mon sac à l'intérieur du van, manquant de peu la tête de Hugues, et je suis montée. Il s'est penché pour fermer la portière avant de remettre le contact.

— J'ai mieux à faire que courir après les écervelées dans ton genre.

— Tu es mal placé pour me reprocher quoi que ce soit, ai-je répliqué avec colère. Je refuse de t'adresser la parole, contente-toi de me déposer à la prochaine gare.

— La ville la plus proche est à quinze kilomètres dans la direction opposée. Je te ramène au festival.

— Hors de question.

— Cause toujours.

J'ai commencé à secouer la poignée de la portière. J'étais hors de moi.

— Si tu me ramènes là-bas, je descends. Même si je dois sauter en marche.

— C'est bon, a répondu Hugues avec un soupir à fendre l'âme. Écoute, je ne peux pas faire demi-tour ici, je vais continuer jusqu'à la prochaine aire de stationnement et...

— Parfait. Maintenant, ferme-la.

On a roulé en silence. Serrant mon sac contre ma poitrine, je regardais défiler les champs sombres par la vitre. Mais au bout d'un moment, bien entendu, je n'ai pas pu m'empêcher de la ramener.

— Pourquoi ? Pourquoi fais-tu ça ?

Hugues m'a lancé un regard amusé.

— Quoi ?

— Toutes ces manigances. Faire semblant de t'intéresser à moi. Draguer Pénélope et Grace. À propos de Grace, c'était vraiment cruel de ta part et limite légal. Et tes petits jeux tordus pour me fourrer dans ton lit. Pourquoi ?

Et Hugues, au lieu de me balancer un de ces faux arguments dont il a le secret, a éclaté de rire. Un rire moqueur et cruel qui semblait se répercuter sur les parois du van.

— Ce que tu peux être naïve, Edie ! Tu crois qu'il faut toujours une raison. Peut-être que j'ai agi ainsi parce que je ne suis pas quelqu'un de très recommandable.

— Non, ce n'est pas ça. Admets au moins que tu as tout fait pour nous séparer, Jim et moi, afin qu'il surveille Clotilde à ta place.

— O.K., je te l'accorde. Certains la trouvent parfois difficile à gérer ; en réalité, elle est complètement cinglée. Mais pour le reste, Edie, c'était juste pour prendre mon pied. Essayer de te faire enlever tes vêtements n'était pas le plus désagréable.

Ma tête était sur le point d'exploser. J'avais l'impression d'être dans *Austin Powers*, avec Hugues dans le rôle de l'acolyte du Dr Evil.

J'allais ouvrir la bouche pour poser une question ; Hugues m'a devancée :

— Non, avant que tu me le demandes, je n'ai pas eu une enfance traumatisée. J'aime manipuler les gens. J'espère toujours que je rencontrerai quelqu'un d'assez intelligent pour me percer à jour mais vous êtes plus stupides les uns que les autres.

— Pourquoi es-tu venu me chercher ?

— Où se trouve Jim, ton chevalier servant, tu veux dire ? Pendant que tout le monde s'affolait et courait à droite et à gauche pour te retrouver, j'ai pensé que ce serait drôle de mettre la main sur toi avant les autres. Mais tu n'es pas marrante, Edie. Tu ne joues plus, c'est ça ?

— Désolée, Hugues. J'ai du mal à trouver la situation désopilante.

Hugues s'est remis à rire.

— Tu sais ce qui m'amuse le plus dans cette histoire ?

— Je suis sûre que tu vas me l'expliquer dans le détail.

— Jim et toi, vous êtes faits l'un pour l'autre. Regardez-vous donc : « Ooooh non, Jim, il ne faut pas, notre amour est impossible, nous sommes les Roméo et Juliette de Manchester. »

— N'importe quoi.

— Vous êtes pathétiques. Si vous vous aimiez vraiment, vous ne laisseriez pas des principes idiots dicter votre conduite.

Il me décochait ses flèches, une à une. Il n'avait pas tort. J'étais pathétique. J'avais perdu tellement de temps à chercher des raisons de rester avec lui que j'avais nié l'évidence, à savoir que c'était un salaud et un détraqué, et que si j'avais voulu de Jim, il m'aurait suffi de lui tendre la main.

— Oh, non, tu ne vas pas pleurer, Edie ? a demandé Hugues d'un ton faussement inquiet. Autant te prévenir tout de suite, ça ne prend pas avec moi.

C'est alors que j'ai aperçu un panneau au bord de la route qui indiquait : Hôtel du Manoir, 50 mètres.

— Tourne à gauche, ai-je décrété.

Comme Hugues ne m'écoutait pas, j'ai imité le héros dans les mauvais films d'action : j'ai empoigné le volant et j'ai fait faire une grande embardée au van. Hugues m'a repoussée d'une main.

— Tu veux nous tuer, espèce d'idiote ? a-t-il braillé.

— Si tu ne tournes pas, je saute.

Hugues a juré entre ses dents avant d'engager le van dans l'allée qui menait au parking.

L'Hôtel du Manoir n'aurait pas détonné dans un film en costumes. Le bâtiment possédait des fenêtres à petits carreaux et des tourelles. Je n'aurais pas été étonnée de voir déambuler des paons sur la pelouse.

— Oh, la jolie petite auberge, a ironisé Hugues en ouvrant sa portière.

L'hôtel était sans doute trop cher pour mes maigres moyens, mais je supposais qu'on me laisserait appeler un taxi. Je me suis dirigée vers l'entrée où un larbin en uniforme m'a tenu la porte. Hugues m'a prise par le bras.

— Allez, Edie, arrête ton cinéma. Remonte dans le van, je vais te déposer en ville...

— Va-t'en, ai-je marmonné.

Et comme il essayait de m'entraîner de force vers la sortie, j'ai repris :

— Si tu continues, je hurle.

À ma tête, Hugues a compris que je ne plaisantais pas. Puis il a jeté un œil du côté du portier qui le considérait d'un air suspicieux.

— O.K., a-t-il répondu d'un ton mielleux. Si tu veux rester ici, je m'incline.

Je ne sais pas à quoi je m'attendais en pénétrant dans le hall. À voir des tas de gens snobs couverts de diamants. Au lieu de quoi, il y avait de jolis garçons et des filles branchées dans tous les coins. J'avais l'impression d'arriver en coulisses après un concert. Ce n'était pourtant pas le moment de me demander si c'était Jack White des White Stripes qui commandait une tournée au bar.

Pas avec Hugues qui me serrait le poignet comme un étau. Je me suis dirigée vers la réception pour m'enquérir d'un téléphone. Avant que j'aie pu prononcer un mot, la réceptionniste m'a accueillie avec un sourire chaleureux. Première surprise : je ne ressemblais pas à une cliente potentielle de l'Hôtel du Manoir et encore moins à une rock star. J'avais l'air d'une fille de dix-huit ans qui en a bavé pendant trois jours. J'ai été encore plus étonnée quand elle m'a adressé la parole.

— Bonjour, mademoiselle, c'est la maison de disques qui vous envoie ?

— Euh... non.

— Combien c'est, la chambre ? a interrogé Hugues avec brusquerie.

Elle lui a jeté un regard noir avant de se tourner vers moi avec un sourire contrit :

— L'hôtel est pratiquement complet. Beaucoup de gens de l'industrie du disque ont fait le déplacement pour le festival.

Bon, j'avais d'abord pensé lui demander le numéro d'une compagnie de taxis mais en y réfléchissant, l'Hôtel du Manoir pouvait m'offrir beaucoup mieux : une revanche. Je me suis mordu les lèvres jusqu'au sang, histoire de me faire monter les larmes aux yeux pendant que la réceptionniste vérifiait sur son ordinateur.

— Il ne me reste plus que la suite lune de miel qui coûte 650 livres la nuit, petit déjeuner compris.

Hugues a soupiré bruyamment, l'air de dire : « Pas question. »

— Bon, Edie, on y va...

J'ai éclaté en sanglots.

— Paie avec ta carte de crédit, ai-je hoqueté tandis que les gens se retournaient pour nous dévisager. C'est la moindre des choses après la façon odieuse dont tu m'as traitée.

Hugues a commencé à s'agiter, le visage cramoisi.

— Arrête, Edie. Tu me fais honte.

J'ai sangloté de plus belle.

— Tu as essayé de coucher avec toutes mes copines et maintenant tu ne veux même pas me payer une nuit d'hôtel.

J'ai regardé la réceptionniste à la dérobée. Elle m'a fait un clin d'œil presque imperceptible avant de toiser Hugues avec mépris.

— O.K., O.K., a-t-il aboyé en cherchant son portefeuille dans sa poche.

Il a jeté sa carte de crédit sur le comptoir de la réception.

— Je vais payer. Maintenant, tu veux bien cesser de brailler ?

À la seconde où la réceptionniste s'est emparée de sa carte, j'ai séché mes larmes et je me suis tournée vers lui :

— Dis-lui d'ajouter cent livres pour les extra. J'ai faim et je dois passer un coup de fil longue distance.

Hugues m'a jeté un regard haineux mais il a obéi. J'ai attendu que la réceptionniste me donne la clé de ma chambre puis j'ai ramassé mon sac et je me suis dirigée vers le bar. D'abord un Coca light, ensuite me débarrasser de Hugues.

Je me suis plantée à côté de Brody, la chanteuse des Distillers, en attendant d'être servie. J'ai essayé de prendre une pose nonchalante alors que des gens qui figuraient en couverture de mes albums me regardaient d'un drôle d'air. Ce n'est pas tous les jours qu'on a l'occasion de piquer une crise terrible devant Kelly Osbourne – j'ai dû lui apprendre un ou deux trucs, je crois. J'ai repéré une chaise libre au milieu d'un groupe, apparemment des rappeurs américains (je supposais qu'avec cette foule autour de moi je serais plus en sécurité), et j'ai siroté mon verre en mûrissant un plan.

Mais Hugues est venu poser une fesse au bord de mon siège et m'a enlacée.

— J'ai l'impression d'avoir passé la journée à te courser, a-t-il déclaré d'un ton désinvolte. Tu voulais te débarrasser de moi, pas vrai ?

— Tu es perspicace.

— Je dois avouer que ta petite scène à la réception m'a beaucoup impressionné. Je ne savais pas que tu possédais un tel talent. Je commence à me demander si je n'ai pas raté quelque chose.

— De quoi tu parles ? ai-je demandé avec lassitude.

— De toi ! Quelle passion ! Et quelle roublardise ! Je me suis peut-être trompé sur ton compte. Tu es une fille comme je les aime.

— Arrête ton numéro, Hugues.

— Mais reconnais-le, Edie, a poursuivi Hugues comme s'il ne m'avait pas entendue. J'ai bien failli t'avoir. Cinq minutes de plus dans cette tente et tu aurais perdu ta précieuse virginité.

— Et c'est alors que Pénélope est venue me sauver de la catastrophe. C'est ça, Hugues, je m'étais fait piéger en beauté, tes manigances avaient fonctionné à merveille. Tu excelles dans l'art de la fourberie, ça ne fait aucun doute. Maintenant, est-ce que tu peux me ficher la paix ?

— Je ne bouge pas d'ici, a répondu Hugues en me prenant par le col. Je viens de débourser 750 livres pour profiter de ta compagnie.

J'ai essayé de me dégager mais sans succès.

— Tu crois vraiment que je vais monter dans cette chambre avec toi ? Tu rêves ! En plus, c'est moi qui ai la clé.

Hugues allait se lancer dans un de ses raisonnements tordus qui ne reposaient sur aucune logique quand un gros Américain assis juste à côté de moi, qui avait écouté notre conversation avec un intérêt manifeste, m'a donné un coup de coude. J'ai levé vers lui des yeux pleins d'espoir. Je m'attendais au classique : « Est-ce que ce type t'embête ? », au lieu de quoi, il m'a dit : « Je crois que ton téléphone sonne, chérie. »

Je l'ai considéré d'un air hébété avant de me souvenir que j'avais laissé mon portable dans mon sac à dos. Pendant tout ce temps, j'avais eu un téléphone à portée de main ! J'ai repoussé le bras de Hugues pour fouiller dans mon sac. Quand j'ai réussi à mettre la main sur l'appareil, la sonnerie s'était arrêtée mais le dernier appel enregistré provenait d'Alice. Je l'ai rappelée.

Elle a répondu à la première sonnerie.

— Edie ?

— Alice !

— Tu vas bien ?

J'ai jeté un regard haineux à Hugues mais il n'a pas bougé d'un pouce.

— Oui, ça va. Je suis désolée d'être partie sans prévenir.

— Aucune importance. Appelle Jim, il est parti à ta recherche. Il avait l'intention de trouver un taxi.

— Il est fâché contre moi ?

— Non, seulement inquiet. Si Hugues est avec toi, il ferait mieux de déguerpir. Jim lui en veut à mort. Je ne l'ai jamais entendu prononcer autant de mots commençant par M et par P.

— Oh.

— Je te vois quand ?

— Demain. Hé, Alice ?

— Quoi ?

— Devine qui se trouve à deux mètres de moi en ce moment même ?

— Aucune idée.

— Jack White ! Qui dit mieux ?

— Edie, tu as pris de la drogue ?

— Je te raconterai demain.

J'ai raccroché puis j'ai cherché le numéro de Jim dans mon répertoire.

— C'était ta petite copine Alice ? a raillé Hugues. Elle se demande qui s'est fait la malle avec le van ?

— Arrête un peu, on dirait un acteur de second rôle dans un mauvais film de gangsters. J'appelle Jim.

— Ouh, j'ai peur, a répliqué Hugues avec un sourire moqueur tandis que je pressais la touche appel.

Jim a décroché presque aussitôt.

— Salut, ai-je dit après une hésitation.

— Où es-tu ? Tu vas bien ?

— Je suis à l'Hôtel du Manoir.

J'ai entendu Jim s'adresser à quelqu'un.

— Jim ?

— Je suis dans un taxi. J'arrive dans dix minutes, ne bouge pas.

— O.K., mais Hugues est là et il... Je n'arrive pas à m'en débarrasser.

Visiblement, mon explication a beaucoup amusé Hugues.

— Il t'a fait du mal ?

— Qu'il essaie ! Mais... fais vite, d'accord ?

— Je...

J'ai entendu un bip et on a été coupés. Ma batterie était déchargée. Je me suis levée, Hugues sur les talons.

— Où tu vas, ma belle ?

— Jim est en route, il est fou de rage contre toi, ai-je déclaré avec satisfaction. Tu ferais mieux de disparaître avant que ça se gâte grave.

Hugues n'a pas semblé s'émouvoir.

— Je n'ai pas peur de lui. Il n'a pas inventé la poudre, celui-là.

— Mais tu vas t'en aller, oui ?

— Rends-moi mes sous et je m'en irai.

— Je ne les ai pas... Sans compter que tu me dois bien ça.

— Pourquoi ? Pour services rendus ? Que dalle !

J'étais coincée. Si je montais dans ma chambre, Hugues m'y suivrait. Il avait décidé d'être odieux jusqu'au bout, il ne me lâcherait pas et je n'étais pas sûre de pouvoir contrôler la situation. Il avait des gestes déplacés, il me tripotait le bras avec le plus grand naturel. Mais si je restais en bas parmi les clients de l'hôtel et que Jim lui saute à la gorge en arrivant, on nous mettrait sans doute à la porte aussi sec.

J'envisageais de chercher refuge aux toilettes pour dames quand Jim a fait irruption dans le hall.

Il avait l'air dans un sale état : les yeux cernés, le teint cendreux, les cheveux ébouriffés comme si, de désespoir, il avait tenté de se les arracher à pleines mains.

Il a parcouru la salle d'un regard fiévreux avant de se précipiter vers moi.

— Edie ! s'est-il exclamé en me caressant la joue. J'étais fou d'inquiétude. Pourquoi tu t'es enfuie comme ça ?

— J'ai pensé que c'était la meilleure solution, ai-je répondu d'un ton piteux. Après ce qu'avait raconté Clotilde...

Ma voix s'est brisée.

Jim m'a secouée doucement.

— Comme si j'allais croire à ces bobards ! Tu plaisantes, j'espère !

Hugues a toussé derrière nous.

— Désolé d'interrompre ces touchantes retrouvailles, mais Edie et moi, on était sur le point de monter à l'étage. Elle m'a obligé à réserver une chambre et, bon, tu sais ce que c'est...

Jim a fait mine de se jeter sur Hugues mais je me suis interposée.

— Bon, on ferait mieux d'aller régler ça ailleurs, ai-je suggéré.

Je me suis dirigée vers l'ascenseur en retenant toujours Jim par son tee-shirt pour m'assurer qu'il ne commettrait pas d'impair.

Hugues a haussé les épaules et nous a suivis.

Dans l'ascenseur, l'ambiance était hyper-tendue. Je me suis retrouvée entre Hugues et Jim qui se regardaient en chiens de faïence. Il m'a semblé qu'une éternité s'était écoulée entre le moment où les portes se sont fermées et l'arrivée au cinquième étage.

— C'est la chambre 507, ai-je déclaré distraitement en foulant la moquette épaisse du couloir.

Jim a eu un petit sourire.

— C'était le numéro de ta chambre à Paris.

Hugues a éclaté d'un rire moqueur et Jim s'est arrêté net.

— Toi, je t'ai assez vu.

Le ton de sa voix m'a fait froid dans le dos.

— C'est réciproque. Cependant, j'ai payé cette chambre une fortune : soit vous me remboursez, soit vous irez dormir dans le van.

Là, Hugues marquait un point. Jim semblait partager cette opinion, mais Hugues n'a pas pu s'empêcher d'ajouter :

— Je me contenterai toutefois de 500 livres si tu me laisses Edie en échange.

J'ai eu à peine le temps de reculer : en un éclair, Jim a poussé Hugues contre le mur et lui a décoché un coup de poing dans la mâchoire.

Je ne sais pas lequel, de Hugues ou de Jim, a été le plus surpris. Ils sont restés immobiles quelques instants puis Hugues s'est jeté sur Jim et ils ont roulé à terre. Je suis demeurée là, impuissante, pendant qu'ils se bagarraient. Enfin, Jim a réussi à clouer Hugues au sol et s'est mis à le rouer de coups. C'était horrible. Comme dans un documentaire que j'ai vu récemment à la télé, intitulé *Combats d'ours*, sauf que là, c'était d'étudiants en art qu'il s'agissait.

— Arrêtez ! ai-je crié en retenant Jim. Ça suffit, vous deux !

Je suis parvenue à les séparer en les attrapant chacun par une oreille. J'ai pincé jusqu'à ce qu'ils s'immobilisent. Jim s'est levé au prix d'un gros effort tandis que Hugues restait étendu sur le sol, la bouche en sang.

— Je crois que tu m'as cassé le nez, a-t-il gémi.

— Tant mieux, a répliqué Jim en massant sa joue qui commençait à saigner à l'endroit où Hugues l'avait griffé avec sa chevalière. Tu ferais bien de déguerpir, sinon je te casse aussi les jambes. Et si tu prends le van, j'appelle la police pour leur signaler un vol. Maintenant, dégage. Et si jamais tu t'approches encore d'Edie, je te tue.

Pour une fois, Hugues n'a rien trouvé à répondre. De mon côté, j'essayais aussi de recouvrer l'usage de la parole mais Jim ne m'en a pas laissé le temps : il m'a prise par la main et m'a entraînée dans le couloir.

À la minute où on a franchi le seuil de la chambre, toute l'adrénaline est retombée : la tête basse, Jim s'est dirigé vers la salle de bains en titubant. Je l'ai entendu vomir peu après.

Je l'ai trouvé agenouillé devant les toilettes ; je me suis baissée pour lui caresser le dos.

— Hé, Jim ? C'est fini. Le méchant Hugues a perdu : tu as sauvé le monde et rétabli la démocratie.

Jim s'est essuyé la bouche du revers de la main avant de s'asseoir par terre.

— C'était censé être ma réplique, a-t-il répondu avec un pauvre sourire. Quelle émotion, hein ?

— Tu l'as dit ! Tu devrais prendre un bain et manger un morceau... Je... je vais m'en occuper.

J'ai quitté la pièce parce que les événements de la

dernière heure m'avaient retournée au point que j'allais péter les plombs si je restais une seconde de plus.

Je me suis blottie dans le lit et j'ai d'abord pensé appeler la Mère Supérieure, puis je me suis ravisée : à la minute où j'entendrais sa voix, je redeviendrais une gamine de trois ans. Alors j'ai téléphoné au room service pour commander du Coca light et de quoi manger. Ensuite, j'ai passé un coup de fil à Alice pour la rassurer : on avait évité la catastrophe.

Entre-temps, Jim était sorti de la salle de bains. Il semblait avoir repris le contrôle de lui-même. J'ai allumé la télé et j'ai commencé à zapper : d'accord, j'étais traumatisée, mais ils avaient le câble avec les chaînes cinéma. Jim s'est assis au bord du lit, le plus loin possible de moi. Il ne portait que son jean. J'ai contemplé les muscles de son dos tandis qu'il se séchait les cheveux avec une serviette. Pas étonnant que je me sente si nerveuse : Hugues, c'était de l'histoire ancienne mais le présent, c'était Jim et moi, dans cette chambre d'hôtel. La vue de son torse et son jean qui tombait sur ses hanches... Il me suffisait de tendre la main pour toucher sa peau...

D'un bond, je me suis levée du lit et j'ai ramassé mon sac. Jim m'a dévisagée d'un air surpris.

— Je vais prendre un bain, ai-je expliqué, sur le même ton que si j'avais dit : « Un avion va s'écraser sur l'hôtel. »

— Tout va bien ? a demandé Jim en me scrutant comme si j'étais devenue dingue.

J'ai presque hurlé :

— Oui ! Le dîner arrive, reste ici.

Et je me suis ruée vers la salle de bains.

Je barbotais depuis dix minutes lorsqu'il a frappé à la porte.

— Tu es sûre que tout va bien ? a-t-il demandé à travers la cloison.

— Interdit d'entrer !

— Je sais.

J'ai entendu comme un rire étouffé.

— Le dîner est servi. Ils ont apporté du champagne puisqu'on est dans la suite lune de miel.

— Sympa, ai-je répondu distraitement.

— Je peux te faire la conversation, si tu veux, a suggéré Jim du même ton amusé.

— O.K..

Je n'aurais jamais cru qu'un jour j'aurais une discussion avec Jim alors que j'étais nue comme un ver. La situation me paraissait indécente malgré la porte qui nous séparait. Je lui ai raconté ce qui s'était passé avec Hugues ; de son côté, il m'a appris que Clotilde, une fois sortie de la fosse, l'avait poursuivi jusqu'au campement mais il était plus que jamais déterminé à la semer vu qu'elle puait à dix kilomètres à la ronde. Après s'être changée, elle avait jeté ses vêtements sales dans le feu de camp et exigé de Hugues qu'il la dépose à la gare.

— Il m'a raconté qu'il avait pris le van sans que personne s'en rende compte.

— Et c'est la vérité. On croyait que tu étais restée sur le site. Pénélope s'est aperçue bien plus tard que tu avais emporté ton sac à dos.

— Tu me connais : d'abord on agit, ensuite on réfléchit.

Jim s'est esclaffé.

— Pourquoi tu rigoles ?

— C'est juste l'expression de Clotilde quand tu l'as poussée et qu'elle a compris où elle allait atterrir, m'a-t-il expliqué entre deux gloussements.

J'ignorais que Jim pouvait glousser.

— Elle l'a bien mérité.

— Au fait, comment va ton ventre ?

J'ai baissé les yeux sur l'énorme bleu qui ornait mon estomac.

— C'est un peu douloureux. Comment sait-on qu'on n'a pas d'hémorragie interne ?

Il y a eu un silence puis Jim m'a répondu d'un ton si provocant que j'ai rougi jusqu'aux oreilles :

— Il va falloir que je jette un coup d'œil.

J'ai plongé la tête sous l'eau, là où je ne serais pas obligée de réfléchir aux implications de ces dernières paroles.

Je venais de rincer l'après-shampoing quand Jim a frappé à la porte.

— Tu t'es noyée ou quoi ?

— Je sors dans cinq minutes.

D'un côté, j'aurais voulu passer le reste de la nuit dans cette salle de bains mais de l'autre, j'avais envie de me jeter au cou de Jim. Contradiction, c'est mon deuxième prénom.

J'ai enfilé un bas de pyjama à pois roses et un cardigan noir, les seuls vêtements propres qu'il me restait, et je me suis décidée à sortir.

Jim était étendu à plat ventre sur le lit, toujours torse nu. Il sirotait une coupe de champagne.

Il m'a fait un sourire nonchalant.

— Salut, toi.

— Salut, ai-je répondu en remontant mon pyjama sur mes hanches.

Jim m'a lancé un regard insistant.

— Besoin d'un coup de main ?

— Juste un problème d'élastique, ai-je grommelé.

J'ai contourné le lit avec précaution. Je pourrais m'asseoir dans un fauteuil, peut-être ? Et même y dormir, pourquoi pas ? Mais Jim m'a fait signe de m'installer sur le lit, et je dois avouer que sa proposition me tentait beaucoup. Lui aussi, d'ailleurs, me tentait beaucoup.

— Allez, je ne mords pas.

Puis, après une courte pause :

— À moins que tu me le demandes, bien sûr.

— Arrête de jouer les... les séducteurs ! ai-je répondu avec humeur en m'allongeant à distance raisonnable de lui.

Il a rapproché la table roulante sur laquelle étaient disposés les plats.

— Tu as faim ?

J'ai réfléchi un moment. C'était soit manger, soit s'embrasser. Mais au fait, est-ce qu'on allait s'embrasser ? On en était arrivés au stade où ce type de rapprochement était incontournable.

— Il y a des frites, a poursuivi Jim d'une voix câline. Elles sont encore chaudes.

J'ai rampé de son côté pour inspecter le dîner puis, assise en tailleur, j'ai mangé des frites en buvant du champagne. Quelle décadence ! Jim m'a regardée faire passer ma dernière bouchée avec le reste de ma flûte.

— Bon, maintenant que tu as fini de manger, qu'est-ce qu'on fait ? a-t-il demandé.

Je n'ai pas pu m'empêcher de jeter un coup d'œil à son torse nu.

Je me suis allongée près de lui – mais pas trop – et

j'ai essayé de dormir. Mission impossible. Lentement mais sûrement, nos corps se rapprochaient. Puis nos mains se sont frôlées et j'ai ressenti comme une décharge électrique.

Alors je me suis jetée dans ses bras. Il m'a laissée me blottir contre son épaule ; j'aurais voulu me fondre en lui. Je l'ai couvert de baisers : son front, ses paupières, ses joues, puis sa lèvre inférieure que j'ai commencé à mordiller.

Là, il a réagi. Soudain, il était sur moi et m'embrassait à pleine bouche.

On a échangé de longs baisers langoureux comme des après-midi d'été. Mais bientôt, la tendresse a fait place à quelque chose de très différent. D'un coup, tout allait plus vite, plus fort.

On s'est retrouvés par terre et on s'est débarrassés de nos vêtements en essayant de ne pas se décoller l'un de l'autre. Jim a promené sa main sur mon corps.

— Tu es à moi. Rien qu'à moi. Je t'ai toujours aimée, même quand je croyais t'avoir perdue.

— Je t'aime aussi, ai-je répondu en lui caressant le visage.

Ces mots avaient un écho étrange, je ne les avais jamais prononcés à voix haute et ils signifiaient tant pour moi.

— C'est en arrivant à Paris que j'ai cessé de te considérer comme un simple béguin...

Jim a repoussé une mèche de mon visage.

— On n'est pas obligés, si tu n'en as pas envie.

J'ai posé un doigt sur ses lèvres.

— Si, mais, tu sais, je suis toujours... C'est la première fois. Je ne l'ai jamais fait, pas même avec

Hugues. Je crois que j'ai toujours voulu que ce soit toi.

Jim a souri.

— Moi aussi, je voulais que ce soit moi. Je serai doux, promis.

En me glissant sous les couvertures, je me suis demandé pourquoi je ne paniquais pas comme avec Hugues, et j'ai compris : c'était le bon endroit, le bon moment, et, sans le moindre doute, la bonne personne.

Jim a paru hésiter avant de me rejoindre dans le lit.

— Edie ?

— Mmmm ? ai-je répondu, rêveuse, en lui effleurant le dos.

Jim a pris ma main et l'a embrassée.

— Tu n'aurais pas... Je n'ai pas de préservatifs, a-t-il expliqué avec un sourire gêné.

— Dans mon sac à dos, ai-je murmuré. Je dois en avoir emporté au moins une cinquantaine.

Je me suis mise à glousser.

— Qu'est-ce qui te fait rire ?

Jim a manqué basculer hors du lit en essayant de tirer mon sac vers lui.

— Quand je les ai achetés, je n'aurais jamais cru que je les utiliserais dans une chambre comme celle-ci, avec TOI !

— Je suis content que ce ne soit pas avec Hugues.

J'ai fait la moue.

— Si tu essaies de gâcher la magie du moment, tu es en bonne voie.

Jim m'a souri avec malice.

— Tu es très sexy quand tu boudes. Autant dire quasiment tout le temps.

— Oh, tais-toi.

Alors il m'a embrassée à m'en faire perdre le souffle. Et quand c'est arrivé, il m'a serrée contre lui en me murmurant des mots tendres à l'oreille. Il n'arrêtait pas de me toucher comme s'il s'étonnait que je sois là, à ses côtés. Après, il m'a prise dans ses bras et m'a embrassée sur le front en me chuchotant qu'il m'aimait.

Quand je me suis réveillée, les premiers rayons de soleil filtraient à travers les rideaux. Jim dormait, un bras autour de ma taille. Je suis restée étendue une minute sans bouger en essayant de ne pas gamberger. Peine perdue. J'avais trop de choses en tête et une furieuse envie d'aller aux toilettes.

À peine sortie du lit, j'ai cherché un vêtement à me mettre sur le dos. O.K., j'avais eu un rapport sexuel (oh ! là là, un rapport sexuel, moi !) mais je n'étais pas encore prête à me balader les fesses à l'air. J'ai enfilé le tee-shirt de Jim avant de me précipiter dans la salle de bains.

En me lavant les mains, j'ai inspecté mon visage dans le miroir. C'était la même Edie. Avec la même frange qui ne voulait pas rester en place, les mêmes yeux bleus, les mêmes taches de rousseur, la même bouche boudeuse. Je me souvenais de ces livres dans lesquels l'héroïne, après avoir perdu sa virginité, va se contempler dans la glace et s'aperçoit qu'elle est devenue une femme. Ben non. J'étais restée la même. J'étais juste légèrement fébrile, point. Au moment clé, je m'étais sentie très proche de Jim : un sentiment d'intimité à la fois merveilleux et un peu effrayant. J'ai regagné le lit en bâillant et Jim m'a attirée contre lui avec un soupir.

— Tu t'es rhabillée ? a-t-il gémi d'une voix ensommeillée.

— Je t'ai piqué ton tee-shirt.

J'ai hésité un instant entre la pudeur et le plaisir de sentir son corps contre le mien. Le plaisir l'a emporté.

— C'est mieux, a commenté Jim qui semblait à présent bien réveillé.

Il a embrassé mon épaule.

— Tu m'as manqué.

— J'ai seulement été à la salle de bains.

— Non, je voulais dire : tu m'as manqué quand on était séparés. Ton sourire, tes taches de rousseur et tes petites phrases... Toi, quoi.

— Tu m'as manqué aussi, mais j'ai toujours su qu'on ressortirait ensemble un jour.

— Et hier soir ? a demandé Jim en m'enlaçant. Tu n'as pas eu mal, si ?

— Non, ça s'est bien passé. Ce n'est pas ce que je m'étais imaginé.

Jim s'est rembruni.

— Après, ça s'améliore. J'ai essayé d'y aller doucement.

J'ai souri.

— Tu ne m'as pas comprise.

J'ai suivi le contour de ses lèvres avec mon doigt. Que c'était bon de l'avoir rien que pour moi, de pouvoir le toucher à nouveau !

— C'est bizarre, non ? Le sexe, je veux dire. Quel drôle de truc !

Jim a ri avant d'ajouter d'un air coquin :

— Quel dommage ! Un grand lit pour nous seuls et on ne va pas pouvoir en profiter.

— On pourrait dormir encore cinq minutes, ai-je suggéré avec un sourire mutin.

— J'avais autre chose en tête.

La deuxième fois a été très différente de la première. C'était mieux, infiniment mieux. Puis je me suis endormie dans les bras de Jim et des coups à la porte m'ont tirée du sommeil : on nous a annoncé qu'il fallait libérer la chambre dans une demi-heure. J'avais peur, en me réveillant, que tout ne soit qu'un rêve, que Jim ait disparu, mais il était encore là.

On a repris la route bien que j'aie envisagé quelques instants de vider mon compte en banque pour nous offrir une autre nuit à l'Hôtel du Manoir.

— Mmmm, c'était plutôt cool à part les imprimés fleuris qui font mal aux yeux, a ironisé Jim quand je lui ai fait part de mon idée.

Je l'ai foudroyé du regard.

— Ce n'est pas la déco qui me plaisait. Du moment que ça ne ressemblait pas à une tente !

— Une vraie princesse ! Si ça t'intéresse, il reste une place libre dans ma tente à moi.

— Je me demande comment vont réagir les autres.

— Personnellement, je m'en fiche. Il n'y a que toi qui comptes. Tu sais à quoi j'ai pensé hier soir, quand tu dormais et que je te serrais dans mes bras ?

— Quoi ? ai-je répondu d'une voix tremblante.

— Toi et moi, c'était inévitable. Toi seule sais me rendre heureux.

— C'est réciproque. Mais ce n'est pas comme

avant, il me semble. Maintenant, je suis beaucoup plus mûre que toi.

Jim a levé les yeux au ciel.

— Fini, ces histoires d'amitié et de baisers volés. Là, on est ensemble, pour de vrai.

— Si ça te va, ça me va aussi. Partante ?

Je lui ai tiré les cheveux.

— Si tu me brises encore le cœur, je te tue.

Jim m'a attirée contre lui et m'a enlacée. Je me suis blottie contre son épaule.

— Ça n'arrivera plus, a-t-il promis. J'y ai laissé trop de plumes, moi aussi.

J'entendais le battement régulier de son cœur, je sentais l'odeur de sa peau, un mélange de savon et de citron. Une main sur le volant, Jim s'est mis à fredonner la chanson vieillotte qui passait à la radio. Devant nous, la route s'étendait à perte de vue.

Journal d'un coup de foudre

3. Baiser volé

Journal d'Edie
Manchester - USA - Londres

8 septembre

C'est fou, maintenant mon journal se divise en tomes ! Je suis le Rousseau du vingt et unième siècle, version fille. Sauf que moi, je ne suis ni vieille, ni ringarde, ni morte.

Jusqu'à présent, ma vie pouvait se résumer de la sorte : une fille (moi) rencontre un garçon (Jim). S'ensuivent deux années de valses-hésitations douloureuses, de disputes et de réconciliations avec de rares périodes de répit. Mais tout a changé : avec Jim, on ressort ensemble depuis près d'un mois et, miracle ! on ne s'est pas disputés une seule fois. C'est louche.

Hugues (le roi des ex perfides) rôde toujours dans les parages ; heureusement, pas de Clotilde (la reine des ex perfides) à l'horizon.

Mes autres occupations (qui n'incluent pas Jim mais n'en sont pas moins importantes) consistent à travailler dans un café, à jouer dans un groupe avec mes amies Pénélope, Atsuko et Deborah, et à essayer de réfléchir à ce que je voudrais faire quand je serai (enfin !) adulte.

12 septembre

Avec Jim, on n'a rien fait depuis deux semaines. La présence de mes parents, qui sont rentrés de leur seconde lune de miel, m'ôte tous mes moyens.

Le sexe, c'est bizarre. C'est comme un grand secret qui n'appartiendrait qu'à moi. Un endroit qu'avec Jim, nous serions les seuls à avoir exploré. Avant leur retour, Jim a vécu à la maison. On disparaissait sous les couvertures, émergeant de temps à autre pour se ravitailler dans le frigo. Ce n'est pas qu'on passait notre temps à faire l'amour, non, c'est juste que le monde n'existait plus en dehors de lui et moi. Et l'un comme l'autre, on n'est plus les mêmes.

Quand il fait noir et que la seule source de lumière provient de la télé silencieuse installée dans un coin de ma chambre, il me parle de tout et de rien à voix basse. De sa famille, de ses rêves et de ses peurs. Je n'ai pas l'intention de mettre ses confidences par écrit parce que c'est privé : c'est l'histoire de Jim, pas la mienne. Mais maintenant je comprends pourquoi il est lunatique, difficile à vivre et un peu paumé, tout en restant le garçon le plus adorable qu'on puisse imaginer.

Est-ce que j'ai précisé que, chaque jour, je suis un peu plus amoureuse de lui ? C'est comme se noyer, sauf que l'eau est si chaude que ce n'est pas bien grave.

14 septembre

Ce soir, on a eu une répétition. On commence à ressembler à un vrai groupe. Enfin, dans un monde où les « vrais groupes » parleraient de Converse roses dans leurs chansons, avec une chanteuse qui insisterait pour faire du houla-hoop pendant les morceaux rapides. Plus ça va, plus Pénélope perd la boule. La preuve : avec Deborah et Atsuko, on était en train de ranger notre matériel quand elle a balancé son scoop d'un ton désinvolte. Trop désinvolte.

— Au fait, on joue le mois prochain pour la soirée d'Halloween.

On s'est exclamées toutes les trois en même temps :

— Quoiii ?

— Ben oui, a-t-elle répondu innocemment. On ne va pas répéter jusqu'à la saint-glinglin. On est prêtes !

— Mais, mais, mais... a balbutié Deborah tandis qu'Atsuko jurait en japonais.

Je crois que c'étaient des jurons, mais je ne pourrais pas en mettre ma main au feu. Pénélope a commencé à montrer des signes d'agitation.

— C'est l'heure, non ? Faut que j'y aille.

Et elle a pris ses jambes à son cou, histoire de ne pas avouer qu'elle avait la trouille d'affronter la colère de ses amies.

Plus tard, en allant manger un morceau, j'ai dit à Grace :

— Je vais trucider ta sœur.

Grace n'a pas semblé s'émouvoir.

— Elle est impulsive, c'est tout, a-t-elle répondu de sa petite voix.

Depuis le festival de musique, on s'est beaucoup rapprochées. (Enfin, je parle et elle écoute.) Elle a compris qu'elle devait s'impliquer dans la vie plutôt que de l'observer de loin. Et je me suis juré de la faire sortir de sa coquille. Parce que j'ai un cœur d'or, au cas où vous ne l'auriez pas remarqué.

On arrivait en haut de sa rue quand mon portable a sonné. C'était Jim.

— Salut, toi, ai-je susurré.

— Mes colocs sont à une rave qui va bien durer toute la nuit.

— Et ?

— Tu viens dormir chez moi ?

— Ça marche ! Je ramène des DVD et de la glace ?

— Ramène-toi avec ta brosse à dents, ça suffira. Je m'occupe des divertissements.

Cool ! Ce soir, je vais me faire dorloter.

15 septembre

Ce que je préfère quand je dors chez Jim :

1. Il a un lit double (mais il squatte mon côté).
2. Il me réveille avec un bisou et une tasse de café.
3. Les câlins sont formidables.
4. Il partage l'appartement avec des étudiants fauchés, mais qui ont beaucoup plus de chaînes de télé qu'à la maison, et on peut regarder des films jusque tard dans la nuit en inventant les dialogues.
5. Il y a Jim.

Ce que je déteste quand je dors chez Jim :

On doit partager la salle de bains et il n'y a jamais d'eau chaude. Le siège des toilettes est toujours relevé. Et puis, hier soir, Hugues est entré pendant que je me lavais les dents. Heureusement j'étais habillée. J'ai vite compris qu'on ne se promène pas en sous-vêtements chez son copain si ce dernier vit avec d'autres garçons.

J'ai jeté un regard noir à Hugues. Dur d'envoyer quelqu'un promener quand on a la bouche pleine de dentifrice.

— Tu restes pour la nuit ? a-t-il demandé avec un sourire mauvais. Dis donc, tu es passée de la vierge timide à la femme expérimentée en l'espace de dix secondes.

J'ai craché dans le lavabo avant d'indiquer la porte avec ma brosse à dents :

— Dégage !

Hugues n'a pas bougé d'un cil. Il s'est contenté de chuchoter (en sale crétin manipulateur qu'il est) :

— Tu sais quoi, poulette ? Tu n'as pas l'air aussi fraîche qu'avant. Tu t'es un peu fanée, si tu vois ce que je veux dire.

J'ai reculé d'un pas et me suis cogné les fesses contre le bord du lavabo.

— Tu me dégoûtes ! Maintenant, du balai ! ai-je répliqué, furieuse, sans élever la voix.

Si Jim avait appris que Hugues était entré dans la salle de bains pendant que je m'y trouvais, ç'aurait été le conflit du siècle !

D'un geste menaçant, j'ai brandi ma brosse à dents dans la direction de Hugues et il a fini par sortir en ricanant.

Ça m'a fichue de mauvaise humeur pour le reste de la journée.

19 septembre

Jim retourne à l'université à la fin de la semaine. Finis les câlins dans la réserve, vu qu'il reprend son boulot à mi-temps chez Rhythm Records, le magasin de disques voisin.

— Raison de plus pour faire la fête ce week-end, a déclaré Pénélope tandis que je me désolais de ne plus avoir à portée de main un garçon toujours disposé à m'embrasser.

— Oui, ça me changera de la friture et des esclavagistes qui nous obligent à répéter sept jours sur sept, vingt-quatre heures sur vingt-quatre.

— Il nous reste à peine plus d'un mois avant le concert, a répliqué Pénélope. Il faut qu'on soit parfaites, sans oublier d'avoir l'air cool et un peu déjantées.

J'ai agité les mains sous son nez.

— J'ai les doigts engourdis à force de jouer mes accords et de faire la vaisselle. Je finirai par te demander de me rembourser mon budget crème pour les mains.

— Va prendre la commande de la table cinq au lieu de geindre.

C'est sûr, je vais avoir des cals sur le bout des doigts. En plus, je suis obligée d'avoir les ongles très courts et mon vernis s'écaille au bout de cinq minutes. Cette histoire de rock'n'roll, ce n'est pas glamour pour deux sous.

21 septembre

Si je pensais pouvoir passer l'année à servir du café en attendant mon heure de gloire, la Mère Supérieure avait d'autres idées en tête. Elle estime que je devrais consacrer mon année sabbatique à un projet qui en vaut la peine (traduction : ennuyeux à mourir), comme travailler dans un pays du tiers-monde ou encore aller faire du trekking dans l'Himalaya. Sous-entendu : elle n'approuve pas ma relation avec Jim. Alors que j'aurais pu vivre une histoire d'amour sérieuse avec Jake, alias Hugues, « un garçon adorable ».

J'ai beau lui répéter jusqu'à épuisement : « Hugues n'était qu'un salaud et un manipulateur », rien à faire.

— Il n'empêche que lui, au moins, était bien élevé. Alors que Jim me semble très ennuyeux.

Je rêve !

22 septembre

J'ai pris un jour de congé, histoire de passer un peu de temps avec Jim avant qu'il reprenne ses études.

On est allés à Londres visiter la Tate Modern Gallery. Après avoir admiré les Warhol, on a marché main dans la main le long de la Tamise, qui, à vrai dire, n'arrive pas à égaler le canal de Manchester.

— Quel dommage que l'été soit fini ! me suis-je lamentée en m'asseyant sur un banc. Je vais retomber dans la routine.

— L'hiver, c'est sympa aussi, a objecté Jim. On restera chez moi, bien au chaud. À la nuit tombée, je peindrai pendant que tu joueras de la guitare.

— Il n'y a pas de chauffage chez vous, lui ai-je rappelé.

Je me souvenais d'une fête, l'hiver dernier, pendant laquelle je n'avais pas quitté mon manteau.

Jim a secoué la tête en souriant :

— Tu as des goûts de princesse !

J'ai posé ma tête sur son épaule, mon oreiller préféré ces derniers temps.

— Ma mère n'est pas de cet avis. Elle pense que je devrais profiter de mon année sabbatique pour sillonner l'Asie. Est-ce que j'ai une tête à vivre dans un endroit où il n'y a pas de toilettes publiques ?

— On pourrait partir en voyage, l'été prochain, a suggéré Jim, qui n'avait sans doute pas envie de s'étendre sur le sujet des toilettes.

— Ah oui ! Où ça ? Blackpool ? Ou Paris, tiens !

Jim a sursauté et je me suis redressée.

— Oh, je sais ! Et si on allait en Amérique ?

— Atterris, Jimmy. Ce genre de projet coûte une fortune. Mes maigres revenus suffiront à peine à couvrir le prix d'une ou deux glaces.

— Ce n'est pas si cher que ça. J'ai de l'argent sur un compte en banque que mon père m'a laissé en partant, pour se décharger de sa culpabilité. Il nous reste une année pour économiser. On pourrait louer une voiture et faire un road trip. Un road trip, Edie !

Je n'étais toujours pas convaincue.

— Tu crois qu'on sera encore ensemble d'ici là ?

Il m'a effleuré le visage.

— On ne se débarrasse pas de moi aussi facilement. Imagine, on irait à New York, Los Angeles, San Francisco... Je suis certain que ça te plairait.

Il n'avait pas tort. Je veux passer du temps avec lui et partager ses projets. Me lancer dans des aventures excitantes, partir sur la route à bord d'une voiture sympa, visiter des endroits que je n'ai vus que dans des films. Et puis faire du shopping : une fille trouve sûrement son bonheur au pays de la consommation effrénée.

— J'ai toujours rêvé de visiter La Nouvelle-Orléans, ai-je admis. Et Seattle, ou Chicago. Oooh ! Il faut qu'on aille à Las Vegas ! C'est vrai ? On va s'offrir un road trip ! Je vais mettre de côté tous mes pourboires et vider mon compte épargne. Tant pis pour les chaussures Marc Jacobs...

Jim s'est levé d'un bond pour me prendre dans ses bras et il m'a fait tourner jusqu'à ce que j'aie le vertige.

— Pense à tous ces petits motels qui nous attendent avec de grands lits doubles et aucun parent, ami ou colocataire pour nous pourrir la vie.

— À propos, mes parents sont de sortie ce soir.

Jim m'a souri avec malice.

— Ce qui signifie...

— ... que la maison est vide. Allons-y ou on va rater le train.

23 septembre

On a décidé d'organiser une fête surprise en l'honneur de Jim. Histoire de célébrer le départ (il était temps !) du plus mauvais cuisinier de la terre. La fête aura lieu dans un vrai bar, je passe assez de temps comme ça au café.

J'ai investi tous mes pourboires du mois (mais je commence à économiser dès demain pour l'opération road trip) dans une robe vaporeuse très couture qui m'a coûté les yeux de la tête. J'étais en train de virevolter devant le miroir de la salle de bains pour vérifier l'effet, quand j'ai entendu la sonnette d'entrée.

Jim portait son jean le plus miteux (miteux, c'est un euphémisme : ses autres jeans doivent refuser qu'on les range à côté dans l'armoire) et un tee-shirt maculé de peinture. Il m'a dévisagée d'un air perplexe.

— Tu en jettes, ce soir... mais je te rappelle qu'on va juste boire un verre dans un pub, a-t-il balbutié devant ma mère, qui lui a jeté un regard courroucé.

— Moi, je trouve Edie superbe, a-t-elle commenté, un rien crispée.

— Ne m'attends pas, maman, ai-je lancé en tirant Jim par la manche.

Au prix d'un gros mensonge, j'ai réussi à traîner Jim jusqu'au bar où on avait rendez-vous. Lui s'était mis en tête d'aller jouer au billard dans le pub tenu par un vieux monsieur, tout en haut de ma rue.

Il a flairé l'arnaque quand j'ai dû piquer une colère magistrale pour le faire monter dans le bus qui devait nous emmener en ville. Je suis complètement nulle dès qu'il s'agit de garder un secret : lorsque Jim a commencé à me harceler de questions, je n'ai pas eu d'autre choix que de me taire. Et de garder les yeux rivés sur la vitre tandis qu'il essayait de me faire cracher le morceau :

— Allez, Edie, a-t-il supplié. Tu vas me dire ce que tu manigances ?

Puis il s'est mis à me chatouiller, ce qui non seulement ne m'amuse pas du tout, mais en plus me donne envie de faire pipi. Alors je me suis levée, je l'ai enjambé pour aller m'asseoir ailleurs et je suis restée dans mon coin jusqu'à ce qu'il promette de se tenir tranquille. J'imagine qu'il avait déjà deviné quand on est arrivés devant le bar : à l'entrée, on avait accroché une pancarte garnie de ballons de baudruche. « Fermé : soirée privée ». Il m'a lancé un regard de reproche en poussant la porte. Tony l'Italien l'attendait pour l'envelopper dans une étreinte collante.

— Tu croyais qu'on te laisserait partir sans dire au revoir ? a-t-il crié à l'oreille de Jim.

Anna, la patronne du café, s'est interposée pour l'embrasser à son tour.

— Si tu n'avais pas donné ta démission, j'aurais dû te virer, a-t-elle plaisanté, et je n'ai pas pu m'empêcher de bouder car elle ne se décidait pas à lâcher mon petit ami.

Devant mon air furieux, Pénélope a levé les yeux au ciel avant de brandir une bouteille de vin à mon intention. J'allais la rejoindre quand Jim a passé le bras autour de ma taille et m'a attirée contre lui.

— Tu vas me le payer ! Espèce de chipie.

J'ai constaté avec soulagement qu'il souriait.

J'ai passé une super-soirée. On a eu droit à un gâteau (qui n'était pas l'œuvre de Jim, ouf !). On a dansé. Tous ceux que j'aime étaient venus : Nicolas, mon copain homo, Deborah, Atsuko, Pénélope, les gars de Rhythm Records, Alice et Paul. Chaque fois que je croisais le regard de Jim, il me dévisageait comme si j'étais la plus jolie fille du bar. J'ai vécu un de ces moments parfaits qu'on a envie de conserver dans une boîte pour les ressortir en cas de déprime. J'aurais voulu que la soirée ne finisse jamais. Mais bien entendu, tout a une fin...

Alors que je me dirigeais vers le bar en sortant des toilettes, une fille aux longs cheveux roux m'a barré le passage et s'est jetée dans les bras de Jim en annonçant à la cantonade :

— Je suis rentrée, mon chéri. Et tu sais quoi ? J'ai décidé de te pardonner.

C'était Clotilde.

J'ai dû rester en retrait histoire de contenir ma rage, ma colère, ma fureur.

23 septembre (plus tard)

Toujours pas calmée.

23 septembre (encore plus tard)

Ça va mieux. Où en étais-je ? Ah oui, Clotilde ! Là, devant moi, une horrible apparition revenue d'entre les morts.

Rendons-lui justice, Jim a paru horrifié quand elle a essayé de s'accrocher à lui. Il l'a repoussée doucement mais avec fermeté, puis il a répondu quelque chose. J'étais trop loin pour l'entendre. Quelle qu'ait été sa réponse, Clotilde n'a pas eu l'air d'apprécier. Les mains sur les hanches, elle a rejeté sa fichue tignasse en arrière en faisant la moue.

— Elle l'a garé où, son balai, Cruella ? a demandé Nicolas en rajoutant du vin dans mon verre.

Mes yeux lançaient des éclairs.

— Je ne sais pas, mais je vais m'assurer qu'elle l'enfourche et retourne d'où elle vient.

Nicolas m'a retenue par le bras pour m'empêcher de commettre un acte stupide, genre insulter cette harpie ou lui taper dessus.

— Non, non, ma belle. Ne monte sur le ring qu'en dernier recours.

J'ai dû rester là à regarder Clotilde minauder devant Jim. Je ne savais pas ce qu'il était en train de lui raconter, en tout cas elle semblait le prendre plutôt mal. Elle a levé les yeux au ciel, et Jim est passé en mode « j'essaie de raisonner une gamine idiote ». Soudain sa physionomie s'est transformée. Quand Jim est furieux, son visage se ferme. C'est bizarre. Tous ses traits se figent en un masque impénétrable.

Il avait justement cette tête-là.

Clotilde a pointé un doigt menaçant vers lui et j'ai eu une impression de déjà-vu : je me suis rappelé le jour du départ pour le festival, quand elle avait tenté de le frapper.

— Je ne peux pas rester plantée là, les bras ballants ! ai-je crié à Nicolas qui me retenait toujours d'une poigne de fer.

C'est à ce moment que j'ai vu la main de Clotilde partir.

Je me suis dégagée avec violence et j'ai foncé vers Jim. J'ai glissé sur le sol humide, manquant renverser Alice au passage.

Clotilde avait recommencé à menacer Jim du doigt.

— Ce n'est pas terminé tant que je ne l'ai pas décidé ! a-t-elle hurlé.

J'ai bousculé Nicolas et Alice qui essayaient encore de s'interposer. Puis j'ai poussé Clotilde de toutes mes forces avant de me précipiter vers Jim.

— Tu n'as rien ? Elle t'a fait mal ?

Je me suis cramponnée à son col et j'ai massé sa joue endolorie du revers de la main.

— Je te donne un mois entier pour régler le problème et je te retrouve avec cette petite garce ?

Les traits de Jim étaient toujours tendus. Il m'a pris la main.

Je me suis tournée vers Clotilde, l'air menaçant.

— Si tu ne fiches pas le camp tout de suite, je vais...

Clotilde, les mains sur les hanches, m'a adressé un sourire ironique.

— Je t'écoute : qu'est-ce que tu vas faire ? Me priver de télé ?

Effectivement, je n'en avais aucune idée. La dernière fois que j'avais vu Clotilde, elle m'avait presque scalpée. Elle s'était incrustée à la soirée de départ de Jim, elle l'avait frappé. Cette fille semait la zizanie partout où elle passait, il fallait l'arrêter.

— La dernière fois qu'on s'est battues, je t'ai poussée dans une fosse septique. Je te laisse deviner ce que je ferai cette fois-ci.

Je devais avoir l'air flippant, franchement flippant. Et peut-être un peu dingue, aussi.

Clotilde a ébauché un sourire moqueur mais elle n'a pas demandé son reste.

— Vous vous êtes bien trouvés, les deux minables, a-t-elle lancé avant de disparaître dans un nuage de fumée nauséabonde.

Bon, d'accord, j'exagère, elle est sortie par la porte.

Après, Jim s'est comporté comme si de rien n'était. Pourtant je voyais bien que ça n'allait pas fort. Tout le monde n'arrêtait pas de lui demander s'il n'avait rien de cassé. J'imagine qu'il avait honte d'avoir reçu une gifle devant ses amis, qui avaient ensuite assisté à l'expulsion de son ex par sa copine, pendant que lui observait la scène, les bras ballants.

Alors il a fait ce que font les garçons en pareille situation : il s'est pris une cuite mémorable.

Anna nous a ramenés chez moi parce que Jim ne trouvait plus ses clés. Ensuite il a vomi dans l'allée du jardin. J'ai réussi à atteindre la cuisine en le soutenant. Il empestait la bière. J'espérais que des litres de café noir parviendraient à le dessaouler.

J'étais en train de remplir la bouilloire pendant que Jim, collé contre moi, s'était mis à me lécher le cou comme un chiot affamé, quand mon père a descendu l'escalier.

— Edith ? Qu'est-ce qu'on t'a dit au sujet du couvre-feu ?

Il s'est interrompu quand Jim m'a repoussée pour aller vomir dans l'évier.

Il y a eu beaucoup de cris et des seaux de Monsieur Propre. Encore des cris. Puis Jim s'est écroulé sur la table de la cuisine. Plus de cris. Enfin Jim s'est fait bannir de la maison à tout jamais et les cris ont repris de plus belle.

Tout ça, c'est la faute de Clotilde.

27 septembre

Ma mère ne m'adresse plus la parole ! Ce n'est pourtant pas moi qui me suis saoulée à mort avant de vomir dans tous les coins. J'ai essayé de lui expliquer ce qui s'était passé au moins un million de fois, mais elle répète encore et toujours la même rengaine : Jim a une très mauvaise influence sur toi, bla-bla-bla... avant de se souvenir qu'elle ne me parle plus.

Alors j'en profite pour sortir sans arrêt. Je vais travailler puis je squatte chez Jim le plus souvent, chez

Pénélope ou encore chez Alice, et ma mère pique sa crise : elle me reproche de considérer la maison comme un hôtel. Mais si j'étais à l'hôtel, on me préparerait mon petit déj et je n'aurais pas à m'occuper de ma lessive. Et chaque matin, je trouverais des chocolats belges sur mon oreiller.

Jim est bizarre depuis l'incident Clotilde. Je ne peux pas m'empêcher de repenser à ce qui s'est passé la première fois qu'on est sortis ensemble : la situation a vite dégénéré et on a rompu. Je ne supporterais pas que ça se reproduise, mais c'est si dur de lui parler.

À mon avis, il considère qu'il a perdu la face. Pourtant, ce n'est pas le cas. Je m'inquiéterais bien plus s'il lui avait rendu ses coups.

Je croyais que Jim avait surmonté son problème de communication (oui, je sais, je parle comme dans un film américain de série B), mais il s'est à nouveau fermé comme une huître.

Tout allait pourtant si bien.

29 septembre

Aïe ! Je viens de recevoir un texto de Jim : apparemment, il faut qu'on parle. J'ai un mauvais pressentiment.

30 septembre

Oubliez ce que j'ai dit. Tout va pour le mieux dans le meilleur des mondes. Hier soir, Jim m'a invitée dans un petit resto français et il m'a tenu la main pendant le dîner. Je ne me fais plus de souci à propos de Clotilde : au lieu de procéder de la manière habituelle (je boude et je m'énerve), j'ai attaqué le problème de front. Parce que je suis une personne mûre et responsable.

— Il faut qu'on parle de Clotilde, ai-je déclaré tandis que le serveur se lançait dans un tas de salamalecs pour déboucher la bouteille de vin.

Jim a fait la grimace et s'est mis à tripoter nerveusement sa serviette. Puis il a hoché la tête pour me signifier que je pouvais continuer si j'y tenais. Je n'y tenais pas du tout, à vrai dire, mais je n'avais pas le choix.

— Bon, ai-je repris d'un ton ferme. Tu es sorti avec elle, soit, mais j'ai l'impression qu'il y a quelque chose de louche là-dessous, que tu ne veux pas m'avouer. On croirait que tu as peur de perdre mon estime, mais tu dois savoir que ça n'arrivera pas. Enfin, je veux dire : tu auras toujours mon estime.

Mon petit discours était un peu confus et maladroit. Jim s'est passé la main dans les cheveux en soupirant.

— Je ne peux pas en parler. J'en suis incapable. Je me débrouille toujours pour foirer mes relations amoureuses, tu sais déjà tout ça.

Je n'allais pas le laisser s'en tirer avec ce défaitisme à deux balles, alors qu'on venait juste de recoller les morceaux.

— Arrête ton cinéma, ai-je répondu en le menaçant de ma fourchette. Tu ne vas pas te débarrasser de moi comme ça, Jim. Je suis là pour un moment, alors tu ferais mieux de t'y habituer.

Et soudain il a vidé son sac tandis que ses crêpes aux champignons refroidissaient dans son assiette. Il m'a expliqué que sa relation avec Clotilde avait été une suite d'humiliations, un cercle vicieux dont il n'arrivait pas à sortir. Il s'était empêtré dans une histoire sordide avec cette fille qui répétait sans cesse qu'il était nul et que personne d'autre qu'elle ne voudrait de lui.

— Mais tu savais bien que ce n'était pas vrai, ai-je protesté.

Je détestais cette table qui nous séparait : j'aurais voulu le serrer dans mes bras et ne plus le lâcher afin que personne ne puisse lui faire de mal.

Il tripotait sa serviette en évitant mon regard comme un petit garçon pris en faute. Puis, d'une voix étranglée qui m'a bouleversée, il a répondu :

— Peut-être, mais la plupart des filles que j'ai côtoyées m'ont dit que je ne valais rien.

— À part moi, ai-je objecté.

Jim a levé vers moi des yeux plus brillants que d'ordinaire, comme s'ils allaient se remplir de larmes d'une seconde à l'autre.

— Oui, à part toi.

On est restés silencieux un long moment, les yeux dans les yeux. Jim n'arrêtait pas de se tortiller sur sa chaise. Il avait déchiré sa serviette et jouait maintenant avec les petits bouts éparpillés devant lui.

Soudain, après avoir pris une grande inspiration, il a dit :

— Tu me rends plus heureux que je ne l'ai jamais été. Tu crois vraiment que je laisserais Clotilde ou qui que ce soit d'autre nous séparer ? Je suis amoureux de toi, Edie, tu ne le vois pas ?

Et toutes mes inquiétudes se sont envolées. Je ne suis pas de ces idiotes qui ne puisent leur confiance en elles que chez leur petit ami, mais, depuis deux ans et demi, Jim joue un rôle très important dans ma vie, et c'était la première fois qu'il me disait qu'il m'aimait. Euh, non, ce n'est pas tout à fait exact. Il m'avait déjà avoué ses sentiments quand on s'était séparés, mais je crois qu'à l'époque, il m'aimait comme on aime les Choco Pops. Alors que maintenant il m'aime d'un amour passionné, il est prêt à donner sa vie pour moi. Ou du moins la dernière frite dans son assiette sans que je sois obligée d'insister trop lourdement.

Bien entendu, il a fallu que je râle. C'était ça ou éclater en sanglots sous le coup de l'émotion.

— Je ne crois pas que j'aie jamais rendu quelqu'un heureux avant toi. Je ne suis pas douée pour les responsabilités.

Jim s'est esclaffé et a failli recracher sa salade verte sur la nappe.

— Ces derniers temps, le moindre de tes gestes, la moindre de tes paroles me fait fondre. (Son visage s'est assombri.) Si ça continue, je vais devenir ton esclave.

— Si tu étais mon esclave, tu cesserais de broyer du noir et tu m'achèterais des cadeaux hors de prix, tu me ferais des massages et, oooh ! tu te lèverais supertôt pour m'emmener au boulot en voiture, et puis...

— Arrête-toi là, avant de te retrouver célibataire, Edie.

J'avais réussi à chasser ses idées noires ! Il souriait, à présent. De petits plis très sexy venaient d'apparaître au coin de ses yeux.

Puis il m'a fait du genou sous la table. J'en ai déduit qu'en rentrant je n'aurais pas beaucoup de mal à l'attirer dans ma chambre.

3 octobre

Sans rire, de ma mère et moi, c'est moi l'adulte.

Ce matin, je l'ai fait asseoir, puis je lui ai préparé une tasse de café bien fort et je lui ai expliqué que Jim et moi, on était ensemble et qu'il n'y avait pas de quoi s'affoler.

— J'apprécie ta franchise, Edie, mais il t'a fait du mal et il t'en fera encore.

Elle avait prononcé ces mots d'un ton définitif.

— Il a changé et j'ai changé, ai-je protesté. Je suis moins sous le charme cette fois-ci. Je contrôle mieux la situation.

Lui raconter que j'avais fait de Jim mon esclave n'était pas une bonne idée.

Je me donnais du mal pour rien.

— Je tâcherai de m'en souvenir quand il t'aura brisé le cœur. Il a prouvé qu'il n'était pas digne de confiance. Une fois de plus !

Argh ! C'est bien ma mère de me renvoyer mes propres mots à la figure !

— Écoute, cette fois, c'est différent. On est passés à l'étape supérieure.

Plus je me tuais à essayer de lui faire comprendre mon point de vue, plus elle perdait patience.

— Qu'est-ce que tu cherches à me dire par là ? Que vous avez couché ensemble ?...

Ma mère avait la tête de quelqu'un qui vient de s'avaler une rasade d'acide chlorhydrique. Au prix d'un effort surhumain, j'ai réussi à ne pas lever les yeux au ciel.

— Oui, ai-je répondu avec réticence. J'ai couché avec lui, mais tu n'as pas à t'inquiéter, on se comporte en personnes responsables : j'ai consulté mon gynécologue et on utilise une contraception...

Bien souvent (et à mon grand désespoir), c'est ELLE qui m'a abreuvée de détails embarrassants sur le sexe, glissant des histoires de préservatifs dans la conversation pendant que j'essayais de dîner. Je ne comprends pas sa volte-face.

Soudain elle a soupiré avant de reposer lourdement sa tasse sur la table en nous éclaboussant toutes les deux de décaféiné.

J'ai reculé d'un bond pour protéger mon tee-shirt.

— Maman ?! Qu'est-ce qui ne va pas ?

— Il est hors de question que tu aies des rapports sexuels ! Pas dans cette maison et pas avec ce garçon, en tout cas. Je te l'interdis !

Sa réaction m'a mise hors de moi, j'en ai oublié que j'étais devenue une personne raisonnable et sensée.

— Très bien ! Puisque c'est comme ça, j'aurai des rapports sexuels ailleurs.

— Tu n'as pas intérêt !

— Je vais me gêner !

La situation a rapidement dégénéré : on se serait cru dans une comédie de boulevard à laquelle on aurait rajouté les passages les plus mélo d'une mauvaise série télé.

Notre pire dispute dans l'histoire de toutes nos disputes a pris fin quand ma mère s'est arrêtée de hurler comme une poissonnière et de passer ses nerfs sur les ustensiles de cuisine. Elle s'est tournée vers moi et, la voix tendue, elle a déclaré :

— Ça suffit.

— Quoi ? ai-je braillé.

Une fois que j'ai poussé le volume à fond, on ne peut plus m'arrêter.

— J'ai parlé à tes grands-parents et nous avons décidé que tu passerais ton année sabbatique chez eux.

— Quoiiii ? Mais ils habitent Brighton !

— Tu m'as bien comprise. Tu ne me laisses pas d'autre choix, ma fille.

À ces mots, je me suis précipitée dans ma chambre, j'ai pris ma valise en haut de mon armoire et j'ai commencé à y jeter pêle-mêle des objets ramassés au hasard. Je n'avais pas de projet précis en tête. Résultat : je me retrouve à squatter la chambre d'amis chez Pénélope avec pour tous bagages quelques chaussettes dépareillées et des boîtes de CD vides.

Les filles ont rappliqué après que j'ai envoyé en quatre exemplaires un texto hystérique. Atsuko pense que ma mère a du mal à couper le cordon ombilical parce que je suis sa fille unique. Tu parles ! À mon avis, c'est la ménopause, ou bien toutes les vapeurs de détergent qu'elle a inhalées lui ont fait perdre la boule.

7 octobre

Maman a dû s'imaginer que je m'installerais chez Jim (c'était d'ailleurs ma première idée mais je me suis dit que ça ne ferait qu'envenimer la situation, et puis je risquerais de croiser Hugues). Elle m'a appelée aujourd'hui pour savoir si j'avais emporté des sous-vêtements propres. Je suis sûre qu'elle voulait vérifier si j'allais bien.

Très vite, on est passées au chapitre quarante-sept de LA dispute – juste après qu'elle m'a suppliée de rentrer à la maison – vu qu'elle a enchaîné sur « Il faut que tu trouves un projet viable pour ton année sabbatique » et le sempiternel « Nous ne voulons pas que tu couches avec CE garçon sous notre toit ». J'ai essayé de lui expliquer que j'économisais pour partir aux États-Unis l'année prochaine (sans mentionner que Jim faisait partie du plan) et je lui ai rappelé pour la énième fois que je pouvais très bien continuer à coucher avec mon copain ailleurs. Sur quoi elle a éclaté en sanglots et je lui ai raccroché au nez.

Non mais sans blague ! Pourquoi fait-elle autant d'histoires ? Je ne réponds pas, je suis serviable (la plupart du temps, elle n'a pas besoin de me répéter cent fois de ranger mon bol sale dans le lave-vaisselle), je finance moi-même mon année sabbatique et mon road trip sans demander le moindre sou, et j'ai des rapports sexuels protégés dans le cadre d'une relation stable avec un garçon que je connais depuis deux ans et demi. Franchement, je connais peu de filles qui en feraient autant.

11 octobre

En ce moment, l'ambiance est à couper au couteau. Tout devrait marcher comme sur des roulettes : il y a Jim, mon boulot – plutôt sympa si l'on excepte l'odeur de friture –, le groupe et puis Pénélope. Mais j'ai l'impression de me balader avec un gros nuage noir au-dessus de la tête.

Pour couronner le tout, j'ai eu une autre « entrevue » avec Hugues ce matin. J'étais en train de chercher une tasse dans le placard de la cuisine en fredonnant pour ne pas penser à ma mère, quand il a rappliqué.

Au lieu de me balancer une de ces remarques perfides dont il a le secret, il s'est planté juste à côté de moi et, sous prétexte d'attraper le pot de beurre de cacahuètes, m'a frôlé la poitrine. Je peux affirmer, à son sourire, que ce n'était pas un accident.

Et c'est vraiment par inadvertance qu'en prenant la bouilloire j'ai renversé quelques gouttes d'eau très, très chaude sur sa vilaine main baladeuse.

— Aïïïc !!

— Oups, désolée, ai-je susurré en le regardant avec de grands yeux innocents.

Il est sorti de la cuisine en jurant. Il y a des fois où j'assure un max.

Jim assure, lui aussi. Pauvre Jimmy. Il ne sait plus quoi inventer pour arranger la situation avec ma mère. S'il pouvait rentrer sous terre, il le ferait. Il me demande sans arrêt comment je me sens et il m'achète des tonnes de sucreries : il a la naïveté de croire que pour les filles n'importe quel problème peut se résoudre avec du chocolat. Si seulement c'était aussi simple !

Hier soir, comme je n'arrivais pas à dormir, je me suis assise sur le rebord de la fenêtre pour essayer de lire un peu, mais, les yeux perdus dans le vague, j'ai commencé à ruminer. Soudain, Jim s'est assis dans le lit.

— Pourquoi tu ne dors pas ? a-t-il demandé d'une voix ensommeillée.

— J'ai la tête trop pleine, ai-je murmuré. Rendors-toi.

Jim a tendu la main, m'a ramenée dans le lit puis a rabattu les couvertures et s'est lové contre moi.

— Je ne supporte pas que ma mère et moi on ne

se parle plus, me suis-je lamentée tandis qu'il essayait d'appuyer ma tête contre son torse.

J'ai résisté : Jim est trop maigre pour faire office d'oreiller.

— On ne s'était jamais disputées comme ça auparavant.

— Toutes les mères sont des cas cliniques, a-t-il répondu pour me consoler. C'est une donnée universelle, à mon avis.

— Mais je ne voulais pas quitter la maison ! me suis-je écriée. Je suis trop jeune et trop bête pour me débrouiller seule. C'est trop lourd à porter.

— Laisse-moi deviner : tu flippes, tu te sens minuscule face à l'immensité du monde, ce truc qui va t'avaler tout entière, et tu as peur que personne ne s'aperçoive que tu n'es plus là, c'est ça ?

Jim avait manifestement trop écouté Radiohead mais il marquait un point.

— Tu t'en apercevrais, si je disparaissais, hein ? ai-je demandé.

Le pire, c'est que je ne plaisantais pas. Ma voix me semblait désincarnée, soudain. Jim m'a serrée plus fort.

— Je n'ai pas besoin que tu disparaisses pour m'apercevoir que quelque chose ne va pas, a-t-il répondu sans hésiter.

Puis il m'a caressé les cheveux tout doucement jusqu'à ce que je m'endorme.

13 octobre

Hugues a déménagé. Il s'est fait la malle en emportant la télé et en devant un mois de loyer. J'ai beaucoup de mal à dissimuler mon soulagement. Je n'aurai plus à supporter sa présence quand je viendrai passer la nuit chez les garçons : il me coinçait dès que je mettais un pied hors de la chambre pour me balancer des remarques obscènes. Tellement obscènes que je n'osais pas les répéter à Jim, il aurait pété un plomb.

Les garçons ne sont pas du genre à s'en faire dès lors qu'il n'est pas question de filles. Moi, si j'avais dû dénicher un nouveau colocataire, j'aurais été dans tous mes états, mais Simon, Paul et Jim semblaient très relax.

C'est aussi bien que ma brosse à dents fasse maintenant partie du décor (la mère de Pénélope ne s'occupe pas de mes affaires, tant que je la préviens que je ne rentre pas dormir, histoire qu'elle ne m'imagine pas morte au fond d'un fossé), sinon je ne verrais pas Jim. Entre ses études, mon boulot de serveuse et Pénélope qui nous fait répéter chaque soir, les seuls moments que l'on partage, c'est la nuit quand on s'écroule dans le lit.

15 octobre

Jim est passé aujourd'hui à l'heure du déjeuner.

— Je vais prendre un cheeseburger avec toutes les garnitures, plus un Coca et la plus grande portion de frites que vous ayez, a-t-il déclaré en guise de salut quand j'ai levé les yeux de la machine à café.

— Je vais bien, merci, et toi ? ai-je répondu d'un ton distrait.

Je sers un cappuccino à un costume-cravate surmené qui a lancé à Jim un regard assassin pour avoir osé me détourner de ma tâche. Heureusement, je suis assez douée pour faire plusieurs choses à la fois.

— Merci, à bientôt.

Jim m'a fait un clin d'œil.

— Si tu prépares mon déjeuner en un temps record, tu ne le regretteras pas.

— Ah bon, tu comptes me laisser un pourboire ? Grande première !

Jim a posé ses coudes sur le comptoir et m'a dévisagée d'un air malicieux.

— J'avais plutôt pensé t'emmener dans la réserve, si le cœur t'en dit.

Parfois, il est tout simplement trop.

— Le romantisme n'est pas mort. Bonjour... vous désirez ?

Comme j'étais en train de faire des yeux de merlan frit à l'élu de mon cœur, je n'ai pas prêté grande attention aux clients qui s'approchaient du comptoir. Soudain j'ai entendu une voix familière :

— Je vous connais ? Votre visage me rappelle quelqu'un.

— Papa ! Qu'est-ce que tu fais ici ?

Il se tenait devant moi, son attaché-case à la main, l'air très content de lui.

— J'ai entendu dire que ma fille était toujours de ce monde, alors j'ai voulu vérifier par moi-même.

Jim, qui avait cessé de lorgner mon décolleté, a commencé à se tortiller, mal à l'aise, tandis que mon père le détaillait des pieds à la tête.

— Et je suis sûr de vous avoir déjà vu, vous aussi,

a poursuivi mon père d'un ton désinvolte, ce qui n'est jamais bon signe avec lui.

Jim a voulu mettre son sac en bandoulière et caler son carnet de croquis ainsi que son portefeuille sous son bras afin de pouvoir lui serrer la main, mais il n'a réussi qu'à tout faire tomber.

— Bonjour, monsieur. Oui, je suis Jim, a-t-il marmonné en se penchant pour ramasser ses affaires.

— Ah ! C'est donc vous ! La dernière fois que je vous ai croisé, vous étiez en train de vomir dans l'évier de ma cuisine.

Derrière les deux hommes les plus importants de ma vie, la file d'attente du déjeuner s'allongeait. Je n'avais pas d'autre choix que de faire les présentations officielles.

— Papa, voici Jim : tiens-toi bien, s'il te plaît. Jim, voici mon père, de qui je tiens mon légendaire esprit sarcastique. N'hésite pas à l'ignorer au besoin.

Ils ont échangé une poignée de main et la terre a recommencé à tourner. Puis mon père a indiqué une table libre à Jim :

— Après vous.

Jim avait la tête de quelqu'un qui vient d'apprendre qu'il lui reste deux semaines à vivre. Il a précédé mon père en traînant les pieds. Anna est allée prendre leur commande et je me suis cachée derrière l'ardoise où l'on inscrit les plats du jour dans l'espoir de saisir des bribes de leur conversation.

Mon père se montrait froid comme la banquise. C'est un tacticien hors pair. Sa méthode consiste à parler peu et à hocher la tête en souriant pour encourager à vider son sac.

Quand il l'applique avec moi, j'en arrive souvent à

confesser mille crimes et je finis consignée dans ma chambre et privée d'argent de poche. Jim n'est pas de la même trempe. Il est plus solide que moi, ou il a moins bon caractère.

Il déchirait sa serviette en papier (sa manie préférée) en évitant le regard de mon père. De temps à autre, il ouvrait la bouche, donc j'en ai conclu qu'il parlait. Il est très doué pour répondre par monosyllabes quand il veut.

Mon étude d'anthropologie sociale a été interrompue par l'arrivée inopportune de clients. Pendant la demi-heure suivante, j'ai été débordée ; il a fallu qu'Anna me rappelle de prendre ma pause.

Jim et mon père étaient toujours assis dans leur coin. Tony l'Italien m'a fait passer une assiette qui contenait mon déjeuner habituel – pommes de terre et poulet avec tomates à part qui, surtout, surtout, ne doivent pas toucher le reste –, et je me suis dirigée vers eux.

— ... ensuite je compte m'inscrire en maîtrise et, si tout se passe bien, enseigner en même temps, a expliqué Jim en s'adossant à la banquette. Comme ça je pourrai me consacrer à mes œuvres en gagnant aussi un peu d'argent.

— C'est un choix raisonnable, est convenu mon père. Bien que la période me semble très propice pour devenir un YBA.

— Un quoi ? ai-je dit en m'asseyant à côté de Jim.

— Un YBA, Young British Artist [1], ont-ils répondu à l'unisson.

1. Mouvement artistique de la fin des années quatre-vingt. *(N.d.T.)*

J'ai commencé à me demander si je n'avais pas atterri dans un épisode de *La Quatrième Dimension*.

— Comme Tracey Emin ou encore Jake et Dinos Chapman, a ajouté Jim.

J'ai jeté un regard noir à mon père, qui s'est contenté de lever les sourcils.

— Franchement ! On se croirait dans un roman de Jane Austen. Tu as demandé à Jim de te parler de ses projets d'avenir, pas vrai ? C'est quoi, l'étape suivante ? Tu veux savoir si ses intentions sont honorables ?

— Oh, on a déjà abordé ce sujet, a déclaré Jim. Relax, Edie, tout va bien.

— Méfie-toi de lui, ai-je repris en plantant ma fourchette dans une pomme de terre. Il est sournois.

— Merci, jeune fille.

Mon père souriait, l'air de regretter de ne plus pouvoir me priver de télé.

— Je te rappelle que je suis assis juste en face de toi.

— Oui, et j'aimerais bien savoir pourquoi.

— Ta mère s'inquiète beaucoup, a-t-il repris.

J'ai poussé un gros soupir et Jim m'a donné un coup de coude.

— Je sais qu'elle est un peu rigide... Elle a du mal à lâcher du lest.

Là, j'ai ricané. Mon père parlait d'une voix douce qui trahissait une légère tension, et je me suis retenue d'exploser. Ma mère commençait à me taper sur le système avec sa « rigidité ».

En bref, mon père pense que ce serait une bonne idée de venir déjeuner à la maison dimanche avec Jim, étant donné que, jusqu'à présent, à chacune de leurs rencontres, Jim était soit ivre mort, soit en train de me peloter, soit complètement débraillé. Je ne suis pas persuadée qu'un rôti de bœuf accompagné de Yorkshire pudding puisse régler le problème. Mais peut-être que je n'y connais rien.

20 octobre

Jim flippe à cause du déjeuner. Il est même dans tous ses états.

— Les parents, ce n'est pas mon truc, Edie. J'ai déjà du mal à gérer ma mère, alors tes deux géniteurs à la fois... a-t-il annoncé quand je suis passée le voir en rentrant du boulot.

On aurait dit que sa chambre avait été saccagée par une horde de démons mangeurs de vêtements. Toutes les fringues gisaient sur le lit.

— Je sais. Qu'est-ce que c'est que ce tas de vêtements ? ai-je demandé en me faisant une petite place pour m'asseoir.

— Je n'ai rien à me mettre, s'est-il lamenté en se prenant la tête à deux mains.

J'ai rigolé.

— Ce n'est pas drôle !

— On croirait entendre une fille !

Je me suis remise à glousser mais j'ai vite décidé de me calmer. Visiblement, il avait oublié son sens de l'humour sous une pile de tee-shirts.

On a inspecté sa garde-robe sans succès : il n'y avait rien qui puisse apaiser les inquiétudes de ma mère.

Je suis amoureuse de Jim et j'ai l'habitude de son allure excentrique. Pourtant, il faut bien l'admettre, ce genre de style passe mal avec les parents. J'ai brandi une chemise bleu pâle à jabot, particulièrement hideuse, que j'avais eu envie de brûler plus d'une fois.

— À quoi tu pensais, le jour où tu as acheté cette horreur ? Il n'y a que les vieux ringards pour porter des trucs pareils !

Jim m'a arraché la chemise des mains.

— Tu ne m'aides pas du tout, a-t-il grommelé.

Pour finir, je suis allée trouver Paul et je l'ai supplié de me prêter la chemise et le pantalon que sa mère lui a offerts pour Noël et qui, depuis, croupissent au fond de son placard. Je les ai tendus à Jim.

— Bon, tu n'as qu'à mettre ça et on n'en parle plus.

Après s'être changé, Jim a refusé de me laisser voir le résultat. J'ai forcé le passage et je suis restée bouche bée devant un tel changement. Jim avait l'air... euh... normal, bref ce n'était pas lui. Il semblait mal à l'aise, ce qui n'est pas du tout le cas d'ordinaire. Il n'arrêtait pas de tirer sur sa chemise. Puis il a essayé d'aplatir ses cheveux en se contemplant d'un air morne dans le miroir.

— Je ressemble à un crétin qui s'est fringué en petit cadre dynamique pour aller à une soirée déguisée, a-t-il fini par dire. C'est bien parce que c'est toi.

Et soudain, j'ai eu comme une révélation. Le problème, ce n'était pas les fringues de Jim. C'était le seul fait qu'il existe qui perturbait ma mère.

— Je ne veux pas que tu te déguises ! me suis-je exclamée. Je me fiche de la façon dont tu t'habilles et elle aussi.

Jim m'a dévisagée avec surprise tout en arrachant sa chemise avec tant de violence que les boutons ont volé aux quatre coins de la pièce.

— Parfois, Edie, j'ai besoin de sous-titres avec toi.

— Le problème, c'est qu'on est ensemble. Elle se serait comportée de la même manière avec Hugues si les choses étaient devenues sérieuses entre nous. Ça n'a rien à voir avec tes vêtements...

Jim a haussé les épaules et son mouvement a révélé les muscles de son torse. J'ai avalé ma salive avec difficulté. J'ai très souvent vu Jim torse nu mais il y a des jours où j'ai l'impression de voir sa peau bronzée pour la première fois et ça me rend toute chose. Et puis, c'était moi qui rêvais ou il faisait soudain très chaud dans cette pièce ? Jim a planté son regard dans le mien : non, je ne rêvais pas...

— Donc elle me déteste parce que je lui enlève sa petite fille, a-t-il susurré en s'avançant vers moi avec des mouvements de prédateur.

— C'est sans doute parce que je suis sa fille unique et qu'elle m'a eue assez tard.

J'avais l'impression que mon corps ne m'obéissait plus : j'étais comme aimantée par Jim.

— Parfois, je me dis que j'ai de la chance d'avoir un père qui s'est fait la malle et une mère trop déboussolée pour s'occuper de mes affaires...

Il s'est tu puis, après m'avoir examinée de haut en bas :

— ... ou de mes fréquentations !

— Arrête ! me suis-je écriée en m'allongeant sur le lit. Je suis sûre que tu comptes beaucoup pour elle.

Jim n'a pas tardé à me rejoindre. Il m'a embrassée. Et plus je me laissais griser par ses baisers langoureux, plus ces histoires de mères et de mode vestimentaire me paraissaient dérisoires.

22 octobre

Pénélope me tape sur le système. En ce moment, on répète quatre heures par jour en prévision de la soirée d'Halloween. La location de la salle nous coûte une fortune. En plus, les répétitions empiètent sur le reste : la détente, les moments privilégiés avec Jim, etc.

Sinon, pas grand-chose à signaler. En ce qui concerne le déjeuner, Jim considère que la situation est « sous contrôle ». Mouais, ça m'étonnerait.

Ah, et puis il y a un nouveau locataire dans l'appartement des garçons. Il s'appelle Julie. Euh... non, ce n'est pas ça. En tout cas, il a un nom de fille qui commence par J. Il joue dans un groupe, les Sweet Jane. Jim l'a rencontré au magasin de disques, où il vient souvent déposer des flyers.

Je n'ai jamais vu son groupe en concert, mais quand j'y ai fait allusion devant les filles, elles étaient surexcitées. Même Pénélope ! En fait, elle était encore plus déchaînée qu'Atsuko et Deborah, alors que d'habitude les garçons ne l'intéressent pas trop.

— Tu es bien sûre que c'est le chanteur des Sweet Jane ? a-t-elle demandé hier soir, au beau milieu d'une chanson.

— Oui, je crois, ai-je répondu, trop absorbée par le refrain que j'essayais désespérément d'assimiler.

— Tu ne m'aides pas beaucoup, a marmonné Pénélope. Enfin, il va vivre avec ton copain !

Incapable de me rappeler le prénom du type, j'ai préféré harceler Pénélope en lui répétant sur tous les tons :

— Il te plaît, hein ? Il te plaît, le nouveau colocataire avec un prénom de fille ! Elle est amoureuseuh ! Elle veut sortir avec lui.

Elle a fini par me frapper pour me faire taire.

24 octobre

Aujourd'hui, c'est dimanche, le jour du déjeuner. J'ai l'impression d'aller à un sommet pour la paix organisé par les Nations unies. Qu'est-ce qui m'a pris d'autoriser Jim à porter ses fringues habituelles ? Je n'aurais jamais dû lui raconter ces âneries, comme quoi maman le déteste uniquement parce qu'on couche ensemble. Non, il aurait fallu que j'exerce mon droit de veto sur ses jeans troués.

24 octobre (plus tard)

Jim est un dieu. Je ne vois pas d'autre explication. Je me disais que c'était un garçon pas banal, doté d'un goût vestimentaire assez particulier, doué de ses mains (et pas seulement pour tenir un pinceau). Eh bien, je me trompais : en réalité, il doit avoir une ascendance divine après le miracle qu'il a accompli tout à l'heure.

D'abord, il a laissé tomber le look négligé. Quand il est arrivé, il portait un pantalon de coton gris retenu par une ceinture – une fois n'est pas coutume ! – et une chemise noire sans traces de peinture ni inscriptions vulgaires, qui avait encore tous ses boutons. Et puis, merci mon Dieu, il s'était rasé et avait même essayé de dompter sa tignasse.

J'ai précisé qu'il tenait à la main un énorme bouquet de fleurs ?

J'ai cru que j'allais pleurer : malgré ses griefs contre ses propres parents absents, il se donnait du mal pour plaire aux miens.

— Je t'adore, ai-je chuchoté en me jetant à son cou. Vraiment, Jim, je t'adore.

Il a souri.

— Il faut bien admettre que je suis adorable.

Je me suis dégagée avec douceur.

— Et modeste, en plus. Non, sérieux, merci beaucoup. Tu sais ce que ça représente pour moi.

À la seconde où il a tendu le bouquet à la Mère Supérieure, qui en est restée sans voix, j'ai su qu'on sortirait indemnes de ce déjeuner.

Au début, tout le monde était très mal à l'aise. Ma mère parlait trop vite, d'une voix suraiguë, et elle évitait le regard de Jim. Mon père l'a appelée et ils se sont isolés dans la cuisine pendant quelques minutes, me laissant seule avec Jim qui me lançait des regards horrifiés.

On s'est mis à table et le début du repas s'est passé sans accroc. Maman avait cuisiné pour un régiment et les « Oui, je prendrais bien un peu de légumes » et autres « Quelqu'un veut de la sauce ? » ont réussi à meubler la conversation dans un premier temps.

Malgré l'argenterie, la belle porcelaine et les plats raffinés, le repas a vite tourné à la séance de torture. Le pauvre Jim a subi un interrogatoire en règle : quels étaient ses diplômes ? Avait-il souscrit de gros emprunts pour payer ses études ? Quelle était la profession de son père ? N'aurait-il pas mieux valu qu'il reste avec sa mère pour s'assurer un plus grand confort matériel ?

J'avais beau lui tenir la main sous la table, Jim se

tassait de plus en plus sur sa chaise. J'allais intervenir pour dire à ma mère d'aller se faire voir quand Jim a brusquement posé ses couverts avant de déclarer :

— Écoutez, mon père est parti quand j'avais onze ans et ma mère est dépressive. Je n'ai pas eu de vrais parents et, du coup, j'ai du mal à comprendre comment ça marche chez vous.

Pour une fois, ma mère n'a rien trouvé à répondre. Elle a ouvert la bouche puis elle s'est ravisée et a pris une grande gorgée de vin.

J'ai pincé la cuisse de Jim mais il a posé sa main sur la mienne avant de poursuivre :

— Madame Wheeler, je sais que je n'ai pas toujours été gentil avec Edie. J'aimerais revenir en arrière ; je ne peux pas. Vous avez raison de vous méfier, et pourtant je ne lui ferai plus jamais de mal. Je l'aime et je veux la rendre heureuse.

Un silence de plomb s'est installé. J'ai piqué du nez dans mon assiette. Je me sentais un peu patraque.

J'ai levé les yeux vers ma mère qui venait de vider son verre et – j'ai dû y regarder à deux fois pour en avoir le cœur net – j'ai vu une petite larme couler le long de sa joue.

Puis, après avoir repris ses couverts, Jim a attaqué une pomme de terre comme si de rien n'était.

Bien entendu, quand ma mère a commencé à pleurer, je m'y suis mise aussi. Mon père a disparu dans la cuisine avec Jim soi-disant pour remplir le lave-vaisselle.

Dès qu'on s'est retrouvées seules, je me suis tournée vers elle :

— Comment as-tu pu te montrer aussi grossière avec lui ? Tu n'avais pas le droit de lui poser toutes ces questions sur sa famille ! Tu n'as pas idée du mal que tu lui fais !

Ses pleurs ont redoublé. C'était horrible. Les mères ne sont pas censées pleurer. Je ne l'avais vue pleurer qu'une fois, le jour où mon arrière-grand-mère est morte et, malgré ma fureur, je me suis levée pour aller la consoler.

— Maman, arrête de pleurer, s'il te plaît, l'ai-je suppliée en lui tapotant gentiment l'épaule. Dans la seconde qui a suivi, elle m'a prise dans ses bras et m'a fait asseoir sur ses genoux.

— Hé ! Je n'ai plus cinq ans, ai-je bredouillé. Je vais t'écraser.

On s'est installées sur le canapé. J'ai posé ma tête sur ses genoux tandis qu'elle me caressait les cheveux. Puis je me suis lancée dans un grand discours pour lui faire comprendre que j'avais dix-huit ans, que je devais prendre mes décisions seule, qu'il était hors de question que j'aille passer mon année sabbatique auprès de mes grands-parents. Et que la moindre des choses, c'était de se montrer polie avec Jim.

— Tu sais, ma chérie, parfois c'est dur d'être parent, a-t-elle expliqué après que je lui ai fait la leçon. On ne te livre pas le mode d'emploi. Dès l'instant où tu es née, quand tu pesais trois fois rien, je t'ai aimée plus que tout au monde et je me suis juré de te protéger quoi qu'il advienne. Et je n'arrive pas à faire mon deuil de ce sentiment-là, même si maintenant tu as un petit copain et un salaire.

— Je comprends, maman. Mais Jim... il est très important pour moi.

J'ai levé les yeux vers elle, et – ô surprise – elle m'a fait un clin d'œil.

— À ton avis, il l'a répété longtemps, son petit discours ? a-t-elle demandé.

J'ai cru discerner un soupçon de malice dans son sourire mais ce devait être une illusion d'optique.

— N'empêche qu'il a réussi à te tirer des larmes, pas vrai ?

J'ai essayé de me relever. Peine perdue, elle ne voulait plus me lâcher.

— Maintenant que tu es grande et que tu te débrouilles seule, je me sens un peu inutile. J'ai l'impression que tu n'as plus besoin de moi, a-t-elle admis. Ça me fiche un coup de vieux.

Cette fois, c'est moi qui me suis dépêchée de la serrer dans mes bras. Embrasser ma mère, c'est comme rentrer chez moi. Tout est si familier : son contact, ses cheveux qui me frôlent la joue, les effluves de son parfum français, et ce petit quelque chose qui n'appartient qu'à elle.

— J'aurai toujours besoin de toi. Mais pas de la même manière. Je ne supporte pas que tu m'en veuilles et que tu ne me parles plus. J'aimerais vraiment qu'on fasse la paix. Qu'est-ce que tu en dis ?

Ça a suffi à nous réconcilier. Même si je ne suis pas sûre de vouloir rentrer à la maison, je ne peux pas rester éternellement chez Pénélope. Je ne pense pas non plus que ma mère nous donnerait sa bénédiction si je m'installais avec Jim.

J'ai suggéré qu'elle améliorerait sensiblement nos relations si elle reconsidérait la possibilité de me laisser dormir avec lui, mais elle a fait la sourde oreille comme seules les mères savent le faire.

Quand Jim et mon père ont réapparu (Jim m'a raconté par la suite qu'il avait dû hocher la tête et arborer un sourire poli pendant que mon père procédait à un exposé détaillé des nombreux problèmes qu'il rencontrait avec le système d'exploitation de son ordinateur), on était en train d'arranger un week-end thalasso mère/fille autour d'un autre verre de vin.

Jim a aidé maman à préparer le café. Il a dû faire preuve d'un charme dévastateur car, pendant le reste de l'après-midi, elle n'a pas arrêté de sourire et de s'exclamer en rougissant : « Oh, Jim ! »

Ouf, le cauchemar est fini !

26 octobre

J'ai décidé de ne plus me prendre la tête avec mes déboires familiaux. Maintenant, c'est l'approche de notre premier concert qui m'inquiète. La semaine dernière, pendant une petite minute, on a réussi à assurer, mais, depuis, malgré les répétitions nocturnes intensives, on est minables de chez minable.

Pénélope a décidé de régler le problème en nous hurlant dessus. Et on hurle en retour. Résultat : on est encore plus mauvaises, vu qu'on est trop furieuses les unes contre les autres pour se concentrer.

J'en suis à prier pour qu'un météore s'écrase sur le pub où on doit jouer, histoire qu'ils annulent le concert. Surtout depuis que je me suis disputée à mort avec Pénélope, pas plus tard qu'hier : elle m'a dit qu'elle ne m'avait laissée entrer dans le groupe que parce que j'étais bien coiffée. Son petit commentaire m'a un peu déstabilisée. Maintenant, j'ai envie de l'étrangler mais je ne peux pas tant que j'habite chez elle.

30 octobre

J'ai l'impression de ne pas avoir vu Jim depuis des siècles. On répète tous les soirs jusqu'à onze heures. À la maison, Pénélope ne me lâche pas d'une semelle : elle m'oblige à répéter de mon côté vu que je n'ai pas encore mémorisé une seule de nos chansons.

— Comment c'est, déjà ?

Je lui pose toujours la même question, c'est comme si on avait court-circuité ma fonction mémoire. Alors elle pousse une exclamation à mi-chemin entre un grognement et un hurlement inhumain avant de s'en aller en claquant la porte. Je n'arrive plus à fermer l'œil, je suis sûre qu'aucune fille n'a jamais vécu une pression pareille.

Demain soir à la même heure, on sera sur scène ! Au moins, je me suis déniché une tenue pour le concert. Je vais faire mes débuts live en uniforme de serveuse américaine rose et noir (ce n'est rien à côté de Pénélope qui a décrit sa tenue en ces termes : « reine du bal de promo version trash »).

Oh ! Et on a aussi des noms de scène. Je m'appelle Edie Evil, Pénélope a opté pour Reine des Casse-pieds (non, en fait, c'est Miss Pop mais je n'ai pas pu résister), Deborah s'est rebaptisée Dame Deborah Doubidou et Atsuko ne répond plus qu'au nom de Suzie Samouraï.

Euh, je crois que je suis un peu excitée...

31 octobre

Je suis une déesse de la guitare ! Je vais faire imprimer des cartes de visite à mon nom.

On a été géniales ! Personne n'a remarqué qu'on avait fait quelques fausses notes ni que Deborah avait renversé une pinte de bière sur mes fringues dans le feu de l'action, tandis qu'on sautait dans tous les sens et qu'on chantait à tue-tête en prenant un accent américain ridicule. Pénélope a été... elle a été renversante. Elle nous a portées jusqu'à la fin. À la regarder bouger et chanter, j'avais envie d'être elle.

On est juste le groupe qui l'accompagne : c'est le Pénélope Show. Mais elle y met tant de passion qu'en la voyant rayonner sur scène, j'ai compris pourquoi elle nous avait si souvent reproché de ne pas prendre le groupe au sérieux. Je sais que, dans cinq ans, je serai interviewée par une équipe de MTV à l'occasion d'une émission consacrée à Pénélope et je ne lui en voudrai pas d'être devenue une célébrité cool et adulée, parce qu'elle m'aura permis de faire partie du voyage. Je ne suis pas certaine qu'elle se montrera aussi magnanime.

— Je vous présente Edie Evil. D'accord, ce n'est pas une très bonne guitariste, mais n'est-elle pas mignonne ? a-t-elle expliqué au public.

Après le concert, j'ai retrouvé Jim qui m'attendait. J'étais si extatique que je me suis jetée sur lui pour l'embrasser.

— Je vais devoir me dégotter un tee-shirt avec le slogan : « Fan du groupe », a-t-il annoncé, une fois qu'on a rejoint les autres au bar.

— Mmm, il faut absolument qu'on imprime nos

tee-shirts, a décrété Pénélope qui semblait sur le point d'imploser. Ou alors des parapluies. Ou des barrettes. C'est vrai, quoi, les tee-shirts, c'est nul.

C'était très bizarre : des étrangers venaient nous demander quand avait lieu notre prochain concert et si on avait sorti un CD. J'avais l'impression d'être à côté de mes pompes mais c'était plutôt agréable. Le bras de Jim m'entourait la taille, je voyais Pénélope étreindre Grace, Atsuko et Deborah faire de l'œil à une bande de types, Alice et Paul nous saluer de l'autre côté de la salle, et je me sentais chez moi. Je faisais partie d'une nouvelle famille.

2 novembre

Aujourd'hui j'ai rencontré le fameux nouveau colocataire. Il s'appelle Jessie et je comprends mieux pourquoi mes copines se liquéfient lorsqu'on aborde le sujet.

On dirait le résultat d'une expérience de clonage où l'on aurait fusionné Jude Law et Kurt Cobain. Il a des cheveux blonds peroxydés coiffés en pétard, des yeux bleus de la couleur de la veste en jean usée de Jim, un joli petit nez piqué de quelques taches de rousseur et, pour pimenter le tout, un sourire moqueur et le sens de l'humour qui va avec. Si mon cœur n'était pas déjà pris, je serais raide dingue de lui.

Je suis donc entrée dans le salon comme une tornade, j'ai lancé à la tête de Jim le sachet de chips au vinaigre qu'il m'avait demandé d'apporter et je suis tombée en arrêt, bouche bée, devant Jessie vautré sur le canapé.

— Je te présente Edie, la poulette de Jim, a lancé

Simon en entrant à ma suite. Je te conseille d'apprendre à l'apprécier, vu qu'elle habite quasiment ici. Fais gaffe, Edie, tu baves.

La remarque de Simon m'a ramenée aussi sec à la réalité. Je l'ai foudroyé du regard.

— Je ne suis pas la poulette de Jim, merci bien.

— Poulette, moitié, bobonne, meuf, quel que soit ton nom, je suis ravi de te rencontrer, a enchaîné Jessie avec un accent irlandais ensorcelant.

Je crois que j'ai laissé échapper un petit couinement admiratif. Jim m'a lancé un coup d'œil exaspéré qui m'a fait culpabiliser aussitôt.

— Je t'ai acheté des chips, ai-je annoncé pour lui rappeler à quel point j'étais dévouée.

Il n'a pas eu l'air très impressionné.

— Ma copine Pénélope a un faible pour toi, ai-je poursuivi à l'intention de Jessie, histoire de meubler la conversation et de calmer Jim.

Jessie s'est redressé.

— Elle est mignonne ?

— Super-mignonne et très cool. C'est la chanteuse guitariste de notre groupe, Mellowstar. Il faut que tu la rencontres.

— J'adore les rockeuses, a déclaré Jessie, aux anges.

Puis il a pris une gorgée de Coca avant de laisser échapper un rot monstrueux. Et je me suis dit que, d'accord, il était beau comme un dieu mais qu'il se conduisait comme un porc. Jim était bien plus séduisant que lui. Je me suis lovée sur les genoux de mon amoureux et j'ai déposé un gros bisou baveux sur sa joue malgré les commentaires grossiers des autres devant cet étalage d'affection.

5 novembre

Jim est très absorbé par son œuvre. Sa première grande expo organisée par l'université a lieu bientôt et il est plus intéressé par sa sculpture interactive de la famille Pierrafeu (pas de questions, s'il vous plaît) que par toute interaction avec moi. J'ai dû aller à la fête d'Atsuko avec Nicolas parce que monsieur était trop occupé à modeler un énorme vase en papier mâché.

À part ça, son appart est devenu le rendez-vous préféré de mes copines qui espèrent tomber sur Jessie en sous-vêtements. Cela m'est arrivé et, franchement, miam-miam. Mais bien que je lui reconnaisse des atouts physiques indéniables, rien ne se compare à Jim quand il me tient la main pendant qu'on attend le bus ou quand son visage s'éclaire dès qu'il m'aperçoit.

J'ai même surpris Alice en train de se rincer l'œil ce matin. Arrivée avec Paul, elle l'a envoyé acheter du lait à l'épicerie du coin et, pendant ce temps, elle est restée à baver sur Jessie qui déambulait torse nu dans la cuisine.

Une des particularités de Jessie, c'est son exubérance : il me fait penser à un chiot surexcité. Les garçons n'arrivent même pas à lui en vouloir, bien que toutes les filles lui fassent les yeux doux. La plupart du temps, Jessie ne s'en aperçoit pas (j'en viens à me demander s'il s'est déjà regardé dans un miroir) ou alors il raconte à grand renfort de blagues cochonnes qu'il est en manque de sexe.

Si Pénélope apprend que j'ai vendu la mèche à Jessie, on retrouvera mon corps éparpillé à travers la ville.

11 novembre

Aujourd'hui c'était très calme, au café. Après la bousculade du déjeuner, l'endroit était désert. Avec Pénélope, on était en train de réapprovisionner les tables en ketchup tout en surveillant du coin de l'œil une bande d'ados horribles en survêtement, avec plein de boutons sur la figure, quand Jessie est entré.

— Salut, Edie ! Comment ça va, ma belle ?

Il a fait le tour du comptoir pour m'embrasser sur la joue, sous l'œil médusé de Pénélope qui s'est rapidement détournée et a fait semblant de se passionner pour l'ardoise des plats du jour. Elle aurait été convaincante si elle n'avait pas piqué un fard énorme.

— Jessie, je ne t'ai pas présenté Pénélope, ma meilleure amie, si ? ai-je demandé de but en blanc. C'est l'une des membres de notre groupe.

Jessie a commencé à jauger Pénélope, qui lui tournait toujours le dos. Il s'est approché pour l'observer de près.

— Qu'est-ce que tu regardes ? a aboyé Pénélope, à ma grande surprise.

Sa philosophie du flirt se résume à la considération suivante : tous les hommes sont des égoïstes et des bons à rien qu'on s'envoie en cinq sec à condition qu'ils aient payé le dîner avant. Il faut dire qu'elle a vécu une rupture éprouvante avec un type de son précédent groupe avant que je la rencontre.

— Toi, a répondu Jessie d'un ton jovial sans se laisser démonter par les mauvaises manières de Pénélope.

— Edie m'a dit que tu étais mignonne mais...

— Vous avez parlé de moi ?

Ouille ! Elle avait sa voix de serial killer ; j'espérais seulement que Tony l'Italien aurait débarrassé la cuisine de ses couteaux.

— J'ai peut-être mentionné ton nom au passage, ai-je déclaré d'un ton désinvolte.

— Oui, elle a dit que tu avais le béguin pour moi, a poursuivi Jessie en lorgnant ostensiblement ses seins.

— C'est pas vrai, ai-je pleurniché.

— Je vais te massacrer !

— Alors, tu veux sortir avec moi, un de ces soirs ?

Jessie n'avait pas percuté une seconde que je risquais d'être réduite en bouillie.

— Pourquoi je sortirais avec toi, d'abord ?

C'est tout ce que Pénélope a trouvé à répondre. Pourtant Jessie la contemplait d'un air pâmé.

— Parce que j'ai un faible pour les petites pestes dans ton genre et que je suis un coup d'enfer, a-t-il répondu après une pause.

Pénélope a regardé l'entrejambe de Jessie en levant les sourcils comme pour suggérer qu'elle mettait en doute cette affirmation.

— O.K., tu m'as convaincue, a-t-elle soupiré. Je veux bien t'accorder une heure ou deux. Maintenant, arrête de reluquer mes seins ou je t'en colle une.

— Tu es ma femme idéale, a susurré Jessie. Je vais te traiter comme une princesse.

Pendant une petite seconde, Pénélope lui a fait son plus beau sourire et Jessie a dû tomber fou amoureux sur-le-champ. Puis elle a repris une expression renfrognée avant de déclarer :

— Edie étant déjà notre princesse, il va y avoir des

problèmes de copyright. Tu ferais mieux de me traiter comme une déesse.

Jessie n'a aucune chance d'en réchapper.

15 novembre

Jim manque toujours à l'appel. Il est venu au café cet après-midi. J'allais faire une pause, histoire qu'on puisse s'embrasser ou discuter un peu, au moins, mais il a dit en m'ébouriffant les cheveux :

— Je ne peux pas rester, je suis juste passé te faire coucou !

Et il a disparu, non sans avoir d'abord englouti un sandwich jambon-fromage.

18 novembre

Pénélope a rencard avec Jessie ce soir. Elle semblait beaucoup plus agitée qu'à l'ordinaire : elle a sorti du placard un vêtement après l'autre – robe à paillettes, tee-shirts vintage. Avec Grace, on faisait des commentaires, affalées sur le lit :

— Elle est un peu trop décolletée pour un premier rendez-vous, tu devrais la choisir.

Ou encore :

— Le haut vert signifie « coquine mais timide ». Mets-le si tu veux que Jessie l'enlève !

Elle a fini par nous flanquer à la porte en menaçant de nous démembrer puis de jeter nos dépouilles dans le canal.

Ils ont prévu d'aller voir jouer un groupe de rock dénommé Death Cab For Cutie puis de sortir en boîte si Jessie n'enfreint pas les règles de bonne conduite établies par Pénélope pour un premier rendez-vous.

Elle a un seuil de tolérance hyperbas en ce qui concerne les garçons. Ou du moins c'est ce qu'elle voudrait nous faire croire.

Après la séance de stylisme-conseil, je suis allée au cinéma avec Grace. Elle soigne sa timidité à la vitesse grand V. En fait, on ne l'arrête plus, un vrai moulin à paroles. Et elle est drôle ! Qui l'aurait cru ?

Le film était super-nul mais elle a passé la plus grande partie de la séance à me murmurer à l'oreille des commentaires sarcastiques. J'ai bien failli m'étouffer avec mon pop-corn.

En sortant du ciné, on est tombées sur un garçon que j'ai dû croiser au magasin de disques. Il est venu vers nous, a ouvert puis fermé la bouche à deux reprises, a marmonné un bonjour puis a trébuché en prenant la fuite.

— Qu'est-ce que c'est que ce type ? ai-je demandé à Grace.

Elle était aussi rouge et troublée que Pénélope le jour de sa rencontre avec Jessie. Je lui ai donné un coup de coude.

— Il est plutôt mignon dans le genre débraillé. Ses fringues sont trop grandes pour lui mais on doit pouvoir arranger ça. Où l'as-tu rencontré ?

— Edie ! Arrête ! s'est écriée Grace.

Puis elle a refusé de m'adresser la parole pendant au moins cinq minutes.

Si je réussis à caser à la fois Pénélope et Grace le même mois, mon karma amoureux va exploser le plafond. Et peut-être que Jim acceptera de rester dans la même pièce que moi. On ne sait jamais.

30 novembre

Aujourd'hui, je me suis noyée dans une grosse déprime. J'ai calculé que je suis installée chez Pénélope depuis presque deux mois : cette situation ne peut pas durer éternellement. Trois possibilités : a) rentrer chez moi et subir l'humeur fluctuante de ma mère ; b) m'installer avec Jim, mon petit ami invisible ; c) investir tout mon salaire dans un loyer.

À propos de Jim, j'étais justement en train d'avoir une énorme dispute avec lui dans ma tête en fermant le café, lorsque je l'ai aperçu sur le seuil.

— Salut, toi.

— Pardon, à qui ai-je l'honneur, déjà ? ai-je répondu en lui tournant le dos pour chercher les clés.

Il s'est glissé derrière moi et m'a prise dans ses bras.

— Je sais, je sais, m'a-t-il chuchoté à l'oreille en me serrant si fort que je ne pouvais pas m'échapper. Je suis un crétin égoïste qui néglige sa super-copine. Je mérite le fouet.

— Il va falloir trouver mieux, ai-je grommelé.

En réalité, j'avais déjà craqué en sentant son corps contre moi.

— J'ai prévu une soirée chocolat/DVD romantiques, a-t-il murmuré. Mais d'abord, je vais passer les prochaines heures à te couvrir de baisers.

Je me suis tournée pour lui faire face. Il m'a interrogée du regard.

— Alors, je suis pardonné ?

— Je vais y réfléchir, ai-je répondu en faisant semblant de bouder (ce qui revient au même que quand je boude vraiment). Il va falloir que tu te traînes à mes pieds. Et que tu m'achètes des tas de cadeaux. Un diadème fera l'affaire, pour commencer.

— Et si je payais ma dette à coups de gentillesse ? a demandé Jim avec un sourire malicieux.

— Non, ai-je déclaré après réflexion. Je préfère les diamants. J'irais m'en procurer maintenant si j'étais toi.

Jim m'a coincée contre le mur en me tenant la tête des deux mains pour que je le regarde bien dans les yeux (qui brillaient d'une lueur coquine). Mes pauvres efforts pour résister à l'envie de lui demander un acompte sur les baisers qu'il m'avait promis n'ont servi à rien.

— Et si tu m'embrassais au lieu de bouder ? Je suis sûr qu'on peut trouver un arrangement, a-t-il susurré avant de se pencher vers moi.

Plus jamais je n'essaierai d'extorquer un diadème à quelqu'un.

9 décembre

Salut, cher petit journal. Je t'ai manqué ? J'ai une bonne raison de ne pas avoir écrit depuis des lustres, en dehors de la routine boulot/répètes/Jim. Je me suis occupée de mon déménagement ! Je ne retourne pas chez les parents, pas question. Je les adore, mais maintenant que j'ai goûté à la liberté, ce serait trop dur de revenir vivre avec une femme qui essaie de boutonner mon manteau chaque fois que je sors.

Je m'installe dans MON chez-moi ! Ou presque. Je vais vivre dans l'appartement au-dessus du café avec Pénélope, Alice et Paul. Anna a fichu dehors ses locataires qui ne payaient pas leur loyer et elle nous fait un prix parce qu'on est des anges et qu'elle ne veut pas laisser l'immeuble vide la nuit. Elle a ajouté que c'était le seul moyen de s'assurer que Pénélope et moi, on arrive à l'heure au travail. Je ne vois pas de quoi elle parle.

Mes parents ont accueilli la nouvelle avec calme, contrairement à ce que j'avais prévu. Je les soupçonne, à force d'avoir la maison pour eux seuls, d'y avoir pris goût.

Mon père a dû expliquer à ma mère qu'il ne restait plus que quelques mois avant mon départ pour l'université, bref, que me réinstaller à la maison ne servirait qu'à repousser l'échéance fatale et que, de toute façon, elle aurait du chagrin quand je partirais pour de bon.

La bonne nouvelle de l'année, c'est qu'ils me payent mon loyer. Un peu comme s'ils sponsorisaient un projet visant à vérifier que je suis capable de me débrouiller seule.

Avec Jim, on a évoqué l'idée de s'installer ensemble mais on en est vite arrivés à la même conclusion : il me tuerait à force de trouver mes vêtements roulés en boule par terre, pour peu que je ne l'aie pas déjà trucidé un matin où il se serait montré particulièrement bruyant et guilleret.

On a dépassé le stade où on est scotchés l'un à l'autre. Maintenant, chacun a ses propres projets à mener. Du coup, les retrouvailles sont encore plus excitantes. Quand je m'aperçois que j'avais oublié à quel point ses yeux sont verts ou encore qu'il porte une nouvelle chemise, je constate avec bonheur qu'il me reste encore des facettes de sa personnalité à découvrir.

Oh là là, je suis en train de virer gnangnan. Il faut que je me surveille.

17 décembre

Cette dernière semaine, j'ai dû jongler avec le boulot, les répètes et le déménagement. Bref, je n'ai pas eu le temps de noircir des pages. Je crois que Jim est secrètement soulagé qu'on ne soit pas installés ensemble, même si sa brosse à dents voisine avec la mienne en permanence, surtout depuis qu'on a déménagé tout mon barda dans ma petite chambre sous les toits. Il y en avait tellement qu'on a eu du mal à fermer la porte. Maintenant, c'est le paradis quand il reste dormir : pas de risque que la mère de Pénélope ou l'un des garçons fasse irruption dans la pièce alors qu'on est en train de faire des trucs irracontables (comme se vernir les ongles de pied à tour de rôle).

— Tu crois qu'on est devenus un petit couple pépère ? lui ai-je demandé en déballant mon troisième sac de vêtements tandis qu'il suspendait ma guirlande électrique.

En signe de protestation, Jim m'a lancé une paire de chaussettes roulées en boule à la figure.

— Je fais des sculptures alimentaires et tu échafaudes des théories sur les sacs en plastique, la prochaine espèce dominante, a-t-il ironisé. Je ne crois pas que « pépère » soit l'adjectif qui convienne.

— Évidemment, vu sous cet angle... C'est vrai, on a chacun des projets. J'espère juste qu'on ne ressemble pas à Chandler et Monica.

— Non ! On est les anti-Chandler et Monica.

19 décembre

Hier soir, on a joué pour la deuxième fois à l'occasion de la fête de Noël de mon ancien lycée. Ça y est, on a une groupie, un gamin de quinze ans qui a essayé d'embrasser Pénélope après lui avoir offert un verre.

— Quand les poules auront des dents, a-t-elle aboyé avant de courir rejoindre Jessie.

Jessie, son nouveau petit ami, sans le savoir, entre dans son trentième jour de probation.

Notre chez-nous ressemble au vieil appart des garçons, vu que Jim, Paul et Jessie y passent le plus clair de leur temps. À une différence près : chez nous, ça sent bon.

À propos du concert, je crois qu'on gère mieux le look (on portait toutes un tee-shirt Barbie et un tutu par-dessus notre jean : euh... oui, c'est particulier, comme style) et les bavardages au micro entre les chansons que les chansons proprement dites. Pénélope préférerait sans doute qu'on mette la gomme sur la musique. Dans ce cas, elle devrait penser à s'associer avec de vrais musiciens plutôt qu'avec des amateurs.

En sortant de scène, je discutais avec Grace et Jim quand j'ai aperçu un visage familier.

— Grace ! C'est lui ! Le garçon du cinéma.

Jim a levé les yeux.

— Oh, c'est Jack. Il vient tout le temps au magasin.

Je lui ai donné un coup de coude.

— Appelle-le !

— Edie ! a marmonné Grace. Arrête !

Jim m'a adressé un clin d'œil avant de faire signe à Jack.

— Il s'amène, ai-je précisé à l'intention de Grace.

Mon commentaire était tout à fait inutile mais son air exaspéré m'amusait beaucoup.

Jack s'est avancé en traînant les pieds. Franchement, il est plutôt mignon. Il a un visage fin, de grands yeux marron et une masse de cheveux blonds qu'il est toujours en train de repousser en arrière.

— Euh... salut, Grace, a-t-il dit tout bas.

Grace a répondu par un grognement.

— Moi, c'est Edie, ai-je crié par-dessus la musique. Comment tu connais Grace ?

— On est ensemble en cours d'anglais, a marmonné Jack en lui jetant un regard par en dessous.

Puis il a détourné les yeux comme s'il venait de se faire pincer en flagrant délit de vol à l'étalage. Je l'ai encouragé d'un sourire.

— Je fête Noël et ma pendaison de crémaillère la semaine prochaine. Tu veux venir ?

Jim a secoué la tête avant de faire le geste universel du couperet sur la gorge, mais je l'ai ignoré.

Grace fixait obstinément le mur en face d'elle tandis que Jack la dévorait des yeux.

— Alors ? ai-je insisté.

Jack a reporté son regard sur moi.

— Euh... oui, ce serait cool.

— Je te ferai passer une invitation par Grace, ai-je décrété avant de suivre Jim qui me tirait par la main.

Je n'avais pas d'autre choix : c'était ça ou il m'arrachait le bras.

— Arrête, a-t-il menacé. Ne t'en mêle pas.

Il m'a lancé un regard lourd de sens. Ce n'est pas celui que je préfère : il trahit à la fois la déception et la désapprobation.

— Oh, ne t'énerve pas. Ça ne t'a pas posé problème de l'appeler, ai-je répondu en tripotant mon diadème en toc.

Jim m'a aidée à le remettre en place puis a passé ses doigts dans mes cheveux.

— Laisse Grace s'occuper de ses affaires de cœur, O.K. ?

— C'est ça, et elle finira vieille et seule avec une tripotée de chats.

Jim a levé les bras au ciel.

— J'abandonne. De toute façon, c'est impossible de se disputer avec quelqu'un qui porte un tutu. Ça manque de dignité, je trouve.

23 décembre

Grace ne m'a toujours pas pardonnée, même aujourd'hui, jour de fête. Mais je ne vais pas me laisser démonter pour si peu.

— Il est adorable, lui ai-je dit pendant qu'elle m'aidait à déballer des tonnes de biscuits d'apéritif.

Le reste de la troupe était parti s'approvisionner en alcool. Je n'ai d'ailleurs pas compris pourquoi ils avaient besoin d'être cinq : sans doute une ruse pour me refiler la corvée d'aspirateur.

— Je ne t'écoute pas ! s'est écriée Grace.

— Allez, avoue qu'il te plaît. En tout cas, toi, tu lui plais. Où est le problème ?

— C'est juste... Oh, tu sais... Je n'ai, hum, jamais... embrassé quelqu'un, enfin, un garçon, avant, a bredouillé Grace. Excepté Hugues mais il ne compte pas.

— Tu n'es pas obligée de l'embrasser, ce serait sympa de discuter pour commencer.

Grace a piqué son énième fard et a refusé d'ajouter un mot.

Au fait, pourquoi personne ne m'a prévenue que c'était Noël dans deux jours ? Je vais devoir acheter tous mes cadeaux au supermarché du coin en espérant que mes proches y verront une marque d'humour et non la solution d'une fille qui s'y prend toujours à la dernière minute.

23 décembre (plus tard)

Note perso : recevoir ses amis, c'est nul. J'ai à peine eu le temps de me pomponner entre le ménage et les préparatifs. Et quand j'ai enfin pu accéder à la salle de bains, les autres avaient vidé le ballon d'eau chaude. Si c'est ça l'indépendance, non merci.

J'étais encore sous la douche quand les premiers invités sont arrivés : j'ai dû me réfugier dare-dare dans ma chambre en serrant ma serviette contre moi. J'ai enfilé en quatrième vitesse un jean et le nouveau top vintage en satin qu'Alice m'a prêté puis je me suis maquillée à la hâte. D'habitude, je passe des heures à me préparer pour finalement avoir l'air de sortir du lit. Il y a une énorme différence.

J'avais prévu de faire circuler les saucisses cocktail en boostant l'ambiance à grand renfort de remarques spirituelles et de rires cristallins. En fait, j'ai dû distribuer les boissons et m'assurer que personne ne vomissait sur une surface difficile à nettoyer. Grace et Jack, installés le plus loin possible l'un de l'autre, n'ont pas ouvert la bouche de la soirée. J'avais envie d'en prendre un pour cogner sur l'autre.

J'ai fait un énième crochet par la cuisine pour

dénicher des glaçons. J'étais en train d'inspecter le bac à glace dans le freezer quand j'ai senti deux mains se glisser autour de ma taille et une bouche tiède me mordiller le cou.

— Dégage !

Je me suis retournée : c'était Jim.

— Oh, c'est toi, ai-je marmonné. Cette soirée est un désastre : Jack et Grace n'ont pas échangé un mot, Will a vomi par la fenêtre, je n'ai plus de glaçons et...

Jim m'a fait taire en me collant contre le mur pour m'embrasser jusqu'à ce que j'en perde la tête.

— Mais... ?

Il a mis un doigt sur mes lèvres puis il m'a emmenée dans ma chambre en me tirant par la main.

— Mais la fête... ai-je protesté.

— C'est bien toi qui avais peur de devenir plan-plan, non ? a répondu Jim avec un sourire carnassier.

J'adore mon indépendance.

31 décembre

Quelle année bizarre et interminable j'ai passée ! L'an dernier, à la même époque, Jim était encore avec Clotilde. J'étais allée à cette horrible fête chez les garçons au cours de laquelle j'avais réussi à embrasser Jim et Hugues en l'espace d'un quart d'heure.

Après, j'avais vécu des mois de stress. Jim et Hugues m'ont tellement menée en bateau que je peux m'estimer heureuse de ne pas avoir perdu la boule.

Le plus drôle, c'est que j'ai pardonné à Jim. Je lui ai pardonné au point que je ne remets même plus le passé sur la table quand on se dispute. Cette période m'a permis de grandir. Je ne suis plus cette gamine naïve qui s'était entichée d'un garçon. Je ressemble davantage à la fille que j'ai toujours voulu être.

Maintenant, j'ai de super-projets d'avenir. Je sais ce que je veux faire quand je serai adulte (et c'est pour bientôt, à mon avis).

J'attends des nouvelles des universités que j'ai contactées et j'ai plus ou moins pris la décision d'étudier la littérature anglaise et le français, voire de m'installer à Paris pour un an.

Et j'en reviens toujours à Jim parce que je crois qu'on est partis pour faire un bout de chemin ensemble. Je l'aime de tant de façons différentes. D'abord, il me plaît, je lui plais aussi et on continuerait à s'embrasser même si le monde s'écroulait. Mais je l'aime aussi d'un amour profond, comme s'il faisait partie de moi, comme si on respirait au même rythme. Ce que j'essaie maladroitement d'expliquer, c'est que je n'aurais jamais imaginé arriver au terme de cette année avec, à mes côtés, quelqu'un (ne parlons même pas de Jim !) qui compte plus à mes yeux que moi-même.

15 janvier

J'ai l'impression que je m'y suis prise comme un manche pour expliquer ce que je ressens. Jim m'a appelée un peu plus tôt dans la journée et je crois que notre conversation téléphonique rend compte de ce que je n'ai pas su formuler. En tout cas, elle témoigne de notre complicité.

— Bonjour, Anna's Café, j'écoute.
— Salut, toi.

— Salut ! Je croyais que tu consacrais la journée à ton œuvre.

— J'ai la crampe de l'artiste.

— C'est quoi, la crampe de l'artiste ?

— C'est comme la crampe de l'écrivain sauf que ça n'affecte que les artistes. Tu es occupée ou tu as une minute pour discuter ?

— Oh, c'est désert, ici. Ça s'est vidé après le déjeuner. Là, Pénélope fait la vaisselle pendant que je remplis les tomates de ketchup.

— Les quoi ?

— Tu sais, ces espèces de tomates en plastique rouge où on met le ketchup.

— Ah, ces trucs-là ! Bon, tu peux me parler, alors ?

— Oui, Anna est chez le grossiste et Tony l'Italien est allé faire un tiercé.

— Je m'ennuie, Edie. Tu ne pourrais pas prendre ton après-midi pour qu'on aille au ciné ?

— Oh ! On pourrait retourner voir *Lost In Translation* ! Euh... non, je ne peux pas partir comme ça.

— Tu n'as qu'à prétendre que tu es malade.

— Anna va monter vérifier. Et là, ça va être ma fête.

— C'est l'inconvénient d'habiter au-dessus de son lieu de travail. Bon, tu veux aller voir *Lost In Translation* après le boulot ? Je passe te chercher.

— Oui, bonne idée, et puis on pourrait sortir manger un morceau après.

— O.K. Allez, maintenant, parle-moi.

— Justement, j'ai un truc à te dire. Mais tu ne vas pas être content.

— Je crains le pire. Tu ne me plaques pas, j'espère ?

— Bien sûr que non, idiot ! C'est juste que... j'ai

reçu une lettre de l'université de Londres concernant mon inscription en première année de français : ma demande est acceptée.

— Oh.

— Oui ?

— Je savais que ça finirait par arriver. Je me disais seulement que si j'évitais d'y penser, le problème se réglerait de lui-même.

— Tu sais, je ne commence pas les cours avant septembre et on va passer l'été aux États-Unis, et puis il ne te reste qu'une année à faire ici : tu as parlé de t'inscrire en maîtrise à Londres. En gros, on ne restera séparés qu'un an, et puis j'aurai de longues vacances et on pourra toujours...

— Bon sang, Edie, tu vas finir par faire de l'hyperventilation si tu ne reprends pas ton souffle.

— Ne m'en veux pas, Jim.

— Je ne t'en veux pas mais je ne peux pas m'imaginer à quoi ressemblera la vie sans toi à mes côtés.

— Je sais. Je ressens la même chose.

— Bon. Et qu'en pense ta mère ?

— Elle s'inquiète déjà à l'idée que je déménage à Londres et que je travaille comme strip-teaseuse entre deux cours pour payer le loyer. À part ça, elle a l'air assez contente.

— Au moins, je t'aurai pour moi tout seul jusqu'à la fin du mois de septembre.

— Et même après.

— Oui, je sais. Je suis ravi pour toi mais il va me falloir du temps pour m'habituer à ton absence.

— J'ai entendu parler d'une invention fabuleuse qui s'appelle le train. Si tu donnes de l'argent au gentil monsieur, il te laisse monter dedans et il t'emmène jusqu'à Londres.

— Hé, c'est qu'on est spirituelle !

— Et puis, septembre, c'est loin.

— Sûr. D'ici là, je ne vais pas arrêter de t'embrasser, de te câliner et de te faire des trucs censurés pour compenser toutes les fois où on ne sera pas ensemble.

— C'est adorable.

— Mais je suis adorable, voilà pourquoi tu sors avec moi.

— Ah oui, c'est pour ça ! Je me disais bien qu'il y avait une raison. Oh, comment j'ai pu oublier ! Devine qui est venu déjeuner au café ?

— Aucune idée. Randolph, l'homme tronc ?

— Mais non ! Grace et Jack !

— Seuls ? Comme un couple ?

— Ils étaient toute une bande du lycée. Mais ils se sont assis l'un en face de l'autre.

— Est-ce qu'ils ont réussi à articuler une phrase entière et à se regarder dans les yeux ?

— Non, tu les connais, mais ça viendra.

— Ne recommence pas à jouer les entremetteuses. Laisse-les se débrouiller seuls.

— Pff, si je les laisse, ils seront à la retraite avant d'avoir osé se dire bonjour.

— Un peu comme toi. Si je n'avais pas fait le premier pas, on ne serait jamais sortis ensemble.

— N'importe quoi ! Il a fallu que je te harcèle.

— Je me faisais désirer. J'aurais fini par céder.

— Ouais, c'est ça... Heu, Jim ?

— Tu es toujours là, Edie ?

— Anna est rentrée. Faut que j'y aille.

— Je passe te prendre à cinq heures ?

— O.K. À tout à l'heure.
— Oh, j'allais oublier : j'ai prévu plein de câlins au menu de ce soir, alors pense à emporter ton baume à lèvres.
— Salut, Jim.
— Salut, Edie.

Entre Jim et moi, ça marche du tonnerre.

21 janvier

Jim me rend dingue !

22 janvier

Je suis rentrée passer le week-end chez les parents : au moins, là-bas, il y a toujours de la glace dans le freezer, personne ne monopolise la salle de bains et, tandis que j'écris ces lignes, un chat mignon à croquer ronronne sur mes genoux et m'empêche de me concentrer. À part ça, personne pour m'embêter.

29 janvier

Je ne suis pas de ces filles qui n'existent que par et pour leur petit ami. J'ai une vie à moi. Et à ce train, ma vie à moi va me mener tout droit à l'asile.
Pénélope, qui compte accéder bientôt aux premières places du hit-parade, me harcèle pour que je travaille les morceaux toute seule. Et je dois aussi me la coltiner au petit déj, quand elle simule l'acte sexuel avec Jessie pendant que j'essaie d'avaler mes corn flakes.
J'ai du boulot par-dessus la tête. Je suis convaincue que toute cette huile de friture obstrue les pores de

ma peau. Au moins une fois par jour, je tombe sur un gros crétin joufflu qui essaie de faire de l'humour :

— Un peu de nerf, ma poule, on ne va pas y passer la nuit.

Et, comme je veux mon pourboire, je dois me fendre d'un grand sourire hypocrite qui me fait mal aux commissures des lèvres.

Mes parents me rabâchent des histoires de prêts étudiants et de résidences universitaires. Et si tu pars aux États-Unis cet été, tu risques de te retrouver au beau milieu d'une fusillade, bla-bla-bla...

Grace m'évite parce qu'elle n'a pas le cran d'affronter Jack et son béguin monstrueux pour elle. Même pour abréger les souffrances de ce pauvre garçon.

Et maintenant, Jim boude et râle du matin au soir (et aussi après la tombée de la nuit, pour tout dire) parce que j'ai l'audace de quitter la ville dans sept mois afin d'obtenir un diplôme.

Voilà, j'ai vidé mon sac et je ne me sens pas mieux pour autant.

11 février

Le dimanche, j'ai des réveils difficiles. Voire impossibles. Mais Alice a insisté pour qu'avec Pénélope et Grace on se lève à sept heures afin de dénicher des cadeaux de Saint-Valentin originaux. Elle vient juste d'obtenir son permis de conduire et a décidé d'organiser une virée jusqu'à Blackpool dans la Mini Metro de sa mère en roulant à deux à l'heure sur l'autoroute.

On n'a pas échangé un mot dans la voiture parce qu'Alice devait se concentrer sur la route. Je voyais ma vie entière défiler devant mes yeux chaque fois qu'elle freinait brusquement. Puis je me suis fait remonter les bretelles : je tressaillais toutes les deux minutes et ça la déconcentrait. Le voyage a été rude. J'avais les jambes en coton en descendant de la voiture.

— Qu'est-ce que tu vas offrir à Jim ? m'a demandé Alice tandis qu'on traînait parmi les stands installés dans une cour d'école.

J'ai haussé les épaules.

— Un truc kitsch qui l'amusera. Il est dans tous ses états depuis que je lui ai annoncé que je partais étudier à Londres à la rentrée.

— Oui, il passe son temps à soupirer en la regardant avec des yeux de merlan frit, a ajouté Grace. C'est trop mignon.

— Je crois que je préférais quand elle la fermait, ai-je grommelé à l'intention de Pénélope qui souriait d'un air condescendant.

— Je vais jeter un coup d'œil aux fringues. J'ai besoin d'une nouvelle tenue de scène, a-t-elle lancé. Allez, Grace, amène-toi.

J'ai acheté un super-cadeau à Jim, et puis des sandwichs à un vendeur ambulant sur le chemin du retour, qui doivent figurer parmi les sept merveilles du monde. À moins qu'il y en ait huit ?

C'est malin ! Je vais devoir me creuser les méninges pendant le reste de la journée.

14 février (avant le petit déj)

Jim a dormi chez moi et je l'ai réveillé avec son cadeau de Saint-Valentin, un réveil orné d'une fille très années cinquante qui fait du houla-hoop. Mais même la figurine en plastique qui houla-hoopait sur l'air de la *Cucaracha* n'a pas réussi à lui arracher un sourire.

Il a poussé un grognement avant d'enfouir la tête sous l'oreiller.

— Jim ! ai-je râlé en lui donnant un coup de coude.

— C'est très mignon, comme cadeau, Edie, mais chaque matin, quand je me réveillerai, tu seras à Londres et il me fera penser à toi, a-t-il marmonné.

Puis il a sorti de dessous le lit un petit sac en plastique qu'il m'a tendu. Le tout en gardant les yeux fermés. Et c'est moi qui ne suis pas du matin !

Jim avait demandé à un de ses copains artistes de me confectionner une jolie bague en argent avec de petits cœurs en émail rose. Il y avait joint une carte de son cru. Jim me fabrique toujours une carte pour célébrer un événement particulier et je piquerais une crise énorme s'il décidait d'arrêter. Sur celle-ci, il m'avait dessinée avec mon diadème sur lequel il avait collé des brillants. À l'intérieur, il avait écrit : « J'aime Edie comme un gros gamin aime les gâteaux. »

Waouh (répéter autant de fois que nécessaire) !

Je me suis précipitée pour le remercier d'un baiser mais il s'était déjà rendormi.

14 février (après le petit déj)

À vrai dire, la Saint-Valentin, ça a toujours été nul jusqu'à présent. C'est la première fois en trois ans que Jim et moi, on est vraiment ensemble et pas en train de se faire la tête/de souhaiter la mort de l'autre/d'échanger des baisers sans conviction (rayer la mention inutile). Ce soir, on donne un concert. Précision : on joue à l'occasion d'une soirée anti-Saint-Valentin.

Quand j'ai proposé qu'on annule le concert pour que je puisse rester avec Jim, les filles m'ont chambrée sans pitié traitée de bécasse.

14 février (après le concert)

Les neuf dixièmes de notre prestation ont été catastrophiques. Comme il s'agissait d'une soirée anti-Saint-Valentin, on a dû interpréter toutes nos chansons basées sur le thème « les hommes sont nuls ». Le hic, c'est que notre répertoire était plutôt mince. Tandis que j'essayais de me remémorer les accords de *He's A Lover (And He'll Never Be Any Good)* [1], je ne voyais que Jim, assis près de la scène, qui semblait au bord des larmes.

Je n'ai pas pu résister.

À la fin de la chanson, je me suis avancée devant le micro.

— Je sais que c'est censé être une anti-Saint-Valentin, ai-je commencé, en espérant que le bruit de mes genoux qui s'entrechoquaient ne couvrirait pas le son de ma voix. J'adhère au mouvement mais je voudrais dédicacer la chanson suivante au garçon qui fait la tête dans son coin, là-bas. Cette chanson est pour toi, Jim.

J'ai attaqué les premières mesures de *This Girl's In Love With You* [2] version thrash métal, une chanson

1. « C'est mon amoureux (mais il ne vaudra jamais un clou). » *(N.d.T.)*

2. « Cette fille est amoureuse de toi ». *(N.d.T.)*

que j'avais ébauchée dans la semaine avec Pénélope. Et j'ai réussi à arracher un sourire à mon amoureux.

Après le concert, on est tous partis en boîte. Jim avait retrouvé la pêche. Une pêche d'enfer. Il prétendait que cette dédicace l'avait mis mal à l'aise mais, d'après son comportement, il bluffait : tout était prétexte à m'emmener dans des coins sombres pour m'embrasser (ses fameux baisers-décharges électriques). Je me souviens vaguement avoir entraîné Pénélope et Grace sur la piste de danse. Et soudain, un énorme bouquet de fleurs sur pattes s'est dirigé vers Grace.

C'était Jack qui disparaissait presque derrière le plus gros bouquet de roses que j'aie jamais vu. Si Jim avait eu la même idée, j'aurais pleuré comme une midinette, mais Grace a poussé un petit cri horrifié avant de refuser les fleurs, et Jack a pris ses jambes à son cou.

Pénélope a sermonné Grace devant tout le monde en la traitant de « petite idiote égoïste et insensible », et Grace s'est enfuie à son tour. J'aurais dû me montrer un peu plus concernée mais Jim était déchaîné : il me mordillait le cou en m'énumérant dans des termes vagues tout ce qu'il comptait me faire en rentrant. Et puis Atsuko et Deborah n'arrêtaient pas de pointer leurs pistolets à eau sur nous, alors j'ai complètement oublié Grace et Jack.

Et en sortant de boîte à pas d'heure, devinez qui on a trouvé, assis sur le mur d'en face, en train de se partager un sachet de chips, l'air morose ? Grace et Jack.

19 février

Avec Jim, on vient d'avoir l'explication la plus terrible, la plus violente qu'on ait jamais eue. Enfin, je ne crois pas qu'« explication » soit le mot juste. Une explosion, plutôt, comme quand on jette de l'essence sur un feu. Maintenant tout est rentré dans l'ordre, enfin j'espère.

Entre deux bouderies à cause de mon départ (pas si) imminent à Londres, Jim a trouvé le temps de se procurer toutes les brochures imaginables concernant les vols internes et la location d'une voiture aux États-Unis. J'ai investi les bons-cadeaux que j'avais reçus à Noël dans plusieurs guides de voyage et on a commencé à planifier notre super-road trip.

À vrai dire, on n'a pas beaucoup avancé. On a déjà une idée des endroits qu'on veut visiter mais établir un itinéraire demande de l'organisation, une précision militaire et de la concentration, qualités qui nous font défaut à tous les deux.

— On devrait commencer par New York, ai-je décrété en examinant la carte que j'avais punaisée sur le tableau d'affichage au-dessus de mon bureau.

— Il vaudrait peut-être mieux commencer par Seattle, puis descendre, a objecté Jim en suivant du doigt un tracé imaginaire.

— Il faut procéder rationnellement, ai-je grommelé. Pff ! J'ai l'impression de retourner à l'école.

Je me retenais de jurer (j'ai appris qu'en situation de stress, il est préférable d'éviter les gros mots).

— Et si on dressait une liste des endroits qu'on veut visiter pour élaborer ensuite un itinéraire qui les relie ? La voilà, notre route !

Il commençait à prendre un ton un peu supérieur avec moi. J'ai essayé de l'ignorer, d'autant que ce n'est pas dans ses habitudes.

Je me suis contentée de hausser les épaules.

— Ouais, c'est peut-être une bonne idée. Un peu alambiquée, mais je n'ai rien d'autre à proposer.

On a rédigé notre liste de souhaits :

New York (les deux)
Seattle (Jim)
Portland (Jim)
Las Vegas (les deux)
Palm Springs (Edie)
Hollywood (Edie)
San Francisco (les deux)
Chicago (Jim)

C'est là qu'on a commencé à se disputer, tout ça parce que j'ai eu l'audace de préciser que, pour aller d'un point à l'autre, on allait traverser d'autres villes qu'il faudrait aussi visiter. J'ai peut-être un peu perdu mon sang-froid à un moment donné. Ça se compliquait tellement que j'en avais des maux de tête. Peut-être même que je me suis jetée sur mon lit pour marteler les oreillers de mes poings tandis que Jim me suggérait de grandir un peu. Mais je n'avais pas envie de grandir, et je suis restée à bouder, la tête dans mon oreiller, jusqu'à ce qu'il s'arrête de crier. Puis il s'est assis sur le lit et il m'a ignorée ! Alors que je souffrais ! J'ai boudé pendant encore trois secondes avant de lever la tête au prix d'un gros effort.

— Qu'est-ce que tu fabriques ?

— Je mets de l'ordre dans mon portefeuille en

attendant que tu aies fini de régresser. Tu en as encore pour longtemps ?

— Humph, ai-je grogné en m'appuyant contre le dos de Jim, même si ce n'est pas très confortable.

— Désolé, Edie, je ne parle pas le neandertal. Tu veux bien répéter ?

Je lui ai embrassé la nuque en essayant de l'attirer contre moi, mais soudain il était tendu, réticent.

— Fais-moi un câlin.

J'ai jeté un œil par-dessus son épaule pour voir ce qui monopolisait son attention.

— Qu'est-ce que c'est que ça ?

Jim contemplait une petite photo écornée.

— Rien, a-t-il répondu avec un peu trop d'empressement en essayant de la ranger dans son portefeuille.

J'ai été plus rapide que lui. Au moyen d'une prise pas très costaude mais efficace, j'ai réussi à la lui arracher.

— Rends-la-moi ! a crié Jim.

Je me suis levée du lit pour inspecter la photo.

— C'est toi et tes parents, c'est ça ?

Jim s'est jeté sur moi et m'a saisi le bras.

— J'ai dit : rends-la-moi ! a-t-il rugi.

Il ne plaisantait pas : le ton de sa voix était si menaçant que j'ai senti mes cheveux se dresser sur ma tête.

Il m'a pris la photo des mains, l'a glissée dans la poche de son jean et s'est dirigé vers la porte au pas de charge, pendant que je restais là, bouche bée, à me demander ce qui avait bien pu se passer pour qu'il se mette dans un tel état.

J'en étais encore à chercher une explication quand j'ai entendu claquer la porte d'entrée. Soudain j'ai eu le sentiment viscéral qu'un problème important, bizarre et potentiellement sérieux venait de survenir. Je me suis précipitée, pieds nus, jusque dans la rue. Je ne pouvais pas le laisser s'en tirer comme ça. Bien entendu, il fallait qu'il tombe des cordes.

Jim était déjà loin, minuscule silhouette et, même à cette distance, visiblement furax. J'ai couru après lui, le bitume détrempé me brûlait la plante des pieds.

— Jim ! Hé ! Hé !

Dur de courir et de s'époumoner en même temps. J'avais du mal à reprendre mon souffle, alors je me suis concentrée sur ma course.

Il se trouve que je galope comme un cheval. Qui l'aurait cru ? Jim avait atteint l'arrêt de bus en haut de la rue et vérifiait les horaires quand je l'ai rejoint. Comme je frôlais l'asphyxie, je me suis reposée une minute pendant que Jim m'observait, impassible, les bras croisés.

— Je ne comprends pas ce qui s'est passé, ai-je haleté en repoussant mes cheveux trempés de devant mes yeux. Si je t'ai mis en rogne, j'en suis désolée.

Jim avait la tête de quelqu'un qui vient d'avaler des lames de rasoir. La colère lui dilatait les narines et lui creusait les joues.

— Je sais que, parfois, je vais trop loin, et je te promets de ne pas te poser de questions au sujet de cette photo. Maintenant, est-ce que tu pourrais revenir, s'il te plaît ? Il faut qu'on règle le problème avant que la situation s'envenime et qu'on ne se parle plus et...

— Donne-moi une bonne raison de revenir, a demandé Jim sans grande conviction.

J'ai dû lutter pour ne pas lever les yeux au ciel.

Est-ce qu'il avait entendu un seul mot de ce que je venais de lui dire ?

Je l'ai supplié du regard mais ça ne l'a pas vraiment bouleversé. Il a quand même fini par se rapprocher de moi. Il a remonté le col de sa veste et a baissé les yeux vers le bas de son jean trempé. Moi aussi, j'étais trempée et je n'arrivais pas à savoir si c'était le froid ou la douleur qui m'engourdissait les pieds.

J'ai touché le bras de Jim.

— Allez, ce n'est pas la fin du monde, ai-je murmuré. On s'est disputés, point. N'en fais pas un drame sous prétexte que tu es en colère et que tu refuses de m'en expliquer la cause.

— C'est reparti, a répondu Jim avec un sourire sans joie.

J'ai levé les mains en signe d'impuissance.

— Très bien, comme tu voudras. Va-t'en.

Jim était toujours furieux : un chat au poil hérissé de colère, voilà à quoi il me faisait penser. Je tremblais à l'idée de la longue et douloureuse marche qui me séparait de l'appartement.

— À un de ces quatre, alors, ai-je lancé d'un ton désinvolte, comme si je m'en fichais, mais c'était tout le contraire.

Je ne savais pas si on traversait une crise passagère ou s'il venait de me plaquer pour une raison que j'ignorais.

Je me suis levée et, malgré la douleur qui me paralysait, j'ai marché. J'avais les pieds en sang.

Les cinq cents mètres à parcourir pour rentrer chez moi me paraissaient cinq cents kilomètres. J'ai cru sombrer comme le *Titanic* en réalisant que j'avais laissé mes clés dans l'appartement et que je devrais attendre sur le seuil qu'un des autres rentre.

J'avais l'impression qu'on me transperçait la plante des pieds avec des millions de pinces chauffées à blanc, de couteaux effilés et autres objets tranchants. Je me suis mise à pleurer. Mes larmes se confondaient avec la pluie. Je devais ressembler à un rat noyé.

La porte de mon immeuble était en vue mais elle me semblait si loin...

— Bon sang, Edie !

Soit c'était Jim soit je commençais à délirer. Non, c'était bien lui. Il m'a soulevée dans ses bras, ce qui aurait été très romantique (quoique ridicule) si je n'avais pas été gelée, trempée jusqu'aux os et mal en point. Avec le nez qui coulait par-dessus le marché.

— Pose-moi par terre, ai-je pleurniché. Tu vas te faire une hernie.

— Tu es une sacrée enquiquineuse, tu sais, a crié Jim.

J'ai hoché la tête lentement : après tout, il résumait bien la situation. Un peu radouci, il m'a embrassée sur le front.

— Tu peux prendre mes clés dans ma poche ?

J'ai réussi non sans mal à déboutonner la poche de sa veste en jean.

Jim a plié les genoux afin que je puisse atteindre la serrure.

— Maintenant, tu peux me lâcher, lui ai-je dit, une fois à l'intérieur.

Il m'a ignorée et, après avoir pris une grande inspiration, il a entrepris de monter les escaliers. Puis il a ouvert la porte de ma chambre d'un coup d'épaule et m'a déposée sur le lit avant de sortir de la pièce sans prononcer un mot.

Je commençais à croire que Jim était reparti pour de bon quand je l'ai entendu s'activer dans la cuisine.

À son retour, je me suis redressée pour examiner mes pieds sales et ensanglantés.

— N'y touche pas, a-t-il ordonné en posant une bassine remplie d'eau sur le sol. Tu ne ferais qu'aggraver les choses. J'ai mélangé l'eau avec de l'antiseptique.

Je me suis assise au bord du lit et, avec mille précautions, j'ai plongé mes pieds dans l'eau brûlante.

— Ouille, ouille, ouille !

Jim a fouillé parmi les babioles qui encombrent ma table de toilette avant de brandir ma pince à épiler. Je me suis décomposée.

— Oh non !

— Tu as des bouts de gravier enfoncés dans la chair. Il faut les enlever avant que tu chopes une infection.

— Ça m'est égal, ai-je répliqué avec colère en me rappelant que tout était SA faute. Je peux vivre avec une infection.

— C'est ça, a lancé Jim d'un ton calme, comme s'il s'adressait à un enfant attardé. Ensuite ça va gangrener et il va falloir t'amputer des deux pieds. Ne compte pas sur moi pour pousser ta chaise roulante...

Il a agité la pince d'une manière pas très engageante.

J'ai eu mal. Très, très mal. Jim s'est agenouillé devant moi et m'a enlevé un par un les bouts de verre et de gravier pendant que je me mordais les lèvres en agrippant la couette pour ne pas crier. Il me réconfortait comme il pouvait en me racontant... j'ai oublié.

Puis il m'a badigeonné les pieds d'antiseptique, m'a donné deux comprimés d'ibuprofène pour la douleur et m'a mise au lit.

— Ne me laisse pas, ai-je supplié, la voix cassée à force d'avoir pleuré.

Les mots sont restés suspendus dans l'air, quatre mots beaucoup plus désespérés, beaucoup plus lourds de sens qu'il n'y paraissait.

Jim s'est penché pour écarter mes cheveux encore humides de mon visage.

— Je ne vais nulle part. Enfin, juste à la cuisine.

J'ai frotté ma joue contre le dos de sa main. Elle était froide.

— Promis ?

— Promis. Désolé d'avoir fait tout ce cinéma, a-t-il dit avec un sourire piteux.

Je me suis pelotonnée sous les couvertures :

— Je croyais que c'était moi qui faisais du cinéma dans notre couple.

— Il va falloir qu'on établisse un roulement, a-t-il murmuré en se grattant la tête. Je suis trop lunatique, hein ?

— Tu l'as dit.

Il était de retour cinq minutes plus tard avec une tasse de chocolat chaud. Il avait même trouvé des mini-marshmallows qui flottaient à la surface du liquide.

— Miam ! me suis-je exclamée quand il a posé la tasse fumante sur la table de nuit avant de s'asseoir à côté de moi.

Il tenait la photo à la main.

— C'est moi quand j'avais cinq ans, a-t-il expliqué en me la tendant.

J'ai contemplé l'image floue d'un Jim miniature habillé comme un ringard (la photo datait des années quatre-vingt, les gens étaient tous ringards à cette époque).

— Et voici mon père et ma mère.

Ce n'étaient que des visages indistincts qui ne m'évoquaient rien.

J'aurais voulu tout savoir. Pourquoi son père les avait abandonnés, quand il l'avait vu pour la dernière fois, à quoi ressemblait sa mère quand elle souriait, à quelle époque les choses avaient basculé... Mais j'avais compris que je devais aborder le sujet sur la pointe des pieds et que le moment n'était pas venu. J'ai rendu la photo à Jim.

— Tu es très mignon là-dessus, ai-je observé, et il m'a fait un grand sourire plein de gratitude.

24 février

Aujourd'hui, j'ai réussi à porter des talons donc je présume que mes pieds sont officiellement guéris. Hourra ! D'un autre côté, je commençais à m'habituer à ce qu'un Jim rongé par la culpabilité m'obéisse au doigt et à l'œil.

Pendant ma convalescence, le salon est devenu notre antre favori. Même Grace daignait nous honorer de sa présence. À vrai dire, elle nous évite depuis qu'elle s'est rapprochée de Jack, le soir de la Saint-Valentin. Elle doit en avoir ras le bol qu'avec Pénélope, on la harcèle pour savoir s'ils en sont au stade conversation/rencard/french kiss.

— Franchement, vous me faites penser à l'Inquisition espagnole, toutes les deux ! a ironisé Jim après nous avoir observées en pleine action.

— On s'inquiète pour elle, c'est normal, a protesté Pénélope sans le moindre signe de remords. Tu es au courant que j'ai demandé à Jack de s'occuper de notre matériel ?

— Mais Jim et Jessie s'en occupent déjà, ai-je objecté. Hors de question qu'on le paie, celui-là.

Jim a commencé à s'agiter sur le canapé.

— Je te rappelle que vous ne nous payez pas non plus.

— Il ne manquerait plus que ça ! s'est indignée Pénélope. Jack a accepté parce que je lui ai dit que Grace serait là. On ne devrait embaucher que des amoureux transis, ils nous coûtent que dalle !

Jim s'est levé.

— Faut que j'y aille. On se voit samedi vu que, poussé par mon grand cœur d'amoureux transi, je porterai votre matériel, a-t-il lancé avec mauvaise humeur.

Je me suis levée à mon tour pour l'embrasser, mais il a marmonné quelques mots inintelligibles et il est parti.

— Qu'est-ce qui lui prend ?

Je me suis laissée retomber dans le canapé.

— C'est Londres, non ? Il recommence à déprimer.

— Mais il ne s'agit que d'un concert !

— Je veux parler de mon départ définitif dans six mois. Pas étonnant que je fasse de l'urticaire !

J'ai oublié de mentionner l'urticaire. Je suis couverte de plaques rouges. Rien de dramatique, ce n'est pas non plus la varicelle ou une allergie aux vêtements en fibre naturelle. Ma mère y a jeté un coup d'œil quand elle est passée me voir : après m'avoir fait enlever mon pull (parce que mon corps est sa propriété personnelle), elle a diagnostiqué un urticaire nerveux.

— Il n'y a pourtant pas de quoi stresser, a-t-elle déclaré rien que pour m'embêter. Tu ne sais même pas ce que ça signifie, le stress.

Quoi ? Essaie de bosser pendant la bousculade du déjeuner un jour où la friteuse est en panne. Ou d'attendre devant le cinéma un Jim obsédé par sa sculpture, qui a complètement oublié l'heure. Ou de passer en concert à Londres (rien que d'y penser, j'ai envie de vomir).

Bref, j'ai de l'urticaire.

3 mars

On a fait le voyage jusqu'à Londres dans le van du café. Jim conduisait. Jessie s'est installé sur le siège passager, pendant que le reste de la troupe, relégué à l'arrière, était dans un état proche de l'hystérie.

— Et si personne ne vient ou qu'on nous siffle pendant les morceaux lents ? a soufflé Atsuko.

— Et que le responsable se soit planté dans le planning ? a renchéri Deborah.

— Et qu'on ait oublié toutes les notes et toutes les paroles de toutes les chansons, me suis-je lamentée en me grattant frénétiquement la poitrine.

— Primo, arrête de te gratter, Edie, a répliqué Pénélope avec colère. Deuzio, on va assurer comme des pros. On ne leur demande pas leur avis, à ces snobinards de Londoniens, et on...

— Jim ! a râlé Atsuko. Monte le son de la radio, on entend toujours Pénélope.

Bien entendu, Pénélope s'est mise à bouder puissance mille. Jim faisait déjà la tête dans son coin. Grace et Jack se comportaient, euh... comme d'habitude. Atsuko et moi, on était au bord de la crise de nerfs, et Jessie se fichait royalement de tout.

Ô surprise, le concert n'a pas été si pourri. Mais l'ambiance après, par contre...

On a décidé de rester un peu pour voir les autres groupes malgré Jim qui n'arrêtait pas de parler dans sa barbe. Ou alors de grincer des dents. J'ai décidé de le laisser à ses occupations et je suis allée discuter avec le guitariste du groupe de la première partie, qui s'est lancé dans un discours technique assommant sur les pédales de volume. Les garçons, je vous jure ! Soudain j'ai senti quelqu'un me tirer par le bras.

— Jim ! ai-je protesté. Arrête !

J'ai essayé de résister mais Jim, qui avait visiblement décidé de laisser parler l'homme des cavernes en lui, ne voulait rien entendre.

— On s'en va. J'en ai marre et je vais pas rester planté là à regarder des types draguer ma copine, a-t-il aboyé en m'entraînant vers le van tandis que les autres nous suivaient en traînant les pieds.

Jim m'a ignorée pendant tout le trajet jusqu'à Manchester, mais il a dû passer la nuit chez moi parce qu'il avait oublié ses clés. On s'est mis au lit sans se toucher ni même se parler. Je n'ai pas pu m'empêcher de me demander si cette comédie au sujet de Londres n'était pas un prétexte pour me plaquer parce qu'il en avait assez.

Je me suis retournée dans le lit en me grattant le bras.

— Edie, tu es réveillée ? a demandé Jim en se redressant pour allumer la lampe de chevet.

Je me suis frotté les yeux.

— Maintenant, oui.

— Écoute, je suis désolé. Je suis désagréable, lunatique, et tu ne mérites pas ça.

J'ai senti un frisson glacé me parcourir l'échine.

— Tu vas me larguer, c'est ça ? ai-je hoqueté.

Jim s'est assis dans le lit en me fixant avec incrédulité.

— Bien sûr que non ! Viens là.

Il m'a attirée contre lui.

— Je sais bien que je devrais profiter au maximum des quelques mois qui nous restent. Je n'y arrive pas. J'ai l'impression que tu m'échappes déjà.

— Mais non ! Je suis toujours là et même quand je ne serai plus là, je serai toujours là. Attends, ce n'est pas très clair, ce que je te raconte.

Jim s'est esclaffé.

— Je comprends ce que tu veux dire.

— Ces derniers temps, on se dispute sans arrêt.

En m'asseyant, j'ai balancé par mégarde un coup de coude à Jim. Il a laissé échapper une plainte.

— Tu en as marre, c'est ça ?

Il s'est lové contre moi, la tête sur mon ventre.

— Non, je n'en ai jamais marre avec toi. Je voudrais juste qu'on reste éternellement les mêmes. J'aimerais pouvoir arrêter le temps parce que, dès que je regarde devant moi, je vois tous ces changements se profiler.

— Je sais. Mais si on s'aime, on devrait être capables

de surmonter cette épreuve, non ? Tu m'aimes toujours, dis ?

— Tu sais bien que oui. Tu sais que je t'aime. Je n'ai jamais aimé personne comme toi. Tu es mon rayon de soleil, a-t-il chuchoté.

Soudain, je me suis sentie toute légère. Comme si j'avais retenu mon souffle pendant trop longtemps et que je pouvais à nouveau respirer. Parfois, Jim sait trouver les mots justes.

— Bon, ben moi aussi je t'aime, ai-je marmonné avec beaucoup moins d'élégance. Même si tu t'es comporté comme un crétin ces derniers jours.

Je l'ai repoussé pour me gratter la cheville.

— Tu arrêteras de gratter ta saleté d'urticaire si je promets de ne plus faire l'idiot ?

— Je ne sais pas, ai-je répondu en faisant la moue. Ça me démange trop.

— Je pourrais peut-être te filer un coup de main ? a suggéré Jim.

J'ai poussé un cri et fait mine de m'éloigner le plus possible de lui mais il s'est jeté sur moi.

Je crois qu'on va y arriver, tous les deux.

15 mars

Grande nouvelle ! Je vais rencontrer des copains artistes de Jim qui viennent de débarquer des USA dans le cadre d'un échange universitaire.

18 mars

Cool ! Au lieu de nous serrer la ceinture pour amasser de quoi louer une voiture pour nos vacances et dépenser des fortunes à chaque kilomètre parcouru, on en a dégotté une pour rien ! Zéro centime ! Nada ! Nothing !

C'est un peu compliqué : un des Américains, Lewis, a une petite sœur qui entre à l'université de Seattle cet automne, et il cherche quelqu'un pour convoyer la voiture de leur autre frère de New York à Los Angeles, où vit leur famille. Et les convoyeurs, ce sera nous.

Jim a dû faxer son permis de conduire et son passeport à leur père. Les garçons ont proposé à Lewis de squatter le canapé du salon pendant une semaine, ce qui joue en notre faveur. Et puis cet arrangement nous simplifie la vie. Maintenant, c'est réglé : on commence par New York et on finit par Los Angeles. Il n'y a plus que l'itinéraire qui pose problème.

23 mars

Aujourd'hui, Jim et moi avons déjeuné chez les parents. Ça devient une habitude. Je crois que ma mère a un faible pour Jim mais, berk ! je préfère ne pas y penser. Elle lui demande de l'appeler par son prénom et tout.

On a emporté nos guides et notre ébauche d'itinéraire afin que mon père puisse y jeter un coup d'œil. Très mauvaise idée.

Quand je lui ai annoncé qu'on empruntait une voiture, il a fait la grimace et s'est exclamé : « Oh, mon Dieu ! »

Et quand je lui ai expliqué que j'avais revu dix fois

les détails de notre itinéraire, il a remis sur la table un sujet épineux : mon D en géographie qui remonte au GCSE[1], avant de répéter « Oh mon Dieu ! ». Mais, faute de connaissances supérieures aux miennes, il ne pouvait pas ajouter grand-chose. Comme je suis une fille respectueuse, je l'ai laissé convertir, aidé de Jim, les miles en kilomètres et inversement. Avec ma mère, on s'est installées sur le canapé pour regarder *West Side Story* : c'est bien connu, pendant que les hommes ont des activités sérieuses (genre étudier des cartes), les femmes, elles, regardent des comédies musicales et pleurnichent devant les scènes dramatiques.

Papa et Jim ont fini par ébaucher un nouvel itinéraire, qui, apparemment, est beaucoup plus logique et respectueux du timing que le premier. Si ça leur fait plaisir !

Ma mère a suggéré que j'emporte une carte de crédit pour les urgences mais elle a dû le regretter quand j'ai poussé un cri de joie !

— Est-ce que je peux avoir une carte Gold ? Oh, ou une carte Platinum ? Avec mon nom dessus ? Combien j'aurai de crédit ?

— J'ai dit peut-être.

Son visage avait pâli.

— C'est le cri de joie qui t'a fait changer d'avis ? ai-je demandé.

En guise de réponse, elle s'est contentée de me tapoter la main.

1. Équivalent du brevet en Grande-Bretagne. *(N.d.T.)*

3 avril

Avec Jim, on se cherchait une nouvelle activité pour mettre du piment dans nos vies et on l'a trouvée. Le club de loto ! Verres pas chers, gros feutres marqueurs, plus la possibilité de gagner un peu d'argent. Et puis on est les joueurs les plus jeunes, les plus beaux et les plus sexy depuis près de cinquante ans. Qu'est-ce qu'une fille peut espérer de plus ?

On n'a avoué à personne notre honteux secret qui consiste à se rendre une fois par semaine dans une salle remplie de mamies en veste de velours.

On sortait justement de la Mecque du jeu avec l'intention de s'offrir un repas chinois grâce à nos gains quand, devinez sur qui on est tombés, Jack et Grace.

— Qu'est-ce que vous faites ici ? a demandé Grace.

— Oh, Edie avait envie d'aller aux toilettes, donc on est entrés dans la salle de loto, a lancé Jim d'un ton désinvolte.

Jim est un menteur éhonté. C'est une des qualités que je préfère chez lui.

— Et vous, qu'est-ce que vous faites ici, ENSEMBLE ? ai-je enchaîné. Dans cet endroit désert où aucun d'entre nous ne va jamais.

— On s'est rencontrés par hasard...

— Un mec du lycée organise une fête.

— Vous voulez une minute pour accorder vos histoires ? ai-je ironisé.

Jim a eu pitié d'eux et m'a entraînée par la main. À l'évidence, Grace et Jack n'avaient aucune intention de lâcher le morceau.

— Arrête de les harceler, m'a dit Jim tandis qu'on

piochait à tour de rôle dans notre riz sauté au canard et aux épices.

J'ai fait la moue.

— Je ne les harcèle pas. Je veux seulement qu'ils admettent leur penchant l'un pour l'autre et, je ne sais pas, qu'ils commencent à flirter.

Jim a levé les yeux au ciel avant de répliquer que ce n'était jamais une bonne idée de se mêler des affaires des autres.

10 avril

Je crois que Grace et Jack m'évitent. Au magasin de musique où j'achetais de nouvelles cordes, je suis tombée sur Jack en train d'admirer des guitares hors de prix. En me voyant, il a essayé de se cacher derrière une pile d'enceintes.

— C'est bon, Jim m'a fait la leçon. Je ne vais même pas mentionner son prénom, l'ai-je rassuré.

Bien que je n'aie pas prononcé le prénom qui tue, Jack a paru se liquéfier. Puis il m'a proposé d'aller boire un café.

Il lui a fallu deux heures et cinq cappuccinos pour m'avouer que Grace lui plaisait mais qu'il n'était pas certain que ce soit réciproque. Il m'a fallu trente secondes pour analyser le problème.

— Un peu d'audace ! Arrête de marcher sur des œufs, dis-lui. Avec Jim, on a passé deux ans à tourner autour du pot.

Eh oui, c'est très facile de s'improviser expert en relations amoureuses quand on a traversé le même genre d'épreuves.

Plus tard dans la journée, avec Jim, on profitait de

l'absence d'Alice et de Pénélope pour faire des bêtises sur le canapé, lorsque la sonnette d'entrée a retenti. On a continué à s'embrasser avec fougue en arrachant à moitié nos vêtements mais les coups de sonnette ont repris de plus belle. C'était Grace.

— Je n'y comprends rien, a-t-elle marmonné en s'installant entre nous deux.

On a dû l'écouter d'un air concerné pendant qu'elle n'en finissait pas de se lamenter au sujet de Jack qui ne s'intéressait pas à elle. J'étais sur le point de me défenestrer quand Jim lui a proposé de venir dîner un de ces soirs.

— Pas question que je me coltine encore une fois la même rengaine, ai-je grommelé quand on a enfin réussi à se débarrasser d'elle.

Jim a levé un sourcil.

— Voyons, Edie, fais-moi confiance, a-t-il répondu en feignant l'indignation. On invite aussi Jack, on leur remplit l'estomac, puis on baisse les lumières et on s'éclipse. Ça ne peut pas louper.

Et après, c'est moi qui me mêle des affaires des autres...

17 avril

Le plan imparable de Jim sous-entendait que je me chargeais de la cuisine. J'ai donc opté pour une valeur sûre.

Le menu purée/poisson pané n'était peut-être pas digne d'un grand chef, mais, au moins, tout le monde a bien rigolé. Grace et Jack avaient l'air ravi. Pourtant, ils ne s'adressaient pas la parole. Je ne comprenais pas comment ils arrivaient à se fixer des rendez-vous secrets devant les salles de loto sans se parler ni se regarder dans les yeux. Bizarre, bizarre. Jim trouvait leur attitude étrange, lui aussi : il les dévisageait comme s'il avait affaire à une exposition d'art contemporain particulièrement déconcertante. Jusqu'à ce que je lui donne un coup de pied sous la table. Il était temps de passer à la phase B de notre plan.

— C'est l'heure du Twister ! ai-je décrété une fois que tout le monde a eu terminé son délice à la fraise.

Jim a poussé un grognement et je lui ai lancé un regard suggérant qu'il n'y aurait pas de câlin qui tienne s'il ne se montrait pas plus coopératif.

— Génial ! Un Twister ! Mon bonheur est complet ! s'est-il exclamé avec un manque d'enthousiasme flagrant. Je commence avec Edie.

Grace et Jack se sont ligués pour prendre le contrôle du jeu. Ils étaient si bruyants, si drôles et si mignons ensemble que si je ne m'étais pas gavée auparavant de poisson pané et de délice à la fraise, je les aurais mangés tout crus.

À la minute où ils ont dû se contorsionner sur le tapis de jeu, les choses se sont corsées. Grace était pliée en deux, une jambe en l'air, et Jack se tenait au-dessus d'elle, quand Jim a fait tourner la roue puis a ordonné à Jack de déplacer sa jambe gauche sur le rond bleu. Jack a alors perdu l'équilibre et s'est étalé... sur Grace.

Aïe... Ils sont restés immobiles pendant une seconde histoire de reprendre leur souffle, puis Grace, furieuse, s'est mise à marteler le dos de Jack avec ses poings.

— Pousse-toi de là, a-t-elle crié.

Jack s'est relevé et a pris la porte avant que j'aie eu le temps de ciller. Quant à Grace, elle est allée s'enfermer à double tour dans la salle de bains.

Quelle poisse.

Je renonce à jouer les entremetteuses. Quand je pense au mal que je me suis donné à cuisiner !

25 avril

Jim a été invité à présenter ses œuvres dans le cadre d'une exposition consacrée aux jeunes artistes. C'est une sacrée nouvelle. Apparemment, il est le premier étudiant non diplômé à être sollicité. Je suis si fière de lui.

Pour son expo, il a décidé de me photographier ainsi que Pénélope. Dans mon idée, ça sous-entendait qu'on devait se tartiner de maquillage et porter nos plus belles robes à froufrous. En fait, Jim passe son temps à nous mitrailler au réveil, ou il nous pousse à faire des trucs suicidaires comme descendre une pente raide à vélo par jour de grand vent tandis qu'il nous attend en bas, cramponné à son appareil.

Il faut croire que ça lui fait plaisir, à cette espèce d'allumé.

7 mai

Jim est passé quand on répétait et, au lieu d'installer les amplis ou de se rendre utile d'une quelconque manière, il a passé une demi-heure à essayer de prendre en photo ma main ou encore l'autocollant « Je suis une princesse » qui orne ma guitare. Résultat : j'ai raté tous mes accords.

— Tu peux bouger la main un peu plus vite ?

m'a-t-il crié pendant que j'essayais de jouer le pont assez difficile (terme de musicos qui désigne l'enchaînement entre le couplet et le refrain) de *The Girl On The Bridge*.

— Arrête !

— Oh, refais ça ! s'est exclamé Jim en réglant son objectif.

— Super, le regard assassin.

— Pénélope !

— Évite de la déconcentrer, idiot. Surtout qu'il ne lui en faut pas beaucoup.

Pénélope a passé un bras protecteur autour de mon épaule et lui a lancé son fameux regard qui tue tandis que je souriais d'un air supérieur. Jim ne s'est pas découragé pour autant et a continué à nous mitrailler à reculons.

— Oh, excellent. Ça fait très gang de filles.

Pénélope a commencé à voir rouge. Elle a agrippé Jim par le col de sa fameuse poigne de fer (tout ce que je sais, c'est que ça fait mal) et l'a escorté jusqu'à la sortie. J'ai entendu Deborah chuchoter à l'oreille d'Atsuko :

— Jim est devenu un gros crétin obsédé par son œuvre.

21 mai

Jim dort pratiquement dans sa chambre noire. Il ne refait surface que pour se réchauffer des en-cas au micro-ondes. Chouette, j'ai du temps pour moi. Aujourd'hui, je me suis levée très, très tard, j'ai enfilé un jean et un top dos nu (c'est presque l'été) puis j'ai rejoint Pénélope au cinéma pour voir deux films de

Jack Black à la suite. Quel pied d'avoir le seau de pop-corn pour moi toute seule (Pénélope n'aime pas quand elle a des trucs coincés entre les dents) et de ne pas sentir Jim sursauter pendant les scènes de combat ! Mais j'aime bien aussi quand il me tient la main ou qu'il déplie ses longues jambes et se fait enguirlander par la personne assise devant lui.

Quand on est ressorties au grand jour en clignant des yeux, Pénélope s'est excusée de me laisser en plan :

— Jessie a perdu un pari hier soir. Je l'ai condamné à être mon esclave pendant les prochaines vingt-quatre heures, m'a-t-elle expliqué le plus sérieusement du monde.

— Demande-lui de nettoyer la cuisine et... oh ! de récupérer ma barrette derrière le frigo, ai-je suggéré en fouillant mon sac pour rallumer mon portable.

Pénélope m'a fait un sourire plein de sous-entendus. Le genre interdit aux moins de dix-huit ans.

— J'ai d'autres projets pour lui, qui n'incluent pas le frigo. Ou, à la rigueur, son contenu.

— Pff ! Égoïste ! Rassure-moi, vous allez chez lui ? Je n'ai pas envie de vous surprendre et d'en faire des cauchemars pendant huit jours.

Pénélope s'est contentée de rire, puis elle m'a embrassée sur la joue et s'est éclipsée. J'avais cinq messages de Grace me demandant de la rappeler.

— Quoi de neuf ?

— Oh, plein de choses, a-t-elle soupiré. On peut se retrouver chez toi ? Si Pénélope n'est pas là...

— Elle est partie chez Jessie. D'accord, viens. Tu peux faire un crochet par le KFC ?

21 mai (peu après minuit)

Grace s'est affalée sur le lit de Pénélope, épuisée par les tourments amoureux qu'elle s'inflige. Elle est très perturbée au sujet de Jack parce qu'elle n'a jamais eu de petit copain et que le perfide baiser de mon ex, Hugues, l'a traumatisée.

— Jack ne va pas attendre éternellement, a-t-elle dit entre deux sanglots. Et moi, je suis morte de peur.

— C'est un garçon adorable, ai-je protesté. Il ne te forcera jamais la main.

— Je n'ai aucune conversation. Je suis ennuyeuse. Je voudrais être comme toi ou comme Pénélope, a repris Grace en reniflant.

J'espérais seulement qu'elle n'était pas en train de mettre de la morve sur l'oreiller de Pénélope, parce qu'alors, elle aurait une vraie raison de pleurer.

— Mais non, tu n'es pas ennuyeuse ! Arrête de te comparer aux autres. Quand je suis arrivée à Manchester, j'étais d'une timidité maladive. Chaque fois que Jim me regardait, je rougissais de la tête aux pieds.

Grace a ébauché un sourire.

— Ah bon. Parce que maintenant tu le mènes à la baguette.

— Oui et non. À Brighton, tous les samedis soir, quand je sortais, je finissais par embrasser le fort en maths de service, un type qui ne quittait jamais son cartable. C'était le seul qui ne me surnommait pas « la mauviette ».

— En fait, ce que tu essaies de m'expliquer...

— Ce que j'essaie de t'expliquer, c'est que tu vas changer, toi aussi, Grace. Jack, lui, voit celle que tu es vraiment, et c'est pour ça que tu lui plais.

On a soupiré de concert. Un grand moment de solidarité féminine. C'était très émouvant.

26 mai

Jim a disparu de la surface de la terre. C'est officiel. Quelqu'un qui a la même voix que lui condescend parfois à répondre au téléphone pour disserter sur le développement de ses photos. Note perso : artistes = dégénérés. Mon nouveau statut de veuve a ses avantages : samedi soir, je suis sortie avec mes copines. On a improvisé une partie de foot en plein milieu de la route à deux heures du matin. Il faut dire qu'on n'était pas dans notre état normal.

29 mai

Bizarre, bizarre. Je viens de revoir Grace pour la première fois depuis notre grande discussion et je l'ai trouvée très calme, limite zen.

— Comment ça se passe avec Jack ? lui ai-je demandé, m'attendant à une nouvelle tirade entrecoupée de sanglots.

Elle a souri, l'air serein, avant de déclarer que tout était sous contrôle.

Sous contrôle ? Eh bien, j'imagine que je n'ai plus de souci à me faire.

5 juin

J'ai dû organiser les vacances toute seule, vu que Jim est sentimentalement et géographiquement indisponible. Par chance, Alice m'a donné un coup de main, et elle a beaucoup de sens pratique. Et puis mon père a appelé celui de Lewis : ils se sont parlé d'homme à homme et tout est réglé !

J'ai apporté un en-cas à Jim et je suis restée le temps de le lui donner. Il m'a fichue à la porte aussi sec.

— Je t'aime, a-t-il marmonné, la bouche pleine de sandwich au fromage. Mais c'est une surprise. Alors maintenant, file.

Le romantisme n'est pas mort.

11 juin

Je trouve Grace de plus en plus bizarre. Maintenant qu'elle ne parle plus de Jack à tort et à travers, elle est carrément injoignable. Chaque fois que Pénélope ou moi, on essaie de l'appeler, elle est sur Internet. En guise de conversation intelligible, on a droit à des grognements. Exemple, aujourd'hui :

Moi : « Grace, tu as toujours mon pantalon bleu ciel ? »

Grace : « Mmm... ouais. »

Moi : « Dis donc, tu m'écoutes ? »

Grace : « Ouais. »

Moi : « Tu es sur Internet, c'est ça ? Pour changer. »

Grace : « Quoi ? Non, je t'écoute. »

Moi : « Je t'entends taper sur le clavier. Qu'est-ce que tu fabriques ? Soit tu papotes sur un forum soit tu regardes des photos d'Orlando Bloom. »

Grace : « Mais non. Je t'écoute. Qu'est-ce que tu disais au sujet d'Orlando Bloom ? »

Aaaaargh ! (C'est moi qui hurle au moyen du langage écrit.)

15 juin

Jim ne vaut guère mieux. Il a fini par sortir de sa tanière, mais maintenant il passe sa vie à la galerie où a lieu l'exposition. Et il refuse de m'en donner l'adresse. C'est comme si je n'existais pas.

23 juin

Prière d'oublier mes récentes déclarations au sujet de Grace et de Jim. C'est de la gnognotte à côté de la dispute que je viens d'avoir avec Pénélope. Ce soir, à la répétition, elle a annoncé de but en blanc qu'elle avait organisé une tournée pour nous. Ce serait génial si a) elle avait pris la peine de nous demander notre avis ; b) la fameuse tournée n'avait pas lieu en août, période durant laquelle je suis censée faire le tour des États-Unis avec Jim.

— Mais cette tournée est beaucoup plus importante ! s'est exclamée Pénélope quand je lui ai rappelé ce détail.

— Tu étais au courant pour l'Amérique. Et puis, qu'est-ce que tu crois ? Que je vais abandonner mes projets d'avenir et m'inscrire à l'université ici pour continuer avec le groupe ?

— Tu n'es qu'une de ces bécasses qui choisissent leur petit ami au détriment de la loyauté envers leurs copines, a poursuivi Pénélope en montant d'un ton. Comment j'aurais pu savoir que tu étais sérieuse au sujet de ce fichu road trip ? Je pensais que c'était un de tes projets ridicules qui n'aboutissent jamais.

— Au moins, je ne passe pas ma vie à fantasmer sur la célébrité, ai-je répondu. On s'est bien amusées, Pénélope, mais regarde la vérité en face : on est nulles ! On est incapables de jouer plus de trois accords à nous quatre.

Pénélope a cherché du soutien du côté d'Atsuko et de Deborah mais la prudence leur dictait de rester en retrait.

— Très bien ! On partira en tournée sans toi, et pour t'épargner la peine de quitter le groupe, je m'en charge moi-même : tu es virée ! De toute façon, tu joues comme un pied.

Je me suis creusé la cervelle pour trouver une repartie sarcastique ou super-blessante mais rien ne venait. Aucune importance puisque Pénélope s'était déjà précipitée dehors.

23 juin (plus tard)

— Ça va s'arranger, m'a assuré Jim tandis que je pleurnichais sur son lit. Vous passez votre vie à vous chamailler.

— Cette fois, c'est plus grave. Un vrai drame avec des scènes, des actes et des figurants.

— D'abord, elle n'aurait pas dû prendre seule la décision de partir en tournée pendant un mois en s'imaginant que ce serait une bonne surprise.

— Tu dis ça parce que je suis ta petite amie et que tu es obligé de prendre mon parti, hein ?

Jim a cessé de chercher son crayon 2b préféré pour me rejoindre dans le lit. Il s'est lové contre moi.

— Edie, je t'ai déjà rappelée à l'ordre des dizaines de fois quand tu piquais une crise sans raison, a-t-il protesté en m'embrassant la nuque. Mais Pénélope... Elle a décidé que rien ne devait contrecarrer ses plans mégalos. Si je peux accepter que tu aies des projets qui ne cadrent pas avec mes désirs à moi, alors elle aussi.

— Je la déteste ! me suis-je écriée.

Soudain, j'avais à nouveau dix ans.

— Mais non.

— D'accord, je ne la déteste pas mais elle dépasse les bornes, là. Je ne lui adresserai plus la parole tant qu'elle ne m'aura pas fait d'excuses.

Jim sait parfois faire preuve d'une sagesse exemplaire, donc il n'a rien répondu. Il n'a même pas ricané, il a continué à m'embrasser la nuque comme si de rien n'était.

27 juin

Je commence à croire que la mère de Pénélope a pris des tas de drogues abrutissantes quand elle était enceinte de ses deux filles. Parce qu'elles sont toutes les deux complètement dingues.

Pénélope refuse de m'adresser la parole, voire de rester dans la même pièce que moi. Si je ne suis pas chez Jim ou elle chez Jessie, elle préfère encore battre en retraite quand j'ai le malheur de venir me préparer une tasse de thé dans la cuisine. Il est hors de question que je lui présente des excuses : ce n'est pas ma faute.

Pour une fois.

Quant à Grace... La ligne téléphonique est occupée parce qu'elle passe son temps à bavasser avec Jack sur la messagerie instantanée de son ordinateur. Vu qu'ils ne se sentent pas prêts pour une vraie relation.

En fusionnant Pénélope et Grace, on arriverait peut-être à obtenir une personne presque équilibrée.

1er juillet

Pauvre Jim ! Il passe des semaines entières à me prendre en photo avec Pénélope pour sa première grande exposition. Il passe encore plus de temps à dégotter un titre, *Edie et Pénélope : l'amour est la seule couleur en ce bas monde* (hum, sans commentaires). Et lorsqu'il dévoile sa super-surprise, une des filles manque à l'appel et l'autre (c'est-à-dire moi) essaie de sourire mais doit courir aux toilettes pour essayer de se maîtriser parce qu'elle a les larmes aux yeux.

Quand je suis revenue, Jim était en train de discuter avec l'un des organisateurs de l'exposition, alors je suis allée jeter un coup d'œil aux photos. À mon humble avis, elles racontent toutes la même histoire : une sorte de love story entre moi et Pénélope, et puis elles montrent à quel point c'est cool d'être une fille. Jim nous a photographiées en train de nous livrer à nos activités préférées : jouer de la guitare, se maquiller, se refiler nos vêtements, manger une glace. Traîner entre filles, quoi. Et en plus, on est superbes.

Il faut que je règle cette histoire avec Pénélope.

6 juillet

Pénélope a placardé des annonces dans toute la ville pour trouver une nouvelle guitariste. Elle précise que ma remplaçante « doit être capable de jouer plus de trois accords ».

Ça, pour taper là où ça fait mal, elle s'y connaît mieux que personne.

7 juillet

Avec Jim, on a passé la nuit à établir l'itinéraire final de notre road trip. On commence par New York et on finit par Los Angeles en passant par Chicago, Seattle et San Francisco. On a conclu un arrangement : il conduit, je lis les cartes.

— C'est la première fois que je dépense une somme pareille, ai-je déclaré d'une voix tremblante en sortant de l'agence de voyages.

On venait d'investir plus de mille livres dans les billets d'avion et toutes les assurances possibles et imaginables.

Jim a souri et m'a pris les billets des mains.

— Ne va pas croire que je ne te fais pas confiance mais je préfère les garder.

— On va en Amérique ! me suis-je exclamée en me jetant dans ses bras. Ça y est, on part.

Jim a effleuré mes lèvres d'un baiser.

— Je n'arrive pas à croire qu'on ait réussi à mener ce projet jusqu'au bout. Il faut croire qu'on devient adultes.

9 juillet

Grace est passée aujourd'hui pour m'aider à déménager mes affaires. Alice et Paul ont accepté de les transporter jusqu'à Londres en vue de ma rentrée universitaire. Ma vie consiste à organiser mon avenir dans les moindres détails. Un peu plus, et mon cerveau va exploser.

Je n'étais pas aussi sereine que j'aurais dû l'être. Grace semblait très agitée. Au début, j'ai cru que c'était à cause de Jack. Quand j'ai fini par lui demander ce qui se passait, elle s'est vautrée sur le lit avant de m'annoncer qu'elle voulait tenter sa chance avec Mellowstar.

— Je connais toutes les chansons par cœur et je sais jouer de la guitare mais Pénélope ne voudra même pas que j'auditionne. Elle est insupportable en ce moment.

— J'irais bien lui en toucher deux mots mais je doute que ça serve à quelque chose. Par contre, je peux toujours en parler à Deborah et à Atsuko.

Grace s'est redressée d'un bond.

— Quand ?

J'ai soupiré avant de décrocher le téléphone.

— O.K., je m'en occupe tout de suite.

À ma grande surprise, Atsuko et Deborah ont accueilli avec enthousiasme l'idée que Grace intègre le groupe. Leur réaction avait sans doute quelque chose à voir avec la dernière proposition de Pénélope : elle avait donné le nom d'une fille dont elles avaient toutes les deux embrassé le petit ami. Elles ont promis de voter contre Pénélope dès lors que Grace saurait jouer les chansons.

J'ai décidé de passer le reste de l'après-midi à enseigner à Grace l'art délicat de jouer ces trois mêmes accords qu'on utilise dans chacune de nos chansons, avec des combinaisons différentes.

— Je crois que tu as pigé le truc, ai-je annoncé au bout de cinq heures. Franchement, tu es bien meilleure que moi, et ce n'est pas un mince compliment.

Grace m'a pris la main.

— Oh, Edie, tu vas vraiment me manquer. Tu es la sœur que j'aurais voulu avoir au lieu de ma psychopathe de frangine.

— Pénélope est une fille bien, ai-je marmonné. Elle est plus impliquée que le reste du groupe, voilà tout. Et du coup, elle a tendance à parler avant de réfléchir.

— Oui, j'imagine. Bon, il ne me reste plus qu'à trouver une guitare.

J'ai contemplé ma guitare, qui m'avait coûté des mois d'économies et que Jim avait peinte en rose. Je la lui ai tendue.

— Elle est à toi.

Grace m'a regardée, bouche bée.

— Je n'en aurai plus besoin. Les études vont me prendre tout mon temps.

— Mais tu... enfin...

— Allez, prends-la et fiche le camp.

J'ai senti les larmes me monter aux yeux.

— J'ai du rangement qui m'attend.

15 juillet

Mon dernier jour au café. Jamais plus je ne me salirai avec cette maudite friteuse. Et la bande d'ouvriers qui viennent tous les matins prendre leur petit déjeuner n'essaiera plus de m'arracher un sourire. Tony l'Italien ne tirera plus sur mes nattes et Anna ne retiendra plus la vaisselle cassée sur ma paye.

Alors pourquoi suis-je si triste ? Peut-être parce que je ne passerai plus mes journées avec Pénélope, même si ces dernières semaines elle n'a pas arrêté de me lancer des regards noirs de derrière la machine à café.

— Est-ce que tu comptes me reparler un jour ? lui ai-je demandé quand elle est venue chercher de la mayonnaise dans la réserve.

J'y avais trouvé refuge parce que les autres étaient en train d'écrire ma carte « surprise » d'adieu.

— Je ne parle pas aux lâcheuses, a-t-elle grommelé.

Puis elle a relevé le menton, signe qu'il est inutile de chercher à la raisonner.

Elle n'a même pas voulu signer la carte.

Et puis je suis revenue chez les parents, aujourd'hui. Je sais que je devrais me réjouir de la grande aventure qui nous attend, Jim et moi, mais il faut aussi que je fasse mon deuil après cette page de ma vie qui se tourne. Il y a mille petits moments qui ont rempli mon quotidien cette année et que, du jour au lendemain, je ne revivrai plus. Le futur est là, à portée de main, et il me file les jetons. C'est comme un grand saut dans l'inconnu : je ne suis pas sûre de pouvoir sauter assez loin.

15 juillet (plus tard)

Ce soir, au pub, on a fêté notre départ tranquillement, sans doute parce que les parents étaient présents. Même Jessie filait doux avec la mère de Pénélope dans les parages. Jim et moi, on a passé la soirée assis côte à côte, main dans la main, sans parler si ce n'est pour régler les détails de dernière minute : « Est-ce qu'on doit emporter des médicaments contre le mal de l'air ? » Ou encore : « N'oublie pas d'appeler l'opérateur pour qu'il passe ton portable en international. » Et puis ma mère surveillait le moindre de mes gestes, alors je n'ai pas pu me saouler, ce qui m'aurait pourtant fait le plus grand bien.

En fait, c'était le pot de départ le plus barbant de l'histoire des pots de départ. Jusqu'à ce que Pénélope débarque, suivie de Grace qui ne semblait pas au mieux de sa forme.

Je me suis blottie contre Jim :

— Oh là là, le temps se gâte, ai-je gémi.

Pénélope parcourait la salle d'un regard furieux. Soudain, elle m'a vue et s'est approchée au pas de charge.

— Qu'est-ce que c'est que ces manigances derrière mon dos ? a-t-elle crié. C'est mon groupe et c'est à moi de décider qui doit en faire partie.

J'ai presque entendu Jim lever les yeux au ciel. Il m'a tapoté la jambe sous la table, comme pour me rassurer, mais ensuite il a fait mine de se passionner pour le contenu de son verre.

Grace se tenait derrière Pénélope.

— Désolée, a-t-elle murmuré tandis que Pénélope continuait à s'époumoner.

— De toute façon, j'avais l'intention de prendre Grace avec nous.

À d'autres !

— Je suis bien contente que tu t'en ailles : au moins, tu ne viendras plus fourrer ton nez dans mes affaires.

— Pénélope, arrête, ai-je répondu tranquillement, dans l'espoir (vain) qu'elle se calmerait. Je ne veux plus me disputer avec toi.

— Tu ne vaux pas un clou, a-t-elle poursuivi. Je n'ai pas besoin de toi, tu m'empêches d'avancer.

Maintenant que je suis dans mon lit, je n'arrive pas à chasser de mon esprit les paroles venimeuses de Pénélope.

Road trip !

16 juillet

Il a plu pendant presque tout le trajet jusqu'à Londres.

Jim a réussi à caser nos affaires dans le coffre de la Mini après m'avoir formellement interdit d'emporter plus d'une valise. Il m'a même surveillée pendant que je faisais et défaisais mes bagages.

— Vous êtes sur le point de prendre l'avion. Qui sait si vous en sortirez vivants ? a ironisé Paul, installé sur le siège arrière.

Je me suis dévissé le cou pour lui lancer un regard noir. Alice et lui s'étaient portés volontaires pour ramener la voiture de Jim à Manchester. Grace, qui s'était calée entre eux deux, avait tenu à faire partie du voyage.

— Et dire que j'ai dû me lever à cinq heures du matin, a râlé Alice pour la dixième fois.

J'ai hoché la tête d'un air compatissant.

— Je t'ai entendue, Alice.

Mais on doit enregistrer les bagages à 14 heures et je ne tiens pas à ce qu'on arrive en retard.

— Quelqu'un veut un sandwich ? La Mère Supérieure s'est levée à quatre heures du matin pour les préparer. Elle a même enlevé la croûte.

Paul s'est penché.

— Alors ce serait dommage de ne pas les manger.
Un silence.

— Est-ce qu'on peut faire un arrêt pipi à la prochaine station-service ?
— Non ! Il est déjà onze heures et il nous reste de la route à faire.
— Jim ! Edie veut que je fasse pipi dans ma culotte.
— Edie, Alice va faire pipi dans sa culotte.
— Ce n'est pas ma faute ! J'espère que notre voiture américaine ira plus vite que ta Mini.
— Hé, Jim, Edie, vous savez qu'aux États-Unis, la vitesse est limitée à 90 km/heure ?
— Ouais, c'est ça !
— Je ne plaisante pas.
— Tu es sûr ?
— Oui, c'est ce qui est écrit dans le guide.
— Oh, la poisse !
Un autre silence.

— Alors, combien d'argent vous emportez ?
— Franchement, Paul, c'est très grossier, ce genre de question. Vous n'êtes pas obligés de répondre, vous autres.
— Pas de problème.
— Allez, donnez-nous un chiffre approximatif.
— J'ai économisé près de trois mille livres en salaires et pourboires. Et puis j'ai fait du chantage affectif à certains membres de ma famille.
— Et toi, Jim ?
— Mon père m'a laissé de l'argent en partant. C'est tout ce que tu as besoin de savoir.

— Oh, et mes parents m'ont donné une carte bleue en cas d'urgence.

— Et un dictionnaire pour définir les cas d'urgence.

— La ferme, Jim. Non, ce n'est pas vrai. Une urgence, ça peut être n'importe quoi, d'une panne de voiture à, hum, un raccord couleur chez le coiffeur.

— Tes parents sont fous, Edie. Je fais partie de tes meilleurs amis, pas vrai ?

— Oui ! Ouah... merci, Alice.

— Eh bien, pour rien au monde je ne te confierais une carte de crédit.

Londres

16 juillet (plus tard)

Enfin, après un arrêt pipi et une bonne frayeur quand on a cru que le moteur avait surchauffé, on est arrivés à l'aéroport d'Heathrow. Avec une heure d'avance.

— Je devrais te passer un savon pour l'heure de sommeil que tu m'as fait perdre mais comme tu t'en vas et que ça me rend triste, je m'abstiendrai, a déclaré Alice pendant que Paul et Jim sortaient nos valises du coffre.

— Et si on allait prendre un café avant que vous repreniez la route ? ai-je suggéré. Jim ?

Jim a hoché la tête.

— D'abord on s'occupe de l'enregistrement des bagages, ensuite on ira manger un morceau. Lewis prétend qu'il n'y a pas de sandwichs au bacon en Amérique.

— Qui c'est, ce Lewis ? a demandé Alice en prenant la direction de notre terminal.

— C'est l'Américain qui est en cours avec Jim et dont le frère nous héberge à New York. C'est lui qui nous prête la voiture. Enfin, je crois... Quoi ?

Alice m'a lancé un de ses célèbres regards « réfléchis, idiote ».

— Vous ne croyez pas que vous auriez dû organiser

un peu mieux votre voyage ? a-t-elle déclaré de but en blanc. Votre projet a l'air un peu... comment dire... voué à l'échec.

— N'écoute pas, Edie, a répliqué Jim. Tout est réglé. On a même l'approbation des parents. On conduit la voiture jusqu'à Los Angeles pour la petite sœur qui entre à l'université.

— À Seattle, ai-je ajouté.

— Oh, vos explications sont limpides, a marmonné Alice d'un ton sarcastique.

Comme je suis très intuitive, j'ai compris que Jim voulait rester seul quelques minutes avec Alice, histoire de dire au revoir à sa plus vieille amie avant qu'on s'envole pour l'Amérique. Il m'a lancé un regard plein de gratitude quand j'ai suggéré qu'ils aillent s'occuper ensemble des traveller's cheques, vu qu'ils étaient forts en maths, pendant que Paul et Grace m'aideraient à choisir entre un breakfast à l'anglaise (plein de protéines) et un petit déjeuner classique (plein de féculents).

On s'est installés à une table et j'ai fouillé dans mon sac à dos avant de me tourner vers Grace.

— Hé, la rockeuse. J'ai un cadeau pour toi.

Je lui ai tendu une petite boîte que j'avais recouverte d'autocollants Pucca.

Grace s'est fendue d'un sourire rayonnant.

— Oh, j'adore les cadeaux ! s'est-elle exclamée, l'air surexcité, en soulevant le couvercle de la boîte.

Ses lèvres se sont mises à trembler. Paul a jeté un œil par-dessus son épaule.

— Qu'est-ce que c'est que ces saletés ?

Je lui ai donné une tape sur l'épaule.

— C'est mon médiator porte-bonheur, plus le marqueur porte-bonheur avec lequel j'écrivais nos listes de chansons, plus la barrette Hello Kitty que je portais le soir de notre premier concert, plus...

Grace a fini ma phrase :

— Oh... le bout de tissu porte-bonheur que tu embrasses avant de monter sur scène.

— Un morceau de la robe de Courtney Love, ai-je expliqué à Paul qui a ouvert la bouche pour balancer une remarque cinglante, avant de se raviser.

— Il vaut mieux que je me taise.

— Tu fais bien. À propos, comment va Pénélope ? ai-je demandé en repensant à son visage rouge et ulcéré de la veille. Elle est toujours furieuse contre moi ?

Grace a paru mal à l'aise.

— Disons qu'elle a des problèmes d'ordre émotionnel à régler.

— Tu ne réponds pas à ma question, ai-je marmonné après avoir avalé une gorgée du plus mauvais cappuccino qu'il m'ait été donné de boire.

— Elle ne comprend pas pourquoi ça ne t'intéresse pas de jouer les seconds rôles dans son grand projet d'ascension vers la gloire, a répondu Grace avec colère.

Je l'ai dévisagée avec surprise.

— Est-ce qu'elle t'en veut encore d'avoir appris les chansons ?

— Elle a toujours une raison de m'en vouloir. Si c'était moi l'aînée... Quant à Jack... il passe tout son temps avec Jessie, qui a une très mauvaise influence sur lui. Il est devenu super-désinvolte.

Visiblement, un serpent avait fait irruption dans le

paradis peu ordinaire que s'étaient créé Jack et Grace. Quand elle s'est lancée dans son monologue habituel, j'ai senti que je n'aurais pas le courage de l'écouter jusqu'au bout.

— Tu n'auras qu'à m'expliquer tout ça par e-mail quand je serai partie. Tu te souviens de mon adresse ? pipelette@hotmail.com. Je vérifierai ma boîte.

— Pipelette ? a demandé Grace en s'esclaffant.

Je lui ai jeté un regard noir.

— Quoi ? Elle est cool, mon adresse.

— C'est toi qui le dis !

Décidément, je préférais Grace quand elle n'osait même pas me saluer.

L'enregistrement des bagages ressemblait à l'idée que je me faisais de l'Inquisition espagnole, mais sans la torture. C'était du genre : « Qui a préparé vos bagages ? » Ou encore : « Est-ce que quelqu'un vous a confié un colis suspect ? » Pff ! Jim, surtout, a subi un interrogatoire en règle. Je savais bien que son jean déchiré, son tee-shirt d'artiste et ses cheveux tailladés aux ciseaux à ongles ne nous vaudraient pas des sièges en première classe.

Dire au revoir à Grace, Alice et Paul n'a pas été une partie de plaisir. Alice alternait paroles affectueuses (on allait lui manquer) et recommandations sévères (gare aux agressions à l'arme à feu et aux additifs dangereux qu'ils mettent dans la nourriture).

On est restés devant le contrôle des passeports à faire nos adieux sans bouger pour autant d'un centimètre jusqu'à ce que Jim attrape son sac d'une main et ma manche de l'autre.

— On y va, a-t-il décrété. Ils vont annoncer notre

vol d'une minute à l'autre et Edie s'imagine qu'elle va trouver son bonheur au duty free.

— Alors cette fois-ci, c'est la bonne, a dit Alice en reniflant.

Elle nous a serrés chacun notre tour dans ses bras en manquant nous étouffer puis elle nous a tourné le dos et elle est partie. J'étais sûre qu'elle pleurait, cette grosse nunuche. Grace semblait au bord des larmes, elle aussi. Je l'ai enlacée en respirant son odeur : un mélange de vanille, d'adoucissant pour le linge et de chewing-gum.

— Allez, déguerpis, ai-je marmonné en la repoussant doucement.

Elle a laissé échapper un sanglot puis a rejoint Alice en courant.

Il n'en restait plus qu'un. Paul nous a fait un petit signe avant de suivre les filles.

Partir, ce serait génial sans les adieux.

New York

Je vous épargne les détails du duty free (mais il y avait des promos sur les produits Clinic) et je ne vais pas m'attarder non plus sur l'avion. Disons seulement que Jim et moi, on n'est pas faits pour voyager. Tout allait bien jusqu'à ce qu'ils mettent en marche les réacteurs. Au moment où l'appareil s'est élevé dans les airs, je n'ai pu me raccrocher qu'à ma confiance vacillante dans l'ingénierie aéronautique, et j'ai brusquement regretté d'avoir mangé un sandwich au bacon.

Jim n'en menait pas large non plus. On a passé la plus grande partie du voyage à se cramponner l'un à l'autre en essayant de maintenir l'avion dans les airs par le pouvoir de l'esprit. Sans oublier la menace d'avoir une grosse phlébite si on ne se levait pas toutes les demi-heures pour se dégourdir les jambes.

Je ne suis pas certaine que Colin, le représentant en matières plastiques assis à côté de Jim, ait beaucoup apprécié mes petits commentaires pendant le vol. Surtout lorsque j'ai rappelé à Jim que, du fait de la pression, l'air était aussi sec qu'au Sahara et qu'il nous fallait donc boire un litre d'eau par heure aussi longtemps qu'on restait dans les airs.

Quand l'avion a atterri avec un sursaut gracieux, on était épuisés.

— Tu as le teint grisâtre, a chuchoté Jim tandis qu'on attendait, dans la plus longue file d'attente du monde, d'être contrôlés par le service de l'immigration. Et tu as les cheveux en désordre. À tous les coups, on va fouiller nos bagages.

Raté ! On a pris le petit bus de l'aéroport jusqu'à la station de métro puis la première rame pour Manhattan. À la minute où on s'est assis, Jim s'est endormi, la tête contre mon épaule. Je m'inquiétais parce qu'avec nos valises, on ressemblait à deux touristes tout droit sortis de l'avion (euh, la réalité, quoi).

Mais personne ne nous a prêté la moindre attention. J'ai regardé défiler de drôles de maisons avec des porches et des vérandas tandis que le conducteur annonçait les arrêts – Rockaway Boulevard, Euclid Avenue – et enfin, j'ai pris conscience que j'étais en Amérique ! La patrie de tous les films et programmes télé que j'aime. Le pays où les gens vous souhaitent une bonne journée et ont l'air sincère en le disant. J'étais assise dans une rame de métro avec des New-Yorkais autour de moi. J'avais presque envie d'entonner : « *If I can make it there, I'll make it anywhere* [1]... » J'ai réussi à me retenir.

J'ai poussé Jim du coude mais il n'a pas bougé d'un cil.

— Hé, Jim, on a réussi, ai-je murmuré en l'embrassant sur le front.

L'immeuble qu'on cherchait se trouvait dans la Sixième Rue, entre la Première et la Deuxième Avenue. Construire une ville selon un système quadrillé, ça semble la logique même, jusqu'à ce qu'on se rende

1. « Si je peux réussir ici, j'y arriverai partout... », *New York, New York* : célèbre chanson interprétée par Frank Sinatra. *(N.d.T.)*

compte que les gens de Manchester, en Angleterre, ignorent où sont l'est, l'ouest, le nord ou le sud. Jim ne m'a été d'aucune utilité, même s'il s'est montré hyperenthousiaste une fois bien réveillé, soit au moment où j'essayais de négocier les marches de la station de métro avec les bagages sous un bras, et lui sous l'autre.

— St Mark's Place ! s'est-il exclamé. Andy Warhol s'est baladé dans cette rue !

Le frère de Lewis et sa petite amie vivent donc dans un immeuble situé dans la Sixième Rue, entre la Première et la Deuxième Avenue. Ils n'étaient pas chez eux mais leur colocataire nous a laissés entrer, bien qu'à contrecœur, dans l'appartement le plus minuscule que j'aie jamais vu. C'était plus petit que ma chambre à la maison.

Ed (le colocataire) a poussé un grognement avant de retourner jouer avec sa XBox. On est restés debout au milieu de la pièce en grande partie occupée par un lit double et une immense télé de la taille d'un écran de cinéma.

— Où va-t-on dormir ? ai-je soufflé à Jim qui a haussé les épaules en signe d'impuissance.

Pour finir, Ed nous a laissé un peu de place sur le canapé et Jim a fait mine de s'intéresser à son jeu de combat. Quand Carl et Lisa sont arrivés, il est vite devenu évident, bien que notre langue maternelle à tous soit l'anglais, qu'on ne parlait pas le même langage.

Ils nous avaient à peine salués qu'ils ont voulu nous montrer la voiture. Et j'utilise le mot « voiture » dans son sens le plus large. En réalité, et sans exagération aucune, l'expression « épave retapée avec du mastic et du ruban adhésif » était bien mieux appropriée.

— C'est un plaisir de la conduire, a déclaré Carl tandis qu'avec Jim, on échangeait des regards trahissant le désarroi, la déception, le dégoût et encore plein d'autres mots commençant par D.

— Tu aimes le vintage, non ? a fini par dire Jim.

Il s'est tourné vers Carl et Lisa pour leur demander des précisions à propos de l'assurance, du contrôle technique et de la vignette. Ils n'avaient pas l'air de comprendre les questions de Jim, vu qu'ils étaient trop occupés à se moquer de notre « accent bizarre ».

Jim et Carl ont décidé d'aller faire un tour dans le quartier pour vérifier que l'engin marchait et je suis remontée à l'appartement avec Lisa qui pensait pouvoir retrouver du thé au fond d'un de ses placards.

— Et... euh... l'appartement est très petit, ai-je commenté d'une voix hésitante. Vous êtes sûrs qu'il y aura assez de place pour Jim et moi ?

Elle a rejeté ses cheveux blonds en arrière et m'a dévisagée comme si je venais de lui demander la permission d'assassiner son premier-né. Lisa est de ces filles qui ne savent pas mettre les autres à l'aise. Elle est mince (grâce à un régime draconien), et elle portait un tailleur avec des baskets.

— Euh... je ne suis pas certaine de comprendre, m'a-t-elle répondu d'un ton légèrement crispé.

Mais où était Jim quand j'avais besoin de lui ?

— On est debout depuis dix-huit heures entre l'avion et le reste. Lewis nous a dit qu'on pourrait dormir ici...

— Ce n'est pas à Lewis de décider, a-t-elle coupé, péremptoire, le visage fermé comme les avocates dans les thrillers. Et il faut qu'on discute du prix de location de la voiture.

J'ai cligné des yeux une fois, deux fois, trois fois.

— Le prix de location ?

Elle a tourné ses yeux bleu glacier vers moi :

— Eh bien, oui !

— Non ! Lewis nous a affirmé qu'on vous rendait service. Vous deviez faire convoyer la voiture jusqu'à Los Angeles, on s'en charge pour vous. Il n'a jamais été question de payer.

— Écoute, avec une agence de voyages, tu aurais dû débourser, disons, trois cents dollars par semaine pour la voiture. Avec Carl, on a calculé qu'en échange de mille dollars, on peut vous la laisser dix semaines : vous faites une économie énorme.

Pas de Jim en vue.

— Attends, vous ne pouvez pas décréter comme ça que vous voulez de l'argent alors qu'on en a déjà discuté...

— C'est à prendre ou à laisser.

— Cinq cents.

— Neuf cent cinquante.

Je lui ai jeté un coup d'œil assassin.

— Je ne dépasse pas les six cents.

Elle m'a rendu mon regard.

— Six cent cinquante.

Toujours pas de Jim en vue. J'allais devoir prendre cette décision seule.

— Dernière offre : six cent vingt-cinq.

Elle a réfléchi une minute.

— O.K., six cent vingt-cinq dollars plus le parfum Clinic que tu as acheté au duty free.

— Affaire conclue, ai-je répondu d'une petite voix, en espérant que Jim approuverait.

D'habitude, c'est lui qui prend les décisions. Au pire, je me décharge de mes responsabilités sur Grace.

— Combien ? s'est écrié Jim plus tard, trop tard.

Il était rentré avec Carl, après cinq minutes de balade dans le quartier, et ils étaient déjà copains comme cochons. C'est bien les garçons ! Ils étaient tombés d'accord sur le fait que l'appartement était trop petit. Il y avait un hôtel pas cher à deux rues de là, où on pourrait loger. J'ai cru qu'ils avaient déjà abordé le problème de l'argent, c'est dire si je suis naïve.

J'étais sûre que Jim serait hyperimpressionné par mes talents de négociatrice quand j'ai mentionné la somme dérisoire – six cent vingt-cinq dollars ! – que j'avais déboursée.

— Qu'est-ce qui te prend de hurler comme ça ? ai-je répliqué en fermant la porte de notre chambre d'hôtel avant de laisser tomber ma valise sur le sol. Ils exigeaient mille dollars ! Tu devrais me remercier.

— Six cent vingt-cinq dollars !

Je n'avais jamais entendu la voix de Jim monter à ce point dans les aigus.

— C'est toujours près de cinq cents dollars que tu ne leur donneras pas. Ils ont dû s'arranger au préalable pour qu'elle s'occupe de l'argent pendant que vous faisiez connaissance autour du carburateur, ai-je raillé.

— Oh, ne commence pas. N'essaie pas de rejeter la faute sur moi. J'avais déjà proposé à Carl et à Lisa de les inviter à dîner demain soir pour les remercier. Mais non, il a fallu que tu leur donnes la moitié de notre argent...

Jim fulminait. Narines dilatées, poings serrés, muscles tendus qui trahissaient une rage à peine contenue. J'ai regardé ses lèvres bouger tandis qu'il critiquait mon comportement irresponsable.

— ... en plus, il faut qu'on paye cette chambre minable. Et on est juste à côté de l'ascenseur alors on va devoir se coltiner le bruit toute la nuit... Où vas-tu ?

Je n'ai pas pris la peine de répondre et j'ai claqué la porte de la salle de bains avant de m'enfermer à double tour. J'avais froid, j'étais épuisée, sale, affamée et incapable de supporter une minute de plus le crétin braillard qui avait pris possession du corps de Jim.

Je l'ai entendu crier : « Classique ! » puis donner un coup de pied dans une valise. Je me suis fait couler un bain : mieux valait le laisser digérer seul la nouvelle, j'avais besoin de m'immerger dans l'eau chaude pour me calmer.

17 juillet (toujours à New York)

Ce matin, on ne s'adressait toujours pas la parole. En sortant de la salle de bains, j'étais tellement remontée contre Jim que je n'ai pas partagé avec lui le dernier sandwich que ma mère avait préparé, si bien qu'il est allé se coucher le ventre vide. Pour la première fois depuis qu'on dormait dans le même lit, on a gardé nos distances. Au réveil, on était emboîtés tels des siamois, comme d'habitude. Jim m'enlaçait la taille, une jambe enroulée autour de moi. Mais, mis à part quelques grognements concernant l'organisation du petit déjeuner, on ne s'est pas parlé.

Quand on est enfin sortis de l'hôtel à dix heures et demie, je ne m'attendais pas à l'humidité qui règne à New York au mois de juillet. Comme l'avion me donne froid, je n'y ai pas prêté attention hier, mais aujourd'hui j'ai eu l'impression que j'avançais dans un brouillard chaud, humide et malodorant. En quelques secondes, mon visage s'est couvert de sueur. Je devais ressembler à un gros morceau de fromage rouge et suintant. J'ai enlevé mon cardigan pour le ranger dans mon sac à dos.

Jim m'a jeté un regard circonspect. Il me jaugeait, histoire de déterminer qui allait craquer le premier. Ce ne serait certainement pas moi.

— Qu'est-ce que tu as envie de faire, aujourd'hui ? a-t-il fini par demander.

J'ai haussé les épaules.

— Je ne sais pas. Et toi ?

Je savais pertinemment ce qui lui aurait fait plaisir : une ou deux expos et une virée dans les magasins pour s'approvisionner en tee-shirts, mais il ne voulait pas jouer franc jeu.

— Non, je t'ai demandé ce que TOI, tu avais envie de faire, a-t-il répondu d'un ton hargneux.

— Tu tiens vraiment à ce qu'on se dispute encore ? Pars de ton côté, fais ce que bon te semble, on se retrouve après.

Sur ces mots, je suis partie comme une flèche. Au Trivial Pursuit, s'il existait une catégorie « partir comme une flèche », je gagnerais un fromage à tous les coups. Et en bonus, je sais que ça énerve Jim au plus haut point. Je suis allée aussi loin que le *delicatessen* installé à deux portes de là : c'est l'équivalent américain de notre épicerie du coin avec un choix de viandes froides et des salades de fruits frais. J'étais en train de compter ma monnaie pour me payer une bouteille d'eau quand Jim m'a rejointe.

Il est resté planté devant le comptoir pendant que j'essayais de me rappeler la valeur des pièces que j'avais dans la main.

Il n'a pas dit un mot pendant que je fouillais mon sac à la recherche de mes lunettes de soleil et de mon écran total. C'était un peu agaçant, ce silence. Soudain, il s'est penché pour m'effleurer les lèvres d'un baiser.

— Pardon ! nous sommes-nous exclamés en chœur.

J'ai levé mon petit doigt.

— Amis ? ai-je demandé d'une voix contrite.

D'un geste solennel, il a accroché son auriculaire au mien.

— Amis.

— Écoute, au sujet de l'argent...

Jim a secoué la tête.

— Oublie, j'ai un peu dramatisé. Ils avaient sans doute prévu leur coup. Cinq cents dollars, ce n'est pas grand-chose, il nous reste encore plein de sous.

— J'aurais dû t'attendre.

J'ai levé les yeux vers Jim. Je le connais depuis toujours, enfin depuis trois ans, et maintenant encore, il me suffit de le regarder pour avoir envie de me jeter sur lui. Son visage anguleux, ses longues jambes, ses traits adoucis par sa tignasse brune et la courbe audacieuse de sa lèvre inférieure. Il m'a dévisagée avec un petit sourire en coin, les mains devant les yeux pour se protéger du soleil, si bien que j'avais du mal à déchiffrer son expression. Parfois, il lui suffit d'un regard pour obtenir de moi ce qu'il veut. Un regard comme celui-là.

— Allez... je sais que tu veux aller au Guggenheim admirer sa célèbre rotonde dessinée par l'architecte Frank Lloyd Wright.

Jim a souri puis m'a donné une pichenette sur le nez.

— Tu lis en moi comme dans un livre.

— Comme dans un roman de gare, ai-je ironisé. Bon, il faut qu'on trouve la station de métro la plus proche.

On a passé la matinée à se perdre dans les transports en commun et à admirer des œuvres d'art. Bref, on s'est cultivés. Mais le meilleur moment de la journée, c'est quand on a déjeuné de hot dogs et de bretzels achetés à un de ces marchands ambulants qu'on voit dans les films. On était à nouveau fous amoureux l'un de l'autre, même si l'air était trop moite pour qu'on songe à se tenir la main.

On a regagné les quartiers commerçants dans l'après-midi pour que Jim puisse faire une razzia de tee-shirts mais il y avait tellement de boutiques qu'on ne savait plus où donner de la tête.

— Toi, tu continues, ai-je décrété en sortant de notre quatrième magasin. Moi, je vais faire un tour au cybercafé pour vérifier mes e-mails.

Comme prévu, Grace m'avait écrit.

À : pipelette@hotmail.com
De : graceland@hotmail.com

Salut, Edie,

J'espère que tu vas bien. Si tu lis ces lignes, c'est que tu as réussi à passer entre les balles. Ici, c'est la catastrophe. Je me faisais une joie de partir en tournée jusqu'à ce que je découvre... (roulement de tambour) que Jack est de la partie ! Non, il n'a pas changé de sexe ni persuadé Penelope de le laisser jouer du triangle dans le groupe. Il va s'occuper du matériel. Et tout ça, c'est la faute de Jessie. Ils se prennent pour Batman et Robin, ces deux-là, et c'est pénible. Je croyais que j'avais ma chance avec Jack, mais apparemment, c'est Jessie qui l'obsède. Le hic, c'est que Pénélope sort avec ce type et lui mène la vie dure en permanence, alors j'ai du mal à comprendre pourquoi Jack est allé se dégotter une idole aussi pitoyable.

Y en a marre.

Bon, faut que j'y aille. Réponds-moi vite.

Grace

J'ai secoué la tête. C'est si simple d'analyser ce qui cloche dans la vie de Grace. J'ai beaucoup plus de mal à cerner mes propres problèmes. J'ai cliqué sur « Répondre ».

À : graceland@hotmail.com
De : pipelette@hotmail.com

Salut, Grace,

Je t'écris en direct de New York City. On est toujours entiers. Jim vient de s'engouffrer dans un de ces innombrables magasins qui vendent des tee-shirts imprimés trop grands pour lui.

Depuis notre arrivée, on n'arrête pas de se disputer à cause du décalage horaire (c'est une histoire trop longue et trop compliquée à raconter) mais une bonne nuit de sommeil et un vrai repas devraient tout arranger.

Bon, permets-moi de te mettre les points sur les i (encore une fois, c'est le décalage horaire) : je sais que tu en pinces pour Jack (pas la peine de le nier), et sa présence pendant la tournée t'offre une occasion unique de tenter ta chance ! Saute-lui dessus ! Jim est en train de lire ces lignes par-dessus mon épaule. Il t'envoie le bonjour et me signifie qu'on doit y aller par la même occasion. Mon « maître » a parlé, je n'ai pas la force de résister (je précise que les guillemets sont sarcastiques).

Prends bien soin de toi.

Edie

Jim m'a prise par les épaules tandis que je fermais ma boîte e-mail.

— Tu es fatiguée ?

— Oui. On prend un café ultra-serré ou on s'offre une sieste ?

— Va pour la sieste, a décrété Jim. J'en ai marre de me perdre dans le métro, prenons un taxi.

Bonne idée. Une demi-heure plus tard, on dormait à poings fermés.

Je me suis réveillée en sentant Jim me caresser les cheveux et m'embrasser l'oreille. J'ai fait semblant de dormir pendant cinq minutes pour prolonger le plaisir. Il s'est collé contre moi et a glissé sa main le long de mon dos.

— Je sais que tu ne dors pas, a-t-il susurré. Ton souffle s'accélère.

J'ai souri et je me suis penchée pour repousser une mèche de ses cheveux.

— Salut, toi, ai-je murmuré.

— Salut, a-t-il répondu avant de me mordiller la lèvre inférieure.

J'ai effleuré sa bouche d'un baiser. Il a essayé de m'embrasser à son tour, mais chaque fois qu'il s'avançait, je reculais pour déposer ensuite de petits baisers sur ses joues, ses paupières et le bout de son nez. Soudain, au comble de l'exaspération, il s'est penché sur moi et a collé sa bouche à la mienne.

Au bout d'un moment, il m'a libérée pour me demander, entre deux baisers dans le cou :

— À quelle heure doit-on retrouver Carl et Lisa ?

— Huit heures.

— Il nous reste deux heures, a-t-il déclaré après avoir jeté un coup d'œil au réveil sur la table de nuit.

J'ai caressé son dos, je sentais ses muscles saillants sous mes doigts.

— Je pourrais prendre un long bain, histoire de tuer le temps.

Jim m'a pincé le bras.

— Et pourquoi pas une douche rapide ? J'ai des projets pour toi.

L'air s'était rafraîchi. On a traversé Soho pour rejoindre le quartier de Nolita, en s'arrêtant de temps à autre pour consulter notre plan. Après quelques détours, on a fini par trouver Mulberry Street et le petit restaurant italien où on avait rendez-vous avec Carl et Lisa. La perspective de passer une soirée avec eux me rendait nerveuse. Lisa ne m'avait pas fait très bonne impression et Carl était probablement le dernier des crétins, à en juger par la petite amie qu'il s'était choisie. Mais ils avaient l'air contents de nous voir : il faut dire qu'ils allaient dîner à l'œil. Oh là là, je deviens vraiment cynique !

On s'est installés en terrasse et on a regardé un groupe de vieux Italiens se saluer puis s'asseoir pour fumer des cigares et partager une bouteille de vin. Carl a juré ses grands dieux que la Mafia contrôlait le quartier et que ces hommes étaient des membres retraités de Cosa Nostra. À mon avis, il a vu trop d'épisodes des *Soprano*. Je suis tombée amoureuse du décor. La serveuse et son accent du Bronx hyperprononcé, qui m'a fait répéter dix fois ma commande – des spaghettis aux boulettes de viande – parce que « j'adore votre accent, il est trop chou », l'odeur de l'ail mêlée à celle des pots d'échappement, l'atmosphère lourde et moite, et le fait que chaque passant se promenait avec un petit chien en laisse.

Carl et Lisa n'avaient pas les mêmes sujets de conversation que nos amis de Manchester – à savoir qui sort avec qui, qui déteste qui, et puis le cinéma, la musique, la peinture. Non, ils parlaient de leurs problèmes de sinus, du coût de la vie à New York.

J'avais hâte que le repas se termine. Peut-être qu'avec Jim, on pourrait s'offrir une promenade romantique dans Central Park une fois qu'on se serait débarrassés d'eux. Mais on avait à peine réglé l'addition que Carl et Lisa projetaient déjà de faire la tournée des bars.

— Mais Edie n'a pas l'âge légal, a objecté Jim. L'alcool est interdit aux moins de vingt et un ans ici, non ?

Carl m'a fait un clin d'œil qui m'a un peu déstabilisée : jusqu'à preuve du contraire, on n'était pas vraiment les meilleurs amis du monde. Il a cité le nom d'un endroit pas très éclairé où on ne me demanderait pas ma carte d'identité.

Puis, tandis que Jim et Lisa marchaient devant nous, il a passé un bras un peu trop amical autour de mes épaules et il s'est mis à me raconter sa vie avec Lisa en long, en large et en travers. Trop répugnant pour que je m'étende sur le sujet. Il se passait quelque chose de bizarre mais je n'arrivais pas à identifier mon malaise. Puis Carl est entré dans un immeuble à la suite de Jim et de Lisa, et mon sentiment étrange s'est dissipé.

Le Red Bench Bar était tellement sombre que si Carl ne m'avait pas guidée vers une table en me prenant par la taille, j'aurais dû aller demander au barman des lunettes à infrarouges.

Jim et Carl sont allés commander et je me suis assise en silence à côté de Lisa. Elle a enroulé une mèche de ses cheveux teints en blond californien autour d'un doigt à l'ongle parfaitement manucuré. J'avais beau porter ma robe Mango qui ressemblait à une création de Marc Jacobs, je me faisais l'effet d'une gamine débraillée à côté d'elle.

— Jim est mignon, a-t-elle annoncé brusquement. Très, très mignon.

— Il se défend, ai-je répondu d'un ton neutre.

— Tu es toujours en colère à cause de l'argent, pas vrai ? a-t-elle demandé, et, malgré l'obscurité, son expression moqueuse ne m'a pas échappé. Je me suis expliquée avec Jim, il l'a bien pris.

— Ce n'est pas l'impression que j'ai eue hier soir, ai-je marmonné.

— Les hommes, ça se mène à la baguette. Il va falloir que tu apprennes, a-t-elle observé, avec sa vaste expérience.

C'est vrai qu'elle avait quatre ans de plus que moi.

— Prends Carl, par exemple.

Euh, non, même pas avec des pincettes.

J'ai soupiré.

— Oui ?

— Il fait l'affaire dans l'immédiat, mais je n'envisage pas du long terme avec lui.

Comme elle abordait le sujet qui l'intéressait vraiment, Lisa s'est penchée vers moi.

— C'est comme Jim et toi.

— Ça n'a rien à voir, me suis-je écriée avec indignation. On s'aime, nous !

Vu le contexte, ma réaction sentait le lieu commun. C'est du moins ce que Lisa devait penser.

— Ah oui, l'amour ! C'est vrai que les ados ont tendance à s'accrocher à leurs idéaux romantiques, a-t-elle raillé. C'est ton premier petit ami, alors bien sûr, tu crois que tu es amoureuse. Mais à l'université, tu changeras d'avis.

— Je ne vois pas pourquoi, ai-je protesté. Si deux personnes s'aiment, elles peuvent faire en sorte que ça marche.

Lisa a ignoré ma remarque.

— Moi et Carl, on est un couple libre, a-t-elle poursuivi. Ça simplifie les choses. Je suis tellement soulagée d'en avoir terminé avec la jalousie : tu sais, ces énergies négatives freinent l'épanouissement.

— La liberté, c'est juste une excuse pour tromper l'autre.

— Tu n'as jamais connu que Jim ?

Lisa a baissé la voix.

— Carl t'aime bien, tu sais.

— Et ?

— Je veux dire que tu lui plais, a-t-elle gloussé. Et je sais que Jim a un faible pour moi.

Mon cerveau était sur le point d'exploser quand Carl et Jim sont revenus avec nos boissons. Carl se glissait déjà sur le banc à côté de moi tandis que Lisa indiquait le siège près d'elle à Jim. Il n'avait plus d'autre choix que de s'asseoir. Tout de même, il n'était pas obligé d'afficher cet air réjoui.

Puis Carl a touché mon genou sous la table avant de chuchoter :

— Alors, Lisa t'a parlé ?

Mon regard méprisant est passé inaperçu dans l'obscurité. J'ai pris une gorgée de mon verre, que j'ai recrachée aussi sec.

Cet incident a été accueilli par un éclat de rire. Lisa a fait mine d'éponger la table avec une serviette en papier.

— Au fait, j'ai oublié de préciser que les doses d'alcool étaient très généreuses, a expliqué Jim en souriant.

— Merci de m'avoir prévenue, ai-je répondu avec mauvaise humeur.

Pendant les deux heures suivantes, Carl n'a pas arrêté de commander des verres et d'avoir des gestes déplacés. J'ai essayé d'attirer l'attention de Jim en lui donnant des coups de pied sous la table mais il semblait captivé par les propos de Lisa. De temps à autre, il me souriait avant de se tourner à nouveau vers elle.

J'ai fini par m'apercevoir que j'avais un peu trop bu. Je devais lutter contre l'envie de poser ma tête sur la table. Carl a murmuré qu'il trouvait mon accent très sexy.

— Oh, regarde-les, comme ils sont mignons, a observé Lisa.

J'ai essayé de fixer mon attention sur elle, mais au lieu d'une Lisa, j'en voyais au moins trois.

— Je ne me sens pas très bien, ai-je articulé lentement.

Ma voix me parvenait comme de très loin. Jim s'est levé.

— Edie ! Tu n'es pas sortable, s'est-il écrié.

J'ai essayé de me lever à mon tour mais je me suis rendu compte que Carl m'avait pris la main.

— On y va ? ai-je demandé aux trois Jim qui me dévisageaient avec la même expression de dégoût.

Carl m'a donné une accolade enthousiaste.

— Hé, vous ne pouvez pas partir maintenant ! s'est-il exclamé. La soirée vient juste de commencer.

Mais son geste « amical » a eu un effet dévastateur sur mon estomac.

— Je crois que je vais être malade, ai-je marmonné.

Avec un soupir d'exaspération, Jim m'a empoignée par le bras puis m'a entraînée à l'extérieur. Quelque part dans ma tête, j'avais déjà décidé que j'allais vomir et j'accueillais cette idée avec beaucoup de sérénité. J'ai titubé jusqu'au bord du trottoir et j'ai vomi mes tripes. Encore et encore. Une fois l'estomac vidé, je me sentais beaucoup mieux et surtout étrangement calme. Je me suis retournée : Jim, les bras croisés, m'observait d'un air écœuré.

J'ai reculé d'un pas, clouée par la dureté de son regard, et j'ai failli m'étaler. Il s'est précipité pour me rattraper par le bras.

— Tu viens de te donner en spectacle.

Ses yeux lançaient des éclairs.

— À l'avenir, tu devrais éviter de boire.

— Laisse-moi, ai-je braillé. Ce n'est pas à toi de me dire ce que je dois faire. J'y retourne et je vais me commander un autre verre.

— Tu as assez bu et Carl a eu sa dose de drague, à mon avis.

C'est à ce moment que Carl et Lisa sont sortis du bar, ont croisé le regard furieux de Jim et se sont arrêtés net.

— Je ramène Edie à l'hôtel, a-t-il déclaré d'un ton qui ne trahissait aucune émotion.

J'en ai déduit que ce serait ma fête quand on se retrouverait seuls. J'avais beau haïr nos nouveaux amis américains, j'ai pensé que leur présence serait un gage de sécurité.

— Je veux aller avec eux, ai-je pleurniché.

Jim me tenait toujours fermement par le bras.

Il s'est tourné vers Carl et Lisa en ignorant mes efforts frénétiques pour me dégager.

— Merci pour cette soirée. On vous appelle en arrivant à Los Angeles pour vous confirmer que la voiture est arrivée à bon port.

Comprenant qu'il les congédiait, ils ont fait mine de partir, mais Jim n'en avait pas fini avec eux.

— Oh, Lisa, a-t-il ajouté de ce ton à la fois calme et menaçant qui me fait toujours froid dans le dos, est-ce que je peux récupérer les six cents dollars ?

Lisa en est restée comme deux ronds de flan.

— Qu'est-ce que c'est que cette histoire ? lui a dit Carl. Pourquoi devraient-ils payer alors qu'ils nous rendent service ?

Il a regardé Jim.

— Comme je te l'ai expliqué, il nous aurait fallu débourser une fortune pour faire convoyer la voiture jusqu'à Los Angeles.

Furieuse, Lisa a fouillé dans son sac.

— Voilà cinq cents dollars, a-t-elle grommelé en déposant une liasse de billets dans la main tendue de Jim. Je n'ai pas le reste.

Carl lui a lancé un regard venimeux avant d'extirper un billet froissé de cent dollars de la poche de sa veste.

— Et voilà, mec, désolé. Ah, les filles, hein ?

Puis Carl et Lisa ont quitté la scène.

Jim m'a lâché le bras et je me suis sentie partir en arrière.

— Je n'ai rien fait de mal...

— Je ne veux plus t'entendre, Edie, a-t-il répliqué d'un ton las. Je veux juste rentrer à l'hôtel et oublier les événements de cette dernière demi-heure.

— Jim, je...

Je n'ai pas pu achever ma phrase. Jim, qui s'était avancé sur la chaussée pour héler un taxi, ne me prêtait plus la moindre attention.

Je suis montée dans le taxi qui venait de s'arrêter à notre niveau. Une fois rentrés à l'hôtel, on s'est couchés. Et pour la deuxième nuit consécutive, on n'a pas échangé un mot.

18 juillet (New York, toujours)

Ce matin, Jim était toujours furieux contre moi. Il ne m'a pas dit qu'il était furieux (il ne m'a rien dit, en fait) mais il a décidé de quitter l'hôtel très tôt (à huit heures du matin pour être exacte), ce qui n'était ni nécessaire, ni très charitable. Moi, je n'avais qu'une envie, me terrer sous les couvertures.

La gueule de bois, c'est l'enfer. J'avais l'impression que le moindre battement de mes cils résonnait à l'intérieur de mon crâne. Les nausées en plus. Mais Jim a ignoré mes faibles protestations et est descendu prendre son petit déjeuner après m'avoir sèchement informée que je devais avoir pris une douche, rassemblé mes affaires, et être prête à partir d'ici une demi-heure. En prime, il a claqué la porte.

À huit heures trente-cinq je me cramponnais à mon triple expresso acheté au Starbucks près de l'hôtel en regardant d'un air contrit Jim remplir le coffre de la voiture et jurer entre ses dents. J'ai bien essayé de soulever ma valise, bref de faire preuve d'un peu de bonne volonté, mais il me l'a arrachée des mains puis il m'a ordonné de monter dans la voiture. Ne jamais s'interposer entre un garçon et sa mauvaise humeur.

Il n'y avait pas de séparation entre le siège conducteur et le siège passager : j'ai disposé avec soin mon sac à dos, mes cartes et le carnet de notre itinéraire de sorte qu'ils fassent rempart entre Jim et moi. Ça m'a pris trente secondes. Jim, quant à lui, luttait toujours avec le coffre.

Je me demandais ce qu'il pouvait fabriquer. On avait chacun une valise et un sac, et un grand coffre plus le siège arrière pour les entreposer.

Il a fini par venir à bout des bagages et s'est glissé sur le siège avant. Il a baissé la vitre – pour la remonter aussitôt en s'apercevant qu'il faisait plus chaud dehors qu'à l'intérieur de la voiture – et posé les mains sur le volant en poussant un gros soupir.

Je ne pouvais pas faire grand-chose pour lui. Il était visiblement nerveux à l'idée de conduire une épave en bout de course sur le côté droit de la route. Mais tout ce que j'aurais pu dire ne lui aurait été d'aucun réconfort vu l'état d'esprit dans lequel il se trouvait. Je me suis contentée de grimacer un sourire qui, j'en suis certaine, l'aurait vraiment encouragé s'il avait pris la peine de m'accorder un regard.

On est restés assis sans bouger quelques minutes encore avant qu'il se décide soudain à tourner la clé de contact. Le moteur s'est mis à ronronner. Une fois revenu de sa surprise, Jim a manœuvré doucement et on a pris la route. Notre périple commençait.

Deux heures plus tard, j'essayais encore de rassembler assez de courage pour parler à Jim. Il avait réussi à vaincre sa peur et semblait détendu, lunettes de soleil sur le nez, coude appuyé contre la vitre baissée. Mais dès que je remuais sur mon siège ou que je faisais mine de baisser le volume de sa cassette de Franz Ferdinand, il me décochait un regard qui trahissait autant le dégoût que le reproche.

J'avais du mal à me souvenir pourquoi il m'en voulait autant. D'accord, j'avais trop bu et je m'étais ridiculisée mais c'est lui qui m'avait laissée me débrouiller avec Carl et ses sales pattes pendant qu'il n'avait d'yeux que pour Lisa.

— Jim ?

— Quoi ? a-t-il répondu d'un ton sec.

J'ai pris ma respiration et j'ai compté jusqu'à dix.

— Quand vas-tu te décider à me reparler ?

— Je ne sais pas encore.

— J'étais saoule, j'ai vomi. Comme si ça ne t'était pas arrivé des centaines de fois !

— Moi, je ne donne pas la main à n'importe qui quand tu es assise en face de moi, a crié Jim qui avait visiblement laissé tomber l'attitude ironique et détachée.

— Jim, ce type a essayé de me peloter pendant des

heures mais tu étais tellement fasciné par Lisa que tu n'as même pas remarqué. Je lui tenais la main pour l'empêcher de descendre plus bas.

— Peu importe.

— Tu ne me crois pas ?

D'un geste brusque, Jim a changé de vitesse et la voiture s'est mise à vibrer.

— Si, a-t-il soupiré.

— Tu veux bien répéter ça en y mettant un peu plus de conviction ?

— O.K., je te crois. Cela dit, je ne vais pas passer le séjour à réparer tes bourdes. Je ne vois pas pourquoi je devrais toujours être le seul à me comporter en adulte responsable.

Nos regards se sont croisés. J'ai attendu un signe de sa part montrant qu'il n'était plus fâché contre moi, mais il restait impassible. J'ai touché sa jambe.

— Je te demande pardon, ai-je dit avec toute la sincérité dont j'étais capable. Que puis-je faire de plus ? Je suis vraiment désolée.

Il a levé un sourcil, l'air de m'encourager à continuer.

Je me suis rapprochée de lui.

— Allez, on repart de zéro. On tire un trait sur New York.

Je me suis penchée pour lui poser un baiser sur la joue. Toujours pas de réaction. Je l'ai embrassé dans le cou avant de lui mordiller le lobe de l'oreille. Aucune chance qu'il résiste. Il a enlacé ma taille.

— O.K. Je te pardonne. On repart de zéro.

— Je déteste me disputer avec toi, me suis-je lamentée. Et on n'a pas arrêté depuis qu'on a posé le pied dans ce pays.

— Décalage horaire, a décrété Jim. Et, pour ta gouverne, j'étais bien fasciné par Lisa.

Mon sang n'a fait qu'un tour.

— Ah bon ?

— Oui. Cette fille est tellement... bizarre. Pas intéressante, non. Flippante. Style très centrée sur elle-même, sauf qu'elle appelait ça « être en harmonie avec son moi profond ». Pendant une minute, j'ai cru qu'elle me draguait.

— Mais elle te draguait ! me suis-je exclamée avec indignation. Elle m'a dit qu'elle et Carl se considéraient comme un « couple libre ».

— Ah, d'accord, a déclaré Jim, un peu sonné par cette révélation.

Il est resté silencieux quelques secondes.

— Bon sang, cette fille était vraiment bizarre.

Il nous a fallu presque une journée entière pour atteindre Philadelphie, et vous savez quoi ? Le voyage m'a fait penser à un film d'art et essai. Le genre avec des prises de vues sous plein d'angles différents pour marquer le temps qui passe. Le héros et l'héroïne sont fous amoureux l'un de l'autre et toute la scène est inondée de soleil. C'était exactement comme ça.

On a chanté sur la compilation d'Elvis que Tony l'Italien nous avait offerte lors de notre soirée d'adieu. On s'est arrêtés dans un authentique *diner* [1] américain pour déjeuner. Jim a commandé des gaufres au jambon (notez bien : au jambon !) qu'on lui a apportées saupoudrées de sucre glace et arrosées de sirop d'éra-

1. Les *diners* sont des restaurants typiquement américains. Ils servent à toute heure et font aussi office de café.

ble. De retour dans la voiture, j'ai enlevé mes chaussures pour appuyer mes pieds contre le tableau de bord et j'ai regardé défiler les bus scolaires jaunes et les grosses bagnoles aux vitres teintées dont les plaques minéralogiques arboraient l'inscription : « New Jersey – The Garden State[1] ».

1. Le New Jersey est surnommé « l'État jardin ». *(N.d.T.)*

Philadelphie

En milieu d'après-midi, on a traversé la rivière Delaware pour entrer dans Philadelphie. J'ai jonglé avec les cartes pour guider Jim dans le centre-ville.

Il a laissé échapper un sifflement admiratif.

— Je suis vraiment impressionné par tes talents de copilote, Edie.

J'ai fait la grimace.

— Avec mes parents, on allait camper tous les étés en France. Non seulement c'était moi le guide mais je devais en plus parler français !

J'ai tressailli à ce souvenir.

Après quelques hésitations, on s'est engagés dans l'allée d'un motel dont l'enseigne n'avait pas semblé trop rédhibitoire à Jim. À la réception, on a vécu un moment pas très agréable quand le type derrière le comptoir, qui croyait que j'étais mineure, a voulu voir ma carte d'identité. Jim s'est un peu emporté :

— Elle a dix-neuf ans, c'est écrit sur son passeport !

Après avoir payé un acompte pour deux nuits, on a pu s'installer dans la chambre 31.

Jim s'est étiré en grognant tandis que j'ouvrais les rideaux pour laisser entrer le soleil.

— Tu es fatigué ? ai-je demandé en pénétrant dans la salle de bains pour vérifier si elle était pourvue en articles de toilette gratuits. Que dalle !

— Je suis un peu courbatu, a répondu Jim en s'affalant sur le lit.

— Je dois avoir du Synthol quelque part dans mes affaires. On pourrait aller faire un tour et manger un morceau ?

Jim s'est encore étiré avant de se relever pour enlever son tee-shirt. Il s'est massé le cou d'un geste las.

J'ai contemplé nos deux reflets dans le miroir. Jim était si beau.

C'est rare, la beauté, chez un homme, mais Jim a cette chance. Certains le trouvent trop maigre. Moi, j'adore son corps délié et nerveux malgré les tonnes de pâtes qu'il dévore pour se remplumer. J'aime aussi la petite bosse de son nez, ses pommettes saillantes et l'arc un peu relevé de son sourcil gauche.

Je suis moins réussie. Jim me dit toujours que ma beauté s'épanouira avec l'âge quand je me plains de mes taches de rousseur et de ma bouche trop grande. Parfois je me fais l'effet d'une extraterrestre avec mes grands yeux, mon menton pointu et mon absence de nez. Peut-être que ma frange est trop courte. J'ai froncé les sourcils en tirant sur ma queue-de-cheval avant de m'apercevoir que Jim avait disparu dans la salle de bains pour prendre une douche.

Il en est sorti une demi-heure plus tard, une serviette enroulée autour des hanches. Propre comme un sou neuf mais crevé.

— Il va bientôt faire nuit, ai-je observé. Je vais sortir acheter à manger et on peut s'installer devant la télé, qu'en dis-tu ? Je crois qu'il y a une chaîne de cinéma.

Jim a hoché la tête.

— Ça ne te dérange pas d'y aller seule ?

— Non, je serai de retour dans une demi-heure maxi.

Quand je suis revenue avec des sandwichs énormes et un pot de Ben & Jerry's, il dormait à poings fermés. J'ai pensé le réveiller mais il semblait si paisible que j'ai pris mon bagel à la dinde ainsi que le pot de glace et, installée sur le banc dehors, j'ai mangé en regardant les étoiles.

19 juillet

Philadelphie est le berceau de la démocratie. C'est pour cette raison que j'ai insisté auprès de Jim pour aller admirer Liberty Bell – la Cloche de la Liberté. Il n'a pas été impressionné une seconde.

— Elle est fêlée, a-t-il commenté. Et ce n'est pas très patriotique de ta part de m'obliger à voir des monuments qui commémorent une guerre au cours de laquelle les Anglais se sont fait botter les fesses.

— Mais c'est de l'histoire ! me suis-je exclamée, scandalisée.

Visiblement, Jim s'en battait l'œil, de l'histoire.

— Bon, on peut aller visiter le musée Rodin, maintenant ?

— Pff, comme tu veux.

J'ai tiré sur le col de ma chemise à carreaux rose. Il faisait une chaleur écrasante. Le jean, ce n'était peut-être pas une très bonne idée.

Quand on est arrivés au musée, Jim paraissait ragaillardi, alors que jusque-là il s'était montré un peu maussade après sa nuit marathon de quatorze heures. Il s'était réveillé vers deux heures du matin, avait englouti le sandwich que j'avais laissé sur la table de nuit puis s'était rendormi pendant six autres heures.

J'étais ravie : il y avait l'air conditionné dans le musée. Et puis des tas de sculptures, alors Jim était enchanté, lui aussi. En art, il s'y connaît comme personne. Il peut rester des heures à contempler une sculpture ou un tableau et je ne sais jamais s'il apprécie vraiment le travail de l'artiste ou s'il essaie juste de faire le malin. Moi ? Je regarde un truc, je décide si j'aime ou pas et je passe au suivant. On est restés quatre heures dans ce musée. Quatre heures de ma vie que je ne rattraperai jamais. Grrrr.

Washington

20 juillet

On a repris la route aujourd'hui. D'après mon itinéraire infaillible, Washington est à 224 kilomètres de Philadelphie, distance à peine imaginable étant donné la chaleur à crever dans la voiture. Je n'avais jamais vraiment réfléchi aux bienfaits de l'air conditionné auparavant, mais depuis que j'avais les cuisses scotchées au cuir du siège et que le soleil tapait à travers le pare-brise, je ne pensais plus qu'à ça.

Enfin, pas seulement. Je pensais aussi beaucoup à Jim. Tout ce temps passé ensemble, ça commençait à me rendre dingue. Chaque fois que je tournais la tête, il était là. J'étais à l'aise en sa présence, je n'avais pas envie de me sentir TROP à l'aise. J'avais besoin d'entretenir un certain mystère, traduction : je ne voulais pas qu'il vienne se laver les dents pendant que je prenais ma douche. Ce qui avait donné lieu à notre première dispute ce matin.

Il a fait irruption dans la salle de bains sans prêter la moindre attention à moi et il a eu l'air de tomber des nues quand j'ai poussé un cri avant de me cacher derrière le rideau de douche.

— Dehors ! ai-je hurlé.

Il n'a pas compris pourquoi je me mettais dans cet état. En quoi me faire surprendre les fesses à l'air sous la douche me fragilisait davantage que me rouler nue sous la couette pour... enfin, vous voyez.

— Il n'y a rien que je n'aie déjà vu, a-t-il remarqué en me fixant d'un air concupiscent.

Il a fallu que je lui jette ma bouteille de shampoing à la figure pour qu'il comprenne que je ne plaisantais pas.

Quand je suis sortie de la salle de bains habillée de pied en cap, il avait enfin pigé que j'avais des problèmes avec la nudité et il s'est excusé. Puis on a repris la route sous la chaleur et on s'est chamaillés avec l'obstination de gamins de trois ans. Tout était prétexte à bagarre : le choix de la musique, pourquoi j'avais bu deux tasses de café alors que ça me donnait envie de faire pipi et en quoi le fait de porter le même tee-shirt deux jours d'affilée était franchement dégoûtant.

D'accord, ce n'étaient pas de vraies disputes et Jim se mettait à rire entre deux reproches, mais tout de même, je commençais à en avoir marre. Je n'avais jamais remarqué à quel point il est doué pour le conflit. Il est pire que Pénélope. Mais penser à Pénélope me donne le cafard.

Une autre mégapole américaine, un autre motel à deux sous décoré dans différents tons de beige. Après avoir changé de tee-shirt, Jim s'est installé sur le lit avec le guide de voyage.

— Cet après-midi, on pourrait visiter la Nicolasional Gallery of Art, a-t-il décrété. Puis la Nicolasional Portrait Gallery et le Corcoran.

— Dans la vie, il y a autre chose que les musées, ai-je grommelé.

— Bon, tu as faim ?

Je n'avais pas envie d'une autre dispute. Mais alors pas envie du tout.

— Jim... Peut-être qu'on devrait passer la journée de demain chacun de son côté, ai-je dit après une hésitation. On se bagarre sans arrêt. Tu aimes l'art, moi aussi, mais j'ai d'autres centres d'intérêt...

Jim m'a considérée d'un air pensif. J'ai essayé de sourire.

— O.K., a-t-il fini par répondre. Tu es sûre que tu parviendras à te débrouiller seule ?

— Certaine ! ai-je répliqué, vexée. J'ai seulement besoin d'un peu de temps pour moi. Pour faire des trucs de fille, quoi.

— Si on te retrouve morte dans un fossé, je vais avoir beaucoup de mal à me justifier vis-à-vis de tes parents, a ironisé Jim.

Puis il m'a promis qu'on se contenterait d'un rapide coup d'œil au pop art et qu'on laisserait définitivement tomber les tableaux de chérubins tout nus du début du XVIe siècle.

21 juillet (samedi)

À : pipelette@hotmail.com
De : graceland@hotmail.com
Ça y est, on a commencé les répètes interminables en vue de la tournée. Jack s'occupe du matériel. Jessie lui apprend à faire marcher la sono. À les regarder ensemble, on dirait qu'il s'agit des commandes d'un vaisseau spatial. Jack joue avec ma guitare

(enfin, ta guitare), c'est donc qu'il n'est pas si mauvais.

J'ai transmis tes amitiés à Pénélope mais je n'ose pas répéter ce qu'elle a dit.

Faut que j'y aille ! Ne nous oublie pas sur la route.

Grosses bises.

Grace

J'ai soupiré. Le café où je faisais une halte, dans le centre-ville de Washington, se trouvait à des années-lumière de Manchester : de là où j'étais assise, je voyais la Maison-Blanche. Ici, les hommes en costume-cravate ne travaillaient pas pour une compagnie d'assurances, non, ils dirigeaient l'Amérique, autant dire le monde. En comparaison, je me sentais minuscule et insignifiante.

J'ai cliqué sur « Répondre ».

À : graceland@hotmail.com
De : pipelette@hotmail.com

J'aime être une fille. Une fille cultivée, aventurière et dans le coup, en balade à Washington.

Aujourd'hui j'ai mis ma plus belle robe vintage (la verte avec les marguerites) et je suis allée au cimetière national d'Arlington déposer une gerbe de fleurs sur la tombe de Jacqueline Kennedy Onassis (une de mes idoles intemporelles en matière de style). Puis je me suis offert une manucure et une pédicure (pour la modique somme de vingt dollars !), et maintenant je suis en train de boire un cappuccino glacé en lisant ton dernier e-mail.

Jim va bien. Il s'occupe de son côté – ses trucs d'artiste habituels – et je suis sûre qu'il est secrètement soulagé de ne pas avoir à supporter ma présence et mes commentaires idiots du genre « Léonard de Vinci n'était pas très fort pour dessiner les mains, pas vrai ? ».

J'aimerais bien que Pénélope cesse de m'en vouloir à mort. Elle finira peut-être par se calmer. Ne l'écoute pas : tu es une guitariste hors pair tu as juste besoin d'un peu d'entraînement. D'ailleurs, tu ferais bien d'y aller !

Tu me manques.

Edie

Sur le chemin du retour à l'hôtel, j'ai admiré mes ongles de pieds vernis de rouge. Bizarre comme, après toute une journée sans Jim, je ressentais son absence. J'avais hâte de le retrouver. Au lieu d'échanger des suggestions polies sur l'endroit où on pourrait déjeuner, on aurait des trucs à se raconter, même si, pour ma part, je m'étais contentée d'aller déposer un bouquet sur la tombe d'une veuve de président.

En traversant la longue véranda qui menait à notre chambre, j'ai aperçu Jim qui m'attendait. Il était l'élément le plus enthousiasmant de ce drôle d'endroit. Je n'ai pas pu me retenir : je me suis jetée dans ses bras.

Jim a ri puis il m'a fait tournoyer dans les airs.

— Salut, toi.

Les bras autour de son cou, j'ai enfoui mon visage dans le creux de son épaule. J'ai reconnu son odeur chaude et citronnée. L'odeur de Jim.

— Tu m'as manqué.

Jim n'a pas fait mine de me reposer par terre et je me suis cramponnée un peu plus à lui. Il m'a appuyée contre le mur avant de m'embrasser avec voracité.

— Toi aussi, a-t-il répondu entre deux baisers.

Il n'y avait pas un seul millimètre de lui qui n'était pas collé contre moi.

J'ai plongé mes doigts dans ses cheveux tandis qu'il explorait mon cou avec sa bouche, au rythme des battements de mon pouls. D'un mouvement brusque, j'ai enroulé mes jambes autour de lui et, sans me lâcher, il a titubé jusqu'à la porte entrouverte de notre chambre.

Il a réussi à atteindre le lit sur lequel il m'a déposée. Je n'ai pas pu m'empêcher de glousser tandis qu'il plantait de petits baisers bruyants sur mes épaules en écartant les bretelles de ma robe.

— Une minute de plus et on finissait au poste.

— Tais-toi et embrasse-moi, ai-je grommelé.

Le reste est privé. Je crois qu'on ferait mieux d'éteindre la lumière.

Chicago

1er août

À : graceland@hotmail.com
De : pipelette@hotmail.com
AVIS : CE MAIL VA FIGURER DANS MON JOURNAL. PRIÈRE D'IGNORER LES PASSAGES TROP INTROSPECTIFS OU AXÉS SUR LES « SENTIMENTS ».

Salut, toi. Désolée de ne pas avoir écrit depuis des lustres. Qui n'a pas vu l'Amérique derrière le pare-brise d'une Chrysler 1973 avec des plaques de rouille assorties à la peinture bronze et aux sièges en cuir usé ne peut pas prétendre la connaître.

Ça fait maintenant presque deux semaines qu'on est sur la route. On a adopté un rythme étrange, très zen, et notre univers se résume à l'habitacle d'une voiture. Je m'inquiétais un peu à l'idée que Jim conduise autant mais il prend son pied. Il réalise ses fantasmes à la Kerouac bien qu'un soir où on avait pris du retard par rapport à l'itinéraire établi (et l'itinéraire est roi !) il ait failli s'endormir au volant. On a dû se garer sur le bas-côté pour qu'il fasse une sieste sur le siège arrière pendant que moi, qui étais bien réveillée, j'essayais de ne pas penser à toutes ces légendes urbaines idiotes concernant des tueurs en série avec des crochets en guise de mains qui hantent les autoroutes en quête de jolies jeunes filles pubères pour leur arracher les entrailles.

Tu veux peut-être savoir où on a été. Voici un récapitulatif qui, j'espère, ne ressemble pas à un de ces récits de voyage barbants.

Gettysburg : plein de monuments hyperrasoirs en mémoire de la guerre de Sécession.

Les chutes du Niagara : des chutes d'eau très, très hautes.

Toronto : Ouep, Toronto, au Canada ! Magasins sympas, population accueillante avec un accent très nasillard.

Detroit : ou la ville du rock, comme Jim se plaît à l'appeler. Plein de musées de voitures.

Chicago : c'est là qu'on se trouve en ce moment.

Entre deux mégapoles, on s'est arrêtés dans des petites villes à l'écart de l'autoroute. À vrai dire, elles se ressemblent toutes. On ne peut pas vraiment s'y balader, vu qu'elles possèdent en général une seule grande rue avec un Mac Do, un concessionnaire de voitures et une église pentecôtiste. On a découvert Denny's, une fabuleuse chaîne de *diners* lookés années cinquante. On se croirait dans la série *Happy Days*. Jim y mange au moins une fois par jour un de leurs breakfasts géants, et puis leur carte propose un dessert fantastique, à base de beurre de cacahuètes, qui prouve une fois pour toutes que Dieu existe ! Je dois forcer Jim à manger des fruits pendant le trajet, sans quoi il choperait le scorbut.

On s'entend bien tous les deux. Je ne t'en ai pas vraiment parlé avant mais ça s'est très mal passé la première semaine : des disputes sans fin, des critiques sournoises en voiture. Je commençais à me demander si on n'avait pas fait une énorme bourde. Vivre l'un avec l'autre vingt-quatre heures sur vingt-quatre, c'est si nouveau pour nous. Je crois que le pire est passé. On se sent à nouveau bien ensemble. On peut garder le silence pendant une heure sans éprouver de malaise. Ou jouer – un peu trop souvent – à Iris et Hank, un couple retraité de Buttcheek, dans l'Illinois, en route pour une nouvelle vie dans une communauté du nord de la Floride. Jim me tuerait s'il savait que je t'ai raconté ça !

Passons aux choses sérieuses : comment ça va sous le ciel ensoleillé de Manchester ? Tu ne m'auras pas avec tes commentaires désinvoltes sur Jack, je sais bien que tes hormones sont en ébullition, alors accouche !

Comment va Pénélope ? Elle a dû se calmer, non, à l'heure qu'il est ? Et Atsuko ? Et Deborah ? Avec combien de gars sont-elles sorties ?

Il faut que je te laisse. J'ai promis à ma mère d'aller me faire photographier devant l'hôpital où on tourne *Urgences*. Tu crois que je plaisante ? Ah, si seulement !

Grosses bises

Edie

Je venais d'envoyer mon mail à Grace quand ma boîte aux lettres a bipé pour m'annoncer que je venais de recevoir un message. Il était de Grace, justement. Les mails qui se croisent dans le cyberespace, c'est un des trucs qui m'énervent le plus dans la vie. J'ai jeté un coup d'œil à Jim qui était en train d'étudier des cartes routières sur Internet, alors qu'on possède déjà des milliards de guides de voyage en tous genres, et j'ai décidé de prendre le temps de lire puis de répondre.

À : pipelette@hotmail.com
De : graceland@hotmail.com

Salut, Edie,

J'espère que tu vas bien et que tu ne t'es pas perdue à l'autre bout du monde. Je n'ai pas eu de tes nouvelles depuis une éternité. On revient juste d'un concert exceptionnel à Reading. On a dû passer la nuit dans le van, et je n'ai pas du tout apprécié. Jack est un porc. Je le déteste ! Il a une nouvelle coupe débile avec une grosse touffe de cheveux sur le haut du crâne. C'est ridicule. Il s'est acheté un jean Carhartt et une paire d'Adidas, et pendant le concert, les filles n'arrêtaient pas de loucher sur lui. Je ne comprends pas pourquoi. Elles ont dû penser qu'il avait l'air d'un crétin prétentieux.

Jessie m'a trouvé un surnom, « Dis-Grace », soi-disant à cause de mon jeu de guitare. Et Pénélope a rigolé avant d'ajouter que ma chambre devrait être rebaptisée Dis-Graceland[1]. Jessie emménage avec elle au-dessus du café. Maman pense qu'il va s'installer dans ton ancienne chambre mais je crois qu'ils dorment ensemble. Si Pénélope

1. Graceland est le nom de la propriété d'Elvis Presley à Memphis, dans le Tennessee. *(N.d.T.)*

continue à me harceler, je vais le répéter à maman, et on verra bien si elle a toujours envie de rire.

Atsuko et Deborah sont sympas avec moi mais elles passent leur temps à courir après les garçons. Est-ce qu'elles ont toujours été comme ça ? Elles vont jusqu'à noter leurs scores respectifs.

Je commence à appréhender la tournée. Je ne crois pas que j'aurai appris tous les morceaux à temps, et en particulier l'enchaînement de la chanson sur les vampires, qui me donne beaucoup de mal. Est-ce que tu pourrais me faire un schéma des accords et me l'envoyer ?

Je vais me vautrer devant des DVD d'Ashton Kutcher. Désolée de ne parler que de moi et encore de moi, mais tu es la seule personne susceptible de comprendre.

Écris-moi vite.

Grace

P.-S. : J'allais oublier. À un moment, ma position inconfortable m'a réveillée et j'ai surpris Jack en train de m'observer avec insistance. Je devais avoir les cheveux en bataille, genre saut du lit. Ou plutôt saut du van. Bref, l'horreur.

Je n'ai pas pu m'empêcher de sourire à la lecture du P.-S. À seize ans, le fait qu'un garçon en pince pour moi m'aurait mise dans tous mes états. Mais à cet âge-là, je préférais me torturer avec mon énorme béguin pour Jim dans l'espoir qu'un jour il me promettrait un amour éternel. J'ai regardé de son côté. Il était toujours absorbé par son écran d'ordinateur : à présent, il vérifiait sa boîte Hotmail bien que j'aie toujours été la seule à lui envoyer des messages. Je connaissais un moyen d'attirer son attention.

À : artboy@hotmail.com
De : pipelette@hotmail.com

Je ne peux m'empêcher de m'interroger : c'est toi, le maigrichon mal peigné assis à côté de moi dans un cybercafé de Chicago ? T O.K. pr convers priV ?
Bip me baby (one more time !)

Ton admiratrice secrète

J'ai ri sous cape en entendant son ordinateur biper puis j'ai commencé à rédiger ma réponse à l'e-mail de Grace.

À : graceland@hotmail.com
De : pipelette@hotmail.com

Dis donc, plus morose, tu meurs ! J'imagine que ce sont les effets d'une nuit passée dans un van.

Alors comme ça, Jack a une crête et des Adidas ? Ça m'a l'air plutôt cool, comme dégaine. J'ai aussi dans l'idée qu'il cherche à impressionner une certaine fille que nous connaissons toutes les deux (toi, patate !). Tu devrais te détendre un peu avec les garçons en général et Jack en particulier. Et, bon sang de bonsoir ! ne lui montre pas qu'il t'énerve, prends l'air un peu distant quand il te court sur le haricot et balance-lui un sourire mystérieux. Pour ma part, je n'ai jamais été capable de mettre ce conseil en pratique, mais je pense qu'il fera merveille.

La prochaine fois que Jessie t'appelle Dis-Grace, réponds-lui qu'il a un prénom de fille. Et, oui, bien sûr que Pénélope et lui dorment ensemble. Enfin, Grace ! Mais ne dis pas à Pénélope que je te l'ai dit.

Faut que j'y aille. Dare-dare.

Je t'enverrai le schéma des accords dès que possible mais il faut bien compter une semaine avant que tu le reçoives.

Bises, Edie

P.-S. : Deborah et Atsuko ont toujours été comme ça !

Mon temps d'Internet était presque écoulé. Jim payait nos cafés quand j'ai cliqué sur le message qu'il venait de m'envoyer.

À : pipelette@hotmail.com
De : artboy@hotmail.com

Chère admiratrice secrète,
Votre intérêt me flatte mais je suis déjà engagé dans une relation amoureuse avec une fille qui n'aurait jamais recours à une expression aussi nulle que « bip me baby one more time » dans un e-mail.
Cordialement,

Jim Kowalski (M.)

On a passé la plus grande partie de la journée à se balader et à entrer dans des cafés équipés de l'air conditionné quand la chaleur devenait trop intense. Le reste du temps, on a demandé aux gens de nous indiquer le Chicago County Hospital et, chaque fois, ils nous ont dévisagés comme si on leur proposait d'aller rendre visite à la Mère Supérieure en personne. Qu'est-ce que je ne ferais pas pour cette femme !

2 août

La nuit dernière, Jim n'a pas dormi. Il n'a pas arrêté de se tourner, de se retourner, et de me réveiller par la même occasion. J'ai cru que c'était l'air glacé du ventilateur qui l'empêchait de trouver le sommeil. Je lui ai tourné le dos, histoire qu'il ne me dérange plus et je suis revenue à mon drôle de rêve, dans lequel je participais à la version norvégienne du *Maillon faible*.

Les premiers rayons de soleil filtraient timidement à travers les volets quand je me suis aperçue que Jim n'était plus dans le lit. Je me suis assise et, encore abrutie de sommeil, j'ai balayé la pièce du regard. Assis sur une chaise, sans autre vêtement que son boxer-short, il était plongé dans un des guides de voyage.

— Qu'est-ce que tu fabriques ? ai-je demandé d'une voix endormie. Reviens te coucher, il est... (j'ai jeté un coup d'œil au réveil) cinq heures du matin.

Il s'est tourné vers moi.

— Rendors-toi. Je voulais juste vérifier un truc.

J'ai poussé un grognement pour lui signifier ma désapprobation et je me suis blottie sous les couvertures. Quand je me suis réveillée à nouveau, il était neuf heures et Jim dormait sur sa chaise, la tête posée sur le bureau.

Je me suis levée et je lui ai effleuré le dos. Je sentais chacune de ses vertèbres sous mes doigts. Il n'a pas bougé d'un cil.

Je me suis penchée pour lui caresser les cheveux.

— Jim, ai-je murmuré. Tu vas te payer un mal de dos terrible en te réveillant.

Il a marmonné quelques mots inintelligibles puis a frotté sa tête contre ma main comme un petit chien. Je l'ai secoué avec un peu plus de vigueur, alors il a ouvert les yeux et s'est redressé.

— Aïe, aïe, a-t-il gémi en s'étirant.

— Tu devrais aller prendre une douche. Et ensuite je te ferai un bon massage.

— Peut-être, a-t-il répondu mollement.

— Qu'est-ce qui te prend de te lever au beau milieu de la nuit pour vérifier la route ? l'ai-je taquiné. Tu n'as pas confiance en mon itinéraire infaillible ?

— Pas maintenant, Edie, a-t-il aboyé.

Puis il s'est enfermé dans la salle de bains en claquant la porte derrière lui.

D'abord je n'y ai pas vraiment prêté attention. Jim se montrant grincheux parce qu'il n'avait pas assez dormi, ce n'était pas comme si on ne se parlait plus. Mais, ce matin, il n'a pas touché à son breakfast géant et s'est contenté de répondre par monosyllabes quand j'essayais de savoir quels étaient ses projets pour la journée.

La seule information utile que j'ai pu lui arracher, c'est qu'il en avait marre de Chicago et qu'il souhaitait reprendre la route.

— En théorie, il faudrait qu'on roule vers le Dakota du Nord, ai-je décrété tandis qu'on quittait la ville. Je vais juste vérifier la route à prendre.

Jim s'est éclairci la gorge.

— Il faut d'abord qu'on en discute.

— C'est ce qui t'a tiré du lit cette nuit ? Je me suis trompée dans l'itinéraire ?

La main de Jim a tremblé – un tremblement à peine perceptible – tandis qu'il changeait de vitesse.

— Je n'ai pas envie de continuer dans cette direction. J'ai changé d'avis.

— Euh, pourquoi ? ai-je demandé en essayant de garder mon calme.

Le visage de Jim s'est assombri.

— Je veux qu'on traverse le Kentucky, puis peut-être le Tennessee, la Louisiane, le Texas, le Nouveau-Mexique et enfin Los Angeles.

Je l'ai dévisagé, incrédule.

— Quoi ?

— Je n'ai pas envie de suivre ton itinéraire, a-t-il jeté avec colère.

— Gare-toi ! ai-je ordonné d'un ton furieux.

Jim m'a ignorée. Je ne savais pas ce qu'il avait en tête et ça me déstabilisait presque autant que son revirement soudain. En général, je vois clair en lui mais là... Là, ça dépassait mes compétences. Son corps était tendu, il serrait si fort le levier de vitesses que les jointures de ses doigts avaient blanchi.

Je me suis penchée pour poser ma main sur la sienne.

— Jim, qu'est-ce qui t'arrive ? ai-je demandé avec douceur.

Il a repoussé ma main.

— Je n'ai pas envie d'en parler, a-t-il dit entre ses dents.

De frustration, j'ai presque hurlé.

— Gare-toi MAINTENANT !

D'un brusque coup de volant, Jim a traversé deux voies sous les Klaxons des autres automobilistes pour aller se ranger sur le bas-côté de la route.

— Tu veux rajouter des semaines entières à notre voyage et je ne dois pas te poser de questions ?

Jim s'est contenté de croiser les bras, le regard ailleurs. Puis, d'un ton agressif, il a lancé :

— Je te demande seulement de faire un effort pour moi. Je ne vois pas où est le problème.

D'un geste furieux, je lui ai agité sous le nez le carnet où j'avais noté notre itinéraire et j'ai commencé à m'énerver. Ce qui n'est pas la meilleure façon de s'y prendre avec les sautes d'humeur bizarres de Jim.

— Tu n'aurais pas pu m'en parler avant qu'on quitte Washington ? On aurait pu s'épargner une semaine de voiture. Il te suffisait de dire : « Edie, je trouve ton itinéraire bidon. Ça fait deux ans que je te bassine avec mon envie de visiter Seattle mais j'ai changé d'avis : je voudrais traverser le Sud profond – ce qui nous prendra des semaines – pendant la période la plus chaude de l'année. » Ce que tu peux être crispant parfois.

Il m'a arraché le carnet des mains et l'a jeté par la fenêtre en m'éraflant le bras au passage avec le bracelet de sa montre.

— Mais qu'est-ce qui t'arrive, bon sang ?

Jim s'est tourné vers moi, ses yeux lançaient des éclairs.

— Si tu m'aimais, Edie, tu me ferais confiance et tu la fermerais une minute !

— Jim, ai-je poursuivi en essayant désespérément de garder mon calme. On est ensemble dans cette galère, d'accord ?

— Tu n'es pas obligée de me parler comme si j'étais intellectuellement déficient, a-t-il coupé.

C'était le pompon.

— Je préfère le terme « retardé », ai-je rétorqué. Tu changes d'avis du jour au lendemain, et moi, je suis piégée vu que c'est toi qui conduis. Je n'ai aucune envie de me retrouver coincée au milieu de nulle part, dans un pays étranger, alors que mon vol est dans six semaines et que mon billet de retour n'est pas remboursable.

— On arrivera pile à temps. On peut repartir, maintenant ?

Il a tourné la clé de contact puis s'est engagé sur la route.

— Tu es incroyable... ai-je commencé.

Mais avant que j'aie pu lui dire à quel point je le trouvais stupide, il s'est penché pour mettre la radio à fond, et mes paroles ont été noyées dans un flot de musique.

— Tu n'arriveras pas à me faire taire, ai-je soupiré. Et pourrais-tu au moins respecter les limitations de vitesse ?

Louisville – Memphis – Nashville

9 août

Ça ne s'est pas arrangé, et encore, c'est un euphémisme. On est arrivés dans le Sud il y a quelques jours. On passe nos journées en voiture sous une chaleur de plomb, au moins trente-cinq degrés à l'ombre. J'ai l'impression de me déshydrater à vue d'œil : c'est le seul moyen que j'ai trouvé pour persuader Jim de s'arrêter toutes les heures afin que j'achète de grandes bouteilles d'eau pour remplacer le liquide que j'évacue en transpirant. Je vis en dos-nu et short en jean, que je lave chaque soir à la main pendant que Jim regarde la télé en silence, l'œil vitreux.

J'ai bien peur qu'il ne soit en train de sombrer dans une sorte de dépression. Je sais que sa mère n'est pas à proprement parler un exemple en matière de santé mentale. Pourtant, je croyais que le départ du père de Jim en était la cause. Maintenant je commence à me demander si ce n'est pas héréditaire. À une ou deux reprises, j'ai pensé appeler Alice, mais, sans trop savoir pourquoi, j'ai le sentiment que ce ne serait pas bien.

Ce qui m'inquiète le plus, ce ne sont pas les silences interminables ou les chambres à lits jumeaux que Jim réserve dans les motels comme s'il ne supportait pas l'idée de me toucher. Non, ce qui m'inquiète le plus, c'est que, chaque fois qu'on arrive dans une nouvelle ville (et jusqu'à présent, au lieu de suivre une ligne droite, on zigzague au hasard à travers le Kentucky et le Tennessee), il me dépose dans le centre (ou, pour être tout à fait exacte, il me pousse pratiquement hors de la voiture) en précisant qu'il reviendra me chercher d'ici une heure ou deux. Parfois il arrive à temps, mais, une fois, je l'ai attendu pendant des plombes dans une chaleur suffocante. Suite au coup de chaud que j'ai pris, j'ai dû rester deux jours au lit à regarder danser les particules de poussière dans la lumière du soleil qui filtrait à travers les rideaux tirés, pendant que Jim était parti Dieu sait où.

J'essaye de lui tirer les vers du nez : pourquoi a-t-il changé d'itinéraire ? Est-ce que c'est moi qui l'exaspère ? Soit il répond qu'il ne veut pas en parler soit il se tait.

Avant, j'avais l'impression de connaître Jim depuis une éternité, mais au cours des neuf derniers jours, il est devenu un étranger. Un étranger silencieux et inaccessible, qui ne me permet même plus de le toucher.

Jackson, Mississippi

11 août

Ce matin, Jim est parti sans prévenir. Quand je me suis réveillée, ses affaires avaient disparu. On avait laissé la plus grande partie de nos bagages dans le coffre de la voiture, la veille. Je n'avais aucun moyen de savoir s'il comptait revenir.

J'ai jeté un coup d'œil circulaire à la pièce puis j'ai vérifié la salle de bains. Je suis même allée faire un tour à la réception du motel. Il s'était comme volatilisé. Je me suis assise devant la porte de notre chambre. Je ne voulais pas retourner à l'intérieur, il n'y était pas, et si je m'étais enfermée dans cette pièce vide, j'aurais dû accepter ce fait établi. Je sentais la panique me gagner. Malgré la chaleur, j'avais des sueurs glacées. Est-ce qu'il reviendrait ? Que faire ? Aller voir la police ? Appeler mes parents ? Non, mauvaise idée. Ils prendraient le premier avion pour me ramener à la maison par la peau du cou.

Je me suis décidée à partir en ville. Je me sentais minable avec mes tongs et mon chapeau de paille rose.

Je me suis vite aperçue, aux regards de désapprobation que je m'attirais, que mon short en jean et ma chemise seventies (que j'avais dénichée dans une fripe de Memphis) avec « Relax ! » écrit dans le dos n'étaient pas une tenue appropriée pour la population très croyante de Jackson. J'ai vu mon reflet dans la vitrine d'une boutique : je ressemblais à une bimbo de bas étage, pas étonnant que Jim ait pris le large.

Au moins, quand j'ai fini par trouver un café climatisé avec l'accès à Internet, la fille derrière le comptoir n'avait pas l'air de sortir des années cinquante. En fait, sa chevelure platine et son corsage de dentelle noire me rappelaient beaucoup Pénélope, et j'ai ressenti un tel mal du pays que j'ai failli me mettre à pleurer.

Elle m'a lancé un regard intrigué quand j'ai demandé, avec tout le sang-froid dont j'étais capable, un thé glacé et une heure de connexion à Internet.

Il y avait cinq messages de Grace qui voulait savoir pourquoi je n'écrivais plus. Je les ai parcourus rapidement. Leur contenu était plus ou moins le même. Jack bla-bla-bla. Pénélope bla-bla-bla. Je ne sais pas quoi faire bla-bla-bla. Le dernier disait :

À : pipelette@hotmail.com
De : graceland@hotmail.com

Où es-tu passée ? Pénélope prétend que Jim et toi, vous vous êtes enfuis à Las Vegas pour vous marier. Ce n'est pas vrai, dis ?

On a commencé la tournée. Ça se passe bien. Enfin, les concerts se passent bien ; Atsuko et Deborah matent tout ce qui bouge, Pénélope et Jessie jouent les boss en permanence et disparaissent pendant des heures (tu avais raison, ils couchent ensemble !), ce qui signifie que je suis obligée de passer tout mon temps avec Jack. J'ai essayé de me montrer distante et mystérieuse comme tu me l'as suggéré mais Pénélope m'a traitée de bêcheuse. Parfois, avec Jack, on a des sujets de conversation hyperprofonds, comme le fait qu'il existe peut-être des millions de versions différentes de nous-mêmes, qui prennent d'autres décisions dans des univers parallèles. À d'autres moments, on joue à ce jeu où tu dois énumérer les trucs que tu emporterais à un pique-nique en utilisant toutes les lettres de l'alphabet. Tu vois de quoi je parle ?

Bref, s'il te plaît, s'il te plaît, réponds-moi.

Ta copine rock'n'roll

Grace

J'aime beaucoup Grace mais elle a des états d'âme d'adolescente. Je sais, ce n'est pas très sympa de penser ça, mais j'étais coincée dans cette ville de péquenauds, mon dépressif chronique de petit ami m'avait laissée tomber, et en comparaison, ses problèmes de lycéenne me semblaient dérisoires.

Ce qu'elle me racontait me donnait encore plus envie de rentrer par le premier avion, et tant pis pour les sous. La seule personne à qui j'aurais voulu parler, c'était Pénélope.

J'ai envoyé un message expéditif à Grace pour lui

dire que j'étais toujours en vie, que je n'avais pas épousé Jim et que je lui enverrais un e-mail digne de ce nom dès que possible. Ensuite j'ai fouillé mon sac à la recherche de mon portable que j'ai religieusement rechargé chaque soir.

Après avoir salué la fille derrière le comptoir, je suis sortie dans la rue et j'ai cherché le numéro de Pénélope dans mon répertoire. Les doigts tremblants, j'ai hésité quelques instants puis, le souffle court, j'ai appuyé sur la touche « appel ».

Après deux sonneries, j'ai entendu la voix de Pénélope.

— Edie ?

— Salut.

— Où es-tu ?

— Dans le Mississipi.

— Oh. Tu voulais parler à Grace ? Ton appel va te coûter une fortune.

— Non, j'appelais juste pour dire bonjour. Pour te dire bonjour. Voilà, c'est fait.

— Tu vas bien ? Tu as une drôle de voix. Jim est avec toi ?

— Oui, ça va. Non, Jim n'est pas avec moi.

— Tu es sûre que ça va ?

— J'aimerais que tu sois là. Tu me manques.

— Ouais, c'est ça.

— Non, c'est vrai, tu me manques. Je... Jim...

— Edie, qu'est-ce qui se passe ? Tu as des ennuis ?

— Non, non, tout va bien. Il faut que j'y aille.

— Attends ! Tu veux que je téléphone à ta mère pour lui dire de te rappeler ?

— Non ! Je vais bien, je n'aurais pas dû t'appeler. Jim arrive, il faut que j'y aille.

À la seconde où j'ai raccroché, j'ai compris que j'avais commis une grosse erreur. Je n'avais pas parlé à Pénélope depuis des mois et, brusquement, je lui passais un coup de fil tordu qui soit l'avait mise en colère, soit l'avait suffisamment inquiétée pour qu'elle appelle ma mère. Mais, en entendant sa voix, alors que je me trouvais de l'autre côté du monde, dans une rue où aucun visage ne m'était familier, j'aurais donné n'importe quoi pour être coincée avec eux dans le van inconfortable qui sentait le renfermé. Parce qu'au moins, c'était chez moi.

J'ai acheté deux bouteilles d'eau ainsi que des fruits et je suis rentrée au motel en traînant la patte. Là, je me suis assise, j'ai attendu et j'ai prié pour que Jim revienne. Je me suis verni les ongles de pieds, j'ai fait un nettoyage de peau, épilé mes sourcils, rafraîchi ma frange, fait des exercices de yoga devant des programmes de télé débiles. N'importe quoi pour passer le temps. Mais le ciel s'assombrissait, il se faisait tard et j'ai dû regarder la réalité en face : il ne reviendrait peut-être pas.

J'étais en train de fouiller dans mon sac à la recherche de traveller's cheques, histoire de compter l'argent qu'il me restait si je décidais de rentrer à la maison, quand je suis tombée sur le mail imprimé que Jim m'avait envoyé à Chicago. L'inquiétude et la peur que j'avais réprimées tout au long de la journée ont brusquement fait surface et j'ai éclaté en sanglots en serrant la feuille de papier contre ma poitrine. Ce n'était pas le genre de larmes que je verse quand je me dispute avec quelqu'un ou que je regarde le passage de *Lost In Translation* où il lui touche le pied. Là, mon corps était littéralement secoué de sanglots. Je n'arrivais même plus à me lever. Je me suis laissée tomber entre le mur et le lit et j'ai pleuré. Mon cœur était en mille morceaux.

J'ai titubé jusqu'à la salle de bains et je me suis plantée devant le miroir comme si c'était la solution pour m'arrêter de pleurer. Le chagrin me déformait le visage, ma bouche était enflée, mon nez coulait et j'avais les yeux gonflés de larmes. Je me suis aspergé la figure d'eau froide et j'ai respiré profondément. Pleurer ne servait à rien. Il me fallait un plan. J'avais besoin de m'asseoir et de réfléchir car, jusqu'alors, j'avais nié le problème. J'envisageais maintenant sérieusement d'aller trouver la police pour leur signaler la disparition de Jim : j'avais peur que, dans sa détresse, il n'ait commis une bêtise.

Je suis sortie de la salle de bains en essuyant mes larmes avec une serviette. Et soudain, j'ai aperçu Jim sur le seuil. On a échangé un long regard. J'étais si soulagée de le voir que je n'ai pas réagi tout de suite. Mais très vite, mon soulagement a laissé place à une rage folle.

Je me suis jetée sur lui et je l'ai giflé à toute volée. Le son s'est répercuté dans toute la pièce. Pourtant, Jim n'a pas bougé, son visage ne trahissait aucune expression. Moi, j'étais déchaînée. Je l'ai frappé à coups de poing en hurlant :

— Tu as une idée de ce que je viens de vivre ?

Il me regardait comme s'il me voyait pour la première fois.

— J'ai cru que tu ne reviendrais plus, que tu avais eu un accident. J'étais folle d'inquiétude.

J'ai cessé de le frapper à l'aveuglette et je l'ai serré contre moi, assez fort pour lui briser une côte.

D'une main, il m'a caressé doucement les cheveux tandis que, de l'autre, il traçait de petits cercles dans mon dos.

— Je suis désolé.

J'ai reculé pour le regarder dans les yeux. En voyant mon visage marbré et bouffi, il a cillé.

— Quand tu as un problème, tu m'en parles, ai-je réussi à articuler entre deux sanglots. Ne me refais plus jamais un coup parcil. Et tu as une mine affreuse.

Il a souri, ce qui a fait ressortir encore davantage les cernes sous ses yeux et la crasse sur ses joues.

— Je suis désolé, a-t-il répété en resserrant son étreinte.

C'est alors que j'ai remarqué quelqu'un près de la porte ouverte, un homme grand aux traits vaguement familiers.

— Tu es prêt ? a-t-il demandé à Jim.

Je les ai regardés tour à tour, et au moment même où l'idée s'est formée dans mon esprit, Jim s'est tourné vers moi :

— Edie, je te présente mon père.

J'ai cru que j'allais avoir une crise cardiaque. J'avais devant moi la réplique de Jim, version bedonnante, avec des traits creusés par l'âge et des cheveux brun foncé striés de blanc. C'était déconcertant, cet homme qui me regardait avec les yeux verts de Jim. Je suis restée sans voix, jusqu'à ce que Jim me secoue gentiment.

— Edie, prends tes bagages. On va chez Lenny et Estella.

— Qui ? ai-je réussi à demander.

Jim a rassemblé en hâte mes affaires. Je l'ai suivi

dans la salle de bains où il était allé chercher ma trousse de toilette et j'ai fermé la porte.

— Qu'est-ce qui se passe ?

— Je te promets que je te raconterai tout plus tard. S'il te plaît, patiente encore un petit peu.

J'ai fermé les yeux une seconde : j'avais l'impression que la pièce tanguait autour de moi. Quand je les ai rouverts, je me trouvais toujours dans la salle de bains d'un motel avec Jim, et son père nous attendait derrière la porte.

— O.K., ai-je fini par dire.

Je n'ai pas attendu Jim. Je suis retournée dans la chambre, j'ai mis mes tongs et je suis sortie d'un air digne.

Dans un camping à Jackson, Mississippi

Dans la voiture, Jim et Lenny ont échangé des propos décousus au sujet des curiosités locales et de la durée de notre séjour. À une ou deux reprises, Jim a essayé de me parler, mais j'avais du mal à trouver les mots pour lui répondre, j'étais encore sous le choc. Ça ne s'est pas arrangé quand on s'est garés devant une caravane et qu'une blonde au teint hâlé m'a presque soulevée du sol pour me serrer contre sa poitrine manifestement siliconée.

— Oh, tu dois être Edie, a-t-elle lancé avec un accent du Sud ridicule. Tu es mignonne à croquer. Lenny, n'est-elle pas adorable ?

Lenny s'est tortillé, l'air mal à l'aise, et je me suis rendu compte que j'en avais oublié d'être polie.

— Bonjour, ai-je dit timidement. Ravie de vous connaître.

Bon, d'accord, c'était plutôt nul comme entrée en matière, mais ce genre de situation ne figure pas dans les manuels de savoir-vivre.

— J'adore ton accent, a gloussé Estella en me prenant par l'épaule pour m'emmener à l'intérieur. Tu as dû avoir une sacrée surprise en voyant débarquer Jim avec son père dont il avait perdu la trace depuis si longtemps et...

Je ne l'écoutais plus : sur un horrible canapé à fleurs se trouvaient deux Jim miniatures.

— Maman, pourquoi elle nous regarde comme ça ? a demandé l'un d'eux.

— Oh, je vais de surprise en surprise, ai-je dit pour faire un peu d'humour mais l'hystérie perçait dans ma voix.

Je me suis tournée vers Jim.

— Il me reste autre chose à découvrir ? Tu as des grands-parents installés dans la caravane voisine ?

— Oh là, ma puce ! Toi, tu es en colère, a coupé Estella en me touchant le bras. J'ai dit à Jim que ce n'était pas bien de jouer les cachottiers. On est contents de vous avoir ici. Toute la famille de Lenny à nouveau réunie.

J'étais tentée de répondre : « Non merci, j'ai déjà une famille, mais bon, la politesse... Alors, un peu crispée, j'ai souri à Estella en lui tapotant la main. Après tout, ce n'était pas sa faute à elle.

— C'est très sympa, chez vous. Vous avez une jolie mai... caravane. Vous l'avez bien décorée.

Estella m'a fait un sourire radieux.

— Vous allez devoir dormir avec les jumeaux. Vous partagerez une couchette et ils dormiront dans l'autre. Heureusement que vous n'êtes pas épais, tous les deux !

Au dîner, l'ambiance était tendue. La femme de Lenny nous avait préparé un rôti de bœuf alors qu'il faisait plus de trente degrés dehors. Je me suis forcée à manger. Je ne pouvais pas m'empêcher de fixer Lenny, puis Jim et enfin les deux avortons qui me lançaient des regards noirs. C'était tellement irréel qu'à un moment j'ai eu une crise de fou rire ; j'ai réussi à faire croire que j'avais avalé de travers et, tandis qu'Estella partait remplir mon verre d'une boisson chimique répondant au nom de Kool Aid, Jim m'a pincé la cuisse sous la table.

Je n'arrivais pas à communiquer avec Lenny. Des quatre, c'était lui que je trouvais le plus flippant. De temps à autre, je sentais son regard peser sur moi, mais, le plus souvent, il ne quittait pas Jim des yeux, comme s'il cherchait à mémoriser chaque centimètre de sa peau. Apparemment, depuis qu'il avait abandonné sa famille et démissionné de son poste d'enseignant à la fac d'arts plastiques (celle où est inscrit Jim !), il n'avait pas cessé de vagabonder. Il avait vécu dans chacun des endroits qu'on avait visités ces deux dernières semaines. À Nashville, il s'était mis en ménage avec Estella. Les mini-Jim étaient entrés en scène neuf mois plus tard. Depuis, la famille n'avait pas d'adresse fixe. Pour gagner sa croûte, Lenny avait peint des enseignes, joué de la guitare dans un groupe de musique country, réalisé des vidéos de combats de boue et exerçait à présent le métier de photographe professionnel dans les mariages. Ce que je trouvais plutôt ironique de la part de quelqu'un qui avait manifestement beaucoup de mal à s'engager.

Après le dîner, Jim m'a proposé d'aller nous balader. Après qu'Estella nous a donné une lampe électrique en nous recommandant de faire attention aux serpents (vous avez bien lu, des serpents !), il m'a pris la main pour m'emmener dehors.

On a marché en silence pendant quelques minutes jusqu'à ce qu'on trouve un petit coin d'herbe pour s'asseoir. Jim a essayé de me prendre la main mais je l'ai ignoré.

— Explique-toi.

Dans l'ensemble, j'avais déjà deviné. On avait suivi la trace de Lenny. Tous les jours, Jim disparaissait pour vérifier la dernière adresse connue de son père et récolter d'autres indices. Il projetait de retrouver Lenny depuis Washington et sa traque avait eu pour point de départ Chicago. Il était arrivé au camp ce matin et, avec Estella, il avait attendu la journée que Lenny rentre d'un mariage à Utica...

Quand Jim est arrivé au bout de sa triste histoire, il s'est allongé dans l'herbe. L'air était saturé du parfum des magnolias, les stridulations des criquets se mêlaient au murmure du trafic de l'autoroute voisine.

J'ai ramené mes genoux contre ma poitrine.

— Pourquoi ne m'as-tu rien dit ? ai-je demandé calmement.

Même si, au fond de moi, j'étais tout sauf calme.

— Parce que tu aurais essayé de m'en empêcher, a répliqué Jim.

Sa réponse m'a blessée.

— Tu n'en sais rien. Si tu m'avais expliqué que cette démarche était indispensable à ton bonheur, j'aurais compris.

— Écoute, je ne pouvais pas m'occuper à la fois de toi et de mon projet, a-t-il admis. Je ne pensais qu'à mon père. Tu ne sais pas ce que c'est d'être abandonné par quelqu'un.

— J'en ai eu un bon aperçu ce matin à neuf heures, ai-je ironisé.

Jim s'est décomposé.

— Tu ne comprends pas. Je devais le retrouver. Il fallait que j'obtienne des réponses à mes questions.

— Je comprends très bien, ai-je rétorqué, piquée au vif.

— Non !

Jim s'est assis sur ses talons, face à moi.

— Tu ne vois donc rien ? Je suis terrifié à l'idée de finir comme lui. De ne jamais être capable de rester au même endroit avec la même personne. Je voulais absolument le retrouver pour connaître le pourquoi de ses agissements.

— N'importe quoi ! Tu n'es pas comme ton père. D'accord, tu as hérité de son ADN, mais ça ne signifie pas que tu es la copie conforme de ce type. Sans blague, est-ce que je ressemble à ma mère ? Et tu as intérêt à bien réfléchir avant de répondre.

Jim a souri.

— Tu ne lui ressembles pas trait pour trait mais vous avez certaines expressions assez flippantes en commun.

Je lui ai fait une grimace.

— Et au sujet des lits jumeaux et de tes disparitions subites ?

Jim a pris sa tête dans ses mains.

— J'ai mal agi. J'en suis désolé. Parfois, je me renferme tellement que même toi, tu ne peux pas m'aider. D'ailleurs, je n'ai pas envie qu'on m'aide et c'est pour cette raison que j'ai agi comme si tu n'étais pas là.

— Tu passes ton temps à me demander de te faire confiance. Mais quant à ME faire confiance, tu en es incapable, pas vrai ? J'aurais pu être là pour toi. Tu n'étais pas obligé de traverser seul cette épreuve.

— J'en suis conscient maintenant et je te demande pardon, a répondu Jim en me caressant la jambe.

Il s'est penché pour m'embrasser mais je n'ai rien ressenti.

— Je ne sais plus qui tu es.

J'ai posé la main sur sa poitrine. Je sentais les battements réguliers de son cœur.

— Il n'y a pas assez de place pour moi là-dedans.

Je me suis levée. Jim n'était plus celui que je connaissais. Il était des leurs, il était avec ces gens dans cette caravane. Lenny, les avortons, et puis sa mère que je n'avais jamais rencontrée. Eux comprenaient sans doute comment il fonctionnait, mais, pour ma part, je n'y entendais rien.

— Ça ne marche plus du tout, nous deux, ai-je dit d'une voix tremblante. Ce qui est fait ne peut être défait. Tu ne m'aimes pas...

— Mais si !

— Non, tu ne m'aimes pas. Ou alors tu m'aimes mal. Tu ne m'as pas protégée en me tenant à l'écart, tu m'as juste rayée de ta vie. Et je ne peux pas... je ne veux pas rester avec quelqu'un qui ne me fait pas confiance.

— Alors, tu me quittes ? a demandé Jim d'une voix étranglée. Tu rentres chez toi ?

— Non, je reste avec toi parce que tu as besoin d'une amie. Mais c'est tout ce que j'ai à t'offrir, mon amitié. Pas de sexe, pas de mains baladeuses. Mon cœur ne t'appartient plus, tu n'auras plus l'occasion de le piétiner.

Et je l'ai laissé seul agenouillé dans l'herbe haute. Parce que si j'étais restée une minute de plus, il aurait vu les larmes couler sur mes joues.

14 août

J'ai passé la plus grande partie de l'après-midi au bord d'une rivière asséchée à balancer mes pieds au-dessus d'un filet d'eau tout en gardant un œil sur Johnny et Hank, les demi-frères de Jim âgés de quatre ans ; les fils de Lenny, père de Jim, et d'Estella, esthéticienne de vingt-cinq ans originaire de Tallahasee. Johnny et Hank, baptisés d'après Johnny Cash et Hank Williams, des chanteurs de musique country. Note perso : Jim comme Jim Morrisson. Les pièces du puzzle commencent à s'ordonner dans ma tête.

Je me suis levée pour rejoindre Johnny et Hank. Je n'arrive pas à les différencier et, de leur côté, ils ne comprennent pas un mot de ce que je leur raconte.

— Qu'est-ce que vous faites ?

— On cherche des alligators, m'a expliqué l'un d'eux. Pour leur donner des coups de bâton.

Qu'est-ce qu'on peut répondre à ça ?

J'ai l'impression d'assister à l'enregistrement d'une émission de Jerry Springer[1].

En fait, je me sens bien. Après toutes ces heures passées sur la route, c'est bon de se poser. Estella est adorable. Elle est folle amoureuse de Lenny (on ne peut pas dire que ce soit réciproque). Elle ne se préoccupe que du bien-être des autres. Et si elle ne parvient pas à les rendre heureux, elle s'arrange au moins pour qu'ils soient beaux. C'est pourquoi elle insiste pour me permanenter les cheveux.

Jim et moi, on doit dormir dans un lit qui mesure moins d'un mètre de large. Voilà ce qui s'appelle une

1. Star de la télé-réalité aux États-Unis. *(N.d.T.)*

violation flagrante de la règle que j'ai établie : pas de contact physique. Je suis obligée de me coller contre le mur, histoire de ménager entre nous un espace large comme une feuille de papier. Jim passe le plus clair de son temps avec Lenny, qui se révèle aussi peu bavard que son fils. Et je reste avec Estella. Elle me vernit les ongles et me raconte que quand elle aura obtenu son certificat d'esthéticienne, ils s'installeront à Hollywood.

— Edie ? Pourquoi tu fais cette tête ?

Quand j'ai émergé de ma rêverie, Johnny et Hank me dévisageaient avec le même air d'incompréhension sur le visage. Décidément, ils doivent penser que « l'Anglaise » est bizarre.

— Je réfléchissais.

Je ne sais pas parler aux mômes en général, et à ces deux-là en particulier. Quand je leur ai demandé ce qu'ils voulent faire quand ils seront grands, Johnny m'a répondu qu'il se fera appeler Fred, et Hank qu'il voudrait être un lapin. Déjà cinglés.

J'étais en train de leur apprendre à siffler avec un brin d'herbe quand j'ai vu Lenny venir vers nous. Johnny et Hank se sont jetés sur leur père et ont commencé à lui grimper dessus.

— Le dîner est prêt.

Lenny a demandé aux garçons de marcher devant. Puis il m'a demandé d'une voix tranquille :

— Qu'est-ce qui se passe avec Jim ?

J'ai haussé les épaules.

— Qu'est-ce qu'il vous a dit ?

— Que tu lui en veux d'être parti à ma recherche, a répondu Lenny en me regardant droit dans les yeux. Je n'aime pas le voir souffrir.

J'ai poussé un gros soupir et j'ai compté jusqu'à dix. Lenny est un adulte : toujours difficile d'enguirlander un adulte, surtout si c'est un père, mais là, il poussait le bouchon un peu loin.

— Ce n'est pas moi qui le fais souffrir ! Ce qui se passe entre lui et moi, ce n'est pas votre problème. Jim n'est pas votre problème, alors arrêtez de jouer les personnes concernées.

Lenny a levé un sourcil : à cet instant, il me rappelait tellement Jim que j'en ai eu mal au ventre.

— Ce n'est pas parce que je suis parti que j'ai cessé de l'aimer, a-t-il rétorqué.

— Eh bien, je n'ai pas cessé de l'aimer non plus. Seulement, je ne veux pas m'engager avec quelqu'un qui... Je n'ai pas envie d'en discuter avec vous.

J'ai croisé les bras et je lui ai lancé un regard noir. Il a souri, ce qui n'a pas arrangé mon humeur.

— Je sais que vous me prenez pour une petite idiote mais je vous préviens : si vous lui faites encore du mal, vous aurez affaire à moi.

D'accord, j'ai eu une réaction stupide, exagérée. Au lieu de rire, Lenny a hoché la tête :

— Jim a de la chance d'avoir une amie comme toi, m'a-t-il dit le plus sérieusement du monde.

15 août

Hier soir, je me suis couchée avant Jim. Je n'arrivais pas à trouver le sommeil. J'ai jeté un coup d'œil au réveil : il était deux heures du matin.

Un bruit de voix m'est parvenu du dehors. J'ai essayé de ne pas écouter. Mais plus je me donnais du mal pour les ignorer, plus les voix me paraissaient distinctes.

— Ta mère et moi... on ne s'est jamais entendus... j'étais un mauvais père... j'avais trop de colère et d'amertume en moi.

— Je me souviens.

La voix de Jim était glaciale.

— Je n'ai pas cessé de penser à toi mais tu t'en sortais mieux sans moi. Je t'ai laissé beaucoup d'argent, pas vrai ?

— Tu veux dire que TOI, tu t'en sortais mieux sans moi. Tu ne m'as jamais envoyé la moindre carte d'anniversaire ou de Noël.

— Je croyais agir pour ton bien.

Un silence.

— Bon, et avec la petite ?

— Elle s'appelle Edie.

— Elle est très jeune.

— Pourquoi on me répète toujours cette rengaine ? Elle a dix-neuf ans et je n'ai que vingt-deux ans, au cas où tu l'aurais oublié.

— À ton âge, j'étais déjà père.

— Eh bien, je ne vais pas commettre les mêmes erreurs.

— Edie n'est pas comme ta mère... Elle est très forte.

— Tu n'as pas le droit de dire ça. Tu as abandonné maman après avoir bousillé sa vie. Tu crois que je ne suis pas au courant pour tes maîtresses ? Tu crois que je ne me souviens pas que tu puais l'alcool quand tu m'emmenais à l'école ? C'est toi qui as fait d'elle ce qu'elle est.

— Tu as raison. Mais si j'étais resté...

— On ne le saura jamais.

— Je dis juste que cette petite, c'est une forte tête. Il te faut une femme comme elle.

— Edie n'est pas si costaud. Elle s'éparpille beaucoup. Elle change de jour en jour. Quand je suis avec elle, je me sens comme...

— Comme quoi ?

— Je n'ai pas envie d'en discuter avec toi. Tu ne la connais pas... Elle évolue si vite, elle court dans tous les sens, et moi, j'essaie de suivre en espérant que quand elle aura décidé de se poser, je serai dans le coin.

— Tu peux tout réussir, Jim. Tu pourrais t'installer ici. T'inscrire dans une très bonne école d'art.

— Tu ne m'écoutes pas. Je ne veux pas devenir comme toi. Je ne veux pas passer ma vie à courir après un rêve qui n'existe pas, aux dépens du bonheur des autres. Tant pis si je reste coincé à Manchester, tant pis si Edie change...

— Vous, les jeunes, vous croyez que l'amour dure toujours. Ce n'est pas le cas, Jim. Tu ne peux pas savoir à quoi va ressembler cette petite d'ici quelques années. Si elle a tourné la page, tu devrais peut-être l'imiter.

— Va te faire foutre ! a aboyé Jim. Tu ne comprends rien. Les gens ne sont pas forcément de passage. Edie et moi, on était faits l'un pour l'autre. Elle m'a rendu meilleur et je l'ai perdue. Je ne veux pas tourner la page. Je veux rester le même, avec elle.

J'ai entendu Jim se glisser à l'intérieur de la caravane. Il s'est allongé puis il a fait mine de se rapprocher. Alors, en feignant un profond sommeil, je me suis collée contre le mur, car s'il m'avait touchée, j'aurais perdu tous mes moyens. Et soudain il s'est mis à pleurer. Des sanglots étouffés. Quand je me suis tournée vers lui pour lui demander ce qui n'allait pas, il s'est pratiquement jeté dans mes bras. Je l'ai serré contre ma poitrine et je lui ai caressé les cheveux en murmurant des paroles réconfortantes qui ne signifiaient pas grand-chose.

Mississippi – Tennessee

17 août

Je suis si contente d'avoir repris la route ! Jim a l'air plus calme, après sa crise de larmes. Toute cette souffrance qu'il avait accumulée, il fallait bien que ça sorte. On a recommencé à communiquer. Tant mieux, sauf que mon nouveau statut de meilleure amie me plaît beaucoup moins que celui de petite copine.

D'accord, c'est ma décision. Donc il faut que je me donne l'air gai, optimiste, histoire de prouver que c'était la bonne. Le hic, c'est que je ne me sens ni gaie ni optimiste.

Enfin, je suis soulagée qu'on ait laissé la caravane derrière nous. Regarder vivre Estella et Lenny n'était pas vraiment mon occupation favorite. Ça me rendait folle qu'elle lui demande sans arrêt son avis au sujet de tout et de rien. Et puis elle commençait presque toujours ses phrases par « Lenny pense que » ou encore « Lenny dit que ». Ce n'était pas son côté nunuche qui me tapait sur les nerfs, c'était plutôt son amour éperdu pour un homme qui ne l'aimait pas en retour. À mon avis, Lenny n'aime personne. Même pas lui-même. Pour reprendre l'expression de ma grand-mère, c'est « une âme en peine ».

Ce qui explique sans doute pourquoi il était introuvable hier matin quand on a fait nos adieux. J'ai embrassé Estella en lui promettant de garder contact et j'ai même réussi à ébouriffer les tignasses des deux mini-Jim sans tressaillir (risque de poux). Puis ç'a été au tour de Jim d'être pressé contre les imposantes prothèses mammaires bonnet E d'Estella et de se battre pour de faux avec Johnny et Hank. Ensuite, on a fait les cent pas en attendant que Lenny se montre. Estella essayait de lui trouver des excuses.

— Jim, allons-y, ai-je fini par dire. Il n'aimc peut-être pas les adieux.

— Ce n'est pas nouveau, a remarqué Jim d'un ton lugubre en montant dans la voiture.

— Fais attention à toi, ma puce, a pleurniché Estella. Et toi, Jim, ne sois pas trop dur avec ton papa. Je sais qu'il est très fier de toi, seulement il ne montre pas ses sentiments et...

— Démarre, ai-je ordonné en claquant la portière. Ou on ne partira jamais d'ici.

Estella en était encore à excuser le comportement de Lenny quand on s'est éloignés. Je lui ai fait signe jusqu'à ce qu'elle ait disparu à l'horizon.

J'ai jeté un coup d'œil à Jim.

— Ça va, toi ?

— Oui, je ne pouvais pas m'attendre à autre chose de sa part.

— Comme l'a dit Estella, je crois qu'il est incapable d'exprimer ce qu'il ressent, ai-je risqué. Écoute, il nous reste du chemin à parcourir. Je vais choisir une cassette, et toi, ne t'occupe que de la route.

Jim m'a fait un pâle sourire.

— Merci, Edie.

— De quoi ? De te donner des ordres ? ai-je demandé en riant.

— Tu sais bien pourquoi, a-t-il murmuré.

J'ai monté à fond le volume d'*America's Sweetheart*, l'album de Courtney Love. Soudain, on a aperçu Lenny qui attendait sur le bord de la route.

J'aurais préféré que Jim continue à rouler mais il s'est garé sur le bas-côté. Lenny a ouvert la portière arrière avant de jeter un sac sur la banquette. Mon système d'alarme interne s'est mis à clignoter. Quant à Jim, il a bondi de la voiture.

— Qu'est-ce que tu fais ? a-t-il demandé à Lenny.

— À ton avis ? a répondu son père. Je veux quitter cette ville. J'ai besoin de prendre un nouveau départ.

J'ai décidé de ne pas m'en mêler. J'ai éteint le radio-cassette et je me suis plongée dans l'un des guides de voyage. Jim devait régler le problème tout seul.

Il a pris le sac sur la banquette et l'a rendu à Lenny.

— Tu ne peux pas venir avec nous, a-t-il décrété d'un ton sévère. Tu as une famille à nourrir.

J'ai réglé le rétroviseur pour avoir une vue imprenable sur ce qui se passait derrière moi. Lenny avait posé la main sur l'épaule de Jim.

— Tu ne comprends pas. Je me sens piégé. Il faut que je retrouve ma liberté.

Jim a repoussé la main de son père.

— Non, ce qu'il te faut, c'est le sens des responsabilités. Pour une fois dans ta vie.

— Jim...

— Non, n'essaie pas de te trouver des excuses, a coupé Jim d'une voix lasse. Tu ne peux pas fuir chaque fois que les choses se corsent. Estella ne jure que par toi – pourquoi, je n'en sais rien – et tes deux fils ont besoin d'un père.

Les épaules basses, Lenny semblait vaincu.

— Je pensais que ce serait sympa de resserrer les liens avec toi.

Jim n'a pas eu l'air convaincu.

— C'est trop tard pour nous deux mais tu peux encore retourner dans ta fichue caravane et commencer à te comporter en adulte.

Jim est remonté dans la voiture et Lenny s'est appuyé contre la vitre baissée.

— Ne me hais pas trop, Jim, a-t-il dit avec un sourire désabusé. Et ne m'oublie pas.

Jim a serré la main de Lenny dans un geste maladroit d'amitié virile.

— Il n'y a pas de risque que je t'oublie. Maintenant, il faut qu'on y aille.

J'ai adressé à Lenny un petit signe de la main.

— Bon, au revoir. Prenez soin de vous, ai-je lancé d'un ton que je voulais rassurant.

« Et soyez gentil avec Estella », ai-je ajouté en moi-même.

Lenny m'a souri.

— J'espère que ça marchera, vous deux. Allez, fichez le camp.

Et on est partis, cette fois pour de bon.

Je me suis tortillée sur mon siège avant d'échanger un regard horrifié avec Jim.

— Dis-moi que je rêve ! me suis-je exclamée, abasourdie.

— Non, tu ne rêves pas.

— Tu es triste ?

Jim a réfléchi quelques instants avant de répondre, l'air surpris :

— En fait, non. Je me sens bien. Comme si j'avais réussi à me débarrasser d'une partie de mes démons.

— Une partie ? ai-je demandé en feignant l'effroi. Il en reste encore ?

— Toi, tu es une sacrée comique, a répliqué Jim d'un ton sarcastique. On a connu pas mal de déboires, le plus souvent par ma faute, mais je suis sûr que le séjour va bien se terminer.

— Tais-toi, tu vas nous porter la poisse !

— Merci, Miss Optimisme !

Bossier City, Louisiane

22 août

À : pipelette@hotmail.com
De : graceland@hotmail.com

Edie, où es-tu passée ? On es tous furieux après toi et morts d'inquiétude. Surtout Pénélope.

S'il te plaît, s'il te plaît, écris.

Grosses bises, Grace

P.-S. : Ton téléphone ne marche plus !

À : graceland@hotmail.com
De : pipelette@hotmail.com

Salut, Grace,

Eh oui, c'est moi ! Je sais, je me fais rare. Je te demande pardon de ne pas avoir donné de nouvelles. C'est une longue histoire. Il y a eu beaucoup de rebondissements, d'où mon coup de fil hystérique à Pénélope. Je ne sais pas comment t'annoncer le scoop, alors autant y aller franchement : avec Jim, on s'est séparés. Il y a des tas de raisons, mais la principale, c'est qu'on n'est plus les mêmes que quand on a commencé à sortir ensemble. On est restés bons amis : peut-être qu'on avait confondu l'amitié avec un autre sentiment. J'ai tellement ri ces derniers jours, et puis on est plus relax l'un avec l'autre qu'on ne l'a jamais été. Crois-moi, les jours qui ont précédé notre rupture manquaient sacrément d'humour et de légèreté.

On a séjourné quelque temps dans le Mississippi. Depuis, on a pris tant de retard sur notre itinéraire qu'on est remontés jusqu'à Memphis, histoire de visiter Graceland. Rien à voir avec ta chambre ! On a acheté des tonnes de babioles ringardes siglées Elvis et une cassette karaoké, notre nouveau passe-temps favori en voiture.

Là, on traverse la Louisiane et on devrait être au Texas ce soir.

J'espère que tu vas bien et que tu t'éclates en tournée. Comment ça se passe avec Jack ? Vous vous êtes enfin embrassés, depuis le temps ?

Je t'embrasse fort. Et transmets mes excuses à Pénélope pour le coup de fil. Fais-lui de grosses bises de ma part.

Edie

Austin, Texas

24 août

Le Texas, c'est grand. Dans le plus vaste État d'Amérique, les hommes portent des bottes et un chapeau de cow-boy avec leur costume-cravate, et ils n'ont pas un gramme d'ironie. Sans parler de leur accent bizarre.

Avec Jim, on a passé plusieurs jours très chouettes. Maintenant qu'il n'y a plus d'itinéraire, on se balade d'un endroit à l'autre et on apprécie autant le voyage que les escales.

J'avais tort de penser qu'on pourrait rester amis. On n'est pas amis. On est un couple qui vient de se séparer et qui essaie tant bien que mal de prendre les choses du bon côté.

Après tout ce que Jim m'a fait endurer, je l'aime encore. Et même si j'ai conscience de ne pas pouvoir rester avec quelqu'un qui refuse de me laisser entrer dans sa vie, il y a tant de petits riens qui me manquent. Comme la main qu'il posait sur mon genou quand il conduisait, ou encore ces glaces écœurantes qu'on se partageait. Mais ce qui me manque le plus, ce sont les nuits torrides dans les chambres de motels, Jim tout contre moi, son odeur, son goût et le contact de sa peau. Je me sens si nostalgique.

Dans les *diners*, il suffit d'un frôlement de sa jambe

sous la table pour me couper l'appétit. Et la nuit, quand j'entends la respiration régulière de Jim et que je regarde à la dérobée la courbe de son dos et de ses épaules, j'ai une envie folle de ramper jusqu'à son lit pour le toucher. Le pire, c'est en voiture, quand il se penche pour changer de cassette. Ou lorsque la chaleur est si intense qu'il enlève son tee-shirt pour conduire torse nu et qu'il me demande en plus de lui étaler de la crème solaire sur le dos.

On ne parle pas de nous deux. On parle de tout sauf de nous deux. Je l'écoute disserter sur ses œuvres et sur l'inspiration qu'il puise dans ce voyage, ou hésiter pendant une demi-heure au sujet du menu de son prochain dîner, et je l'aime encore plus. Non, Edie ! Mauvaises, mauvaises pensées !

El Paso, Texas

25 août

Jim a décidé de m'apprendre à conduire. C'est une idée débile, pour des tas de raisons : d'abord, j'ai beaucoup de mal à me concentrer, ensuite je suis nulle en coordination des mouvements, et enfin je suis incapable de parler tout en faisant autre chose.

— J'en ai ras le bol de conduire, s'est plaint Jim. À ton tour.

On se trouvait à plus de trois cents kilomètres d'El Paso, la ville où on avait prévu de passer la nuit.

— Non, ai-je répondu dans un souffle. Je ne sais pas. Je n'ai jamais pris de leçons.

Ce n'était pas un argument pour Jim.

— C'est facile. La route est droite, tu n'as pas besoin de toucher au volant. Tu mets le pied sur l'accélérateur et quand tu veux t'arrêter, tu appuies sur la pédale de frein.

— Mais... et le levier de vitesse ? ai-je demandé, terrifiée. Non, il est hors de question que je conduise. On va se faire arrêter par la police. Ils vont nous expulser du pays. Ma mère va me tuer !

Jim a arrêté la voiture.

— Ne t'inquiète pas. C'est une automatique. Tu passes en position « conduite » et ensuite tu n'as plus rien à faire. Allez, on n'a pas croisé d'autre voiture depuis des lustres. La prochaine ville est à des kilomètres et j'ai un mal de dos terrible.

— Tu veux un massage ? ai-je suggéré d'une voix faible. Enfin, il n'est pas question que je te touche mais...

— Oh, allez, Edie. Ne joue pas les poules mouillées.

Je lui ai jeté un regard noir.

— Je ne joue pas les poules mouillées. Je suis très sérieuse.

— Cot, cot, cot !

— Très bien, ai-je aboyé en débouclant ma ceinture. Mais si on y passe, il ne faudra pas te plaindre !

Il n'y a rien de pire que de conduire. Il faut garder un œil sur tout et c'est ennuyeux à mourir.

Jim a fait de son mieux pour m'encourager. Au bout d'un certain temps, il a calé ses pieds sur le tableau de bord et mis la cassette d'Hank Williams qu'il a achetée en souvenir de son petit démon de demi-frère.

— Éteins-moi ça, ai-je ordonné. Mets quelque chose que je connais, sinon je ne peux pas me concentrer. Conduire et écouter un truc nouveau, c'est trop pour moi. Et arrête de me parler.

— C'est toi qui me parles, a protesté Jim.

— Je t'ai dit de ne pas me parler !

Au bout de cent cinquante kilomètres, Jim a eu pitié de moi et il a repris sa place au volant. Au fond, j'étais sacrément fière. Conduire, c'est un truc d'adulte. Mais la tension et les efforts que j'avais fournis pour rester concentrée m'avaient donné une migraine atroce. Je me suis massé la nuque et j'ai fermé les yeux.

Quand je me suis réveillée, on était arrivés à El Paso, et Jim s'engageait sur le parking d'un motel.

En m'extirpant de la voiture, j'ai failli tomber. Jim s'est précipité vers moi.

— Ça ne va pas ? a-t-il demandé d'une voix inquiète.

— Je suis fatiguée et j'ai mal à la tête, ai-je marmonné. Viens, allons réserver une chambre et manger un morceau histoire que je puisse vite me coucher.

Je me suis affalée sur le lit, pendant que Jim s'occupait des bagages. Je me sentais bizarre, j'avais l'impression de flotter.

J'ai senti le lit s'enfoncer : Jim venait de s'asseoir dessus.

— Edie ? Ça fait trois fois que je te demande comment tu te sens, a-t-il dit en me touchant le front. Tu as de la fièvre.

Je me suis redressée tant bien que mal, j'avais un accès de vertige.

— Ce n'est rien, c'est la chaleur. On peut aller dîner, maintenant ?

Et, ignorant la main que Jim me tendait, je me suis dirigée d'un pas vacillant vers la salle de bains pour m'asperger la figure d'eau froide. Je me sens vraiment mal fichue...

27 août

À : alicewilliams@hotmail.com
De : artboy@hotmail.com

Salut, Alice,

Je sais, on s'était dit qu'on éviterait les e-mails mais j'ai vraiment besoin de te parler. Même si tu n'es pas là. Ce mail est un moyen comme un autre de vider mon sac : au moins tu ne pourras pas m'interrompre et je vais pouvoir démêler ce qui s'est passé ces dernières semaines.

Je commence par ce qui me cause le plus de souci : Edie est tombée dans les pommes l'autre soir. Elle est à l'hôpital. Ils ne savent pas ce qu'elle a. Je me sens tellement coupable. Comme j'étais crevé, je lui ai demandé de conduire et, malgré ses réticences, elle a fait de son mieux. Quand on est arrivés à El Paso (c'est au Texas, je crois me souvenir que tu es nulle en géo), elle a commencé à se comporter bizarrement. Elle semblait à côté de ses pompes et se plaignait d'un mal de tête. On est sortis manger dans un restau mexicain. J'aurais dû m'apercevoir que quelque chose ne tournait pas rond, vu qu'elle déteste la cuisine mexicaine. Bref, elle chipotait avec la nourriture et n'arrivait pas à soutenir la conversation : ses réponses étaient vagues, ou carrément hors sujet. Mais quand je lui ai demandé ce qui n'allait pas, elle s'est mise en rogne.

Brusquement, au milieu du repas, elle m'a dit qu'elle ne se sentait pas bien et qu'elle voulait rentrer se coucher. On est retournés au motel, de l'autre côté de la route, et pendant le trajet, j'ai presque dû la porter. Là aussi, c'était mauvais signe, vu qu'on n'est pas censés se toucher (oh, mais tu n'es pas au courant, j'évoquerai ce sujet plus tard). Une fois dans la chambre, elle s'est écroulée sur le lit et je me suis dit qu'elle irait mieux après avoir dormi. J'étais en train de me laver les dents quand elle est entrée dans la salle de bains en titubant : elle n'a pas réussi à atteindre les toilettes, elle a vomi partout sur le sol puis elle est tombée à genoux avant de s'affaler pour de bon. Je me suis précipité pour la relever mais je me suis vite aperçu qu'elle ne me voyait même pas. Juste avant de perdre conscience, elle a essayé de fixer son attention sur moi, sans y arriver.

Maintenant, elle est à l'hôpital (heureusement qu'on a pris une assurance santé). Elle n'est pas dans le coma : elle émerge de temps à autre, mais le plus souvent, elle tient des propos incohérents. Les docteurs ont fait des tests et plusieurs analyses de sang sans trouver ce qui clochait. Au début, ils pensaient que c'était la méningite et ils ont profité d'un des rares moments de lucidité d'Edie pour lui faire une ponction lombaire. C'était horrible : elle a hurlé de douleur pendant toute l'intervention. Maintenant ils penchent plutôt pour une allergie ou une infection virale.

Elle me paraît minuscule et fragile. La blouse de l'hôpital est trop grande pour elle et ils l'ont mise sous perfusion. Je ne sais pas quoi faire, Alice. Quand elle s'est évanouie, sa respiration était si faible, j'ai cru qu'elle allait mourir.

J'ai dû appeler sa mère. Elle voulait prendre le premier avion pour les États-Unis. Ensuite, j'ai parlé à son père et il a compris qu'ils ne pouvaient pas faire grand-chose. Avant le départ, je leur avais promis de prendre soin d'Edie, mais, au plan physique comme au plan moral, je ne lui ai causé que du mal.

J'imagine déjà ton air désapprobateur. Oui, avant que tout ça n'arrive, je me suis comporté comme le roi des crétins. Je me suis bêtement mis en tête de retrouver mon père. Je crois qu'au fond de moi, j'avais cette idée dès le début, à l'époque où on a commencé à parler d'aller aux USA. Je savais qu'il était parti à Chicago. Au lieu d'en discuter avec Edie, je me suis lancé seul dans cette quête inutile à travers le Sud. Je me suis renfermé, un vrai psychopathe. Je n'ai rien expliqué à Edie. En fait, j'ai plus ou moins cessé de lui adresser la parole. Je n'avais qu'une obsession, le retrouver, et rien, pas même elle, ne pouvait se mettre en travers de mon chemin. Je me suis contenté de lui répéter : « Fais-moi confiance. » Je pensais vraiment que c'était la meilleure solution : d'abord le retrouver puis tout expliquer à Edie.

J'ai été horrible, Alice ! Je déposais Edie en ville et je passais la récupérer quelques heures plus tard. Dans l'intervalle, je cherchais mon père. Le jour où je l'ai enfin retrouvé, j'étais parti pendant qu'elle dormait et je ne suis pas rentré avant la nuit. Je n'ai jamais vu Edie aussi furieuse, elle a commencé à me frapper puis elle m'a serré fort, j'ai cru qu'elle allait me casser une côte.

Ce soir-là, elle m'a plaqué. Je lui ai présenté mes excuses et j'ai essayé de me justifier. En vain. Elle n'arrêtait pas de répéter que je ne lui faisais pas confiance et que je ne l'aimais pas vraiment. Elle aurait mieux fait de rentrer par le premier vol mais elle a insisté pour rester avec moi, comme une amie. Je ne crois pas qu'elle m'ait jamais aimé. Quand on aime vraiment, on ne peut pas passer aussi facilement de l'amour à l'amitié.

Au début, j'ai pensé qu'elle finirait par changer d'avis, qu'elle reviendrait vers moi une fois l'orage passé. Mais elle ne plaisantait pas. Pendant qu'on séjournait chez mon père (j'y reviendrai plus tard), on a dû dormir ensemble dans un lit simple et j'ai passé mes nuits à lutter contre l'envie de la toucher. J'ai bien essayé de le faire par des moyens détournés, en effleurant sa jambe pour changer de vitesse ou en lui demandant de m'appliquer de la crème solaire sur le dos. J'espérais un peu qu'elle finirait par se jeter sur moi, incapable de résister... Rien à faire.

Et mon père dans tout ça ? Pauvre Lenny. Je suis content de l'avoir retrouvé. Au moins j'ai fini par comprendre que je me portais mieux sans lui. Il vit avec une espèce de folle prénommée Estella, le genre crinière blonde et grosse poitrine siliconée. Elle n'a pas inventé la poudre, celle-là. J'ai deux frères jumeaux qui s'appellent (tu vas adorer) Hank et Johnny. D'après Edie, ce sont deux petits diables : elle était persuadée qu'ils avaient le nombre 666 tatoué sur le crâne. Lenny n'a pas changé, c'est toujours un loser égocentrique. Incapable de rester au même endroit, avec le même boulot et la même femme. Il m'a raconté qu'il avait une maîtresse dans la ville voisine. Il voulait même venir avec nous quand on a repris la route. Je lui ai dit de retourner auprès d'Estella et de s'occuper d'elle mais j'ai dans l'idée qu'il ne restera pas bien longtemps. J'avais toujours eu peur de finir comme lui. Maintenant, je sais que ça n'arrivera pas. Je prends mes responsabilités, contrairement à lui. Cela dit, je n'aurais pas perdu Edie si j'avais été plus honnête avec elle. Comment peut-elle croire que je ne l'aime pas alors qu'elle est la seule personne dont je me soucie plus que de moi-même ? Ces retrouvailles avec Lenny m'ont ouvert les yeux : la famille n'a rien à voir avec les liens du sang. La famille, c'est celle qu'on se choisit. Edie est ma famille.

Voilà, tu connais toute l'histoire. Je pourrais te décrire les endroits qu'on a visités mais il vaut mieux que tu t'achètes un guide. Je retourne à l'hôpital. J'espère bien te voir dès notre retour (si on rentre). Tu as prévu d'aller voir le dernier concert de Mellowstar à Londres ?

Désolé d'avoir vidé mon sac.

Jim

À : artboy@hotmail.com
De : alicewilliams@hotmail.com

Jim,

Quel idiot ! Pas étonnant qu'Edie t'ait plaqué. Si ç'avait été moi, tu aurais fini en fauteuil roulant.

Je m'inquiète sérieusement à son sujet. J'espère qu'elle se remettra vite : il fallait s'attendre à ce qu'elle tombe malade, avec tout le stress qu'elle a subi. Mais elle est costaud, la petite, et je suis sûre et certaine que d'ici deux ou trois jours, elle va te mener une vie impossible, juste pour le plaisir.

Je vais te donner mon avis sur vous deux, bien que tu ne le mérites pas. Elle t'aime encore. Si elle ne tenait pas autant à toi, elle serait déjà rentrée. Je n'y crois pas une seconde, à cette histoire d'amitié. Je ne pense pas que vous parviendrez jamais à être amis, Edie et toi. Entre vous, c'est l'amour ou la haine. Si tu veux la récupérer, montre-lui que tu l'aimes.

Tu as intérêt à ramper ! À ta place, je commencerais par un bijou. Creuse-toi la cervelle !

À propos de ton père, je suis vraiment, vraiment ravie que tu l'aies retrouvé. Je n'approuve pas tes méthodes mais j'imagine qu'il était temps pour toi de tourner la page.

Tiens-moi au courant de la suite, espèce d'andouille.

Affectueusement,

Alice

(Pas de bises pour toi, tu ne les mérites pas.)

El Paso Memorial Hospital, Texas

28 août

Ce matin, je me suis réveillée dans un hôpital avec un goutte-à-goutte dans le bras. Jim dormait dans un fauteuil au chevet du lit. Et j'avais l'impression qu'on m'avait poncé les entrailles au papier de verre.

Je me suis redressée, non sans mal, pour secouer Jim.

— Jim, qu'est-ce qui se passe ? ai-je demandé d'une voix éraillée. Je me rappelle avoir vomi hier soir.

Jim a serré mes mains dans les siennes.

— Edie, ça fait trois jours que tu es ici !

J'ai froncé les sourcils.

— Ah oui, je me souviens d'avoir ressenti une douleur très forte dans le dos.

Jim a appuyé sur une sonnette.

— Ils t'ont fait une ponction lombaire, ils t'ont prélevé du liquide dans la colonne vertébrale. C'était horrible. Tu as crié pendant toute l'intervention, a-t-il expliqué avec une grimace. Comment tu te sens ?

— Mal. Ma gorge me brûle.

— On t'a fait une endoscopie.

— Une quoi ? ai-je demandé en me redressant. Est-ce que tu peux taper mes oreillers ?

Jim s'est précipité pour s'exécuter.

— Ils t'ont enfoncé un tube avec une caméra dans le gosier pour vérifier que tu n'avais pas d'hémorragie interne.

J'ai fait la grimace.

Puis une infirmière est entrée dans la pièce. Notez qu'on m'avait installée dans une chambre individuelle.

— Oh, de retour parmi nous ! s'est-elle exclamée. Je m'appelle Cathy. Comment vous sentez-vous ?

J'ai ouvert la bouche pour répondre et elle en a profité pour y fourrer un thermomètre avant de m'attacher une espèce de brassard autour du bras et de pomper sur une poire en caoutchouc jusqu'à me couper la circulation sanguine.

— Je vérifie juste votre tension artérielle, a-t-elle expliqué.

— C'est quoi, mon problème ? ai-je demandé quand elle a retiré le thermomètre de ma bouche.

— Je vais appeler le Dr Greenbaum. Votre température est redescendue de deux degrés et votre tension est presque normale.

— Jim ?

Il s'est tourné vers moi, comme à l'affût du moindre de mes désirs.

— J'ai faim, ai-je pleurniché. Est-ce que je peux avoir une glace ?

Jim a lancé un coup d'œil à Cathy.

— Je crois qu'elle va mieux. Est-ce que je peux aller lui chercher une glace ?

— Après que le docteur l'aura examinée, a répondu l'infirmière d'un ton ferme.

Le Dr Greenbaum est arrivé au bout de quelques

minutes. Après m'avoir palpée et auscultée en faisant « Mmm mmm » à chacune de mes réponses à ses questions, il a décrété que le pire était passé.

— C'est-à-dire ? ai-je demandé timidement.

— Oh, probablement une infection virale banale, a-t-il répondu d'un ton jovial. Vous êtes jeune, en bonne santé : vous devriez très vite être sur pied. Vous nous avez fait une belle frayeur.

— Alors quand est-ce que je sors ?

— Nous voulons vous garder encore vingt-quatre heures. Ensuite, il faudra vous ménager quelque temps.

— Est-ce qu'on peut reprendre la route pour Los Angeles ?

— Pas question, a coupé Jim. On va réserver une chambre d'hôtel le temps que tu te reposes et puis on prendra le premier avion pour rentrer.

— Il faut qu'on aille à Los Angeles, ai-je protesté. Je serai assise dans une voiture. Changer les cassettes et t'indiquer la route à suivre, ce n'est pas le bagne.

Jim n'avait pas l'air d'accord. Le Dr Greenbaum a souri. On voyait bien qu'il pensait : qu'est-ce que c'est que ces deux maboules ?

— O.K., temps mort, les jeunes. L'hôtel serait une bonne idée pour les trois, quatre jours à venir. Ensuite vous pourrez reprendre la route.

— Tu vois, je te l'avais dit, ai-je lancé d'un ton supérieur.

— Mais arrêtez-vous régulièrement, a poursuivi le docteur. Et si vous allez au Grand Canyon, pas d'excursion. Offrez-vous plutôt une balade en hélicoptère.

— Bon, est-ce que je peux avoir une glace, maintenant ?

Le Dr Greenbaum a acquiescé et Jim a levé les yeux au ciel.

— Au moins, quand tu étais malade, tu n'avais pas autant d'exigences. Quel parfum ?

Holiday Inn, El Paso, Texas

30 août

L'hôtel, c'est carrément plus rigolo que le motel ! Je m'inquiétais au sujet du prix mais Jim m'a assuré qu'il nous restait plein d'argent, et quand j'ai appelé mes parents pour les convaincre que je n'étais pas à l'agonie, ils ont insisté pour qu'on prenne une chambre avec la carte de crédit.

Ma mère envisageait d'affréter un avion pour me ramener à la maison, alors mon père lui a pris le combiné des mains, m'a posé quelques questions pertinentes à propos de mon état de santé général et m'a dit de ne pas faire attention à elle.

Jim se montre gentil au-delà du supportable. J'imagine que voir sa petite amie, ou plutôt son ex-petite amie, vomir puis tourner de l'œil, ce doit être un choc. Il m'a acheté des fleurs, il a loué un lecteur de DVD et un ordinateur portable équipé d'un modem pour que je puisse rester en contact avec l'Angleterre. Chaque fois que je me lève, il se précipite et, le plus souvent, il me traite comme la princesse qu'il me reprochait d'être.

J'ai insisté pour qu'on dîne dehors ce soir : je commençais à devenir dingue à force de rester enfermée.

— Tu es sûre que ça ira ? m'a-t-il demandé pendant que je me maquillais pour la première fois depuis des semaines.

— Je vais bien, lui ai-je répété pour la cinquantième fois. Ce soir, c'est le galop d'essai. Demain, en route pour l'Arizona.

Jim avait encore des réticences.

— On verra, a-t-il répondu.

L'autre avantage de ma maladie, c'est que j'ai perdu tellement de poids que je me sens obligée de m'empiffrer. En plus des trois repas par jour, je m'accorde un en-cas toutes les heures.

— Je dois avoir une carence en fer, ai-je déclaré en attaquant un steak de la taille de mon assiette.

Jim, l'air horrifié, a commencé à picorer sa salade au poulet.

— Attention, c'est trop chaud, a-t-il dit en montrant mon assiette.

J'ai haussé les épaules.

— J'ai passé quatre jours sans manger. Et j'ai perdu six kilos. Tu te rends compte, six kilos ! Ce n'est pas possible de perdre autant de poids en si peu de temps. C'est ce qu'ils disent chez Weight Watchers !

— Tu trouves ça drôle ? s'est indigné Jim.

— Oh, c'est bon. Je vais bien maintenant, ai-je répliqué en lui donnant une tape sur la main. On ne va pas en faire une montagne. Tu l'as sans doute plus mal vécu que moi. C'est vrai, moi je ne savais pas ce qui se passait.

— J'ai cru que tu allais mourir. Et j'ai paniqué. Les deux ambulanciers ont vérifié que tu respirais puis ils m'ont demandé depuis combien de temps tu étais inconsciente et je n'ai pas réussi à émettre un son.

Je n'ai même pas eu l'idée d'essayer de te ranimer avant qu'ils arrivent.

Jim semblait tellement tenaillé par la culpabilité que je ne savais plus quoi faire pour le rassurer.

— Je venais de vomir, ai-je ironisé. À ta place, je ne me serais pas approchée non plus.

— Ce n'est pas drôle ! Qu'est-ce que je serais devenu, moi, si tu étais morte ?

J'ai pris sa main et il a agrippé mes doigts. Il m'a fixée intensément comme s'il allait me faire une révélation très importante. Puis il m'a lâché la main.

— Trêve de sentimentalisme ! ai-je conclu, histoire de détendre l'atmosphère. On ne va pas gâcher la soirée avec des « si » et des « peut-être ». Je suis guérie et c'est tout ce qui compte.

— Tu as raison, a marmonné Jim.

Mais il m'a lancé un regard lourd de sens comme pour suggérer que ma guérison ne réglait pas le problème. Loin de là.

Albuquerque, Nouveau-Mexique

2 septembre

Je n'arrête pas de penser à la bouche de Jim...

Qu'est-ce que je viens d'écrire ? J'ai beau lutter pour conserver une distance « amicale » avec Jim, de vilaines pensées s'insinuent dans mon esprit. Quand il se concentre sur quelque chose, il tire un peu la langue : ça me fascine.

Et quand je sors une blague douteuse, et que Jim, comme à son habitude, essaie de garder son sérieux pour ne pas m'encourager, ça me revient : j'étais capable de « sentir » qu'il souriait quand il m'embrassait.

Bref, je n'arrête pas de penser à la bouche de Jim.

Il est toujours aussi adorable. Ça en devient fatigant. J'aimerais qu'il se détende et redevienne le garçon un peu moqueur que je connaissais. Par exemple, on est censés suivre un itinéraire à nouveau, vu qu'il nous reste sept jours pour atteindre Los Angeles et livrer la voiture ; or, il a fait un détour d'une journée quand j'ai dit en passant que ce serait peut-être intéressant d'aller jeter un coup d'œil au musée des ovnis de Roswell.

Et si j'ai le malheur de m'étirer parce que j'ai des crampes à force de rester assise, il insiste pour qu'on s'arrête et m'oblige à m'allonger sur le siège arrière

« pour que tu fasses une sieste ». À vrai dire, il me traite comme sa vieille tante malade. Mais bon, Roswell, c'était sympa. Bien que je n'aie pas vu d'extraterrestres.

Flagstaff, Arizona

3 septembre

À : pipelette@hotmail.com
De : graceland@hotmail.com

Oh, Edie !

Je demande en passant des nouvelles de ta santé : j'espère que tu n'as pas vomi sur quelqu'un ces derniers jours. Mais c'était seulement de la politesse, maintenant parlons de moi !

Aux dernières nouvelles, tu t'en souviens, tout allait bien avec Jack. On n'avait pas beaucoup progressé : toujours pas de bécotage, mais j'avais l'impression qu'on se comprenait et que je préparais peut-être le terrain pour un futur bécotage. Eh bien, il s'avère que Jack ne vaut pas mieux que les autres garçons ! C'est devenu un gros rustaud. Et à qui la faute, je te le donne en mille ? Jessie, bien entendu. C'est toujours la faute de Jessie. C'est Jessie qui a eu l'idée de passer des journées entières enfermé dans un van avec quatre filles, afin que Jack et lui puissent « exprimer leur côté féminin ». Donc Jessie a commencé à nous appeler ses « femelles », ce qui a fait rire aux éclats Pénélope, Atsuko et Deborah, tandis que Jack s'est mis à draguer les filles !

Apparemment le fait de brancher une sono transforme n'importe quel type en dieu vivant. Je n'y comprends rien. Des tas de filles viennent le voir après le concert, et la nuit dernière, il est sorti avec un boudin immonde qui devait avoir au moins vingt-deux ans. Avant, j'étais la seule à voir en Jack un garçon unique mais toutes les filles lui courent après, maintenant qu'il est devenu cool par procuration. C'est vrai, elles le trouvent cool uniquement parce qu'il traîne avec un groupe. Le groupe dans lequel je joue ! Contrairement à moi, elles ne voient pas ce qui fait de lui une personne tellement unique. Mais ça ne l'empêche pas de les embrasser à pleine bouche et de m'envoyer sur les roses quand j'ai besoin de lui parler ! J'ai voulu lui proposer d'aller boire un verre et il m'a répondu un truc du genre : « Pas maintenant, Grace, je suis occupé. » Puis lui et l'espèce de boudin ont commencé à se moquer de moi ! Je le déteste. Je ne trouverai jamais personne qui veuille bien m'embrasser. Ou qui me trouve unique.

Seul point positif : dans dix jours, on se revoit ! J'ai vraiment, vraiment hâte. Hier, Jessie était tellement insupportable que même Pénélope en avait marre. Elle a soupiré avant de déclarer – je cite : « C'est dans ces moments-là que je serais contente d'avoir Edie sous la main, histoire qu'elle t'explique les subtilités de la troisième vague du féminisme. » Je sais de source sûre que Pénélope est toute chamboulée à l'idée de te revoir : elle n'arrête pas de me demander si par hasard tu n'aurais pas l'intention de lui ramener un cadeau d'Amérique !

Bon, Jessie s'est planté devant la fenêtre du cybercafé et il me fait des grimaces : c'est sa façon à lui (la façon Cro-Magnon) de me signifier que je dois retourner au van.

Grosses bises.

Grace

Je compatissais aux malheurs de Grace. Je comprenais sa souffrance. Jim, assis près de moi, examinait les cartes pour la centième fois afin de trouver le trajet le plus rapide jusqu'à Los Angeles en passant par Las Vegas. Je n'ai pas cessé de lui répéter qu'il fallait compter cinq heures de route. Cinq heures ! Pff ! Une broutille comparée à tous les kilomètres qu'on a parcourus. Mais il stresse à l'idée qu'on ne ramène pas la voiture à temps. Et il me le fait savoir régulièrement sans lever la voix ni être sarcastique. Je n'aurais jamais pensé regretter le Jim moqueur et tête à claques, et pourtant !

À : graceland@hotmail.com
De : pipelette@hotmail.com

Salut ma belle,

Je pète le feu. Je n'ai vomi sur personne et je n'ai plus mal à la tête, merci pour ta sollicitude. Quant à Jack, il manifeste tous les symptômes du garçon typique. Et il agit comme un idiot juste parce qu'il en a envie. Je crois qu'il essaie aussi de te rendre jalouse mais il faudrait que j'enquête sur le terrain pour en avoir le cœur net. Eh oui, les hommes ont un pénis et ils trouvent ça si chouette qu'ils se comportent comme de parfaits crétins quatre-vingt-dix-neuf pour cent du temps en ayant l'impression qu'ils sont super-cool. Tout ça à cause de leur machin. Enfin, c'est ma théorie perso.

Jim, quant à lui, ne se conduit pas comme un crétin. Ou alors très rarement. Avec moi, il ne se la joue pas : « Hé, petite, c'est moi le patron parce que j'ai un pénis. » Ou alors pas souvent. Je l'adore. Mais en tant qu'ami. Et rien d'autre. Ne commence pas à t'imaginer qu'on ressort ensemble : ce n'est pas du tout le cas. Nous avons pris la décision la plus raisonnable, nous séparer, et on assume très bien, en adultes responsables. C'est facile de le considérer comme un ami et rien d'autre, même si on a passé une année merveilleuse ensemble. Oh, l'amitié, c'est super. Vraiment super.

Bon, j'en viens à mon récit de voyage, alors sois bien attentive. Je me trouve actuellement dans une petite ville universitaire, Flagstaff, en Arizona, et on revient d'une balade à la Forêt Pétrifiée, un endroit rempli, tiens-toi bien, d'arbres pétrifiés. Ça a quelque chose à voir avec les fossiles et la silice mais je vais m'arrêter là parce que je ne sais pas de quoi je parle. Prochaine étape : le Grand Canyon. Il fait beaucoup trop chaud pour tenter une excursion (est-ce que la température descend parfois en dessous de trente-cinq degrés dans ce pays ?), et bien que le gentil Dr Greenbaum de l'hôpital d'El Paso nous ait suggéré l'hélico, on est trop peureux pour tenter le coup. On est déjà en train de se préparer mentalement pour le vol du retour.

Moi aussi, j'ai hâte de te revoir. Mais j'essaie de ne pas penser à l'Angleterre parce que ça signifie entrer à l'université et quitter mes amis. À cette seule idée, les larmes me montent aux yeux.

À bientôt,

Edie

Grand Canyon, Arizona

4 septembre

On a longé le Grand Canyon en voiture, en s'arrêtant de temps à autre pour rejoindre à pied les postes d'observation indiqués le long du chemin. Pendant le trajet, on n'a pas cessé de répéter que ce n'était qu'un « grand trou » mais une fois sur place, il faut bien le reconnaître, c'est très impressionnant, surtout quand le soleil commence à descendre et qu'il dessine des ombres bizarres sur la roche. Ouh là, on dirait un guide touristique.

On avait l'intention de passer la nuit dans un motel bon marché : le seul endroit où il restait de la place était un hôtel miteux, El Tovar, qui n'avait qu'une chambre avec un seul grand lit à nous proposer.

Ça n'a pas l'air de déranger Jim. Il n'arrête pas de répéter en bâillant qu'il nous reste près de cinq cents kilomètres à parcourir jusqu'à Las Vegas et qu'il a besoin d'une bonne nuit de sommeil. Il pourrait au moins tenter une approche. S'il m'aimait vraiment. Un baiser, ce n'est pas trop demander, si ?

Route 66, Arizona

5 septembre

On a repris la route dans cette fichue bagnole. Je n'ai pas fermé l'œil de la nuit et je suis de mauvaise humeur. Dormir à côté de Jim sans pouvoir le toucher, c'est le moyen le plus sûr de faire de l'insomnie. Il était allongé à trente centimètres de moi et je sentais presque la chaleur que dégageait son corps (rien à voir avec l'excitation sexuelle, non, c'est juste qu'il faisait très chaud). Je trouve que Jim a avalé la pilule beaucoup trop facilement en ce qui concerne notre soi-disant amitié. Il pourrait se battre davantage pour qu'on reste ensemble.

Hier soir, j'ai été très vilaine. J'ai fait semblant de dormir et, l'air de rien, je me suis collée contre lui. À un moment, j'ai frotté ma jambe contre la sienne, comme au bon vieux temps, et j'ai enfoui mon visage dans son cou, histoire de respirer son odeur en douce. J'étais si près que j'aurais pu l'embrasser. C'était une invitation à la débauche. Mais il m'a repoussée vers mon côté du lit.

C'est moi qui ai voulu qu'on arrête, alors je me vois mal lui dire : « Oh, j'ai changé d'avis, viens ici que je t'embrasse. » On ne peut ressortir ensemble que si Jim en manifeste l'envie. Il doit penser que, comme j'entre à l'université, je lui ai épargné la corvée d'une relation à distance qui se solderait inévitablement par une rupture.

Il a arrêté de conduire torse nu. Je me demande comment il réagirait si je me penchais pour lui lécher le cou. On finirait sans doute dans le fossé.

Jim me regarde d'un drôle d'air. Il a dû se rendre compte que je bavais devant lui.

Las Vegas, Nevada

6 septembre

Il est quatre heures du matin. Jim est sorti en claquant la porte il y a quelques heures. Quand je lui ai demandé où il allait, il m'a répondu : « Aussi loin de toi que possible ! » On a eu la dispute du siècle, avec son Dolby stéréo et langage susceptible de heurter la sensibilité du public.

En arrivant à Las Vegas, je souffrais encore des suites d'une nuit blanche. Le Nevada n'est qu'un immense désert où règne une chaleur écrasante. Pour changer.

D'accord, j'ai été insupportable mais c'était plus fort que moi. D'abord, j'ai insisté pour qu'on prenne une chambre à l'hôtel : tout est bon marché à Las Vegas. Et puis, mince ! on est là, profitons-en, il nous reste encore plein d'argent. Puis j'ai obligé Jim à longer trois fois de suite la même avenue, le temps que je choisisse un hôtel. Finalement, j'ai opté pour le Paris Las Vegas parce qu'il possédait une réplique presque grandeur nature de la tour Eiffel qui me rappelait mon séjour à Paris, à l'époque où j'ai commencé à sortir avec Jim. Je sais, je ne suis qu'une pauvre nouille sentimentale qui ne tire jamais aucune leçon de ses erreurs.

Une fois dans la chambre, je me suis mise à rouspéter à propos de tout et de rien, des oreillers aux produits de toilette offerts par l'hôtel. Un peu pour jouer les enquiquineuses qui n'ont pas eu leurs huit heures de sommeil, et un peu aussi parce que j'aurais donné n'importe quoi pour que Jim réagisse. Ras le bol de Monsieur Gentil. C'est comme me retrouver dans la peau d'une gamine qu'il essaierait de satisfaire par tous les moyens. Ça crève les yeux qu'il ne veut plus de moi. Il ne m'aime plus, c'est certain. Il tient sans doute à se racheter après ce qu'il m'a fait subir, d'où la patience dont il fait preuve. Moi, je voudrais juste qu'il manifeste quelque chose, même si c'est de la colère ou de la lassitude. Tout sauf cette camaraderie un peu tiède.

En descendant au buffet gigantesque de l'hôtel (et, sur ce point, je n'ai qu'une chose à dire : Dieu bénisse l'Amérique !), j'ai recommencé à ronchonner. Même moi, j'en avais assez de mes jérémiades. Jim perdait patience, lui aussi. Il n'arrêtait pas de pianoter sur la table et de se mordre les lèvres pendant que je râlais. J'ai renvoyé mon omelette trop baveuse puis j'ai exigé d'aller jouer à la roulette et je me suis dirigée au pas de charge vers la salle des jeux en évitant les employés de l'hôtel accoutrés comme des gendarmes. J'ai forcé Jim à dépenser cinq cents dollars en jetons malgré ses protestations : « Tu crois vraiment que c'est une bonne idée ? » Bien sûr que non ! Et c'était justement le but. J'ai perdu les cinq cents dollars d'un coup. Je devrais peut-être récrire cette phrase histoire de mesurer l'énormité de mon acte. J'ai mis les cinq cents dollars sur le dix-neuf et j'ai tout perdu. J'ai cru que j'allais avoir une crise cardiaque. Je sentais le sang affluer dans mes veines, j'étais sur le point de retirer ma mise mais il ne bougeait pas, il se contentait de secouer la tête, alors...

— Je veux plus d'argent, ai-je grommelé.

Il a secoué la tête, impassible, les narines dilatées, les lèvres serrées.

— Tu n'auras plus un centime.

— Eh bien, dans ce cas, j'achèterai des jetons avec la carte de crédit !

À ce moment-là, Jim m'a prise par le bras, m'a fait lever de ma chaise et m'a traînée de force vers les ascenseurs. Je sentais la tension dans ses doigts, il me serrait le bras assez fort pour me laisser des bleus. J'avais voulu le mettre en rogne et soudain je m'apercevais que ce n'était pas une bonne idée. Pas bonne du tout. Enfin, je m'en rends compte maintenant, mais en remontant dans notre chambre, j'étais toujours déterminée à chercher la bagarre.

— Tu n'as pas le droit de me brutaliser comme ça ! ai-je crié avant même qu'il ait fermé la porte. Je ne suis plus ta petite amie. Tu n'as pas le droit de me toucher !

— Arrête ! a lancé Jim d'un ton menaçant, si bas que je l'entendais à peine.

— Lâche-moi ! Tu n'as pas d'ordres à me donner. On n'est rien l'un pour l'autre. Je peux très bien aller me dégotter un type, si j'en ai envie, tu n'as pas ton mot à dire.

Jim m'a ignorée et s'est planté devant la fenêtre.

Je me suis mise à hurler comme une harpie dégénérée.

— Tu m'écoutes, oui ? Je vais descendre au bar et si je ramène quelqu'un, tu seras obligé d'aller faire un tour.

Jim s'est retourné : ses yeux lançaient des éclairs.

— Ça suffit !

Je ne savais même plus ce que je racontais. Je voulais juste qu'il réagisse. Bien ou mal, peu importait.

— Ouh là là, j'ai peur, ai-je raillé.

J'ai fait un pas dans sa direction. Et puis un autre, et encore un autre jusqu'à ce que je me retrouve nez à nez avec lui. Il respirait avec peine, il était vraiment à bout. Et c'était moi qui l'avais mis dans cet état.

— Tu. Es. Mon. Ex. Point. Barre, ai-je poursuivi en lui martelant la poitrine de l'index à chaque mot.

Et c'est là qu'il a craqué. Moi aussi, d'ailleurs. Je ne sais pas qui a pris l'initiative mais soudain on s'est retrouvés dans les bras l'un de l'autre. On s'est embrassés avec fougue. Ses lèvres collées aux miennes, Jim a plaqué mes mains contre mon corps pour m'empêcher de bouger. Inutile, je n'en avais pas envie.

Ensuite, ses baisers se sont faits plus tendres, il a lâché mes bras et je l'ai enlacé. Puis, sans cesser de m'embrasser, il m'a attirée vers le lit. On s'est allongés et Jim a commencé à déboutonner sa chemise. Soudain, il est comme revenu à lui et il s'est relevé d'un bond, l'air horrifié.

— Pardon, Edie, a-t-il dit dans un souffle. Je ne voulais pas. C'était une erreur.

Je n'en croyais pas mes oreilles.

— Mais non. Tu as toujours envie de moi. Pas de problème.

— Si, il y a un problème, a-t-il répondu.

Je me suis assise sur le lit pour défaire la fermeture Éclair de ma robe. Après tout, le sexe sans amour, c'était peut-être mieux que rien.

— Qu'est-ce que tu fais ? a bredouillé Jim. Rhabille-toi !

J'ai essayé de lui sortir le grand jeu.

— Écoute, on n'est pas obligés de s'aimer pour, tu sais...

Je lui ai fait signe de me rejoindre.

— Non, je ne sais pas, a répliqué Jim d'un ton sec. Bon sang, Edie, je n'arrive pas à croire que tu aies envie de coucher avec moi dans ces conditions.

À ces mots, j'ai eu l'impression d'être une moins que rien. Je me donnais à lui sans rien demander en retour et il me balançait en pleine figure qu'il ne m'aimait pas.

Il a ouvert la porte.

— Où vas-tu ? ai-je demandé d'une voix plaintive.

— Aussi loin de toi que possible.

Il est quatre heures du matin et je n'arrive pas à dormir. Il faut que je m'explique avec Jim. Que je lui dise la vérité : je l'aime encore ; il fait partie de moi et je ne peux pas me résoudre à vivre sans lui. Je me fiche pas mal d'être en pyjama, il faut que je le retrouve.

6 septembre (plus tard)

Je n'ai pas eu à chercher bien loin. Jim était assis au bar de l'hôtel, il contemplait d'un air morose sa bouteille de bière.

Je me suis dirigée vers lui à pas de loup mais il a levé les yeux vers moi avant que j'aie pu m'asseoir. Sans tenir compte de mon accoutrement, il m'a proposé un verre et fait signe au barman.

— Un verre de vin blanc, ai-je marmonné.

C'était le moment ou jamais d'ouvrir mon cœur à Jim.

J'étais en train de réfléchir à un moyen d'aborder le sujet quand il a sorti un bout de papier froissé de la poche de sa chemise qu'il a posé sur la table devant moi.

— Qu'est-ce que c'est que ça ? ai-je demandé, un peu nerveuse.

— Lis, a-t-il ordonné d'une voix qui ne trahissait aucune émotion.

J'ai déplié le papier et j'ai lu l'en-tête : Clark Country Marriage Bureau.

Les mots se sont mis à danser devant mes yeux.

— Jim, de quoi s'agit-il ?

— À ton avis ? a-t-il répondu avec irritation.

— Ça suffit, les devinettes. Explique-toi.

— C'est un certificat de mariage avec mon nom et le tien.

Il m'a dévisagée, l'air de guetter ma réaction. Je lui ai lancé un regard hébété, incapable de trouver mes mots tellement j'avais le cerveau embrouillé.

— C'est un certificat de mariage, a-t-il répété en soupirant.

Il a pris une gorgée de bière. Au bord de la syncope, j'ai attendu qu'il se lance :

— Edie, veux-tu m'épouser ?

On est restés silencieux un moment. Je n'arrivais pas à lire le certificat, je n'osais même pas y toucher. Jim ne me quittait pas des yeux, à l'affût du moindre signe.

Il a fini par rompre le silence.

— Alors ?

À quel jeu cruel jouait-il ? À croire qu'il prenait mon cœur pour sa Gameboy !

— Comment peux-tu me demander de t'épouser alors que tu ne m'aimes pas ? me suis-je écriée. Tu te fiches de moi, c'est ça ?

— Non, je...

— Tu as compris, pas vrai ? ai-je poursuivi en me cachant le visage dans les mains parce que je n'avais plus la force de le regarder. Tu as compris que moi, je t'aime encore et tu as décidé de te payer une tranche de rigolade, hein ? Ça ne te suffit pas de me l'entendre dire, il faut que tu me fasses souffrir encore un peu plus.

Je me suis levée. Autant partir avant que je perde mon sang-froid, ce qui était une affaire de secondes. Mais Jim m'a fait rasseoir.

— Non, Jim, laisse-moi, ai-je protesté.

Il a resserré son étreinte autour de mon bras.

— Écoute-moi ! s'est-il exclamé, à bout de patience, en me secouant un peu. Je t'aime. C'est toi qui as voulu rompre, c'est toi qui as voulu qu'on soit amis.

J'ai éclaté en sanglots.

— Non, tu ne m'aimes pas !

— Mais si ! Je n'ai jamais cessé de t'aimer. Même quand j'ai pété les plombs, je t'aimais. Et j'ai essayé de te le prouver de mille façons mais rien ne te touche.

— Comment peux-tu dire une chose pareille ? Je n'ai pas arrêté de te tendre la perche, et toi, tu m'as traitée comme une parente âgée.

Jim a levé les yeux au ciel.

— J'essayais d'être prévenant ! Et puis tu as failli mourir, je voulais y aller doucement.

On s'est tus un instant, le temps que je reprenne mon sang-froid.

J'ai repensé à ces dernières semaines : Jim était-il sincère ? Était-ce l'amour qui l'avait poussé à jouer les mecs adorables ou bien la culpabilité, la confusion ou encore la peur après que j'ai frôlé la mort ?

— Bon...

— Qu'est-ce...

On avait parlé tous les deux en même temps. Jim a ébauché un sourire.

— Toi, d'abord.

J'ai pris une grande inspiration.

— Quand tu prétends que tu m'aimes, qu'est-ce que tu veux dire exactement ? Que tu m'aimes comme une amie ?

Jim a repoussé une mèche de mon visage.

— S'il te plaît, ne m'oblige pas à me répéter : j'ai beau tourner et retourner les phrases dans ma tête, ça sonne toujours aussi faux.

Ouh là, ça commençait mal. Il allait me parler de l'amitié qui, contrairement à l'amour, durait éternellement...

Jim m'a pincé l'oreille.

— Aïe !

— Edie, je t'ouvre mon cœur et toi, tu rêvasses !

J'ai repoussé sa main qui me caressait toujours le visage et j'ai croisé les bras.

— Vas-y, je t'écoute.

— Bon, d'abord je ne t'aurais pas demandée en mariage si je te considérais comme une amie, a-t-il commencé en se penchant vers moi.

Il a fixé mon épaule gauche comme si c'était le truc le plus fascinant du monde.

— Si c'est ce que tu veux, qu'on reste amis, soit. Mais franchement, même si tu as peur de l'admettre, il faut que tu l'entendes : on ne pourra jamais être amis.

J'ai attendu le coup de grâce en jouant avec mon verre. J'ai regardé les mains de Jim, ces mains élégantes et fines. C'était un peu à cause d'elles que j'avais craqué pour lui, au début. Il parle beaucoup avec ses mains. Comme à ce moment-là. Il n'arrêtait pas de décrire des cercles dans l'air. Et moi, j'avais l'impression que j'allais mourir.

Je me suis aperçue que Jim s'attendait à une réaction de ma part mais j'étais trop sonnée par sa dernière phrase : on ne pourrait jamais être amis. Et pourtant, je m'en serais contentée, en fin de compte.

— Pourquoi l'amitié ne serait-elle pas possible ? me suis-je entendue dire, d'une voix rauque que je ne reconnaissais pas.

Jim a essayé de s'approcher. J'ai reculé et il a eu l'air de se décomposer. Il a pris une grande inspiration avant de déclarer :

— Parce que je suis tellement amoureux de toi que je ne peux pas rester à tes côtés si je n'ai pas le droit de te toucher, de t'embrasser et si je ne suis pas certain que mon amour est partagé. Je sais que j'ai été horrible avec toi et si je peux faire quoi que ce soit pour me racheter et regagner ta confiance, je le ferai. Dis-moi juste ce que tu veux.

Je me suis tassée sur ma chaise.

— Tu n'avais qu'à me dire que tu m'aimais, ça aurait suffi.

— C'est ce que je viens de faire.

Jim s'est penché vers moi et m'a regardée droit dans les yeux.

— Tu sais, quand j'ai retrouvé mon père, comme un idiot, je pensais que je devais faire partie d'une famille pour être moi-même. Mais j'ai compris que ma famille, c'est toi, Edie. Je t'ai choisie. Et grâce à toi, je suis vraiment moi.

La tête dans les mains, sans quitter des yeux le visage tendu de Jim, j'ai dit en pesant chacun de mes mots :

— Tu n'es pas mon ami. Et je n'ai pas envie que tu le deviennes. Tu es celui que j'aime et je veux juste que tu m'aimes en retour.

— C'est dans mes cordes, a répondu Jim avec empressement. Parfois, je ne sais pas bien le montrer mais je n'ai jamais aimé quelqu'un d'autre que toi.

Malgré tout, j'avais l'impression qu'il nous restait encore du chemin à parcourir.

— Et moi j'ai rompu avec toi parce que je croyais que tu ne pouvais pas m'aimer après tout le mal que tu m'avais fait. Finalement, peut-être m'as-tu blessée parce que tu m'aimais. Enfin, je veux dire... Je ne sais pas ce que je veux dire.

Jim m'a pris le menton pour que je le regarde.

— Je ne suis pas doué pour les sentiments, a-t-il confessé avec un sourire las. Et je sais, j'aurais dû t'expliquer ce qui se passait. Plus jamais je ne te ferai un coup pareil, je te le promets.

— Je te crois, ai-je dit d'une voix hésitante. C'est juste que rien n'est jamais simple entre nous. Il faut toujours que quelque chose vienne tout ficher par terre. J'ai envie d'être avec toi, mais parfois, t'aimer, ça me fait peur, Jim.

Il me tenait toujours le menton et quand mes larmes ont commencé à couler, il les a effacées du bout des doigts.

— Peut-être que ce n'est jamais simple, d'aimer quelqu'un, a-t-il murmuré. Peut-être que c'est forcément effrayant, bizarre et déstabilisant, vu que rien n'est jamais acquis dans ce domaine, pas vrai ?

J'ai acquiescé avant d'attraper une serviette en papier pour me moucher.

— Je ne peux pas te jurer que je ne pèterai plus jamais les plombs, je me connais, a-t-il poursuivi en prenant une autre serviette pour m'aider à essuyer mes larmes.

— J'essaierai de ne pas piquer des crises dans le seul but de te faire enrager, ai-je promis en repensant, non sans honte, à la façon dont je m'étais comportée dans la chambre quelques heures auparavant.

— C'était donc ça ? a demandé Jim.

— Tu étais si gentil que j'ai pensé : il ne s'énerve pas parce qu'il s'en fiche. J'en ai déduit que si tu te mettais en colère, au moins, tu ressentirais quelque chose pour moi. Mais, dit comme ça, ça paraît un peu... pathétique.

— O.K., a coupé Jim. On récapitule : je t'aime, tu m'aimes. Mais à la vie à la mort, hein, pas comme des amis. Je suis désolé d'avoir autant de mal à communiquer, tu es désolée d'avoir agi comme une cinglée. Et...

— Oh, et l'autre soir au Grand Canyon, quand je n'ai pas arrêté de te harceler, je voulais te pousser à bout pour que tu me sautes dessus et que tu m'avoues tes sentiments...

— Bon sang, Edie ! a grommelé Jim. Je t'ai assez prouvé que je t'aimais encore. Je n'arrêtais pas de te toucher, de te frôler en changeant les vitesses. J'ai même conduit torse nu ! Et puis je t'ai dorlotée, je t'ai offert des tas de cadeaux pour te montrer à quel point je tenais à toi.

— On peut s'embrasser, maintenant ? ai-je marmonné en me blottissant contre lui.

Il m'a prise dans ses bras, j'ai senti la chaleur de son corps m'envelopper, j'ai posé la tête contre son épaule, et c'est seulement alors que je me suis dit : tout ira bien. Puis il m'a attirée sur ses genoux, un bras autour de ma taille, et il m'a embrassée dans le cou. Je l'ai enlacé à mon tour et d'un ton solennel, j'ai dit :

— Je t'aime, Jim.

— Moi aussi je t'aime, Edie, a répondu Jim avant de s'esclaffer.

— Quoi ? ai-je lancé d'un ton indigné en lui donnant un bon coup de coude.

— Si on voyait une scène pareille dans une sitcom, on serait morts de rire.

— Tu marques un point, ai-je convenu.

Je me suis adossée contre lui en sirotant mon vin tandis qu'il me caressait l'épaule. Quel plaisir de retrouver un peu de calme !

Soudain, une foule a fait irruption dans le bar pour célébrer un mariage, la spécialité de Las Vegas. On était arrivés depuis douze heures et je voyais ma première mariée, vêtue d'une longue robe blanche.

L'heureux élu passait de table en table pour offrir une tournée générale, et j'ai senti Jim se raidir contre moi.

— Tu n'as pas répondu à ma question.

— Quelle question ?

Je me suis tournée vers lui. Jim m'a tendu le certificat de mariage.

— Tu veux qu'on se marie ?

Oh, ça, j'aimais Jim, malgré ses nombreux défauts, et je ne pouvais pas m'imaginer vivre sans lui, mais se marier ? C'était un truc de vieux.

— Et toi, tu veux qu'on se marie ?

— J'ai demandé le premier.

Je l'ai regardé droit dans les yeux et j'ai effleuré ses lèvres du bout des doigts avant de répondre :

— Jim, je t'aime mais je n'ai pas envie de me marier. Je ne suis même pas capable de prévoir ce que je vais manger demain au petit déjeuner. Je ne peux pas prendre une décision qui m'engagera pour le reste de ma vie. Ça ne signifie pas que je ne suis pas flattée ou que je ne t'aime pas...

J'allais poursuivre mais l'air soulagé de Jim ne me laissait aucun doute sur son état d'esprit.

— Je ne sais pas pourquoi tu me demandes en mariage si tu as peur que j'accepte, ai-je repris, vexée.

— C'était un geste grandiose et un peu mélodramatique pour te montrer que je t'aimais, a protesté Jim avec un sourire moqueur.

— Oh, comme il m'a manqué, ce sourire-là ! Si tu avais vraiment voulu faire un geste grandiose, tu m'aurais acheté un bijou.

— Oui, quelqu'un m'a conseillé le coup du bijou. Mais j'ai d'autres preuves d'amour en réserve.

— Quoi ? Un hors-bord ? Une décapotable ?

Jim m'a délogée de ses genoux puis s'est levé et m'a enlacée.

— Remontons dans la chambre, je vais te montrer, a-t-il susurré.

— De quoi on parle, là ? D'amour fou, sauvage et passionné ou d'un sentiment tendre, platonique, style pas avant le mariage ? ai-je demandé tandis que Jim slalomait entre les tables en me tirant par la main.

— Des deux. Et j'ai encore des tas d'autres idées en tête.

En sortant du bar pour rejoindre les ascenseurs, j'ai entendu une vieille dame dire à son amie :

— Pourquoi cette fille est-elle en pyjama ?

Et comme les portes se refermaient sur nous et que Jim se penchait pour m'embrasser, l'autre femme a répondu :

— On est à Las Vegas, Barbara. Ici, les gens sont fous.

Une fois dans le couloir, avec Jim qui se collait contre moi pour m'embrasser dans le cou, j'ai dû lutter avec le passe en plastique pour ouvrir la porte de la chambre. On s'est précipités à l'intérieur puis on s'est jetés sur le lit.

Cette fois, Jim ne m'a pas demandé de me rhabiller. Il m'a même aidée à enlever mes vêtements tout en embrassant chaque partie de mon corps que je dénudais. Puis, sans me lâcher les mains, il m'a montré de mille façons combien il m'aimait. Et même lorsque j'ai cru perdre la tête, les mots d'amour qu'il me répétait m'ont gardée près de lui.

Beaucoup plus tard, tandis que le soleil du matin éclairait le désordre du lit, j'ai caressé le torse de Jim, qui me servait d'oreiller (pas très confortable, il faut bien l'admettre).

— Jim, tu dors ?

— J'essaie.

— Tu sais, cette histoire de mariage...

J'ai senti son corps se raidir un peu.

— Oui ?

J'ai souri.

— Détends-toi, je ne vais pas te traîner jusqu'à la chapelle Elvis. Mais tu peux me reposer la question dans quelques années.

— Je n'y manquerai pas, a-t-il répondu d'une voix ensommeillée en se lovant contre moi. Enfin, d'abord, il va falloir qu'on grandisse un peu et qu'on gagne notre vie. Ensuite, je veux être certain que tes parents n'embaucheront pas un tueur à gages pour me régler mon compte.

Los Angeles, Californie

14 septembre

Ces derniers jours, on a vécu sur un nuage. L'air pollué de Los Angeles n'est pour rien dans cet état de grâce, j'y verrais plutôt l'influence de Jim. On est tellement fous l'un de l'autre que, de temps en temps, je me surprends à le contempler d'un air idiot et il commence à m'appeler par de petits noms débiles, genre « Choupette », qui me donnent envie de lui rire au nez.

On a passé deux jours entiers dans notre chambre d'hôtel de Las Vegas à redécouvrir le plaisir d'être ensemble. Quand on est remontés à la surface, on a roulé pendant cinq heures jusqu'à Los Angeles avant de disparaître dans une autre chambre d'hôtel. Renonçant à nos goûts de luxe, nous avons décidé de nous installer au Beverly Laurel Motel dont le bar figure dans un film que Jessie adore : il nous a même chargés de prendre des photos.

Une fois sur place, il nous restait deux jours à tuer avant de rendre la voiture, alors on a roulé jusqu'à Santa Monica et on s'est baladés sur la plage. Quel plaisir de se retrouver au bord du Pacifique après tant de kilomètres parcourus à l'intérieur du pays ! C'était comme si l'océan qui me léchait les pieds me lavait de tous les mauvais souvenirs que j'avais accumulés.

Seule ombre au tableau (il y en avait d'autres mais elles pouvaient bien attendre notre retour en Angleterre), il nous faudrait rendre notre vieux tacot. Avec cette voiture, c'était tantôt l'amour, tantôt la haine. Elle avait été notre toit pendant presque deux mois, le témoin de tout ce qu'on avait vécu, nos joies et nos peines. Cela dit, Jim s'inquiétait surtout au sujet des milliers de kilomètres qu'on avait ajoutés au compteur.

— Cette bagnole a près de vingt ans, lui ai-je rappelé. C'est un miracle qu'elle ne soit jamais tombée en panne.

— Ne parle pas de malheur ! Je dois encore la conduire jusqu'à Silverlake et je ne tiens pas à ce que le moteur nous lâche en cours de route.

— Si ça te travaille tellement, on n'a qu'à les appeler de l'aéroport pour leur demander de venir récupérer la voiture ici, ai-je suggéré.

— Edie ! s'est-il exclamé en feignant l'indignation. Quelle idée ! Remarque, maintenant que tu m'y fais penser...

Il m'a dévisagée et je lui ai rendu son regard, l'air de dire : « Bon, qu'est-ce qu'on fait ? »

Jim a soupiré puis il a marmonné dans sa barbe :

— Tout de même, ce ne serait pas correct.

Il s'est levé pour aller téléphoner. Quand il est revenu, tout était réglé.

— Ils m'ont proposé de laisser la voiture ici, sur un parking du campus universitaire, a-t-il annoncé gaiement. Ils connaissent un étudiant qui veut bien la conduire jusqu'à Seattle. Je dois juste déposer les clés au service des inscriptions.

— Ils s'en fichent complètement, de cette bagnole, ai-je commenté, l'air songeur.

On a profité de nos derniers jours à Los Angeles pour faire un marathon shopping en affrontant les transports en commun. Ça peut sembler incroyable, mais nous avions encore un petit pactole à nous deux. On a décidé de dépenser mille dollars et de garder le reste : on pouvait donc faire le plein de cadeaux ringards et aller danser dans des clubs rétro. Jim a ainsi pu mettre l'authentique chemise de bowling vintage que je lui ai offerte et, de mon côté, j'ai enfin eu l'occasion de porter une des innombrables robes de cocktail que j'avais entassées dans ma valise.

Et puis on a joué les touristes. On a visité les hauts lieux de Los Angeles, en commençant par le théâtre chinois de Mann et ses célèbres empreintes de mains, pour finir dans un café de Sunset Boulevard, où on a vu l'acteur qui joue Spike dans *Buffy* commander un lapsang souchong. Ce fut pour moi le point culminant de notre séjour.

Los Angeles – Londres

15 septembre

On prétend qu'une fois là-bas, on ne peut plus repartir. Eh bien, c'est faux, vu qu'on est dans l'avion et que, sauf détournement ou panne de moteur, on atterrira sur le sol anglais dans quelques heures. Jim dort contre mon épaule avec un petit sourire sur les lèvres.

— Je n'ai pas envie de rentrer ! ai-je pleurniché une fois que l'avion a décollé et que je pouvais enfin me détendre. J'ai la trouille pour après.

Jim m'a enlacée.

— Qu'est-ce que tu entends par « après » ?

— Tout le reste. La rentrée universitaire... C'est vrai, imagine que je ne me fasse pas d'amis et que je n'aie pas le niveau...

Jim m'a pris la main et l'a serrée dans la sienne.

— Edie, tu as eu ton diplôme les doigts dans le nez, et tu as choisi français et littérature anglaise. C'est une filière facile, tout le monde le sait.

— Qu'est-ce qui m'a pris de m'inscrire là-bas ? Jim, qu'est-ce que je vais devenir sans toi ?

Et j'ai éclaté en sanglots parce que Jim était assis à côté de moi, qu'il me tenait la main, et que dans deux jours à peine il ne serait plus là. Et il me faudrait plus que dix minutes de marche pour le rejoindre.

Jim n'a pas répondu : pour une fois, il avait du mal

à garder bonne figure. Il s'est essuyé les yeux, à croire qu'il allait se mettre à pleurer, lui aussi.

— Je vais dépenser tout l'argent qu'il me reste en billets de train et en coups de fil, a-t-il murmuré. Et puis ce n'est pas parce que tu t'en vas à Londres que tu ne seras plus avec moi.

— Oui, c'est vrai. On s'est trouvés, non ?

— Oui, on s'est trouvés.

15 septembre (plus tard)

Quand on est descendus de l'avion, la nuit tombait et on déprimait un peu, tous les deux. On avait prévu de passer la nuit chez ma tante Margaret à Clapham, mais plus j'y réfléchissais, moins je me sentais capable d'affronter les milliards de questions qu'on ne manquerait pas de nous poser. Et puis on serait obligés de dormir dans des chambres séparées. Comme si on n'avait pas couché ensemble au cours de ces deux derniers mois !

Tout en traversant les kilomètres de couloirs grisâtres qui menaient au métro, j'ai eu une idée.

— Écoute, Jim. C'est notre dernière nuit ensemble avant, tu sais, la vraie vie. On laisse tomber ma tante et on va dormir à l'hôtel. On n'a qu'à faire semblant d'être encore en vacances.

Jim m'a regardée et j'ai ouvert de grands yeux innocents : il ne pourrait rien me refuser.

— Pas la peine de me faire les yeux doux, a-t-il répondu. Ce serait génial de passer une nuit de plus à l'hôtel. Il ne nous reste qu'à trouver un téléphone.

Tante Margaret n'a pas été enchantée en apprenant la nouvelle : elle a objecté qu'il me faudrait bien deux nuits de sommeil pour « commencer tes études dans de bonnes dispositions, Edith ». Ensuite, avec tout le barda qu'on avait accumulé pendant le séjour, on a rejoint tant bien que mal le quai du métro sans chariot à bagages et, avant de s'en apercevoir, on arrivait à la station de Paddington.

— Et maintenant ? a demandé Jim une fois qu'on s'est retrouvés sur le trottoir.

J'ai haussé les épaules.

— Je ne sais pas. Les seuls hôtels qui me viennent à l'esprit, ce sont les plus chers : le Ritz, le Metropolitan et le Sanderson.

Jim n'a pas sourcillé.

— Il me reste de l'argent. C'est tout ce que m'a donné mon père. Alors si j'ai envie de me payer un hôtel hors de prix, je ne vais pas me gêner. Disons que c'est le cadeau de mon père.

— Je t'aime, tu sais. Et je crois que je vais encore me mettre à pleurer.

Jim m'a enlacée.

— Choisis un hôtel, n'importe lequel.

— O.K., le Sanderson, alors. Il paraît qu'il en jette.

Camden, Londres

16 septembre

Ce matin, pour la dernière fois, on s'est réveillés dans une chambre d'hôtel. En ouvrant les yeux, j'ai aperçu Jim, appuyé sur un coude, qui me contemplait.

— Salut, toi, ai-je marmonné d'une voix ensommeillée.

— Salut. Tu ressembles à une gamine quand tu dors.

— Je ne suis pas une gamine, ai-je répondu en souriant. Je suis une grande fille.

— Ah oui ?

— Ouep. Tu veux que je te montre ? ai-je susurré avant de me pencher pour lui mordiller la lèvre inférieure.

On s'est embrassés à pleine bouche. Et on n'a pas beaucoup parlé ensuite.

Deux heures plus tard, on était enfin prêts à partir. J'ai appelé Alice sur son portable. Elle m'a appris que Paul et elle se trouvaient déjà à Camden. On a prévu de se retrouver dans un restaurant italien du quartier à l'heure du déjeuner. Puis on a sauté dans un taxi (on avait décidé une fois pour toutes que ce n'était plus la peine d'économiser) et on a passé la plus grande partie du trajet scotchés l'un à l'autre.

En ouvrant la porte du restaurant, j'ai cru avoir une crise cardiaque. Alice et Paul étaient assis à une table avec Pénélope, Atsuko, Deborah, Jessie, Jack et Grace, qui s'est précipitée vers moi à la seconde où elle nous a vus pour me serrer dans ses bras. Heureusement que Jim nous a retenues, sinon on atterrissait par terre.

— Oh, je n'en reviens pas que tu sois là ! s'est-elle exclamée. Tu as besoin d'une couleur, on voit tes racines. Et tu es toute bronzée.

— Il a fait très chaud. Et je n'ai pas besoin d'une couleur, merci ! C'est mon nouveau look trash, la dernière mode en Louisiane.

Grace m'a entraînée vers la table. Jim nous a emboîté le pas, les bras chargés de sacs. Tout le monde semblait content de nous voir, sauf Pénélope qui s'est contentée de hocher la tête dans ma direction avant de se replonger dans le menu. Après tout ce qui s'était passé, je n'arrivais pas à croire qu'elle soit toujours fâchée contre moi.

Paul m'a demandé ce que je voulais boire, j'ai sorti des sacs les réveils Elvis et les tee-shirts I ♥ NY qu'on avait rapportés, et j'ai oublié Pénélope.

On a parlé de la tournée, du nouveau chat de Paul et d'Alice, et de ses bêtises. Au café, Jessie a frappé du poing sur la table avant de demander :

— Au fait, et ces vacances ?

Avec Jim, on a échangé un sourire.

— C'était bien.

— Ouais, sympa.

Alice a ricané.

— Vous avez passé deux mois aux USA et c'était sympa ? a-t-elle observé d'un ton incrédule.

J'ai remué ma cuillère dans mon café.

— Par où commencer ?

Jim a pris une grande inspiration.

— En bref, j'ai retrouvé mon père et je l'ai reperdu. Puis on a rompu et on s'est réconciliés. Edie a failli mourir mais elle a guéri. Enfin on a pensé se marier mais on a changé d'avis.

Ils nous ont tous regardés, bouche bée, comme si on venait de leur annoncer qu'on était devenus des adorateurs du diable, puis Jessie a secoué la tête.

— Non, mon pote. Je veux juste savoir où vous êtes allés, pas ce que vous avez fait.

Je devais encore régler quelques détails avec la résidence universitaire, et le groupe devait aller installer les instruments. Au bout d'une demi-heure de négociations laborieuses, on s'est mis d'accord pour se retrouver autour d'un verre sur le lieu du concert avant l'entrée en scène.

Grace a insisté pour venir avec nous mais Pénélope a objecté qu'elle devait s'occuper des derniers réglages.

— Tu es la guitariste du groupe, a-t-elle crié. Assume !

— Oh ! Ne commence pas à me donner des ordres sous prétexte que tu es de mauvaise humeur, a répliqué Grace avec une violence inhabituelle.

Elles ont échangé un regard noir avec la même expression de colère sur le visage. Alors Jessie est intervenu en proposant de régler la guitare de Grace à sa place.

— On dirait que tu as pris de l'assurance pendant notre absence, Grace, a remarqué Jim en chemin.

— Ouep, les filles aussi ont la tchatche, a répondu Grace du tac au tac avant de s'esclaffer devant mon air abasourdi.

— Grace, tu as tellement changé. Je te trouve grandie, lui ai-je dit plus tard en défaisant ma valise.

— Moi, je n'ai pas l'impression d'avoir changé, a-t-elle avoué. Qu'est-ce que tu penses de la nouvelle coupe de Jack ? C'est moche, pas vrai ?

Peut-être qu'elle n'avait pas tant grandi que ça, en effet.

— Qu'est-ce que c'est que ça ? a-t-elle demandé en indiquant le cahier aux pages écornées et tachées que je tenais à la main.

— C'est mon journal.

Grace m'a regardée, l'air intrigué.

— Je ne savais pas que tu écrivais un journal. Je peux y jeter un coup d'œil ?

— Non, c'est privé !... En y réfléchissant, j'ai toujours eu un journal, ai-je ajouté après un silence.

— De quoi tu parles là-dedans ?

J'ai haussé les épaules.

— De ce que je ressens, de ce que je fais. Il y est beaucoup question de Jim. Ça m'aide à y voir plus clair. Je couche mes pensées sur le papier pour donner un sens à ce qui m'arrive.

Grace est restée silencieuse une minute.

— Peut-être que je devrais m'y mettre, moi aussi : j'ai l'esprit embrouillé ces derniers temps.

Alice et Paul ont proposé de conduire Grace au concert. C'était sans doute une idée d'Alice pour nous laisser en tête à tête. Jim s'est vautré sur mon petit lit pendant que je rangeais mes vêtements propres et jetais mon linge sale en boule sur le sol. Et alors ? C'est une méthode comme une autre.

On est retournés à Camden à pied, main dans la main, sans nous parler. Honnêtement, je n'avais aucune envie d'assister à un concert. Même si c'étaient mes amis qui jouaient. Mais je n'avais pas vraiment le choix.

En arrivant au pub, on a trouvé un coin tranquille pour s'asseoir.

Jim s'est mis à me caresser la paume de la main d'un air absent.

— J'ai du mal à croire que je rentre à Manchester dans quelques heures, a-t-il fini par dire.

C'est là que la réalité m'a sauté à la figure.

— J'essaie de ne pas y penser, ai-je marmonné. Ça va me faire drôle de passer la nuit seule.

— Ton lit est si petit qu'on sera obligés d'y dormir à tour de rôle quand je viendrai te rendre visite.

Jim essayait de plaisanter mais, au ton de sa voix, on aurait dit qu'il était au bord du suicide.

— Il va me paraître trop grand sans toi, ai-je objecté en lui caressant la joue. C'est bizarre, j'ai trouvé les couloirs de la résidence très silencieux.

— Tu as un jour d'avance.

J'ai fermé les yeux un instant.

— Qu'est-ce qu'on fait, assis là, à se raconter des bêtises alors que tu vas bientôt t'en aller ? me suis-je écriée. J'ai des tas de choses à te dire et je te parle de la taille de mon lit !

— Tout ce que tu dois me dire, c'est que tu m'aimes et qu'on se verra dans deux semaines.

— Je t'aime, mon artiste. Et vive les longues vacances.

— Je ne veux pas que tu te mettes à déprimer parce que tu n'es pas avec moi. Tu es à Londres, il y a plein d'endroits super et de gens fabuleux, et il faut que tu en profites à fond.

J'ai posé un doigt sur les lèvres de Jim pour le faire taire.

— Écoute, je suis très contente d'être ici et j'ai bien l'intention d'en profiter dès demain. Mais pour l'instant, tu es là, et le reste peut aller se faire voir.

— Encore une fois, Edie, on sera toujours ensemble, a murmuré Jim. Même si on se sépare, tu resteras toujours avec moi.

— Arrête maintenant ou je vais pleurer. Et mon mascara n'est pas waterproof.

Les autres nous ont laissés tranquilles. Comme si on était protégés par une barrière invisible avec un panneau précisant : « Zone d'adieux. Défense d'entrer ».

À un moment, j'ai vu Pénélope disparaître dans les toilettes.

Jim a suivi mon regard.

— Il faut que je m'explique avec elle une fois pour toutes, ai-je décrété en me levant.

Jim a mis les mains devant ses yeux.

— Je n'ai rien à voir là-dedans, a-t-il protesté. Je vais rejoindre Alice.

Pénélope était là, les mains sur les hanches, dans une attitude un peu belliqueuse.

Ouh là.

Je me suis lavé les mains en espérant qu'elle parlerait la première. Nos regards se sont croisés dans le miroir.

— Allez, Pénélope, on ne va pas continuer comme ça. Tu étais au courant pour le road trip depuis le mois de septembre, et tu savais aussi qu'un jour ou l'autre, j'entrerais à l'université.

— Je ne pensais pas que tu irais jusqu'au bout ! s'est-elle écriée en passant la main dans sa chevelure blond platine. Il faut croire que moi et le groupe, on ne compte pas.

— Ce n'est pas vrai. Tu es comme ma sœur. Tu es ma meilleure amie, Pénélope.

— Tu aurais pu passer l'été ici pour partir en tournée avec nous, a-t-elle poursuivi plus bas. Au lieu de ça, tu nous as laissées tomber. Grace est nulle à la guitare.

— Tu n'avais qu'à ne pas organiser cette tournée sans nous consulter, lui ai-je rappelé. Il n'y a pas que toi dans ma vie, il y a aussi Jim, mes parents et le reste. J'ai essayé de jongler avec tout ça, Pénélope, mais je ne peux pas lancer toutes les balles à la fois.

Pénélope a levé les yeux au ciel.

— Oh là là, toi et tes métaphores tordues : ce n'est pas ce qui va me manquer le plus.

— Tu vas regretter le reste, pas vrai ?

— Ce n'est pas ce que j'ai dit, a-t-elle rétorqué d'un ton boudeur.

Je me suis détournée du miroir : difficile d'ouvrir son cœur à un reflet, et plus difficile encore de l'étreindre.

— Ne m'approche pas ! a-t-elle eu le temps de glapir avant que je la serre dans mes bras.

J'ai respiré le parfum de vanille dont elle s'asperge

toujours. C'est une de ces odeurs familières qui me remplissent de joie, parce que, quand je la sens, Pénélope n'est jamais très loin. Soudain, elle m'a caressé les cheveux.

— Tu vas me manquer, ai-je marmonné. Malgré ton sale caractère.

— Mmm, et je penserai peut-être à te citer dans mes remerciements quand j'irai chercher mon MTV award. Peut-être.

On s'est détachées l'une de l'autre et Pénélope m'a pris la main.

— Quand tu m'as appelée, j'ai su tout de suite que quelque chose ne tournait pas rond. Et ce qui m'a le plus bouleversée, c'est que je n'étais pas là pour toi. Si on ne s'était pas disputées, si je ne m'étais pas montrée odieuse avant ton départ, tu te serais confiée à moi et j'aurais peut-être pu t'aider.

Je me suis mordu la lèvre.

— Je n'aurais pas dû t'appeler, ce n'était pas bien. Mais tout allait de travers et tu étais la seule à qui j'avais envie de parler.

— Mais c'est réglé maintenant, hein ? a-t-elle demandé avec inquiétude. Jim et toi, vous avez l'air encore plus scotchés l'un à l'autre que d'habitude.

Je lui ai donné un coup de coude.

— C'est bon, j'ai compris le message, ai-je répondu d'un ton faussement boudeur. Et avec Jessie, comment ça se passe ? J'ai entendu dire qu'il avait retrouvé l'homme des cavernes qui sommeillait en lui.

Pénélope a levé les yeux au ciel.

— Oh, je sais m'y prendre avec Jessie, a-t-elle grommelé. Le romantisme gnangnan, très peu pour moi. Je suis contente qu'on se soit réconciliées. Si jamais tu reviens à la raison et que tu décides de rejoindre le groupe... eh bien, il faudra que tu passes une audition.

— Je suis trop chère pour toi, ai-je ironisé.

— Allez, je parie que Jim te cherche, a-t-elle dit en me poussant dehors. J'ai l'impression qu'il te veut pour lui seul, ce soir.

Jim attendait près de la scène en tapant du pied d'un air impatient.

— Tiens ! a crié Pénélope avec une pointe d'agressivité dans la voix. Prends-la, je n'en veux plus. C'est un mauvais coup, cette fille !

— Oh, j'en déduis que vous vous êtes réconciliées, a répondu Jim en m'adressant un clin d'œil.

Il a pris Pénélope dans ses bras et lui a déposé un baiser sonore sur le haut du crâne pendant qu'elle se tortillait pour lui échapper en prenant l'air dégoûté.

— Ce que vous pouvez être tactiles, tous les deux, ça me tape sur les nerfs, a-t-elle lancé d'un ton faussement irrité. Bon, je crois que je suis prête pour entrer en scène.

Sur ces mots, elle a disparu en coulisse. Cette fille est née pour devenir une star.

Le groupe a fait des progrès énormes depuis la dernière fois que je l'ai vu jouer. C'est-à-dire à l'époque où j'en faisais partie. Les filles étaient plus synchro et elles faisaient moins de fausses notes. Pénélope se métamorphosait sur scène. On aurait dit une déesse scintillante qui se déhanchait en brandissant sa guitare comme une arme.

Atsuko se démenait comme un beau diable à la batterie et Deborah roulait des hanches en faisant des clins d'œil aux garçons du public. Mais la plus cool, c'était Grace. Au lieu de remuer dans tous les sens comme les autres, elle était comme clouée sur place, tirant des sons fantastiques de sa guitare. Elle donnait l'impression qu'elle se fichait complètement d'être sur scène. La nonchalance incarnée ! La tête légèrement inclinée, le poids du corps sur la jambe droite, la petite bosse du ventre dépassant du jean.

Elles ont joué toutes les vieilles chansons, plus quelques nouvelles que je ne connaissais pas. On approchait de la fin du concert quand Pénélope s'est emparée du micro.

— Nous avons une invitée spéciale dans le public, a-t-elle annoncé. Un ancien membre de Mellowstar.

Mon sang s'est figé dans mes veines. Jim s'est tourné vers moi, un sourcil levé.

— Elle a fait le tour des États-Unis, a poursuivi Pénélope. Elle est là ce soir en exclusivité et je vous demande de l'applaudir de toutes vos forces : Miss Edie Evil !

Jim m'a considérée d'un air goguenard.

— C'était mon nom de scène, ai-je grommelé.

Pénélope m'a fait signe de la rejoindre. J'étais très mal à l'aise. En plus, je portais une robe super-courte et je n'avais pas envie de montrer ma culotte au public.

— Allez, Edie Evil. Ne fais pas la timide, a crié Pénélope en se penchant vers moi.

Jim m'a poussée vers ses bras tendus. Tout le monde s'est tourné vers moi et, avec un soupir résigné, j'ai laissé Jim me soulever jusqu'à l'estrade.

J'ai fait une petite révérence, puis j'ai murmuré à l'oreille de Pénélope :

— Je vais te massacrer.

— Edie Evil et moi, on voudrait vous chanter une petite chanson qu'on a écrite il y a longtemps, a-t-elle expliqué en me prenant par l'épaule. Cette chanson s'appelle *Toxic* et parle des garçons qui vous brisent le cœur et ne vous reconduisent jamais chez vous.

Au fond, j'étais ravie de remonter sur scène avec mes meilleures copines en présence de Jim. Il me regardait avec fierté tandis que j'assassinais la gente masculine par chanson interposée.

Quel souvenir, ces cinq minutes de notre dernière nuit ensemble. Il me contemplait comme s'il n'arrivait pas à croire que j'étais à lui !

Et c'est ce que je veux retenir de cette soirée : Jim qui me regardait en riant. Après, il y a eu des baisers au goût de sel et des adieux difficiles.

Le groupe avait déjà remballé le matériel et repris la route. Alice et Paul attendaient dans la voiture, le moteur en marche. Jim et moi, on était collés l'un à l'autre comme s'il partait pour la guerre.

— Jim, a dit Alice avec douceur, il faut qu'on y aille.

Jim m'a donné un dernier baiser doux-amer avant de monter en voiture.

— Je t'appelle demain, a-t-il lancé.

Tout avait déjà été dit. Il a baissé la vitre et m'a tendu la main. Je l'ai agrippée.

— On a fait un beau voyage, Jim, ai-je crié pardessus le bruit du moteur, tandis que Paul commençait à manœuvrer.

— Plus qu'un voyage, a répondu Jim. C'était comme, je ne sais pas, un nouveau départ dans la vie.

La voiture a accéléré et j'ai couru, encore et encore,

jusqu'à ce que Jim soit obligé de me lâcher la main. Il a sorti la tête par la vitre pour me lancer un dernier regard tandis que je continuais à lui faire signe. Et même s'il reprenait le chemin de Manchester, j'avais l'impression qu'il restait à côté de moi.

C'est vrai, notre périple signifie bien plus que les kilomètres parcourus ou les endroits étonnants qu'on a visités. Et même si on a vécu pas mal d'aventures, même si on s'est fait de sacrées frayeurs, même si cette expérience nous a changés, on est toujours ensemble. Je crois que, parfois, il faut s'en aller au bout du monde pour mieux repartir dans la vie.

Immobile, j'ai regardé la voiture s'éloigner jusqu'à ce que les feux arrière ne soient plus que deux minuscules points lumineux.

Cet ouvrage a été composé par
PCA – 44400 REZÉ

Cet ouvrage a été imprimé par
CPI
FIRMIN-DIDOT
27650 Mesnil-sur-l'Estrée
en mai 2012
N° d'impression : 110909

Dépôt légal : juin 2012

Imprimé en France

POCKET jeunesse
12, avenue d'Italie
75627 PARIS Cedex 13